KB016897

多小說

교과서 소설 다보기

3

교과서 소설 다보기 3

2015 교육 과정 반영

개정판 1쇄 발행 2021년 7월 14일
개정판 5쇄 발행 2024년 11월 29일

엮은이 씨앤에이논술연구팀
펴낸이 이재종
펴낸곳 (주)C&A에듀
주소 서울시 강남구 도곡로 63길 23, 성진회관 302호
전화 02-501-1681
팩스 02-569-0660
ISBN 978-89-6703-870-0 44810
978-89-6703-867-0 (세트)

씨앤에이논술연구팀 엮음

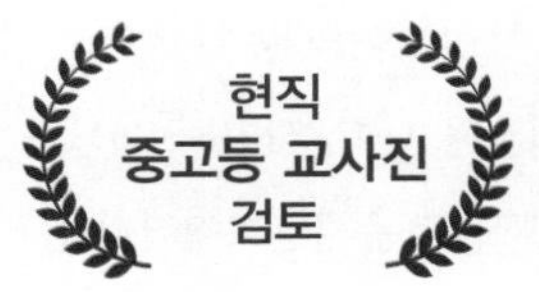

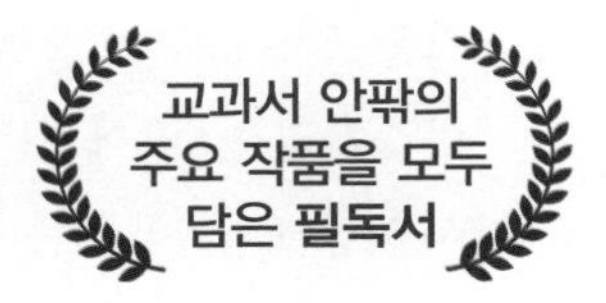

C&A에듀

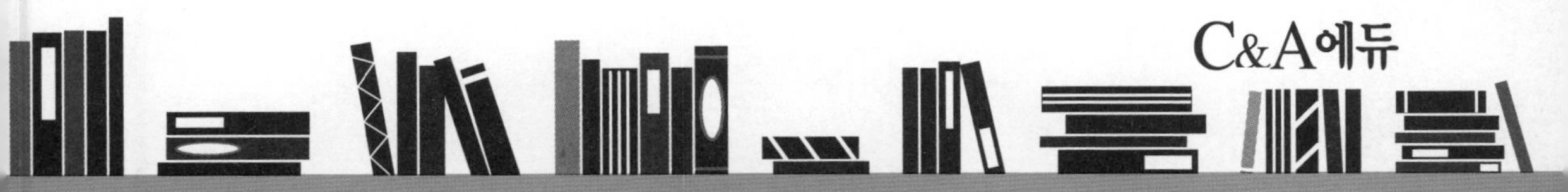

개정판을 펴내며

현대 사회는 날마다 새로운 정보와 지식이 쌓이는 지식 정보화 시대입니다. 이러한 사회에서 자라나는 세대에게 필요한 능력은 지식과 정보를 제대로 판별해 내는 능력입니다. '스스로 생각하는 능력'과 '습득한 지식을 재구조화하는 능력'이 바로 그것입니다. 이 두 가지 능력은 요즘 교육의 화두인 창의력이나 문제 해결 능력을 이루는 중요한 구성 요소입니다. 또한 이전에는 객관적이고 타당한 지식과 정보를 교사가 학생들에게 가르치고 학생들은 이를 습득하는 것에 머물렀다면, 이제는 학생들이 스스로 습득한 지식을 재생산할 수 있어야 합니다. 지식이 개인에 의해 창조되고, 구성되고, 재조직될 때 비로소 지식으로서 의미가 있는 시대가 되었습니다. 이제는 학생이 지식을 구성해 나가는 과정을 존중해 주어야 하고, 그러려면 지식과 정보를 온전히 학생 자신의 것으로 표현하는 서술형·논술형 시험이 적합한 시대가 된 것입니다.

이러한 시대적 요구에 답하기 위해 씨앤에이논술연구팀이 기획한 것이 바로 《교과서 소설 다보기》입니다. '한 사람이 열 권의 책을 읽는 것보다 열 사람이 한 권의 책을 읽고 토론하는 것이 더 좋다.'라는 말이 있습니다. 이에 연구팀은 국어 교과서에 수록된 단편 소설을 엄선하여, 중고등학생들이 우리 문학을 더 깊이 있게 이해하며 감상을 함께 나눌 수 있는 책을 기획하게 되었습니다.

소설은 단순한 이야기가 아니라 주인공이 다양한 환경에서 현실을 접하는 가운데 스스로 삶의 의미를 찾아 나가는 과정을 담은 새로운 세상입니다. 그리고 이러한 소설을 읽는 일 역시 단순히 이야기를 즐기는 것이 아니라, 소설 속에서 주인공이 겪는 모험을 독자가 체험함으로써 세상살이의 숨은 의미를 깨달아 나가는 행위입니다. 더 나아가 우리 학생들에게는 세계나 사회, 타자와 자신의 관계에 대해 혹은 '이 세계 속에서 어떻게 살아야 하는지'에 대한 존재론적이거나 윤리적인 물음의 답을 조금씩 찾아 나가는 계기가 될 수 있습니다.

《교과서 소설 다보기》 3권에서는 현행 중고등 학교 국어·문학 교과서에 수록된 작품을 중심으로 총 열두 편을 선정하여 그 작품을 네 가지 주제로 분류하였습니다. 1부 '자본주의와 우리의 삶'에서는 근대 문물의 유입으로 인한 삶의 변화를 살펴 이를 오늘날의 삶과 연결 지어 생각해 볼 만한 작품을, 2부 '시대와 가치관'에서는 역사적 격동의 시대 인물들의 삶을 비판적으로 살피고 시대마다의 올바른 가치관에 대해 함께 생각해 볼 수 있는 작품을 각각 다루었습니다. 또 3부 '삶과 죽음에 대한 성찰'에서는 삶과 연관 지어 죽음에 대해 함께 성찰할 수 있는 작품을 통해 이러한 성찰이 우리의 삶에 어떤 영향을 미치는지 생각해 보고, 4부 '권력과 개인의 자유'에서는 주체적인 시민으로서의 자세에 대해 함께 이야기할 수 있는 작품을 엮어 언론의 자유가 보장되어야 하는 이유를 확인하고 우리 안에 깊이 내면화되어 있는 이데올로기에 대해 비판적으로 접근해 봅니다. 나아가 작품을 입체적으로 감상할 수 있도록 다양한 배경지식을 소개하고, 작품의 어휘 풀이를 본문에 함께 실어 독자의 편의를 돕고자 했습니다. 작품을 읽은 후에는 좀 더 깊이 있는 이해를 위해 다양한 토의·토론·논술 문제를 제시했습니다.

이 책을 통해 작가의 입장에서 또는 작중 인물의 입장에서 생각해 보기도 하고, 다른 친구들의 감상도 들어 보며 '생각하는 즐거움', '인식의 지평이 넓어지는 즐거움'을 만끽하는 등 살아 있는 문학 작품을 만날 수 있을 것입니다. 특히 각 주제별로 마련된 토의·토론 문제로 친구들과 함께 이야기를 나눈다면, 비판적인 사고력도 키우면서 소통의 즐거움까지 느낄 수 있는 문학 수업이 될 것입니다.

《교과서 소설 다보기》는 문학적 상상력을 길러 주어 학생들이 가슴 따뜻한 미래의 리더로 성장하는 데 도움을 줄 시리즈입니다. 오랜 기간 준비하여 펴낸 《교과서 소설 다보기》가 학생들에게 좋은 선물이 되기를 바랍니다.

짜임과 활용

교과서에 실린 작품 전문을 수록하고,
어려운 단어를 알기 쉽게 풀이하였습니다.

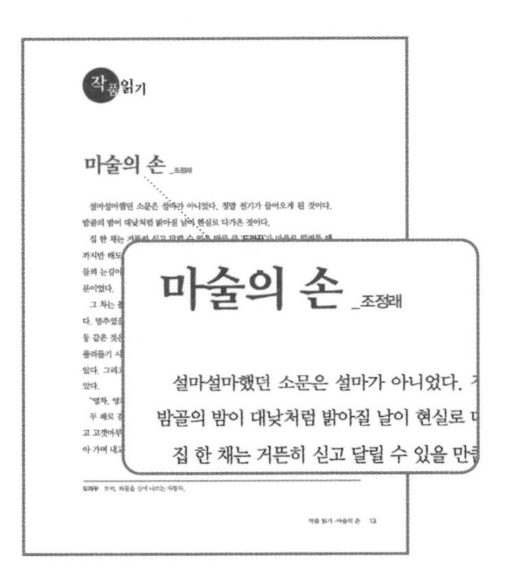

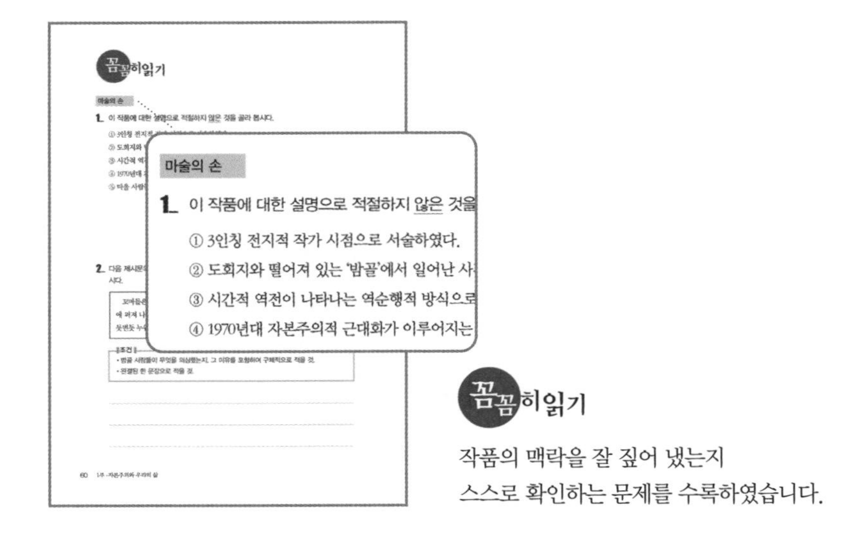

꼼꼼히읽기

작품의 맥락을 잘 짚어 냈는지
스스로 확인하는 문제를 수록하였습니다.

생각나누기

토의·토론 과정을 통해 자신의 생각을
논리적으로 표현하는 능력을 키울 수 있습니다.

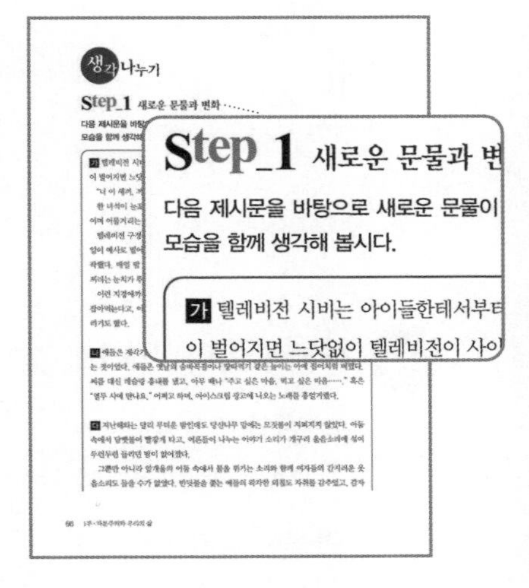

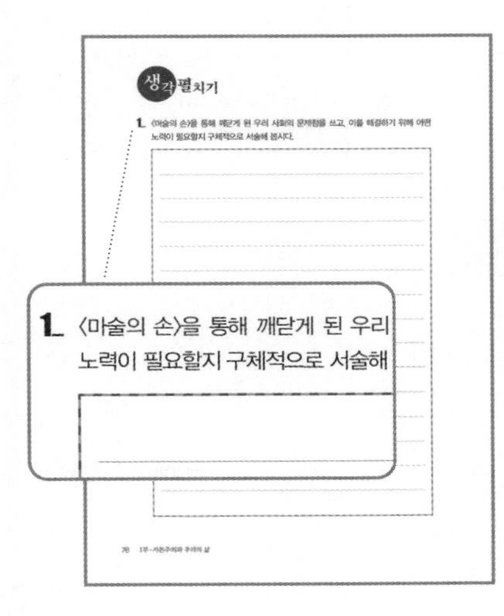

생각펼치기

다양한 주제의 글쓰기 과제를 수행하면서
기본적인 문장력, 글 구성 능력을 다집니다.

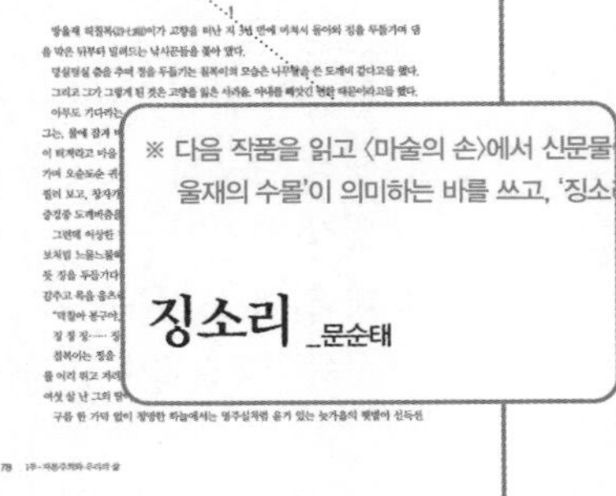

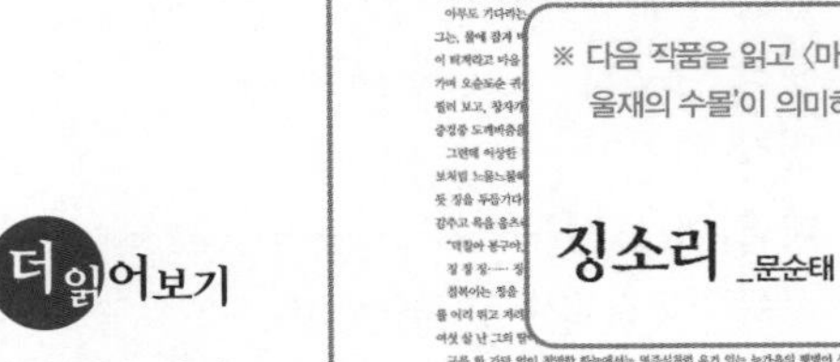

더읽어보기

주제와 관련하여 함께 읽을 만한
연관 작품을 수록하였습니다.

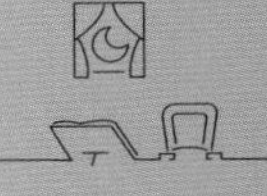

차례

1부 자본주의와 우리의 삶

2부 시대와 가치관

3부 삶과 죽음에 대한 성찰

4부 권력과 개인의 자유

01 자본주의와 우리의 삶

작품 읽기 – 조정래 〈마술의 손〉, 양귀자 〈길모퉁이에서 만난 사람들〉
토론하기 – '느림'의 가치
더 읽어 보기 – 문순태 〈징소리〉

학습 목표

급속도로 진행되던 산업화 시대, 근대 문물로 인한 삶의 변화를 살펴보고 문명의 혜택에 가려진 자본주의적 근대화의 부작용에 대해 오늘날의 삶과 연결 지어 생각해 봅니다. 또한 물질 만능주의가 만연한 시대에 자신의 방식대로 소신 있게 삶을 꾸려 나가는 사람들의 모습을 통해 내가 지키고 싶은 소중한 가치를 생각해 봅니다.

물질문명은 기존의 가치 질서를 무너뜨리며 새로운 방향으로 진화해 왔습니다. 특히 산업 혁명 이후 세계는 거대한 산업화·근대화의 물결을 타고 정치·경제·사회·문화 다방면에 걸쳐 급격한 변화를 겪었습니다. 하지만 혁명적인 변화를 이끈 근대화 과정이 사회 구성원 모두에게 공평한 혜택을 준 것은 아니었습니다. 가진 사람들은 더 많은 권력과 부를 거머쥐며 더 큰 자유를 누리게 되었고, 가난한 사람들은 더 많은 불평등 속에서 소외감과 박탈감을 느꼈습니다.

우리나라의 경우 오랜 과도기를 거쳐 1960년대부터 산업화가 진행되었는데, 이 작품의 배경이 되고 있는 1970년대 '새마을 운동'은 국가 주도의 대표적인 산업화 정책이었습니다. 이를 통해 거의 모든 농어촌 마을과 산지 마을에 전기 공급 시설이 들어섰으며, 특히 텔레비전은 강력한 영향력을 행사하며 일상생활을 장악해 갑니다. 이후 우리나라는 대가족 중심의 전통 사회에서 벗어나 많은 변화를 겪게 되죠.

이러한 변화의 소용돌이에 놓인 밤골 마을로 떠나 봅시다. 이들이 문명의 이기(利器)로 인해 무엇을 얻고 무엇을 잃었는지 살펴보고, 현재를 살아가고 있는 우리가 물질문명의 발달로 또 어떤 변화를 겪고 있는지 생각하며 이 작품을 감상해 봅시다.

조정래(趙廷來, 1943~)

전남 승주군 출생. 1970년 《현대문학》에 소설 〈누명〉이 추천되어 등단한 후 왜곡된 민족사에서 개인이 처한 한계에 이르기까지 다양한 영역을 아우르며 작품 활동을 펼쳐 왔다. 주요 작품으로는 대하 소설 3부작 《태백산맥》, 《아리랑》, 《한강》을 비롯하여, 장편 소설 《풀꽃도 꽃이다》, 《허수아비춤》, 《사람의 탈》, 《인간 연습》, 《비탈진 음지》, 《정글만리》 등과 산문집 《누구나 홀로 선 나무》, 《황홀한 글감옥》 등이 있다.

마술의 손 _조정래

설마설마했던 소문은 설마가 아니었다. 정말 전기가 들어오게 된 것이다. 밤골의 밤이 대낮처럼 밝아질 날이 현실로 다가온 것이다.

집 한 채는 거뜬히 싣고 달릴 수 있을 만큼 큰 '**도라꾸**'가 마을로 밀려들 때까지만 해도, 사람들은 그 차에 별다른 관심을 보이지 않았다. 그 차가 꼬마들의 눈길이나마 끌 수 있었던 것은 그 큰 몸집에 온통 붉은 색깔을 칠한 때문이었다.

그 차는 돌이 울퉁불퉁한 길을 힘겨운 듯 느릿느릿 움직이다가 멈추곤 했다. 멈추었을 땐 둥글고 긴 기둥 같은 것을 하나씩 내려놓았다. 그런데 그 기둥 같은 것은 꼭 그만한 간격에 내려져선 길게 눕는 것이었다. 꼬마들은 차로 몰려들기 시작했다. 꼬마들은 그 흰빛의 기둥 같은 것이 돌덩이라는 것을 알았다. 그리고 차에 올라탄 아저씨들이 그것을 내리면서 왜 낑낑대는지도 알았다.

"영차, 영차……. 영차, 영차……."

두 패로 갈라진 아저씨들은 그 돌덩어리 기둥 양쪽에 매달려 짐을 잔뜩 싣고 고갯마루를 오르는 소처럼 숨을 씩씩 불면서도, 연방 이런 소리들을 번갈아 가며 내고 있었다.

도라꾸 트럭. 화물을 실어 나르는 자동차.

꼬마들의 궁금증은 뭉게구름처럼 피어올랐다. 저리 무거운 돌덩어리 기둥을 어디에 쓰려는 것일까. 저 기둥에 드문드문 뚫린 조그만 구멍들은 무엇을 하는 걸까. 두 주먹이 다 들어가고 남을 만큼 기둥 밑에 뚫린 동그란 구멍은 또 뭘까. 꼬마들은 잔뜩 긴장한 채 눈알만 잽싸게 굴릴 뿐 누구도 입을 열지 않았다.

이런 때 누가 한마디만 벙긋하면 왁자한 **우김질**이 시작되련만, 워낙 처음 보는 것이라 그것이 어디에 쓰이는 것인지 꼬마들은 도통 실마리를 풀어낼 수가 없었다. 그래서 꼬마들은 차가 움직이면 쪼르르 그 꽁무니를 따랐고, 아저씨들이 낑낑대며 돌기둥을 내릴 때면 멀찌감치 서서 넋 놓고 구경하기를 되풀이했다.

"니들 이 동네 사니?"

한 아저씨가 담배 연기를 푸우 뿜어내며 꼬마들에게 물었다. 꼬마들은 주춤 일어서다 말고 하나같이 고개를 끄덕였다.

"니들 이게 뭐 하는 건지 알아?"

아저씨가 빙긋 웃으며 물었고, 꼬마들은 금방 밝은 얼굴이 되며 모두 크게 고개를 가로저었다.

"뭐 하는 건지 가르쳐 줄까?"

꼬마들은 더 크게 고개를 끄덕였다. 그러면서 앞으로 조금씩 다가서고 있었다.

"이 사람, 또 시작이다. 애들만 보면 그저 싱글벙글대니……."

다른 아저씨가 말했고,

"애들아, 이게 뭐냐면 말이야, 전봇대다, 전봇대."

아저씨가 신나는 목소리로 말했다.

우김질 우기는 짓.

"에키, 이 사람아! 쟤들이 전봇대를 어떻게 알아."

다른 아저씨가 나무라듯 말했다.

"그런가? 니들 전봇대 모르니?"

아저씨의 말에 꼬마들 모두는 함께 고개를 끄덕였다.

"이것 참……. 그럼 전기는 아니? 등잔이나 호롱불 대신 쓰는 대낮처럼 밝은 전기 말이야."

아저씨의 말에 꼬마들의 얼굴은 금방 붉게 상기되었고, 눈들은 반짝이는 물기를 머금었다. 엄마 아빠들이 하는 말을 들어 꼬마들은 이미 전기가 무엇인지는 알고 있었다.

"알아요!"

누군가가 큰 소리로 외쳤다.

"나도 알아요!"

"전기 **다마**. 나도 알아요!"

꼬마들은 제각기 소리쳤다.

"그래그래, 그 전기가 니들 동네에 들어오게 됐다. 신나지?"

"야아!"

"와아아!"

꼬마들은 외치며 마구 뛰기 시작했다. 전봇대 **가설** 공사 소식은 삽시간에 온 동네에 퍼져 나갔다. 누구나 처음엔 설마 했고, 나무가 아닌 시멘트 전봇대가 길가에 번듯번듯 누워 있는 것을 보고서야 비로소 감격 어린 기쁨의 숨을 내쉬게 되었다.

밤골 사람들이 전기가 들어온다는 사실에 하나같이 설마를 앞세웠던 것은

다마[玉] 전구.
가설(架設) 전깃줄이나 전화선, 교량 따위를 공중에 건너질러 설치함.

그동안 여러 번 속아 왔기 때문이었다. 시꺼먼 그을음이 오르는 석유 등잔 신세를 이제야 면하는가 보다고 잔뜩 벼르다 보면 **공염불**이 되곤 했었다. 그런 때의 **허탈감**이란 단순히 기대에 대한 실망이 아니라 그런 약속을 찰떡 먹듯이 한 상대를 향해 내뿜다 지친 분노의 산물이었다.

그들이 전기가 들어오기를 목이 늘어지게 고대했던 것은, 그저 밤을 밝게 살고 싶어 했던 단순한 생각 때문이 아니었다. 어두침침한 등잔 불빛 아래서 그래도 공부를 하겠다고 코를 들이미는 자식들에게 한시라도 빨리 전등의 그 말끔한 밝음을 주고 싶어 했었다. 그 간절한 소망이 공염불이 되고 말면, 자식들에 대한 미안함과 안쓰러움이, 무력한 부모라는 죄책감과 함께 뒤범벅이 되어 마침내 증오로 바뀌었던 것이었다.

밤골 저 앞산 중턱에 쇠막대로 얼기설기 짜서 만든 무지막지하게 크고 높은 전봇대가 들어선 것은 **일정 시대**의 일이었다. **아슴아슴한** 높이로 이어져 나간 전깃줄에는 사람이고 짐승이고 붙기만 하면 시꺼멓게 타 죽을 만큼 센 전기가 흐른다고 했다. 그래서 사람들은 감히 접근을 못한 채 그 축 늘어진 전깃줄을 빤히 건너다보면서 어두운 밤을 지내야 했다.

그때 사람들은 아무도 밤골에 전기가 들어오지 않는다는 사실에 신경을 쓰지 않았다. 앞산의 전기는 큰 도회지로 간다는 것이었고, 신작로에서도 산 하나를 넘어야 하는 밤골은 당연히 전기 같은 것은 지나쳐 가는 곳으로 생각해 버렸다.

그런데 해방이라는 것이 되었다. 밤골 사람들에게 해방의 기쁨은 더 이상

공염불(空念佛) 실천이나 내용이 따르지 않는 주장이나 말을 비유적으로 이르는 말.
허탈감(虛脫感) 몸에 기운이 빠지고 정신이 멍하여 몽롱한 느낌.
일정 시대(日政時代) '일제 강점기'의 전(前) 용어. 1910년의 국권 강탈 이후 1945년 해방되기까지 일본이 우리나라를 강점했던 시대.
아슴아슴하다 정신이 흐릿하고 몽롱하다.

공출을 안 해도 되는 것으로 확인되었다. 그리고 얼마가 지나서 선거라는 이상야릇한 바람이 불어왔다. 그 선거 바람은 손가락이 일하는 데만 쓰이는 것이 아님을 일깨워 줌과 동시에 사람값을 턱없이 올려놓는 일을 했다.

그러나 정작 밤골 사람들을 들뜨게 만든 것은 따로 있었다. 손가락을 세워 암기한 숫자 밑에 **붓두껍**으로 동그라미를 꾸욱 눌러만 주면 전기를 끌어들여 준다는 것이었다. 이 얼마나 가슴 벌떡이고 기분 들뜨고 놀라운 이야기인가.

그래서 밤골 사람들은 이장이 시키는 대로 줄줄이 서서 똑같은 기호 밑에다 정성스레 붓두껍을 눌렀다. 그러면서 또 다른 느낌으로 역시 해방이 좋다는 것을 실감했고, 그 밝은 전등 불빛 아래 온 식구가 오순도순 모여 앉은 광경을 상상하며 기분이 **달떴다**.

그들이 붓두껍으로 누른 바로 그 사람이 국회 의원인가 대감인가로 뽑혀 서울로 행차하게 되었다는 소식이 들렸다. 그들은 자신들의 일처럼 기뻐했고, 머지않아 그 **신명** 나는 전등불의 밝음이 마을의 어둠을 걷어 갈 것이라고 굳게 믿었다. 그러나 달이 몇 번인가 겹쳐 지났어도 전깃불 들어온다는 소식은 감감하기만 했다. 남자들은 진작, 아낙네들까지도 기대에 부푼 이런저런 이야기들에 시들해지고 지쳐 갔다.

"이거 어찌된 일일까요? 혹시 우리가 속은 건 아닌가요?"

"허허, 거 뭔 소리, 점잖은 양반한테……. 나랏일 보는 양반이 얼마나 바쁘겠어. 틀림없으니까 조금만 더 기다리도록 하세나."

이런 이장의 당당한 태도를 믿고 또 몇 달이 지나갔다. 그러나 소식은 **꿩 구워 먹은 자리**였다.

공출(供出) 국민이 국가의 수요에 따라 농업 생산물이나 기물 따위를 의무적으로 정부에 내어놓음.
붓두껍 붓촉에 끼워 두는 뚜껑.
달뜨다 마음이 가라앉지 아니하고 조금 흥분되다.
신명 흥겨운 신이나 멋.
꿩 구워 먹은 자리 어떠한 일의 흔적이 전혀 없음을 비유적으로 이르는 말.

"아직도 더 기다려야 할까요? 우리가 홀딱 속은 것이지요?"

"글쎄 말이야……. 점잖은 체면에 그럴 양반이 아닐 것인디……."

이장이 곤란한 표정으로 말을 어물거리게 되자 모두는 화가 발끈 솟았다. 그래서 모여 앉으면 이장을 떡판 위의 떡살로 만들었다. 그러면서도 한 가닥 희망을 버리지 못한 채 한 해를 넘기고 몇 개월이 지났다.

"되면 된다, 안 되면 안 된다, 속 시원하게 좀 알아봅시다. 이거야 원, 똥 누고 안 닦은 것처럼 이게 뭡니까."

이런 말까지 나오자 이장도 더는 참을 수가 없었던 모양이다.

"고놈, 순 **후레자식**이야. 어디다 대고 고런 싸가지 없는 거짓말을 해그래."

이장이 험상궂은 표정으로 욕을 내지르고 말았을 때 사람들은 그만 완전히 맥이 풀려 버렸다. 한 가닥 희망마저 자취를 감추어 버린 것이다. 그렇다고 역시 잔뜩 화가 치밀어 있는 이장을 욕해 대거나 원망할 수도 없었다. 이장도 밤골에 전기가 들어오기를 바라고 그런 일을 했다가 자신들과 함께 속았을 뿐, 자신이 저지른 죄라곤 없었던 것이다.

사람들이 전기에 대한 일을 까맣게 잊어버리고 있던 어느 해, 다시 그 선거 바람이라는 게 불어왔다. 이번에도 전기를 끌어들인다는 것이었다. 물론 지난번에 왜 **성사**가 안 되었는지에 대한 **청산유수** 같은 설명이 곁들여진 건 말할 것도 없었다. 이야기를 듣고 보니 그럴듯했다. 그래서 이장을 비롯한 동네 사람들은 지난번처럼 한 기호 밑에 붓두껍을 눌렀다.

그러나 결과는 역시 마찬가지였다. 이후에도 이번에야 설마, 이번에야 설마, 하며 똑같은 방법으로 속기를 얼마나 했는지 사람들은 기억조차 하지 못했다. 그건 기억을 하지 못해서가 아니라 불신감 때문에 기억을 하려 들지 않았다.

후레자식(--子息) 배운 데 없이 제풀로 막되게 자라 교양이나 버릇이 없는 사람을 낮잡아 이르는 말.
성사(成事) 일을 이룸. 또는 일이 이루어짐.
청산유수(靑山流水) 푸른 산에 흐르는 물이라는 뜻으로, 막힘없이 썩 잘하는 말을 비유적으로 이르는 말.

그런데 느닷없이 전기가 들어온다는 소문이 나돌았다. 그건 정말 느닷없는 소문이었다. 선거 바람도 타지 않고 불어온 소문이었던 것이다. 그래서 그 누구도 믿으려 하지 않고 콧방귀만 뀌었다. 설마 전기가 들어오려고…….

언제부턴가 설마는 처음과는 반대의 의미로 쓰이고 있었다. 그런데 읍내 장터거리에서나 볼 수 있었던 그 돌덩이 같은 전봇대가 길가에 즐비하게 누워 있는 것이 아닌가.

앞산 중턱에 철근 전봇대가 서고 나서 실로 50여 년 만의 일이었다. 어린애고 어른이고 할 것 없이 모두 기쁨에 들떠 있었지만, 특히 감격해 마지않는 사람은 몇몇 노인들이었다. 그들은 모두 칠순이 훨씬 넘어 있었다.

"사람은 참 오래 살고 볼 일이야."

"누가 아니래. 결국 이런 날이 오긴 오는구먼."

"그러게 말일세. 저기 저 산에 전봇대가 박힐 때, 내 나이 스물셋이었지 아마……."

"허허, 자네 기억 한번 총총하네그랴. 내가 스물둘이었으니 틀림없구먼."

노인들은 이런 말을 나누며 앞산을 감개무량(感慨無量)한 얼굴로 건너다보고 있었다.

전기 공사는 예정보다 훨씬 앞당겨 진행되어 나갔다. 그도 그럴 것이 120여 호의 마을 사람들이 거의 동원되다시피 하고 있었다. 누가 시켜서 하는 일이 아니었다. 하루라도 빨리 전기를 켜고 싶은 생각에 너나없이 일손의 틈을 내어 공사에 힘을 합쳤다. 아낙네들은 돌아가며 먹을 것을 장만해 기술자들을 대접하기에 바빴다. 이렇게 되고 보니 기술자들의 일손에 신명이 붙지 않을 수가 없었다. 책임자는 연방 벙글거리며 이리 뛰고 저리 뛰고 했다.

공사 기간을 한 달 이상 단축시켜 온 동네에 전깃불이 들어오게 된 날 밤, 돼지를 세 마리나 잡는 잔치가 벌어졌다. 이렇게 밤골 전체가 흥겨움에 넘친 잔치는 보기 드문 일이었다. 공사 기술자들이 전부 잔치에 초대된 것은 물론이었고, 그들은 코가 비뚤어지도록 술을 마셔야 했고, 배꼽이 **요강** 꼭지가 되어 튀어나오도록 음식을 먹어야 했다.

양복을 미끈하게 뽑아 입은 청년들이 밤골에 나타난 건 잔치가 끝난 바로 그다음 날이었다. 그들은 큼직큼직한 상자를 경운기만 한 자동차에 가득 싣고 왔다. 회관 마당에 차를 세운 그들은 부지런히 손을 놀려 차 옆구리에 높은 쇠막대를 묶어 세웠다. 그 쇠막대 끝에는 잠자리 날개 모양으로 굽어진 또 다른 쇠들이 여러 개 달려 있었다. 그 흰빛의 쇠막대들은 햇빛을 받아 반짝반짝 빛을 냈다.

몇몇 꼬마들은 청년들의 손놀림을 하나도 빼놓지 않고 살피고 있었다. 전기 공사가 시작됐을 때처럼, 또 집에 신나는 소식을 가져갈 수 있었으면 하고 꼬마들은 제각기 생각했다.

청년들은 한 상자 안에서 물건을 꺼냈다. 그 물건은 생전 처음 보는 것인데, 네모가 반듯했다. 무슨 기계인 것은 분명한데, 무엇을 하는 데 쓰는 것인지는 꼬마들로서는 알 수가 없었다. 청년들은 그 예쁘장하게 생긴 기계를 운전대를 덮은 차 지붕 위에 달랑 올려놓았다. 그리고 높은 쇠막대 꼭대기로 이어진 까만 줄 끝을 기계에다 연결시켰다. 청년들의 일은 그것으로 끝났다. 그들은 손바닥을 털고 벗어 놓은 양복을 입었다.

"저게 뭐예요, 아저씨?"

누군가가 더 못 견디겠다는 듯 쨍한 목소리로 물었다.

"하아 요놈들, 오래 참았구나."

한 청년이 그럴 줄 알았다는 듯이 씩 웃으며 꼬마들 앞으로 바싹 다가섰다.

"너희들 텔레비전이라는 말 들어 봤니? 저게 바로 텔레비전이라는 거야."

요강 방에 두고 오줌을 누는 그릇. 놋쇠나 양은, 사기 따위로 작은 단지처럼 만든다.

"테에레에……."

꼬마들은 전혀 귀에 익지 않은 말을 어물어물 흉내 냈다.

"저게 뭐 하는 기곈데요?"

어느 꼬마가 힘들게 물었다.

"응, 저기에 이쁜 여자가 나와서 노래도 부르고, 군인 아저씨가 나와 총싸움도 하고, 아주 신나는 기계다."

"예에?"

꼬마들은 하나같이 놀라는 표정이 되었고 다음 순간, '피이, 아저씨 거짓말!' 하는 표정으로 바뀌었다. 그런 눈치를 놓치지 않은 청년은 잠시 **난감한** 얼굴이 되었다.

"그래, 너희들 트랜지스터, 아니 라디오는 알지?"

꼬마들은 고개를 끄덕였다.

"요것이 바로 그 라디오하고 비슷해. 한 가지 다른 것은 라디오에서 노래하고 말하는 사람의 얼굴이 저기 저 네모난 데에 그대로 나오는 거야. 그러니까 사진이 나오는 라디오가 바로 저 텔레비전이라는 거다."

꼬마들은 비로소 이해가 되는 듯한 표정이었고, 청년은 그런 꼬마들을 내려다보며 만족스러운 웃음을 흘리고 있었다.

"어디 그럼 한번 보여 줘 봐요."

"그래, 그러잖아도 이 아저씨들이 보여 주려고 저렇게 차려 놓은 거다. 그런데 방송국에서 낮엔 안 하고 저녁에만 한단다. 너희들 이따 저녁밥 먹고 꼭 나오너라. 신나게 구경시켜 줄 테니까. 얘들아, 너희들은 구경하고 나서 말이지, 엄마 아빠한테 텔레비전 사 달라고 조르란 말이야, 알겠지? 저걸 너희들 안방에 갖다 놓고 매일 신나게 봐야 할 것 아니냐, 그치?"

난감하다(難堪--) 이렇게 하기도 저렇게 하기도 어려워 처지가 매우 딱하다.

청년은 꼬마들의 눈동자를 들여다보며 진득진득한 음성으로 속삭이고 있었고, 꼬마들은 무슨 말인지 아는지 모르는지 구분이 안 가는 끄덕임을 계속했다.

그들은 청년 하나만 차에 남았고, 나머지 셋은 골목을 타고 흩어져 갔다. 그들은 한 집도 빼놓지 않고 샅샅이 뒤지고 다녔다.

"안녕하십니까, 아주머니? 전기가 들어오니 얼마나 속이 후련하십니까 그래."

"전기는 잘 들어오나요? 어디 불편한 점은 없으신가요?"

서슴없이 마당으로 들어선 그들은 그지없이 사람 좋은 웃음을 웃어 보이며 이런 식으로 **너스레**를 떨었다.

"말도 말아요. 뱃속까지 다 환해진 기분이라오."

"불편하긴요. 등잔 밑에서 어떻게 살았나 싶은 게 다신 그런 세상 못 살아낼 것 같은 붕붕 뜨는 기분이라우."

여인네들은 아무런 경계의 빛도 보이지 않고 이렇게 속마음들을 풀어놓았다. 낯선 **외지**의 남자들을 모두 전기를 끌어다 준 고마운 사람들로 싸잡아 보는 여인네들의 착각 탓도 있었지만, 생전 처음 전등불을 밝히고 보낸 지난밤의 **감회**가 그녀들의 마음을 그렇듯 헤프게 만들어 놓고 있었다.

"아주머니, 이제 전기도 척 들어왔겠다, 안방에다 극장 하나 멋들어지게 차리시는 게 어떨까요?"

청년은 나긋나긋 말하며 울긋불긋한 텔레비전 설명서를 여인네 눈앞에 기세 좋게 펼쳐 보이는 것이었다.

너스레 수다스럽게 떠벌려 늘어놓는 말이나 짓.
외지(外地) 자기가 사는 곳 밖의 다른 고장.
감회(感懷) 지난 일을 돌이켜 볼 때 느껴지는 생각이나 정.

"안방에 극장을 차리다니?"

여인은 여기서 말을 멈추고 눈앞에 펼쳐진 요란한 색깔의 종이에 눈을 박기 마련이었다. 그리고 여인의 얼굴은 언뜻 긴장했다.

"이거 테레빈가 뭔가 하는 것 아녜요?"

여인은 읍내에서 눈여겨보았던 기억을 다잡으며 자신도 모르게 소리쳤다. 발목을 틀어잡은 것처럼 발길을 돌리지 못하게 하던 그 희한한 기계, 텔레비전이라는 것. 그것을 맘 놓고 볼 수 있는 사람들의 신세가 얼마나 부러웠던가. 그런데 지금 바로 그 물건이 눈앞에 와 있는 것이 아닌가.

"그렇습니다. 이게 바로 안방극장, 텔레비전입니다."

"하지만 우리 형편에 어디……."

여인은 금방 시무룩한 얼굴이 되었다.

"아주머니, 그까짓 값은 염려 마십시오. 밤골에 전기가 들어온 걸 축하하기 위해 우리 회사에서 특별히 싼값으로 깎아 드리기로 했습니다. 아무 염려 마시고 오늘 저녁 회관 마당으로 나오세요. 거기서 텔레비전을 한바탕 틀 테니 구경부터 해 보세요. 자아, 이만 물러갑니다."

청년이 양복 자락을 펄럭이며 **사립** 밖으로 사라져 버린 다음에도 여인은 텔레비전이 그려진 울긋불긋한 종이를 든 채 무엇에 홀리기라도 한 것처럼 멍하니 있었다.

세 청년이 동네를 한바탕 휘젓고 나자 여인네들은 끼리끼리 모여 텔레비전에 대한 길지 못한 상식들에 제각기 적당한 거짓말까지 반죽해 가며 수다를 떨기에 침이 말랐다.

그녀들의 수다는 하나같이 텔레비전 **예찬론**이었고, 전기가 들어온 바에야

사립 사립문. 나뭇가지를 엮어서 만든 문짝(사립짝)을 달아서 만든 문.

예찬론(禮讚論) 훌륭하거나 좋거나 아름다운 것을 찬양하는 주장이나 견해.

사람처럼 살아 보려면 텔레비전은 꼭 있어야 한다는 결론을 내리기도 했다. 그러다가 그게 값이 만만찮을 것이라는 살림살이의 빈곤함에 부딪쳤다가는, 반으로 싹 깎아 준다는 청년의 말을 떠올리며 다시 기운을 회복했고, 어쨌거나 공짜 구경이니 저녁밥 일찍 해 먹고 회관 마당으로 나가 보자는 데 의견 일치를 보았다.

이른 저녁을 먹은 사람들이 회관 마당으로 꾸역꾸역 몰려들었다. 누구보다 세상을 만난 것이 어린것들이었다. 청년들은 **곡마단** 문지기들처럼 신바람을 내며 자리를 정리하기에 바빴다. 차를 맞바라보고 아이들은 앞에, 어른들은 뒤에 자리를 잡았다. 마침내 텔레비전에 어릿어릿 흔들리는 불이 들어오고, 한 청년의 손짓에 따라 긴 쇠막대를 이리저리 움직이자 과연 기계에는 사람들의 모습이 나타났다.

"와아아!"

함성을 지른 것은 앞에 앉은 꼬마들이었다. 꼬마들이 더 좋아한 건 프로가 어린이 시간이었기 때문이다. 텔레비전이 찰칵 꺼진 것은 어린이 시간이 끝났을 때였다.

"어떻습니까, 여러분. 모두 잘 보셨지요? 이게 바로 텔레비전이라는 겁니다. 여러분들이 직접 보셨으니까 긴 설명은 안 드리겠습니다. 이제 여러분들도 이 텔레비전으로 안방에 극장을 꾸며 온 식구가 오순도순 더욱 행복한 가정을 꾸밀 수 있게 되었다는 것입니다. 그럼 이거 값이 얼마냐! ×××원입니다. 아, 아, 놀라지 마십시오. 잠깐 조용히 하십시오. 그럼 그 돈을 한꺼번에 다 받느냐, 그게 아닙니다. 다른 사람들에겐 최고로 길어야 6개월, 여섯 달 쪼개서 내게 하는데, 우리 밤골 여러분들에겐 특별히 전기가 들어온

곡마단(曲馬團) 구경꾼들에게 돈을 받고 여러 가지 신기한 재주를 보여 주는 단체.

걸 축하하는 의미로 여섯 달을 더 늘려 1년 열두 달, 자그마치 열두 달로 쪼개서 내도록 했습니다. 그럼 열두 달 동안의 **5부 이자**만 계산해 보십시오. 여러분들은 반값 아래로 텔레비전을 사게 되는 겁니다. 그리고 열두 달로 쪼개서 냈을 경우, 한 달에 낼 돈이 얼마냐! 단돈 ××원. 이까짓 돈이면 아저씨들이 술 한잔 마시지 않으면 거뜬히 해결될 것이고, 아주머니들이 돼지 한 마리 더 치면 깨끗이 끝날 돈 아닙니까."

청년은 여기서 잠시 말을 멈추었다. 어른들은 끼리끼리 뭐라고 쑥덕이고 있었고, 더러 고개를 끄덕이기도 했다.

"자아, 희망자는 말씀하세요. 당장 댁에다 달아 드립니다. 돈은 염려 마세요. 다음 달부터 내면 됩니다. 선착순으로 지금 당장 달아 드려요. 여기선 더 이상 안 틀어요. 우리도 갈 길이 바쁘니까 더 이상 못 틀어요. 네에, 저기 손 드신 분, 어서 앞으로 나오세요. 네에, 그쪽 분도……."

이렇게 해서 그날 밤, 열일곱 집이 신청을 했다. 청년들이 텔레비전을 15대밖에 가져오지 않았기 때문에 두 집은 다음 날 달기로 할 수밖에 없었다.

"예에, 아직도 기회는 있습니다. 밤새 생각해 보시고 내일 다시 신청해도 좋습니다. 전기 들어오는 집에 텔레비전 한 대 없는 건 상투 틀고 갓 안 쓴 격이고, 비단 치마저고리 차려입고 버선 안 신은 것이나 마찬가집니다."

청년은 이렇게 말을 맺었다.

손을 들어 신청한 열다섯 집엔 그날 저녁 당장 텔레비전이 설치되었다. 사람들은 제각기 가까운 집으로 몰려들었다. 사월이긴 했지만 아직 밤공기가 찬데도 사람들은 마당에 진을 치고 앉았다. 열다섯 집은 하나같이 텔레비전을 마루에 내놓아야 했다. 그날 밤 태극기가 펄럭이고 애국가가 나올 때까지

5부 이자 5푼 이자. 1부는 전체 수량의 100분의 1로, 퍼센트(%)를 뜻함. 5부 이자는 월 5퍼센트 이자를 말하며, 1년이면 원금의 60퍼센트(5퍼센트×12개월)가 이자라는 말이다.

자리를 뜬 사람은 하나도 없었다.

"좋긴 좋은 세상이야."

"소리야 공중으로 날아다닌다고 허지만, 어찌 온갖 사진이 공중으로 날아다닐 수 있을까."

"참 귀신이 곡을 할 노릇이지. 우리나라 사람들은 또 그렇다 치더라도 코쟁이들이 또박또박 우리말을 하는 건 어찌된 일이야, 글쎄."

어른들이 이런 감상 소감을 **피력하는** 데까지는 좋았다. 그들은 곧 자식들 앞에서 **곤궁한** 입장에 놓이게 되었다.

"아빠, 우리도 텔레비전 사요."

"그래요, 영길이네는 내일 신청한댔어요. 우리도 신청해요, 아빠."

애들의 성화는 아무리 많은 물을 끼얹어도 꺼지지 않을 불길이었다.

"밤이 늦었다. 어서 잠이나 자거라."

이 말을 들을 아이들이 아니었다.

"싫어. 산다고 약속해야지 뭐."

"텔레비전 안 사면 잠 안 잘 거야."

애들은 몸까지 휘휘 저어 댔다.

"영길이네 걸 구경하면 될 거 아니냐."

"싫어, 싫어. 창피하게 그게 뭐야."

"아빤 쩨쩨하게 그게 뭐야. 아빤 창피하지도 않아?"

이건 아비로서 체면이 말이 아니다. 애들이 이 모양인데 어쩌자고 저놈의 여편네는 또 입을 꼭 다물고 있는 건가. 슬그머니 화가 치밀어 올랐다.

"시끄러, 요런 **소갈머리** 없는 놈들아. 썩 가서 잠이나 자!"

피력하다(披瀝--) 생각하는 것을 털어놓고 말하다.
곤궁하다(困窮--) 처지가 이러지도 저러지도 못하게 난처하고 딱하다.
소갈머리 소갈딱지. 마음이나 속생각을 낮잡아 이르는 말.

드디어 꽥액 소리를 질러 버렸다. 그 **서슬**에 애들이 미적미적 물러갔다. 그제야 아내가 발딱 일어서며 말했다.

"흥, 소리만 지르면 장땡인 줄 알지."

내일 당장 텔레비전을 사겠노라고 당당하게 외치지 못한 남자들은 거의 이런 **궁색한** 꼴을 면할 수가 없었다.

청년들은 다음 날 아침 햇살이 다 퍼지기도 전에 들이닥쳤다. 그들에게 새로 신청한 수는 어제의 곱이 넘는 서른여섯 집이나 되었다. 그러니까 밤골에서 텔레비전을 살 만한 집은 거의 다 산 셈이었다. 청년들은 하루 종일 동네 골목골목을 부리나케 갈고 다녔고, 해 질 녘이 되자 밤골에는 쉰세 개의 긴 **장대**가 여기저기 삐쭉삐쭉 솟게 되었다.

불과 하루 만에 텔레비전을 가진 집들이 절반 가까이 되어 버리자, 형편이 어젯밤과는 영 딴판으로 변했다. 어젯밤처럼 그걸 마루에 내놓지도 않았고, 구경꾼들도 확 줄어 버려 구경하는 입장도 만만치가 못했다. 전혀 눈치를 주는 건 아니었지만 어젯밤처럼 태극기가 펄럭일 때까지 죽치고 앉아 있을 수가 없었다.

텔레비전 시비는 아이들한테서부터 일어나기 시작했다. 무슨 놀이를 하다가 말다툼이 벌어지면 느닷없이 텔레비전이 사이에 끼어드는 것이었다.

"너 이 새끼, 까불면 텔레비전 안 보여 줄 거야."

한 녀석이 눈꼬리를 세우며 이렇게 내지르면 상대편 녀석은 지금까지의 기세가 푹 꺾이며 어물거리는 것이었다.

"알았어. 네 맘대로 해. 내가 잘못했어."

서슬 강하고 날카로운 기세.
궁색하다(窮塞--) 말이나 태도, 행동의 이유나 근거 따위가 부족하다.
장대(長-) 대나무나 나무로 다듬어 만든 긴 막대기. 여기서는 텔레비전 수신 안테나를 가리킴.

텔레비전 구경을 담보로 말타기 놀이의 말 노릇이나 숨바꼭질의 술래 노릇을 떠맡는 일이 예사로 벌어졌다. 그리고 며칠이 못 가 어른들 사이에서도 난처한 문제가 생기기 시작했다. 매일 밤 안방에서 이웃집 사람들과 북적거릴 수는 없는 일이었다. 그래서 차츰 꺼리는 눈치가 뚜렷해졌다.

"얘들아, 텔레비전 그만 보고 어서 공부해라."

처음엔 이런 정도였고,

"아이, 피곤해. 우리 그만 잡시다."

며칠이 지나자 이렇게 변했고,

"아유, 이놈의 텔레비전 다시 팔아 치우든지 해야지. 귀찮아서 영 못살겠네."

이런 지경에까지 다다르게 되면서 이웃끼리의 사이가 고약하게 일그러졌다. 홧김에 소 잡아먹는다고, 이와 비슷한 꼴을 당한 어떤 집에서는 다음 날로 제꺽 안테나를 드높이 올리기도 했다.

그러나 아무리 껄끄러운 꼴을 당했다 하더라도, 오기만으로 닭 모가지를 비틀 수 없는 집은 있기 마련이었다. 어느 사이엔가 그런 집들은 그런 집들끼리 모여 입을 삐쭉거리고 눈을 흘기고 했지만 겉돌기는 매일반이었다. 예전과는 달리 마을의 화제는 거의가 텔레비전과 연관되어 있었던 것이다. 그런 현상은 어린애들과 아낙네들에게서 특히 두드러졌다.

"여기는 본부, 여기는 본부, 빼꾸기 나오라, **오바**."

"여기는 빼꾸기, 여기는 빼꾸기, 본부 말하라, 오바."

"지금 간첩 일당이 강 쪽으로 도망가고 있다. 계속 쫓아라, 오바."

"알겠다. 계속 강 쪽으로 쫓아가서 간첩들을 잡겠다, 오바."

이런 놀이를 하는가 하면,

"에잇, 받아라. 마린 보이다!"

오바 오버(over). 무선 통신 따위에서, 한쪽 대화의 끝을 알릴 때 하는 말.

"좋다, 덤벼라. 나는 아톰이다!"

애들은 제각기 만화 영화의 주인공이 되어 나무에서 뛰어내리고 바위를 건너뛰고 하는 것이었다. 애들은 옛날의 숨바꼭질이나 땅따먹기 같은 놀이는 아예 집어치워 버렸다. 씨름 대신 레슬링 흉내를 냈고, 아무 때나 "주고 싶은 마음, 먹고 싶은 마음……." 혹은 "열두 시에 만나요." 어쩌고 하며, 아이스크림 광고에 나오는 노래를 흥얼거렸다.

아낙네들도 애들 못지않았다. 얼굴을 맞대면 그저 지난밤에 본 연속극 이야기를 나누느라 집안일은 뒷전이었다.

"봤죠? 그 여자가 불쌍해서 어떡해?"

"그러게 말이야. 어쩌면 그리도 눈치가 없는지 몰라."

"모를 수밖에 없잖아. 남자가 그렇게 감쪽같이 속여 버리는데 어떻게 알아?"

"어쩜 그 남자는 그리도 **흉물스럽지**? 낯짝만 봐도 **정나미**가 뚝 떨어져."

"그것도 다 그 여우 같은 미스 홍 때문이야. 홀딱 홀려 버린 거라니까."

"그렇다니까. 고 여우가 하는 꼴 좀 봐. 금방 간을 홀딱 빼먹을 것처럼 눈웃음 살살 치는 것 하고……."

"그런 남편 믿고 어찌 살지?"

"이 세상 남자가 어디 다 그럴라고."

"얼레? 남자처럼 믿을 수 없는 것도 세상에 또 없어. 계집이 살살 꼬리 치는데 싫어할 남자 어딨어."

"그렇담 우리 애아범들도 그럴까?"

"아따, 걱정도 팔자다. 이런 흉악한 촌구석에 미스 홍이 어딨어서……."

흉물스럽다(凶物---) 성질이 음흉한 데가 있다.
정나미(情--) 어떤 대상에 대하여 애착을 느끼는 마음.

"아녀, 그런 것은 아녀. 읍내에 미스 홍 같은 계집들이 한둘인 줄 알어? 그런 짓 백날 하고 다녀도 우린 캄캄한 밤중이지 별다른 수 있어?"

"그도 그렇구먼."

"혹시 우리가 여태 까맣게 속아 온 건 아닐까?"

"그럴지도 모르지."

"안 되겠네. 오늘 저녁 당장 따져 봐야지."

"나도 그래야겠어."

"나도 몸살 나 죽겠네. 언제 저녁까지 기다려그래."

이처럼 화제는 비비 꼬여 엉뚱한 방향으로 불이 붙곤 했다. 그래서 **가당찮은** 부부 싸움이 벌어지기도 했다.

"당신도 저 남자처럼 날 속이고 있는 건 아니우?"

"아이고, 나도 저런 팔자나 한번 돼 봤음 좋겠네."

남자는 **심드렁하게** 대꾸했고, 여자는 남편의 그런 미지근함이 마음에 걸렸다.

"아니, 무슨 말이 그 모양이오? 저런 꼴이 부럽다니? 흥, 날 속이고 있는지 누가 알아."

남자는 아내의 말에서 섬뜩함을 느꼈다. 농담이 아니라 가시가 돋아 있는 것이다. 괜히 어물거리다간 그대로 뒤집어쓸 판이었다. 그렇다고 벌컥 화를 내기도 민망한 일이었다.

"누가 정말 그렇대나, 그냥 농담이지."

"누가 알아요, 사람 속을. 아무래도 당신 좀 이상해요. 어물어물하는 게."

아내는 정색을 하고 덤비고 있었고, 남편은 급기야 화가 치밀어 올랐다.

가당찮다(可當--) 도무지 사리에 맞지 않다.
심드렁하다 마음에 탐탁하지 아니하여서 관심이 거의 없다.

"아니, 요런 싸가지 없는 여편네 좀 보소. 저놈의 물건을 당장 팍 부숴 버려야지."

남편이 벌떡 일어나며 텔레비전을 곧 걷어찰 기세였고, 아내는 황급히 남편을 붙들며 만족스러운 웃음을 머금고 있었다.

"그만했기 망정이지, 테레빌 깨 버렸음 어쩔 판이었어그래."

"우리 애아범은 그래도 텔레비전은 아까웠던 모양이지. 재떨이를 벽에다 내던지더라니까."

"나만 젤 손해 봤네. 눈 깜짝할 새에 팍 쥐어박고 말잖아."

"히히히……. 창수 아범이 본래 몸이 날래잖은가베. 성질은 좀 칼칼허구."

"어쨌거나 속 시원하지 뭐야. 우리 애아범들은 아무 탈 없으니까."

이러면서 아낙네들은 키들거리고 신바람이 나는 것이었다. 아낙네들은 이제 퀴퀴하고 질척질척한 느낌의 생활 속의 이야기들을 거의 잊어버리고 있었다. 누가 누구보다 미남 탤런트고, 어느 가수가 누구보다 노래를 잘 부른다고 우김질하는 것이 한결 재미가 고소했던 것이다.

텔레비전 바람은 좀처럼 잠잘 줄을 모른 채 더러 가정불화까지 일으키며 꾸역꾸역 밤골을 먹어 가더니만, 3개월쯤 지난 칠월이 되어서는 100개가 넘는 안테나가 서게 되었다.

지난해와는 달리 무더운 밤인데도 당산나무 밑에는 모깃불이 지펴지지 않았다. 어둠 속에서 담뱃불이 빨갛게 타고, 어른들이 나누는 이야기 소리가 개구리 울음소리에 섞여 두런두런 들리던 밤이 없어졌다.

그뿐만 아니라 앞개울의 어둠 속에서 물을 튀기는 소리와 함께 여자들의 간지러운 웃음소리도 들을 수가 없었다. 반딧불을 쫓는 애들의 왁자한 외침도 자취를 감추었고, 감자나 옥수수 **추렴**을 하는 아낙네들의 나들이도 씻은

추렴 모임이나 놀이 또는 잔치 따위의 비용으로 여럿이 각각 얼마씩의 돈을 내어 거둠.

듯이 없어졌다. 집집마다 텔레비전 앞에 매달려 있는 탓이었다.

청년들은 매달 같은 날짜에 나타나 또박또박 돈을 받아 갔다. 처음 팔아먹을 때와는 달리 하루만 늦어도 이자를 붙이겠다고 으름장을 놓았고, 한 달이 넘으면 그동안 낸 돈은 무효로 하고 물건을 가져가겠다고 큰소리를 쳤다.

그런데 이 말에 꼼짝을 못할 것이, 읽어 보지도 않고 도장을 찍어 주고받은 **월부** 계약서란 것에 그 조항들이 똑똑히 적혀 있었던 것이다. 그래서 매일이다시피 돈을 빌리러 골목을 헤집고 다니는 사람들이 끊이지 않았다.

팔월로 접어들면서 청년들과 다툼이 자주 벌어졌다. 처음 한두 달은 어찌어찌 날짜를 맞췄는데 달이 갈수록 월부금 내기가 힘에 부치기 시작한 것이다. 그런 사람들은 대개 나중에 구입한 사람들로, 에라 외상인데 그까짓 돈쯤 어떻게 되겠지, 하는 배짱을 부린 것이었다.

"다음 달에 한몫에 내면 될 거 아뇨."

"글쎄, 안 된다니까요."

"아, 이자를 붙여 준다는데도 안 돼?"

"똑같은 말 자꾸 해 봤자 입만 아파요. 텔레비전이 없어서 못 팔아먹는 판에 다 소용없는 소리요. 비켜요, 떼어 갈 테니."

청년이 마루로 올라서려 했고, 주인이 청년을 낚아챘다.

"정 이러기야, 이거?"

주인이 곧 한 대 쥐어박을 듯이 대들었다.

"기운 좀 쓰시나 본데 어디 쳐 보시지. 요새 사람 치는 놈들 잡아들이느라고 경찰서 유치장을 활짝 열어 놨는데, 어서 쳐 보시라니까."

청년은 유들유들한 태도로 비웃고 있었다.

주인은 그만 미칠 것 같은 심정이 되고 말았다. 텔레비전을 빼앗기고, 두

월부(月賦) 물건값이나 빚 따위의 일정한 금액을 다달이 나누어 내는 일. 또는 그 돈.

달 낸 돈까지 꼼짝없이 떼일 형편이었던 것이다. 돈도 돈이지만, 텔레비전이 있다가 없어지면 이게 무슨 꼴인가. 마누라한테, 애들한테 체면이 말이 아닌 것이다. 그리고 동네 망신은 또 얼마나 큰가. 기분 같아서는 저놈의 뺀질뺀질한 낯짝을 후려갈기면 속이 시원하련만 그러지도 못하고…….

청년은 이미 싹수가 노란 걸 알고 있었다. 남들이 산다니까 기죽기 싫어서 덥석 일을 저질러 놓고 애간장이 타는 것이다. 지금 기분으로는 다음 달에 한꺼번에 낼 수 있을 것 같지만, **아서라** 안 속는다, 안 속아. 돈이 거짓말시키지, 어디 사람이 거짓말시키더냐. 이런 시골 가난뱅이들일수록 더욱 **애지중지하게** 마련이니까 3개월쯤 썼다고 한들 신품이나 마찬가지야. 새로 사는 것들도 어수룩하긴 마찬가지니 더 속 썩이지 말고 물건을 가져가는 거다.

청년의 이런 배짱 앞에서 텔레비전을 지킬 재간은 없었다. 그래서 열서너 집이 고스란히 수난을 당했다. 텔레비전이 실려 나갈 때는 소란이 벌어졌다. 애들이 발을 동동 구르며 울부짖었고, 화가 솟을 대로 솟은 주인은 애들을 마구 때리며 소리를 질렀고, 안주인은 그런 남편에게 대들며 악다구니를 썼다.

한편, 몇몇 집에서 이런 소동이 벌어지는 것과는 아랑곳없이 살림살이가 넉넉한 열서너 집에서는 전기용품 들여놓기 시합을 벌이고 있었다. 그들이 시샘을 하듯 앞다투어 장만하고 있는 것은 밥통이었다. 그들은 이미 여름이 되면서 선풍기를 들여놓느라고 서로 신경을 곤두세운 일이 있었다.

그 선풍기라는 것도 참 희한한 기계였다. 부채로는 도저히 맛볼 수 없는 기막힌 시원함을 주었던 것이다. 땡볕 속에서 농약을 뿌리거나, 채소밭에 온종일 엎드렸다 들어오면 전신은 땀으로 미역을 감고 더위는 헉헉 목을 치받고

아서라 그렇게 하지 말라고 금지할 때 하는 말.
애지중지하다(愛之重之--) 매우 사랑하고 소중히 여기다.

올랐다. 그런 때면 으레 옷을 훌러덩 벗어젖히고 찬물을 끼얹기 마련이었다. 그리고 손목이 아프도록 부채질을 해 보지만 땀은 가슴으로 등줄기로 줄줄 흘러내리는 것이었다.

그런데 선풍기는 그게 아니었다. 스위치를 돌리기만 하면 금방 쏴아 쏟아져 나오는 바람이 찬물을 끼얹었을 때의 그 시원함을 되살려 주며 땀을 말끔히 걷어 가는 것이다. 그뿐만 아니었다. 선풍기를 틀어 놓으면 모기의 극성이 한결 누그러졌다. 그 신통한 선풍기 바람이 모기란 놈을 제멋대로 날게 내버려두지 않았다.

선풍기를 가진 사람들은 이런 맛도 맛이었지만, 한편으론 자기들도 도시 사람들과 마찬가지로 이렇듯 편리하고 근사한 전기용품을 사용하고 있다는 사실을 더 고소한 맛으로 즐기고 있었다.

그런데 이젠 전기밥솥이 여자들을 환장하게 만들고 있었다. 쪼그리고 앉아 먼지 뒤집어써 가며 짚단을 풀어 불을 땔 필요가 없었다. 뜸을 들이자고 몇 번씩 솥뚜껑을 열어 뜨거운 김 속에 손을 처넣어 밥알을 집어내 맛을 보는 **고역**을 치르지 않아도 되었다.

전기를 꽂으면 빨간 불이 반짝 들어와서는 제대로 보글보글 끓었고, 불빛이 바뀌면서 딱 먹기 좋게 뜸까지 들이는 게 아닌가. 밥물이 넘치길 하나, 밥이 설기를 하나. 여인네들은 그저 감탄에 감탄을 거듭하는 것이었다.

"이리 좋은 세상을 몰랐으니 여태 헛살았지 뭐야."

"누가 아니래. 나도 당장 사야지. 이러고 있을 때가 아냐."

"편하긴 참말로 편해서 좋은데, 그게 값이 좀……."

"아유, 무슨 걱정이야. 월부 아냐, 월부."

"월부가 아니래도 그렇지, 마누라가 모처럼 고생을 좀 덜게 되었는데 까짓

고역(苦役) 몹시 힘들고 고되어 견디기 어려운 일.

돈 땜에 벌벌 떠는 남자라면 더 이상 기대할 것도 없지 뭐야."

"그렇고말고. 그런 남자하고 살아 봤자 뻔해. 그건 부부가 아니라 여자만 종노릇하는 셈이야."

"허지만 그런 게 자꾸 늘어나면 전기료도 그만큼 더 물어야 할 것 아니야?"

"아이고, 저런 **궁상스러운** 여편네. 구더기 무서워 장 못 담글라. 죽기 전에 몸 한번 편해지는데 까짓 전기료 조금 더 무는 게 무슨 **대수**라고."

이렇게 해서 전기밥솥은 집집마다 텔레비전 옆에 의젓하게 자리를 잡아갔다.

가을로 접어들면서 잔칫집이 생겼지만 일손이 예전과 같지 않았다. 누구도 예전과 같이 밤늦게까지 일을 도와주려 들지 않았다. 날이 어둑어둑해지자 이런저런 이유를 대며 슬슬 자리를 뜨기 시작한 것이다. 주인의 입장에서는 품삯을 주는 것도 아닌데 붙들어 앉힐 수 없는 노릇이었다.

주인은 전에 없던 이 야릇한 변화를 얼핏 알아차리지 못했고, 평소에 앙큼한 짓 잘하던 어린 딸년이 텔레비전 때문이라고 일깨워서야 그렇구나 싶었고, 텔레비전 없는 집만 골라 일손을 모아야 했다. 잔치 준비를 하는 데 처음으로 품삯을 지불하기로 한 주인은, 마당 감나무 잎에 내려앉기 시작한 가을의 썰렁함이 그대로 가슴에 옮겨지는 것을 느끼고 있었다.

월전댁은 손을 바삐 놀렸다. 서둘러 설거지를 마쳐야 했다. 조금만 있으면 주말 연속극을 시작할 참이었다. 그 연속극은 어쩌면 그리도 아슬아슬한 게 **오금**을 조이게 하는지 몰랐다. 남편이 들으면 골통 박살 날 얘기지만 그 훤하게 잘생긴 미남 배우는 월전댁의 머리를 어지럽히고 있었다. 어찌 된 영문인

궁상스럽다(窮狀---) 보기에 꾀죄죄하고 초라한 데가 있다.
대수 대단한 것.
오금 무릎의 구부러지는 오목한 안쪽 부분.

지 그 미남 배우와 한 이불 속에 들어 있는 꿈을 꾸는 것이다.

“이 미친년이 왜 이래. 촌년이 어쩌자고 이래.”

월전댁은 소리 내어 자신을 꾸짖기도 했다. 그러나 그 배우의 웃는 얼굴이 언뜻언뜻 떠올랐고, 그 연속극 시간만 다가오면 마음이 설렁거려 일손이 헛돌기 일쑤였다. 다른 여자들과 모여 앉은 자리에서 그 배우를 놓고 이러쿵저러쿵 말이 나올 때도 월전댁은 한마디도 하지 않았다. 마음과는 달리 도무지 말을 꺼낼 수가 없었다.

월전댁은 그릇들을 대충 건져 내놓고 부엌을 나왔다. 설거지물은 이따가 버리거나 내일 아침에 쏟아 버려도 그만일 일이었다.

광고 선전이 끝나고 곧 연속극이 시작되었다. 월전댁은 아랫목에 엉덩이를 찰싹 붙이고 앉아 텔레비전 화면을 응시하며 침을 꿀꺽 삼켰다. 지난 주일의 마지막 장면이 키스를 하려다가 부잣집 딸인 애인한테 덜컥 들킨 데까지였다.

그 잘생긴 남자는 두 여자 사이에서 이러지도 못하고 저러지도 못하며 괴로워하고 고민하고 있었다. 한 여자는 가난하고 다른 한 여자는 부잣집 딸이었다. 두 여자는 누가 더 낫다고 할 수 없을 만큼 예쁜 얼굴이었고, 똑같이 그 남자를 사랑하고 있었다. 그런데 그 남자가 부잣집의 회사에서 일을 하고 있었다.

월전댁은 언제부턴가 자기가 꼭 가난한 여자처럼 느껴지기 시작했다. 그 남자가 부잣집 딸에게 조금만 잘해 주면 파르르 화가 나기도 했고, 좀 더 심하면 욕을 쏘아 대기도 했다. 틀림없이 자신이 당하는 것 같은 서운함과 분함이 가슴에서 엇갈리고 있었다.

키스를 하려다 들켜 엉거주춤 서 있는 두 남녀 앞에서 부잣집 딸이, “비겁해요. 더러워요. 이럴 줄 몰랐어요. 정말 몰랐어요!” 하고 외치며 뒤돌아서 뛰어가고 남자는 이름을 부르며 쫓아가려다 말고 엉거주춤 섰는데, 가난한 애인과 눈이 마주쳤다. 그와 동시에 가난한 여자가 울음을 터뜨리며, "가세요. 어서 가 보세요. 난 상관없어요!" 하며 부잣집 딸과는 반대 방향으로 뛰어간다. 남자는 이쪽저쪽을 두리번거리며 울상이 되고…….

월전댁은 입술을 잘근잘근 깨물며 넋을 빼고 앉아 있었다. 월전댁은 장면이 바뀔 때마다 얼굴을 찡그리기도 했고, 혀를 끌끌 차기도 했고, 흡족하게 웃기도 했고, 엉덩이를 들썩 올리기도 했다.

"엄마, 나 목말라."

국민학교 삼학년인 아들이 화면에 눈을 둔 채 말했다.

"……."

"엄마, 나 목마르다니까!"

아들의 목소리가 좀 더 커졌다.

"……."

"아, 엄마! 나 목마르단 말이야!"

아들이 꽥 소리를 질렀다. 그제야 월전댁의 고개가 아들 쪽으로 획 돌려졌다. 그런 그녀의 눈길이 매서웠다.

"이놈아, 니놈이 목 타면 니놈 손으로 떠다 처먹지, 어디다 대고 악을 써!"

월전댁의 외침과 동시에 주먹이 아들의 머리통을 쥐어 갈겼다. 그 서슬에 아들이 발딱 일어섰다.

"엄만 텔레비전이라면 미치고 환장이야."

아들이 투덜거리며 방문을 차고 나갔다. 그리고 아들의 황급한 외침이 들린 것은 잠시 후였다.

"엄마, 불이야! 불났어!"

"……?"

월전댁은 어리둥절했다. 어디서 들리는 소리인지 잠시 분간이 안 갔다.

"엄마! 불이야, 불!"

아들이 문을 박차고 뛰어들었다.

"불? 어디냐, 어디!"

월전댁이 방을 뛰쳐나갔다.

불길은 부엌을 다 채우고 넘쳐나 처마 밑을 핥고 있었다.

"달수 아부지, 달수 아부지, 불요, 불! 불이 났소."

월전댁은 펄쩍펄쩍 뛰며 남편을 찾았다. 아직 돌아올 시간이 아니었다.

"달수야, 달수야!"

방으로 뛰어들면서 외쳤다.

"엄마, 나 여기 있어, 여기!"

아들이 여동생 손을 잡고 마당에서 와들와들 떨며 소리쳤다.

"아, 얼른 사람들 불러. 불 끄라고 사람들 불러!"

부엌에서 되돌아 나온 월전댁이 뒤집혀진 눈으로 울부짖었다.

"불이야! 불이야!"

"사람 살려! 불이야!"

월전댁의 째지는 부르짖음과 아들의 울먹이는 외침이 어두운 골목으로 퍼져 나가기 시작했다. 어쩐지 사람들의 기척은 들리지 않았고, 월전댁이 사립을 떠다밀고 마당으로 뛰어들어 외쳐서야 비로소 방문이 열리는 것이었다. 사람들이 물통을 들고 월전댁의 집에 도착했을 때는 이미 불길이 처마 밑을 빙그르 돌아 지붕으로 번진 뒤였다.

"살림살이라도 좀 꺼내 봐야지!"

"틀렸어. 저 불길 좀 봐!"

"딴 데로 번지지나 못하게 해."

"아니, 이 꼴이 되도록 뭘 한 거야."

불길은 절망적이었다. 사람들은 가져온 물을 열심히 끼얹기는 했지만 푸시식 푸시식 순간적으로 연기만 일으킬 뿐 불길은 점점 거세어 갔다. 사람들은 더 물을 길어 오려 하지 않았다. 이 눈치를 챈 월전댁이 갑자기 소리를 질렀다.

"내가 미친년이여. 내가 미쳤어. 나 같은 년은 죽어야 돼."

월전댁은 불길을 향해 내달렸다.

"잡아!"

"저런, 저런……."

남자들이 쫓아가서 간신히 월전댁을 붙들었다.

"놔요, 놔! 난 죽어야 돼. 그까짓 게 뭐라고. 난 죽어야 돼!"

눈을 허옇게 까뒤집은 월전댁은 무서운 기운으로 발버둥을 치며 한사코 불길을 향해 뛰어들 기세였다.

원미동 시인

평등과 효율성을 두고 체제(體制) 경쟁을 벌이던 냉전 시대가 저물고 효율성의 시대가 활짝 열렸습니다. 이로써 세계는 '시장'을 중심으로 유지되는 시장 경제 사회로 재편되었고, 무엇이든 사고파는 거래의 대상으로 간주하는 사회가 도래했습니다. 그리하여 오늘날 사회는 정신적 가치보다 지금 당장의 편안함과 행복을 제공해 주는 물질적·세속적 가치를 더욱 중요시하게 되었습니다.

분명 물질적 여유는 더 나은 삶을 추구하는 중요한 수단 가운데 하나입니다. 하지만 그 가치는 결코 인간 본연의 가치와 견줄 수 있는 것이 아닙니다. 그럼에도 사회 전체가 '시장'에 유익하냐 아니냐에 따라 그 향방을 결정짓게 되면서 지난 시절 가치 있게 여겨졌던 많은 것들이 사라지고 있습니다. 많은 사람들이 자신의 일에 흥미를 느끼지 못한 채 그저 먹고 살기 위해 일하는가 하면, 개인주의와 빈부 격차가 심해지면서 사회적 연대는 한없이 약해졌습니다.

이러한 시대에 자기 삶의 중심을 굳건히 지키고 사는 사람들, 작가는 그런 사람들을 눈여겨보았습니다. 자신이 소중하게 여기는 가치대로 소신껏 살아가는, 주변에서 흔히 볼 수 있는 평범한 이웃들의 삶을 통해 오늘날을 어떤 태도로 살아가야 할지 생각해 보며 이 작품을 감상해 봅시다.

양귀자(梁貴子, 1955~)

전북 전주 출생. 1978년 〈다시 시작하는 아침〉으로 《문학사상》 신인상을 수상하면서 등단한 이후 창작집 《귀머거리새》와 《원미동 사람들》을 통해 단편 문학의 정수를 보여 주었다. 1990년대 들어 《희망》, 《나는 소망한다 내게 금지된 것을》, 《천년의 사랑》, 《모순》 등의 장편 소설을 펴냈으며, 탁월한 문장력과 정교한 소설적 구성으로 '이 시대 가장 잘 읽히는 작가'로 손꼽히고 있다. 이외 《내 집 창밖에서 누군가 울고 있다》, 《삶의 묘약》 등 산문집과 《누리야 누리야》와 같은 장편 동화를 펴냈다.

길모퉁이에서 만난 사람들 _양귀자

여행가 김 선배

엊그제 시내에 나갔다가 반갑게도 김 선배를 만났다. 덕분에 집까지 편안하고 즐겁게 돌아올 수 있었고 그간 **격조했던** 서로의 사는 이야기를 들을 수 있어 아주 좋았었다. 마침 택시를 기다리고 있던 참인데 김 선배가 먼저 나를 알아보고 손님 태운 차를 내 옆에 세웠던 것이었다.

김 선배는 개인택시를 모는 유쾌한 기사 아저씨였다. 아니, 좀 더 확실하게 계보(系譜)를 따지자면 실제로 내 선배가 되는 이는 그가 아니라 김 선배의 아내 되는 윤 선배였다. 윤 선배야말로 정확히 여고의 2년 선배 되는 사람이고 김 선배는 단지 그녀의 남편일 뿐 학교 쪽으로나 출신 지역으로나 나하곤 전혀 계보를 이을 수 없는 배경이었다.

그럼에도 불구하고 우리는 만날 때마다 진짜 선후배들 이상으로 반갑고 좋았다. 이렇게 말하면 약간 이상해지지만, 윤 선배하곤 전화 통화가 고작이면서도 시내에 나가면 행여 김 선배 택시가 안 보이나 유심히 살피는 까닭도 내가 그를 매우 좋아하는 탓이다.

그러고 보면 김 선배도 나와 다름이 없다. 길거리에서의 우연치 않은 **해후**는 가끔씩 있어 왔는데 대개가 그의 매운 눈썰미 덕분이었다. 그날도 그랬다.

격조하다(隔阻--) 오랫동안 서로 소식이 막히다.
해후(邂逅) 오랫동안 헤어졌다가 뜻밖에 다시 만남.

로터리를 돌고 있는데 저만치 내가 보이더라는 것이었다. 미리 타고 있던 손님과는 방향이 조금 어긋났지만 그의 차를 탔으니 걱정할 일은 없었다.

"여행 안 가나? 내 차 **대절하면** 미터 요금만 받지. 생각 없어? 가을인데."

김 선배는 여전히 유쾌한 얼굴이었다. 도시로의 이동이라면 사절이지만 시골로 이동할 일이 있으면 언제라도 자기 택시를 이용하라는 것이 그의 입버릇이었다. 그는 내가 알고 있기로는 유일하게 요금 흥정 없이 흔쾌하게 장거리를 뛰는 택시 기사였다. 뿐만 아니라 그는 마음이 내키면 혼자서 속초로, 내장산으로 슬슬 돌아다니다가 오는 약간 비정상적인 기사이기도 했다.

물론 그 때문에 나의 진짜 여고 선배인 그의 아내는 불만이 많았다. 하기야 맨 처음 남편이 택시 기사가 되겠다고 했을 때의 억장이 무너지는 것 같던 실망감에 비하면 이런 불만은 사실 별것도 아닐 터였다. 그날도 나는 먼저 윤 선배의 마음 건강이 어떠한지 그것부터 물었다.

"윤 선배는 어때요? 요새도 흰머리 늘어난대요?"

괴팍한 남편 덕에 앞머리가 하얗다는 윤 선배를 떠올리며 나는 피식 웃었다.

"우리 마누라 머리칼? 칠흑 같은 검정색이야. 염색을 열심히 해 대거든."

우리는 또 깔깔깔 웃어 댔다.

"졸업장 불쏘시개 하라는 소린 이제 안 해요?"

"불쏘시개를 했는지 휴지로 팔아넘겼는지 그 이야긴 없대."

김 선배는 나를 보며 한쪽 눈을 찡긋했다. 복잡한 서울 시내를 헤쳐 다니면서도 짜증 한 번 내지 않는 사람이라 요 몇 년 사이 조금도 늙지 않은 얼굴이 사뭇 건강했다. 밀리면 밀리는 대로, 손님이 가자면 가자는 대로 조급하게 굴지 않고 택시를 모는 대신 또한 운전대가 지겨워지면 하루 푹 쉬기도 하고 손님이 없으면 차 세워 놓고 커피 한잔 마시며 음악을 듣는, 천하에 거칠 것 없

대절하다(貸切--) 계약에 의하여 일정 기간 동안 그 사람에게만 빌려주어 다른 사람의 사용을 금하다.

는 김 선배였다.

그는 대학에서 심리학을 전공하고도 모자라 대학원까지 마친 석사 학위 소지자였다. 명문대 출신인 까닭에 재벌 그룹에 입사하는 것도 어렵잖게 해치웠고 그 뒤 서너 번 직장을 옮기긴 했어도 실업자였던 적은 한 번도 없었다. 다만 조직적이고 권위적인 직장 생활이 취미에 안 맞는다는 하소연이 잦았을 뿐, 중학교 교사인 아내와 두 아이를 둔 성실한 가장이었다는 게 주위의 평판이었다.

그런 그가 하루아침에 직장을 그만두고 퇴직금으로 개인택시를 덜컥 사 버렸다. 오너드라이버로서의 오랜 세월 무사고 운전 실력만을 믿고 취한 행동이었다고는 하나 내가 보기에 그는 오래전부터 치밀하게 자신의 인생 계획을 수정하고 있었음이 분명했다. 그 증거로, 그는 개인택시 기사가 된 후 사람이 몰라보게 명랑해졌다. 사람 속에서 부딪치는 것이야 월급쟁이나 택시 기사나 매일반이겠지만 그의 말대로 '권위에 짓눌린 신음 소리는 더 이상 듣지 않게 되어 속이 시원'할 것임은 말할 나위가 없다.

말하자면 그는 천성적으로 자유인이었다. 먹고 싶을 때 먹고, 일하고 싶을 때 열심히 일하고, 이것 이상 배짱 편한 직업이 없다는 게 명문 대학원 출신의 석사 기사가 주장하는 바였다. 그의 아내는 그런 남편을 이해할 수 없어 날마다 **울화통**이 터진다고 했다. 우선은 학교의 동료 교사한테도 창피해서 말을 못 하겠고 친정 식구나 동창들 모임에 나가도 영 기가 죽는다는 것이었다. 그런데 미안한 말이지만, 나는 자유인 김 선배의 파격적인 직업 전환 소식에 아주 신선한 충격을 받았다. 솔직히 말하면 그 사건 이후 나는 윤 선배보다 가짜 선배인 그가 더욱 좋았다. 나는 그를 기꺼이 내 정신의 선배로 모실 작정이었으니까.

울화통(鬱火-) 몹시 쌓이고 쌓인 마음속의 화를 속되게 이르는 말. 화통.

그날, 내 정신적 선배인 그는 시종일관 명쾌하고 **해박한** 논조로 이 세상을 해부해 보이며 나를 집에까지 데려다 주었다. 언제나 그랬듯이 나는 미터기에 표시된 대로 요금을 치렀고 그 역시 당당하게 노동의 대가를 받았다. 그리고 그는 차를 돌리며 한마디 덧붙였다.

"우리 마누라 퇴근시켜 주러 슬슬 가 볼까. 날 보면 또 펄펄 뛸걸."

장난기 가득한 그 얼굴이 밉지 않아서 나도 계속 시도해 보라고 그를 부추겨 주었다. 선생님 마누라를 모시고 가기 위해 학교 교문 앞에 차를 대 놓고 기다린 적이 몇 번 있었는데 그때마다 윤 선배는 펄쩍 뛰며 사나흘씩 말을 않는다고 했다.

아닌 게 아니라 그날 저녁 당장 윤 선배가 **격앙된** 목소리로 전화를 걸어왔다.

"네가 모시러 가라고 그랬다믄서?"

"그래서, 뭐가 잘못됐어요?"

"너 정말 그러기야? 내 꼴이 뭐가 되니? 안 그래도 속 터져 죽을 판인데."

"택시 기사가 어쨌다고 그래요. 언니가 정말 딱하지, 김 선배 본인은 대만족인데."

"점점. 애들하고 너까지, 어쩜 그리 **한통속**이니? 우리 큰애는 뭐라는 줄 알아? 아빠는 자유업이 어울린대. 지 아빠라면 그저 좋아서……. 게다가 우리 막내가 학기 초 가정 환경 조사서에 지 아빠 직업을 뭐라고 쓴 줄 아니? 글쎄, 여행가라고 적어 놓았지 뭐야. 기가 막혀서. 그래 놓곤 댑다 뭐가 틀리냐고 우기드라니까."

"여행가? 그거 되게 환상적이다. 자유업도 멋있고. 근데 언니는 그럴 때 뭐

해박하다(該博--) 여러 방면으로 학식이 넓다.
격앙되다(激昂--) 기운이나 감정 따위가 격렬히 일어나 높아지다.
한통속 서로 마음이 통하여 같이 모인 동아리.

라고 적어?"

"뭐라긴. 운수업이지. 왜, 틀리냐?"

그래 놓고 그녀는 별수 없이 킥킥 웃어 댔다. 그 웃음소리로 미루어 그녀 역시 환상적인 여행가한테 적잖이 세뇌당한 것이 분명했다. 하기야 자유는 전염되는 것이니까.

우리 동네 예술가 두 사람

북한산 자락에 둘러싸여서 사시사철 웅장한 자연의 작품을 감상하며 살 수 있는 우리 동네에 오면 예술인들을 많이 만날 수 있다. 우선은 미술관이 두 개나 있어서 **자연** 화가들이 자주 모이고 그림을 좋아하는 미술 **애호가**들의 발길도 잦다.

그런가 하면 소설가나 시인들도 여러 명 이 동네에 주민 등록을 얹어 놓고 있다. 자리를 잡고 살고 있는 그들이 얼마나 동네 예찬론을 펼쳤는지 앞으로 이 동네로 이사 오겠다고 마음먹은 소설가나 시인도 **부지기수**이다.

그 밖에도 음악이나 방송, 혹은 언론에 종사하는 사람들도 가끔씩 만나게 되는데 나로서는 그들이 근방에 사는 사람들인지, 아니면 방문객들인지는 알 도리가 없다. 다만 다른 곳에 비해서 예술인이라 부를 수 있는 사람들과 자주 부딪치게 되는 것만은 사실이다.

우리 동네의 또 하나의 특색은 규모가 작은 카페들이 아주 많다는 것이다. 그래서 흔히 동네 앞 큰길을 우리는 '카페 거리'라고 부른다. 일일이 세어 보지 않아서 장담은 못 하지만 적어도 수십 개에 이르는 작고 아담한 카페들이 길

자연(自然) 자연히. 사람의 의도적인 행위 없이 저절로.
애호가(愛好家) 어떤 사물을 사랑하고 좋아하는 사람.
부지기수(不知其數) 헤아릴 수가 없을 만큼 많음. 또는 그렇게 많은 수효.

양쪽에 늘어서 있고, 각각 내걸고 있는 상호들은 또 얼마나 예술적인지 카페 간판들을 죽 읽다 보면 흡사 한 편의 서정시를 감상하는 기분이 되곤 한다.

그곳을 자주 찾는 글 동네 선배 말씀에 의하면 이들 카페의 주 고객들은 거의가 '쟁이'라고 했다. 일부러 먼 곳에서 찾아오는 '쟁이'와 근처의 '쟁이'들로 밤마다 북적거리는데 그 외에도 술 좋아하는 대학 교수들까지 **합세해서** 그 많은 카페 주인들을 먹여 살린다는 것이었다.

예술적인 동네 분위기 때문에 카페들이 많이 생겨났는지, 아니면 카페들이 많아서 예술인들이 많이 모이는 것인지, 그 앞뒤 연결 사항은 나도 잘 모르는 일이다. 하지만 이곳 카페들이 술 좋아하는 빈약한 주머니 사정의 '쟁이'들을 넉넉하게 포용하고 있는 것을 보면 **퇴폐**와 **환락**으로 눈살을 찌푸리게 하는 여느 술집들과는 여러모로 다르다는 것은 분명한 사실이다. 우리 동네에서는 카페조차 예술적인 것이다.

이제까지 나는 우리 동네의 예술적 분위기에 대하여 긴 설명을 했다. 물론 끝없는 자기 극복과 한없는 자기 단련으로 고통의 창조 작업을 하고 있는 예술인들이 많이 모인다는 이야기도 했다.

하지만 내가 하고자 하는 '예술가' 이야기는 지금부터가 시작이다. 나는 내게 감동을 준 두 명의 예술가들에 관해 말하려고 여태까지 긴 서두를 펼치고 있었던 셈이었다. 이 두 명의 예술가들이 만드는 작품은 어떤 것이고, 또 그들은 어떤 생활을 하고 있는지에 대해서는 지금부터의 이야기가 말해 줄 것이다. 그 전에 한 가지 미리 말해 두는 바이지만, 이 두 사람의 예술가들을 보고 싶다면 언제라도 우리 동네에 오면 된다. 그들은 이 동네의 한가운데에서 매일같이 성실하고 끈질기게 자신의 진지한 '예술'에 몰두해 있으니까.

합세하다(合勢--) 흩어져 있는 세력을 한곳에 모으다.
퇴폐(頹廢) 도덕이나 풍속, 문화 따위가 어지러워짐.
환락(歡樂) 아주 즐거워함. 또는 아주 즐거운 것.

우선 그 첫 번째 예술가.

그이는 늘 흰 가운을 입고 있다. 그리고 여자이다. 이렇게 말하면 여류 조각가를 상상할지도 모르겠다. 아니, 그 짐작이 맞을지도 모른다. 그이가 빚어내는 작품도 일종의 조각이라면 조각일 수도 있다.

그이는 매일 아침 9시에 일터로 나와서 다시 저녁 9시가 되면 가운을 벗고 집으로 돌아간다. 일터에서의 그이는 다소 무뚝뚝하고 뻣뻣하다. 남하고 싱거운 소리를 나누는 일도 거의 없다. 잘 웃지도 않는다. 오히려 늘 화를 내고 있는 것처럼 보이기도 한다.

그런 얼굴로 그이는 늘 일을 하고 있다. 그이가 만드는 작품은 불티나게 팔리고 있으므로 하기야 쉴 틈도 많지 않다. 묵묵히 일만 하고 있는 그이를 우리는 '김밥 아줌마'라고 부른다. 따라서 그이가 만드는 작품은 자연히 김밥이라는 이름을 가지고 있다. 하지만 그이의 김밥은 보통의 김밥과는 아주 다르다. 언제 먹어도 그이만이 낼 수 있는 담백하고 구수한 맛이 사람을 끌어당긴다. 그이의 김밥은 절대 맛을 속이지 않는다.

김밥 아줌마는 작품을 만들 때 사람들이 보고 있으면 막 화를 낸다. 누군가 쳐다보면 마음이 흔들려서 실패작만 나온다는 것이다. 김밥을 말고 있을 때는 누가 무슨 말을 해도 들은 척을 하지 않는다. 한 번 더 말을 시키면 여지없이 성질을 내며 일손을 놓아 버린다. 그이는 파는 일엔 전혀 관심이 없고 오직 김밥을 만드는 그 행위에만 몰두해 있는 사람처럼 보인다.

언젠가 나도 무심히 김밥 마는 것을 구경하고 있다가 당했다. 쳐다보고 있으니까 김밥 옆구리가 터지는 실수를 다 한다고 신경질을 내는 그이가 무서워서 주문한 김밥을 싸는 동안 멀찌감치 떨어져 있었다. 그러나 집에 돌아와서 먹어 본 김밥은 그이에게 당한 것쯤이야 까맣게 잊어버리고도 남을 만큼 그 맛이 환상적이었다. 그 김밥은 돈 몇 푼의 이익을 위해 말아진 그런 김밥이 아니었다. 나는 그래서 그이의 김밥을 서슴지 않고 '작품'이라 부른다.

그 두 번째 예술가.

그는 이제 막 오십 고개를 넘은 남자이다. 하루도 빠짐없이 머리에 얹어 놓고 있는 **빵떡모자**와 아직은 듬직한 몸체, 그리고 늘 웃는 얼굴의 그이는 일 년 열두 달 거의 빠짐없이 하루에 두 차례씩 내가 사는 연립 주택의 마당에 나타난다. 자식들의 결혼 날이거나 아니면 길이 꽁꽁 얼어붙어 오르막인 이곳까지 트럭이 못 올라오는 한겨울 며칠을 제외하면 오전 10시 무렵과 오후 4시경에는 어김없이 주홍 **휘장**을 두른 그의 트럭을 볼 수가 있다.

그가 등장하는 모습은 언제나 일정하다. 먼저 귀에 익은 바퀴 구르는 소리와 함께 그가 운전하는 주홍 트럭이 언덕배기를 올라온다. 차를 세운 다음에는 얼른 확성기를 들고 운전석에서 뛰어내린다. 빵떡모자를 쓴 그는 확성기에 대고 자신이 심혈을 기울여 골라 온 물건의 이름을 하나하나 부른다. 양파나 버섯 있어요. 싱싱한 오이와 배추도 있어요. 엄청 달고 맛있는 복숭아나 포도 있어요…….

그다음엔 그를 기다리고 있던 이웃들이 하나씩 둘씩 모여드는 것이다. 언덕배기를 내려가서 또 버스를 타고 가야 이웃 동네의 시장이 나오는지라 이웃들은 대부분 그에게서 필요한 먹거리들을 사고 있다. 게다가 뜨내기 **행상** 트럭도 아니고 고정적으로 드나드는 단골인지라 물건만큼은 믿고 사도 좋았다.

하기야 그에게는 자신의 트럭 안에 있는 온갖 야채와 과일이 국내 최고라는 자신이 차고도 넘친다. 최고의 품질만을 고집하고 있다는 장사에 대한 그의 **소신**은 실제에 있어서도 과히 틀린 바는 없다. 그는 오이 하나를 사는 손

빵떡모자(--帽子) 차양이 없이 동글납작하게 생긴 모자.
휘장(揮帳) 피륙을 여러 폭으로 이어서 주위를 빙 둘러치는 막.
행상(行商) 이리저리 돌아다니며 물건을 파는 일. 또는 그런 일을 하는 사람.
소신(所信) 굳게 믿고 있는 바. 또는 생각하는 바.

님일지라도 이 오이의 산지는 어디이고 도매가격은 또 얼마나 높은 최상품인가를 일일이 설명하느라고 늘 입이 쉴 새가 없다.

그뿐이 아니다. 지난번에 사 간 그 고구마가 과연 꿀맛이었는지, 엊그제 사 간 배추로 담근 김치가 연하고 **사근사근한지도** 고객들한테 끊임없이 확인한다. 그런 과정에서 행여 고객의 불만이 포착되기라도 하면 그는 아예 장사고 뭐고 없이 그것의 **규명**에만 매달린다. 그 고구마가 달지 않은 것은 삶는 방법에 문제가 있었는지 아니면 그런 고구마를 도매 시장에서 떼 온 자신의 안목이 모자라서였는지를 속 시원하게 판가름하지 않으면 직성이 안 풀리는 사람이 바로 주홍 트럭의 주인인 빵떡모자 아저씨인 것이다.

그는 자신이 파는 물건이 최고라는 소리를 듣기 위해서 트럭 행상을 하는 사람처럼 보인다. 손님이 없을 때는 늘 자신의 물건들을 정리하고 다듬는 일에 몰두해 있는 사람이고 호박 한 개를 집을 때도 두 손으로 조심조심 그것을 받들어 올린다. 그는 자기가 팔고 있는 쑥갓이나 양파에 대해 이야기하기를 좋아한다. 나는 그가 다른 화제를 입 밖에 올리는 것을 본 적이 없다. 그는 언제나 마늘이나 포도, 쪽파나 무에 대해서 이야기한다. 그것들이 왜 좋은 물건인지에 대해서만 이야기한다. 가령 이런 식이다.

"이 마늘 보세요. 어느 한 군데도 흠이 없잖아요. 요렇게 불그스름하고 중간짜리가 상품이지요. 그리고 요 반듯반듯하게 패인 줄을 보세요. 이런 것은 짜개면 어김없이 여덟 쪽이지요. 이보다 더 좋은 마늘 파는 사람 있으면 어디 나와 보라고 하세요. 정말이에요. 그런 사람이 나 말고 또 있다면, 만약 그렇다면 나 그날로 이 장사 집어치울 거예요. 아니, 정말 그렇게 한다니까요."

사근사근하다 사과나 배 따위를 씹는 것과 같이 매우 보드랍고 연하다.
규명(糾明) 어떤 사실을 자세히 따져서 바로 밝힘.

내가 보기에는 만약 그런 사람이 나타나면 장사를 집어치우는 것으로 끝낼 그가 결코 아니다. 아마 그 이상의 불행한 일이 일어날지도 모른다. 세상에서 예술가들만큼 자존심이 센 사람은 없으니까. 그리고 최고의 가치만을 추구하는 주홍 트럭의 그는 분명 예술가임이 틀림없으니까.

긴데요,의 김대호 씨

김대호 씨는 느리고 길다. 그를 아는 사람이라면 나의 이 간결한 인물 묘사에 대해 단숨에 동의할 것이다. 나는 그것을 믿는다. 왜냐하면 그처럼 길고 느린 사람은 아직까지 만나 본 적이 없으니까. 김대호 씨는 도대체가 빠릿빠릿한 구석이 전혀 없다. 아무리 급한 일이 생겨도 김대호 씨 특유의 느릿느릿한 걸음에 속력이 붙는 것을 기대할 수 없다. 거기에 대해서 그는 아주 그럴싸한 이유를 가지고 있다.

"그래 봤자 마찬가지니까요, 저는 다리가 길잖아요. 남들 두 걸음 걸을 때 한 발자국만 옮기면 되는데 뭐 할라고 귀찮게 뛰고 그런데요."

그의 말도 틀린 것은 아니다. 그는 자그마치 1미터 86센티미터의 키를 가지고 있으니 보폭도 그만큼 넓은 게 사실이다. 김대호 씨는 하도 길어서 어지간한 사람은 그하고 이야기하다 보면 목 부근에 통증을 느끼기 십상이다. 키가 크다 보니 신체의 여러 부분도 남들보다 유별나게 길다. 얼굴도 길고, 코도 길고, 손가락도 길다. 김대호 씨는 팔도 길어서 남들은 옆 책상에서 무엇을 집어 오려면 일어나야 하는데도 그는 앉은 채 팔만 뻗으면 대부분 가능하다. 그뿐만 아니라 김대호 씨는 말도 아주 느릿느릿, 말꼬리를 길게 빼는 버릇을 가지고 있다. 성질 급한 누구는 김대호 씨의 말을 듣다 답답해서 혈압이 올랐다는 소문도 있고, 실제로 어떤 친구는 한숨씩 자고 일어나서 들어도 김대호 씨의 말을 이해하는 데는 아무런 지장이 없더라는 실험 보고까지 하고 있는 실정이다.

그는 자신이 길다는 것을 아주 잘 안다. 그래서 하루에도 몇 번씩 "제가 긴데요."라고 말하는지도 모른다. 정말이다, 그는 늘 그렇게 말한다.

전화벨이 울린다. 김대호 씨가 전화를 받는다. 그러면 사무실 내의 모든 눈이 그에게 쏠린다. 전화를 건 사람은 아마도 김대호 씨를 바꿔 달라고 하는 모양이다. 그러면 그는 그 특유의 느릿느릿한 말투로 이렇게 말한다.

"제가 긴데요."

그러면 모두들 웃음을 참지 못하고 킥킥거리지 않을 수 없는 것이다. 행여라도 전화를 건 상대방이 못 알아듣고 다시 묻기라도 하면 이번엔 더욱 느린 박자로 또박또박 대답을 해 준다.

"제가 긴, 데, 요."

그래서 김대호 씨를 사람들은 아예 '긴데요'라고 부른다. 그의 별명은 김대호 씨가 속한 사무실만이 아니라 회사 전체에 널리 퍼져 있어서 언제부턴가는 아무도 그의 진짜 이름을 부르지 않게 되어 버렸다.

물론 그를 별명으로 부르는 데 어떤 악의가 있는 것은 결코 아니었다. 오히려 그렇게 스스럼없이 별명이 통하는 것만 보아도 김대호 씨의 대인 관계가 아주 원만한 편이라는 것을 능히 짐작할 수가 있다. 사실로 그는 키가 큰 만큼 이해의 길이도 길고, 느리고 낙천적인 만큼 주위 사람들을 편하게 해 주는 품성을 지니고 있었다.

그의 미덕은 품성에만 있는 게 아니었다. 좀 느리기는 하지만 그는 맡은 일만큼은 빈틈없이 해내는 사람이었다. 덤벙거리지 않으니 실수도 없고, **진득한** 성격이라 잔꾀를 부릴 줄도 몰라 일에 **하자**를 내는 경우가 거의 없었다.

진득하다 성질이나 행동 등이 검질기게 끈기가 있다.
하자(瑕疵) 옥의 얼룩진 흔적이라는 뜻으로, '흠'을 이르는 말.

말하자면 사람들은 김대호 씨를 사랑하고 있는 셈이었다.

그래서 그를 아끼는 몇몇 사람은 요즘 김대호 씨에게 이런 충고까지 하고 있었다.

"긴데요 씨, 장가를 가고 싶으면 우선 그 느린 말투부터 고쳐요. 아니, 제가 긴데요, 하는 전화 받는 말버릇부터 고치자고. 지난번에도 겨우 아가씨 하나 소개해 주었더니 긴데요, 때문에 어긋나고 말았잖아. 뭐라더라, 전화 받는 것만 보아도 얼마나 촌스러운 사람인지 당장 알겠다나? 그 느려 터진 말로 제가 긴데요라니, 그게 뭡니까? 그래 가지고 뭐가 되겠습니까?"

요즘 유행하는 누구의 말씨까지 흉내 낸 그 충고는 노총각인 김대호 씨에게 상당한 설득력을 발휘한 모양이었다. 그는 아주 심각한 얼굴로 고개를 끄덕였다. 그러고는 혼자 웅얼웅얼 연습도 여러 번 했다. 천성이 느린 사람이라 그것도 연습이라고 며칠을 웅얼거리더니 마침내 어느 날, 오늘부터는 긴데요가 아니라 김대호로 돌아오겠다고 선언을 하기에 이르렀다.

그리고 그날 그를 찾는 첫 전화가 걸려 왔다. 사무실 식구들은 모두 그의 입에서 터져 나올 세련된 말을 기대하며 귀를 모았다.

김대호 씨는 큰기침을 하고 수화기를 들었다. 전화를 건 상대방은 아마 이렇게 물었을 것이었다.

"김대호 씨 좀 부탁합니다."

그러나 그는 많은 연습에도 불구하고 얼결에 이렇게 대답하고 말았다.

"네, 제가, 전데요."

물론 사무실 안은 당장에 웃음바다가 되었고, 그 일로 김대호 씨는 '긴데요'에 이어 '제가 전데요'라는 긴 별명까지 하나 더 가지게 되었다. 그는 그 한 번의 실패를 끝으로 더 이상 '긴데요'를 고치려는 시도를 하지 않았다.

"에이, 저는 아무래도 긴데요가 더 어울려요. 사실로도 저는 길잖아요."

정말이다. 그는 길다. 그리고 느리기도 하다. 진실을 말하자면 우리 옆에 이렇게 길고도 느린 사람이 존재하는 것도 행복한 일인 것이다. 요즘처럼 정신없이 핑핑 돌아가는 혼 빠진 세상에서는. 그래서 우리의 김대호 씨는 오늘도 걸려 오는 전화에 대고 그 느릿느릿한 말투로 여전히 이렇게 말하고 있다.

"제가 긴데요……."

맹장(猛將), 박영국 씨

어떤 사람이라 해도 박영국 씨를 처음 만나게 되면 그를 특별한 사람으로 분류하기를 서슴지 않는다. 첫 만남의 시간이 길건 짧건 그것은 문제가 되지 않는다. 단지 인사만 나누는 것으로도 그의 유별남이 드러나니까.

박영국 씨는 인사를 할 때 오른손부터 올라간다. 상대가 친구거나 후배일 경우에는 그 오른손이 오른쪽 눈썹 부근에 닿는 듯 마는 듯하다가 경쾌하고 너그러운 동작으로 이내 원위치를 향한다. 그러나 상대가 윗사람일 때는 오른손이 눈썹 바로 위, 그러니까 모자를 썼다면 모자챙 부근에 일정 시간 머무르고 그에 따라 상체도 대단히 꼿꼿해진다. 그의 **거수경례**는 절도가 있고 품위가 있다. 경례를 받는 사람조차 얼결에 오른손이 올라갈 정도다.

거수경례의 첫 만남이 지난 다음에는 누구에게나 그의 스포츠형 머리, 짙은 눈썹, 흐트러짐 없는 행동들이 예사롭게 보이지 않는다. 박영국 씨는 바로 그런 사람이다. 첫 만남의 자리가 다소 길어진다면 그가 지닌 해박한 군사 지식을 들을 수도 있다. 그는 각 나라의 군사력에 관한 소상한 통계 숫자들을 정확히 기억하고 있으며, **대륙 간 탄도 미사일**이나 **크루즈 미사일**에 대해서

거수경례(擧手敬禮) 오른손을 들어 올려서 하는 경례. 주로 군복이나 제복을 입은 사람들이 한다.
대륙 간 탄도 미사일(大陸間彈導 missile) 어느 한 대륙에서 다른 대륙까지 날아가 공격할 수 있는 장거리 탄도 미사일.
크루즈 미사일(cruise missile) 적의 레이다를 피하여 초저공비행이나 우회 항행을 할 수 있는 미사일.

한 시간이라도 우리에게 설명해 줄 수 있는 사람이다.

박영국 씨와의 만남이 두 번 세 번 거듭되면 놀라움은 점차 커진다. 그는 모든 대화를 군사적(軍事的)으로 변용시키는데, 그것이 얼마나 자연스러운지 상대방은 자신의 언어를 잊어버리기 일쑤이고 무의식적인 동화가 이루어지고 마는 것이다. 예를 들자면 가령 이런 식이다.

"핵심적인 말을 하라고? 좋아. 정말 핵심이 되는 이야기를 해 보자. 핵무기, 원자 폭탄, 그거야말로 지구 생존의 핵심적인 문제이니까. 핵무기 제조에 사용되는 일반적인 재료가 두 가지 있지. 우라늄 235와 플루토늄 239, 이것들인데 이게 구하기가 무척 어렵다는 이야기야. 천연 우라늄은 불과 0.7%의 우라늄 235를 함유하고 있을 뿐이니까 무기에 사용하려면 90%까지도 농축해야 하는데, 그게 기술과 비용이 엄청나다는 사실이 문제지. 플루토늄 239도 천연으로는 아주 미량만 발견되고……."

이것은 그가 지닌 해박한 군사 지식을 드러내는 조그마한 예일 뿐이고, 모든 일상 언어를 군대 언어화해 버리는 예도 하나 들자면 다음과 같은 것이 된다.

"**위병소** 그 아저씨, **불침번** 태도가 **영창**감이야. 아까도 보니까 민간인들 불러다가 바둑 둔다고 출입자 검문은 안중에도 없어. 아 참, 오늘 군수 지원 태세 확인 감독의 날이지? 보급품들 점검해 봤나?"

이 말을 일상어로 번역(?)하면 이렇다. 수위실의 경비가 외부에서 친구들 불러다가 바둑을 두는 데 정신이 팔려 월부 장사가 와도 막을 생각을 않는다는 것이다. 또 군수 지원 태세 운운하는 것은 식품 회사의 자재과에 근무하는 박영국 씨가 매월 한 차례 상부에 보고하는 보관 물량의 재고와 구입 계획을

위병소(衛兵所) 위병이 근무하는 곳. 대개 부대 정문에 설치한다.
불침번(不寢番) 밤에 잠을 자지 아니하고 번을 서는 일. 또는 그런 사람.
영창(營倉) 법을 어긴 군인을 가두기 위하여 부대 안에 설치한 감옥.

일컫는 말이다. 그는 옷도 '피복'이라고 말하고, 출퇴근 때 들고 다니는 가방도 '**군장**'이라고 표현한다.

박영국 씨가 **ROTC** 출신이라는 것, 장교로 군복무에 임하는 동안 상급 부대에까지 소문이 자자할 만큼 모범적인 군인이었다는 것, 이런 것을 알게 되면 그를 이해하는 데 도움이 될 수도 있으리라. 필요하다면 박영국 씨의 부친 또한 육사를 졸업하고 평생을 군인으로 살다가 대령으로 **예편한** 직후 지병으로 세상을 떠났다는 사실도 첨가해 볼 만하다.

박영국 씨는 스스로를 이 시대의 첨병(尖兵)이라 자부하는 사람이었다. 그는 퇴폐와 환락으로 멸망의 길을 걷는 이 시대를 살아 내는 방법은 추호의 흐트러짐도 용납하지 않는 군인 정신뿐이라고 말한다. 군사 전반에 걸친 지식을 끊임없이 추구하고 있는 까닭도 그는 명쾌하게 설명한다.

"케네디가 그랬죠. 인류가 전쟁에 종지부를 찍지 않으면 전쟁이 인류에 종지부를 찍고 말 것이라고. 핵무기가 인류 전체의 종말을 좌지우지하는 이 핵 시대에 각국의 군비 통제와 군축에 무관심할 수 있는 겁니까? 정신들 차려야 해요. 운명의 그날이 오는데 흐느적거리고 있다간 앉은 채로 당해요."

그의 이런 철저함은 비단 직장에서나 대인 관계에서만 드러나는 것이 아니었다. 은밀하게 떠도는 소문에 의하면 그의 집안 풍경도 대단히 별나다는 것이었다.

그의 집에서는 매일 아침 여섯 시면 트럼펫으로 연주하는 기상 나팔 소리가 들려온다고 했다. 그러면 그의 아내와 어린 두 자식들이 벌떡 잠자리에서 일어나는데 그 일사불란함은 군대 내무반 풍경이 저리 가라일 정도라고 했

군장(軍裝) 군대의 장비.
ROTC 아르오티시. 장교 복무를 지원한 4년제 대학 재학생을 대상으로, 장교 훈련 및 교육을 맡아보는 곳.
예편하다(豫編--) 군인이 현역에서 예비역으로 편입하다.

다. 그다음은 가장인 박영국 씨의 **점호**, 애국가 제창, 묵념, 체조, **구보**, 식사의 순으로 진행되며, 만약 이에 불응할 시에는 일렬횡대로 세워 놓고 혹심한 단체 기합을 가한다는 것이 소문의 내용이었다.

그러나 소문보다 더 기막힌 것은 이에 대한 박영국 씨의 말씀 한마디였다. 누군가 그에게 소문의 **진위**를 물었더니 그는 우선 호탕하게 웃었다고 했다. 그리고 그 굵은 음성으로 이렇게 말하더라는 것이었다.

"맹장 아래 **약졸**은 없는 법일세. 우리 집은 천하무적이야."

전파상의 김 박사

우리 동네 전파상에는 일손 빠르고 자신의 직업에 자부심이 대단한 청년이 한 사람 있다. 나는 자주 그와 만난다. 그럴 수밖에 없는 것이, 전기에 관한 일체의 의문이나 모든 가전제품들의 어떤 고장에 대해서라도 망설이지 말고 전문가를 불러야 한다는 지론이 우리 집만큼 예외 없이 지켜지고 있는 집도 드물기 때문이다. 제법 그럴싸하게 말하긴 했지만 사실을 **토로하자면** 우리 집의 어느 누구도 감히 형광등 하나 갈아 끼우려 덤비는 사람이 없다는 이야기에 다름 아니다.

나는 그를 김 박사라고 부른다. 공고를 졸업하고부터 줄곧 이 일에 매달려 지금에 이르렀으니 가히 박사의 수준에 도달할 만한 솜씨를 지니고 있는 것도 자타가 공인(共認)하는 바이다. 김 박사는 어떤 공사라도 사람들의 시선이 자신의 작업 내용을 지켜보는 것을 강력히 거부한다. 이유야 간단하다. 일테

점호(點呼) 한 사람씩 이름을 불러 인원이 맞는가를 알아봄.
구보(驅步) 달리어 감. 또는 그런 걸음걸이.
진위(眞僞) 참과 거짓 또는 진짜와 가짜를 통틀어 이르는 말.
약졸(弱卒) 약한 군졸.
토로하다(吐露--) 마음에 있는 것을 죄다 드러내어서 말하다.

면 전기 배선 같은 사소한 일이라 하더라도 김 박사는 자신이 직접 창안한 독특한 방법을 사용해서 완벽하게 공사를 마무리한다. 그는 자신의 비법을 호락호락 공개하고 싶지 않다는 것이다. 특허 받아 마땅할 만한 공법 개발에 들인 그간의 피나는 노력을 생각하면 당연하다는 것이 김 박사의 견해이다.

단지 그런 까닭으로만 내가 그를 김 박사라고 부르는 것은 아니다. 그가 김 박사인 데는 또 다른 이유도 톡톡히 한몫을 한다. 그것은 바로 그가 이 동네에서 태어나고 이 동네에서만 자란, 온전한 토박이라는 데서부터 설명을 시작해야 한다. 그는 군대 생활 3년을 제외하고는 한 번도 이 동네를 떠난 적이 없다. 게다가 전기 수선공이 되어서는 또 날이면 날마다 출장 수리를 다녔기 때문에 우리 동네의 전봇대 하나하나를, 골목의 담벼락 하나하나까지라도 기가 막히게 꿰차고 있는 사람이다. 그러니까 말하자면 그는 동네 박사인 것이다.

김 박사가 동네 박사인 점은 그의 기억 창고 속에 저장된 이 동네 인사들의 명단에서도 여지없이 증명이 된다. 그는 **근동**에 사는 이름깨나 날리는 사람들에 대해서 시시콜콜하게 알고 있다. 화가 누구는 어느 카페의 단골이고, 무용가 누구는 엊그제 자주색으로 차를 바꿨으며, 어느 회사 사장은 99평 빌라를 두 채 사서 위아래로 터놓고 호화롭게 살고 있고, 인기 여자 아나운서 누구는 강아지를 자그마치 다섯 마리나 키우고 있다는 식의 이야기라면 김 박사한테서 하루 종일이라도 들을 수가 있다.

그러고 보면 김 박사의 이 시시콜콜한, 실상 전혀 중요하지도 않고 별 의미도 없는 이런 정보들의 수집은 그의 취미인지도 모른다. 그렇지 않다면 가령 다음과 같은 놀라운 기억력은 어떻게 가능한지 나는 설명할 길이 없다.

"그 개들 이름이 아주 웃겨요. 맴맴이, 실실이, 털털이, 찡찡이, 동동이래요. 그 아나운서는 월요일엔 실실이, 화요일엔 맴맴이, 수요일엔 찡찡이,

---

근동(近洞) 가까운 이웃 동네.

목요일엔 털털이, 금요일엔 동동이를 데리고 자구요, 토요일과 일요일에는 착한 짓 많이 한 강아지 한 놈씩 골라서 특별히 옆에다 재운대요. 재미있지요?"

김 박사에게는 이 취미를 적극 밀어주는 친구들도 많은 모양이었다.

"영화배우네 집에 조명등 설치해 주러 갔다가 그가 권하는 양주를 한잔 마신 적도 있어요. 내가 이런 말 해 주면 내 친구들, 아주 깜박 죽어요."

어쨌거나 우리 동네 김 박사는 자신의 본업이나 취미 생활 모두에 성의를 다하고 있는 사람이다. 민첩하고 하자 없는 일솜씨도 **여일하고** 동네 구석구석을 누비며 동네 박사로 모자람이 없게 온갖 세부 사항을 다 파악하고 있는 그 능력도 여일하다. 바로 어제만 해도 그는 동네 박사로서 아주 중요한 정보를 또 하나 수집한 바가 있다. 운 좋게도 나는 그에게서 이 정보를 전해 들은 첫 번째 인물이 되었다. 나는 슈퍼마켓에 다녀오는 길이었고, 김 박사는 출장 공사를 마치고 오토바이로 돌아오는 길에서였다.

"내가 지금 어디에 있다 오는지 모르시죠?"

그는 나를 보자마자 다짜고짜 이렇게 물었다. 물론 내가 그것을 알 리가 없었다. 하지만 그의 사뭇 흥분된 얼굴이나 말씨로 보아 박사로서 적잖이 비중 있는 정보 하나를 습득한 것임은 틀림없는 사실로 여겨졌다. 나의 예상은 빗나가지 않았다.

"탤런트 K 양 아시죠? 제가 지금 바로 그 침실에서 오는 중이라구요. 글쎄, K의 침대에 내가 올라갔다니까요."

탤런트 K라면 요즘 한창 인기를 얻고 있는 미모의 아가씨가 분명한데, 아니 그 처녀의 침대에 올라갔다니 이건 또 무슨 해괴한 소리인가.

"여태 K의 침대 위에 있다가 왔다니까요."

여일하다(如一--) 처음부터 끝까지 한결같다.

김 박사는 사뭇 침을 튀기며 계속해서 침대를 강조하였다. 그러고 보니 그의 얼굴이 벌겋게 상기되어 있는 것도 예사롭게 보이지 않았다. 이것 봐라. 우리의 김 박사가 혹시 사고를 친 것은 아닐까.

"망설일 것 없이 마구 침대로 올라갔어요. 발로 막 이불을 밟았지요, 뭐. 누가 뭐랄 수 있나요? 그래야 전기선을 이을 수 있었으니까요. 그런데 K가 밤마다 어떤 이불을 덮고 자는지 아세요? 연분홍색이에요, 레이스가 엄청 많이 달린 연분홍."

김 박사는 '레이스가 엄청 많이 달린 연분홍'을 두 번쯤 더 되풀이하고는 다시 오토바이에 올라탔다. 그리곤 **회심**의 미소를 지으며 남긴 마지막 말.

"이 정도면 우리 친구들, 적어도 열 번쯤은 깜박 **졸도하겠지요**?"

회심(會心) 마음에 흐뭇하게 들어맞음. 또는 그런 상태의 마음.
졸도하다(卒倒--) 갑자기 정신을 잃고 쓰러지다.

마술의 손

1_ 이 작품에 대한 설명으로 적절하지 <u>않은</u> 것을 골라 봅시다.

① 3인칭 전지적 작가 시점으로 서술하였다.

② 도회지와 떨어져 있는 '밤골'에서 일어난 사건이다.

③ 시간적 역전이 나타나는 역순행적 방식으로 구성하였다.

④ 1970년대 자본주의적 근대화가 이루어지는 시기를 배경으로 한다.

⑤ 마을 사람들은 근대 문물의 보급에 대해 비판적 태도를 취하고 있다.

2_ 다음 제시문의 밑줄 친 부분에서 드러나는 밤골 사람들의 마음을 〈조건〉에 맞게 써 봅시다.

> 꼬마들은 외치며 마구 뛰기 시작했다. 전봇대 가설 공사 소식은 삽시간에 온 동네에 퍼져 나갔다. <u>누구나 처음엔 설마 했고</u>, 나무가 아닌 시멘트 전봇대가 길가에 번듯번듯 누워 있는 것을 보고서야 비로소 감격 어린 기쁨의 숨을 내쉬게 되었다.

조건
- 밤골 사람들이 무엇을 의심했는지, 그 이유를 포함하여 구체적으로 적을 것.
- 완결된 한 문장으로 적을 것.

3_ 작품 본문을 참고하여 '수난을 당한 열서너 집'과 '살림살이가 넉넉한 열서너 집'의 모습이 어떻게 달랐는지 정리해 봅시다.

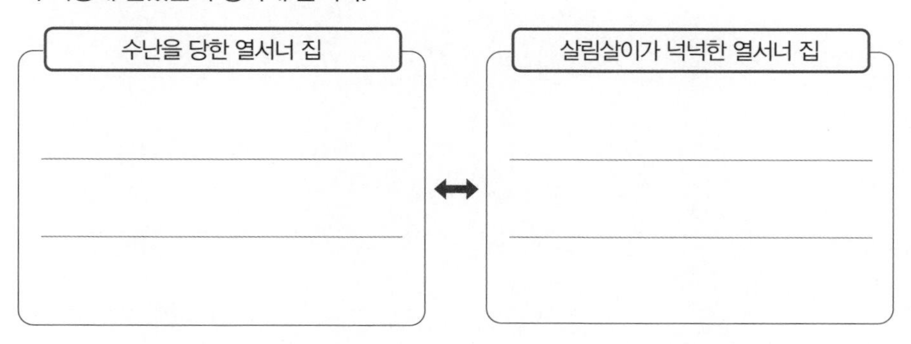

4_ 다음을 읽고 물음에 답해 봅시다.

> **가** 월전댁의 째지는 부르짖음과 아들의 울먹이는 외침이 어두운 골목으로 퍼져 나가기 시작했다. ㉠어쩐지 사람들의 기척은 들리지 않았고, 월전댁이 사립을 떠다밀고 마당으로 뛰어들어 외쳐서야 비로소 방문이 열리는 것이었다. 사람들이 물통을 들고 월전댁의 집에 도착했을 때는 이미 불길이 처마 밑을 빙그르 돌아 지붕으로 번진 뒤였다.
>
> **나** "놔요, 놔! 난 죽어야 돼. ㉡그까짓 게 뭐라고. 난 죽어야 돼!" / 눈을 허옇게 까뒤집은 월전댁은 무서운 기운으로 발버둥을 치며 한사코 불길을 향해 뛰어들 기세였다.

(1) 제시문 **가**에서 월전댁과 아들의 외침에 사람들의 반응이 ㉠과 같았던 이유는 무엇인지 써 봅시다.

(2) 제시문 **나**의 ㉡이 무엇을 말하는지 한 단어로 써 봅시다.

5_ 텔레비전이 밤골에 보급되면서 있던 것이 사라지기도 하고 없던 것이 나타나기도 합니다. 이에 대해 정리해 봅시다.

• 사라진 것: ______________________________

____

____

• 나타난 것: ______________________________

____

____

6_ 다음 제시문을 참고하여 '마술의 손'이라는 제목이 구체적으로 무엇을 의미하는지 써 봅시다.

> '마술(魔術)'은 '재빠른 손놀림이나 여러 가지 장치, 속임수 따위를 써서 불가사의한 일을 하여 보임. 또는 그런 술법이나 구경거리'를 뜻한다. 이렇듯 사람들의 호기심과 흥미를 불러일으키는 마술은 있던 것을 사라지게 할 수도 있고, 없던 것을 나타나게 할 수도 있다.

____

____

길모퉁이에서 만난 사람들

1_ '여행가 김 선배'의 내용을 참고하여 다음 문장을 완성해 봅시다.

- 김 선배는 ______________________ 직장 생활에서 벗어나 ______________ 살고 싶어서 ______________(으)로 직업을 전환하였다.
- 김 선배의 직업 전환을 파격적이라고 표현한 이유는 그가 ______________ 소지자이고, ______________에 입사했던 경험을 가지고 있기 때문이다.

2_ '우리 동네 예술가 두 사람'에 등장하는 두 인물을 살펴보고, 이들의 대조적 특징과 이러한 차이가 나타나는 이유를 함께 써 봅시다.

가 일터에서의 그이는 다소 무뚝뚝하고 뻣뻣하다. 남하고 싱거운 소리를 나누는 일도 거의 없다. 잘 웃지도 않는다. (중략)

김밥 아줌마는 작품을 만들 때 사람들이 보고 있으면 막 화를 낸다. 누군가 쳐다보면 마음이 흔들려서 실패작만 나온다는 것이다. 김밥을 말고 있을 때는 누가 무슨 말을 해도 들은 척을 하지 않는다.

나 하기야 그에게는 자신의 트럭 안에 있는 온갖 야채와 과일이 국내 최고라는 자신이 차고도 넘친다. 최고의 품질만을 고집하고 있다는 장사에 대한 그의 소신은 실제에 있어서도 과히 틀린 바는 없다. 그는 오이 하나를 사는 손님일지라도 이 오이의 산지는 어디이고 도매가격은 또 얼마나 높은 최상품인가를 일일이 설명하느라고 늘 입이 쉴 새가 없다.

3_ '나'가 살고 있는 동네의 특징으로 적절하지 않은 것을 골라 봅시다.

① 예술인들을 많이 만날 수 있다.
② 외국에서 들어온 규모가 큰 카페들이 많다.
③ 북한산 자락에 둘러싸여 자연 경관이 아름답다.
④ 미술관이 두 개나 있어 미술 애호가들이 많이 모인다.
⑤ 음악이나 방송 언론에 종사하는 사람들도 만날 수 있다.

4_ '긴데요,의 김대호 씨'에 드러난 김대호 씨의 특징 4가지를 각각 한 단어로 정리해 봅시다.

• 신체: ______________________ • 행동: ______________________

• 대인 관계: ______________________ • 일 처리: ______________________

5_ '맹장, 박영국 씨'의 내용을 참고하여 박영국 씨의 특징으로 맞으면 ○표, 틀리면 ×표를 해 봅시다.

(1) 상대가 윗사람일 때는 오른손이 오른쪽 눈썹 부근에 머무르다 원위치를 향한다. ( )

(2) 모든 일상 언어를 군대 언어화해 버렸다. ( )

(3) 군사 전반에 걸친 지식을 추구하는 이유는 군사력 강화가 중요하다고 생각하기 때문이다. ( )

(4) 육사를 졸업하고 평생을 군인으로 살다가 대령으로 예편하였다. ( )

6_ '전파상의 김 박사'의 내용을 참고하여 서술자가 전파상 청년을 '김 박사'라고 부르는 이유 2가지를 써 봅시다.

• ______________________________

____

• ______________________________

____

7_ 작품 속 등장인물들의 공통된 특징과 함께, 이들을 바라보는 서술자의 태도를 써 봅시다.

• 공통된 특징: ______________________________

____

• 서술자의 태도: ______________________________

양귀자의 '인물 소설'

소설에서 서술자는 인물에 대해 다양한 태도를 취합니다. 인물의 행동을 객관적으로 보여 주기도 하고, 독자로 하여금 긍정적이거나 부정적이라고 생각하도록 서술하기도 하죠.

양귀자 소설의 대표적인 특징은 서술자가 인물에 대해 우호적·긍정적 시선을 갖도록 독자를 이끈다는 데 있습니다. 이는 작가가 《지구를 색칠하는 페인트공》과 《길모퉁이에서 만난 사람》을 통해 구현했던 '인물 소설'에서 더욱 명확하게 드러납니다. 이때 '인물 소설'은 학술적·문학적으로 개념화된 명칭은 아니지만, 소시민의 삶을 섬세하게 관찰하고 묘사함으로써 소외된 사람들의 삶을 따뜻한 시선으로 이해하고자 한 작가의 소설에 대한 별칭입니다.

Step_1 새로운 문물과 변화

다음 제시문을 바탕으로 새로운 문물이 가져오는 변화의 양상을 살펴보고, 오늘날 우리의 모습을 함께 생각해 봅시다.

가 텔레비전 시비는 아이들한테서부터 일어나기 시작했다. 무슨 놀이를 하다가 말다툼이 벌어지면 느닷없이 텔레비전이 사이에 끼어드는 것이었다.

"너 이 새끼, 까불면 텔레비전 안 보여 줄 거야."

한 녀석이 눈꼬리를 세우며 이렇게 내지르면 상대편 녀석은 지금까지의 기세가 푹 꺾이며 어물거리는 것이었다. / "알았어. 네 맘대로 해. 내가 잘못했어."

텔레비전 구경을 담보로 말 타기 놀이의 말 노릇이나 숨바꼭질의 술래 노릇을 떠맡는 일이 예사로 벌어졌다. 그리고 며칠이 못 가 어른들 사이에서도 난처한 문제가 생기기 시작했다. 매일 밤 안방에서 이웃집 사람들과 북적거릴 수는 없는 일이었다. 그래서 차츰 꺼리는 눈치가 뚜렷해졌다. (중략)

이런 지경에까지 다다르게 되면서 이웃끼리의 사이가 고약하게 일그러졌다. 홧김에 소 잡아먹는다고, 이와 비슷한 꼴을 당한 어떤 집에서는 다음 날로 제꺽 안테나를 드높이 올리기도 했다.

나 애들은 제각기 만화 영화의 주인공이 되어 나무에서 뛰어내리고 바위를 건너뛰고 하는 것이었다. 애들은 옛날의 숨바꼭질이나 땅따먹기 같은 놀이는 아예 집어치워 버렸다. 씨름 대신 레슬링 흉내를 냈고, 아무 때나 "주고 싶은 마음, 먹고 싶은 마음……." 혹은 "열두 시에 만나요." 어쩌고 하며, 아이스크림 광고에 나오는 노래를 흥얼거렸다.

다 지난해와는 달리 무더운 밤인데도 당산나무 밑에는 모깃불이 지펴지지 않았다. 어둠 속에서 담뱃불이 빨갛게 타고, 어른들이 나누는 이야기 소리가 개구리 울음소리에 섞여 두런두런 들리던 밤이 없어졌다.

그뿐만 아니라 앞개울의 어둠 속에서 물을 튀기는 소리와 함께 여자들의 간지러운 웃음소리도 들을 수가 없었다. 반딧불을 쫓는 애들의 왁자한 외침도 자취를 감추었고, 감자나 옥수수 추렴을 하는 아낙네들의 나들이도 씻은 듯이 없어졌다. 집집마다 텔레비전 앞에 매달려 있는 탓이었다.

라 가을로 접어들면서 잔칫집이 생겼지만 일손이 예전과 같지 않았다. 누구도 예전과 같이 밤늦게까지 일을 도와주려 들지 않았다. 날이 어둑어둑해지자 이런저런 이유를 대며 슬슬 자리를 뜨기 시작한 것이다. 주인의 입장에서는 품삯을 주는 것도 아닌데 붙들어 앉힐 수 없는 노릇이었다.

주인은 전에 없던 이 야릇한 변화를 얼핏 알아차리지 못했고, 평소에 앙큼한 짓 잘하던 어린 딸년이 텔레비전 때문이라고 일깨워서야 그렇구나 싶었고, 텔레비전 없는 집만 골라 일손을 모아야 했다. 잔치 준비를 하는 데 처음으로 품삯을 지불하기로 한 주인은, 마당 감나무 잎에 내려앉기 시작한 가을의 썰렁함이 그대로 가슴에 옮겨지는 것을 느끼고 있었다.

– 조정래, 〈마술의 손〉

1_ 작품 전문의 내용을 참고하여 새로운 문물이 밤골에 가져온 긍정적인 영향을 정리해 봅시다.

- 전기: ____________________

- 텔레비전: ____________________

- 선풍기: ____________________

- 전기밥솥: ____________________

2_ 작품 전문의 내용을 참고하여 밤골에 들어온 전기용품이 공통적으로 가져온 부정적인 영향을 써 봅시다.

____

____

3_ 오늘날 우리 주변에서 밤골에 등장한 전기용품과 유사한 영향을 끼치는 물건을 찾아보고 그렇게 생각한 이유를 함께 써 봅시다.

• 유사한 영향을 끼치는 물건: ______________________________

• 이유: ______________________________

____

과거 삶이 반영된 작품 감상의 효과

〈마술의 손〉은 1970년대로 거슬러 올라, 부유한 사람만 누리던 텔레비전이 밤골 마을에 들어오면서 그곳 사람들의 삶을 변화시키는 모습을 통해 오늘날 우리의 모습을 돌아보게 하는 작품입니다. 이처럼 과거의 삶이 반영된 문학 작품은 인물 간의 대화나 작품에 그려진 당시 삶을 통해 과거의 사회상을 파악하게 하고, 나아가 작품에 반영된 과거의 삶을 오늘날의 삶에 비추어 자신과 우리 사회를 돌아보게 합니다. 이러한 소설 읽기는 시대에 따른 변화 속에서도 변하지 않는 가치를 발견하게 하거나, 현대인의 관점에서 새롭게 평가될 수 있는 가치를 살피게 하여 인간과 삶에 대한 이해를 넓히는 데 기여합니다.

Step_2 소신 있게 살아가기

다음 제시문의 인물들이 중요하게 생각하는 가치가 무엇인지 살펴보고, 어떤 삶을 살아가는 게 바람직할지 생각해 봅시다.

가-1 "안녕하십니까, 아주머니? 전기가 들어오니 얼마나 속이 후련하십니까그래."

"전기는 잘 들어오나요? 어디 불편하신 점은 없으신가요?"

서슴없이 마당으로 들어선 그들은 그지없이 사람 좋은 웃음을 웃어 보이며 이런 식으로 너스레를 떨었다. (중략)

"아주머니, 이제 전기도 척 들어왔겠다, 안방에다 극장 하나 멋들어지게 차리시는 게 어떨까요?" / 청년은 나긋나긋 말하며 울긋불긋한 텔레비전 설명서를 여인네 눈앞에 기세 좋게 펼쳐 보이는 것이었다.

가-2 청년들은 매달 같은 날짜에 나타나 또박또박 돈을 받아 갔다. 처음 팔아먹을 때와는 달리 하루만 늦어도 이자를 붙이겠다고 으름장을 놓았고, 한 달이 넘으면 그동안 낸 돈은 무효로 하고 물건을 가져가겠다고 큰소리를 쳤다. (중략) / 시골 가난뱅이들일수록 더욱 애지중지하게 마련이니까 3개월쯤 썼다고 한들 신품이나 마찬가지야. 새로 사는 것들도 어리숙하긴 마찬가지니 더 속 썩이지 말고 물건을 가져가는 거다. – 조정래, 〈마술의 손〉

나-1 그런 얼굴로 그이는 늘 일을 하고 있다. 그이가 만드는 작품은 불티나게 팔리고 있으므로 하기야 쉴 틈도 많지 않다. 묵묵히 일만 하고 있는 그이를 우리는 '김밥 아줌마'라고 부른다. 따라서 그이가 만드는 작품은 자연히 김밥이라는 이름을 가지고 있다. 하지만 그이의 김밥은 보통의 김밥과는 아주 다르다. 언제 먹어도 그이만이 낼 수 있는 담백하고 구수한 맛이 사람을 끌어당긴다. 그이의 김밥은 절대 맛을 속이지 않는다.

김밥 아줌마는 작품을 만들 때 사람들이 보고 있으면 막 화를 낸다. 누군가 쳐다보면 마음이 흔들려서 실패작만 나온다는 것이다. 김밥을 말고 있을 때는 누가 무슨 말을 해도 들은 척을 하지 않는다. 한 번 더 말을 시키면 여지없이 성질을 내며 일손을 놓아 버린다. 그이는 파는 일엔 전혀 관심이 없고 오직 김밥을 만드는 그 행위에만 몰두해 있는 사람처럼 보인다. (중략) / 그 김밥은 돈 몇 푼의 이익을 위해 말아진 그런 김밥이 아니었다. 나는 그래서 그이의 김밥을 서슴지 않고 '작품'이라 부른다.

나-2 하기야 그에게는 자신의 트럭 안에 있는 온갖 야채와 과일이 국내 최고라는 자신이 차고도 넘친다. 최고의 품질만을 고집하고 있다는 장사에 대한 그의 소신은 실제에 있어서도 과히 틀린 바는 없다. 그는 오이 하나를 사는 손님일지라도 이 오이의 산지는 어디이고 도매가격은 또 얼마나 높은 최상품인가를 일일이 설명하느라고 늘 입이 쉴 새가 없다. (중략)

그는 자신이 파는 물건이 최고라는 소리를 듣기 위해서 트럭 행상을 하는 사람처럼 보인다. 손님이 없을 때는 늘 자신의 물건들을 정리하고 다듬는 일에 몰두해 있는 사람이고 호박 한 개를 집을 때도 두 손으로 조심조심 그것을 받들어 올린다. (중략)

내가 보기에는 만약 그런 사람이 나타나면 장사를 집어치우는 것으로 끝낼 그가 결코 아니다. 아마 그 이상의 불행한 일이 일어날지도 모른다. 세상에서 예술가들만큼 자존심이 센 사람은 없으니까. 그리고 최고의 가치만을 추구하는 주홍 트럭의 그는 분명 예술가임이 틀림없으니까.

– 양귀자, 〈길모퉁이에서 만난 사람들〉

1. 제시문 **가** 작품의 내용을 참고하여 청년들의 텔레비전 판매 이전과 이후의 태도 변화와 그 이유를 함께 써 봅시다.

• 청년들의 태도

판매 이전	판매 이후
• 사람 좋은 웃음을 보임. • 나긋나긋 말함. • 밤골 사람들에게 텔레비전 값을 열두 달로 쪼개어 낼 수 있는 특별한 혜택을 줌. • 한 달에 낼 돈이 많지 않아 쉽게 해결할 수 있다고 말함.	• • • •

• 변화의 이유:

2_ 서술자가 제시문 **나**의 인물들을 '예술가'라고 생각하는 이유를 써 봅시다.

3_ 제시문 **나**의 인물이 되어 제시문 **가**의 청년들에게 충고하는 말을 써 봅시다.

4_ 〈보기〉는 제시문 **나** 작품의 등장인물들입니다. 각 등장인물이 중요하게 여기는 가치를 생각해 보고 내가 가장 닮고 싶은 사람을 골라 그 이유와 함께 써 봅시다.

보기		
여행가 김 선배	우리 동네 예술가 두 사람	김대호 씨
맹장, 박영국 씨	전파상 김 박사	

• 내가 가장 닮고 싶은 사람:

• 이유:

Step_3 '느림'의 가치

다음 〈보기〉는 〈길모퉁이에서 만난 사람들〉의 서술자가 가지고 있는 '느림'에 대한 생각입니다. 아래 제시문을 읽고 느림의 자세가 우리의 삶을 긍정적으로 변화시키는 데 도움이 되는지 토론해 봅시다.

보기

- 밀리면 밀리는 대로, 손님이 가자면 가자는 대로 조급하게 굴지 않고 택시를 모는 대신 또한 운전대가 지겨워지면 하루 푹 쉬기도 하고 손님이 없으면 차 세워 놓고 커피 한잔 마시며 음악을 듣는, 천하에 거칠 것 없는 김 선배였다.
- 좀 느리기는 하지만 그는 맡은 일만큼은 빈틈없이 해내는 사람이었다. 덤벙거리지 않으니 실수도 없고, 진득한 성격이라 잔꾀를 부릴 줄도 몰라 일에 하자를 내는 경우가 거의 없었다.
- 그는 길다. 그리고 느리기도 하다. 진실을 말하자면 우리 옆에 이렇게 길고도 느린 사람이 존재하는 것도 행복한 일인 것이다. 요즘처럼 정신없이 핑핑 돌아가는 혼 빠진 세상에서는.

가 인간의 기동성을 높이는 자동차가 종종 교통 체증의 원인 제공자가 되고 있다. 어떤 때는 걸어가는 편이 더 빠를 수도 있다. 목적지에 한시라도 빨리 도달하기 위해서 개발된 기술 수단이 이제는 오히려 우리의 삶을 정체시키는 역설적(逆說的) 현상이 나타나고 있다.

이와 관련하여 이반 일리치라는 학자가 흥미로운 분석을 내놓았다. 그는 수십 개의 미개(未開) 사회를 분석한 후, 그들이 이동에 사용하는 시간은 하루 활동 시간의 5% 정도이고 대략 시속 4.5km로 이동함을 알아냈다. 이에 비해 근대 산업 사회의 문명인들은 하루 활동 시간 중 약 22%를 이동하는 데 소비하고, 차까지 걸어가는 시간, 차 안에 앉아 있는 시간, 자동차 세금 내러 가는 시간, 차를 수리하러 가는 시간, 교통사고로 소비하는 시간, 자동차를 움직이는 데 드는 비용을 버는 시간 등을 모두 포함하면 대략 시속 6km로 움직이고 있었다. 그렇다면 인류가 자랑하는 현대 문명은 미개 문명보다 겨우 시간당 1.5km 더 빨리 움직일 뿐이며, 더욱이 이동하는 데 4배 이상의 시간을 소비하는 셈이다.

나 빠른 속도에는 그만큼의 저항이 뒤따르게 마련이다. 고속 철도는 이동 시간을 단축시켜 주지만 자연환경을 해칠 수밖에 없고 철도가 지나는 주변 마을 사람들을 저주파 소음에 시달리게 만든다. 정보를 빠르게 전달시키는 디지털 기기들은 강한 전자파를 발산하며 디지털 기기에 사람들이 중독되는 등 정서적 불안을 일으키기도 한다. 어디 이뿐인가. 패스트푸드는 식사 시간을 단축시켰을지 모르지만 각종 건강 문제를 일으키고 있다.

다 뉴질랜드 남섬 크라이스트처치에서는 2010년 9월과 2011년 2월 두 차례에 걸쳐 지진이 발생했다. 각각 진도 7.4와 6.2의 강진이었는데, 일부 건물이 무너지고 도로가 끊어졌으며 통신이 두절되었다. (중략)

이들은 지진 복구 기간을 15년에서 20년 정도로 정했다. 지진 복구 작업이 늦어도 대부분 5년 전후로 마무리된다는 점에서 보면 매우 특이한 일이다. (중략) 지진 방지를 위한 최신식의 공법(工法)을 적용함은 물론, 서두르지 않고 더욱 철저히 안전을 확보하겠다는 의도이다. 국민들은 한마디의 불평도 하지 않는다. 빠르게 진행하면 구석구석 확인하기가 힘들 것이다. 그렇기에 구석구석 확인하고 느끼기 위해서는 느림을 선택해야 한다. 느린 거북이가 장수를 하고 느린 달팽이가 넓은 풍경을 보지 않는가.

라 미국의 언론인이자 칼럼니스트인 토머스 프리드먼(Thomas Friedman, 1953~)은 그의 저서 《세계는 평평하다》에서 아프리카 초원의 사자와 가젤을 예로 들어, 가젤이 사자보다 더 빠르지 못하면 사자에게 잡아먹히고 사자가 가젤보다 더 빠르지 못하면 굶어 죽는 데서 보듯이 개인과 집단의 무한 경쟁에서 속도의 중요성을 강조했다.

정보화 사회에 접어들면서 속도는 더욱 중요한 경쟁력이 되었다. 세계의 변화 속도가 워낙 빠르고 변화의 폭도 커서 한 번 흐름에 뒤처지면 돌이키기 어려울 지경이다. 이렇듯 기업이 빠른 속도로 변화하여 세계 경쟁력을 가지려 할 때 정부나 시민 사회도 이와 발맞추어 사회 모든 영역이 빠른 변화에 대응할 수 있어야 국가 경쟁력을 높일 수 있다.

마 현대 문명의 발전은 곧 '빠르게 하기의 역사' 또는 '시간의 정복사'라고 할 수 있다. 영국에서 처음으로 증기 기관 열차가 만들어졌을 때 일부 사람들은 저렇게 빠른 것을 타고 움직이면 정신을 잃을 것이라고 걱정했다고 한다. 그렇지만 오늘날 사람들은 소리보다 몇 배 빠르게 하늘을 날아다니기도 한다. 불과 100년 전, 80일 안에 세계 일주를 할 수 있는가에 대해 사람들은 의문을 가졌지만 이제는 지구를 한 바퀴 도는 데 하루도 걸리지 않는다.

수송의 속도보다 더 빠른 발전을 보여 주는 것이 통신의 속도이다. 지구의 반대편에서 발표한 논문을 바로 받아 볼 수 있는 오늘날, 통신은 이미 일상적 시간의 굴레로부터 벗어났다고도 할 수 있다. 그 외 생산 속도나 작업 속도도 상상하기 어려울 정도로 빨라져, 과거에 몇십 년이 걸려야 지을 수 있었던 큰 건물을 지금은 몇 달이면 지을 수 있다.

주장 1 '느림'의 자세는 우리의 삶을 긍정적으로 변화시키는 데 도움이 된다.

주장 2 '느림'의 자세는 우리의 삶을 긍정적으로 변화시키는 데 도움이 되지 않는다.

물질문명 중심 사회에 대한 성찰

18세기 영국에서 시작된 산업 혁명으로 세계는 농업과 수공업에 기초한 경제에서 공업과 기계를 사용하는 제조업 중심의 경제로 빠르게 변화했습니다. 이후 대량 생산과 대량 소비가 이어지면서 세계는 물질적 풍요를 누리게 되었죠. 하지만 두 차례에 걸친 세계 대전(大戰)과 이후의 경제 공황 등을 지나며 물질문명의 **이면**을 돌아보게 됩니다. 빈부의 격차, 환경 파괴, 선진국의 후진국 지배 등 산업화의 시계가 작동한 이래 물질문명이 낳은 폐해(弊害)를 살펴보게 된 것입니다.

우리나라는 1876년 개항 이후 서구 문명을 접한 이래 일제 강점기를 거쳐 산업화 시대를 지나며 급격한 변화를 겪었습니다. 특히 1962년부터 네 차례에 걸쳐 시행된 경제 개발 5개년 계획은 우리나라 경제를 눈부시게 성장시킨 계기이자, 농업 중심의 전통 사회에서 공업 생산을 기반으로 하는 사회로 옮겨 가게 한 전환점이 되었습니다.

당시 농촌에서는 '통일벼'라는 새 품종의 벼를 심어 쌀 생산량을 획기적으로 늘리고 농촌과 깊은 산촌(山村)에 이르기까지 전기가 보급되는 등 새마을 운동이 한창이었습니다. 고도성장의 상징이 된 경부 고속 도로와 청계천 상가 및 고가 도로도 이 시기에 생겨났습니다. 이러한 정부 주도의 산업화는 선진국이 오랜 세월에 걸쳐 이룩한 성장을 단기간에 이뤄 낸 반면, 대기업 위주의 경제 성장이어서 사회 불평등 및 농촌과 도시 간 불균형적인 발전을 심화시켰다는 반성도 따랐습니다.

그렇다고 산업화가 이끄는 물질문명 중심 사회의 바퀴가 더뎌지진 않았습니다. 오히려 풍요로운 삶을 향한 인간의 욕망이 커지면서 모든 것을 사고파는 세상으로 변화했고, 시간마저 경쟁력이자 돈이라는 관념이 힘을 얻는 사회가 되었습니다. 이제 앞서의 사회적 문제와 더불어 정서적 단절로 인한 고독과 소외, 물질만능주의에 의한 도덕적 가치 및 공동체적 가치의 변질 등의 문제가 공존(共存)하게 되었습니다.

최근 세계는 코로나19 팬데믹을 겪으며 물질문명 중심 사회에 대해 다시 한번 돌아볼 기회를 가지게 되었습니다. 과도한 물질문명을 지탱하느라 잃어버린 소중한 것들을 돌아보는 성찰이 그 어떤 멋진 계획보다 절실한 때입니다.

이면(裏面) 물체의 뒤쪽 면. 겉으로 나타나거나 눈에 보이지 않는 부분.

1_ 〈마술의 손〉을 통해 깨닫게 된 우리 사회의 문제점을 쓰고, 이를 해결하기 위해 어떤 노력이 필요할지 구체적으로 서술해 봅시다.

2_ 주변의 사람들 중 한 사람을 주인공으로 삼아 〈길모퉁이에서 만난 사람들〉과 같은 짧은 인물 소설을 써 봅시다.

※ 다음 작품을 읽고 〈마술의 손〉에서 신문물이 들어온 이후 마을에 일어난 변화와 비교하여 '방울재의 수몰'이 의미하는 바를 쓰고, '징소리'의 상징적 의미를 함께 정리해 봅시다.

징소리 _문순태

1

방울재 허칠복(許七福)이가 고향을 떠난 지 3년 만에 미쳐서 돌아와 징을 두들기며 댐을 막은 뒤부터 밀려드는 낚시꾼들을 쫓아 댔다.

덩실덩실 춤을 추며 징을 두들기는 칠복이의 모습은 나무탈을 쓴 도깨비 같다고들 했다.

그리고 그가 그렇게 된 것은 고향을 잃은 서러움, 아내를 빼앗긴 원한 때문이라고들 했다.

아무도 기다리는 사람이 없는 고향에 여섯 살 난 딸아이를 업고 불쑥 바람처럼 나타난 그는, 물에 잠겨 버린 지 3년째가 되는 방울재 뒷동산 각시바위에 **댕돌같이** 앉아서는, 목이 터져라고 마을 사람들의 이름을 하나하나 불러 대는가 하면, 혼자서 고개를 끄덕거려 가며 오순도순 귀신 씨나락 까먹는 소리를 중얼거리다가도, 불컥 고개를 쳐들어 하늘을 찔러 보고, 창자가 등뼈에 달라붙도록 큰 소리로 웃어 대고, 느닷없이 징을 두들기며 겅중겅중 도깨비춤을 추었다.

그런데 이상한 것은 그의 성질이 **염병**을 앓아 귀머거리가 된 사람처럼 물렁해지고, 바보처럼 느물느물해진 거였다. 황소같이 힘이 세고 성깔이 왁살스럽던 그는, 도깨비 춤추듯 징을 두들기다가도 방울재 사람들이 쫓아와서 한마디만 질러 대도 슬그머니 징채를 감추고 목을 움츠리는 거였다.

"덕칠아 봉구야, 싸게싸게 **갈치배미** 나락 베러 가자."

징 징 징…… 징 징 징…….

칠복이는 징을 치며 장성호(長城湖) 물이 넘칠넘칠 떡갈나무 밑동을 핥아 대는 호숫가를 이리 뛰고 저리 뛰었다. 그가 징을 치고 겅중거릴 때마다 졸래졸래 아비를 따라다니는 여섯 살 난 그의 딸이 징소리에 맞춰 춤을 추듯 옴죽거렸다.

구름 한 가닥 없이 청명한 하늘에서는 명주실처럼 윤기 있는 늦가을의 햇볕이 선득선득 꽂혀 내리고 고속 도로가 뻗고 산들이 삐끔하게 트인 장성읍 쪽으로 아슴히 보이는 댐 위에서부터 **삽상한** 바람은 수면을 **조리질하듯** 천천히 훑어 올라왔다.

"덕칠이, 봉구, 팔만이, 몽땅 뒤졌는 겨 살었는 겨?"

칠복이는 부릅뜬 눈으로 호수를 찔러 보며 계속 징을 치고 목청껏 방울재 친구들의 이름을 불렀다.

호숫가에 띄엄띄엄 한가하게 낚싯줄을 드리운, 얼추 헤아려도 여남은 명이 넘을 것 같은 낚시꾼들은 난데없는 징소리에 벌떡벌떡 일어서서는 울화가 머리끝까지 치민 얼굴로 각시바위 쪽의 칠복이를 꼬나보았다.

징 징 징…… 징 징 징…….

마치 하늘 어느 한구석이 무너져 내리는 소리 같기도 하고, 수많은 사람들이 떼 지어 울부짖는 소리와도 같은 징소리는 호수 **안통** 방울재 골짜기를 샅샅이 쥐흔들었다.

"이봐, 빨리 꺼지지 못해?"

앙바틈한 체구에 챙이 길쭉한 빨간 운동모자를 비뚜름하게 눌러쓴 낚시꾼 하나가 실팍한 돌멩이를 집어 들고 무섭게 노려보며 소리를 치자, 칠복은 잽싸게 참나무 뒤로 몸을 피하고 잠시 조용해지더니, 이내 다시 징채가 부러지도록 힘껏 휘둘러 댔다. 그때 징소리는 징징징 우는 것이 아니고 와글바글 사뭇 방울재 골짜기의 **너덜겅**을 호수로 허물어 내리는 듯싶었다.

"저 미친놈이 끝내 훼방이여!"

낚시꾼들 대여섯 명이 당장 칠복이를 잡아 물속에 처박을 기세로 각시바위 쪽으로 뛰어 올라갔으나, 칠복이는 참나무를 끼고 이리저리 피하며 잠시도 징채를 멈추지 않았다.

단숨에 칠복이를 붙잡지 못한 낚시꾼들은 더욱 화가 치밀어 씩씩거렸고, 칠복이는 칠복이대로 신이 나서, 딸아이마저 팽개친 채 **두레패 상쇠놀음** 하듯 고개까지 까닥거리며 겅중겅중 뛰었다.

빨간 모자의 낚시꾼이 긴 작대기를 후려치는 바람에, 칠복이는 헉 외마디 소리와 함께 아기 **다복솔** 위로 꼬꾸라지고 말았다. 작대기에 허리를 얻어맞고 쓰러진 칠복이는 징을 빼앗기지 않으려고 가슴에 꼭 안았다.

칠복이가 꼬꾸라지자 대여섯 명의 낚시꾼들이 우르르 달려들어 발길로 엉덩이를 걷어차기도 하고, 어떤 사람은 그의 품에서 징을 빼앗으려고 했으나 그는 솔가지에 얼굴을 묻고 엉덩이를 하늘로 추켜올린 채 고슴도치처럼 몸을 도사렸다.

아비를 따라다니며 징소리에 맞춰 깡총대던 딸아이가 아빠를 부르며 울음을 터뜨리자, 그들은 비로소 발길질을 멎었다.

"미친 사람이니 용서해 줍쇼!"

그때, 호숫가에 가건물을 지어 놓고 낚시꾼이나 댐을 구경하러 온 관광객들을 상대로 술이며 매운탕을 끓여 파는 방울재 남자 셋이 **허위허위** 뛰어 올라와서 칠복이를 가로막아 서며 사정을 했다.

"아는 사람이우?"

낚시꾼이 물었다.

"한마을 사람이구먼유."

검적검적 점이 많은 얼굴이 발그레하게 술이 오른, 삐쩍 마른 봉구는 연신 허리를 굽적거렸다.

"이 마을에 사는 사람이란 말이우?"

"없어졌지라우."

"없어지다니 뭐가요?"

"방울재가 없어졌지라우. 몽땅 물에 쟁겨 뿌렸어유. 남은 것이라고는 저 뒷골 감나무뿐인갑네유."

봉구는 황새처럼 목을 길게 뽑아 그들이 서 있는 발부리 아래, 찰랑찰랑 허리가 물에 잠긴 채 빨갛게 익어 가고 있는 접시감나무를 가리켰다.

"그러면 우리가 낚시질하고 있는 여기가 바로 방울재라는 마을이었단 말이우?"

나이가 지긋하고 턱 끝이 도끼날처럼 **날캄한** 낚시꾼이 흥미가 있다는 말투로 물었다.

"그렇구먼유. 우리덜 지붕 위에다 낚시를 던지신 거나 마찬가지지유."

"히야, 지붕 위에서 낚시질이라!"

빨간 모자는 재미있다는 듯 웃었다.

"선생님들, 이 사람은 우리가 데려갈랍니다요."

"다시는 여기 못 오게들 허쇼."

"염려 놓으십쇼. 다리 모갱이를 작씬 분질러 놓겠으니께유."

방울재 사람들은 왁살스럽게 칠복이의 어깻죽지를 잡아 일으켰다. 조금 전까지만 해도 신들린 사람처럼 겅중대며 징을 두들기던 그 기세는 어디로 숨어 버렸는지, 그는 징을 가슴에 소중하게 두 팔로 꼭 껴안은 채 겁먹은 얼굴로 큰 눈을 뒤룩거렸다.

"미친 사람은 묶어 둬야 합니다. 에잇 재수 없어!"

낚시꾼들은 방울재 사람들이 칠복이를 끌고 내려가는 것을 보고 큰 소리로 다짐을 받고 나서 다시 낚시터에 앉았다.

"좀 올렸습니까요?"

칠복이를 끌고 내려간 줄 알았던 빼빼 마른 봉구가 빨간 모자 옆에 엉거주춤 무릎을 세워 앉으며 물었다. 그는 기왕 예까지 올라온 김에 매운탕 손님 하나라도 미리 잡아 두어야겠다는 생각으로 슬그머니 뒤에 처진 거였다.

"미친놈이 나타나서 훼방을 놓는 바람에 김 팍 새 버렸소."

"옘병헌다고 미쳐 갖고 없어져 뿐진 고향에는 끄덕끄덕 돌아올 꺼유!"

"고향엘 찾아온 걸 보니 미친 사람이 아닌 게로군요."

"오락가락혀유."

봉구는 어룩어룩 때가 묻은 흰 와이셔츠 주머니에서 새마을 담배를 꺼내 입에 물고 잠시 고개를 돌려 주막으로 끌려 내려가는 칠복이의 뒷모습을 보았다. 봉구와 칠복이는 방울재 안에서 누구보다 가까운 친구였다. 그들은 마을이 없어지기 전까지만 해도 방울재에서 앞뒷집에 나란히 처마 맞대고 살면서 너냐 나냐 **친동기간**처럼 가까웠었다. 봉구는 부자였고 칠복이는 가난했지만 봉구는 칠복이 앞에서 조금도 있는 티를 보이지 않았다.

"저 미친놈이 또 징을 치고 지랄해 싸면 어디 낚시질을 하겠소?"

"아닙니다유. 그런 염려는 붙들어 매십쇼. 앞으로 물가에 얼씬 못 하게 헐 꺼잉께유. 저놈이 날마다 훼방을 치면 낚시꾼들이 안 올 게고, 그라믄 우린 굶어 죽을 낀디 그대로 내버려 두겠어유?"

봉구는 입에서 담배를 빼 들고 사뭇 흥분한 어조로 다급하게 말했다.

"왜 미쳤답니까?"

낚시꾼은 그냥 지나가는 말로 물었다.

"땜 때문이지라우. 고향을 잃고 도회지로 나갔다가 마누라꺼정 도둑맞고 오장이 회까닥 뒤집혔다고 허드만유."

"마누라를 도둑맞아요?"

빨간 모자는 조금씩 깐닥거리는 **찌**를 향해 시선을 팽팽하게 던지며 물었다.

"가난흐고 못난 촌놈 마다흐고 잘난 도회짓놈흐고 배가 맞은 거지유. 어이쿠 물었네유. 감잎은 되느만유."

빨간 모자가 아이들 손바닥만 한 붕어를 낚아 올리자, 봉구는 빠른 솜씨로 낚싯줄을 잡아 낚시에서 붕어를 빼 **구덕**에 넣고 **입감**까지 끼워 주었다.

"그래서 미친 게로군!"

"고향 잃고 마누라꺼정 뺏겼으니 안 미치게 생겼남유?"

"미인이었소?"

낚시꾼은 흥미 있다는 듯 피시시 웃음을 머금어 날리며 물었다.

"촌에 미인이 있간디유? 새끼 하나만 낳으면 철푸덕 엉덩판만 커지고 무신 매력이 있어야지유. 그래도 그 칠복이 여편네는 얼굴도 반반하고 도회지 바람을 묵어서 촌티는 벗었지라우. 칠복이헌티는 좀 과헌 여자지유."

"마누라 뺏기고 원, 창피해서 지랄한다고 고향엔 와요?"

"그러다마다유. 하지만, 오죽했으면 고향에 뭐 볼 거 있다고 다시 왔겄남유? 결국 우리덜도 도회지에 나갔다가 발을 못 붙이고 다시 돌아와서 이르케 낚시꾼들 덕으로 살어가고 있습니다만요, 으디 갈 데가 있어야지유. 굶어 죽어도 고향 **선산**에 뼈를 묻어야겠다는 생각 땜시……."

봉구는 푸우 한숨 섞인 담배 연기를 길게 내뿜으며, 멀고 회한에 가득한 눈으로 산자락 모퉁이 옛날 창평 고씨(昌平高氏) **제각**이 있던, 펀펀한 곳에 즐비하게 늘어선 매운탕집 주막들을 바라보았다. 지난봄까지만 해도 선산을 버리고는 죽어도 방울재를 떠나지 않겠다면서 처음부터 집을 뜯어 옮기고 그대로 눌러앉은 박팔만이네를 제하고, 다섯 집밖에 안 되었는데 벌써 열한 집으로 늘어났다.

새로 생긴 방울재 매운탕집들 앞으로는 아카시아 숲이 **휘움하게** 울타리처럼 둘러쳐져 있고, 아카시아 숲 너머로는 호남 고속 도로와 연결되는 좁장한 신작로가 뻗쳐 들어오고, 그 길을 따라 낚시꾼들이 타고 온 자가용차들이 집 둘레 여기저기에 번쩍번쩍 햇빛을 쪼개어 날렸다. 봉구의 눈에는 모든 것이 슬프고 어쭙잖게만 보였다.

말이 보상금이지, 보상 가격을 책정해 놓고도 일이 년 뒤에야 지불을 받고 보니, 이미 인근 농토 값은 몇 배로 뛰어올라 **대토** 잡기에 어려웠고, 도회지로 나가서 살자 해도 전세방을 얻고 나면 자전거 하나 사기도 힘든지라, 아무 짓도 못 하고 **솔래솔래** 곶감 꼬치 빼먹듯 하다가는 두 손바닥 탈탈 털고 영락없이 알거지가 되고 만 집이 어디 한두 사람인가.

봉구 그 자신도 보상금 받아 가지고 읍에 나가서 버스 정류장 옆에 가게를 얻어 쌀집을 냈으나 어찌 된 셈인지 남는 것은 없고 **옴니암니** 본전만 까먹게 되어 전셋돈이나마 가까스로 건져 다시 방울재로 돌아오지 않았는가.

"지붕 위에서 낚시질을 한다고 생각하니 기분이 이상합니다."

빨간 모자 낚시꾼은 뚜벅뚜벅 곧잘 말을 걸어왔다.

"사람들꺼정 한꺼븐에 잼겨 뿐 거이 더 마음 아프구먼유."

"누가 빠져 죽었나요?"

"죽은 거나 매한가지라우. 수십 년 동안 얼굴 맞대고 정붙이고 살아온 방울재 사람들을 시방 어디에 가서 찾을 겁니까유. 살아남은 사람들은 몇 집 안 되지라우."

"예끼 여보슈, 난 또 무슨 소리라구!"

"선생님들은 우리 속 몰라유."

"땜이 원망스럽겠군요."

"으째서유?"

"고향을 삼켜 버렸으니까요."

"워디가유. 아무리 배우지 못혔어도 우리가 그러키 앞뒤 꽉 맥힌 멍충이들이란가유? 땜이 생겨서 많은 농민덜이 가뭄 모르고 농사 잘 짓는 거이 을매나 잘헌 일인가유? 우리도 그 정도는 압니다유."

"그렇다면 됐습니다."

"그래도 고향이 없어져 뿔고 정든 사람덜이 뿔뿔이 풍비박산되야 뿐졌는디 으찌."

"딱하게 됐습니다."

"그라니께 우리는 뿌리 없는 나무여라우. 우리헌티 땅이 있소, 기술이 있소?"

빨간 모자가 대꾸를 해 주지 않자, 봉구는 고개를 들어 다시 매운탕집들 위로 내리뻗은 고속 도로를 바라보았다. 자동차들이 바람처럼 쌩쌩 내달았다.

2

호수 위에 **검실검실** 어둠이 내렸다. 호수를 한아름 보듬은 산 그림자가 칙칙하게 내려앉기 시작하면서 하늘의 구름들이 낮게 흐르더니 바람이 드세어지고 수면이 거칠어졌다.

어둠이 두꺼워지고 바람이 거칠어지자 낚시꾼들은 하나둘 돌아가 버렸다.

어둠이 무겁게 짓누르는 호수에는 **휘휘하고** 음산한 그림자들이 일렁이는 듯싶었다. 마치 방울재 사람들의 그림자 같았다.

칠복이는 조금 전 빨간 모자 낚시꾼이 앉았던 자리에 무릎을 세우고 두 손바닥으로 턱을 받쳐 들고 앉아서 우두커니 수면 위에 **우줄거리는** 칙칙하고 휘휘한 그림자들을 내려다보고 있었다. 그의 옆에는 딸아이가 두 팔로 아비의 세운 무릎을 껴안고 찰싹 달라붙어 있었다.

호수에서 사각사각 나락 베는 소리가 들렸다. 사람들의 두런거리는 말소리도 들렸다. 방울재와 방울재 사람들의 모습이 한눈에 죄 보였다. 금줄을 두른 마을 앞 윗당산의 늙은 팽나무와, 방울재에서는 칠복이 혼자만이 들어 올린 큰 **들독**이 보였고, **이엉**을 입힌 돌담과 판놀이네 탱자나무 울타리, 군데군데 말라붙은 쇠똥이 널린 **고샅**들, 빨간 고추가 널린 초가지붕이며, **두껍다리** 옆 그의 집도 보였다. 외양간에 매여 있는 송아지가 음매 하고 우는 소리, 꿀꿀대는 돼지, 꼬꼬댁 꼬꼬 닭이 알 낳는 소리, 바람 모퉁이 공터에서 아이들이 공치기를 하며 왁자지껄 떠들어 대는 시끌시끌한 소리, 고샅이 쩡쩡 울리도록 아이들 이름을 부르는 소리, 이 자식 저 자식 죽일 놈 살릴 놈 욕을 퍼부어 대며 싸우는 소리들이 귀에 쟁쟁하게 들려왔다.

발그무레하게 꽃이 핀 살구나무 가지들 사이로 훨쩍 열린 순덕이네 싸리문과 살구꽃처럼 환한 순덕이의 탐스러운 얼굴도 보였다. 순덕이와 함께 만나곤 했던 **상엿집** 모퉁이의 아카시아 숲속에서는 그때처럼 휘휘한 바람 소리가 들려왔다.

"아빠 추워, 집에 가아."

딸아이가 몸을 웅숭그리며 칭얼대자 그는 무릎을 열어 가랑이 사이에 넣고 꼭 안았다.

칠복이는 갈 곳이 없었다. 호수 속에 그의 집이 보였으나 물에 뛰어들 수가 없었다.

"저기 물속에 우리 집이 뵈이쟈?"

칠복이는 손으로 가리키며 물었다.

"피이, 우리 집이 어디 있어?"

"저어기, 물속에. 바보야 우리 집도 안 봬?"

"이잉 엄마아……."

아이는 울음을 터뜨렸다.

"벼락 맞어 뒈질 년!"

그는 아내의 골통을 박살 내기라도 하려는 듯 큰 돌을 집어 호수에 던졌다. 풍덩 하는 소리에 딸아이가 흠칠 놀랐다.

"이잉, 엄마한테 간다고 해 놓고……."

"그래그래, 네 엄마는 저기 물속에 있다. 물속에 있는 엄마한테 갈래?"

칠복이는 버럭 고함을 지르며 딸을 떠밀어 내려고 겁을 주자 아앙 큰 소리로 울어 댔다.

"개만도 못한 녀언……."

그는 고개를 뒤로 **젖버듬히** 젖혀 별도 없이 시꺼먼 하늘을 쳐다보며 퍼허 하고 어처구니없는 웃음을 토해 내고 나서 다시 물에 잠긴 방울재를 내려다보았다.

족두리를 쓰고 원삼을 입은 순덕이의 모습이 보였다. 청실홍실을 드리운 **합환주**를 입에 댈 때 순덕이는, 게슴츠레한 눈으로 신랑인 칠복이를 훔쳐보면서 다른 사람이 눈치 안 채도록 싱긋이 웃어 보일 수 있을 만큼 여유를 보여 주었다.

3년 동안 식모살이를 하면서 도시 바람을 쐰 때문인지, 순덕이는 시골 처녀답지 않게 **바라지고 슬거운** 데가 있었다. 그런 순덕이를 방울재 칠복이 친구들은 너무 화딱 까졌다거니, 생긴 게 맷맷하여 어딘가 온전치 못한 여자라거니 하며 칠복이와는 어울리지 않는다고 하면서 그녀를 헐뜯고 은근히 훼방을 놓았던 것이었다.

그러나 칠복이 생각은 그렇지가 않았다. 매사에 생각이나 행동거지가 굼뜨지 않고 사리가 분명한 순덕이가 꼭 필요했다.

결혼을 한 지 한 달도 못 되어 순덕이는 도회지로 나가서 살자고 하였다. 그 말에 칠복은 섬찟한 무서움을 느꼈다. 어려서 아버지를 잃고 홀어머니마저 병으로 죽어, 외할머니 치맛자락에 가려 눈칫밥 먹고 자라서 장가를 들 때까지, 방울재에서 삼십 리도 못 떨어진 정읍장과, 징병 신체검사할 때 읍에 갔다 온 일 외에는 여지껏 **대처** 바람을 한 번도 마셔 보지 못한 그로서는 도회지에 나가 산다는 것은 마치 방울재 개울의 미꾸라지를 목포 앞바다에 넣는 것이나 진배없는 일인지라, 그 말을 들을 땐 가슴이 울렁거리고 눈앞이 캄캄했던 거였다.

"전답도 없이 이런 촌구석에서 멀 바라고 사 꺼시오."

순덕이는 입버릇처럼 이렇게 되뇌곤 했었다.

"우리도 논밭을 장만하면 될 거 아닌감."

칠복이 생각에, 그녀가 한사코 도회지로 나가 살자고 한 것은 그녀 말마따나 전답이 없는 탓이라고 헤아리고, 뼈가 으스러지도록 밤낮을 안 가리고 일을 했다. 외가에서 장성하도록 머슴 노릇을 하다시피 해 주었는데도 외숙부는 그가 장가들자 겨우 개다리 초가삼간에, 방울재 **큰애기**들이 하룻밤 오줌만 싸질러 대도 새끼내가 넘치고 물난리가 나서 농사를 망친다는 하천 부지 자갈논 일곱 **되지기**를 떼어 주었을 뿐이었다.

"십 년 안에 방울재에서 일등 가는 부자가 될 꺼잉께 두고 보드라고잉."

칠복이는 외양간과 돼지우리를 지어 해마다 **배냇소**를 기르고 힘에 부치도록 **고지품**을 빌려, 결혼한 지 3년 만에 문서 없는 하천 부지 자갈논 서 마지기를 사들였다. 그대로만 간다면 그의 장담대로 십 년 안으로 방울재 일등 부자는 안 되어도 남부럽지 않을 만큼 **포실하게** 전답을 마련할 것이 분명했다.

그러던 차에, 방울재에 댐을 막아 전답이 몽땅 물에 잠기게 된다는 것을 안 칠복이는 제정신이 아니었다. 사람 하나쯤 죽인다 해도 가슴을 꽉 메운 불덩이 같은 응어리가 없어질 것 같지가 않았다.

"그랑게 머이라고 합뎌. 우리는 방울재에서 살 팔자가 못 된 거 아니오. 끙끙대 쌓지만 말고 언능 도회지로 나갑시다."

칠복이의 **매지매지** 오장육부가 **무클하게** 녹아내리는 속마음을 알 턱이 없는 순덕이는 얼씨구나 싶은 얼굴로 엉덩이를 들썩거렸다.

홧김에 서방질하더라고, 칠복이는 문서 없는 전답에 대해서는 보상 한 푼 못 받은 채 광주시로 옮겨 가, 임업 시험장 옆 산동네 꼭대기에 쥐구멍만 한 사글셋방을 얻어 들었다.

낯짝이 좋은 아내는 방울재를 떠나온 날부터 신바람 나게 **싸대** 쌓더니, 사흘 만엔가 큰 식당 주방에서 일을 하게 되었으며 날마다 새벽같이 집을 나가서는 통금 시간이 다 되어서야 돌아오곤 했다.

칠복이는 밤낮 방구석에서 딸아이와 노닥거릴 수만도 없기에 일자리를 찾아다녀 보았지만, 찾아가는 곳마다 무슨 기술이 있느냐는 물음이었고, 그때마다 그는 농사짓는 기술뿐이라고 부끄럼 없이 대답해 주곤 했다.

"농사짓는 기술도 기술이우? 차라리 마누라 배 타는 기술이 있다고 그러슈 원!"

칠복이의 부끄럼 없는 대답에 그들은 기분 나쁘게 킬킬대고 웃어 댔다. 그는 막일이라도 해 보려고 새벽마다 양동 큰다리께 품팔이 시장에 나가 보았지만 팔려 나가는 것은 언제나 목수나 미장이, 도배장이, 타일공 따위의 경험이 있는 기술자들이고, 해가 머리 위에 벌겋게 떠오르도록 남는 것은 칠복이와 같은 **무거리**들뿐이었다. 그런대로 지난가을까지는 재수가 있는 날이면 **질통꾼**이나, **목도꾼**, 모래와 자갈을 차에서 부리는 일 등 기술 없이 뚝심으로 하는 일에 간단히 팔려 나다니기도 했었는데, 날씨가 쌀쌀해지면서부터는 도무지 막일꾼 구하는 사람도 없어, 긴 겨울을 콧구멍만 한 방에서 늙은 곰 겨울잠 자듯 처박혀 살았다.

칠복이는 아내가 벌어다 준 돈으로 가만히 앉아서 몸 편하게 살면서도 방울재의 봉구네 사랑방을 못 잊어 자나깨나 풀이 죽어 있었는데, 아내는 무슨 좋은 일들이 그리 많은지 하루하루 얼굴에 생기가 돌고 새벽에 집을 나갈 때는 그 **주제꼴**에 얼굴 토닥거리며 화장을 하고 미장원에 들락거리며 모양을 내는 데 유난을 떠는 것 같았다.

봄이 오자 칠복이는 양동 품팔이 시장에 나가는 것을 포기하고 혼자서 고향인 장성으로 돌아가, 수몰이 안 된 가까운 마을에서 모내기 일을 해 주었다. 농사철이라 농촌에서는 하루도 쉴 새 없이 바빠서 일자리는 얼마든지 있었으며, 방울재 사람들이나 방울재 사람들의 친척들이 더러 있어서 그런지, 도회지에서 막일하는 것보다는 마음이 편해서 좋았다.

광주에서는 도회지의 찌꺼기가 된 듯싶어 집 밖에 나가기가 그렇게도 부끄럽고 무서웠었는데, 비록 방울재는 아니지만 산과 들이며 하늘, 나무 한 그루 풀 이파리 하나까지도 낯익어 조금도 **뜨아하거나** 부끄러운 마음이 없었다.

칠복이는 장성댐 아랫마을에서 모내기 한철 농사일을 하고, 다시 여름에는 장성읍 과수원에서 살충제도 뿌리고 사과며 복숭아도 따 주어 이십만 원을 손에 쥐고 광주로 돌아왔다. 그는 아내를 설득해서 방울재는 없어졌더라도 다시 시골로 들어갈 결심이었다. 생각지도 않게 시골에는 그런대로 일거리가 많았고, 댐 아랫마을 노루목에 머슴으로 들어가면 소작논 다섯 마지기를 떼어 주고 식구들이 따로 한집에서 살 수 있게 **문간채**를 내어주겠다는 집도 있었다. 그는 어떻게 해서든지 아내와 같이 다시 시골로 돌아가고 싶었다. 아내가 끝까지 싫다고 한다면 코뚜레를 뚫어서라도 끌고 가야겠다고 단단히 마음을 **공글리며**, 아내가 기다리고 있을 광주로 가기 위해 마지막 밤 버스를 탔다.

시골에 돈벌이를 하러 내려간 뒤에 한 달에 한두 차례씩 잠깐잠깐 아내와 딸아이 얼굴을 보고 오긴 했으나, 식구들 데리고 다시 시골로 돌아갈 가슴 부푼 생각 때문인지 여느 때와는 달리 쿵덕쿵덕 심장이 마구 뛰었다.

버스에서 내린 칠복이는 큰맘 먹고 사과 한 꾸러미와 저육(豬肉) 한 칼을 떠서 달랑달랑 들고 산동네를 향해 마음 졸이며 숨 가쁘게 내달았다.

그는 아내가 식당에서 집에 돌아올 시간과 맞추기 위해 일부러 느지막이 밤 버스를 탄 거였다. 합동 주차장에 내려 대합실 시계를 보았더니 아내가 돌아오기는 약간 이른 것 같아 식당으로 찾아가서 같이 들어갈까 하다가, 아내가 먼저 집에 올라온 다음에 슬그머니 밤손님처럼 들어가 깜짝 놀래 주려고 **지싯지싯** 늑장을 부렸던 거다.

산동네 꼭대기까지 허위허위 단숨에 추어 올라간 칠복은 잠시 집 앞에서 미적거리다가 까치발을 하고 손을 넣어 소리 안 나게 판자 대문을 따고 살금살금 그들이 세 들어 살고 있는 **작두샘** 가에 있는 방 쪽으로 갔다. 불이 꺼져 있는 것으로 보아 아내가 돌아오지 않았거나, 아니면 벌써 돌아와 잠을 청하고 있는 것인지도 모를 일이었다.

칠복이는 일부러 뒷문으로 가서 살그머니 문을 열고 들어가 더듬더듬 천장을 더듬어 때걱 전기 스위치를 돌렸다. 방에 불이 켜지는 순간, 칠복이의 눈이 확 뒤집히면서 앞이 깜깜해져 버렸다. 분명 그의 아내 임순덕이 외간 남자와 발가벗은 채 한 덩어리가 되어 있지 않겠는가. 이 장면을 보는 순간 그는 하늘이 와르르 무너지는 듯한 놀라움과 울분으로 온몸이 떨리면서 피가 뚝 멎어 버리는 것만 같았다.

아내와 남자가 펄떡 놀라 일어나 앉는 것과 함께 칠복이는 우르르 부엌으로 뛰어나갔다. 헉헉 숨을 몰아쉬며 식칼을 들고 다시 방으로 뛰어들어 왔을 때 아내와 남자는 이미 방 안에 없었다. 신을 꿸 겨를도 없이 판자문을 박차고 골목까지 뛰어나갔으나 그림자도 보이지 않았다.

그날 밤 칠복이는 눈이 뒤집혀 식칼을 들고 거리를 헤매고 돌아다니다가 경찰에 붙들려 경찰서에서 하룻밤 신세를 지기까지 했는데, 보호실에 갇힌 그는 이미 정신이 온전하지가 못해 더럭더럭 고함을 지르고 길길이 뛰었다.

다음 날 산동네에 돌아와 보니 딸아이 혼자 집 밖에서 발을 뻗고 얼굴에 흙 범벅이 된 채 목이 쉬도록 울고 있었다. 그날부터 칠복이는 딸아이를 등에 업고 아내를 찾아 나섰다. 식당에도 가 보았지만 그날 밤 이후로 나타나지 않는다는 거였다. 같이 도망친 남자가 누구인가도 알 길이 없었다. 아내를 찾다가 지친 그는 이제라도 돌아와 주기만 한다면 용서를 해 줄 생각이었다. 아내가 그렇게 된 것은 모두 칠복이 자기 탓으로 **치부할** 수밖에 없었다. 자신이 못났기 때문에 아내가 식당에 나가게 된 것부터가 잘못이 아니겠는가 싶었다.

아내를 찾아다니느라고 시골에서 벌어 온 돈마저 모두 까먹어 버리고, 얼마 안 남은 산동네 사글셋방 값마저 찾아 쓴 칠복이는, 방울재에서 나올 때 나눠 가진 **굿물**인 징 하나만을 들고 거렁뱅이 신세가 되어 떠돌음했다.

칠복이는 거렁뱅이 신세가 되어 떠돌음하면서도 방울재에서 가지고 나온 징을 마치 그의 딸아이만큼이나 애지중지하였으며, 밤에 잠을 잘 때는 꼭 그 징을 베고 잤다. 그런데 그 징을 베고 잘 때마다 이상하게 그 징에서는 마치 방울재 할미산 너덜겅이 와르르 허물어지는 것 같은 소리가 귓속이 먹먹하게 들려오기도 하고, 또 어찌 들으면 방울재 사람들의 한 사람 한 사람 우는 소리가 아슴하게 흐느껴 오곤 했다.

그때마다 방울재에 살던 시절이 눈에 선하게 떠올랐다.

칠복이는 징에서 고향 사람들이 그를 오라고 부르는 소리를 들었다. 그 소리를 들은 뒤 딸아이를 업고 꼬박 하루를 걸어 방울재에 닿았다.

"아빠, 배고파잉……."

잠이 든 줄로만 알았던 딸아이가 부스럭부스럭 상반신을 출썩거리며 칭얼대기 시작했다.

"천벌을 받을 년언……."

칠복이는 다시 돌멩이를 집어 호수에 던지며 욕을 퍼부어 댔다.

"아빠…… 배고파아."

"그려그려, 마을로 내려가자."

칠복이는 딸을 업고 일어서며 별 없는 하늘을 쳐다보았다. 이따금씩 빗방울이 얼굴에 떨어졌으나, 그때마다 그의 정신은 더욱 맑아졌고, 정신이 맑아질수록 고향과 아내를 잃어버린 큰 슬픔이 목울대에 꽉 차올랐다.

"우리 집으로 가아……."

"우리 집? 물속에 있는 집으로?"

"아빤 늘 그 소리뿐이네!"

"그러믄 어떤 집 말이냐?"

"순자네 집 같은 거!"

순자는 봉구의 딸이다.

"그래, 그러믄 순자네 집으로 가자."

"순자네 말고, 우리 집으로 가아……."

"바보 멍충아, 이 세상이 다 우리 집이라고 생각혀!"

칠복이는 딸아이가 알아들을 수 없는 말을 혼잣말처럼 중얼거리며 검정 **우단**에 보석 몇 알이 흩어진 듯 불빛이 반짝이는 매운탕집들 쪽으로 내려갔다. 바람이 드세고 빗방울까지 비쳐 밤낚시꾼들은 하나도 눈에 띄지 않았다.

칠복이가 후미진 **솔수펑** 모퉁이를 돌아 불빛이 출렁이는 매운탕집들 가까이 왔을 때 빗방울이 후두둑 떡갈나무 잎들을 요란하게 두들겼다.

3

봉구네 집에는 매운탕집을 하는 방울재 사람들이 모두 모였다. 그들은 장사가 안 되는 날이면, 옛날 방울재 윗당산머리 봉구네 사랑방에 모여 놀던 버릇대로 밤만 되면 찾아왔다.

하나, 이날 밤 모임은 좀 달랐다. 이날 밤에는 칠복이 문제로 모인 것이었다.

"당장 쫓아 버려야 혀. 옛정도 좋지만 살고 봐야 헐 꺼이 아닌감!"

올봄에, 혼기가 다 찬 두 딸과 중풍에 걸려 기동을 못하는 병든 아내를 끌고 방울재로 다시 돌아온, 회갑 줄에 앉은 강촌 영감이 아까부터 와락와락 성깔을 부려 가며 큰소리였다.

"차마 워치크롬 쫓아낼 거여."

봉구였다. 옛날에 위아랫집에서 처마 맞대고 살아온 정 때문에, 강촌 영감의 의견에 찬성을 하지 못했다.

"봉구 말도 일리가 있재잉. 고향에 찾아온 사람을 워치기 쫓아낼 거요잉."

덕칠이도 칠복이와 가깝게 지내 왔던 터라, 쫓아내자는 데에는 어딘가 마음이 꺼림칙했다.

"제정신 갖고, 먹고살겠다고 헌담사 워떤 무지막지헌 놈이 고향 찾어온 사람을 쫓아내자고 허겄어?"

"암, 그러고마니!"

"옴짝달싹 못 허게 묶어 놓으면 으쩌겄소?"

덕칠이였다. 그는 봉구의 눈치를 살피며 말했다.

"묶어 놓으면 징을 치고 지랄 염병은 안 헐 거 아닌고?"

"자석이 말짱헐 때는 암시랑 안 허다가도 날씨만 꾸무럭헐라치면 발광이니……."

"그랑께 미쳤재."

"오늘 낮에도 나헌티 찾아와서는 여편네 찾으러 가겄담서 새끼를 좀 맡어 달라고 허등만."

"그럴 때는 제정신이 든 겨."

"좌우당간에 낚시터에서 미친놈이 징 치고 훼방 친다는 소문이 나면 낚시꾼이 얼씬도 안 헐 거고, 그렇게 됨사 우리는 굶어 죽는 거 아닌가."

강촌 영감은 칠복일 쫓아내자는 의견을 조금도 꺾지 않았다.

"그눔에 징을 뺏어서 물속에 던져 베리까?"

"그러다 살인나게?"

아무도 칠복이에게서 징을 빼앗지는 못했다. 며칠 전에도 그가 낚시꾼들 사이를 **강변 덴 소 날뛰듯** 하며 징을 두들기고 소리소리 질러, 방울재 사람들이 몰려가서 징을 빼앗아 감춰 버렸었는데, 그때 칠복이는 눈을 허옇게 까뒤집고 **쇠스랑**을 휘두르며 징을 내놓지 않으면 찍어 죽이겠다고 어찌나 무섭게 어우르는 바람에 슬그머니 **두엄자리** 속에 감춰 둔 것을 꺼내 주지 않았던가.

"병신 같은 놈, 제 여편네 단속을 그렇게 잘했더라면 뺏기지 않았을 것잉만!"

봉구는 램프불 주위에 새까맣게 달라붙은 벌레들을 멀뚱히 바라보며 한숨 섞인 목소리로 걱정이 되어 한마디 뱉는다.

"오늘 밤에 당장 쫓아 베려!"

강촌 영감이 벌떡 일어나서 큰 소리로 내질렀다.

"쫓아낸다고 갈 놈이우?"

"안 가겠다고 버티면 어쩔 거유."

덕칠이는 친구 된 입장이라, 참으로 난감하여 딱부러지게 매듭을 짓지 못하고 봉구의 눈치만을 살피는 듯싶었는데, 봉구 역시 강촌 영감 말대로 당장 쫓아내자는 말을 못하고 지싯지싯 말꼬리를 흐렸다.

"끌고 가서 차에 태워 보내 베려. 안 가겠다면 꽁꽁 묶어서 버스에 태우면 될 거 아니라고!"

강촌 영감의 말에 모두들 아무 대꾸도 하지 못했다.

"조금 있으면 잠자리 찾어올 테니께, 그때 인정사정 볼 것 없이 쫓아 베리는 거여!"

이때 칠복이가 아이를 등에 업고 고개를 길쭉하게 빼어 내밀어 봉구네 술청 안으로 들어섰다. 그들 부녀는 비를 맞아 머리칼이 능수버들처럼 휘주근하게 젖어 있었다.

"다들 여기 있었구만. 그러고 보니 옛날 봉구네 사랑방 친구들은 다 모였네그려."

칠복이는 아이를 평상에 내려놓고 손으로 머리의 빗방울을 훔쳐 뿌리며 반가운 얼굴로 **두렷두렷** 주위 사람들을 살폈다. 모두들 아무 말도 없이 칠복이만을 물끄러미 쳐다보았다.

"어이 봉구, 우리 딸내미 식은 밥 한 덩이 주소. 배 속에 왕거지가 들앉았는지 **취창시만 헌 것**이 밤낮 처묵어도 배가 고프다고 지랄이니!"

칠복이는 바보처럼 벌룸벌룸 이를 드러내 놓고 웃으며 스스럼없이 봉구에게 한마디 던지고는, 평상 모서리에 철부덕 걸터앉아 소맷자락으로 촉촉하게 젖은 머리털을 닦고 문질렀다.

"칠복이, 나 좀 보세!"

강촌 영감이 시비 투의 가시 걸린 목소리로 칠복이를 불렀다. 칠복이는 버릇대로 벌쭉 웃으며 강촌 영감 쪽으로 얼굴을 돌렸고, 봉구와 덕칠이는 강촌 영감의 입에서 무슨 말이 나올 것이라는 것을 뻔히 알고 있는 터라, 고개를 돌려 외면하려고 하였다.

"저 불렀어유?"

"자네 말이시, 우리가 이러고라도 묵고사는 거이 배가 아픈가?"

"영감님……."

봉구가 강촌 영감의 옆구리를 **찔벅거리며** 심한 말을 막으려고 했다.

그사이 까무잡잡한 얼굴에 광대뼈가 유난히 툭 불거진 봉구 아내가 결코 달갑잖은 얼굴로 칠복이 부녀의 상을 내왔는데, 그래도 밥그릇이 **무춤하고** 반찬도 자기네 식구들 먹는 그대로였다.

"칠복이 자네는 정신이 멀쩡헐 때는 방울재 사람이 영락없는디, 정신이 나가면 꼭 옛날 우리 마을에 불두더지(불도저) 들이댄 공사판 사람 같당께로."

강촌 영감의 말에 칠복이는 왕방울 눈을 꿈벅거릴 뿐이었다.

"어차피 고향이 없어졌는디, 고향 사람이라고 있겄는가? 자네 입장은 딱허지만두루 어쩔 수 없어."

강촌 영감은 여기까지 말하고 나서 괴로운 얼굴로 고개를 돌려 버린 채 말이 없었다.

"옘병헌다고 낚시질허는 디 가서 징을 치고 지랄여!"

마지못해 봉구는 혼잣말처럼 입안에서만 웅얼웅얼할 뿐이었다.

"당장 오늘 밤에 떠나게!"

"오늘 밤에유?"

칠복이는 뒤룩거리는 눈에서 왈칵 눈물이 쏟아질 것 같은 얼굴로 강촌 영감과 친구들의 얼굴을 번갈아 쳐다보았다.

"매정헌 사람이라고 헐지 모르재만, 오늘 밤 우리덜 정을 싹둑 짝두질허는 수밖에 도리가 없네."

강촌 영감도 내심은 칼로 심장을 도려내는 것만큼이나 괴로웠다. 그는 말을 하면서 연신 담배를 빼억빼억 빨아 댔다.

"괜시리 없어진 고향 짝사랑허지 말어. 고향이고 여편네고 잊어뿔 건 냉큼 잊어뿌리야 살기가 쉬워!"

"강촌 영감님, 부탁입니다유. 지발 쫓아내지만 마셔유. 다시는 훼방 치지 않겠구먼유. 이렇게 빌께유."

칠복이는 우르르 강촌 영감에게로 달라붙어 어깻죽지며 팔을 붙들고 애원하다가는 그대로 땅에 무릎을 꿇고 **비대발괄** 빌어 대는 게 아닌가.

이 모습을 본 봉구와 덕칠이, 강촌 영감까지도 목울대에 모닥불이 타오르면서 **시울**이 시큰시큰했다.

"안 가겠다면 **덕석몰이**를 혀서라도 내쫓을 꺼여!"

강촌 영감은 담배 연기를 허공에 토해 내며 결연히 말했다.

"봉구, 덕칠이, 팔만이 나를 내쫓지 말어. 고향에서 내쫓기면 워디로 갈 것인감. 이보게덜 내 사정 좀 봐줘!"

칠복이는 무릎을 꿇은 채 친구들의 아랫도리를 두 팔로 덥석덥석 껴안으며 통사정을 해 보았으나 그들 방울재 친구들은 도시 말이 없었다.

칠복이는 소리 내어 울고 싶었으나 이를 **응등물고** 참아 냈다. 강촌 영감의 말마따나 고향이 없어져 버린 판국에 고향 사람인들 남아 있을 리 없지 않겠느냐는 생각이 들었다.

그런데 이상한 일이었다. 칠복이 자신이 참 알 수 없는 일은 때때로 그의 눈에 방울재와 방울재의 옛 사람들이 너무도 선명하게 보이면서, 그가 영락없이 방울재 사람들과 한데 어울려 살고 있는 환각에 정신을 가늠할 수 없게 된 거였다. 방울재를 삼킨 호수의 물도 거대한 댐도 보이지 않고 낯익은 하늘, 반갑게 맞아 주는 마을 사람들만이 눈에 가득 들어오고, 그럴 때는 정월 대보름날 밤 **메기굿**을 할 때처럼 어깨가 들썩거리면서 정중정중 춤을 추고 싶어져 징을 찾아 들고 나서는 거였다.

그러다가 온몸이 흠뻑 땀에 젖은 채 정신을 차리고 보면, 방울재와 낯익은 사람들은 온데간데없고 호수의 물만이 그를 삼킬 듯 넘실거리고 댐은 더욱 하늘 닿게 높아지는 듯싶었다.

"자네 정신 말짱허니께 허는 소리네만 좋은 얼굴로 헤어지세. 지발 부탁이니 지금 떠나도록 히여."

강촌 영감이 볼멘소리로, 그러나 약간은 사정 조로 말하고 나서 칠복의 겨드랑이에 손을 넣어 일으키려고 했다.

"낼 아침에 떠나라고 허고 싶네만, 정은 단칼에 자르는 거이 좋은 겨."

칠복이는 아이를 업고 천천히 일어서서 희끄무레한 램프 불빛에 비춰 보이는 침울하게 가라앉은 마을 사람들의 얼굴들을 하나하나 가슴속 깊이깊이 새기며 찬찬히 뜯어보았다. 그의 눈에서는 금방 눈물이 소나기처럼 주르륵 쏟아질 것만 같았다.

"퍼뜩 서둘러 나가면 광주 나가는 버스를 탈 꺼여!"

강촌 영감이 앞서 **술청**을 나가며 하는 말이다. 강촌 영감을 따라 칠복이가 고개를 떨구고 나갔고, 뒤이어 봉구와 덕칠이, 팔만이가 차례로 몸을 움직였다.

봉구네 주막에서 나온 그들은 칠복이를 앞세우고 미루나무가 두 줄로 가지런히 비를 맞고 늘어서 있는 자갈길 구신작로를 향해 어둠 속을 걸었다. 그들은 아무도 입을 열지 않았다. 칠복이의 등에 업힌 그의 딸아이가 캘록캘록 기침을 하자, 바짝 뒤를 따르던 봉구가 잠바를 벗어 덮어씌워 주었다.

빗방울은 점점 굵어졌고 호수를 훑고 온 물에 젖은 가을바람에 으스스 몸이 떨렸다.

이따금씩 고속 도로에서 자동차들이 헤드라이트로 눅눅한 어둠의 이 구석 저 구석을 쿡쿡 쑤셔 대며 바람처럼 내달았다. 자동차의 불빛이 길게 어둠을 가를 때마다 칠복이를 앞세우고 걷는 방울재 사람들의 가슴이 마치 총을 맞는 것만큼이나 섬찟섬찟했다.

신작로에 당도해서 조금 기다리자 읍으로 들어가는 **헌털뱅이** 버스가 왔으며, 그들은 서둘러 차를 세우고 칠복이를 밀어 넣었다.

"징헌 고향 다시는 오지 말어."

봉구가 천 원짜리 두 장을 칠복이의 호주머니에 푹 쑤셔 넣어 주며 울먹울먹한 목소리로 말했다.

칠복이가 무슨 말인가 하는 것 같았으나 부르릉 버스가 굴러가는 바람에 알아들을 수 없었다.

그들은 버스가 어둠 속에 묻히고 자동차 불빛이 보이지 않게 되어서야 말없이 돌아섰다.

한사코 가기 싫다는 칠복이 부녀를 억지로 버스에 태워 쫓아 보낸 그날 밤, 방울재 사람들은 잠을 이룰 수가 없었다. 후두둑후두둑 빗방울이 굵어지고 땅껍질 벗겨 가는 소리가 드세어질 무렵, 봉구는 잠결에 아슴푸레하게 들려오는 징소리에 퍼뜩 놀라 일어나 앉았다.

"아니, 이 밤중에 무신 징소리당가?"

그는 마른기침을 토해 내고 삐그덕 방문을 열어, 송곳 하나 박을 틈도 없이 꽉 들어찬 어둠의 여기저기를 쑤석여 보았다. 어둠 속 어디선가 딸을 업은 칠복이가 휘주근하게 비에 젖은 채 바보처럼 벌쭉벌쭉 웃으면서 불쑥 나타날 것만 같았다.

그는 문을 안으로 걸어 잠그고 자리에 들어 아내의 **퉁상스러운** 허리를 꼭 껴안고 잠을 청하려고 했으나, 땅껍질을 두드리는 빗방울 소리 사이사이로, 징소리가 쉬지 않고 큰 황소울음처럼 사납고도 구슬프게 들려왔기 때문에 잠시도 눈을 붙일 수가 없었다. 어쩌면 바람 소리와도 같은 그 징소리는 바로 **뒤란**의 아카시아 숲께에서 가깝게 들린 것 같다가도 다시 댐 쪽으로 아슴푸레 멀어져 가곤 했다.

"바람 소린지, 징소린지."

봉구는 벌떡 일어나 더듬더듬 담배를 찾아 성냥불을 붙였다. 그는 좀처럼 잠을 이루지 못하고 몇 번인가 누웠다 앉았다 하며 담배만 피웠다. 자꾸만 귓바퀴를 후벼 파고 들려오는 징소리가 오목가슴 깊숙이에 가시처럼 걸린 때문이었다.

이날 밤, 팔만이도, 덕칠이도, 강촌 영감도 다 같이 방울재 안통 여기저기서 쉴 새 없이 들려오는 징소리 때문에 한숨도 잠을 이루지 못하고 뒤척였다.

징소리는 점점 더 가깝게, 그리고 때로는 상여 소리처럼 슬프게 들렸는데, 그 소리에 잠을 이루지 못한 방울재 사람들은, 그게 어쩌면 그들한테 쫓겨난 칠복이의 우는 소리일지도 모른다는 생각들을 다 같이 했다. 그 생각과 함께 징소리가 더욱 무서워졌으며 아침을 맞기조차 두려웠다.

어휘 풀이

댕돌같이 기세 따위가 아주 강하게.
염병(染病) '장티푸스'를 속되게 이르는 말.
갈치배미 갈치처럼 좁고 길게 생긴 논배미. '논배미'는 논두렁으로 둘러싸인 논의 하나하나의 구역.
삽상하다(颯爽--) 바람이 시원하게 불어 마음이 아주 상쾌하다.
조리질하다 조리로 쌀 따위를 일다. (비유적으로) 몹시 일렁거리다. 또는 일렁거리게 하다.
안통 안쪽.
앙바틈하다 짤막하고 딱 바라져 있다.
너덜겅 돌이 많이 흩어져 있는 비탈.
두레패(--牌) 농사일을 서로 협력하고 공동 작업을 하기 위하여 만든 조직체. 또는 그 조직원.
상쇠놀음(上---) 풍물에서, 상쇠가 꽹과리를 치며 상모를 이리저리 돌리기도 하고 춤을 추는 흥겨운 놀이.

다복솔 가지가 소복하게 많이 퍼진 어린 소나무.
허위허위 손발 따위를 이리저리 내두르는 모양.
날캄하다 '날카롭다'의 방언.
친동기간(親同氣間) 같은 부모에게서 난 형제자매 사이.
찌 낚시찌. 물고기가 미끼를 물어 낚시에 걸리면 빨리 알 수 있도록 낚싯줄에 매어서 물 위에 뜨게 만든 물건.
구덕 물건을 나르거나 보관하는 대나무 바구니.
입감 '미끼'의 방언.
선산(先山) 조상의 무덤. 또는 그 무덤이 있는 산.
제각(祭閣) 무덤 근처에 제사를 지내려고 지은 집.
휘움하다 조금 휘어져 있다.
대토(代土) 땅을 팔고 그 돈으로 대신 장만한 다른 땅.
솔래솔래 조금씩 조금씩 가만히 빠져나가는 모양.
옴니암니 자질구레한 일에 대하여까지 좀스럽게 셈하거나 따지는 모양.
검실검실 군데군데 약간 거무스름한 모양.
휘휘하다 무서운 느낌이 들 정도로 고요하고 쓸쓸하다.
우줄거리다 몸이 큰 사람이나 짐승이 가볍게 율동적으로 자꾸 움직이다.
들독 농사에 필요한 힘을 기르기 위해 들었던 무거운 돌. 들돌.
이엉 초가집의 지붕이나 담을 이기 위하여 짚 따위로 엮은 물건.
고샅 시골 마을의 좁은 골목길.
두껍다리 골목의 도랑이나 시궁창에 걸쳐 놓은 작은 돌다리.
상엿집(喪輿–) 상여(喪輿, 사람의 시체를 실어서 묘지까지 나르는 도구)와 그에 딸린 여러 도구를 넣어 두는 초막. 흔히 마을 옆이나 산 밑에 짓는다.
젖버듬히 자빠질 듯이 뒤로 조금 기운 듯이.
합환주(合歡酒) 전통 혼례식에서 신랑 신부가 서로 잔을 바꾸어 마시는 술.
바라지다 나이에 비하여 지나치게 야무지다.
슬겁다 '슬기롭다'의 방언.
대처(大處) 도회지(都會地). 사람이 많이 살고 상공업이 발달한 번잡한 지역.
큰애기 '처녀'의 방언.
되지기 논밭 넓이의 단위. 한 되지기는 볍씨 한 되의 모 또는 씨앗을 심을 만한 넓이로 한 마지기(한 마지기는 볍씨 한 말의 모 또는 씨앗을 심을 만한 넓이로, 논은 약 150~300평, 밭은 약 100평 정도이다.)의 10분의 1이다.
배냇소 다 자라거나 새끼를 낳으면 주인과 나누어 가지기로 하고 기르는 소.
고지품 고지. 논 한 마지기에 값을 정하여 모내기부터 마지막 김매기까지의 일을 해 주기로 하고 미리 받아 쓰는 삯.
포실하다 살림이나 물건 따위가 넉넉하고 오붓하다.
매지매지 조금 작은 물건을 여럿으로 나누는 모양.
무클하다 썩어서 물크러지는 듯한 느낌이 있다.
싸대다 싸다니다. 여기저기를 채신없이 분주히 돌아다니다.
무거리 변변하지 못하여 한 축 끼이지 못하는 사람을 비유적으로 이르는 말.
질통꾼(–桶–) 예전에, 질통을 지고 물건을 져 나르는 사람을 이르던 말.
목도꾼 무거운 물건을 목도하여 나르는 것을 직업으로 하는 사람.
주제꼴 변변하지 못한 몰골이나 몸치장.
뜨아하다 뜨악하다. 마음이나 분위기가 맞지 않아 서먹하다.
문간채(門間–) 대문간 곁에 있는 집채.

공글리다 마음이나 생각 따위를 흔들리지 않도록 다잡다.
지싯지싯 남이 싫어하는지는 아랑곳하지 아니하고 제가 좋아하는 것만 자꾸 짓궂게 요구하는 모양.
작두샘 펌프를 설치하여 물을 퍼내는 샘. 펌프 자루를 움직이는 모습이 작두와 비슷하다고 하여 붙은 이름이다.
치부하다(置簿--) 마음속으로 그러하다고 보거나 여기다.
굿물 굿할 때 사용하는 물건.
우단(羽緞) 벨벳.
솔수펑 소나무 숲이 있는 곳.
강변 덴 소 날뛰듯 위급한 경우를 당하여 어쩔 줄 모르는 사람이나 모양을 이르는 말.
쇠스랑 땅을 파헤쳐 고르거나 두엄, 풀 무덤 따위를 쳐내는 데 쓰는 갈퀴 모양의 농기구.
두엄자리 풀, 짚 또는 가축의 배설물 따위를 썩힌 거름을 쌓아 모으는 자리.
두렷두렷 눈을 굴리며 여기저기 살피는 모양.
쥐창시만 헌 것 쥐 창자만 한 것. 몸이 작은 사람이나 아이를 빗대어 속되게 이르는 말.
찔벅거리다 '집적거리다'의 방언.
무춤하다 '가득하다'의 방언.
비대발괄 억울한 사정을 하소연하면서 간절히 청하여 빎.
시울 약간 굽거나 휜 부분의 가장자리. 흔히 눈이나 입의 언저리를 이를 때에 쓴다.
덕석몰이 지켜야 할 규범을 위반한 자에게 멍석을 말아서 매를 때리던 촌락의 관습.
응등물다 꽉 깨물다.
메기굿 지신밟기. 정월 대보름을 전후하여 집터를 지켜 준다는 지신(地神)에게 고사를 올리고 풍물을 울리며 축복을 비는 세시 풍속.
술청 술집에서 술을 따라 놓는 널빤지로 만든 긴 탁자. 또는 그런 탁자를 두고 술을 마실 수 있게 한 곳.
헌털뱅이 '헌것'을 속되게 이르는 말.
툽상스럽다 말이나 행동 따위가 투박하고 상스러운 데가 있다.
뒤란 집 뒤 울타리 안.

Memo

02 시대와 가치관

작품 읽기 – 전광용 〈꺼삐딴 리〉, 채만식 〈치숙〉
토의하기 – 인물의 선택에 대한 평가
더 읽어 보기 – 유진오 〈김 강사와 T 교수〉

학습 목표

〈꺼삐딴 리〉와 〈치숙〉을 통해 격동의 역사 속 인물들이 어떤 삶을 택하여 살았는지 비판적으로 살펴봅니다. 또한 제목이 가진 상징성과 서술자의 역할에 대해 구체적으로 분석하고, 시대마다의 올바른 가치관에 대해 함께 생각해 봅니다.

억압과 수탈의 일제 강점기, 해방에 뒤이은 정치적 혼란, 이념 갈등 속에 벌어진 6·25 전쟁에 이르기까지, 급격한 역사의 물결 속에서 민족과 나라의 안녕을 위해 목숨 바쳐 싸운 분들을 기억하나요? 이들의 이름 하나하나를 새겨야 하는 이유는 자신보다 대의(大義)를 앞세우는 쉽지 않은 삶을 살았기 때문이고, 그 덕분에 지금 우리가 누리는 세상이 존재하기 때문입니다.

한편 동시대를 지내면서 이들과 상반된 길을 걸었던 사람들도 있었습니다. 가족을 돌보고 제 목숨을 지키기조차 어려웠을 상황에서, 개인의 안위는 물론이겠거니와 수단과 방법을 가리지 않고 출세하려 안간힘을 썼던 사람들 말입니다. 〈꺼삐딴 리〉의 주인공 이인국이 그런 인물로 그려지고 있습니다. 그는 시대적 변화에 재빠르게 대처하여 일제 말기에는 모범적인 황국 신민(皇國臣民)으로, 해방기 북한에서는 소련의 편에 서서, 전쟁 이후 남한에서는 미국에 아첨하며 살아갑니다. 작가는 이인국의 태도를 비판하는 동시에 이와 같은 인간상이 출현하는 시대를 그려 우리 민족의 비극적인 현대사를 전하고자 합니다.

격동의 세월을 숨 가쁘게 살았던 이인국의 삶을 따라가 봅시다. 그리고 이인국과 같은 존재가 지금 우리 사회의 지도층으로 행세하고 있지는 않은지 돌아보며 이 작품을 감상해 봅시다.

전광용(全光鏞, 1919~1988)

함남 북청 출생. 1939년 1월 《동아일보》 신춘문예 동화 부문에 〈별나라 공주와 토끼〉가 당선되고 1955년 《조선일보》 신춘문예에 단편 소설 〈흑산도〉가 당선되면서 등단했다. 그의 작품은 냉철한 사실적 시선을 바탕으로 현실의 부조리를 고발하면서 인간의 존엄성과 끈질긴 생명력을 부각하는 일관된 태도를 보인다는 평가를 받고 있다. 주요 작품으로 〈꺼삐딴 리〉를 비롯한 단편 소설 〈충매화〉, 〈초혼곡〉 등과 장편 소설 《나신》, 《창과 벽》 등이 있다.

꺼삐딴 리 _전광용

수술실에서 나온 이인국(李仁國) 박사는 응접실 소파에 파묻히듯이 깊숙이 기대어 앉았다.

그는 백금 무테안경을 벗어 들고 이마의 땀을 닦았다. 등골에 축축이 밴 땀이 잦아들어 감에 따라 피로가 스며 왔다. 두 시간 이십 분의 **집도**. 위장 속의 **균종 적출**. 환자는 아직 혼수상태에서 깨지 못하고 있다.

수술을 끝낸 찰나 스쳐 가는 육감. 그것은 성공 여부의 적중률을 암시하는 계시 같은 것이다. 그러나 오늘은 웬일인지 뒷맛이 꺼림칙하다.

그는 항생질(抗生質) 의약품이 그다지 발달되지 않았던 일제 시대부터 **개복 수술**에 최단 시간의 기록을 세웠던 것을 회상해 본다.

맹장염이나 포경 수술, 그 정도의 것은 약과다. 젊은 의사들에게 맡겨 버리면 그만이다. 대수술의 경우에는 그렇게 방임할 수만은 없다. 환자 측에서도 대개 원장의 직접 집도를 조건부로 입원시킨다. 그는 그것을 자랑으로 삼아 왔고 스스로 집도하는 쾌감을 느꼈었다.

그의 병원 부근은 거의 한 집 건너 병원이랄 수 있을 정도로 밀집한 지대다. 이름 없는 신설 병원 같은 것은 숫제 비 장날 시골 **전방**처럼 한산한 속에

집도(執刀) 수술이나 해부를 하기 위해 수술칼을 잡음.
균종 적출(菌腫摘出) 곰팡이 종류의 세균이 침투하여 생기는 혹과 비슷한 종기를 끄집어내거나 솎아 냄.
개복 수술(開腹手術) 배를 갈라서 열고 배 안에 있는 장기를 치료하거나 혹 따위를 제거하는 수술.
전방(廛房) 물건을 늘어놓고 파는 가게.

찾아오는 손님을 기다리고 있는 형편이다.

그러나 이인국 박사는 일류 대학 병원에까지 손을 쓰지 못하여 밀려오는 급환자들 틈에 끼여 환자의 **감별**에는 각별한 신경을 쓰고 있다.

그것은 마치 여관 보이가 현관으로 들어서는 손님의 옷차림을 훑어보고 그 등급에 맞는 방을 순간적으로 결정하거나 즉석에서 서슴지 않고 거절하는 경우와 흡사한 것이라고나 할까.

이인국 박사의 병원은 두 가지의 전통적인 특징을 가지고 있다.

병원 안이 먼지 하나도 없이 정결하다는 것과, 치료비가 여느 병원의 갑절이나 비싸다는 점이다.

그는 새로운 환자의 초진(初診)에서는 병에 앞서 우선 그 부담 능력을 감정하는 데서부터 시작한다. 신통하지 않다고 느껴지는 경우에는 무슨 핑계를 대든가, 그것도 자기가 직접 나서는 것이 아니라 간호원더러 따돌리게 하는 것이다.

그렇게 중환자가 아닌 한 대부분의 경우, **예진**은 젊은 의사들이 했다. 원장은 다만 기록된 진찰 카드에 따라 환자의 증세와 아울러 경제 정도를 판정하는 최종 진단을 내리면 된다.

상대가 지기(知己)나 거물급이 아닌 한 외상이라는 명목은 붙을 수가 없었다. 설령 있다 해도 이 양면 진단은 한 푼의 **미수**나 **결손**도 없게 한 그의 반생을 통한 의술 생활의 신조요 비결이었다.

그러기에 그의 고객은, 왜정 시대는 주로 일본인이었고, 현재는 권력층이 아니면 재벌의 셈속에 드는 축이어야만 했다.

감별(鑑別) 보고 식별함.
예진(豫診) 환자의 병을 자세하게 진찰하기 전에 미리 간단하게 진찰하는 일.
미수(未收) 돈이나 물건 따위를 아직 다 거두어들이지 못함.
결손(缺損) 수입보다 지출이 많아서 생기는 금전상의 손실.

그의 일과는 아침에 진찰실에 나오자 손가락 끝으로 창틀이나 탁자 위를 훑어 무테안경 속 움푹한 눈으로 응시하는 일에서 출발한다.

이때 손가락 끝에 먼지만 묻으면 불호령이 터지고, 간호원은 하루 종일 원장의 신경질에 부대껴야만 한다.

아무튼 그의 단골 고객들은 그의 정결한 결벽성에 감탄과 경의를 표해 마지않는다.

1·4 후퇴 시 청진기가 든 손가방 하나를 들고 월남한 이인국 박사다. 그는 **수복되자** 재빨리 셋방 하나를 얻어 병원을 차렸다. 그러나 이제는 평당 오십만 환을 호가(呼價)하는 도심지에 타일을 바른 이층 양옥을 소유하게 되었다. 그는 자기 전문인 외과 외에 내과, 소아과, 산부인과 등 개인 병원을 집결시켰다. 운영은 각자의 호주머니 셈속이었지만, 종합 병원의 원장 자리는 의젓이 자기가 차지하고 있다.

이인국 박사는 양복 조끼 호주머니에서 십팔금 회중시계를 꺼내어 시간을 보았다.

2시 40분!

미국 대사관 브라운 씨와의 약속 시간은 이십 분밖에 남지 않았다. 이 시계에도 몇 가닥의 유서 깊은 이야기가 숨어 있다. 이인국 박사는 시계를 볼 때마다 참말 '기적'임에 틀림없었던 사태를 연상하게 된다.

왕진 가방과 함께 38선을 넘어온 피란 유물의 하나인 시계. 가방은 미군 의사에게서 얻은 새것으로 갈아 매어 흔적도 없게 된 지금, 시계는 목숨을 걸고 삶의 도피행을 같이한 유일품이요, 어찌 보면 인생의 반려(伴侶)이기도 한 것이다.

수복되다(收復--) 잃었던 땅이나 권리 따위가 되찾아지다.

밤에 잘 때에도 그는 시계를 머리맡에 풀어 놓거나 호주머니에 넣은 채로 버려두지 않는다. 반드시 풀어서 등기 서류, 저금통장 등이 들어 있는 비상용 캐비닛 속에 넣고야 잠자리에 드는 것이었다. 거기에는 또 그럴 만한 연유가 있었다. 이 시계는 **제국 대학**을 졸업할 때 받은 영예로운 수상품이다. 뒤쪽에는 자기 이름이 새겨져 있다.

그 후 삼십여 년, 자기 주변의 모든 것이 변하여 갔지만 시계만은 옛 모습 그대로다. 주변뿐만 아니라 자기 자신은 얼마나 변한 것인가. 이십 대 홍안(紅顔)을 자랑하던 젊음은 어디로 사라진 것인지 머리카락도 반백이 넘었고 이마의 주름은 깊어만 간다. 일제 시대, 소련국 점령하의 감옥 생활, 6·25 사변, 38선, 미군 부대, 그동안 몇 차례의 아슬아슬한 죽음의 고비를 넘긴 것인가.

'월삼 십칠 석.'

우여곡절 많은 세월 속에서 아직도 제 시간을 유지하는 것만도 신기하다. 시간을 보고는 습성처럼 째각째각 소리에 귀 기울이는 때의 그의 가느다란 눈매에는 흘러간 인생의 **축도**가 서리는 것이었다. 그 속에서도, **각모**와 **쓰메에리** 학생복을 벗어 버리고 신사복으로 갈아입던 그날의 감회를 더욱 새롭게 해 주는 충동을 금할 길 없는 것이었다.

이인국 박사는 수술 직전에 서랍에 집어넣었던 편지에 생각이 미쳤다.

미국에 가 있는 딸 나미. 본래의 이름은 일본식의 나미코[奈美子]다. 해방 후 그것이 거슬린다기에 나미로 불렀고 새로 **기류계**에 올릴 때에는 코[子]를 완전히 떼어 버렸다.

나미짱! 딸의 모습은 단란하던 지난날의 추억과 더불어 떠올랐다.

제국 대학(帝國大學) 1924년 일본이 한국인의 고등 교육 기관 설립을 막을 목적으로 서울에 세운 경성 제국 대학.
축도(縮圖) 어떤 것의 내용이나 속성을 작은 규모로 유사하게 지니고 있는 것을 비유적으로 이르는 말.
각모(角帽) 모가 난 모자.
쓰메에리 목을 둘러 바싹 여밀 수 있도록 깃을 높여 지은 양복.
기류계(寄留屆) '기류(예전에, 본적지 이외의 일정한 곳에 주소나 거소를 두던 일) 신고'의 전 용어.

온 집안의 재롱둥이였던 나미, 그도 이젠 성숙했다. 그마저 자기 옆에서 떠난 지금, 새로운 정에서 산다고는 하지만 이인국 박사는 가끔 물밀어 오는 허전한 감을 금할 길이 없었다.

아내는 **거제도 수용소**에 있을 때 죽었고, 아들의 생사는 지금껏 알 길이 없다.

서울에서 다시 만나 후처로 들어온 혜숙. 이십 년의 연령 차에서 오는 세대의 거리감을 그는 억지로 부인해 본다. 그러나 혜숙의 피둥피둥한 탄력에 윤기가 더해 가는 살결에 비해 자기의 주름 잡힌 까칠한 피부는 육체적 위축감마저 느끼게 하는 때가 없지 않았다. 그들 사이에서 난 돌 지난 어린것, 앞날이 아득한 이 핏덩이만이 지금의 이인국 박사의 곁을 지켜 주는 유일한 피붙이다.

이인국 박사는 기대와 호기에 가득 찬 심정으로 항공 우편의 **피봉**을 뜯었다.

전번 편지에서 가타부타 **단안**은 내리지 않고 잘 생각해서 결정하라고 한 그 후의 경과다.

'결국은 그렇게 되고야 마는 건가…….'

그는 편지를 탁자 위에 밀어 놓았다. 어쩌면 이러한 결말은 딸의 출국 이전에서부터 이미 싹튼 것인지도 모른다는 생각이 들었다.

대학에서 영문과를 택한 딸, 개인 지도를 하여 준 외인 교수, 스칼라십을 얻어 준 것도 그고, 유학 절차의 재정 보증인(財政保證人)을 알선해 준 것도 그가 아닌가. 우연한 일은 아니다.

그러한 **시류**에 따라 미국 유학을 해야만 한다고 주장한 것은 오히려 아버지 자기가 아닌가.

거제도 수용소(巨濟島 收容所) 6·25 전쟁 당시 사로잡은 조선 인민군과 중공군 포로들을 수용하기 위해 1950년 11월에 거제도 일대에 설치되어 1953년 7월까지 운영된 포로수용소로, 1983년에 포로수용소 잔존 문화재로 지정되었다.
피봉(皮封) 봉투의 겉면.
단안(斷案) 어떤 사항에 대한 생각을 딱 잘라 결정함. 또는 그렇게 결정된 생각.
시류(時流) 그 시대의 풍조나 경향.

동양학을 연구하고 있는 외인 교수. 이왕이면 한국 여성과 결혼했으면 좋겠다던 솔직한 고백에, 자기의 학문을 위한 탁월한 견해라고 무심코 **찬의**를 표한 것도 자기가 아니던가. 그것도 지금 생각하면 하나의 암시였음이 분명하지 않은가.

이인국 박사는 상아로 된 오존 파이프를 앞니에 힘을 주어 지그시 깨물며 눈을 감았다.

꼭 풀 쑤어 개 좋은 일을 한 것만 같은 분하고도 **허황한** 심정이다.

'코쟁이 사위.'

생각만 해도 전신의 피가 역류하는 것 같은 몸서리가 느껴졌다.

'더러운 년 같으니, 기어코…….'

그는 큰기침을 내뱉었다.

그의 생각은 왜정 시대 **내선일체**의 혼인론이 떠돌던 이야기에까지 꼬리를 물었다. 그때는 그것을 비방하거나 굴욕처럼 느끼지는 않았다. 오히려 당연한 것으로 해석했고 어찌 보면 우월한 것으로 생각하지 않았던가. 그런데 이 경우는…….

그는 딸의 편지 구절을 곱씹었다.

'애정에 국경이 있어요?'

이것은 벌써 **진부하다.** 아비도 학창 시절에 그런 풍조는 다 마스터했다. 건방지게, 이게 새삼스레 아비에게 설교 조로…… 좀 더 솔직하지 못하고…….

그러니 외딸인 제가 그런 국제결혼의 **시금석**이 되겠단 말인가.

찬의(贊意) 어떤 행동, 견해, 제안 따위가 옳거나 좋다고 판단하여 수긍하는 마음.
허황하다(虛荒--) 헛되고 황당하며 미덥지 못하다.
내선일체(內鮮一體) 일본과 조선은 한 몸이라는 뜻으로, 일제 강점기 때 일본이 조선인의 정신을 말살하고 조선을 착취하기 위하여 만들어 낸 구호.
진부하다(陳腐--) 사상, 표현, 행동 따위가 낡아서 새롭지 못하다.
시금석(試金石) 가치, 능력, 역량 따위를 알아볼 수 있는 기준이 되는 기회나 사물을 비유적으로 이르는 말.

'아무튼 아버지께서 쉬 한번 오신다니 최종 결정은 아버지의 의향에 따라 결정할 예정입니다만…….'

그래 아버지가 안 가면 그대로 정하겠단 말인가.

이인국 박사는 일대 잡종(一代雜種)의 유전 법칙이 떠오르자 머리를 내저었다. '흰둥이 손자', 생각만 해도 징그럽다.

그는 내던졌던 사진을 다시 집어 들었다.

대학 캠퍼스 같은 석조전의 거대한 건물, 그 앞의 정원, 뒤쪽에 짝을 지어 걸어가는 남녀 학생, 이 배경 속에 딸과 그 외인 교수가 나란히 어깨를 짚고 서서 웃음을 짓고 있다.

'흥, 놀기는 잘들 논다…….'

응, 신음 소리를 치며 그는 자리에서 일어섰다. 아무튼 미스터 브라운을 만나 이왕 가는 길이면 좀 더 서둘러야겠다. 그 가장 대우가 좋다는 국무성(國務省) 초청 케이스의 확정 여부를 빨리 확인해야겠다는 생각이 조바심을 쳤다.

그는 아내 혜숙이 있는 살림방 쪽으로 건너갔다.

"여보, 나미가 기어코 결혼하겠다는구려."

"그래요……?"

아내의 어조에는 별다른 감동이나 의아도 없음을 이인국 박사는 직감했다.

그는 가능한 한 혜숙이 앞에서 전실 소생의 애들 이야기를 하는 것을 삼가 왔다.

어떻게 보면 나미의 미국 유학을 간접적으로 자극한 것은 가정 분위기의 **소치**라는 자격지심이 없지 않기도 했다.

나미는 물론 혜숙을 단 한 번도 어머니라고 불러 준 일이 없었다.

혜숙이 또한 나미 앞에서 어머니라고 버젓이 행세한 일도 없었다.

소치(所致) 어떤 까닭으로 생긴 일.

지난날의 간호원과 오늘의 어머니, 그 사이에는 따져서 표현할 수 없는 미묘한 감정들이 **복재**되어 있었다.

"선생님의 일이라면 무엇이든지 돕겠어요."

서울에서 이인국 박사를 다시 만났을 때 마음속 그대로 털어놓은 혜숙의 첫마디였다.

처음에는 혜숙이도 부인의 **별세**를 몰랐고, 이인국 박사도 혜숙이의 혼인 여부를 참견하지 않았다.

혜숙은 곧 대학 병원을 그만두고 이리로 옮겨왔다.

나미는 옛정이 다시 살아 혜숙을 언니처럼 따랐다.

이들의 혼인이 익어 갈 때 이인국 박사는 목에 걸리는 딸의 의향을 우선 듣기로 했다.

딸도 아버지의 외로움을 동정하고 있었다. 자기 자신 아버지의 시중이 힘에 겨웠고 또 그사이 실지(實地)의 아버지 뒤치다꺼리를 혜숙이 해 왔으므로 딸은 즉석에서 진심으로 찬의를 표했다.

그러나 시간이 흐를수록 혜숙과 나미의 간격은 벌어졌고, 혜숙도 남편과의 정상적인 가정생활에 나미가 장애물이 되는 것 같은 느낌을 차츰 가지게 되었다.

혜숙 자신도 처음에는 마음 놓고 이인국 박사를 남편이랍시고 일대일로 부르진 못했다.

나미의 출발, 그 후 어린애의 해산, 이러한 몇 고개를 넘는 사이에 이제 겨우 아내답게 늠름히 남편을 대할 수 있고 이인국 박사 또한 제대로의 남편의 **체모**로 아내에게 농을 걸 수도 있게끔 되었다.

복재(伏在) 어떤 사실이 숨겨져 있음.
별세(別世) 윗사람이 세상을 떠남.
체모(體貌) 몸차림이나 몸가짐.

"기어코 그 외인 교수와 가까워지는 모양인데."

이인국 박사는 아내의 얼굴을 직시하지는 못하고 마치 독백하듯이 **뇌까렸다**.

"할 수 있어요. 제 좋다는 대로 해야지요."

마치 남의 이야기를 하는 것처럼 이인국 박사에게는 들려왔다.

"글쎄, 하기는 그렇지만……."

그는 입맛만 다시며 더 이상 계속하지 못했다.

잠을 깨어 울고 있는 어린것에게 젖을 물리고 있는 아내의 젊은 육체에서 자극을 느끼면서 이인국 박사는 자기 자신이 죄를 지은 것만 같은 나미에 대한 **강박 관념**을 금할 길이 없었다.

저 어린것이 자라서 아들 원식(元植)이나 또 나미 정도의 말 상대가 될래도 아직 이십여 년의 세월이 흘러야 한다.

그때 자기는 칠십이 넘는 할아버지다.

현대 의학이 인간의 평균 수명을 연장하고, 암(癌) 같은 **고질**이 아닌 한 불의의 죽음은 없다. 하지만, 자기 자신이 의사이면서 스스로의 생명 하나를 보장할 수 없다.

'마누라는 눈앞에서 나는 새 놓치듯이 죽이지 않았던가. 아무리 해도 저놈이 대학을 나올 때까지는 살아야 한다. 아무렴, 때가 때인 만큼 미국 유학까지는 내 생전에 시켜 주어야 하지. 하기야 그런 의미에서도 일찌감치 미국 **혼반**을 맺어 두는 것도 그리 해로울 건 없지 않나. 아무렴, 우리보다는 낫게 사는 사람들인데. 좀 남 보기 체면이 안 서서 그렇지.'

뇌까리다 불쾌하다고 생각되는 상대편의 말이나 행동, 태도에 대하여 불쾌하다는 뜻을 담은 말을 자꾸 말하다.
강박 관념(强迫觀念) 마음속에서 떨쳐 버리려 해도 떠나지 아니하는 억눌린 생각.
고질(痼疾) 오랫동안 앓고 있어 고치기 어려운 병.
혼반(婚班) 서로 혼인을 맺을 만한 양반의 지체.

그는 **자위**인지 체념인지 모를 푸념을 곱씹었다.

"여보, 저걸 좀 꾸려요."

이인국 박사의 말씨는 점잖게 가라앉았다.

"뭐 말이에요?"

아내는 젖꼭지를 물린 채 고개만을 돌려 되묻는다.

"저, 병 말이오."

그는 화장대 위에 놓은 골동품을 가리켰다.

"어디 가져가셔요?"

"저 미 대사관 브라운 씨 말이야. 늘 신세만 졌는데……."

아내가 꼼꼼히 싸 놓은 포장물을 들고 이인국 박사는 천천히 현관을 나섰다.

벌써 석간신문(夕刊新聞)이 배달되었다.

아무리 생각해도 그것은 분명 기적임에 틀림없는 일이었다. 간헐적으로 반복되어 공포와 감격을 함께 휘몰아치는 착잡한 추억. 늘 어제 일마냥 생생하기만 하다.

1945년 팔월 하순.

아직 해방의 감격이 온 누리를 뒤덮어 소용돌이칠 때였다.

말복(末伏)도 지난 날씨건만 여전히 무더웠다. 이인국 박사는 이 며칠 동안 불안과 초조에 휘몰려 잠도 제대로 자지 못했다. 무엇인가 닥쳐올 사태를 오들오들 떨면서 대기하는 상태였다.

그렇게 붐비던 환자도 얼씬하지 않고 쉴 사이 없던 전화도 뜸하여졌다. 입원실은 최후의 복막염(腹膜炎) 환자였던 도청의 일본인 과장이 끌려간 후 텅

자위(自慰) 자기 마음을 스스로 위로함.

비었다.

조수와 약제사는 궁금증이 나서 고향에 다녀오겠다고 떠나갔고 서울 태생인 간호원 혜숙만이 남아 빈집 같은 병원을 지키고 있었다.

이 층 십 조 다다미방에 **훈도시**와 **유카다** 바람에 뒹굴고 있던 이인국 박사는 견디다 못해 부채를 내던지고 일어났다.

그는 목욕탕으로 갔다. 찬물을 퍼서 대야째로 머리에서부터 몇 번이고 내리부었다. 등줄기가 시리고 몸이 가벼워졌다.

그러나 수건으로 몸을 닦으면서도 무엇엔가 짓눌려 있는 것 같은 가슴속의 갑갑증을 가셔 낼 수가 없었다.

그는 창문으로 **기웃이** 한길 가를 내려다보았다. 우글거리는 군중들은 아직도 소음 속으로 밀려가고 있다.

굳게 닫혀 있는 은행 철문에 붙은 벽보가 한길을 건너 하얀 윤곽만이 두드러져 보인다.

아니 그곳에 씌어 있는 구절.

'親日派, 民族反逆者를 打倒하자.(친일파, 민족 반역자를 타도하자.)'

옆에 붙은 동그라미를 두 겹으로 친 글자가 그대로 눈앞에 선명하게 보이는 것만 같다.

어제 저물녘에 그것을 처음 보았을 때의 전율이 되살아왔다.

순간 이인국 박사는 방 쪽으로 머리를 홱 돌렸다.

'나야 원 괜찮겠지…….'

혼자 뇌까리면서 그는 다시 부채를 들었다.

그러나 벽보를 들여다보고 있을 때 자기와 눈이 마주치는 순간, 일그러지

훈도시[褌] 일본 전통 속옷으로, 남자의 아랫도리를 가리기 위해 두르던 폭이 좁고 긴 천. 왜잠방이.
유카다[浴衣] 목욕 후나 여름철에 입는 일본식 무명 홑옷.
기웃이 무엇을 보려고 고개나 몸 따위를 한쪽으로 조금 기울이는 모양.

는 얼굴에 경멸인지 통쾌인지 모를 웃음을 비죽거리면서 아래위로 훑어보던 그 춘석(春錫)이 녀석의 모습이 자꾸만 머릿속으로 **엄습하여** 어두운 밤에 거미줄을 뒤집어쓴 것처럼 꺼림텁텁하기만 했다.

그깟 놈 하고 머리에서 씻어 버리려도 거머리처럼 자꾸만 감아 붙는 것만 같았다.

벌써 육 개월 전의 일이다.

형무소에서 **병보석**으로 **가출옥되었다는** 중환자가 업혀서 왔다.

휑뎅그런 눈에 앙상하게 뼈만 남은 몸을 제대로 가누지도 못하는 환자. 그는 간호원의 부축으로 겨우 진찰을 받았다.

청진기의 상아 꼭지를 환자의 가슴에서 등으로 옮겨 두 줄기의 고무줄에서 **감득되는** 숨소리를 감별하면서도, 이인국 박사의 머릿속은 최후 판정의 분기점을 방황하고 있었다.

입원시킬 것인가, 거절할 것인가…….

환자의 몰골이나 업고 온 사람의 옷매무새로 보아 경제 정도는 뻔한 일이라 생각되었다.

그러나 그것보다도 더 마음에 켕기는 것이 있었다. 일본인 간부급들이 자기 집처럼 들락날락하는 이 병원에 이런 사상범을 입원시킨다는 것은 관선 시의원이라는 체면에서도 떳떳치 못할뿐더러, 자타가 공인하는 모범적인 황국 신민의 공든 탑이 하루아침에 무너지는 결과를 가져오는 것이라는 생각이 들었다.

엄습하다(掩襲--) 감정, 생각, 감각 따위가 갑작스럽게 들이닥치거나 덮치다.
병보석(病保釋) 구류 중인 미결수(법적 판결이 나지 않은 상태로 구금되어 있는 피의자 또는 형사 피고인)가 병이 날 경우 그를 석방하는 일.
가출옥되다(假出獄--) 가석방되다. 형기(刑期)가 끝나지 않은 죄수가 일정한 조건하에 미리 석방되다.
감득되다(感得--) 느껴서 알게 되다.

순간 그는 이런 경우의 가부(可否) 결정에 **일도양단하는** 자기 식으로 찰나적인 단안을 내렸다. 그는 응급 치료만 하여 주고 입원실이 없다는 가장 떳떳하고도 정당한 구실로 애걸하는 환자를 돌려보냈다.

환자의 집이 병원에서 멀지 않은 건너편 골목 안에 있다는 것은 후에 간호원에게서 들었다. 그러나 그쯤은 예사로운 일이었기에 그는 그대로 아무렇지도 않게 흘려버렸다.

그런데 며칠 전 시민대회 끝에 있은 해방 경축 시가행진을 자기도 흥분에 차 구경하느라고 혜숙이와 함께 대문 앞에 나갔다가, 자위대 완장(腕章)을 두르고 대열에 끼인 젊은이와 눈이 마주쳤다.

이쪽을 노려보는 청년의 눈에서 불똥이 튀는 것 같은 살기를 느꼈다.

무슨 영문인지 모르고 어리벙벙하던 이인국 박사는, 그것이 언젠가 입원을 거절당한 사상범 환자 춘석이라는 것을 혜숙에게서 듣고야 슬금슬금 주위의 눈치를 살피며 집으로 기어들어 왔다.

그 후 그는 될 수 있는 대로 거리로 나가는 것을 피하였지마는 공교롭게도 어제저녁에 그 벽보 앞에서 마주쳤었다.

갑자기 밖이 왁자지껄 떠들어 대었다. 머리에 깍지를 끼고 비스듬히 누워서 갈피를 잡을 수 없는 생각에 골몰하던 이인국 박사는 일어나 앉아 한길 쪽에 귀를 기울였다. 들끓는 소리는 더 커 갔다. 궁금증에 견디다 못해 그는 엉거주춤 꾸부린 자세로 밖을 내다보았다. **포도**에 뒤끓는 사람들은 손에 손에 태극기와 **적기**를 들고 환성을 올리고 있었다.

'무엇일까?'

일도양단하다(一刀兩斷--) 어떤 일을 머뭇거리지 아니하고 선뜻 결정하다.
포도(鋪道) 포장도로. 시멘트나 아스팔트 따위로 덮어 단단하게 다진 비교적 넓은 길.
적기(赤旗) 공산주의를 상징하는 기.

그는 고개를 갸웃하며 다시 자리에 주저앉았다.

계단을 구르며 급히 올라오는 발자국 소리가 들려왔다. 혜숙이다.

"아마 소련군이 들어오나 봐요. 모두들 야단법석이에요……."

숨을 헐떡이며 이야기하는 혜숙이의 말에 이인국 박사는 아무 대꾸도 없이 눈만 껌벅이며 도로 앉았다. 여러 날째 라디오에서 오늘 입성 예정이라고 했으니 인제 정말 오는가 보다 싶었다.

혜숙이 내려간 뒤에도 이인국 박사는 한참 동안 아무 거동도 못하고 바깥쪽을 내다보고만 있었다.

무엇을 생각했던지 그는 움찔 자리에서 일어났다. 그러고는 벽장문을 열었다. 안쪽에 손을 뻗쳐 액자 틀을 끄집어내었다.

'國語常用의 家(국어 상용의 가)'

해방되던 날 떼어서 집어넣어 둔 것을 그동안 깜박 잊고 있었다.

그는 액자 틀 뒤를 열어 음식점 면허장 같은 두터운 **모조지**를 빼내어 글자 한 자도 제대로 남지 않게 손끝에 힘을 주어 꼼꼼히 찢었다.

이 종잇장 하나만 해도 일본인과의 교제에 있어서 얼마나 떳떳한 구실을 할 수 있었던 것인가. 야릇한 미련 같은 것이 섬광처럼 머릿속을 스쳐 갔다.

환자도 일본 말 모르는 축은 거의 오는 일이 없었지만 대외 관계는 물론 집안에서도 일체 일본 말만을 써 왔다. 해방 뒤 부득이 써 오는 제 나라 말이 오히려 의사 표현에 어색함을 느낄 만큼 그에게는 거리가 먼 것이었다.

마누라의 솔선수범하는 내조지공도 컸지만 애들까지도 곧잘 지켜 주었기에 이 종잇장을 탄 것이 아니던가. 그것을 탄 날은 온 집안이 무슨 경사나 난 것처럼 기뻐들 했었다.

"잠꼬대까지 국어로 할 정도가 아니면 이 영예로운 기회야 얻을 수 있겠소."

모조지(模造紙) 질이 강하고 질기며 윤택이 나는 서양식 종이. 주로 인쇄지로 쓴다.

하던 **국민 총력 연맹** 지부장의 웃음 띤 치하 소리가 떠올랐다.

그 순간, 자기 자신은 아이들을 소학교부터 일본 학교에 보낸 것을 얼마나 다행으로 여겼던 것인가.

그는 후 한숨을 내뿜었다. 그러고는 저금통장의 잔액을 깡그리 내주던 은행 지점장의 호의에 새삼 고마움을 느끼는 것이었다.

그것마저 없었더라면……. 등골에 오싹하는 한기가 느껴 왔다.

무슨 정치가 오든 그것만 있으면 시내 사람의 절반 이상이 굶어 죽기 전에야 우리 집 차례는 아니겠지. 그는 손금고가 들어 있는 안방 **단스**를 생각하면서 혼자 중얼거렸다.

이인국 박사는 무슨 일이 일어나도 꼭 자기만은 살아남을 것 같은 막연한 기대를 곱씹고 있다.

주위가 어두워 왔다.

지축이 흔들리는 것 같은 동요와 소음이 가까워졌다. 군중들의 환호성이 터져 나왔다. 만세 소리가 연방 계속되었다.

세상 형편을 알아보려고 거리에 나갔던 아내가 돌아왔다.

"여보, 당꾸 부대가 들어왔어요. 거리는 온통 사람들 사태가 났는데 집 안에 처박혀 뭘 하구 있어요……."

"뭘 하기는?"

"나가 보아요. **마우재**가 들어왔어요……."

어둠 속에서 아내의 음성은 격했으나 감격인지 당황인지 알 길이 없었다.

'계집이란 저렇게 우둔하구두 대담한 것일까…….'

국민 총력 연맹(國民總力聯盟) 국민 총력 조선 연맹. 1940년에 조선 총독부 차원에서 조직된 친일 단체. 일본 군국주의 중심 체제를 완성하기 위하여 운용되었다.

단스[簞笥] '장롱'을 가리키는 일본어.

지축(地軸) 대지의 중심.

마우재 '러시아인'의 함경도 사투리.

이인국 박사는 엷은 어둠 속에서 마누라 쪽을 주시하면서 입맛을 다셨다.

"불두 엽때 안 켜구."

마누라가 전등 스위치를 틀었다. 이인국 박사는 백 촉 전등의 너무 환한 것이 못마땅했다.

"불은 왜 켜는 거요?"

"그럼 켜지 않구, 캄캄한데……. 자, 어서 나가 봅시다."

마누라가 이끄는 데 따라 이인국 박사는 마지못하면서 시침을 떼고 따라 나섰다.

헤드라이트의 눈부신 광선. 탱크 부대의 진주(進走)는 끝을 알 수 없이 계속되고 있다.

이인국 박사는 부신 불빛을 피하면서 가로수에 기대어 섰다. 박수와 환호성, 만세 소리가 그칠 줄 모르는 **양안**을 끼고 탱크는 물밀듯 서서히 흘러간다. 위 뚜껑을 열고 반신을 내민 중대가리의 병정은 간간이 "**우라아**" 하면서 손을 내흔들고 있다.

이인국 박사는 자기와는 아무 관련도 없는 이방 부대라는 환각을 느끼면서 박수도 환성도 안 나가는 멋쩍은 속에서 멍하니 쳐다보고만 있다. 그는 자기의 거동을 주시하지나 않나 해서 주위를 두리번거렸다.

그러나 아무도 그에게는 관심을 두는 일 없이 탱크를 향하여 목청이 터지도록 거듭 만세만 부르고 있지 않은가.

'어떻게 되겠지…….'

그는 밑도 끝도 없는 한마디를 뇌면서 유유히 집으로 들어왔다.

민요 뒤에 계속 되던 행진곡이 그치고 주둔군(駐屯軍) 사령관의 **포고문**이

양안(兩岸) 강이나 하천 따위의 양쪽 기슭.
우라아 '만세'라는 뜻의 러시아어.
포고문(布告文) 널리 펴서 알리는 글.

방송되고 있다.

이인국 박사는 라디오 앞에 다가앉아 귀를 기울였다.

시민의 생명·재산은 절대 보장한다, 각자는 안심하고 자기의 직장을 수호하라, 총기(銃器)·일본도(日本刀) 등 일체의 무기 소지는 금하니 즉시 반납하라는 등의 요지였다.

그는 문득 단스 속에 넣어 둔 엽총(獵銃)에 생각이 미치었다. 그러면 저것도 바쳐야 하는 것일까. 영국제 쌍발, 손때 묻은 애완물같이 느껴져 누구에게 단 한 번 빌려주지 않았던 최신형 특제품이다.

이인국 박사는 다이얼을 돌렸다. 대체 서울에서는 어떻게들 하고 있는 것일까.

거기도 마찬가지다. 민요가 아니면 행진곡이 나오고 그러다가는 **건국 준비 위원회**의 누구인가의 연설이 계속된다.

대체 앞으로 어떻게 될 것인가 궁금증을 해결할 방법이 없다.

해방 직후 이삼 일 동안은 자기도 태연하였지만 뻔질나게 드나들던 몇몇 친구들도 소련군 입성이 보도된 이후부터는 거의 나타나질 않는다. 그렇다고 자기 자신이 뛰어다니며 물을 경황은 더욱 없다.

밤이 이슥해서야 중학교와 국민학교를 다니는 아들딸이 굉장한 구경이나 한 것처럼 탱크와 **로스케**의 이야기를 늘어놓으며 돌아왔다.

그들은 아버지의 심중은 아랑곳없다는 듯이 어머니, 혜숙이와 함께 저희들 이야기에만 꽃을 피우고 있었다.

이인국 박사는 슬그머니 일어나 이층으로 올라와 다다미방에서 혼자 뒹굴었다.

건국 준비 위원회(建國準備委員會) 1945년 8월 15일 광복 이후 여운형을 중심으로 혼란기 국내 질서 및 치안 유지를 목표한 국내 유일의 정치 세력으로 형성되었으나, 미군정(美軍政) 시대 후 해체되었다.
로스케 러시아 사람을 낮잡아 이르는 말.

앞일은 대체 어떻게 전개될 것인지 뛰어넘을 수가 없는 큰 바다가 가로놓인 것만 같았다. 풀어낼 수 있는 실마리가 전연 더듬어지지 않는 뒤헝클어진 상념 속에서 그래도 이인국 박사는 꺼지려는 짚불을 불어 일으키는 심정으로 막연한 한 가닥의 기대만을 끝내 포기하지 않은 채 천장을 멍청히 쳐다보고만 있었다.

지난 일에 대한 뉘우침이나 **가책** 같은 건 아예 있을 수 없었다.

자동차 속에서 이인국 박사는 들고 나온 석간을 펼쳤다.

일면의 제목을 대강 훑고 난 그는 신문을 뒤집어 꺾어 삼면으로 눈을 옮겼다.

'北韓 蘇聯 留學生 西獨으로 脫出(북한 소련 유학생 서독으로 탈출)'

바둑돌 같은 굵은 활자의 제목. 왼편 전단을 차지한 외신 기사. 손바닥만 한 사진까지 곁들여 있다.

그는 코허리에 내려온 안경을 올리면서 눈을 부릅떴다.

그의 시각은 활자 속을 헤치고 머릿속에는 아들의 환상이 뒤엉켜 들이차 왔다. 아들을 모스크바로 유학시킨 것은 자기의 억지에서였던 것만 같았다.

출신 계급, 성분, 어디 하나나 부합될 조건이 있었단 말인가. 고급 중학을 졸업하고 의과 대학에 입학된 바로 그해다.

이인국 박사는 그때나 지금이나 자기의 처세 방법에 대하여 절대적인 자신을 가지고 있다.

"얘, 너 그 노어(露語) 공부를 열심히 해라."

"왜요?"

아들은 갑자기 튀어나오는 아버지의 말에 의아를 느끼면서 반문했다.

가책(呵責) 자기나 남의 잘못에 대하여 꾸짖어 책망함.

"야, 원식아, 별수 없다. 왜정 때는 그래도 일본 말이 출세를 하게 했고 이제는 노어가 또 판을 치지 않니. 고기가 물을 떠나서 살 수 없는 바에야 그 물속에서 살 방도를 궁리해야지. 아무튼 그 **노서아** 말 꾸준히 해라."

아들은 아버지 말에 새삼스러이 자극을 받는 것 같진 않았다.

"내 나이로도 인제 이만큼 뜨내기 회화쯤은 할 수 있는데, 새파란 너희 **나쎄**로야 그걸 못 하겠니?"

"염려 마세요, 아버지……."

아들의 대답이 그에게는 믿음직스럽게 여겨졌다.

이인국 박사는 심각한 표정으로 말을 이었다.

"어디 코 큰 놈이라구 별것이겠니, 말 잘해서 진정이 통하기만 하면 그것들두 다 그렇지……."

이인국 박사는 끝내 스텐코프 **소좌**의 배경으로 **요직**에 있는 당 간부의 추천을 받아 아들의 소련 유학을 결정짓고야 말았다.

"여보, 보통으로 삽시다. 거저 표 나지 않게 사는 것이 이런 세상에선 가장 편안할 것 같아요. 이제 겨우 죽을 고비를 면했는데 또 재까지 그 '높이 드는' 복판에 휘몰아 넣으면 어쩔라구……."

"가만있어요, 호랑이두 굴에 가야 잡는 법이오. 무슨 세상이 되든 할 대로 해 봅시다."

"그래도 저 어린것을 어떻게 노서아까지 보낸단 말이오."

"아니, 중학교 애들도 가지 못해 골들을 싸매는데, 대학생이 못 가 견딜라구."

노서아(露西亞) '러시아'를 한자로 표현한 말.
나쎄 그만한 나이를 속되게 이르는 말.
소좌(少佐) 제2차 세계 대전 때까지 일본에서 소령을 이르던 말.
요직(要職) 중요한 직책이나 직위.

"그래도 어디 앞일을 알겠소……."

"괜한 소리, 걔가 소련 바람을 쏘이구 와야 내게 허튼소리 하는 놈들도 찍 소리를 못 할 거요. 어디 보란 듯이 다시 한번 살아 봅시다."

아들의 출발을 앞두고, 걱정하는 마누라를 우격다짐으로 **무마**시키고 그는 아들의 유학을 **관철하였다.**

'흥, 혁명 유가족두 가기 힘든 구멍을 친일파 이인국의 아들이 뚫었으니 어디 두구 보자…….'

그는 만장의 기염을 토하며 혼자 중얼거리고는 희망에 찬 미소를 풍겼다.

그 다음 해에 사변이 터졌다.

잘 있노라는 서신이 계속하여 왔지만 동란 후 후퇴할 때까지 소식은 두절된 대로였다.

마누라의 죽음은 외아들을 사지(死地)로 보낸 것 같은 수심에도 그 원인이 있었다고 그는 생각하고 있다.

이인국 박사는 신문 **다찌끼리** 속에 채워진 글자를 하나도 빼지 않고 다 훑어 내려갔다.

그러나 아들의 이름에 연관되는 사연은 한마디도 없었다.

'이 자식은 무얼 꾸물꾸물하느라고 이런 축에도 끼지 못한담……. 사태를 판별하고 임기응변의 선수(先手)를 쓸 줄 알아야지, 맹추같이…….'

그는 신문을 포개어 되는 대로 말아 쥐었다.

'개천에서 용마가 난다는데 이건 제 애비만도 못한 자식이야.'

그는 혀를 찍찍 갈겼다.

'어쩌면 가족이 월남한 것조차 모르고 주저하고 있는 것이나 아닐까. 아

무마(撫摩) 분쟁이나 사건 따위를 어물어물 덮어 버림.
관철하다(貫徹--) 어려움을 뚫고 나아가 목적을 기어이 이루다.
다찌끼리[立切] 박스 기사. 일정한 구획을 나누어 게시한 기사.

니 이제는 그쪽에도 소식이 가서 제게도 무언중의 압력이 퍼져 갈 터인데……. 역시 고지식한 놈이 아무래도 모자라…….'

그는 자동차에서 내리자 건 가래침을 내뱉었다.

'**독또루** 리, 내가 책임지고 보장하겠소. 아들을 우리 조국 소련에 유학시키시오.'

스텐코프의 목소리가 고막에 와 부딪는 것만 같았다.

자위대가 치안대로 바뀐 다음 날이다. 이인국 박사는 치안대에 연행되었다.

시멘트 바닥에 무릎을 꿇고 앉은 그는 입술이 파랗게 질려 있었다. 하반신이 저려 오고 옆구리가 쑤신다. 이것만으로도 자기의 생애를 통한 가장 큰 고역이라고 그는 생각하고 있다. 그러나 그것보다는 앞으로 닥쳐올 **예기할** 수 없는 사태가 공포 속에 그를 휘몰았다.

지나가고 지나오는 구둣발 소리와 목덜미에 퍼부어지는 욕설을 들으면서 꺾이듯이 축 늘어진 그의 머리는 들릴 줄을 몰랐다.

시간만이 흘러가고 있었다.

그의 머릿속에는 짓눌렸던 생각들이 하나씩 꼬리를 치켜들기 시작했다.

'이럴 줄 알았더면 어디든지 가 숨거나, 진작 남으로라도 도피했을걸……. 그러나 이 판국에 나를 감싸 줄 사람이 어디 있담. 의지할 만한 곳은 다 나와 같은 코스를 밟았거나 조만간에 밟을 사람들이 아닌가. 일본인! 가장 믿었던 성벽이 다 무너지고 난 지금 누구를…….'

'그래도 어떻게 되겠지…….'

독또루 '의사, 박사'를 뜻하는 러시아어.
자위대(自衛隊) 건국 준비 위원회의 지방 조직 중 하나. 여러 단체가 주도권 다툼을 벌이다가 친일파 척결에 적극적인 단체(치안대)가 세력을 잡았다.
예기하다(豫期--) 앞으로 닥쳐올 일에 대하여 미리 생각하고 기다리다.

이 막연한 기대는 절박한 이 순간에도 그에게서 완전히 떠나 버리지는 않았다.

'다행이다. 인민재판의 첫 코에 걸리지 않은 것만 해도. 끌려간 사람들의 행방은 전혀 알 길이 없다. 즉결 처형을 당했다는 소문도 떠돈다. 사흘의 여유만 더 있었더라면 나는 이미 이곳을 떴을지도 모른다. 다 운명이다. 아니 그래도 무슨 수가 있겠지…….'

"쪽발이 끄나풀, 야 이 새끼야."

고함 소리에 놀라 이인국 박사는 흠칫 머리를 들었다.

때도 묻지 않은 일본 병사 군복에 완장을 찬 젊은이가 쏘아보고 있다. 춘석이다.

이인국 박사는 다시 쳐다볼 힘도 없었다. 모든 사태는 짐작되었다.

이제는 죽는구나, 그는 입속으로 뇌까렸다.

"왜놈의 밑바시, 이 개새끼야."

일본 군용화가 그의 옆구리를 들이찬다.

"이 새끼, 어디 죽어 봐라."

구둣발은 앞뒤를 가리지 않고 전신을 내지른다.

등골 척수에 다급한 충격을 받자 이인국 박사는 비명을 지르고 꼬꾸라졌다.

그는 현기증을 일으켰다. 어깻죽지를 끌어 바로 앉혀도 몸을 가누지 못하고 한쪽으로 쓰러졌다.

"민족과 조국을 팔아먹은 이 개돼지 같은 놈아, 너는 총살이야, 총살……."

어렴풋이 꿈속에서처럼 들려왔다. 그러나 그에게는 그 말도 아무런 반향을 일으키지 못했다.

시간이 얼마나 흘렀을까, 자기 앞자락에서 부스럭거리는 감촉과 금속성의 부닥거리는 소리를 듣고 어렴풋이 정신을 차렸다.

노란 털이 엉성한 손목이 시곗줄을 끄르고 있다. 그는 반사적으로 앞자락의 시계 주머니를 부등켜 쥐면서 손의 임자를 힐끔 쳐다보았다. 눈동자가 파란 중대가리 소련 병사가 시곗줄을 거머쥔 채 이빨을 드러내고 히죽이 웃고 있다.

그는 두 손으로 있는 힘을 다해 양복 안주머니를 감싸 쥐었다.

"흥…… **야뽄스키**……."

병사의 눈동자는 점점 노기(怒氣)를 띠어 갔다.

"아니, 이것만은!"

그들의 대화는 서로 통하지 않는 대로 손아귀와 눈동자의 대결은 그대로 지속되고 있었다.

병사는 됫박만 한 손으로 이인국 박사의 손을 뿌리치면서 시계를 채어 냈다. 시곗줄은 끊어져 고리가 달린 끝머리가 이인국 박사의 손가락 끝에서 달랑거렸다.

병사는 밖으로 나가 버렸다.

'죽음과 시계…….'

이인국 박사는 토막 난 푸념을 되풀이하고 있다.

양쪽 팔목에 팔뚝시계를 둘씩이나 차고도 만족이 안 가 자기의 회중시계까지 앗아 가는 그 병정의 모습을 머릿속에 똑똑히 되새겨 갈 뿐이다.

감방 속은 빼곡히 찼다.

그러나 고참자와 신입자의 서열은 분명했다. 달포가 지나는 사이에 맨 안쪽 똥통 위에 자리 잡았던 이인국 박사는 삼분지 이의 지점으로 점차 승격되었다.

그는 하루 종일 말이 없었다. 범인 속에 섞여 있던 감방 **밀정**이 출감된 다음

야뽄스키 '일본인, 일본의'라는 뜻의 러시아어.
밀정(密偵) 남몰래 사정을 살핌. 또는 그런 사람.

날부터 불평만을 늘어놓던 축들이 불려 나가 반송장이 되어 들어왔지만, 또 하루 이틀이 지나자 감방 속의 분위기는 여전히 불평과 음식 이야기로 소일되었다.

이인국 박사는 자기의 죄상이라는 것을 폭로하기도 싫었지만 예전에 고등계 형사들에게서 실컷 얻어들은 지식이 약이 되어 함구령이 지상 명령이라는 신념을 일관하고 있었다.

그는 간밤에 출감한 학생이 내던지고 간 노어 회화 책을 첫 장부터 꼼꼼히 뒤지고 있을 뿐이다.

등골이 쏘고 옆구리가 결려 온다. 이것으로 고질이 되는가 하는 생각이 없지 않다. 아침저녁으로 기온이 사뭇 내려가고 있다. 아무리 체념한다면서도 초조감을 막을 길 없다.

노어 책을 읽으면서도 그의 청각은 늘 감방 속의 이야기를 놓치지 않고 있다. 그들이 예측하는 식대로의 중형으로 치른다면 자기의 죄상은 너무도 어마어마하다. 양곡 조합의 쌀을 몰래 팔아먹은 것이 칠 년, 양민을 강제로 **보국대**에 동원했다는 것이 십 년, 감정적인 즉결이 아니라 법에 의한 처단이라고 내대지만 이 난리 판국에 법이고 뭣이고 있을까, 마음에만 거슬리면 총살일 판인데…….

'친일파, 민족 반역자, 반일 투사 치료 거부, 일제의 간첩 행위…….'

이건 너무도 어마어마한 죄상이다. 취조할 때 나열하던 그대로 한다면 고작해야 무기 징역, 사형감일지도 모른다.

그는 방 안을 둘러보며 후 큰숨을 내쉬었다.

처마 밑에 바싹 달라붙은 환기창에서 들이비치던 손수건만 한 햇살이 참대자처럼 길어졌다가 실오리만큼 가늘게 떨리며 사라졌다. 그 창살을 거쳐 아

보국대(報國隊) 일제 강점기에 우리나라 사람을 강제로 노동에 동원하기 위하여 만든 조직.

득히 보이는 가을 하늘이 잊었던 지난 일을 한 덩어리로 얽어 휘몰아 오곤 했다. 가슴이 찌릿했다.

밖의 세계와는 영원한 단절이다.

그는 눈을 감았다. 마누라, 아들, 딸, 혜숙이, 누구누구……. 그러다가 외과계의 원로 이인국 박사에 이르자, 목구멍이 타는 것같이 꽉 막혔다.

그는 헛기침을 하고 침을 삼켰다.

'그럼, 어쩐단 말이야, 식민지 백성이 별수 있었어. 날고 뛴들 소용이 있었느냐 말이야. 어느 놈은 일본 놈한테 아첨을 안 했어. 주는 떡을 안 먹은 놈이 바보지. 흥, 다 그놈이 그놈이었지.'

이인국 박사는 자기변명을 합리화시키고 나면 가슴이 좀 후련해 왔다.

거기다 어저께의 최종 취조 장면에서 얻은 소련 고문관의 표정은 그에게 일루의 희망을 던져 주는 것이 있었다. 물론 그것이 억지의 자위일지도 모른다고 생각되었지만.

아마 스텐코프 소좌라고 했지. 그 혹부리 장교. 직업이 의사라고 했을 때, 독또루 독또루 하고 고개를 기웃거리던 순간의 표정, 그것이 무슨 기적의 예시 같기만 했다.

이인국 박사는 신음 소리에 놀라 눈을 떴다.

복도에 켜 있는 엷은 전등불 빛이 쇠창살을 거쳐 방 안에 줄무늬를 놓으며 비쳐 들어왔다. 그는 환기창 쪽을 올려다보았다. 아직도 동도 트지 않은 깜깜한 밤이다.

생똥 냄새가 코를 찌른다. 바짓가랑이 한쪽이 축축하다. 만져 본 손을 코에 갔다 댔다. 구역질이 난다. 역시 똥 냄새다.

옆에 누운 청년의 앓는 소리는 계속되고 있다. 찬찬히 눈여겨보았다. 청년 궁둥이도 젖어 있다.

'설산가 부다.'

그는 살창문을 흔들며 **교화소원**을 고함쳐 불렀다.

"뭐야!"

자다가 깬 듯한 흐린 소리가 들려왔다.

"환자가…… 이거, 이거 봐요."

창살 사이로 들여다보는 소원의 얼굴은 역광 속에서 챙 붙은 모자 밑의 둥그스름한 윤곽밖에 알려지지 않는다.

이인국 박사는 청년의 궁둥이께를 손가락으로 가리키며 들여다보고 있다.

"이거, 피로군, 피야."

그는 그제야 붉은빛을 발견하고 놀란 소리를 쳤다.

"**적리**야, 이질……."

그는 직업의식에서 떠오르는 대로 큰 소리를 질렀다.

"뭐, 적리?"

바깥 소리는 확실히 납득이 안 간 음성이다.

"피똥 쌌소, 피똥을……. 이것 봐요."

그는 언성을 더욱 높였다.

"응, 피똥……."

아우성 소리에 감방 안의 사람들은 하나 둘 눈을 뜨며 저마다 놀란 소리를 쳤다.

"적리, 이건 전염병이오, 전염병."

"뭐, 전염병……."

그제서야 교화소원이 문을 열고 들어왔다.

교화소원(敎化所員) 교도소의 직원.
적리(赤痢) 급성 전염병인 이질의 하나. 입을 통해 전염하여 발열과 복통이 따르고 피가 섞인 대변을 누게 된다.

얼마 후 환자는 격리되었고 남은 사람들은 똥을 닦느라고 한참 법석을 치고 다시 잠을 불러일으키질 못했다.

이튿날 **미결감** 다른 감방에서 또 같은 증세의 환자가 두셋 발생했다. 날이 갈수록 환자는 늘기만 했다.

이 판국에 병만 나면 열의 아홉은 죽는 길밖에 없다고 생각한 이인국 박사는 새로운 위험에 사로잡히기 시작했다.

저녁 후 이인국 박사는 고문관실로 불려 나갔다.

"동무는 당분간 환자의 응급 치료실에서 일하시오."

이게 무슨 청천벽력 같은 기적일까, 그는 통역의 말을 의심했다.

소련 장교와 통역관을 번갈아 쳐다보는 그의 눈동자는 생기를 띠어 갔다.

"알겠소, 엥……?"

"네."

다짐에 따라 이인국 박사는 기쁨을 억지로 감추며 평범한 어조로 대답했다.

'글쎄 하늘이 무너져도 솟아날 구멍은 있다니까.'

그는 아무 표정도 나타내지 않으려고 이를 악물었다.

죽어 넘어진 송장이 개 치우듯 끄려져 나가는 것을 보고 이인국 박사는 꼭 자기 일같이만 느껴졌다.

'의사, 이것은 나의 **천직**이다.'

그는 몇 번이고 감격에 차 중얼거렸다. 그는 있는 힘을 다해 자기 담당의 환자를 치료했다. 이러한 일은 그의 실력이 혹부리 고문관의 유다른 관심을 끌게 한 계기를 만들어 주었다.

미결감(未決監) 미결수를 가두어 두는 감방.
천직(天職) 타고난 직업이나 직분.

사상범을 **옥사**시키는 경우는 책임자에게 큰 **문책**이 온다는 것은 훨씬 후에야 그가 안 일이다.

소련 군의관에게 기술이 인정된 이인국 박사는 계속 병원에서 근무하게 되었다. 그러나 죄상 처벌의 결말에 대하여는 알 길이 없었다.

그는 이 절호의 기회를 최대한으로 활용하고 싶었다. 이제는 죽어도 여한이 없을 것만 같았다.

어떻게 하여 이 보이지 않는 구속에서까지 완전히 벗어날 수는 없을까.

그는 환자의 치료를 하면서도 늘 스텐코프의 왼쪽 뺨에 붙은 오리알만 한 혹을 생각하고 있었다.

불구라면 불구로 볼 수 있는 그 혹을 가지고 고급 장교에까지 승진했다는 것은, 소위 말하는 **당성**이 강하거나 그렇지 않으면 **전공**이 특별했음에 틀림없다는 생각이 들었다.

그것 하나만 물고 늘어지면 무엇인가 완전히 살아날 틈새기가 생길 것만 같았다.

이인국 박사의 뜨내기 노어도 가끔 순시하는 스텐코프와 인사말을 주고받을 수 있을 정도로 진전되었다.

이 안에서의 모든 독서는 금지되었지만 노어 교본과 **당사**만은 허용되었다.

이인국 박사는 마치 생명의 열쇠나 되는 듯이 초보 노어 책을 거의 암송하다시피 했다.

크리스마스를 전후하여 장교들의 주연이 베풀어지는 기회가 거듭되었다.

얼근히 주기(酒氣)를 띤 스텐코프가 순시를 돌았다.

옥사(獄死) 감옥살이를 하다가 감옥에서 죽음.
문책(問責) 잘못을 캐묻고 꾸짖음.
당성(黨性) 당원이 자신이 속한 당의 이익을 위하여 무조건 가지는 충실한 마음과 행동.
전공(戰功) 전투에서 세운 공로.
당사(黨史) 정당의 역사.

이인국 박사는 오늘의 이 기회를 놓치지 않겠다고 마음먹었다.

수일 전 소군 장교 한 사람이 급성 맹장염이 터져 복막염으로 번졌다.

그 환자의 실을 뽑는 옆에 온 스텐코프에게 이인국 박사는 말 절반 손짓 절반으로 혹을 수술하겠다는 의사를 표명했다.

스텐코프는 **'하라쇼'**를 연발했다.

그 후 몇 번 통역을 사이에 두고 수술 계획에 대한 자세한 의사를 진술할 기회가 생겼다.

이인국 박사는 일본인 시장의 혹을 수술하던 일을 회상하면서 자신 있는 **설복**을 했다.

'동경 경응 대학 병원에서도 못 하겠다는 것을 내가 거뜬히 해치우지 않았던가.'

그는 혼자 머릿속에서 자문자답하면서 이번 일에 도박 같은 심정으로 생명을 걸었다.

소련 군의관을 입회시키고 몇 차례의 예비 진단이 치러졌다.

수술일은 왔다.

이인국 박사는 손에 익은 자기 병원의 의료 기재를 전부 운반하여 오게 했다.

군의관 세 사람이 보조하기로 했지만 집도는 이인국 박사 자신이 했다. 야전 병원의 젊은 군의관들이란 그에게 있어선 한갓 풋내기로밖에 보이지 않았다.

그는 수술을 진행하는 동안 그들 군의관들을 자기 집 조수 부리듯 했다. 집도 이후의 수술대는 완전히 자기 전단하의 왕국이라고 생각되었다.

그러나 아까 수술 직전에 사인한, 실패되는 경우에는 총살에 처한다는 서

하라쇼 '좋습니다'라는 뜻의 러시아어.
설복(說伏/說服) 알아듣도록 말하여 수긍하게 함.

약서가 통일된 정신을 순간순간 흐려 놓곤 했다.

수술대에 누운 스텐코프의 침착하면서도 긴장에 찼던 얼굴, 그것도 전신 마취가 끝난 후 삼 분이 못 갔다.

간호부는 가제로 이인국 박사의 이마에 내맺힌 땀방울을 연방 찍어 내고 있다.

기구가 부딪는 금속성과 서로의 숨소리만이 **고촉**의 반사등이 내리비치는 방 안의 질식할 것 같은 침묵을 **헤살 짓고** 있다.

수술은 예상 이상의 단시간으로 끝났다.

위생복을 벗은 이인국 박사의 전신은 땀으로 흠뻑 젖었다.

완치되어 퇴원하는 날, 스텐코프는 이인국 박사의 손을 부서져라 쥐면서 외쳤다.

"꺼삐딴 리, **스바씨보.**"

이인국 박사는 입을 헤벌리고 웃기만 했다. 마음의 감옥에서 해방된 것만 같았다.

"**아진**, 아진…… **오첸 하라쇼.**"

스텐코프는 엄지손가락을 높이 들면서 네가 첫째라는 듯이 이인국 박사의 어깨를 치며 칭찬했다.

다음 날 스텐코프는 이인국 박사를 자기 방으로 불렀다.

그가 이인국 박사에게 스스로 손을 내밀어 예절적인 악수를 청한 것은 이것이 처음이었다.

고촉(高燭) 밝기의 도수가 높은 촉광.
헤살 짓다 일을 짓궂게 훼방하다.
스바씨보 '고맙다'라는 뜻의 러시아어.
아진 '아주, 매우'라는 뜻의 러시아어.
오첸 하라쇼 '참으로 좋소'라는 뜻의 러시아어.

'적과 적이 맞부딪치면서 이렇게 백팔십 도로 전환될 수가 있을까. 노랑 대가리도 역시 본심에서는 하나의 인간임에는 틀림없는 것이 아닌가.'

"내일부터는 집에서 통근해도 좋소."

이인국 박사는 막혔던 둑이 터지는 것 같은 큰숨을 삼켜 가면서 내쉬었다.

이번에는 이인국 박사가 스텐코프의 손을 잡았다.

"스바씨보, 스바씨보."

"혹 나한테 무슨 부탁이 없소?"

이인국 박사는 문득 시계가 머리에 떠올랐다.

그러면서도 곧이어 이 마당에 그런 이야기를 꺼낸다는 것은 오히려 꾀죄죄하게 보이지 않을까 하는 생각이 뒤따랐다. 그러나 아무래도 그 미련이 가셔지지 않았다.

이인국 박사는 비록 찾지 못하는 경우가 있더라도 솔직히 심중을 털어놓으리라고 마음먹었다.

그는 통역의 보조를 받아 가며 시간과 장소를 정확히 회상하면서 시계를 약탈당한 경위를 상세히 설명했다.

스텐코프는 혹이 붙었던 뺨을 쓰다듬으면서 긴장된 모습으로 듣고 있었다.

"염려 없소, 독또루 리. 위대한 붉은 군대가 그럴 리가 없소. 만약 있었다 하더라도 그것은 무슨 착각이었을 것이오. 내가 책임지고 찾도록 하겠소."

스텐코프의 얼굴에 결의를 띤 심각한 표정이 스쳐 가는 것을 이인국 박사는 똑바로 쳐다보았다.

'공연한 말을 끄집어내어 일껏 잘되어 가는 일에 부스럼을 만드는 것은 아닐까.'

그는 솟구치는 불안과 후회를 짓눌렀다.

"안심하시오, 독또루 리, 하하하."

스텐코프는 큰 웃음으로 넌지시 말끝을 막았다.

이인국 박사는 죽음의 직전에서 풀려나 집으로 향했다.

어느 사이 저렇게 노어로 의사 표시를 할 수 있게 되었느냐고 스텐코프가 감탄하더라는 통역의 말을 되뇌면서…….

차가 브라운 씨의 관사 앞에 닿았다.

성조기(星條旗)를 보면서 이인국 박사는 그날의 적기와 돌려 온 시계를 생각하고 있었다.

응접실에 안내된 이인국 박사는 주인이 나오기를 기다리면서 방 안을 둘러보았다. 대사관으로는 여러 번 찾아갔지만 집으로 찾아온 것은 이번이 처음이다.

삼 년 전 딸이 미국으로 갈 때부터 신세 진 사람이다.

벽 쪽 책꽂이에는《이조실록(李朝實錄)》,《대동야승(大東野乘)》 등 **한적**이 빼곡히 차 있고 한쪽에는 고서(古書)의 **질책**이 가지런히 쌓여져 있다.

맞은편 책장 위에는 작은 금동 불상(金銅佛像) 곁에 몇 개의 골동품이 진열되어 있다. 십이 폭 예서(隸書) 병풍 앞 탁자 위에 놓인 재떨이도 세월의 때 묻은 백자기다.

저것들도 다 누군가가 가져다준 것이 아닐까 하는 데 생각이 미치자 이인국 박사는 얼굴이 화끈해졌다.

그는 자기가 들고 온 상감 진사(象嵌辰砂) 고려청자 화병에 눈길을 돌렸다. 사실 그것을 내놓는 데는 얼마간의 아쉬움이 없지 않았다. 국외로 내보낸다는 자책감 같은 것은 아예 생각해 본 일이 없는 그였다.

차라리 이인국 박사에게는, 저렇게 많으니 무엇이 그리 소중하고 달갑게

한적(漢籍) 한문으로 쓴 책.
질책(帙冊) 여러 권으로 한 벌을 이루는 책.

여겨지겠느냐는 망설임이 더 앞섰다.

브라운 씨가 나오자 이인국 박사는 웃으며 선물을 내어놓았다. 포장을 풀고 난 브라운 씨는 만면에 미소를 띠며 기쁨을 참지 못하는 듯 '땡큐'를 거듭 부르짖었다.

"참 이거 귀중한 것입니다."

"뭐 대단한 것이 아닙니다만 그저 제 성의입니다."

이인국 박사는 안도감에 잇닿는 만족을 느끼면서 브라운 씨의 기쁨에 맞장구를 쳤다.

브라운 씨가 영어 반 한국 말 반으로 섞어 하는 이야기를 들으면서 이인국 박사는 흐뭇한 기분에 젖었다.

"닥터 리는 영어를 어디서 배웠습니까?"

"일제 시대에 일본 말 식으로 배웠지요. 예를 들면 '잣도 이즈 아 캿도' 식으루요."

"그런데 지금 발음은 좋은데요. 문법이 아주 정확한 스탠더드 잉글리시입니다."

그는 이 말을 들을 때 문득 스텐코프의 말이 연상됐다. 그러고 보면 영국에 조상을 가진다는 브라운 씨는 아르(R) 발음을 그렇게 나타내지 않는 것 같게 여겨졌다.

"얼마 전부터 개인 교수를 받고 있습니다."

"아, 그렇습니까?"

이인국 박사는 자기의 어학적 재질에 은근히 자긍을 느꼈다.

브라운 씨가 부엌 쪽으로 갔다 오더니 양주 몇 병이 놓인 쟁반이 따라 나왔다.

"아무 거라도 마음에 드는 것으로 하십시오."

이인국 박사는 보드카 잔을 신통한 안주도 없이 억지로라도 단숨에 들이켜야 속이 시원해하던 스텐코프를 브라운 씨 얼굴에 겹쳐 보고 있다.

그는 혈압 때문에 술을 조절해야 하는 자기 체질에 알맞게 스카치 잔을 핥듯이 조금씩 목을 축이면서 브라운 씨의 이야기를 들었다.

"그거, 국무성에서 통지 왔습니다."

이인국 박사는 뛸 듯이 기뻤으나 솟구치는 흥분을 억제하면서 천천히 손을 내밀어 악수를 청했다.

"땡큐, 땡큐."

어쩌면 이것은 수술 후의 스텐코프가 자기에게 하던 방식 그대로인지도 모른다는 생각이 들었다.

이인국 박사는 지성이면 감천이라고, 나의 처세법은 유에스에이에도 통하는구나 하는 기고만장(氣高萬丈)한 기분이었다.

청자 병을 몇 번이고 쓰다듬으면서 술잔을 거듭하는 브라운 씨도 몹시 즐거운 표정이었다.

"미국에 가서의 모든 일도 잘 부탁합니다."

"네, 염려 마십시오. 떠나실 때 소개장을 써 드리지요."

"감사합니다."

"역사는 짧지만, 미국은 지상의 **낙토**입니다. 양국의 우호와 친선에 도움이 되기를 바랍니다……."

"땡큐……."

다음 날 휴전선 지대로 같이 수렵하러 가기로 약속하고 이인국 박사는 브라운 씨 대문을 나섰다.

이번 새로 장만한 영국제 쌍발 엽총의 질푸른 총신을 머리에 그리면서 그의 몸은 날기라도 할 듯이 두둥실 가벼웠다. 이인국 박사는 아까 수술한 환자

낙토(樂土) 즐겁고 행복하게 살 수 있는 좋은 땅.

의 경과가 궁금했으나 그것은 곧 씻겨져 갔다.

그의 마음속에는 새로운 포부와 희망이 부풀어 올랐다.

신체검사는 이미 끝난 것이고 외무부 출국 수속도 국무성 통지만 오면 즉일 될 수 있게 담당 책임자에게 교섭이 되어 있지 않은가? 빠르면 일주일 내에 떠나게 될지도 모른다는 브라운 씨의 말이 떠올랐다.

대학을 갓 나와 임상(臨牀) 경험도 신통치 않은 것들이 미국에만 갔다 오면 별이라도 딴 듯이 날치는 꼴이 눈꼴사나웠다.

'어디 나도 다녀오고 나면 보자!'

문득 딸 나미와 아들 원식의 얼굴이 한꺼번에 망막으로 휘몰아 왔다. 그는 두 주먹을 불끈 쥐며 얼굴에 경련을 일으키듯 긴장을 띠다가 어색한 미소를 흘려보냈다.

'흥, 그 사마귀 같은 일본 놈들 틈에서도 살았고, **닥싸귀** 같은 로스케 속에서도 살아났는데, 양키라고 다를까……. 혁명이 일겠으면 일구, 나라가 바뀌겠으면 바뀌구, 아직 이 이인국의 살 구멍은 막히지 않았다. 나보다 얼마든지 날뛰던 놈들도 있는데, 나쯤이야…….'

그는 허공을 향하여 마음껏 소리치고 싶었다.

'그러면 우선 비행기 회사에 들러 형편이나 알아볼까…….'

이인국 박사는 캘리포니아 특산 시가를 비스듬히 문 채 지나가는 택시를 불러 세웠다.

그는 스프링이 튈 듯이 부스에 털썩 주저앉았다.

"반도 호텔로……."

차창을 거쳐 보이는 맑은 가을 하늘이 이인국 박사에게는 더욱 푸르고 드높게만 느껴졌다.

닥싸귀 '도꼬마리'의 사투리. 국화과에 딸린 풀로, 열매에 갈퀴가 있어서 사람 옷에 잘 붙음.

사회적 동물인 인간은 끊임없이 타인과 관계하며 자신의 가치관을 세워 나갑니다. 이때 가치관은 옳고 그름, 아름다움과 추함 등 자신을 포함한 세계에 대한 평가적 안목으로, 주위 관계뿐 아니라 어떤 시대를 살아가느냐에 따라 크게 영향을 받지요.

일제 강점기, 민족 말살 정책으로 더욱 엄혹해진 1930년대 발표된 이 작품에는 세상을 바라보는 가치관이 정반대인 두 인물이 등장합니다. 민족과 역사에 대한 관심보다는 개인의 안위와 영달을 위해 일제에 순응하는 인물인 '나'와, 사회의 모순을 인식하고 사회주의 운동을 하며 이상을 추구하는 지식인인 '아저씨'가 그 두 주인공입니다. 이들은 배움의 정도도 다르고 독서 취향이며 사회를 바라보는 시각 등이 달라, '나'는 '아저씨'를 어리석고 우둔하다고 여기고 '아저씨'는 그런 '나'를 '철없는 속물'로 바라봅니다.

여러분의 눈에는 이들이 어떻게 보이나요? 당시의 역사적 상황을 고려하고 두 인물의 생각을 비교하면서 작품을 감상해 봅시다.

채만식(蔡萬植, 1902~1950)

전북 옥구 출생. 1924년 《조선문단》에 단편 소설 〈세 길로〉를 발표하며 등단했다. 그의 주된 작품 세계는 당대의 현실을 반영하고 이를 비판하는 것이었다. 그는 일제 강점기 농민의 궁핍, 지식인의 고뇌, 도시 하층민의 몰락과 광복 후의 혼란상 등을 실감 나게 그렸다. 이와 함께 그 바탕을 이루는 역사적·사회적 상황을 신랄하게 비판했다. 주요 작품으로 단편 소설 〈레디메이드 인생〉, 〈명일〉, 〈치숙〉, 〈미스터 방〉, 〈논 이야기〉 등과 장편 소설 《탁류》, 《태평천하》 등이 있다.

치숙(痴叔) _채만식

1

우리 아저씨 말이지요? 아따 저 거시키, 한참 당년에 무엇이냐 그놈의 것, 사회주의라더냐 **막덕**이라더냐, 그걸 하다 징역 살고 나와서 폐병으로 시방 앓고 누웠는 우리 오촌 고모부 그 양반…….

머, 말도 마시오. 대체 사람이 어쩌면, 글쎄…… 내 원!

신세 간데없지요.

자, 십 년 적공(積功), 대학교까지 공부한 것 풀어먹지도 못했지요. 좋은 청춘 어영부영 다 보냈지요. 신분에는 전과자라는 붉은 도장 찍혔지요. 몸에는 몹쓸 병까지 들었지요.

이 신세를 해 가지굴랑은 굴속 같은 오두막집 단칸 셋방 구석에서 사시장철 밤이나 낮이나 눈 따악 감고 드러누웠군요.

재산이 어디 집 터전인들 있을 턱이 있나요. **서발막대** 내저어야 짚 검불 하나 걸리는 것 없는 **철빈**인데.

우리 아주머니가, 그래도 그 아주머니가, 어질고 얌전해서 그 알량한 남편 양반 받드느라 삯바느질이야 남의 집 품빨래야 화장품 장사야 그 **칙살스런**

막덕 마르크스주의를 믿는 사람이나 행위를 낮추어 부르는 말.
서발막대 매우 긴 막대를 강조하여 이르는 말.
철빈(鐵貧) 더할 수 없이 가난함. 또는 그런 가난.
칙살스럽다 하는 짓이나 말 따위가 잘고 더러운 데가 있다.

벌이를 해다가 겨우겨우 목구멍에 풀칠을 하지요.

어디로 대나 그 양반은 죽는 게 두루 좋은 일인데 죽지도 아니해요.

우리 아주머니가 불쌍해요. 아, 진작 한 나이라도 젊어서 팔자를 고치는 게 아니라, 무슨 놈의 **우난 후분**을 바라고 있다가 끝끝내 고생을 하는지.

근 이십 년 소박을 당했지요.

이십 년을 설운 청춘 한숨으로 보내고서 다 늦게야 송장 **여대치게** 생긴 그 양반을 그래도 남편이라고 모셔다가는 병 수발 들랴, 먹고 살랴, **애자진하고** 다니는 걸 보면 참말 가엾어요.

그게 무슨 **죄다짐**이람? 팔자 팔자 하지만 왜 팔자를 고치지를 못하고서 그래요. 우리 죄선[朝鮮] 구식 부인네들은 다 문명을 못하고 깨지를 못해서 그러지.

그 양반이 한시바삐 죽기나 했으면 우리 아주머니는 차라리 신세 편하리다.

심덕 좋겠다 솜씨 얌전하겠다 하니, 어디 가선들 자기 일신 몸 가누고 편안히 못 지내요?

가만있자, 열여섯 살에 아저씨네 집으로 시집을 갔다니깐 그게 내가 세 살 적이니 꼬박 열여덟 해로군. 열여덟 해면 이십 년 아니오.

그때 우리 아저씨 양반은 나이 어리기도 했지만, 공부를 한답시고 서울로 동경으로 십여 년이나 돌아다녔고, 조금 자라서 색시 재미를 알 만하니까는 누가 예쁘달까 봐 이혼하자고 아주머니를 친정으로 쫓고는 **통히 불고**를 하고…….

공부를 다 마치고 오더니만 그담에는 그놈의 짓에 들입다 발광해 다니면서

우나다 유별나다.
후분(後分) 사람의 평생을 셋으로 나눈 것의 마지막 부분. 늙은 뒤의 운수나 처지를 이른다.
여대치다 '빰치다'의 방언.
애자진하다 애를 끓이다. 속을 태우며 안달하다.
죄다짐(罪--) 죄에 대한 갚음.
통히 불고(不顧) 도무지 돌보지 아니함.

명색 학생 출신이라는 딴 여편네를 얻어 살았지요. 그 여편네는 나도 몇 번 보았지만 쌍판대기라고 별반 **출** 수도 없이 생겼습디다. 그 인물로 남의 첩이야? **일색** 소박은 있어도 박색 소박은 없다더니, 사실 소박맞은 우리 아주머니가 그 여편네게다 대면 월등 이뻤다우.

그래 그 뒤에, 그 양반은 필경 붙들려 가서 오 년이나 **전중이**를 살았지요. 그 동안에 아주머니는 시집이고 친정이고 모두 폭 망해서 의지가지없이 됐지요.

그러니 어떻게 해요? 자칫하면 굶어 죽을 판인데.

할 수 없이 얻어먹고 살기도 해야 하려니와, 또 아저씨 나오는 것도 기다려야 한다고 나를 **반연** 삼아 서울로 올라왔더군요. 그게 그러니까 아저씨가 나오던 그 전해로군.

그때 내가 나이는 어려도 두루 날뛴 보람이 있어서 이내 구라다상네 식모로 들어갔지요.

그 무렵에 참 내가 아주머니더러 여러 번 권면(勸勉)을 했지요. 그러지 말고 개가(改嫁)를 가라고. 글쎄 어린 소견에도 보기에 퍽 딱하고 민망합디다.

계제에 마침 또 좋은 자리가 있었고요. 미네상이라고 **미쓰코시** 앞에서 바나나 **다다끼우리**를 하는 인데 사람이 퍽 좋아요.

우리 집 **다이쇼**도 잘 알고 하는데, 그이가 늘 나더러 죄선 **오깜상**하구 살았으면 좋겠다고, 중매 서 달라고 그래쌌어요.

추다 어떤 사람을 정도 이상으로 크게 칭찬하여 말하다.
일색(一色) 뛰어난 미인.
전중이 징역살이하는 사람을 속되게 이르는 말.
반연(攀緣) 무엇에 이르기 위한 연줄로 삼음. 또는 그 연줄.
계제(階梯) 어떤 일을 할 수 있게 된 형편이나 기회.
미쓰코시 일제 강점기 유명 백화점.
다다끼우리[投賣] (거리의 상인 등의) 싸구려 팔기.
다이쇼[大將] '우두머리'의 일본어. 여기서는 '집주인'을 뜻함.
오깜상 오카미상. '남의 아내, 여주인'을 뜻하는 일본어.

돈은 모아 둔 게 없어도 다 벌어먹고 살 만하니까 그런 사람 만나서 살면 아주머니도 신세 편할 게 아니냐구요?

그런 걸 글쎄 몇 번 말해도 숭헌 소리 말라고 듣질 않는 걸 어떡하나요.

아무튼 그런 것 말고라도 참, 흰말이 아니라 이날 이때까지 내가 그 아주머니 뒤도 많이 보아주었다우. 또 나도 그럴 만한 은공(恩功)이 없잖아 있구요.

내가 일곱 살에 부모를 잃었지요. 그러고 나서 의탁할 곳이 없이 됐는데 그때 마침 소박을 맞고 친정살이를 하는 그 아주머니가 나를 데려다가 길러 주었지요.

그때만 해도 그 집이 그다지 **군색하게** 지내진 않았으니깐요. 아주머니도 아주머니지만 **종조할머니**며 할아버지도 슬하에 딴 자손이 없어서 나를 퍽 귀애(貴愛)하겠지요.

열두 살까지 그 집에서 자랐군요.

사 년이나마 보통학교도 다녔고.

아마 모르면 몰라도 그 집안이 그렇게 **치패하지만** 안 했으면 나도 그냥 붙어 있어서 시방쯤은 전문학교까지는 다녔으리다.

이런 은공이 있으니까 나도 그걸 저버리지 않고 그래서 내 깜냥에는 갚을 만치 갚느라고 갚은 셈이지요.

하기야 요새도 간혹 아주머니가 찾아와서 양식 없다는 사정을 더러 하곤 하는데 **실토정** 말이지 좀 성가시기는 해요.

그러는 족족 그 **수응**을 하자면 내 일을 못하겠는걸. 그래 대개 잘라 떼기는 하지요.

군색하다(窘塞--) 필요한 것이 없거나 모자라서 딱하고 옹색하다.
종조할머니 할아버지의 남자형제인 종조할아버지의 아내.
치패하다(致敗--) 살림이 아주 결딴나다.
실토정(實吐情) 사정이나 심정을 솔직하게 말함.
수응(酬應) 요구에 응함.

그렇지만 그 밖에, 가령 양 명절 때면 고깃근이라도 사 보낸다든지, 또 오며가며 들러서 이야기 낱이라도 한다든지, 그런 건 결단코 범연히 하진 않으니까요.

아무튼 그래서 아주머니는 꼬박 일 년 동안 구라다상네 집 오마니로 있으면서 월급 오 원씩 받는 걸 그대로 고스란히 저금을 하고, 또 틈틈이 삯바느질을 맡아다가 조끔씩 벌어 보태고 또 나올 무렵에 구라다상네 양주(兩主)가 퍽 기특하다고 돈 칠 원을 상급으로 주고 그런 게 이럭저럭 돈 백 원이나 존존히 됐지요.

그 돈으로 방 한 칸 얻고 살림 나부랭이도 조금 장만하고 그래 놓고서 마침 그 알량꼴량한 서방님이 놓여나오니까 그리로 모셔 들였지요.

놓여나오는 날 나도 가서 보았지만, **가막소** 문 앞에 막 나서자 아주머니가 기다리고 있으니까 그래도 눈물이 핑 돌던데요.

전에 그렇게도 죽을 동 살 동 모르고 좋아하던 첩년은 꼴도 안 뵈구요. 남의 첩년이란 건 다아 그런 거지요, 뭐.

우리 아저씨 양반은 혹시 그 여편네가 오지 않았나 하고 사방을 휘휘 둘러보던데요. 속이 그렇게 없다니까. 여편네는커녕 아주머니하고 나하고 그 외는 **어리친** 개새끼 한 마리 없더라.

그래 막 자동차에 올라타려다가 피를 토했지요. 나중에 들었지만 가막소 안에서 달포 전부터 토혈(吐血)을 했다나 봐요.

그래 다 죽어 가는 반송장을 업어 오다시피 해다가 뉘어 놓고, 그날부터 아주머니는 불철주야로 할 짓 못할 짓 다 해 가면서 부스대고 날뛴 덕에 병도 차차로 차도가 있고, 그러더니 인제는 **완구히** 살아는 났지요. 뭐 참 시방은

가막소 '감옥'(監獄)의 방언.
어리치다 독한 냄새나 밝은 빛 따위의 심한 자극으로 정신이 흐릿해지다.
완구히(完久–) 어떤 상태가 완전하여 오래 견딜 수 있게. 또는 오래갈 수 있게.

용 꼴인걸요, 용 꼴.

부인네 정성이 무서운 겝디다.

꼬박 삼 년이군. 나 같으면 돌아가신 부모가 살아오신대도 그 짓 못해요.

자, 그러니 말이지요. 우리 아저씨라는 양반이 **작히나** 양심이 있고 다아 그럴 양이면, 어허 내가 어서 바삐 몸이 충실해져서, 어서 바삐 돈을 벌어다가 저 아내를 편안히 거느리고 이 은공과 전날의 죄를 갚아야 하겠구나…… 이런 맘을 먹어야 할 게 아니라구요?

아주머니의 은공을 갚자면 발에 흙이 묻을세라 업고 다녀도 참 못다 갚지요.

그러고저러고 간에 자기도 인제는 속 차려야지요. 하기야 속을 차려서 무얼 하재도 전과자니까 관리나 또 회사 같은 데는 들어가지 못하겠지만 그야 자기가 저지른 일인 걸 누구를 원망할 일도 아니고, 그러니 막 벗어부치고 노동이라도 해야지요.

대학교 출신이 막벌이 노동이란 게 꼴 가관이지만 그래도 할 수 없지, 뭐.

그런 걸 보고 가만히 나를 생각하면, 만약 우리 종조할아버지네 집안이 그렇게 치패를 안 해서 나도 전문학교나 대학교를 졸업을 했으면 혹시 우리 아저씨 모양이 됐을지도 모를 테니, 차라리 공부 많이 않고서 이 길로 들어선 게 다행이다…… 이런 생각이 들어요.

사실 우리 아저씨 양반은 대학교까지 졸업하고도 인제는 기껏 해 먹을 거란 막벌이 노동밖에 없는데, 보통학교 사 년 겨우 다니고서도 시방 앞길이 환히 트인 내게다 대면 **고스까이**만도 못하지요.

아, 그런데 글쎄 막벌이 노동을 하고 어쩌고 하기는커녕 조금 바스스 살아날 만하니까 이 주책꾸러기 양반이 무슨 맘보를 먹는고 하니, 내 참 기가

작히나 '작히'를 강조하여 이르는 말. 이때 '작히'는 '어찌 조금만큼만', '얼마나'의 뜻으로 희망이나 추측을 나타내는 말.
고스까이[小使] 관청이나 회사, 가게 따위에서 잔심부름을 시키기 위하여 고용한 사람인 '사환(급사)'의 일본어.

막혀!

아니, 그놈의 것하고는 무슨 **대천지원수**가 졌단 말인지, 어쨌다고 그걸 끝끝내 하지 못해서 그 발광인고?

그러나마 그게 밥이 생기는 노릇이란 말인지? 명예를 얻는 노릇이란 말인지. 필경은 붙잡혀 가서 징역 사는 놀음?

아마 그놈의 것이 아편하고 꼭 같은가 봐요. 그렇길래 한번 맛을 들이면 끊지를 못하지요.

그렇지만 실상 알고 보면 그게 그다지 재미가 난다거나 맛이 있다거나 그런 것도 아니더군 그래요. 불한당패(不汗黨牌)던데요. 하릴없이 불한당팹디다.

저, 서양 어디선가, 일하기 싫어하는 게으름뱅이 몇 놈이 양지 쪽에 모여 앉아서 놀고 먹을 궁리를 했더라나요. 우리 집 다이쇼가 다 자상하게 이야기를 해 줍디다.

게, 그 녀석들이 서로 **구누**를 하기를, 자 이 세상에는 부자가 있고 가난한 사람이 있고 하니 그건 도무지 공평한 일이 아니다. 사람이란 건 이목구비하며 사지 육신을 꼭 같이 타고났는데 누구는 부자로 잘살고 누구는 가난하다니 그게 될 말이냐. 그러니 부자가 가진 것을 우리 가난한 사람들하고 다 같이 고르게 노나 먹어야 경우가 옳다.

야, 그거 옳은 말이다. 야, 그 말 좋다. 자, 노나 먹자.

아, 이렇게 **설도**를 해 가지고 우 하니 들고 일어났다는군요.

아니, 그러니 그게 생 날불한당 놈의 짓이 아니고 무어요?

사람이란 것은 제가끔 **분지복**이 있어서 **기수**를 잘 타고나든지 부지런하면

대천지원수(戴天之怨讐) 하늘을 함께 이지 못한다는 뜻으로, 큰 원한을 가짐을 비유적으로 이르는 말.
구누 '군호(軍號)'의 사투리. 서로 눈짓이나 말 따위로 몰래 연락하는 일.
설도 설두(設頭). 앞장서서 일을 주선함.
분지복(分之福) 각자 타고난 복. 분복.
기수(氣數) 저절로 오고 가고 한다는 길흉화복의 운수.

부자가 되는 법이요, **복록**을 못 타고나든지 게으른 놈은 가난하게 사는 법이요, 다 이렇게 마련인데, 그거야말로 공평한 천리(天理)인 것을, **됩다** 불공평하다니 될 말이오? 그러고서 억지로 남의 것을 뺏어 먹자고 들다니 그놈들이 불한당이지 무어요.

짓이 불한당 짓일 뿐 아니라, 또 만약에 그러기로 들면 게으른 놈은 점점 더 게으름만 부리고 쫓아다니면서 부자 사람네가 가진 것만 뺏어 먹을 테니 이 세상은 통으로 도적놈의 판이 될 게 아니오? 그나마, 부자 사람네가 모아 둔 걸 다 뺏기고 더는 못 먹여 내는 날이면 그때는 이 세상 망하는 날이 아니오?

저마다 남이 농사지어 놓으면 그걸 뺏어 먹으려고 일 않고 번둥번둥 놀 것이고 남이 옷감 짜 놓으면 그걸 뺏어다가 입으려고 번둥번둥 놀 것이고 그럴 테니 대체 곡식이며 옷감이며 그런 것이 다 어디서 나올 데가 있어야지요. 세상 망할밖에!

글쎄 그놈의 짓이 그렇게 세상 망쳐 놀 장본인 줄은 모르고서 가난한 놈들, 그중에도 일하기 싫은 게으름뱅이들이 위선 당장 부자 사람네 것을 뺏어 먹는다니까 거기 혹해 가지굴랑 너도나도 와 하니 **참섭**을 했다는구려.

바루 저 **아라사**가 그랬대요.

그래서 아니나 다를까 농군들이 곡식을 안 만들기 때문에 사람이 수만 명씩 굶어 죽는다는구려. 뻔한 이치지 뭐.

위선 먹기는 곶감이 달다고 그 지랄들을 했다가 **잘코사니**야!

아 그런데, 그 못된 놈의 풍습이 삽시간에 동서양 각국 안 간 데 없이 퍼져 가지굴랑 한동안 내지(內地, 여기선 일본)에도 마구 굉장히 드세게 돌아다녔고

복록(福祿) 타고난 복과 벼슬아치의 녹봉이라는 뜻으로, 복되고 영화로운 삶을 이르는 말.
됩다 도리어
참섭(參涉) 어떤 일에 끼어들어 간섭함.
아라사(俄羅斯) '러시아'의 음역어(한자음을 가지고 외국어의 음을 나타낸 말).
잘코사니 고소하게 여겨지는 일. 주로 미운 사람이 불행을 당한 경우에 하는 말이다.

내지가 그러니까 멋도 모르는 죄선 영감상들도 덩달아서 그 흉내를 냈다나요.

그렇지만 시방은 그새 나라에서 엄하게 밝히고 금하고 한 덕에 많이 **누꿈해졌고** 그런 마음먹는 사람은 별반 없다나 봐요.

그럴 게지 글쎄. 아 해서 좋을 양이면야 나라에선들 왜 금하며 무슨 원수가 졌다고 붙잡아다가 징역을 살리나요.

좋고 유익한 것이면 나라에서 도리어 장려하고, 잘할라치면 상급도 주고 그러잖아요.

활동사진이며 **스모**며 **만자이**며 또 **왓쇼왓쇼**랄지 **세이레이 낭아시**랄지 라디오 체조랄지 이런 건 다 유익한 것이니까 나라에서 설도도 하고 그러잖아요.

나라라는 게 무언데? 그런 걸 다 잘 분간해서 이럴 건 이러고 저럴 건 저러라고 지시하고, 그 덕에 백성들은 제가끔 제 분수대로 편안히 살도록 애써 주는 게 나라 아니오?

그놈의 것 사회주의만 하더라도 나라에서 금하질 않고 저희가 하는 대로 두어두었어 보아? 시방쯤 세상이 무엇이 됐을지…….

다른 사람들도 낭패 본 사람이 많았겠지만, 위선 나만 하더라도 글쎄 어쩔 뻔했어! 아무 일도 다 틀리고 뒤죽박죽이지.

내 이상과 계획은 이렇거든요.

우리 집 다이쇼가 나를 자별히 귀애하고 신용을 하니깐 인제 한 십 년만 더 있으면 한밑천 들여서 따로 장사를 시켜 줄 그런 눈치거든요.

그러거들랑 그것을 언덕 삼아 가지고 나는 삼십 년 동안 예순 살 환갑까지

누꿈하다 전염병이나 해충 따위의 퍼지는 기세가 매우 심하다가 조금 누그러져 약해지다.

스모[相撲] 일본의 전통적인 씨름. 두 명의 선수가 씨름판에서 맞붙어 상대편을 씨름판 밖으로 밀어 내거나 넘어뜨려서 승부를 낸다.

만자이 '만담(漫談)'의 일본어. 이때 만담은 익살스럽게 세상이나 인정을 비판·풍자하는 이야기를 함, 또는 그 이야기를 말한다.

왓쇼왓쇼 '영차영차'의 일본어. 여기서는 일본 전통 축제를 가리킴.

세이레이 낭아시[精霊流し] 칠월 보름에 제물을 강이나 바다에 띄우는 일본 불교 행사.

만 장사를 해서 꼭 십만 원을 모을 작정이지요. 십만 원이면 죄선 부자로 쳐도 머 천석꾼이니, 머 떵떵거리고 살 게 아니라구요?

그리고 우리 다이쇼도 한 말이 있고 하니까 나는 내지인 규수한테로 장가를 들래요. 다이쇼가 다 알아서 얌전한 자리를 골라 중매까지 서 준다고 그랬어요.

내지 여자가 참 좋지요.

나는 죄선 여자는 거저 주어도 싫어요.

구식 여자는 얌전은 해도 무식해서 내지인하고 교제하는 데 안되고, 신식 여자는 식자나 들었다는 게 건방져서 못쓰고, 도무지 그래서 죄선 여자는 신식이고 구식이고 다 **제바리**여요.

내지 여자가 참 좋지 뭐. 인물이 개개 일자로 이쁘겠다, 얌전하겠다, 상냥하겠다, 지식이 있어도 건방지지 않겠다, 좀이나 좋아!

그리고 내지 여자한테 장가만 드는 게 아니라 성명도 내지인 성명으로 갈고 집도 내지인 집에서 살고 옷도 내지 옷을 입고 밥도 내지식으로 먹고 아이들도 내지인 이름을 지어서 내지인 학교에 보내고…….

내지인 학교라야지 죄선 학교는 너절해서 아이들 버려 놓기나 꼭 알맞지요.

그리고 말도 죄선 말은 싹 걷어치우고 국어만 쓰고요.

이렇게 다 생활 법식부터도 내지인처럼 해야만 돈도 내지인처럼 잘 모으게 되거든요.

내 이상이며 계획은 이래서, 그 십만 원짜리 큰 부자가 바로 내다뵈고 그리로 난 길이 환하게 트이고 해서 나는 시방 열심으로 길을 가고 있는데, 글쎄 그 **미쳐살미** 든 놈들이 세상 망쳐 버릴 사회주의를 하려 드니, 내가 소름이

제바리 막일꾼들이 자기의 불만을 나타낼 때 하는 말.
미쳐살미 미쳐 날뛰는 짓.

끼칠 게 아니라구요? 말만 들어도 끔찍하지!

세상이 망해서 뒤집히면 그래 나는 어쩌란 말인구? 아무것도 다 허사가 될 테니 그런 억울할 데가 있더람?

머 참, 우리 집 다이쇼 말이 일일이 지당해요.

여느 절도나 강도나 사기나 그런 죄는 도적이면 도적을 해 가는 그 당장, 그 돈만 축을 내니까 오히려 죄가 가볍지만, 그놈의 것 사회주의인지 지랄인지는 온 세상을 뒤죽박죽을 만들어 놓고 나라를 통째로 소란하게 하니까 도저히 용서할 수가 없대요.

용서라니! 나 같으면 그런 놈들은 모조리 쓸어다가 마구 그저 그냥…….

그런 일을 생각하면, 털어놓고 말이지 우리 아저씬가 그 양반도 여간 **불측스러** 뵈질 않아요. 사실 아주머니만 아니면 내가 무슨 **천주학**이라고, 나쁜 병까지 앓는 그 양반을 찾아다니나요. 죽는대도 코도 안 풀어 붙일걸.

그러나마 전자의 죄상을 다 회개를 하고 못된 마음을 씻어 버렸을 새 말이지, 머 헌 개 꼬리 삼 년이라더냐, 종시 그 모양인 걸요.

그러니깐 그게 밉살머리스러워서, 더러 들렀다가 혹시 마주 앉아도 **위정** 뼈끝 저린 소리나 내쏘아 주고 말을 따잡아 가지굴랑 꼼짝 못하게시리 몰아세워 주곤 하지요.

저번에도 한번 혼을 단단히 내 주었지요. 아, 그랬더니 아주머니더러 한다는 소리가, 그 녀석 사람 버렸더라고, 아무짝에도 못쓰게 길이 들었더라고 그러더라나요.

내 원, 그 소리 듣고 하도 어처구니가 없어서!

대체 사람도 유만부동이지 그 아저씨가 나더러 사람 버렸느니 아무짝에도

불측스럽다(不測---) 생각이나 행동 따위가 괘씸하고 엉큼한 데가 있다.
천주학(天主學) 우리나라에 가톨릭교가 처음 들어오던 무렵에 '가톨릭교'를 이르던 말.
위정 '일부러'의 방언.

못쓰게 길이 들었느니 하더라니, 원 입이 몇 개나 되면 그런 소리가 나오는 구멍도 있누?

죄선 벙어리가 다 말을 해도 나 같으면 할 말 없겠더구먼서도, 하면 다 말인 줄 아나 봐?

이를테면 그게 명색 훈계 비슷한 거렷다? 내게다가 맞대놓고 그런 소리를 하다가는 되잡혀서 혼이 날 테니까 슬며시 아주머니더러 이르란 요량이던 게지?

기가 막혀서⋯⋯ 하느님이 사람의 콧구멍 두 개로 마련하기 참 다행이야.

글쎄 아무려면 내가 자기처럼 다 공부는 못하고 남의 집 **고소** 노릇으로 **반또** 노릇으로 이렇게 굴러먹을 값에 이래 보여도 표창을 두 번이나 받은 모범 점원이요, 남들이 똑똑하고 재주 있고 얌전하다고 칭찬이 놀랍고 앞길이 환히 트인 유망한 청년인데, 그래 자기 눈에는 내가 버린 놈이고 아무짝에도 못쓰게 길이 든 놈으로 보였단 말이지?

하하, 오옳지! 거 참 그렇겠군. 자기는 자기 하는 짓이 옳으니까 나의 하는 짓은 다 글렀단 말이렷다?

그러니까 나도 자기처럼 그놈의 것 사회주읜지 급살 맞을 것인지나 하다가 징역이나 살고 전과자나 되고 폐병이나 앓고 다 그랬더라면 사람 버리지도 않고 아무짝에도 못쓰게 길든 놈도 아니고 그럴 뻔했군그래!

흥! 참⋯⋯.

제 밑 구린 줄 모르고서 남더러 어쩌고저쩌고 한다는 게 꼭 우리 아저씨 그 양반을 두고 이른 말인가 봐.

그날도 실상 이랬더라우. 혼을 내 주었더니 아주머니더러 그런 소리를 하

고소 소승(小僧, 승려가 자기를 낮추어 이르는 일인칭 대명사)의 일본어. 여기서는 '심부름꾼'의 뜻으로 쓰임.
반또 번두[番頭, 병졸반(班)의 우두머리]의 일본어. 여기서는 '지배인'의 뜻으로 쓰임.

더란 그날 말이오.

그날이 마침 내가 쉬는 날이길래 아주머니더러 할 이야기도 있고 해서 아침결에 좀 들렀더니, 아주머니는 남의 혼인집으로 바느질을 해 주러 갔다고 없고, 아저씨 양반만 여전히 아랫목에 가서 드러누웠어요.

그런데 보니깐, 어디서 모두 뒤져냈는지 머리맡에다가 헌 언문 잡지를 수북이 쌓아 놓고는 그걸 뒤져요.

그래 나도 심심 삼아 한 권 집어 들고 떠들어 보았더니, 머 읽을 맛이 나야지요.

대체 죄선 사람들은 잡지 하나를 해도 어찌 모두 그 꼬락서니로 해 놓는지.

사진도 없지요, **망가**도 없지요.

그러고는 맨판 까탈스런 한문 글자로다가 처박아 놓으니 그걸 누구더러 보란 말인고?

더구나 우리 같은 놈은 언문도 그런대로 뜯어보기는 보아도 읽기에 여간만 **폐롭지가** 않아요.

그러니 어려운 언문하고 까다로운 한문하고를 섞어서 쓴 글은 뜻을 몰라 못 보지요. 언문으로만 쓴 것은 소설 나부랭인데, 읽기가 힘이 들 뿐 아니라 또 죄선 사람이 쓴 소설이란 건 재미가 있어야죠. 나는 죄선 신문이나 죄선 잡지하고는 담쌓고 남 된 지 오랜걸요.

잡지야 머 **《킹구》**나 **《쇼넹구라부》** 덮어 먹을 잡지가 있나요. 참 좋아요.

한문 글자마다 **가나**를 달아 놓았으니 어떤 대문을 척 펴 들어도 술술 내리 읽고 뜻을 횅하니 알 수가 있지요.

망가 만화(漫畵, 이야기 따위를 간결하고 익살스럽게 그린 그림)의 일본어.
폐롭다(弊--) 성가시고 귀찮다.
《킹구》 킹(king). 일제 강점기에 발행되던 잡지.
《쇼넹구라부[少年Club]**》** 일제 강점기 청소년 대상의 잡지.
가나[仮名] 일본어를 적는 데 쓰이는 음절 문자.

그리고 어떤 대문을 읽어도 유익한 교훈이나 재미나는 소설이지요.

소설 참 재미있어요. 그중에도 **기꾸지 캉** 소설!…… 어쩌면 그렇게도 아기자기하고도 달콤하고도 재미가 있는지. 그리고 **요시카와 에이지**, 그이 소설은 **진찐바라바라** 하는 **지다이모노**인데 마구 어깻바람이 나구요.

소설이 모두 그렇게 재미가 있지요. 망가가 많지요. 사진이 많지요. 그러고도 값은 좀 헐하나요. 십오 전이면 바로 그 전달치를 사 볼 수 있고 보고 나서는 오 전에 도로 파는데요.

잡지도 기왕 하려거든 그렇게나 해야지, 죄선 사람들은 제엔장 큰소리는 곧잘 하더구먼서도, 잡지 하나 반반한 거 못 만들어 내니!

그날도 글쎄 잡지가 그 꼴이라, 아예 글은 볼 멋도 없고 해서 혹시 망가나 사진이라도 있을까 하고 책장을 후르르 넘기노라니깐 마침 아저씨 이름이 있겠나요! 하도 신통해서 쓰윽 펴 들고 보았더니 제목이 첫 줄은 경제…… 무엇 어쩌구 쇠눈깔씩만한 글자로 박아 놓고 그 옆에다가는 사회…… 무엇 어쩌구 **잔주**를 달아 놨겠지요.

그것만 보아도 벌써 그럴듯해요. 경제는 아저씨가 대학교에서 경제를 배웠다니까 경제 속은 잘 알 것이고, 또 사회는, 그것 역시 사회주의를 했으니까, 그 속도 잘 알 것이고 그러니까 경제하고 사회주의하고 어떻게 서로 관계가 되는 것이며 어느 편이 옳다는 것이며 그런 소리를 썼을 게 분명해요.

머, 보나 안 보나 속이야 빠안하지요. 대학교까지 가설랑 경제를 배우고도 돈 모을 생각은 않고서 사회주의만 하고 다닌 양반이라 경제가 그르고 사회

기꾸지 캉 기쿠치 칸[菊池寬, 1888~1948]. 일본의 소설가로, 제1차 세계 대전 후의 일본 사회상을 묘사하여 베스트셀러가 된 신문 연재소설《진주부인(眞珠夫人)》의 작가.

요시카와 에이지[吉川英治, 1892~1962] 일본의 대중 소설가. 고전에서 소재를 취한 작품을 많이 남겼는데, 원전을 일역한《삼국지》와 에도 시대 전설의 사무라이를 다룬《미야모토 무사시》 등이 있다.

진찐바라바라 '챙강챙강'의 일본어. 여기서는 칼날이 부딪치는 소리로, 칼싸움을 가리킴.

지다이모노 시대물(時代物). 역사적 사건 따위에서 취재하고 각색한 예술 작품.

잔주(-註) 큰 주석 아래에 더 자세히 단 주석.

주의가 옳다고 우겨 댔을 거니깐요.

아무렇든 아저씨가 쓴 글이라는 게 신기해서 좀 보아 볼 양으로 쓰윽 훑어 봤지요. 그러나 웬걸 읽어 먹을 재주가 있나요.

글자는 아주 어려운 자만 아니면 대강 알기는 알겠는데, 붙여 보아야 대체 무슨 뜻인지를 알 수가 있어야지요.

속이 상하길래 읽어 보자던 건 **작파하고서** 아저씨를 좀 따잡고 몰아셀 양으로 그 대목을 착 펴 놨지요.

"아저씨?"

"왜 그러니?"

"아저씨가 여기다가 경제 무어라구 쓰구 또, 사회 무어라구 썼는데, 그러면 그게 경제를 하란 뜻이요? 사회주의를 하란 뜻이요?"

"뭐?"

못 알아듣고 **뚜렛뚜렛해요.** 자기가 쓰고도 오래돼서 다 잊어버렸거나, 혹시 내가 말을 너무 까다롭게 내기 때문에 섬뻑 대답이 안 나왔거나 그랬겠지요. 그래, 다시 조곤조곤 따졌지요.

"아저씨…… 경제란 것은 돈 모아서 부자 되라는 것 아니요? 그런데 사회주의란 것은 모아 둔 부자 사람의 돈을 뺏어 쓰는 거 아니요?"

"이 애가 시방!"

"아니, 들어 보세요."

"너, 그런 경제학, 그런 사회주의 어디서 배웠니?"

"배우나 마나, 경제란 건 돈 많이 벌어서 애껴 쓰구, 나머지 모아 두는 게 경제 아니요?"

작파하다(作破--) 어떤 계획이나 일을 중도에서 그만두어 버리다.
뚜렛뚜렛하다 어리둥절하여 눈을 이리저리 굴리다.

"그건 보통, 경제한다는 뜻으루 쓰는 경제고, 경제학이니 경제적이니 하는 건 또 다르다."

"다를 게 무어요? 경제는 돈 모으는 것이고, 그러니까 경제학이면 돈 모으는 학문이지요."

"아니란다. 혹시 이재학(理財學)이라면 돈 모으는 학문이라고 해도 **근리할지** 모르지만 경제학은 그런 게 아니란다."

"아니, 그렇다면 아저씨 대학교 잘못 다녔소. 경제 못하는 경제학 공부를 오 년이나 육 년이나 했으니 그게 무어란 말이요? 아저씨가 대학교까지 다니면서 경제 공부를 하구두 왜 돈을 못 모으나 했더니, 인제 보니깐 공부를 잘못해서 그랬군요!"

"공부를 잘못했다? 허허. 그랬을는지도 모르겠다. 옳다, 네 말이 옳아!"

이거 봐요 글쎄. 단박 꼼짝 못하잖아. 암만 대학교를 다니고, 속에는 육조를 배포했어도 그렇다니깐 글쎄…….

"아저씨?"

"왜 그러니?"

"그러면 아저씨는 대학교를 다니면서 돈 모아 부자 되는 경제 공부를 한 게 아니라 모아 둔 부자 사람네 돈 뺏어 쓰는 사회주의 공부를 했으니 말이지요……."

"너는 사회주의가 무얼루 알구서 그러냐?"

"내가 그까짓 걸 몰라요?"

한바탕 주욱 설명을 했지요.

내 얼굴만 물끄러미 올려다보고 누웠더니 피식 한 번 웃어요. 그러고는 그 양반이 하는 소리겠다요.

근리하다(近理--) 이치에 거의 맞다.

"그게 사회주의냐? 불한당이지."

"아니, 그럼 아저씨두 사회주의가 불한당인 줄은 아시는구려?"

"내가 언제 사회주의가 불한당이랬니?"

"방금 그러잖었어요?"

"글쎄, 그건 사회주의가 아니라 불한당이란 그 말이다."

"거 보시우! 사회주의란 것은 그렇게 날불한당이어요. 아저씨두 그렇다구 하면서 아니래시요?"

"이 애가 시방 입심 겨룸을 하재나!"

이거 봐요. 또 꼼짝 못하지요? 다 이래요 글쎄…….

"아저씨?"

"왜 그러니?"

"아저씨두 맘 달리 잡수시요."

"건 어떻게 하는 말이냐?"

"걱정 안 되시우?"

"날 같은 사람이 걱정이 무슨 걱정이냐? 나는 네가 걱정이더라."

"나는 머 버젓하게 요량이 있는걸요."

"어떻게?"

"이만저만한가요!"

또 한바탕 주욱 설명을 했지요. 이야기를 다 듣더니 그 양반 한다는 소리 좀 보아요.

"너두 딱한 사람이다!"

"왜요?"

"……."

"아니, 어째서 딱하다구 그러시우?"

"……."

"네? 아저씨?"

"……."

"아저씨?"

"왜 그래?"

"내가 딱하다구 그러셨지요?"

"아니다. 나 혼자 한 말이다."

"그래두……."

"이 애?"

"네?"

"사람이란 것은 누구를 물론허구 말이다, 아첨하는 것같이 더러운 게 없느니라."

"아첨이요?"

"저 위로는 제왕, 밑으로는 걸인, 그 모든 사람이 위선 시방 이 제도의 이 세상에서 말이다, 제가끔 제 분수대루 살어가는 데 있어서 말이다, 제 개성을 속여 가면서꺼정 생활에다가 아첨하는 것같이 더러운 것이 없고, 그런 사람같이 가련한 사람은 없느니라. 사람이란 건 밥 두 그릇이 하필 밥 한 그릇보다 더 배가 부른 건 아니니까."

"그건 무슨 뜻인데요?"

"네가 일본인 여자와 결혼을 해서 성명까지 갈고 모든 생활 법도를 일본화하겠다는 것이 말이다."

"네, 그게 좋잖아요?"

"그것이 말이다, 진실로 깊은 교양이나 어진 지혜의 판단에서 우러나온 것이라면 그도 모를 노릇이겠지. 그렇지만 나는 보매, 네가 그런다는 것은 다른 뜻으로 그러는 것 같다."

"다른 뜻이라니요?"

"네 주인의 비위를 맞추고 이웃의 비위를 맞추고 하자고……."
"그야 물론이지요! 다이쇼의 신용을 받어야 하고, 이웃 내지인들하구도 좋게 지내야지요. 그래야 할 게 아니겠어요?"
"……."
"아저씨는 아직두 세상 물정을 모르시요. 나이는 나보담 많구 대학교 공부까지 했어도 일찌감치 고생살이를 한 나만큼 세상 물정은 모릅니다. 시방이 어느 세상인데 그러시우?"
"이 애?"
"네?"
"네가 방금 세상 물정이랬지?"
"네."
"앞길이 환하니 틔었다구 그랬지?"
"네."
"환갑까지 십만 원 모은다구 그랬지?"
"네."
"네가 말하려는 세상 물정하구 내가 말하려는 세상 물정하구 내용이 다르기도 하지만, 세상 물정이란 건 그야말로 그리 만만한 게 아니다."
"네?"
"사람이란 건 제아무리 날구 뛰어도 이 세상에 **형적** 없이 그러나 세차게 주욱 흘러가는 힘, 그게 말하자면 세상 물정이겠는데, 결국 그것의 지배하에서 그것을 따라가지 별수가 없는 거다."
"네?"
"쉽게 말하면 계획이나 기회를 아무리 억지루 만들어 놓아도 결과가 뜻대

형적(形跡/形迹) 사물의 형상과 자취를 아울러 이르는 말. 또는 남은 흔적.

루는 안 된단 말이다."

"젠장, 아저씨두…… 요전 《킹구》라는 잡지에두 보니까, 나뽀레옹이라는 서양 영웅이 그랬답디다. 기회는 제가 만든다구. 그리고 불가능이란 말은 바보의 사전에서나 찾을 글자라구요. 아 자꾸자꾸 계획하구 기회를 만들구 해서 분투 노력해 나가면 이 세상일 안 되는 일이 어디 있나요? 한 번 실패하거든 갑절 용기를 내 가지구 다시 일어서지요. 칠전팔기 모르시요?"

"나폴레옹도 세상 물정에 순응할 때는 성공했어도 그것에 거슬리다가 실패를 했더란다. 너는 칠전팔기해서 성공한 몇 사람만 보았지, 여덟 번 일어섰다가 아홉 번째 가서 영영 쓰러지구는 다시 일지 못한 숱한 사람이 있는 건 모르는구나?"

"그래두 인제 두구 보시우. 나는 천하없어두 성공하구 말 테니……. 아저씨는 그래서 더구나 못써요. 일 해보기두 전에 안 될 줄로 낙심 먼저 하구……."

"하늘은 꼭 올라가 보구래야만 높은 줄 아니?"

원 마지막 가서는 할 소리가 없으니깐 **동**에도 닿지 않는 비유를 가져다 둘러대는 걸 보아. 그게 어디 당한 말인구? 안 올라가 보면 뭐 하늘 높은 줄 모를 천하 멍텅구리도 있을까? 그만해 두려다가 심심하길래 또 말을 시켰지요.

"아저씨?"

"왜 그래?"

"아저씨는 인제 몸 다아 충실해지면 어떡허실려우?"

"무얼?"

"장차……."

"장차?"

동 사물과 사물을 잇는 마디. 또는 사물의 조리(條理).

"어떡허실 작정이세요?"

"작정이 새삼스럽게 무슨 작정이냐?"

"그럼 아저씨는 아무 작정 없이 살어가시우?"

"없기는?"

"있어요?"

"있잖구?"

"무언데요?"

"그새 지내 오던 대루……."

"그러면 저 거시키 무엇이냐, 도루 또 그걸……?"

"그렇겠지."

"아저씨?"

"……."

"아저씨?"

"왜 그래?"

"인젠 그만두시우."

"그만두라구?"

"네."

"누가 심심소일루 그러는 줄 아느냐?"

"그렇잖구요?"

"……."

"아저씨?"

"……."

"아저씨?"

"왜 그래?"

"아저씨 올에 몇이지요?"

"서른셋."

"그러니 인제는 그만큼 해 두고, 맘 잡어서 집안일 할 나이두 아니요?"

"집안일은 해서 무얼 하나?"

"그렇기루 들면 그 짓은 해서 또 무얼 하나요?"

"무얼 하려구 하는 게 아니란다."

"그럼, 아무 희망이나 목적이 없으면서 그래요?"

"목적? 희망?"

"네."

"개인의 목적이나 희망은 문제가 다르니까…… 문제가 안 되니까……."

"원, 그런 법도 있나요?"

"법?"

"그럼요!"

"법이라!……"

"아저씨?"

"……."

"아저씨?"

"왜 그래?"

"아주머니가 고맙잖습디까?"

"고맙지."

"불쌍하지요?"

"불쌍? 그렇지, 불쌍하다면 불쌍한 사람이지!"

"그런 줄은 아시느만?"

"알지."

"알면서 그러시우?"

"고생을 낙으로, 그 쓰라린 맛을 씹고 씹고 하면서 그것에서 단맛을 알어내는 사람도 있느니라. 사람도 있는 게 아니라. 사람마다 무슨 일에고 진정과 정신을 꼬박 거기다가만 쓰면 그렇게 되는 법이니라. 그러니까 그쯤 되면 그때는 고생이 낙이지. 너이 아주머니만 두고 보더래도 고생이 고생이면서 고생이 아니고 고생하는 게 낙이란다."

"그렇다고 아저씨는 그걸 다행히만 여기시우?"

"아니."

"그렇거들랑 아저씨두 아주머니한테 그 은공을 더러는 갚어야 옳을 게 아니요?"

"글쎄, 은공을 모르는 건 아니지만……."

"그러니 인제 병이나 확실히 다아 나신 뒤엘라컨……."

"바빠서 원……."

글쎄 이 한다는 소리 좀 보지요? 시치미 뚜욱 따고 누워서 바쁘다는군요!

사람 속 차릴 **여망** 없어요. 그저 어디로 대나 손톱만치도 쓸모는 없고 남한테 **사폐**만 끼치고, 세상에 해독만 끼칠 사람이니, 머 하루바삐 죽어야 해요. 죽어야 하고 또 죽어서 마땅해요. 그런데 글쎄 죽지를 않고 꼼지락꼼지락, 도로 살아나니 **성화**라고는, 내…….

여망(餘望) 아직 남은 희망.
사폐(事弊) 일의 폐단(어떤 일이나 행동에서 나타나는 옳지 못한 경향이나 해로운 현상).
성화(成火) 몹시 귀찮게 구는 일.

꺼삐딴 리

1_ 이 작품에 대한 설명으로 가장 적절한 것을 골라 봅시다.

① 사건이 시간 순서대로 서술되고 있다.

② 소설의 성격은 비판적·풍자적·냉소적이다.

③ 일제 강점기부터 해방 이후 남한을 배경으로 한다.

④ 갈등이 고조되었다가 해결이 되는 사건 중심의 소설이다.

⑤ 한 인물의 삶과 가치관을 1인칭 주인공 시점으로 서술하였다.

2_ 작품의 내용을 참고하여 다음 사건을 시간 순서대로 배열해 봅시다.

㉠ 수술을 마치고 나온 이인국이 청자를 싸들고 브라운 씨를 만나러 감.
㉡ 해방을 맞아 '친일파 타도' 벽보를 보며 불안해하던 중 춘석과 마주침.
㉢ 병보석으로 가석방되어 병원을 찾아온 사상범 환자 춘석을 내쫓음.
㉣ 진주하는 소련군을 보며 어수선한 해방 분위기에 불안해함.
㉤ '북한 소련 유학생 서독으로 탈출'이라는 기사를 보고 아들을 생각함.
㉥ 소련군 장교 스텐코프의 도움으로 아들을 소련으로 유학 보냄.
㉦ 청진기가 든 손가방 하나를 들고 월남함.
㉧ 민족 반역자로 처벌받기 직전 스텐코프의 혹을 떼 주고 신임을 얻음.
㉨ 미국 대사관 직원인 브라운 씨에게 미국에 가게 되었다는 말을 듣고 기뻐함.

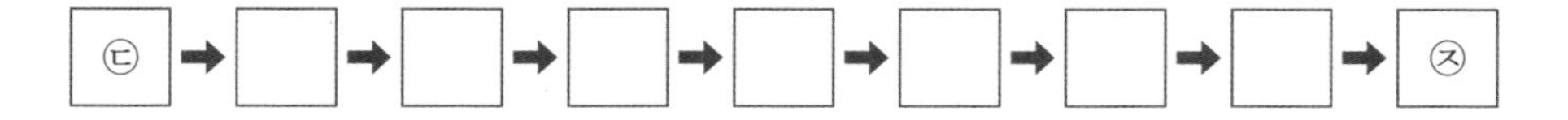

3_ 작품의 내용을 참고하여 이인국이 처음 온 환자를 진료할 때 가장 먼저 하는 일을 이유와 함께 써 봅시다.

• 가장 먼저 하는 일: ______________________________

• 이유: ______________________________

____

4_ 다음 제시문을 참고하여 '회중시계'가 이인국에게 어떤 의미를 지니며, 작품 속에서 어떤 역할을 하는지 써 봅시다.

> 이인국 박사는 양복 조끼 호주머니에서 십팔금 회중시계를 꺼내어 시간을 보았다.
>
> 2시 40분!
>
> 미국 대사관 브라운 씨와의 약속 시간은 이십 분밖에 남지 않았다. 이 시계에도 몇 가닥의 유서 깊은 이야기가 숨어 있다. 이인국 박사는 시계를 볼 때마다 참말 '기적'임에 틀림없었던 사태를 연상하게 된다.
>
> 왕진 가방과 함께 38선을 넘어온 피란 유물의 하나인 시계. 가방은 미군 의사에게서 얻은 새것으로 갈아 매어 흔적도 없게 된 지금, 시계는 목숨을 걸고 삶의 도피행을 같이한 유일품이요, 어찌 보면 인생의 반려(伴侶)이기도 한 것이다.

• 의미: ______________________________

____

• 역할: ______________________________

____

5_ 작품의 내용을 참고하여 이인국이 다음 제시문의 밑줄 친 ㉠과 ㉡처럼 행동한 이유를 각각 써 봅시다.

> '國語常用의 家(국어 상용의 가)'
> 해방되던 날 떼어서 집어넣어 둔 것을 그동안 깜박 잊고 있었다.
> 그는 액자 틀 뒤를 열어 음식점 면허장 같은 두터운 모조지를 빼내어 ㉠글자 한 자도 제대로 남지 않게 손끝에 힘을 주어 꼼꼼히 찢었다. (중략)
> 마누라의 솔선수범하는 내조지공도 컸지만 애들까지도 곧잘 지켜 주었기에 이 종잇장을 탄 것이 아니던가. ㉡그것을 탄 날은 온 집안이 무슨 큰 경사나 난 것처럼 기뻐들 했었다.

- ㉠: ____________________
- ㉡: ____________________

6_ 다음 제시문을 참고하여 이인국이 외국어 공부를 열심히 한 이유가 무엇일지 써 봅시다.

> 이인국 박사는 그때나 지금이나 자기의 처세 방법에 대하여 절대적인 자신을 가지고 있다.
> "얘, 너 그 노어(露語) 공부를 열심히 해라." / "왜요?"
> 아들은 갑자기 튀어나오는 아버지의 말에 의아를 느끼면서 반문했다.
> "야, 원식아, 별수 없다. 왜정 때는 그래도 일본 말이 출세를 하게 했고 이제는 노어가 또 판을 치지 않니. 고기가 물을 떠나서 살 수 없는 바에야 그 물속에서 살 방도를 궁리해야지. 아무튼 그 노서아 말 꾸준히 해라."

____

____

7_ 다음 제시문에 나타난 이인국의 가치관을 써 봅시다.

> '흥, 그 사마귀 같은 일본 놈들 틈에서도 살았고, 닥싸귀 같은 로스케 속에서도 살아났는데, 양키라고 다를까……. 혁명이 일겠으면 일구, 나라가 바뀌겠으면 바뀌구, 아직 이 이인국의 살 구멍은 막히지 않았다. 나보다 얼마든지 날뛰던 놈들도 있는데, 나쯤이야…….'

치숙

1_ 다음 제시문을 참고하여 이 작품의 시대적 배경을 구체적으로 써 봅시다.

> 내지 여자한테 장가만 드는 게 아니라 성명도 내지인 성명으로 갈고 집도 내지인 집에서 살고 옷도 내지 옷을 입고 밥도 내지식으로 먹고 아이들도 내지인 이름을 지어서 내지인 학교에 보내고……. / 내지인 학교라야지 죄선 학교는 너절해서 아이들 버려 놓기나 꼭 알맞지요. / 그리고 말도 죄선 말은 싹 걷어치우고 국어만 쓰고요. / 이렇게 다 생활 법식부터도 내지인처럼 해야만 돈도 내지인처럼 잘 모으게 되거든요.

2_ 이 작품의 서술상 특징으로 가장 적절한 것을 골라 봅시다.

① 비판의 방법이 직설적이고 직접적이다.
② 인물 간의 갈등이 고조되면서 사건의 전개가 긴박해진다.
③ 1인칭 관찰자 시점으로 이야기를 들려주듯 서술하고 있다.
④ 인물 간의 대화를 심리 묘사와 함께 섬세하게 서술하고 있다.
⑤ 인물 간의 논쟁 속에서 '나'의 아저씨에 대한 연민이 나타난다.

3_ 다음 제시문을 읽고 물음에 답해 봅시다.

> "다를 게 무어요? 경제는 돈 모으는 것이고, 그러니까 경제학이면 돈 모으는 학문이지요."
> "아니란다. 혹시 이재학(理財學)이라면 돈 모으는 학문이라고 해도 근리할지 모르지만 경제학은 그런 게 아니란다."
> "아니, 그렇다면 아저씨 대학교 잘못 다녔소. 경제 못하는 경제학 공부를 오 년이나 육 년이나 했으니 그게 무어란 말이요? 아저씨가 대학교까지 다니면서 경제 공부를 하구두 왜 돈을 못 모으나 했더니, 인제 보니깐 공부를 잘못해서 그랬군요!"
> "공부를 잘못했다? 허허. 그랬을는지도 모르겠다. 옳다, 네 말이 옳아!"
> 이거 봐요 글쎄. 단박 꼼짝 못하잖아. 암만 대학교를 다니고, 속에는 육조를 배포했어도 그렇다니깐 글쎄…….

(1) '아저씨'와의 논쟁에서 나타나는 '나'의 잘못된 태도를 쓰고, 이와 관련된 사자성어를 찾아 그 뜻과 함께 써 봅시다.

• '나'의 잘못된 태도: ______________________

____

• 관련 사자성어: ______________________

____

(2) '아저씨'의 의도를 생각하며 밑줄 친 부분의 의미를 써 봅시다.

____

____

4_ 다음 제시문에서 '나'가 가지고 있는 ㉠에 대해 구체적으로 쓰고, '아저씨'가 ㉡과 같이 말한 이유를 함께 써 봅시다.

> "날 같은 사람이 걱정이 무슨 걱정이냐? 나는 네가 걱정이더라."
> "나는 머 버젓하게 ㉠요량이 있는걸요."
> "어떻게?"
> "이만저만한가요!"
> 또 한바탕 주욱 설명을 했지요. 이야기를 다 듣더니 그 양반 한다는 소리 좀 보아요.
> "㉡너두 딱한 사람이다!"

• ㉠: ______________________________

____

• ㉡: ______________________________

____

5_ 작품 전문의 내용을 참고하여 다음 '아저씨'의 말에서 ㉠과 ㉡의 차이를 찾아 써 봅시다.

> "㉠네가 말하려는 세상 물정하구 ㉡내가 말하려는 세상 물정하구 내용이 다르기도 하지만, 세상 물정이란 건 그야말로 그리 만만한 게 아니다."

____

____

____

6_ 다음 제시문의 밑줄 친 단어가 가리키는 내용을 쓰고, 이에 대한 '나'와 '아저씨'의 태도를 써 봅시다.

> "그럼 아저씨는 아무 작정 없이 살어가시우?" / "없기는?"
> "있어요?" / "있잖구?"
> "무언데요?" / "그새 지내 오던 대루……."
> "그러면 저 거시키 무엇이냐, 도루 또 그걸……?" / "그렇겠지."

7_ '나'와 '아저씨'의 차이점을 다음 표로 정리해 봅시다.

나	구분	아저씨
보통학교도 제대로 못 마침.	학벌	대학에서 경제학을 공부함.
	직업	
	독서 취향	
	일제에 대한 태도	
	서로에 대한 생각	

1930년대 한국 소설의 흐름

흔히 소설은 현실의 반영이라고 합니다. 작가는 현실을 바탕으로 상상력을 발휘하여 소설을 쓰고, 독자는 소설을 통해 그 현실과 마주하게 되기 때문입니다. 그러한 면에서 1930년대부터 광복 전까지 우리 민족의 암흑기라 불리는 시기에 한국 문학이 더욱 풍성해지고 성숙해진 것은 그만큼 절박한 역사와 삶이 존재했다는 얘기겠지요.

일제는 1919년 3·1 운동과 1926년 6·10 만세 운동 등 우리 민족의 독립운동이 끊임없이 전개되자, 헌병의 무단 통치에서 문화 통치 및 민족 말살 정책 등 교묘하고 악랄한 통치로 변화를 꾀합니다. 특히 1930년대는 일제가 대륙 침략에 날뛰던 때여서, 사회 개혁의 의지를 가지고 저항하는 이들을 가만두지 않았습니다. 민족주의 세력과 사회주의 세력이 항일(抗日)을 위해 힘을 합친 신간회의 해체가 그 대표적인 예입니다.

당대 문단도 형편이 다르지 않아, 조선 총독부의 무자비한 검열, 그로 인한 삭제, 게재 금지 등에 시달렸습니다. 특히 **사회주의 리얼리즘**을 내걸고 활동했던 문인들이 두어 차례 잡혀가고 육체적·정신적 고문을 겪으며 전향(轉向)하는 일까지 생깁니다.

이후 작가들은 다양한 눈으로 현실을 바라봅니다. 이 시기 대표 작가인 이태준은 예술성을 중시하는 순수 문학으로 나아가, 〈복덕방〉, 〈돌다리〉 등을 통해 일제 근대화 과정에서 잃어버린 인간성을 아름다운 문장과 치밀한 구성으로 이야기합니다. 사회주의 리얼리즘에 동조했던 유진오, 이효석, 채만식 등은 지식인을 주인공으로 삼아 소시민의 세계를 보여 주거나 자연 등 원초적 세계를 서정적으로 그리거나 하며 각자의 길을 걸어갑니다. 특히 채만식은 1934년 〈레디메이드 인생〉을 시작으로 식민지 현실 비판을 우회적이고도 효과적으로 전달하는 풍자 문학으로 나아가죠. 가난과 기근에 찌든 1930년대 한국 농촌을 그린 박영준의 〈모범 경작생〉, 산촌 농민의 소박한 삶을 해학적으로 표현한 김유정의 〈동백꽃〉, 소시민의 삶을 관찰하여 쓴 박태원의 《천변풍경》 등등……. 일제의 탄압에도 불구하고 인간의 삶을 살피는 소설 본래의 길을 지켜 낸 소설가들과 그 작품들로 인해 우리 문학은 메마르지 않았고, 우리 것을 지켜 냄으로써 그 시대를 살았던 많은 사람들이 큰 위로를 받았습니다.

사회주의 리얼리즘(社會主義realism) 사회의 현실을 혁명적 발전의 움직임으로 인식하고 그것을 구체적으로 표현하고자 하는 문학 방법론.

Step_1 격변기 인물들의 선택

격변하는 시대의 역사적 사건이 인물들의 삶에 어떤 영향을 주었는지 생각해 봅시다.

가-1 그러나 그것보다도 더 마음에 켕기는 것이 있었다. 일본인 간부급들이 자기 집처럼 들락날락하는 이 병원에 이런 사상범을 입원시킨다는 것은 관선 시의원이라는 체면에서도 떳떳치 못할뿐더러, 자타가 공인하는 모범적인 황국 신민의 공든 탑이 하루아침에 무너지는 결과를 가져오는 것이라는 생각이 들었다.

순간 그는 이런 경우의 가부(可否) 결정에 일도양단하는 자기 식으로 찰나적인 단안을 내렸다. 그는 응급 치료만 하여 주고 입원실이 없다는 가장 떳떳하고도 정당한 구실로 애걸하는 환자를 돌려보냈다.

환자의 집이 병원에서 멀지 않은 건너편 골목 안에 있다는 것은 후에 간호원에게서 들었다. 그러나 그쯤은 예사로운 일이었기에 그는 그대로 아무렇지도 않게 흘려버렸다. (중략)

환자도 일본 말 모르는 축은 거의 오는 일이 없었지만 대외 관계는 물론 집 안에서도 일체 일본 말만을 써 왔다. 해방 뒤 부득이 써 오는 제 나라 말이 오히려 의사 표현에 어색함을 느낄 만큼 그에게는 거리가 먼 것이었다.

마누라의 솔선수범하는 내조지공도 컸지만 애들까지도 곧잘 지켜 주었기에 이 종잇장을 탄 것이 아니던가. 그것을 탄 날은 온 집안이 무슨 경사나 난 것처럼 기뻐들 했었다.

가-2 그는 환자의 치료를 하면서도 늘 스텐코프의 왼쪽 뺨에 붙은 오리알만 한 혹을 생각하고 있었다.

불구라면 불구로 볼 수 있는 그 혹을 가지고 고급 장교에까지 승진했다는 것은, 소위 말하는 당성이 강하거나 그렇지 않으면 전공이 특별했음에 틀림없다는 생각이 들었다.

그것 하나만 물고 늘어지면 무엇인가 완전히 살아날 틈새기가 생길 것만 같았다.

이인국 박사의 뜨내기 노어도 가끔 순시하는 스텐코프와 인사말을 주고받을 수 있을 정도로 진전되었다. (중략)

이인국 박사는 마치 생명의 열쇠나 되는 듯이 초보 노어 책을 거의 암송하다시피 했다.

가-3 그는 자기가 들고 온 상감 진사(象嵌辰砂) 고려청자 화병에 눈길을 돌렸다. 사실 그것을 내놓는 데는 얼마간의 아쉬움이 없지 않았다. 국외로 내보낸다는 자책감 같은 것은 아예 생각해 본 일이 없는 그였다.

차라리 이인국 박사에게는, 저렇게 많으니 무엇이 그리 소중하고 달갑게 여겨지겠느냐는 망설임이 더 앞섰다.

브라운 씨가 나오자 이인국 박사는 웃으며 선물을 내어놓았다. 포장을 풀고 난 브라운 씨는 만면에 미소를 띠며 기쁨을 참지 못하는 듯 '땡큐'를 거듭 부르짖었다.

"참 이거 귀중한 것입니다." (중략)

"그거, 국무성에서 통지 왔습니다."

이인국 박사는 뛸 듯이 기뻤으나 솟구치는 흥분을 억제하면서 천천히 손을 내밀어 악수를 청했다. (중략)

이인국 박사는 지성이면 감천이라고, 나의 처세법은 유에스에이에도 통하는구나 하는 기고만장(氣高萬丈)한 기분이었다.

청자 병을 몇 번이고 쓰다듬으면서 술잔을 거듭하는 브라운 씨도 몹시 즐거운 표정이었다.

"미국에 가서의 모든 일도 잘 부탁합니다."

"네, 염려 마십시오. 떠나실 때 소개장을 써 드리지요."

"감사합니다."

– 전광용, 〈꺼삐딴 리〉

나-1 그리고 내지 여자한테 장가만 드는 게 아니라 성명도 내지인 성명으로 갈고 집도 내지인 집에서 살고 옷도 내지 옷을 입고 밥도 내지식으로 먹고 아이들도 내지인 이름을 지어서 내지인 학교에 보내고…….

내지인 학교라야지 죄선 학교는 너절해서 아이들 버려 놓기나 꼭 알맞지요.

그리고 말도 죄선 말은 싹 걷어치우고 국어만 쓰고요.

이렇게 다 생활 법식부터도 내지인처럼 해야만 돈도 내지인처럼 잘 모으게 되거든요.

내 이상이며 계획은 이래서, 그 십만 원짜리 큰 부자가 바로 내다뵈고 그리로 난 길이 환하게 트이고 해서 나는 시방 열심으로 길을 가고 있는데, 글쎄 그 미쳐살미 든 놈들이 세상 망쳐 버릴 사회주의를 하려 드니, 내가 소름이 끼칠 게 아니라구요? 말만 들어도 끔찍하지!

나-2 “쉽게 말하면 계획이나 기회를 아무리 억지루 만들어 놓아도 결과가 뜻대루는 안 된단 말이다.”

“젠장, 아저씨두…… 요전 《킹구》라는 잡지에두 보니까, 나뽀레옹이라는 서양 영웅이 그랬답디다. 기회는 제가 만든다구. 그리고 불가능이란 말은 바보의 사전에서나 찾을 글자라구요. 아 자꾸자꾸 계획하구 기회를 만들구 해서 분투 노력해 나가면 이 세상일 안 되는 일이 어디 있나요? 한 번 실패하거든 갑절 용기를 내 가지구 다시 일어서지요. 칠전팔기 모르시요?”

“나폴레옹도 세상 물정에 순응할 때는 성공했어도 그것에 거슬리다가 실패를 했더란다. 너는 칠전팔기해서 성공한 몇 사람만 보았지, 여덟 번 일어섰다가 아홉 번째 가서 영영 쓰러지구는 다시 일지 못한 숱한 사람이 있는 건 모르는구나?”

“그래두 인제 두구 보시우. 나는 천하없어두 성공하구 말 테니……. 아저씨는 그래서 더구나 못써요. 일 해보기두 전에 안 될 줄로 낙심 먼저 하구…….”

“하늘은 꼭 올라가 보구래야만 높은 줄 아니?”

– 채만식, 〈치숙〉

다 일제 강점기 **토지 조사 사업** 이후 공장이 생기고 산업화가 시작되면서 농민과 노동자들이 조직한 단체 가운데 지주(地主)나 자본가 등 힘 있는 자들에 맞서 자신의 권리를 지키려는 단체가 많았다. 이들의 활동이 활발해지면서 농민·노동자 등 노동 계급의 해방과 민족의 독립을 동시에 추구하자는 사회주의 운동이 일어났다. 그 과정에서 사회주의자들은 조선 공산당을 조직하여 활동하였다. (중략)

1930년대 들어 사회주의 진영은 농민·노동자의 어려운 처지가 지주·자본가의 착취, 그리고 이를 옹호하는 일제의 수탈 정책에 근본적인 원인이 있다고 보고, 이에 맞서는 농민·노동 운동에 힘썼다. 이렇게 사회주의 운동과 연결된 농민·노동 운동은 ‘토지를 농민에게!’, ‘일본 제국주의 타도!’ 등을 외치며 격렬해졌고, 생존권을 요구하는 투쟁은 식민 통치에 저항하는 항일 투쟁으로 발전했다. 일제의 식민 통치하에 성장한 지주·자본가들이 많았던 만큼 이들 친일 반민족 행위자들에 대항한 농민·노동 운동은 계급 해방 운동이자 민족 독립 운동의 성격을 띨 수밖에 없었다.

• **토지 조사 사업**(土地調査事業) 일제가 우리나라의 토지를 빼앗기 위하여 벌인 대규모의 조사 사업. 1910년부터 준비하여 1912년에서 1918년까지 시행하였다.

1_ 작품 전문의 내용을 참고하여 제시문 **가**의 인물이 겪은 시대적 변화를 정리하고, 이에 어떻게 대응하였는지 함께 써 봅시다.

시대적 변화	인물의 대응
가-1 일제 강점기	
가-2 해방 직후	
가-3 6·25 전쟁 직후	

2_ 제시문 **나**의 인물 중에서 이인국과 유사한 태도를 취하는 인물을 찾고, 두 인물의 공통점과 차이점을 정리해 봅시다.

구분	이인국	**나**의 ( )
공통점	• 역사 인식이 부족함. • ______ •	
차이점	• 경성 제국 대학 의과대를 수석 졸업한 엘리트임. • 처음부터 상류 계층임. • 자신이 하는 행동이 옳은 일이 아니라는 것을 인지하고 있으나, 자기 합리화를 잘함.	• ______ ______ • ______ ______ • ______

3_ 제시문 **나**에 등장하는 '아저씨'가 사회주의 운동을 했던 이유가 무엇일지 제시문 **다**를 참고하여 유추해 봅시다.

______

______

______

4_ 다음 인물의 행적을 참고하여 제시문 **나**에 등장하는 '아저씨'의 한계점은 무엇인지 써 봅시다.

> 일제 강점기 **신민회** 간부, 대한민국 임시 정부 국무총리 등을 지낸 독립운동가 이동휘는 좌파 세력을 확장하기 위해 민족 진영의 인사까지 끌어들여 1920년 봄 공산주의자 그룹을 조직하였다. 그는 만주·간도 방면의 독립운동 무장단에도 일찌감치 관심을 가져서, 1920년 말에는 간도의 독립군이 일본에게 쫓겨 미산(Misan)을 거쳐 시베리아의 이만(Iman)으로 퇴각할 때 긴급 구호금으로 일만 원을 보냈다.
>
> 비록 한국의 공산주의 운동의 선구자로 활동하였으나, 그의 근본적인 사상에는 무엇보다 반일 민족 독립이 최우선에 놓여 있었다. 따라서 이동휘는 오직 반일 민족 독립운동의 숙원을 이루기 위한 한 방편으로서 소련 정부와 제휴한 민족주의적 혁명 운동가라고 할 수 있다. 그는 대한민국 임시 정부 국무총리를 그만둔 후 시베리아에서 독립운동가와 그 가족을 위한 후원금을 모금하다가 심한 독감에 걸려 사망했다.
>
> • **신민회** 1907년에 안창호가 국권 회복을 목적으로 조직한 항일 비밀 결사 단체.

〈치숙〉, 일제 강점기 지식인의 초상(肖像)

1938년 《동아일보》에 연재된 〈치숙〉에 등장하는 주요 인물 중 '아저씨'는 당대 지식인의 일면을 보여 줍니다. 식민지적 현실에 대한 비판 의식을 가지지 못한 채 개인적 안위만을 추구하는 '나'에 의해 무시당하는 '아저씨'. 비록 '나'의 조롱은 '나'의 무지와 교양 없음을 풍자하려는 작가의 의도이기는 하지만, '아저씨'에 대한 '나'의 지적에도 작가의 비판적 시선이 담겨 있습니다.

작품에 등장하는 '아저씨'는 잘못된 사회를 인식하고 이에 대한 개혁의 의지를 지녔다는 점에서 긍정적 인물이라 볼 수 있습니다. 하지만 현실적으로 무능력하고 아내에 대해 봉건적인 태도를 드러내는 등 진보적 지식인과는 모순된 모습도 보여 줍니다. 이는 독립운동이나 사회주의 운동을 지속하지 못한 채 생계조차 해결하지 못하는 상황에서 좌절과 실의에 빠졌던 당시 많은 지식인에 대한 작가의 자조적(自嘲的) 시선을 드러냅니다.

Step_2 작품에 담긴 작가의 의도

작품의 제목과 주인공 또는 서술자 설정을 통해 드러나는 작가의 의도를 알아봅시다.

가 완치되어 퇴원하는 날, 스텐코프는 이인국 박사의 손을 부서져라 쥐면서 외쳤다.

"꺼삐딴 리, 스바씨보."

이인국 박사는 입을 헤벌리고 웃기만 했다. 마음의 감옥에서 해방된 것만 같았다.

"아진, 아진…… 오첸 하라쇼."

스텐코프는 엄지손가락을 높이 들면서 네가 첫째라는 듯이 이인국 박사의 어깨를 치며 칭찬했다.

다음 날 스텐코프는 이인국 박사를 자기 방으로 불렀다. (중략)

"내일부터는 집에서 통근해도 좋소."

이인국 박사는 막혔던 둑이 터지는 것 같은 큰숨을 삼켜 가면서 내쉬었다.

– 전광용, 〈꺼삐딴 리〉

나 작품의 제목으로 사용된 '꺼삐딴'이란 말은 이인국의 됨됨이를 암시하기에 더할 나위 없이 적절해 보인다. 이 말은 '우두머리'나 '최고'를 의미하는 영어 캡틴(captain)의 노어식 발음 '까삐딴'이 **와전되어** 표기된 것이다. 아마도 이런 식의 와전된 표기는 일본식 영어 교육과 관련이 있어 보인다. 그러므로 '꺼삐딴'이란 말 속에는 최소한 세 가지 언어의 영향이 스며들어 있다. 그것은 영어도 러시아어도 일본어도 아니거나, 그 세 가지 언어가 섞여 기이한 형태의 한국어로 표기된 단어라 할 만하다. 말하자면 한국 문학사상 가장 기회주의적인 인물 이인국에게는 더없이 적당한 별명이라는 말이다. (중략)

작가의 시선은 객관적 관찰자 그 이상을 넘어서지 않는다. 풍자 문학에서 흔히 유도되기 마련인 웃음이 발생하지 않는 것도 그런 이유이다. 독자들은 한국 문학사상 가장 뻔뻔한 인물을 눈앞에 두고서도 웃을 수 없다. 〈꺼삐딴 리〉의 가장 특이하면서도 **심오한** 지점이 아마도 여기일 것이다. 따지고 보면 이인국은 '한국'이란 나라 그 자체가 아닌가. (중략)

이인국은 그러므로 풍자의 대상이지만 또한 우리들 자신이 속해 있는 사회의 비극적 과거를 그대로 살아 낸 인물이기도 하다. 이 작품을 읽고 나서 어떤 쓸쓸함이나 씁쓸함이 느껴진다면 그 이유 때문일 것이다.

– 우찬제·김형중, 《한국 문학의 가능성》

다 "저 위로는 제왕, 밑으로는 걸인, 그 모든 사람이 위선 시방 이 제도의 이 세상에서 말이다, 제가끔 제 분수대루 살어가는 데 있어서 말이다, 제 개성을 속여 가면서꺼정 생활에다가 아첨하는 것같이 더러운 것이 없고, 그런 사람같이 가련한 사람은 없느니라. 사람이란 건 밥 두 그릇이 하필 밥 한 그릇보다 더 배가 부른 건 아니니까." (중략)

"네가 일본인 여자와 결혼을 해서 성명까지 갈고 모든 생활 법도를 일본화하겠다는 것이 말이다." / "네, 그게 좋잖아요?"

"그것이 말이다, 진실로 깊은 교양이나 어진 지혜의 판단에서 우러나온 것이라면 그도 모를 노릇이겠지. 그렇지만 나는 보매, 네가 그런다는 것은 다른 뜻으로 그러는 것 같다." / "다른 뜻이라니요?"

"네 주인의 비위를 맞추고 이웃의 비위를 맞추고 하자고……."

"그야 물론이지요! 다이쇼의 신용을 받어야 하고, 이웃 내지인들하구도 좋게 지내야지요. 그래야 할 게 아니겠어요?"

– 채만식, 〈치숙〉

라 제목이 뜻하는 바와 같이 이 작품은 '부끄러운 아저씨'에 관한 이야기이다. 사회주의 운동을 하고서 감옥살이 5년 만에 풀려난 한 진보적 지식인에 관한 이야기를 그 조카가 시점 인물이 되어 전한다. 이 작품은 지식인의 삶에 대한 풍자로 가득 찬 이야기가 결국은 일상인('나')의 **전도된** 의식에 대한 **역비판**의 성격을 가진 것임을 암시한다. 그리고 현실에 대한 풍자의 강렬함과 그 미학적 실험성으로 말미암아 채만식 소설 중에서도 독특한 위치를 차지한다. 이때 풍자적 어조의 강렬함이란, 우선 이 작품이 현실에 대한 지식인의 날카로운 비판 의식을 담고 있다는 점으로 설명된다. (중략)

요컨대 지식인 현실의 폭로라는 **표면적** 주제에 가려진 이 작품의 본질적 주제는 일제 말기 '내선일체'라는 **이데올로기**의 순진성 혹은 환상의 폭로이다.

– 권영민, 《한국 현대 문학 대사전》

- **와전되다**(訛傳--) 사실과 다르게 전해지다.
- **심오하다**(深奧--) 사상이나 이론 따위가 깊이가 있고 오묘하다.
- **전도되다**(顚倒--) 차례, 위치, 이치, 가치관 따위가 뒤바뀌어 원래와 달리 거꾸로 되다.
- **역비판**(逆批判) 비판을 하는 대상에 대하여 비판받는 측에서 거꾸로 하는 비판.
- **표면적**(表面的) 겉으로 나타나거나 눈에 띄는. 또는 그런 것.
- **이데올로기**(Ideologie) 사회 집단에 있어서 사상, 행동, 생활 방법을 근본적으로 제약하고 있는 관념이나 신조의 체계.

1_ 제시문 **가**와 **나**를 참고하여 '꺼삐딴'의 뜻을 쓰고, '이인국'을 '꺼삐딴'이라 부르는 것이 적합한지 자신의 생각을 써 봅시다.

• 뜻: ______

• 나의 생각: '이인국'을 '꺼삐딴'이라 부르는 것이 (적합하다 / 적합하지 않다).

• 왜냐하면 ______

______

2_ 제시문 **다**와 **라**를 참고하여 '나'가 '아저씨'를 '치숙'이라 부르는 것이 적합한지 혹은 적합하지 않은지 골라 보고, 역사적 배경과 두 인물의 가치관을 고려하여 그 이유를 써 봅시다.

• '치숙'이라 부르는 것이 (적합하다 / 적합하지 않다).

• 그 이유는 ______

______

3_ '꺼삐딴 리'와 '치숙'이라는 제목의 표현법상 공통점과 그에 따른 효과를 써 봅시다.

• 공통점: ______

• 효과: ______

______

4_ 〈꺼삐딴 리〉에서 '이인국'을 주인공으로, 〈치숙〉에서 '나'를 서술자로 내세운 공통적인 이유가 무엇일지 유추하여 써 봅시다.

한걸음 더

긍정적 인물 vs 부정적 인물

소설 속 인물들은 대개 긍정적 인물과 부정적 인물로 구분됩니다.

〈꺼삐딴 리〉에서 주인공 '이인국'은 일본, 소련, 미국이 지배했던 격동의 시대를 거치며 끊임없이 변신해 생존했을 뿐 아니라 국가나 민족의 안녕과 무관하게 자신의 출세와 부를 추구해 온 자기 중심적이고 반민족적인 인물로 그려지고 있습니다. 또 〈치숙〉에서 서술자인 '나'는 일제에 불만이 많은 '아저씨'를 어리석다고 여기며 일제가 좋은 나머지 일본인의 생활 방식대로 온전히 살아갈 것을 희망하는 식민 통치 찬양자로 보여지고 있지요.

이렇듯 부정적 인물들이 소설의 전면(全面)에서 긍정적 인물들에 비해 뚜렷하게 드러나면서 마치 작가 자신의 의견을 같이하는 양 묘사되는 과정을 통해 작품은 반어적(反語的) 효과를 누리게 됩니다. 즉 실제와 반대되게 표현함으로써 부정적 인물의 면모가 더욱 강하게 드러나게 되지요.

한편 〈치숙〉의 '아저씨'처럼 작가가 내심 긍정적 인물로 여기는 쪽에 대해 부정적 인물의 입을 빌어 **희화적**으로 묘사하는 과정을 통해 이러한 반어적 효과는 더해집니다. 이때 긍정적 인물은 **전모**를 드러내지 않은 채 작가 자신의 생각이나 관념을 은연중에 전하는 대리자(代理者)로 역할합니다.

- **희화적**(戱化的) 익살맞고 우스꽝스러운 것.
- **전모**(全貌) 전체의 모습. 또는 전체의 내용.

Step_3 인물의 선택에 대한 평가

다음 모의재판을 통해 〈꺼삐딴 리〉의 이인국의 선택에 대해 평가해 봅시다.

- **기소 내용:** 이인국은 개인의 안위와 이익을 위해 민족의 위기를 등한시하였다.
- **진행 방법:** ① 재판장, 배심원, 검사, 변호사, 피고인, 서기의 역할을 정한다.
  ② 검사는 피고인을 심문할 내용을 정리하여 이를 발표하고 논고를 작성하여 죄를 입증한다.
  ③ 변호사는 변론기를 작성하여 피고인을 변호하는 변론을 한다.
  ④ 피고인은 최후 진술을 한다.
  ⑤ 재판장이 선고를 내린다.

가 일제는 제도적으로 한국인의 모습을 근본적으로 바꾸어 일본인으로 만들려는 정책을 실시하였다. 그 일환으로 1939년부터 이른바 '창씨개명'이라 하여 성과 이름을 일본식으로 만들어 등록하도록 강요하였는데, 이에 따르지 않으면 취학, 취업, 우편물 이용 등의 공공 생활을 규제하거나 신체적 학대를 가하기도 하였다.

다음으로 언어 차원의 민족 말살 정책을 실시하였다. **병탄** 이후 학교에서 한국인에게 일본어를 가르치더니 점차 강화하여 일본어 교과서를 사용하고, 한국어 교육을 폐지한 후 일본어만을 가르쳤다. (중략) 일반인에게도 한글을 가르치는 야학, 하계 활동 등을 통제하고 반대로 일본어 강습소를 전국에 설치하여 일본어를 가르쳤으며, 민간인의 민원 서류 등에도 모두 일본어를 사용하도록 강제하였다. 또한 한글로 된 신문 《동아일보》, 《조선일보》, 잡지 《신동아》의 간행을 폐지시키는 등 일본어 사용을 강요하였다.

당시 조선어 학회는 한글 교재를 편찬·발간하여 국어 교육에 힘쓰고 조선어 사전 편찬을 추진하다 일제에 체포·투옥된 후 강제로 해산되었다. 창씨개명이 한국인의 전통 및 제도의 말살이라면, 이는 민족혼이 깃든 민족 언어 말살로 한국인을 말살하려고 한 것이다.

나 해방 후 일제 강점기에 친일 행위를 행한 사람들을 청산하기 위해 두 차례에 걸쳐 법률을 만든 적이 있다. 처음은 미군정 시대인 1947년 7월에 과도 입법 의원(過渡立法議院)에서 내어놓은 '민족 반역자·부일(附日) 협력자·**간상배** 조사 위원회법'이었으나 군정의 반대로 시행되지 못했다. 두 번째는 정부 수립 후 1948년 9월 제헌 국회(制憲國會)에서 '반민족 행위 처벌법'을 만들어 거의 1년간 시행하였으나 결국 실패하고 말았다.

'반민족 행위 처벌법'은 다음과 같은 행위를 한 자를 친일파로 규정하였다. 첫째, 일본 정부와 **통모하여** 한일 합병에 적극 협력하였거나 한국의 주권을 침해하는 조약 또는 문서에 **조인하는** 자. 둘째, 일본 정부로부터 **작**을 받은 자 또는 일본 제국 의회 의원이 되었던 자. 셋째, 일본 치하에서 독립운동을 한 자나 그 가족을 악의로 살상·박해한 자 또는 이를 지휘한 자. 넷째, **습작한** 자, 중추원 부의원(府議院)의 고문 또는 참의(參議), 칙임관(勅任官) 이상의 관리, 일정(日政) 행위, 독립운동을 방해할 목적으로 단체를 조직했거나 그 단체의 간부된 자, 군 경찰의 관리로서 악질적인 자, 군수 공업을 경영한 자, 도·부의 자문 또는 결의 기관의 의원이 된 자 중에서 일제에 아부하여 **죄적**이 분명한 자, 관공리(官公吏)가 되었던 자로서 악질적인 죄적이 분명한 자, 일본 국책을 추진시킬 목적으로 설립된 각 단체 본부의 **수뇌** 간부로서 악질적인 자, 종교·사회·문화·경제 기타 각 분야에서 악질적인 언론 저작과 지도를 한 자, 일제에 대한 악질적인 아부로 민족에게 해(害)를 가한 자 등으로 규정하였다.

– 정치학 대사전 편찬 위원회, 《21세기 정치학 대사전》

다 독일은 제2차 세계 대전 이후 나치 협력자들을 발굴해 엄격한 조치를 취했다. 당시 존경받는 독일 철학가이자 지도급 인사였던 마르틴 하이데거(Martin Heidegger, 1889~1976)도 이로부터 자유롭지 못했다.

하이데거는 1933년 히틀러의 나치당에 들어가 이들의 활동을 미화했을 뿐 아니라 자신의 스승이자 은인이었던 에드문트 후설(Edmund Husserl, 1859~1938)을 유대인이라는 이유로 대학에서 쫓아내는 등 히틀러의 '지적(知的) 슈퍼맨'으로 활약했다. 그의 프라이부르크 대학교 총장 취임 때 '민족 사회주의 운동을 통해 독일 민족의 대지와 혈통을 가장 순수하게 보존할 수 있다.'는 내용의 연설은 그에 대한 선언과도 같았다. 이러한 그의 생각은 실현 여부와 상관없이 사회 지도층으로서 전체 독일 사회를 움직이는 힘을 가지게 되었고, 그의 나치 협력 행위는 부인(否認)할 수 없는 역사가 되었다.

종전 후 또 다른 독일의 철학자 위르겐 하버마스(Jürgen Habermas, 1929~)는 스승인 하이데거의 나치 협력을 비판하면서 "훗날 태어난 사람의 특권으로 말하는 것이 아니다."라고 말했다. 그리고 하이데거가 나치 정권의 몰락 후에도 자신의 정치적 오류를 인정하지 않고 오히려 운명의 문제로 돌리려 하는 데서 경악과 실망감을 감추지 못했다. 역사에 대한 성찰이 제대로 이루어져야만 똑같은 비극이 발생하지 않는다는 생각 때문이었다.

라 영화 〈암살〉에는 한때 독립운동가였지만 일제 경찰의 혹독한 고문을 당한 후 밀정이 된 '염석진'이라는 인물이 등장한다. 그는 "독립단도 결국 돈벌이다. 모두 도둑놈인데 왜 나한테만 그러느냐."라며 자신의 삶을 옹호했고, 영화의 결말부에서 반민족 행위 처벌법으로 법정에 섰을 땐 일제 군인들에 의한 총알 흉터를 내보이며 독립군 생활을 강조해 살아남았다. 결국 그의 뒤를 쫓던 독립운동가 '안윤옥'에 의해 죽임을 당하지만, "몰랐으니까! 해방될 줄 몰랐으니까!"라며 살아남기 위해 그랬다는 변명을 남긴다.

'안윤옥'을 신념으로 살아간 독립운동가로, '염석진'을 삶에 대한 끈끈한 애착으로 살아간 인물로 그려 냄으로써 동시대 대조적인 삶을 보여 주었던 〈암살〉. 어쩌면 염석진을 비롯한 영화 속 모든 이가 시대가 만든 인물이 아닐까 싶다. 밀정 육성을 핵심 전략으로 삼았던 일제 강점기에 목숨을 바쳐 싸웠던 독립군과는 반대로, 목숨을 보전하기 위해 그들을 팔아넘기고 독립 자금을 빼돌린 밀정들이 많았다는 역사적 기록은 '염석진'이 악역이긴 해도 가장 현실적인 인물이었다는 생각마저 들게 한다.

마 한국의 경우 헌법에 규정하고 있는 국가의 의무에는 다음과 같은 것들이 있다. ① 국가는 법률이 정하는 바에 의하여 재외 국민을 보호할 의무를 진다(2조 2항). ② 모든 국민은 인간으로서의 존엄과 가치를 가지며, 행복을 추구할 권리를 가진다. 국가는 개인이 가지는 **불가침**의 기본적 인권을 확인하고 이를 보장할 의무를 진다(10조). ③ 국가는 청원에 대하여 심사할 의무를 진다(26조 2항). ④ 국가는 사회 보장·사회 복지의 증진에 노력할 의무를 진다(34조 2항). ⑤ 국가는 노인과 청소년의 복지 향상을 위한 정책을 실시할 의무를 진다(34조 4항). ⑥ 국가는 지역 간의 균형 있는 발전을 위하여 지역 경제를 육성할 의무를 진다(123조 2항).

- **병탄**(竝呑/倂呑) 남의 재물이나 다른 나라의 영토를 한데 아울러서 제 것으로 만듦.
- **간상배**(奸商輩) 간사한 방법으로 부당한 이익을 보려는 장사치의 무리.
- **통모하다**(通謀--) 남몰래 서로 통하여 공모하다.
- **조인하다**(調印--) 서로 약속하여 만든 문서에 도장을 찍다.
- **작**(爵) 벼슬의 위계.
- **습작하다**(襲爵--) 작위를 물려받다.
- **죄적**(罪跡/罪迹) 죄를 저지른 증거가 되는 흔적.
- **수뇌**(首腦) 어떤 조직, 단체, 기관의 가장 중요한 자리의 인물.
- **불가침**(不可侵) 침범하여서는 안 됨.

때: 20(   )년 (   )월 (   )일

곳: 제1호 법정

등장인물: 재판장, 배심원, 검사, 변호사, 피고인, 서기

재판장: 지금부터 사건 번호 20211234에 대한 공판을 시작하겠습니다. 검사 측, 논거하세요.

검 사: 존경하는 재판장님. 피고인 이인국은 일제의 탄압과 수탈 속에서 우리 민족이 위기 상황에 처해 있었음에도 이를 철저히 외면하고 자신의 안위만을 생각했습니다.(제시문 **나**와 **다**를 참고하여 이인국을 처벌해야 하는 법적 근거를 따져 말할 수 있습니다.)

____

____

____

____

이에 본 검사는 반민족 행위 처벌법에 의거하여 피고인에게 (검사의 피고인의 죄에 대한 구형으로) ____________________(을/를) 요청하는 바입니다.

재판장: 변호사 측, 변론하세요.

변호사: 존경하는 재판장님. 일제 강점기 자신의 목숨조차 위협받을 수 있는 비극적인 상황에서 국가는 피고인 이인국을 보호해 줄 수 없었고, 이에 이인국은 어쩔 수 없는 선택을 한 것입니다.(제시문 **라**와 **마**를 참고하여 이인국은 우리의 비극적인 역사가 만들어 낸 인물임을 중심으로 변론할 수 있습니다.)

____

따라서 피고인 이인국에게 죄를 물을 수는 없습니다.

재판장: 검사 측, 피고인에게 질문하세요.

검　사: (본문에 나타난 이인국의 행적과 구체적 자료를 통해 피고인이 유죄라는 근거를 입증하는 질문을 합니다.)

재판장: 변호사 측, 피고인에게 질문하세요.

변호사: (본문에 나타난 이인국의 행적과 구체적 자료를 통해 피고인이 무죄라는 근거를 입증하는 질문을 합니다.)

재판장: 피고인, 최후 진술하세요.

피고인:

재판장: 검사 측, 최종 의견 진술하세요.

검사: (이인국이 개인의 안위와 이익을 위해 민족의 위기를 등한시한 반민족적 인물임을 통해 자신의 구형이 합당하다는 내용으로 최종 의견을 진술합니다.)

재판장: 변호사 측, 최종 변론하세요.

변호사: (이인국이 기회주의자·이기주의자이기는 하지만, 비극의 시대를 살았던 인물임을 고려하여 재판장의 선처를 바란다는 내용으로 최종 변론을 합니다.)

재판장: 사건번호 20211234에 대해 다음과 같이 선고합니다.(선고 내용을 먼저 말하고, 이에 대한 합당한 이유를 제시합니다.)

생각 펼치기

1_ 제시문 **가**를 바탕으로 〈꺼삐딴 리〉의 '이인국'과 제시문 **나**와 **다**의 인물들의 삶을 비교한 후 지식인으로서의 바람직한 삶의 자세에 대해 논술해 봅시다.

가 오늘날 정보 지식 산업이나 문화 산업이 급속하게 발달하면서 지식이나 문화가 높은 부가 가치를 띠는 상품이 되었다. 이에 따라 지식과 문화를 만들어 내는 지식인의 역할도 부각되고 있다. 지식인들은 단지 비판적인 사회 개혁 활동에 참여하는 것을 넘어서서, 거의 모든 산업 분야의 연구 활동을 이끌거나 지식 문화 상품을 생산하는 벤처 기업을 이끄는 등 그 역할이 확대되고 있다.

지식인의 사회적 역할과 관련한 논의는 단순하지 않다. 우선 가장 기본적인 견해로는 지식인이 기존 질서에 대한 비판자로서 역할을 해야 한다는 것이다. 지식인의 이러한 역할을 담아낸 용어가 '비판적 지식인'이다. 이와 비슷한 뜻으로 쓰이는 말에는 혁명적 지식인, 민중적 지식인, 저항적 지식인 그리고 러시아어인 **인텔리겐치아** 등이 있다. '비판적 지식인'이라는 말에는 어떤 시대이든지 지식인은 사회의 약자(弱者) 편에 서서 공평하고 공정한 질서의 재편(再編)을 추구할 책임이 있다는 의미가 담겨 있다. (중략)

'비판적 지식인'과 상반된 의미를 갖는 용어로는 '기능적 지식인'이 있다. '기능적 지식인'은 지식인의 비판적 기능과는 무관하게 자신의 연구 활동을 수행하는 사람들을 말한다. 그들은 연구자로서 학문적 목표를 설정하여 진리를 탐구하며, 후진 양성에 힘쓴다. 이에 대해 '비판적 지식인'은 '기능적 지식인'이 결과적으로 기존 질서 유지에 이바지한다고 비판한다.

나 조선의 명문가 자손이었던 이회영은 전 재산을 팔고 여섯 형제들과 함께 만주로 가서 삼원보(현 중국의 삼원포)에 독립군 양성을 위한 신흥 강습소를 세웠다. 독립군을 키우기 위한 교육 시설을 짓고 관리하는 동안 이회영 일가의 재산은 바닥이 났고, 일본의 만주 지역 독립운동 탄압이 시작되면서 1920년 결국 학교는 문을 닫았다. 약 십 년 동안 이 신흥 무관 학교에서 배출한 2,000여 명의 독립군들은 크고 작은 독립 전투에 참가하였고, 김좌진, 홍범도 등과 함께 많은 전투를 승리로 이끌었다.

이회영과 그 형제들이 독립운동 자금으로 내놓은 재산은 오늘날 약 600억 원에 달하는 큰돈이었다. 이 돈은 신흥 무관 학교 설립과 유지, 독립운동 지원 자금으로 모두 사용되었고, 이회영 가족들은 가난과 굶주림을 견디며 독립운동을 이어 갔다. 안타깝게도 1932년에 일본군에게 잡힌 이회영은 모진 고문을 당하다 세상을 떠났다.

다 장기려 박사는 경성 의학 전문학교에 입학하여 1932년에 수석으로 졸업하였다. 1938년 경성 의전 외과학 강사로 근무하다가, 경성 의전 입학 당시 돈이 없어서 의사의 진료를 받지 못하는 가난한 사람들을 돕는 의사가 되겠다던 하나님과의 약속을 지키기 위해 1940년 기독교 계열의 평양 기휼 병원 외과 과장으로 자리를 옮겼고, 그 해 구월 '충수염 및 충수 복막염의 세균학적 연구'로 의학 박사 학위를 취득하였다.

그는 1950년 6·25 전쟁으로 남하한 후 1951년 경남 구제 위원회의 전영창과 한상동 목사의 요청으로 부산 영도구 남항동에 위치한 제3교회에서 무료 진료 기관인 복음 병원을 설립하였다. 그리고 1976년까지 25년간을 복음 병원 원장으로 지내며 1968년에는 청십자 의료 보험 조합을 발족시키고 영세민들에게 의료 복지 혜택을 주기 위한 기틀을 마련하였으며, 1975년에는 의료 보험 조합 직영의 청십자 병원을 개설하였다.

그는 **산상 수훈**의 삶대로 살려고 노력하였으며 경성 의학 전문학교 입학 당시 하나님과의 약속을 평생 지키려고 노력한 진실한 크리스천이기도 했다.

- **인텔리겐치아**(intelligentsia) 지적 노동에 종사하는 사회 계층. 또는 지식이나 학문, 교양을 갖춘 사람. 본래는 제정 러시아 때에 혁명적 성향을 가진 지식인을 이르던 말이었다.
- **산상 수훈**(山上垂訓) 신약 성경에 실려 있는, 예수가 갈릴리 호숫가에 있는 산 위에서 그리스도 인으로서 갖추어야 할 덕에 관하여 행한 설교.

2_ 〈치숙〉 중 다음 내용을 '아저씨'로 서술자를 바꾸어 써 봅시다. 이 작품의 주제와 관련지어 내용이나 분위기가 어떻게 달라지는지 평가해 봅시다.

그날이 마침 내가 쉬는 날이길래 아주머니더러 할 이야기도 있고 해서 아침결에 좀 들렀더니, 아주머니는 남의 혼인집으로 바느질을 해 주러 갔다고 없고, 아저씨 양반만 여전히 아랫목에 가서 드러누웠어요.

그런데 보니깐, 어디서 모두 뒤져냈는지 머리맡에다가 헌 언문 잡지를 수북이 쌓아 놓고는 그걸 뒤져요.

그래 나도 심심 삼아 한 권 집어 들고 떠들어 보았더니, 머 읽을 맛이 나야지요.

대체 죄선 사람들은 잡지 하나를 해도 어찌 모두 그 꼬락서니로 해 놓는지.

사진도 없지요, 망가도 없지요.

그러고는 맨판 까탈스런 한문 글자로다가 처박아 놓으니 그걸 누구더러 보란 말인고?

더구나 우리 같은 놈은 언문도 그런대로 뜯어보기는 보아도 읽기에 여간만 페롭지가 않아요.

그러니 어려운 언문하고 까다로운 한문하고를 섞어서 쓴 글은 뜻을 몰라 못 보지요. 언문으로만 쓴 것은 소설 나부랭인데, 읽기가 힘이 들 뿐 아니라 또 죄선 사람이 쓴 소설이란 건 재미가 있어야죠. 나는 죄선 신문이나 죄선 잡지하고는 담쌓고 남된 지 오랜걸요.

잡지야 머 《킹구》나 《쇼넹구라부》 덮어 먹을 잡지가 있나요. 참 좋아요.

한문 글자마다 가나를 달아 놓았으니 어떤 대문을 척 펴 들어도 술술 내리읽고 뜻을 횅하니 알 수가 있지요.

그리고 어떤 대문을 읽어도 유익한 교훈이나 재미나는 소설이지요.

소설 참 재미있어요. 그중에도 기꾸지 캉 소설!…… 어쩌면 그렇게도 아기자기하고도 달콤하고도 재미가 있는지. 그리고 요시카와 에이지, 그이 소설은 진찐바라바라 하는 지다이모노인데 마구 어깻바람이 나구요.

소설이 모두 그렇게 재미가 있지요. 망가가 많지요. 사진이 많지요. 그러고도 값은 좀 헐하나요. 십오 전이면 바로 그 전달치를 사 볼 수 있고 보고 나서는 오 전에 도로 파는데요.

잡지도 기왕 하려거든 그렇게나 해야지, 죄선 사람들은 제엔장 큰소리는 곧잘 하더구먼서도, 잡지 하나 반반한 거 못 만들어 내니!

그날도 글쎄 잡지가 그 꼴이라, 아예 글은 볼 멋도 없고 해서 혹시 망가나 사진이라도 있을까 하고 책장을 후르르 넘기노라니깐 마침 아저씨 이름이 있겠나요! 하도 신통해서 쓰윽 펴 들고 보았더니 제목이 첫 줄은 경제…… 무엇 어쩌구 쇠눈깔씩만 한 글자로 박아 놓고 그 옆에다가는 사회…… 무엇 어쩌구 잔주를 달아 놨겠지요. (중략)

아무렇든 아저씨가 쓴 글이라는 게 신기해서 좀 보아 볼 양으로 쓰윽 훑어봤지요. 그러나 웬걸 읽어 먹을 재주가 있나요.

글자는 아주 어려운 자만 아니면 대강 알기는 알겠는데, 붙여 보아야 대체 무슨 뜻인지를 알 수가 있어야지요.

※ 다음 작품에 등장하는 '김 강사'와 'T 교수', 그리고 〈치숙〉의 '아저씨'를 당시 시대 상황을 고려하여 비교·분석해 봅시다.

김 강사와 T 교수 _유진오

1

문학사 김만필(金萬弼)은 동경 제국 대학 독일 문학과를 우수한 성적으로 졸업한 수재이며 학생 시대에는 한때 '문화 비판회'의 한 멤버로 적지 않은 단련의 경력을 가졌으며 또 학교를 졸업한 후에는 일 년 반 동안이나 실업자의 쓰라린 고통을 맛보아 왔지만 아직도 '도령님' 또는 '**책상물림**'의 티가 뚝뚝 듣는 그러한 지식 청년이었다.

S 전문학교 교문을 들어선 택시가 기운차게 큰 커브를 그려 육중한 본관 현관 앞에 우뚝 섰을 때에는 벌써 김만필의 가슴은 두근거리기 시작하였다. 오늘이 이학기 개학하는 날이라 학생들은 둘씩 셋씩 떼를 지어 웃고 떠들고 하면서 희희낙락하게 교문을 들어가고 있었다. 저 학생들— 저 다 큰 학생들을 앞에 놓고 내일부터 강의를 하는 것이로구나 하고 생각하니 몹시 기쁘기도 하나 **일변** 겁이 나서 가슴이 두근거리는 것이었다. 김만필은 세내 입은 **모닝**의 옷깃을 가다듬고 넥타이를 바로잡아 **위의**를 갖춘 후에 자동차를 내렸다. 그윽한 **나후다링** 냄새가 초가을 아침의 신선한 공기와 함께 새삼스레 코를 찔렀다. 그는 천천히 일 원짜리를 한 장 꺼내 주고 거스를 필요는 없다는 의미로 손짓을 하고 무거운 정문을 열고 들어갔다.

오늘은 김만필이 그의 **울울턴** 일 년 반 동안의 **룸펜** 생활을 청산하는 날이며, 새로이 이 전문학교의 선생으로—시간 강사로나마— 취임하는 날이며 또 이도 또한 이번에 새로 임명된 이 학교 교련 선생과 함께 취임식의 단 위에 오르는 날이었다. 그러므로 그가 기쁨에 가슴을 두근거리며 이 학교 교문을 들어선 것은 이상해할 일이 아닌 것이다.

현관을 들어서서 한참 어리둥절하다가 그는 겨우 **수부**에 가서 교장실이 어디냐고 물었다. 누구냐고 되묻는 것을 명함을 내주며 자기는 이번에 이 학교 독일어 선생으로 새로 임명된 사람이라고 대답하니 그제서야 사무원은 몸을 **납신하고** "아 그러셔요." 하면서 이

복도를 오른쪽으로 꺾어 바로 둘째 방이 교장실이라고 일러 주었다.

교장실은 넓고 화려하였다. 교장은 그 넓은 방 한복판에 커다란 테이블을 앞에 놓고 두툼한 회전의자 위에 버티고 앉아 있었다. 마치 김만필이가 들어오기를 기다리고 있었던 것이나 싶이. 이왕에 김만필은 교장을 그의 사택으로 찾아간 일이 사오 차나 있었지만 그때에는 김에게 대하는 태도가 몹시 친절한 데다가 교장의 생김생김이 쭈그렁 밤송이 같았으므로 마치 시골집 행랑아범이나 대하듯이 몹시 만만했는데 이날 아침 교장실에 와서 그는 교장이요 자기는 일개 시간 강사로서 마주 대하니 고개가 저절로 숙여지는 것을 어쩔 수 없었다. 거기다가 교장의 태도는 전과는 아주 딴판으로 독난 뱀 모가지같이 고개를 반짝 뒤로 젖히고 있어서 속심으로는 꼴 같지 않기 짝이 없었으나 큼직하게 유덕스레 생긴 사람보다도 도리어 더 무서웠다.

"어! 잘 오셨소. 자 이리 와 앉으시오."

교장은 목소리를 지어 가며 테이블 앞에 놓인 의자를 가리켰다. 말할 때에 그는 두 볼의 주름살 한 줄기 움직이지 아니하였다. 김만필은 몸이 오그라지는 것을 느끼며 황송해 의자에 앉았다.

"우리 학교에 이왕에 오신 일이 있던가요. 아마 처음이죠?"

"네, 처음입니다."

"어때요. 누추한 곳이라서……."

"천만에요. 정말 훌륭합니다."

김만필은 교장실 창에 반쯤 걷어 놓은 호화스런 커튼으로 눈을 옮기며 대답하였다. 커튼은 정말 훌륭하였다.

교장은 테이블 위에 놓인 종을 서너 번 울렸다. **급사**가 들어오나 했더니 옆방으로 통하는 문이 열리며 뚱뚱한 모닝을 입은 친구가 허리를 굽실굽실하며 들어왔다.

"여보게 그것 가져오게."

"핫."

뚱뚱한 친구는 교장의 말이 끝나기도 전에 허리를 굽실하고 도로 나갔다.

잠깐 있다가 그는 무슨 종잇조각을 들고 들어와 교장에게 전했다. 교장은 김만필에게,

"김만필 씨, 이것이 당신 **사령서**입니다. 자 이리 오시오."

김만필은 공손히 걸어가 사령서를 받아 들고 허리를 굽혔다.

"인젠 자네도……."

김만필이 허리도 채 펴기 전에 교장은 그의 머리 위에 대고 말을 퍼부었다.

"우리 학교의 한 직원이니까 우리 학교를 위해 전력을 다해 주게. 더구나 우리 학교에서 조선 사람을 교원으로 쓰는 것은 자네가 처음이니까 한층 더 주의하고 노력하도록 하게."

"핫."

김만필은 아까 그 뚱뚱한 친구가 하던 그대로 거의 반사적으로 허리를 굽히지 않을 수 없었다.

"에…… 그리고 김 군. T 군을 소개하지. 우리 학교의 교무 일을……."

교장이 말도 맺기 전에,

"내가 T올시다."

하며 뚱뚱한 친구는 몹시 친절하게 허리를 굽혔다. 김만필은 아까는 그를 경멸의 눈으로 보았지만 지금 그가 이 학교 교무를 보는 이인 줄을 알고 더구나 이렇게 공손하게 자기한테 하는 것을 보니 도리어 황송해서 그보다도 한층 더 허리를 굽혔다.

"자, 저 방으로 가서 기다립시다. 곧 식이 시작될 테니까. 이번에 새로 오게 된 교련 선생 A 소좌도 벌써 와 계십니다."

T 교수는 앞서서 김만필을 그 옆방 교무실로 안내하였다. 교무실에는 A 소좌가 긴 칼을 짚고 만들어 놓은 사람같이 단정하게 앉아 있었다. 모든 것이 김만필에게는 어째 꿈나라에나 온 것 같았다.

김만필과 A 소좌의 취임식은 개학식 끝에 간단하게 거행되었다. 위엄을 차리느라고 한층 더 눈에 살기를 띤 교장이 먼저 단 위에 올라가 김만필을 동경 제국 대학 출신의 보기 드문 수재라고 소개하고 이어 이번에 새로 교련을 맡아보게 된 A 소좌는 그의 경력과 인물에 대해 자기로서 감히 어떻다고 말할 생각도 없으며 다만 이번에 특히 그의 분주한 사무의 틈을 타 우리 학교 일을 보아주게 된 데 대하여 감사의 말을 드릴 뿐이라는 인사를 한 후에 김만필과 A 소좌는 동시에 단 위로 올라갔다. 얼굴이 창백하고 몸이 가는 김만필이 앞서서 나후다링 냄새를 피우며 층대를 올라가고 바로 그 뒤에 검붉은 햇볕에 탄 얼굴과 강철 같은 체격에 나이도 김만필의 **존장**뻘이나 됨 직한 A 소좌가 가슴에 훈장을 빛내며 유유히 따랐다. 강당 안에 가득 찬 학생들은 이 진기한 행진에 거의 무의식적으로 웃음을 터뜨릴 뻔하였으나 "기오쓰껫(차려)." 하는 체조 선생의 **일갈**로 겨우 참았다. 김만필과 A 소좌가 나란히 단 위에 서자 체조 교사는 다시 "게레잇(경례)." 하고 외쳤다. 동시에 수백 명 검은 머리가 일제히 숙였다.

생각하면 S 전문학교의 신임 교원 취임식이 이렇게 장엄할 줄이야 미리부터 모를 바 아니었지만 막상 눈앞에 대하고 보니 김만필은 기가 막혀 정신을 차릴 수 없었다. 자기는 무엇으로 수백 명 학생의 경례를 받을 가치가 있는가. 김만필은 예를 받고 섰는 그 짧은 동안에 착잡된 모순의 감정으로 그의 과거와 현재를 생각하였다. 대학 시대의 문화 비판회의 한 멤버이었던 일, 졸업하자 '취직'을 위해 일상 속으로 멸시하던 N 교수를 찾아갔던 일, N 교수로부터 경성의 어떤 **유력한** 방면으로 소개장을 받던 일, 그리고 서울로 돌아온 후 수차 《조선일보》, 《동아일보》 등에 독일의 **좌익 문학** 운동을 소개하던 일, 그리고 H 과장의 소개로 작년 가을에 이 S 전문학교 교장을 찾던 일……. 이 모든 기억은 하나도 모순의 감정 없이 생각할 수 없는 것이었다. 인생의 모순의 축도를 자기 자신이 몸소 보이고 있는 것같이 생각되었다. 지식 계급이란 것은 이 사회에서는 이중 삼중 사중 아니 칠중 팔중 구중의 **중첩된** 인격을 갖도록 강제되는 것이다. 어떤 자는 그 수많은 인격 중에서 자기의 정말 인격을 명확하게 쥐고 있다. 그러나 어떤 자는 자기 자신의 그 수많은 인격에 **현황해** 끝끝내는 어떤 것이 정말 자기의 인격인지도 모르게 되는 것이다. 그러면 지금 자기는 이 두 가지 중의 어느 것인가?

이 모든 생각이 김만필의 머리를 번개같이 지났다. 그는 학생들이 경례하고 있는 그 짧은 시간이 지긋지긋하고 지리하게 생각되었다. 어째 눈이 핑핑 도는 것 같고 다리가 떨리는 것 같았다.

식이 끝나고 강당을 나올 때 T 교수는 친절히 김만필—아니 김 강사의 옆으로 오며,

"긴상, 몹시 몸이 약하시구먼. 얼굴빛이 대단히 좋지 않은데요. 어디 괴로우십니까?"

하고 물었다.

"아뇨, 별로 몸에 고장은 없습니다마는……."

김 강사는 등에 식은땀이 흐른 것을 느끼며 답답하였다.

2

김만필은 생전 처음 서는 교단이라 실수를 하지 않으려고 그날 밤은 늦도록 공부하였다. 학생들의 독일어는 거의 '아—, 베—, 체—'부터 가르치는 것이나 다름없는 것이었지만 그래도 실수가 있을까 봐 '아—, 베—, 체—' 하고 발음 연습까지 해보았다.

아침의 교원실은 요란스럽기 짝이 없었다. 선생님들은 기운찬 소리로 의미 없는 회화를 껄껄거리며 끝없이 계속하였다. 김 강사는 원래가 말이 적은 데다가 **신마이**고 보니 어디 가 말 한마디 붙여 볼 용기가 없었다. 교원실의 그 소동을 피해 신문실로 들어가 새로 온 독일의 그림 신문을 펴 들고 있노라니 문이 열리며 T 교수의 벙글하는 친절한 얼굴이 나타났다.

"어— 여기 와 계셨습니까. 신진 학자는 다르시군."

김 강사는 의미 없이 얼굴을 붉히며,

"어떠십니까. 오늘은 매우 산들산들합니다."

하고 인사에 궁했다.

T 교수는 신문실로 들어와 김 강사 옆에 와 앉으며,

"바로 이번 첫째 시간이 당신 시간이지요?"

"네."

"허……. 무어, 어련허실 거 아니지만 그래두 당신은 교단에 서시는 것이 처음이 되니까. 더구나 우리 학교로 말하면 학생이 섞여 있으니까 한층 더 해 나가기가 어렵습니다. 그리고 학생들의 버릇이란 처음 오는 선생, 더군다나 당신같이 젊은 선생에게는 쓸데없는 질문을 자꾸 해 괴롭게 굽니다. 나도 역시 그전에 당한 일입니다만 말하자면 학생이 선생을 시험하는 게랄까요. 이 시험에 급제를 해야만 학생들을 다스려 나가지 만일 떨어지는 날이면 뒤가 몹시 괴롭습니다. 허…… 어허……."

T 교수는 말을 끝내고 호걸 같은 웃음을 폭발시켰다. 그러나 김 강사는 T 교수의 친절을 감사하지 않을 수 없었다. 그런 일쯤이야 자기도 미리 짐작하고 있었던 바이지만 아무도 자기한테 좋은 말을 해 주는 사람이 없는 이때에 일부러 자기를 찾아와 이런 귀띔을 해 주는 것이 몹시 고마웠다.

T 교수는 몇 마디 잡담을 더 하고 곧 일어나 나갔다. 뚱뚱한 몸을 흔들흔들하며 나가는 뒷모양이 김 강사에게는 몹시 믿음직해 보였다. 사실을 말하면 김 강사는 과거에 문화 비판 회원이었던 것이 선생으로서는 '정강이의 흠집'인 데다가 이 학교를 오게 된 것도 초빙을 받아서 온 것이 아니라 이 학교 교장이 H 과장 밑에서 꼼짝을 못하는 관계로 또 H 과장은 보통 사제 이상으로 무슨 특별한 관계가 있는 동경 제대 N 교수에 대한 의리로, 이렇게 어쩔 수 없는 관계 때문에 어쩔 수 없이 김만필에게 일주일에 네 시간의 강사의 자리가 차례가 온 것이었으므로 김만필은 이 학교 안에 우선 교장을 **필두**로 자기를 환치 않

는 공기가 있을 것을 예기하고 있었다. 교장은 정말로 김 강사가 싫어서 그러는 것인지 또는 그의 **오종종한** 성미 때문에 그렇게 보이는 것인지는 알 수 없으나 어쨌든 그를 별로 환영하지 않는 듯하지만 그것이 도리어 당연한 일이요, T 교수같이 친절하게 구는 것은 예기치 못하던 바이다.

학생들은 예상보다 얌전들 하다. 김 강사는 교수의 말도 있고 해서 몹시 경계하였으나 아무 일도 없었다. 질문이 있을 때마다 김 강사는 이키 인제 왔구나 하며 원수나 만난 듯이 준비를 차렸지만 일부러 선생을 골탕 먹이기 위한 질문은 하나도 없었다. 도리어 새로 온 젊은 선생에 대한 호기심으로부터 오는 동정의 빛이 보였다.

시간을 끝내고 교원실로 돌아오자 T 교수는 친절하게도 또 찾아와서 처음 서는 교단의 감상이 어떠냐고 물었다.

"감상이 무어 별거 있습니까. 학생들은 생각던 이보다 얌전하더구먼요."

김 강사는 학생들이 처음 온 선생에 대해 으레 해 본다는 그 시험에 자기가 합격이나 한 듯이 약간 **득의**의 웃음을 띠며 대답하였다.

"그렇지만 긴상, 얌전한 것은 표면뿐입니다. 별별 고약한 놈이 다 있으니까요. 미리 주의해 드립니다마는……."

하면서 T 교수는 학교 수첩—학생들이 엠마 엠쬬라 부르는 것—을 꺼내 김 강사 앞에 놓고 연필 끝으로 죽 훑어 내려가다가,

"우선 이 스스끼란 놈만 해도 웬 고약한 놈입니다. 학교는 결석만 하고 모처럼 출석하면 선생한테 시비나 걸려 덤비고 교실에서는 장난이나 치고, 그리구 게다가 품행이 좋지 못해 여학생한테 편지질하기가 일쑤입니다. 스스끼뿐입니까, 옳지, 이놈 이 야마다란 놈도 그보다 더함 더했지 덜하진 않는 놈, 또 이 김홍규란 놈도, 옳지, 또 이 가도란 놈도. 도대체 이 반은 **급장**부터 맘에 안 듭니다. 학교 성적은 좋지만 성질이 못되어서……."

김만필은 T 교수의 의외의 열변에 기가 막혀 가만히 그의 얼굴을 치어다보았다. 그의 눈은 충심으로부터의 미움에 타고 있었다. 신참자인 김 강사에게 들려주는 친절한 조언으로서는 좀 정도가 지나치다고 생각되리만치.

"허지만……."

하고 김 강사는 T 교수의 얼굴빛을 보아 가며 가만히 자기의 의견을 끼웠다.

"우리는 학생을 대할 때 좀 더 **허심탄회한** 마음으로 대하여야 할 것이 아닌가요."

"허……."

하고 T 교수는 조금 체면이 안된 듯이,

"그야 물론 그렇지요. 하지만 학생들이 선생들의 그 친절을 받아 주지 않는데야 어떡하오. 당신도 이제 좀 치여나 보시면 차차 내 생각에 가까워지십니다. 두고 보시오."

T 교수는 마침 급사가 찾아왔으므로 그대로 교무계로 가 버렸다. 그러나 김 강사는 몹시 우울하였다. T 교수가 인격상 결점이 있는 것인가. 또는 자기가 아직 책상물림에 지나지 않는 것인가? 그러나 어쨌든 김 강사에게는 T 교수에게 몹시 탈을 잡히던 스스끼라는 학생이 도리어 흥미가 있었다.

3

며칠 지난 후, 토요일 밤이었다. 김만필은 오래 찾아보지도 못한 H 과장에게 치하의 인사를 하러 찾아갔다. H 과장이 교장에게 억지로 떼를 쓴 것이 아니었다면 김만필은 도저히 S 전문학교에 자리를 얻을 수 없었을 것이다. H 과장은 조선에 와 있는 관리로서는 퍽이나 평민적인 친절한 신사였다.

H 과장의 집은 북악산 및 관사촌의 북쪽 끝으로 있었다. 저녁 후의 고요한 관사촌은 김만필의 발자국 소리에 놀란 셰퍼드인지 무서운 개들의 짖는 소리로 몹시 요란스러웠다. 김만필이 H 과장 집으로 들어가는 골목을 돌려는 순간 등 뒤에서 다른 사람의 발자국 소리가 들렸다. 고개를 휙 돌리자 바로 등 뒤에까지 온 그 사람의 얼굴과 거의 마주칠 뻔하였다.

"어!"

"어! 이거 누구시오."

두 사람은 거의 동시에 입을 열었다. 뒤에 온 것은 무슨 보퉁이를 낀 T 교수였다.

"얏데루나(할 짓은 다하는구먼)."

T 교수는 김만필의 어깨를 툭 치며 비밀을 서로 통한 사람들끼리만이 서로 주고받는 그러한 미소를 띠었다. 그 미소의 의미는 김만필도 단번에 알 수 있었다.

"베쓰니 얏데루 와께데모 아리마셍가(별로 무슨 짓을 하는 것도 아닙니다만)."

"흥, 당신도 나는 책상물림으로만 알았더니 상당하구먼."

T 교수는 여전히 그 미소를 띠고 있었다.

"하긴 당신도 아시겠지만 나는 H 과장의 힘으로 이번에 취직이 된 것이니까요. H 과장은 나의 은인이니까요."

"그야 물론 그렇지. 그렇구말구. 나는 H 과장하고 고향이 한곳이라오."

"네, 그러세요."

김만필은 더 할 말이 없었다.

T 교수는 잠깐 무슨 생각을 하더니 별안간 H 과장 집 부엌으로 들어가는 문을 열며 김만필을 보고,

"잠깐만 거기서 기다려 주시오. 우리 같이 들어갑시다."

"무어요?"

"허……. 이거 왜 이러슈. 세상이란 다 이런 게 아니우?" 하며 T 교수는 손에 들었던 물건을 한 번 번쩍 쳐들어 보이고 부엌문으로 사라졌다.

김만필은 T 교수가 가지고 들어간 것이 무엇인지를 깨달았다. 이 꼴을 한 번 학생들에게 보여 주었으면 하고 생각하니 김만필의 마음은 몹시 우울하였다.

부엌 속에서 하녀하고 무엇인지 쏘곤쏘곤하는 소리가 들리더니 곧 T 교수는 도로 나왔다. 이번에는 들어갈 때와는 달리 몹시 위엄 있는 태도를 회복하고 있었다.

"기두르셨지요."

그는 김만필에게 간단히 말하고는 잠자코 앞서가서 정면 현관의 초인종을 눌렀다.

그날 밤 H 과장 집에서 나온 후 T 교수는 자꾸 어디든지 잠깐 차라도 마시러 같이 가자고 졸랐다. 김만필은 그것을 감사하게는 여길망정 거절할 이유는 없었으므로 그를 따라갔다.

두 사람은 세르팡이라는 찻집으로 갔다. 이 집은 김만필도 몇 번 간 일이 있었으나 T 교수는 매우 친히 아는 것 같았다. 카운터에 앉은 **매몰스럽게** 된 여자가 T 교수가 문을 들어서자마자,

"아라 센세. 이랏샤이마세. 스이붕 오히사시부리네(아 선생. 어서 오시오. 퍽 오랜만이네요)." 하고 정떨어지게 외쳤다. 무슨 의미인지 T 교수는 입에다 손가락을 대고 쉬쉬 하면서, 그러나 벙글벙글 웃으면서 구석 테이블을 차지하였다.

"홍차 둘. 위스키를 타 다구."

T 교수는 뽀이에게 주문을 하고 김만필을 보며,

"긴상, 어떠슈, 술을 잘하신다지요."

"천만에요. 조금만 먹으면 빨갛게 올라서……."

"이거 왜 이러슈. 소문 다 듣고 앉았는데, 허……. 어허……."

T 교수는 의미 모를 너털웃음을 크게 웃고 나서,

"긴상. 긴상 일은 내 다 잘 알고 있지요. 벌써 작년에 H 과장께 당신 말을 들었어요. 사실은……. 이거 무어 내가 **공치사하는** 게 아니라 당신을 교장에게 추천한 것도 실상은 내가 한 것이지요. 허…… 어……."

김만필은 T 교수의 **후림대**와 너털웃음에 몹시 야비한 느낌을 받았으나 하여간 고개를 숙여 그에게 감사의 표정을 아니할 수 없었다. T 교수가 무엇 때문에 자기를 추천한 것인지는 알 수 없으나 적어도 H 과장의 명령을 교장에게 전하는 일만은 하였음 직한 일이었다.

T 교수는 차를 한숨에 마시고 이번에는 알짜 위스키를 청하며,

"당신은 나를 모르셨겠지만 나는 당신을 이왕부터 잘 알고 있었습니다. 사실은 저 작년부터 나는 조선말을 공부하느라고요."

김만필은 T 교수가 하는 말을 알아들을 수가 없었다. T 교수가 배우는 조선말과 김만필과의 사이에 무슨 연락이 있단 말인가? T 교수가 이 말을 하는 것은 김만필에게 친밀의 감정을 표시하기 위한 것 같았으나 김만필은 무슨 말이 또 나올는지 몰라 슬그머니 겁이 나는 것이었다.

"……조선말을 배우느라고 신문에 나는 소설과 논문을 학생더러 통역해 달래며 읽었는데 우연히 당신이 쓰신 '독일 신흥 작가 군상(群像)'이란 논문을 읽었어요. 정말 **경복하였습니다.** 독일 문학에 대해 당신만침 연구와 이해가 깊은 이는 온 일본 안에도 적을 것입니다. 그래서 나는 H 과장 집에서 당신 이야기가 났을 때 그런 분을 우리 학교에 맞았으면 얼마나 좋을 것인가 하고 속으로 대단 바랐던 것입니다. 허허허 좋은 일입니다. 앞으로도 많이 써 주십시오."

김만필은 상처나 다친 듯이 속이 뜨끔하였다. 도대체 이런 말을 하는 T 교수의 내심을 알 수 없었던 것이다. 작년 겨울에 《조선일보》에 연재하던 '독일 신흥 작가 군상'이란 논문은 몇 푼 안 되는 원고료를 목표로 총총히 쓴 것에 지나지 않으며 더구나 그 논문의 내용은 독일 좌익 작가의 활동을 소개한 것이므로 지금 그런 종류의 일은 그의 S 전문학교에서의 지위를 위해서는 절대로 비밀에 붙여야 할 것이었다. 그러므로 이러한 비밀을 T 교

수가 일부러 쳐들어 칭찬하는 것은 칭찬이라느니보다는 도리어 위협으로 들렸다. 도대체 T 교수는 무슨 까닭으로 김만필에게 친절을 억지로 보이려는 것일까 모를 일이었다.

세르팡을 나왔을 때에는 둘이 다 얼근히 취하고 시간도 열한 시가 지났었다. 그러나 T 교수는 어디든 한 군데 더 다녀가자고 놓지 않았다. T 교수는 몹시 명랑한 태도로 앞장을 서서 〈**바흐트 암 라인**〉을 콧노래로 부르며 **아사히마치** 어느 뒷골목 깨끗하게 차린 오뎅집 **노렝**을 젖히고 안으로 들어갔다. 여기에도 그는 가끔 오는 눈치인 것이 삼십이 넘을락 말락 한 게이샤(기생) 퇴물인 듯싶은 여자가 아까 세르팡의 마담이 외치던 것과 똑같은 소리로 외치는 것으로 알 수 있었다. 다만 '센세'를 '센세이'라고 발음하는 것만이 달랐다.

김만필과 T 교수가 그 오뎅집을 나왔을 때에는 둘이 다 비틀걸음을 쳤다. 삼월 백화점 앞에 와서 T 교수는 **단장**을 들어 지나가는 택시를 불렀다. 걸어가겠으니 택시는 일없다고 김만필이 사양하니까 전차도 끊어졌는데 여기서 동소문 안까지 어떻게 걸어가느냐, 당신 집이 우리 집에서 가깝지 않느냐라고 T 교수는 말했다.

"아니 우리 집은 어떻게 아십니까?"

김만필은 너무나 의외여서 물었다.

"아다마다요. 더러 댁 문 앞으로 지나다니는걸요. 긴상 문패가 붙었기에 그저 그런가 했지요. 우리 집은 긴상 댁에서 바로 거깁니다. 그 저 C 씨의 커다란 **문화 주택**이 있지 않습니까. 바로 그 밑입니다. 인제 자주 놀러 오세요."

"네, 놀러 가지요."

하고 김만필은 대답했으나 속심으로는 결단코 T 교수를 찾아가지 아니 하리라고 생각하였다. 어째서 그는 탐정견같이 모든 것을 다 알고 있는 것일까? 그와 교제를 계속하면 할수록 자기는 손해만 볼 것같이 생각되었다.

자동차가 **박석고개**를 전속력으로 넘어갈 때 T 교수는 김만필의 귀에다 대고,

"인제 차차 아시겠지만 우리 학교 안에도 여러 가지 세력이 있어 대단 시끄럽습니다. 긴상도 주의하시오. 그리고 C 군에게도 주의하시오."

하고 수수께끼 같은 말을 속삭였다. C라는 사람은 지난봄부터 S 전문학교의 독일어 강사로 있는 사람이었다. 인물이 심술궂게 된 데다가 김만필과 같은 독일어 선생이므로 어찌 생각하면 경쟁자의 입장에 있는 듯도 하나 C의 우월한 지위는 도저히 김만필의 대적이 아니었으며 또 김만필은 일주일에 네 시간이든 한 시간이든 시간을 얻은 것만 고마웠지 그것을 오래 하리라 또는 좀 더 얻어 보리라는 욕심도 없었던 것이다.

김만필이 무슨 영문을 모르고 대답을 못하고 있노라니까 T 교수는 별안간 껄껄 웃으며,
"아니 무어 별로 마음에 새겨들을 것은 없습니다. 그저 그렇단 말이지요."
"그렇습니까."
김만필은 고개를 끄덕이며 동떨어진 대답을 하였다. 무슨 무서운 악몽에 붙들린 것 같아서 **일각**이라도 빨리 T 교수의 옆을 떠나고 싶었다.

4

S 전문학교에 김만필은 일주일에 이틀밖에 출근하지 않았다. 그러나 그 이틀이 김 강사에게는 여간 큰 부담이 아니었다. 첫째로 그 쭈그렁 밤송이— 외양도 맘씨도 쭈그렁 밤송이 같은 교장을 생각하면 당초에 정이 뚝 떨어졌다. 교무계에를 가면 T 교수가 너털웃음을 치며 친절스레 말을 거는 것이 무서웠고, 교원실에를 가면 모두가 제 잘났다고 김 강사 같은 것은 외쪽 눈으로 거들떠도 안 보는 데다가 언젠가 T 교수가 주의하라고 말하던 C 강사의 그 심술궂게 생긴 낯짝도 보기가 싫었다. 하루 이틀 지나가는 동안에 김 강사는 학교에 나가도 교장실에도 교무계에도 들르지 않고 교원실에 모자를 벗어 걸고는 바로 신문사로 들어가 독일서 온 신문, 잡지를 펴 들고 종칠 때를 기다리는 것이 습관이 되었다.
교실에서는 언젠가 T 교수가 귀띔해 주던 스스끼라는 학생에게 특별히 주의를 했으나 별로 시비를 걸려는 눈치도 안 보이고 평범하게 착실히 공부하는 모양이었다. 가끔 **역독**을 시켜 보아도 번번이 예습을 해 온 것이었다.
시월 하순의 어느 일요일, 아침 후 김만필이 자기 집에서 새로 도착한 《**룬트샤우**》를 펴 들고 있노라니까 마당에서 '긴 센세이'를 찾는 소리가 들렸다. 문을 열고 보니 그것은 의외에도 무슨 책을 옆에 낀 스스끼였다. T 교수의 말이 생각났으나 도리어 반가운 생각이 나서 거픈 방으로 청해 들였다.
스스끼란 학생은 광대뼈가 약간 내밀고 아래턱이 크게 생긴 것이 조선 사람의 얼굴 비슷한 데다가 고집이 좀 있어 보였다. 그 얼굴의 인상이 T 교수를 불쾌케 하는 것인가 싶었다. 그러나 말하는 품은 그의 생김생김과는 달리 상냥하고도 조리가 있어 두뇌가 명석함을 보였다. 그는 독일어를 배우기 시작한 지 아직 일 년도 안 되었건만 독일 문학에 대해 많은 지식을 갖고 있었다. 어떤 것은 김 강사도 모르는 것을 알고 있었다. 더구나 그해 봄에 히틀러가 독일의 정권을 잡은 뒤의 일은 김만필이 '취직'에 쪼들려 자세히 알아볼 여

유가 없었던만치 스스끼가 도리어 더 자세하였다.

"에른스트 톨러, 게오르크 카이저, 렌 레마르크, 심지어 토마스 만 형제까지 **예술원**을 쫓겨났다지요?"

"그랬지요."

김만필은 어디까지든지 스스끼를 경계하면서 대답하였다. 그러나 이야기는 문학자 박해로부터 **파시즘** 자체의 공격으로 들어갔다. 스스끼는 열을 띠어 가며 히틀러를 공격하였다. 처음 찾아온 김만필을 어째서 그리 신용하는지 스스끼는 할 말 아니할 말 섞어 떠들었다. 그 이야기하는 품이 몹시 단순하였다. 만일 스스끼가 김만필 이외의 선생을 찾아가, 이를테면 T 교수 같은 이를 찾아가 그런 말을 떠들어 댄다면 미움을 받을 것은 정한 이치였다.

이야기는 파시즘으로부터 다시 일본으로 돌아왔다. 스스끼는 S 전문학교 학생들이 대부분은 아무 생각 없이 **그시그시**의 생활에 도취되어 있는 것을 몹시 공격하고 그것도 다 시세의 변천, 학교 당국의 가혹한 탄압 때문이라고 불평을 말했다.

"선생님이 동경 제대서 문화 비판 회원으로 활동하실 때만 해도 그렇지는 않았지요?"

스스끼는 김만필의 얼굴을 쳐다보며 물었다.

"문화 비판회요? 내가?"

스스끼의 질문은 김 강사에게는 청천의 벽력—까지는 안 가더라도 너무나 의외였다. 김만필은 취직 운동을 시작한 후로는 그가 일찍이 문화 비판 회원이었던 것은 아무에게도 말한 일이 없고, 그것이 혹시나 알려질까 봐 몹시 주의해 왔던 것이다.

"문화 비판회라니요?"

"선생님이 그 회원으로 굉장하게 활동하신 것은 학생들이 모두들 압니다."

스스끼는 빙글빙글 웃으며 대답하였다.

"아뇨. 그건 무슨 잘못이겠죠. 나는 그런 회는 잘 모르는데."

김만필은 모처럼 얻은 그의 지위와 자기의 양심과를 저울에 달아가면서 고개를 좌우로 흔들었다.

"그러세요?" 스스끼는 몹시 의외라는 표정을 하면서,

"아 그 회가 해산할 때 선생님이 **일장 연설**까지 하셨다는데요?"

그것은 사실이었다. 또 그 사실은 지금의 김 강사로서 결코 후회하는 사실은 아니다. 그러나 대체 자기의 현재 지위에 불리한 이러한 소문은 어디로부터 나는 것일까? 김 강사는 자기가 가르치는 학생 중의 이 사람 저 사람을 생각해 보았으나 자기의 과거를 암 직한 사람은 생각나지 않았다.

"그런 소문은 대체 어디서 들었소?"

"요전 다까하시라는 학생이 T 교수한테 놀러 갔더니 T 선생님이 그러시더래요."

"T 선생님이 무어라구?"

"김 선생님은 그만침 수재시라구요."

스스끼는 김 강사의 질문에 고만 겸연쩍어 얼굴이 붉어지며 웃는 얼굴을 지었다. T 교수는 또 어떻게 해서 그런 사실을 알았으며 알았기로 무엇 때문에 그런 말을 학생들에게 펴놓는 것일까? 필연코 그것은 무슨 **계교**를 쓰는 것에 틀림없다고 생각되었다. 이것은 정녕코 김 강사를 먹으려는 것이다. 그렇게 생각하고 보니 김만필에게는 오늘 자기를 찾아와 독일 문학으로부터 히틀러와 파시즘과 현 사회 정세의 공격까지를 탁 터놓고 이야기하던 스스끼의 본심까지도 의심되기 시작하였다. 의심을 시작하고 보면 다음다음 끝이 없었다. 대체 개학식 다음 날 왜 T 교수는 유난스럽게도 스스끼의 험담을 자기에게 들려주었을까? H 과장 집에서 만나던 밤에 왜 T 교수는 자기에게 한턱을 써 가며 친절을 보여 주면서 슬그머니 자기의 비밀을 아는 것을 암시하였을까? 그리고 이 스스끼란 학생이 사실은 T 교수와 한통이어서 오늘 김만필의 본심을 한번 떠보러 온 것이나 아닐까……? 이렇게 생각하고 보니 김만필은 공연히 모든 것이 무서워지며 앞에 앉았는 스스끼의 얼굴이 새삼스레 치어다보이는 것이었다. 그러나 스스끼는 김만필의 표정이 별안간 심각해지는 것을 보고 도리어 의외라는 듯이 김만필의 얼굴을 치어다보고 있었다. 김만필은 '이놈이 이렇게 순진한 체하고 있어도 실상은 T 교수의 스파이이기가 쉽다.' 하고 생각하니 스스끼의 그 놀란 듯한 표정이 도리어 가증스럽고도 무서웠다.

스스끼는 흥이 깨진 듯이 한참 앉았다가 모자를 들고 일어선다. 그의 얼굴에는 무엇을 생각하는지 미처 결단을 못해 **곤각하는** 표정이 떴다. 일어선 채 잠깐 머뭇거리더니 그는 결심한 듯이 소리를 낮추어,

"사실은 선생님께 청이 있어 왔는데요." 하고 김만필의 얼굴을 잠깐 쳐다보고,

"우리 반 안에 조금 생각 있는 동무 몇이 모여 독일 문학 연구의 그룹을 만들었는데 선생님 좀 참가해 주시지 못할까요?"

스스끼의 목소리는 몹시 진실하였다. 그러나 불안과 회의에 쪼들린 김만필에게는 모든 것이 자기를 해하려는 흉계로만 들렸다.

"바빠서 난 참가 못하겠소."

그는 단번에 스스끼의 청을 딱 거절했다.

"선생님 틈 계신 대로라도……."

스스끼는 다시 열심히 청했다.

"몹시 바쁘니까 도저히 못 가겠소."

김 강사는 여전히 딱 잡아떼었다.

"정 그러시면 하는 수 없지요. 안녕히 계십시오."

스스끼는 몹시 실망한 낯으로 모자를 빙빙 돌리며 대문을 나갔다.

5

스스끼가 찾아왔다 간 후 김만필의 우울은 한층 더 심했다. 일종의 강박 관념에 쪼들리는 정신병자같이 김만필은 항상 무엇엔가 마음의 위협을 느끼고 있었다. 그의 우울은 또 그의 태도를 한층 더 비겁하게 하였다. 그는 S 전문학교에 가면 어째 모든 사람이 자기를 손가락질하며 공론하는 것 같아 점점 더 동료들과 말을 하기도 싫어졌다. 교장도 T 교수도 H 과장까지도 찾아가지 않았다. 그래도 T 교수는 가끔 자진해 김 강사를 찾아와 말을 붙였지만 교장은 가을 이후 겨우 두서너 번 **낭하**에서 마주쳐 간단히 인사를 교환하였을 뿐이었다.

그러나 그런 중에도 날이 감을 따라 김 강사는 S 전문학교 직원 사이의 공기를 차차로 짐작하게 되었다. 자세히는 모르나 지금 세력을 잡고 있는 교장과 T 교수의 일파가 대가리를 휘젓고 있고 그에 대항해 물리학의 S 교수와 독일어의 C 강사가 대립해 있는 듯싶었다. 김만필은 그 어느 편에도 가담할 이유도 자격도 없었으나 교장과 T 교수에 대한 반감 때문에 슬그머니 C 강사 편으로 동정이 갔다.

S 교수는 교장 반대파라 해도 비교적 든든한 지위를 갖고 있었으나 C 강사는 까딱하면 이 두 파의 **알력**의 희생이 될 듯싶어 과부의 설움은 과부가 아는 격으로 그에게는 동정이 가는 것이었다.

그러나 C 강사의 심술궂게 된 얼굴과 김 강사의 **히포콘드리**는 결합될 기회가 없이 지냈다.

흐린 하늘에서 가느다란 눈발이 날리고 가게 처마마다 '**세모** 대매출'의 붉은 깃발이 휘

날리는 연말이 가까운 어느 날 아침, 김 강사는 수업하러 들어가다가 낭하에서 T 교수와 마주쳤다.

"몹시 춥습니다."

"대단히 추운데요."

인사를 던지고 지나려니까 T 교수는 무엇을 생각하였는지,

"저 잠깐만."

하고 돌아서서 김 강사를 멈추었다.

"저…… 이런 말은 허기가 좀 무엇하구먼두……."

하고 T 교수는 싱글싱글 웃으면서 소리를 낮추어,

"긴상 가을 생각하세요? 저 H 과장 집에서 만나던 밤……."

무슨 의미인지를 몰라 김 강사는 잠자코 T 교수를 쳐다만 보았다. T 교수는 여전히 웃으며,

"내가 과자 상자 들고 간 것 보았지요. 세상이란 다 그런 겝니다. 우리 교장도 그런 것을 대단 생각하는 사람이니 연말도 되구 허니 한번 과자나 한 상자 사 가지구 찾아가 보시란 말이오."

"흐……."

김 강사는 할 말이 없어 얼굴을 삐뚤어뜨린 웃음으로 대답하고 그대로 교실로 들어갔다. 그러나 그 시간에는 가르치는 데는 정신이 하나도 없고 T 교수의 그 말에만 정신이 팔렸다. T 교수는 대체 무슨 동기로 자기에게 그런 말을 또 들려주는 것일까? 친절인가? 조롱인가? 그러나 그것은 어쨌든 T 교수의 그 말로 교장이 김 강사에 대해 몹시 불쾌하게 생각하고 있는 것은 짐작할 수 있었다.

그날 밤에 김 강사는 명치옥에 가서 서양과자를 한 상자 샀다. 윗덮개에 교장의 이름을 쓰고 그 밑에 자기의 명함을 붙였다. 그러나 그의 마음속에서는 **종시** 두 가지 의사가 싸우고 있었다. 창피하다. 아무리 '자리'를 위해서라 해도 차마 이 짓만은 할 수 없다. 이제 이왕 노염을 산 다음에야 이까짓 과자 상자를 사다 주면 무얼 하느냐. 도리어 노염을 돋울 뿐이다. 내가 이것을 사다 주면 등 뒤에서 T가 그 능글능글한 웃음을 띠고 나의 어리석음을 **조소할** 것이다. 아니 그래도 그렇지 않아. 이것이 세상이 아닌가. 나는 나의 선물을 받고 기뻐하고 또는 나의 어리석은 심정을 조롱하는 사람을 도리어 경멸하면 그만 아닌가. 선물을 보내는 것 때문에 더럽혀지는 것은 나의 인격이 아니라 도리어 받는 자의

인격이 아닌가…….

그러나 김 강사는 그 과자 상자를 교장의 집에까지 가지고 갈 용기는 없었다. 전차를 타고 가다 말고 중간에서 내려 한참이나 헤매다가 생각난 것이 욕심쟁이로 일가 간에 돌림뱅이가 난 아주머니였다. 아주머니는 뜻 아니한 선물에 무슨 영문도 모르고 그러나 넌지시 과자 상자를 받아들였다.

6

어느덧 동기 휴가가 되고, 새해가 되고, 다시 학교가 시작되었다. 그러나 그동안 김 강사는 아무 데도, 아무도 찾아가지 않았다. 책상 위에는 먼지가 쌓이고, 외국서 온 신문, 잡지는 겉봉도 안 뜯긴 채 방 안에 흩어졌으나 그것을 정돈하기도 싫었다. 김 강사는 아침에 일어나서는 밥을 한 술 떠 넣고 바람 부는 거리로 헤매는 것이 일과가 되었다. 피곤하면 거리에 갑자기 많아진 찻집을 찾아 정신 나간 사람같이 앉아 있었다. 날이 갈수록 그는 점점 더 피곤을 느꼈다. 감당해 나가기에는 너무나 많은 모순을 그는 알고 있는 것이다. 어느 편으로든가 그는 그 모순의 터져 나갈 길을 구하지 않으면 안 되었으나 그것을 구할 방도와 용기가 없는 것이었다.

'L'ennui lui vint(그에게 권태가 밀려왔다).'

벌써 칠팔 년 전에 읽던 도데의 소설에서 우연히 기억한 이 짧은 구절이 무슨 깊은 의미나 가진 것처럼 매일같이 머리에 떠올랐다.

T 교수는 겨울 동안에 몸이 한층 더 뚱뚱해진 것 같았다. 아무리 추워도 답답하다고 바지 밑에는 **잠뱅이** 하나밖에 안 입고 다니건만 얼굴은 기름이 번질하게 흐르고 붉은빛이 이글이글하였다. 교무실 안은 그의 너털웃음과 떠드는 소리로 일상 떠들썩하였다. 겨울 이후로는 그는 조선의 민속(民俗)을 연구한다고 젊은 무당과 **양금** 가야금 뜯는 기생을 돼지 떼처럼 몰고 돌아다녔다. 학교에서는 누구를 붙들기만 하면 무당의 **신장** 내리는 신비에 대해 끝없는 열변을 토하였다. 그러나 T 교수가 젊은 무당이나 기생을 데리고 무엇을 연구하는지 아무도 모르듯이, 또 그가 일상 떠들고 웃고 하는 이면에서 무엇을 생각하고 무엇을 하는지 아는 사람은 아무도 없었다.

하루는 T 교수가 또 예의 인품 좋은 웃음을 띠고 김 강사를 찾아와 집으로 나가는 길에 잠깐만 어디로 같이 가자고 청했다. 김 강사는 지금까지 T 교수와 접촉해서 유쾌한 기억을 가진 일은 한 번도 없었으나 어쨌든 또 따라가지 않을 수 없었다.

두 사람은 언젠가 같이 갔던 세르팡이라는 찻집으로 갔다. 그러나 T 교수의 이야기는 또 언제나 마찬가지로 불쾌한 것이었다.

"어제저녁에 H 과장을 만났더니 긴상을 좀 만나자고 그럽디다……. 우리 교장의 성미는 내가 잘 아니까 요전에도 무슨 과자 상자라도 갖다 주라니까 아마 안 그랬지요. 허…… 긴상은 실례의 말이지만 아직 세상을 모른단 말요. 무슨 말이 어떻게 들어갔는지 나는 모르지마는 어째 도무지 공기가 좀 재미없는 듯 하던걸요. 아마 H 과장도 이 근래는 한 번도 안 찾아갔지요. 그것도 다 긴상의 섣부른 짓이란 말씀이요. 긴상으로 말하면 H 과장의 추천으로 들어왔겠다, 잘만 하면 차차 시간도 더 얻을 수 있구 할 텐데 왜 **헤다**를 한단 말씀요."

T 교수는 충심으로 김 강사를 동정하는 눈치를 보였다. 어찌 생각하면 그 말도 그럴듯한 말이나 김만필에게는 어째 T의 하는 말이 뺨 치고 등 만지는 수작같이 생각되었다.

"네, 잘 알았습니다. H 과장은 곧 찾아가지요."

그는 춤이나 뱉듯이 대답하였다. 그러나 그는 그날 밤으로 곧 H 과장을 찾아갔다. 불안해 견딜 수 없었던 것이다.

H 과장 집 현관에는 마침 **손**이 있는지 구두 한 켤레가 놓여 있었다. 그러나 응접실에는 H 과장 혼자서 앉아 있었다. 하녀가 와서 테이블 위의 **찻종**을 치우고 있는 것이 누가 왔다가 금방 간 모양이다.

H 과장은 웬일인지 노기가 등등해 앉아 있었다. 일상의 그 온후하던 안색은 간 곳 없고 독살스런 눈으로 김만필을 노려보았다.

"무얼 하러 왔나?"

그는 김만필이 방을 들어서자마자 대고 쏘았다. 김만필은 너무나 의외여서 어쩔 줄을 모르다가 겨우 대답하였다.

"T 말이 과장께서 좀 만나자고 하신다기에……."

"만나자고 해야만 만나겠나. 자네한테 긴할 때는 자꾸 찾아오고 자네한테 일없이 되니까 발을 뚝 끊는 그런 실례의 경우가 어디에 있나! 그러기에 조선 사람은 배은망덕을 한다고들 하는 게야."

"잘못되었습니다."

김만필은 앉지도 못하고 과장 앞에 고개를 숙이고 서 있다. 하녀가 차를 가져왔다. H 과

장은 노한 소리를 한층 높여,

"자네는 또 그런 경우가 어디 있나. 나는 자네만 믿었지. 남을 그렇게 감쪽같이 속여 남의 얼굴에 똥칠을 해 주는 그런 법이 어디 있나."

"제가 과장님을 속이다니요?"

"속이다니요? 자네는 나한테 와서 취직 청을 할 때 무어라고 그랬어. 사상 방면에는 절대로 관계없다고 그랬지. 그래 그렇게 남을 감쪽같이 속이는 데가 어디 있나."

올 것이 온 것이다, 라고 김만필은 생각하였다. 그러나 이렇게 되고 보면 어디까지 한번 버티어 보는 수밖에 없었다.

"무슨 말씀인지 저는 잘 모르겠습니다. 저는 사상이니 무어니 그런 것은 아무것도 모르고, 더군다나 과장님을 속이다니요. 그건 천만의 말씀입니다."

"무엇! 그래도 자네는 나를 속이려나?"

H 과장은 소리를 버럭 지르며 찻종을 덜그럭 하고 놓고 의자를 뒤로 떼며 몸을 벌떡 젖혔다.

그때 이웃 방으로 통하는 문이 열리며 언제나 일반으로 봄 물결이 **늠실늠실하듯** 온 얼굴에 벙글벙글 미소를 띤 T 교수가 응접실로 들어왔다.

어휘 풀이

책상물림(冊床--) 책상 앞에 앉아 글공부만 하여 세상일을 잘 모르는 사람을 낮잡아 이르는 말.
일변(一邊) 어느 한편. 또는 어느 한쪽 부분.
모닝 모닝코트(morning coat). 남자가 낮 동안 입는 서양식 예복.
위의(威儀) 위엄이 있고 엄숙한 태도나 차림새.
나후다링 좀약이나 화학 공업의 원료로 쓰는 '나프탈렌(naphthalene)'의 일본어식 발음.
울울하다(鬱鬱--) 마음이 상쾌하지 않고 매우 답답하다.
룸펜(Lumpen) 부랑자 또는 실업자를 이르는 말.
수부(受付) 접수(接受). 여기서는 '안내 창구'라는 뜻.
납신하다 윗몸을 가볍고 빠르게 구부리다.
급사(給仕) 관청이나 회사, 가게 따위에서 잔심부름을 시키기 위하여 부리는 사람.
사령서(辭令書) 임명, 해임 따위의 인사에 관한 명령을 적어 본인에게 주는 문서.
존장(尊丈) 자기 아버지와 벗으로 사귀는 사람을 높여 이르는 말.
일갈(一喝) 한 번 큰소리로 꾸짖음. 또는 그런 말.

유력하다(有力하다) 세력이나 재산이 있다.
좌익 문학(左翼文學) 사회주의나 공산주의처럼 마르크스주의 이념을 따르는 문학.
중첩되다(重疊--) 거듭 겹쳐지거나 포개어지다.
현황하다(眩慌--/炫煌--) 정신이 어지럽고 황홀하다.
신마이 햅쌀을 뜻하는 일본어 '심마이[新米]'에서 온 말. 신참을 뜻한다.
필두(筆頭) 단체나 동아리의 주장이 되는 사람.
오종종하다 얼굴이 작고 옹졸한 데가 있다.
득의(得意) 일이 뜻대로 이루어져 만족해하거나 뽐냄.
급장(級長) '반장'의 전 용어.
허심탄회하다(虛心坦懷--) 품은 생각을 터놓고 말할 만큼 아무 거리낌이 없고 솔직하다.
매몰스럽다 보기에 인정이나 싹싹한 맛이 없고 쌀쌀맞은 데가 있다.
공치사하다(功致辭--) 남을 위하여 수고한 것을 생색내며 스스로 자랑하다.
후림대 '후림'의 방언. 남을 꾀어 후리는 일.
경복하다(敬服--) 존경하여 복종하거나 감복하다.
〈바흐트 암 라인(Die Wacht am Rhein)**〉** 〈라인강의 파수꾼〉. 옛 독일의 군가로, 제1차 세계 대전 당시 애창되었다.
아사히마치[旭町] 오늘날의 서울 회현동.
노렝 상점 출입구에 가게 이름을 써 넣어 드리운 천인 포렴(布簾)을 뜻하는 일본어.
단장(短杖) 짧은 지팡이.
문화 주택(文化住宅) 일제 강점기에 지어진, 생활하기 편리하고 보건 위생에 알맞은 새로운 형식의 주택.
박석고개(薄石--) 땅이 질거나 풍수지리상 지맥을 보호하기 위하여 얇은 돌을 깔아 놓은 고개.
일각(一刻) 아주 짧은 시간.
역독(譯讀) 번역하여 읽음.
룬트샤우(Rundschau) 독일의 신문 이름. '동향', '전망'이라는 뜻.
예술원(藝術院) 예술 발전에 이바지하기 위하여 나라에서 설치한 특수 예우 기관.
파시즘(fascism) 제1차 세계 대전 후에 나타난 극단적인 전체주의적 정치 이념.
그시그시(-時-時) 그때그때.
일장 연설(一場演說) 한바탕 자기의 주의나 주장 또는 의견을 진술하는 일. 또는 그런 진술.
계교(計巧) 요리조리 헤아려 보고 생각해 낸 꾀.
곤각하다(困却--) 곤란하거나 고생스럽게 살다.
낭하(廊下) 건물 안에 다니게 된 통로. 복도(複道).
알력(軋轢) 서로 의견이 맞지 않아 사이가 안 좋거나 충돌하는 것.
히포콘드리(hypochondrie) 정신 의학에서 말하는 우울증.
세모(歲暮) 한 해가 끝날 무렵. 설을 앞둔 섣달 그믐께를 이른다.
종시(終是) 끝내.
조소하다(嘲笑--) 흉을 보듯이 빈정거리거나 업신여기다. 또는 그렇게 웃다.
잠뱅이 잠방이. 가랑이가 무릎까지 내려오도록 짧게 만든 홑바지.
양금(洋琴) 채로 줄을 쳐서 소리를 내는 현악기의 하나.
신장(神將) 귀신 가운데 무력을 맡은 장수신. 사방의 잡귀나 악신을 몰아낸다.
헤다 '서투름', '어설픔'이라는 뜻의 일본어 '헤따[下手]'를 빌려 쓴 것.
손 다른 곳에서 찾아온 사람.
찻종(茶鍾) 차를 따라 마시는 종지.
늠실늠실하다 물결 따위가 부드럽게 자꾸 움직이다.

Memo

03 삶과 죽음에 대한 성찰

작품 읽기 – 현진건 〈할머니의 죽음〉, 염상섭 〈임종〉
활동하기 – 죽음을 대하는 태도에 대해 이야기하기
더 읽어 보기 – 박완서 〈한 말씀만 하소서〉

학습 목표

현진건의 〈할머니의 죽음〉과 염상섭의 〈임종〉에서 죽음을 맞은 사람의 태도와 이를 둘러싼 가족들의 모습을 통해 현실에서의 삶과 죽음에 대해 생각해 봅니다. 또한 '죽음'에 대한 동서양 대표 사상가들의 생각을 비교해 보고, 죽음에 대한 성찰이 우리의 삶에 어떤 영향을 끼치는지 정리해 봅니다.

오래전 우리 사회는 천륜(天倫)으로 맺어진 혈육의 정(情)을 가치관의 근간으로 삼아 대가족을 이루며 살았습니다. 그러나 근대화가 진행되면서 전통적인 가족 제도는 무너지고 육친의 정마저 그 의의가 예전만 못한 실정입니다.

1923년 《백조》에 발표된 현진건의 〈할머니의 죽음〉은 그러한 변화의 시기에 전통적 가족 제도를 대신한 현대 사회의 개인주의적이고 형식적인 인간관계를 비판적인 시선으로 그려 낸 작품입니다. 이때 주인공 '나'는 할머니의 죽음을 앞둔 가족들의 이기적이고 가식적인 언행을 통해 효(孝)에 대한 허위의식을 드러내면서도, 그 낱낱을 설명하기보다 무심하고 냉철하게 관찰하는 자세를 취하고 있습니다. 그래서 염상섭은 이 작품에 대해 "빈틈이 없고, 군소리가 없다."라고 평했습니다. 또 "염주를 들고 앉아서 밤을 새는 숙모라든지, 할머님 앞에서 속으로 울었다 웃었다 하는 주인공의 아름다운 마음과 좋은 성격이 과부족 없이 잘 활약하는 것도 좋거니와, 조끼의 단추를 풀고 고름을 풀어 젖히는 일절에 이르러서는 까닭 모를 황홀한 감을 받았다."라고 말했습니다.

작품 속 서술자인 '나'의 시선을 좇아 할머니의 죽음이라는 비극을 대하는 여러 인물들의 심리와 행동을 살펴봅시다. 그리고 이와 비슷한 상황이 자신에게 닥쳤을 때 자신의 생각과 행동은 어떠할지 '나'의 심리에 빗대어 상상해 봅시다.

현진건(玄鎭健, 1900~1943)

경북 대구 출생. 호는 빙허. 1920년 11월 《개벽》에 단편 소설 〈희생화〉를 통해 등단했고, 1921년에는 단편 소설 〈빈처〉와 〈술 권하는 사회〉를 발표하면서 문단의 인정을 받았다. 사실주의적 기법으로 다져진 비극적 아름다움을 문학적으로 형상화한 주옥같은 작품을 다수 남겼다. 주요 작품으로는 〈운수 좋은 날〉, 〈B 사감과 러브레터〉, 〈고향〉, 〈할머니의 죽음〉, 《무영탑》, 《적도》 등이 있다.

할머니의 죽음 _현진건

'**조모주** 병환 위독.'

3월 그믐날, 나는 이런 **전보**를 받았다. 이는 ××에 있는 생가(生家)에서 놓은 것이니 물론 생가 할머니의 병환이 위독하단 말이다. 병환이 위독은 하다 해도 기실 모나게 무슨 병이 있는 게 아니라, 벌써 여든을 둘이나 넘은 그 할머니는 작년 봄부터 시름시름 기운이 쇠진해서 가끔 가물가물하기 때문에 그동안 자손들로 하여금 한두 번 바쁜 걸음을 많이 치게 하였다.

그 할머니의 5년 맏이인 **양조모**는 갑자기 울기 시작하였다.

"아이고…… 이승에서는 다시 못 보겠다. 동서라도 의로 말하면 친형제나 다름이 없었다……. 육십 년을 하로같이 어데 뜻 한 번 거슬려 보았을까……."

연해연방 이런 넋두리를 섞어 가며 양조모는 울었다. 운다 하여도 눈 가장자리가 붉어지고 목소리가 떨릴 뿐이었다. 워낙 **연만한** 그는 제법 울음답게 울 근력조차 없었다.

조모주(祖母主) 주로 편지글에서 '할머니'를 이르는 말.
전보(電報) 전신을 이용한 통신이나 통보. 1885년 9월 한성과 인천 간 개통을 시작으로 전국망이 잇달아 건설되었는데, 이후 고려 시대부터 사용하던 봉수 및 파발 제도가 폐지될 만큼 당시 혁신적인 발명이었다.
양조모(養祖母) 양자로 간 집의 할머니.
연해연방(連-連放) 끊임없이 잇따라 자꾸.
연만하다(年滿--) 나이가 아주 많다.

"그래도 그 할머님은 팔자가 좋으시다. 자손이 늘은 듯하고……. 아이고."

끝으로 이런 말을 하며 울음이 한숨으로 변하였다. 자기가 너무 **수한** 까닭으로 외동자들을 앞세워, 원(怨)이 되고 한(恨)이 되어 노상 자기의 생을 저주하는 그는 아들이 둘(본래 셋이더니 그중에 **중부**가 일찍이 돌아갔다.), 직손자가 여덟이나 되는 그 할머니를 언제든지 부러워하였다.

"지금 돌아가시면 **호상**이지. 아드님의 백발이 허연데……."

라고 양모(養母)도 **맞방망이**를 치며 눈을 멍하게 뜬다. 나도 과연 그렇기도 하겠다 싶었다.

나는 그날 밤차로 ××를 향하고 떠났다.

새로 석 **점**이 지나 기차를 내린 나는 벌써 돌아가시지나 않았나고 염려를 마지않으며 캄캄한 좁은 골목을 돌아들어 생가의 **삽짝** 가까이 다다를 제, **곡성**이 나는 듯 나는 듯하여 마음이 조마조마하였다. 하건만 다행히 그 불길한 소리는 들리지 않았다. 삽짝은 빠끔히 열려 있었다.

마당에 들어서니 추녀 끝에 달린 그을음 앉은 **괘등**이 간(間) 반밖에 아니 되는 마루와 좁직한 뜰을 쓸쓸하게 비쳐 있었다. 우물 둑과 장독간의 사이에, 위는 거적으로 덮고 양 가는 **삿자리**로 두른 울막을 보고, 나는 가슴이 덜컥하고 내려앉았다. **상청**이 아닌가?……

수하다(壽--) 오래 살다. 오복의 하나로 장수하는 일을 이른다.
중부(仲父) 결혼을 한, 아버지의 형제 가운데 둘째 되는 이.
호상(好喪) 복을 누리고 오래 산 사람의 상사(喪事).
맞방망이 서로 마주 앉아 무엇을 두드리거나 다듬을 때 쓰는 방망이. 여기서는 '맞장구를 치다'는 의미로 추측된다.
점(點) 예전에, 시각을 세던 단위. 괘종시계의 종 치는 횟수로 세었다.
삽짝[柴扉] '사립짝'의 줄임말. 나뭇가지를 엮어서 만든 문짝.
곡성(哭聲) 곡하는 소리.
괘등(掛燈) 누각이나 전각의 천장에 매다는 등.
삿자리 갈대를 엮어서 만든 자리.
상청(喪廳) '궤연(죽은 사람에 딸린 모든 것을 차려 놓는 곳)'을 속되게 이르는 말.

그러나 나의 어림짐작은 틀리었다. 마루에 올라선 내가 안방, 아랫방에서 뛰어나온 잠 못 잔 피로한 얼굴들에게 이끌리어 할머니가 거처하는 단칸 건넌방으로 들어가니, 할머니는 까라진 듯이 아랫목에 누웠으되 오히려 숨은 붙어 있었다. 그 앞에 앉는 나를 생선의 그것 같은 흐릿한 눈자위로 의아롭게 바라본다.

"얘가 누구입니까? 어머니, 얘가 누구입니까?"

예안(禮安) 이씨로, 예절 알기와 효성 있기로 집안 중에 유명한 **중모**는 나를 가리키며 병자의 귀에 대고 부르짖었다.

"몰라……."

환자는 담이 그르렁그르렁하면서 귀찮은 듯이 대꾸하였다.

"제가 누구입니까, 할머니!"

나는 그 검버섯이 어룽어룽한 뼈만 남은 손을 만지며 물어보았다. 나의 소리는 떨리었다.

"저를 모르시겠습니까? 제가 ○○이 아닙니까."

"응, 네가 ○○이냐……."

우는 듯이 이런 말을 하고, 그윽하나마 내가 잡은 손에 힘을 주는 듯하였다. 그 개개풀린 눈동자 가운데도 반기는 빛이 역력히 움직였다.

할머니의 병환이 어젯밤에는 매우 위중해서 모두 밤새움을 한 일, 누구누구 자손을 찾던 일, 그중에 내 이름도 부르던 일, 지금은 **팔결** 돌린 일……. 온갖 것을 중모는 나에게 가르쳐 주었다.

나는 그날 밤을 누울락 앉으락 깰락 졸락 할머니 곁에서 밝히었다. 모였던 자손들이 제각기 돌아간 뒤에도 중모만은 할머니 곁을 떠나지 않았다. 불교

중모(仲母) 둘째아버지의 아내. 둘째어머니.
팔결 엄청나게 다른 모양.

의 독신자인 그는 잠 오는 눈을 비비기도 하고 기침으로 목청을 가다듬기도 하면서 밤새도록 염불을 그치지 않았다. 그 소리는 적적한 새벽녘에 **해가**와 같이 처량히 들리었다. 나는 새삼스럽게 그 효심의 지극함과 그 정성의 놀라움에 탄복하였다.

아침저녁으로 각지에 흩어져 있는 자손들이 모여들기 시작하였다. 방이라야 단지 셋밖에 없는데, 안방은 어머니, 형수들이 점령하고, 뜰아랫방 하나 있는 것은 아버지, 삼촌, **당숙**들에게 빼앗긴 우리 젊은이 패—사육촌 형제들은 밤이 되어도 단 한 시간을 눈 붙일 곳이 없었다. 이웃집과 누누이 교섭한 끝에 방 한 칸을 빌려서 **번차례**로 조금씩 쉬기로 하였다. 이 짧은 휴식이나마 **곰비임비** 교란되었나니 그것은 십 분들이로 집에서 불러들이는 까닭이다. 아버지와 삼촌네들의 큰 심부름, 잔심부름도 적지 않았지만 할머니 곁에 혼자 앉은 중모의 꾸준한 명령일 때가 많았다. 더욱이 밤새 한 시에나 두 시에나 간신히 잠을 들어 꿀보다 더 단 잠이 온몸에 나른하게 퍼진 새벽녘에, 우리는 **꺼들리어** 일어나는 수밖에 없었다.

"할머님 병환이 이렇듯 위중하신데 너희는 태평 치고 잠을 잔단 말이냐?"

우리가 건넌방에 들어서면 그는 다짜고짜로 야단을 쳤다. 그중에도 가장 나이 어리고 만만한 내가 이 꾸중받이가 되었다. 인정사정없는 그의 태도가 불쾌는 하였지만 도덕적 우월을 앗긴 우리는 대꾸 한마디 할 수 없었다.

"다들 뭐란 말이냐. 나는 한 달이나 밤을 새웠다. 며칠들이나 된다고."

졸음 오는 눈을 비비는 우리를 보고 그는 자랑스럽게 또 이런 꾸중도 하

해가(薤歌) 상여가 나갈 때 부르는 노래.
당숙(堂叔) 아버지의 사촌 형제.
번차례(番次例) 돌려 가며 갈마드는 차례.
곰비임비 물건이 거듭 쌓이거나 일이 계속 일어남을 나타내는 말.
꺼들리다 잡아당겨져서 추켜들리다.

였다.

'놀라운 효성을 부리는 게 도무지 우리 야단칠 밑천을 장만하는 게로구나.'

나는 속으로 꿀꺽꿀꺽하며 이런 생각을 하였다.

한번은 또 그의 명령으로 우리는 건넌방에 모여들었다. 그 방문은 열어젖히었는데 문지방 위에 할머니의 지팡이가 놓이고 그 밑에 또 신으시던 신이 놓여 있었다. 방 안 할머니의 머리맡 벽에는 **다라니**가 걸리어 있다.

'할머니가 운명을 하시나 보다!'

우리는 번개같이 이런 생각을 하며 할머니 곁으로 다가들었다. 그는 담을 그르렁거리며 **혼혼히** 누워 있었다. 중모는 흐르는 눈물을 걷잡지 못하며, 그의 귀에 들이대고 울음소리로 **아미타불**과 **지장보살**을 구슬프게 부르짖고 있었다.

한동안 엄숙한 긴장이 여기 있었다. 모두 같은 일을 기대하면서.

10분! 20분! 환자의 신상에는 아무 **별증**이 나타나지 않았다.

"아마, 잠이 드신 모양입니다."

이윽고 아버지가 이 긴장한 침묵을 깨뜨렸다. 그리고 중모를 향하여,

"잠 주무시게스리 **염불**을 고만 외십시오."

하고 나가 버렸다. 그 뒤를 따라 뻑뻑하게 들어섰던 자손들이 하나씩 둘씩 헤어졌다.

그래도 눈물을 섞어 가며 염불을 마지않던 중모가 얼마 뒤에 **제물에** 부처

다라니(陀羅尼) 범문(梵文)으로 된 비밀스러운 주문.
혼혼히(昏昏—) 정신이 가물가물하고 희미한 모양으로.
아미타불(阿彌陀佛) 서방 정토에 있는 부처. 이 부처를 염하면 죽은 뒤에 극락에 간다고 한다.
지장보살(地藏菩薩) 대비보살(大悲菩薩). 고통 가운데 열심히 이 이름을 외면 도움을 받게 된다고 한다.
별증(別症) 어떤 병에 딸려 일어나는 다른 증세.
염불(念佛) 불경을 외는 일.
제물에 저 혼자 스스로의 바람에.

님 찾기를 그쳤다. 그리고 끝끝내 남아 있던 나에게, 할머니가 중부가 왔다고 하던 일, 자기를 데리러 **교군**이 왔다던 일, 중모의 손을 잡아 비틀며 어서 가자고 야단을 치던 일을 이야기하였다. 그러다가 숨구멍에서 무엇이 꿀꺽하더니 그만 저렇게 정신을 잃으신 것을 설명해 들기었다.

그날 저녁때에 할머니는 **여상히** 깨어나셨다. 이런 일이 한두 번이 아니었다. 몇 번이나 신과 지팡이가 놓였다 치웠다, 다라니가 벽에 걸리었다 떼였다 하였다. 그러는 동안에 자손의 얼굴은 자꾸자꾸 축이 나갔었다. 말하기는 안 되었지만 모두 불언(不言) 중에 할머니가 하루바삐 끝장나기를 기다리고 있었다. 관조차 맞추어서 칠까지 먹여 놓았다. 내가 처음 오던 날 상청이 아닌가 고 놀라던 그 울막도 이 관을 놓아 두려는 **의지간**이었다.

그러하건만 할머니는 연해 한 모양으로 **그물그물하다가** 또 정신을 차리었다. 아니, 정신이 돌아오는 때가 도리어 많아 간다. 자기 앞에 들어서는 자손들을 거의 틀림없이 알아맞히었다.

그리고 가끔 몸부림을 치면서 일으켜 달라고 야단을 쳤다. 이럴 때에 중모는 **거벽스럽게도** 염불을 모시었다.

"어머니 어머니, 가만히 계셔요. 가만히 계셔요."

그는 몸부림하는 할머니를 제지하면서 이렇게 타일렀다.

"저를 따라 염불을 외셔요. 나무아미타불, 나무아미타불."

"나 일어날란다."

"에그, 왜 그리셔요? 가만히 계셔요, 제발 덕분에. 나무아미타불 나무아미타불……."

교군(轎軍) 가마꾼.
여상히(如常-) 평소와 다름이 없이.
의지간(倚支間) 원래 있던 집채에 더 달아서 꾸민 칸.
그물그물하다 의식이나 기억이 조금 희미해져서 정신이 자꾸 있는 둥 없는 둥 하다.
거벽스럽다(巨擘---) 보기에 사람됨이 억척스럽고 묵직한 데가 있다.

"나무아미타불, 나무아미타불."

할머니는 마지못하여 중모를 따라 두어 번 입술을 달싹달싹하더니, 또 얼굴을 찡그리며 애원하는 어조로,

"인제 고만 뫼시고 날 좀 일으켜다고. 내 인제 고만 가련다."

"인제 가셔요! 가만히 누워 가시지요. 왜 일어나시긴. 나무아미타불…… 왕생극락…… 나무아미타불……."

할머니는 귀찮아 못 견디겠다는 듯이 팔을 내어저으며,

"듣기 싫다! 염불 소리 듣기 싫다! 인제 고만 해라."

하며 몸을 일으키려고 애를 쓴다.

"그게 무슨 말씀입니까?"

중모는 질색을 하며 더욱 비장하게 부처님을 찾았다.

"듣기 싫다! 듣기 싫어. 나는 고만 갈 테야."

할머니는 또 이렇게 **재우쳤다**.

나는 이 광경을 보고 적이 의외의 감이 있었다. 할머니는 중모보다 못하잖은 불교의 독신자이다. 몇십 년을 하루같이 새벽마다 **만수향**을 켜 놓고 염불 모시기를 잊지 않은 어른이다. 정신이 혼혼된 뒤에도 염주(念珠) 담은 상자와 만수향만은 일일이 아랑곳하던 어른이다.

"……하루도 만수향을 세 갑 네 갑 켜시겠지. 금방 사다 드리면 세 개씩 네 개씩 당장 다 켜 버리시고 또 안 사 온다고 꾸중이시구나……."

작년 가을 내가 귀성하였을 제, **계모**가 웃으며, 할머니의 노망 이야기를 하는 가운데 만수향 켜는 것을 그 하나로 헤아렸다.

그러하던 할머니가 왜 지금 와서 염불을 듣기 싫다는가? 그다지 할머니는

재우치다 빨리 몰아치거나 재촉하다.
만수향(萬壽香) 부처 앞에 태우는 향.
계모(季母) 아버지의 막내아우의 아내.

일어나고 싶으신가? 죽어 가면서도 일어나려는 이 본능 앞에는 모든 것이 권위를 잃는 것인가?

"저렇게 일어나시려니 좀 일으켜 드리지요."

나는 보다 못해 이런 말을 하였다.

"안 된다, 일으켜 드릴 수가 없다. 하도 저러시길래 한번 일으켜 드렸더니 어떻게 아파하시는지 차마 뵈올 수가 없었다."

"어째 그래요?"

나는 이렇게 반문하였다. 이 반문에 대한 중모의 설명은 더욱 놀랄 것이었다.

할머니가 작년 봄부터 맑은 정신을 잃은 결과에 늙은이가 어린애 된다고 뒤를 가리지 않게 되었다. 게다가 이 두어 달 전부터 무엇을 자꾸 청해 잡수시고 옷에고 요 바닥에 함부로 뒤를 보았다. 그것을 얼른 빨아 드리지 못한 때문에 제물에 뭉켜지고 말라붙은 데다가 뜨거운 **불목**에 데이어, 궁둥이 언저리가 모두 벗겨졌다. 그러므로 일어나려면 그곳이 당기고 배기어 아파하는 것이라 한다.

이 말을 들은 나는 할머니를 모로 누이고 그 상처를 보았다. 그 자리는 손바닥 넓이만치나 빨갛게 단 쇠로 지진 듯이 시커멓게 벗겨졌는데 그 위에는 하얀 **해**가 징그럽게 끼었고 그 가장자리는 독기를 품고 아른아른히 부르터 올라 있다. 나는 차마 더 볼 수가 없었다!

이것이 무슨 일인가! 양조모, 양모가 부러워하던 늘는 듯한 자손은 다 무엇을 하고 우리 할머니를 이 지경이 되게 하였는가? 왜 자주 옷을 갈아입혀 드리며 빨아 드리지 못하였는가? 나는 이 직접 책임자인 계모가 더할 수 없이

불목 온돌방 아랫목의 가장 따뜻한 자리. 아궁이가 가까워서 불길이 많이 가는 곳이다.
해 '곱(부스럼이나 헌데에 끼는 고름 모양의 물질)'의 방언.

괘씸하였다.

그러나 가만히 생각해 보면 그를 그르다고도 할 수 없다. 위에도 말하였거니와 할머니가 이리 된 지는 하루 이틀이 아니다. 벌써 몇 달이 되었다. 이 긴 시일에 제아무리 **효부**라 한들 하루도 몇 번을 흘리는 뒤를 그때 족족 빨아 낼 수 없으리라. 더구나 밤에 그런 것이야 일일이 알 수도 없으리라. 하물며 계모는 시집오던 첫날밤부터 골머리를 앓으리만큼 큰 **병객**이다. 병명은 의원을 따라 혹은 **변두머리**라고도 하고, 혹은 뇌진이라고도 하고, 혹은 **선천 부족**이라고도 하였지마는 하나도 고쳐 주지는 못하였다. 삼십이 될락 말락 하건만 육십이나 칠십이 다 된 노인 모양으로 주야장천 자리보전하고 누워 있는 터이다. 제 몸이 괴로우니 모든 것이 싫은 것이다. 그리고 나까지 아우르면 아버지 슬하에 아들만 넷이나 되건마는 지금 육십 **노경**에 받드는 어느 아들, 어느 며느리 하나가 없다. 집안이 넉넉지 못한 탓으로 사방에 흩어져서 제 입 풀칠하기에 눈코를 못 뜨는 까닭이다.

이 책임을 누구에게 돌릴까? 나는 알 수가 없었다. 쓴 물만 입안에 돌 뿐이었다.

그 후에 또 이런 일이 있었다. 어느 때 내가 할머니 곁에 갔을 적이었다. 할머니는 그 뼈만 남은 손으로 나의 손을 만지고 있었다.

"○○아, ○○아!"

할머니는 문득 나를 불렀다.

"인제는 다시 못 보겠다, 인제는 다시 못 보겠다."

효부(孝婦) 시부모를 잘 섬기는 며느리.
병객(病客) 몸에 늘 병을 지니고 있는 사람.
변두머리(邊頭--) '편두통'을 낮게 이르는 말.
선천 부족(先天不足) 타고난 체력이 부족하여 몸이 허약한 상태.
노경(老境) 늙어서 나이가 많은 때. 또는 그때 즈음.

"왜 그런 말씀을 하십니까?"

"인제 내가 안 죽니? 그런데 너 내 청 하나 들어주겠니?"

"네? 무슨 말씀입니까?"

"나, 날 좀 일으켜다고."

나는 눈물이 날 듯이 감동하였다. 어찌 차마 이 청을 떼칠 건가. 나는 다짜고짜로 두 손을 할머니 어깨 밑으로 넣으려 하였다. 이것을 본 중모는 깜짝 놀라며 나를 말리었다.

"얘, 네가 왜 또 그러니? 일으켜 드리면 아파하신대도 그 애가 그러네."

"그때 약을 사다 드렸으니 그 자리가 인제는 아물었겠지요."

나는 데었단 말을 듣던 그날, 약 사다 드린 것을 생각하고 이런 말을 하였다.

"아니야, 아직 다 낫지 않았어. 오늘 아침에도 일으켜 드렸더니 몹시 아파하시더라."

나는 주춤하였다. 할머니의 앓는 것이 애처로웠음이다.

"어머니! 어머니! 가만히 누워 계셔요, 네? 일어나시면 아프십니다."

중모는 또 **잔생이** 타이르듯 말하였다. 할머니는 물끄러미 나와 중모를 번갈아 보시더니 단념한 듯이 눈을 감았다. 한참 앉아 있다가 나는 몸을 일으켰다. 이때에 할머니가 눈을 번쩍 뜨며 문득,

"어데를 가?"

라고 물었다. 나는 주춤 발길을 멈추었다.

할머니는 퀭한 눈으로 이윽히 나를 쳐다보더니 무엇을 잡을 듯이 손을 내어저으며 우는 듯한 소리로,

"서방님! 제발 나를 좀 일으켜 주십시오. 서방님! 제발 나를 좀 일으켜 주십

잔생이 지긋지긋하게 말을 듣지 않는 사람.

시오."
라고 부르짖었다.
"에그머니! 그게 무슨 말씀입니까? 그 애가 ○○이 아닙니까. 서방님이 무엇이야요?"
중모는 바싹 할머니에게 다가들며 애처롭게 가르쳐 드렸다. 이때 마침 할머니의 잡수실 배즙을 가지고 들어오던 둘째 형수가 무슨 구경거리나 생긴 듯이 안방을 향하고 외쳤다.
"에그, 할머니 좀 보아요! 서울 아지버님더러 서방님, 서방님 하십니다."
이 외침을 듣고 자부(子婦)와 손부(孫婦)들은 모여들었다. 그들의 눈은 호기심에 번쩍이고 있었다.
나는 또 할머니의 청을 물리칠 수는 없었다. 그것이 어떠한 나쁜 영향을 **초치할지라도** 아니 일으켜 드릴 수 없었다.
그러나 할머니는 요 바닥 위로 반 자를 떠나지 못하여,
"아야야……."
라고 외마디소리를 쳤다. 나는 얼른 들어 올리던 손을 빼는 수밖에 없었다.
다시금 눕기 싫어하던 요 위에 누운 뒤에도 할머니는 앓기를 마지않았다. 나는 적지 아니한 꾸중을 모시었다.
이윽고 조금 진정이 되더니만 또 팔을 내저으며 기를 쓰고 가슴을 덮은 이불자락을 자꾸자꾸 밀어 내리었다. 감기나 들까 염려하는 중모는 그것을 꾸준히 도로 집어 올리었다.
할머니는 또 손을 내어밀더니 이번에는 내 조끼 단추를 붙잡아 당기었다.
"왜 이리 하십니까? 단추를 빼란 말씀입니까?"
할머니는 고개를 끄덕이었다. 끄덕였다 하여도 끄덕이려는 의사를 보였을

초치하다(招致--) 불러서 안으로 들이다.

뿐이었다. 나는 단추 한 개를 빼었다. 그래도 할머니는 자꾸 조끼의 단추와 씨름을 마지아니하였다. 나는 단추를 낱낱이 빼는 수밖에 없었다. 그러고 나니 그는 또 옷고름과 실랑이를 시작하였다.

"옷고름을 끄를까요?"

"응."

나는 또 옷고름을 끌렀다. 끄른 뒤엔 할머니는 또 소매를 잡아당기었다.

"왜 이리 하셔요?"

"버, 벗어라……. 답답치 않니?"

여기저기서 물어 멈추려고 애쓰는 웃음이 킥킥 하였다.

나는 경멸과 모욕의 시선을 그들에게 던지었다. 자기가 얼마나 답답하고 갑갑하기에 남의 단추 끼운 것과 옷고름 맨 것과 저고리 입은 것조차 답답해 보일 것이랴! 여기는 쓰디쓴 눈물과 살을 저미는 슬픔이 있어야 하겠거늘, 이 기막힌 광경을 조소로 맞아야 옳을까?

나는 곧 그들에게 침이라도 뱉고 싶었다. 하되 나의 마음을 냉정하게 살펴본즉 슬프다! 나에게는 그들을 모욕할 권리가 없었다. 형수들 앞에서 앙가슴을 풀어 젖히려는 할머니가 민망스럽기도 하고 딱하기도 하였다. 환자를 가엾다 생각하면서도 나의 속 어디인지 웃음이 움직인 것은 부정할 수 없는 사실이었다. 더구나 내가 젊은이 패가 모인 이웃집 방에 들어갔을 때 무슨 재미스러운 일이나 보고 온 사람 모양으로 득의양양히 이 이야기를 하고서 허리를 분질렀다…….

거기에서는 할머니의 병세에 대하여 의논이 분분하였다. 그들은 하나도 한가한 이가 없었다. 혹은 변호사, 혹은 은행원, 혹은 회사원으로 다 **무한년하고** 있을 수 없는 형편이었다.

무한년하다(無限年--) 햇수의 제한이 없다.

"나는 암만해도 내일은 좀 가 보아야 되겠는데……. 나는 그 전보를 보고 벌써 돌아가신 줄 알았어. 올 때에 친구들이 **북포**니 뭐니 **부의**를 주길래, 아직 돌아가시지도 않았는데 이게 웬일이냐 하니까, 그 사람들 말이 돌아가셔도 자손들에겐 그렇게 전보를 놓느니, 하데그려. 그래 모두 받아 왔는데……. 허허허……."

그중에 제일 연장자로, 쾌활하고 말 잘하는 **백형**은 웃음 섞어 이런 말을 하고 있었다.

"……암만해도 오늘내일 돌아가실 것 같지는 않은데……. 이거 큰일 났는걸. 가는 수도 없고……."

"딴은 곧 돌아가실 것 같지는 않아……."

은행원으로 있는 육촌은 이렇게 맞방망이를 쳤다.

"의사를 불러서 진단을 해 보는 것이 어떨까요?"

부산 방직 회사에 다니는 사촌이 이런 제의를 하였다.

"옳지. 참 그래 보아야 되겠군."

아버지께 이 사연을 아뢰었다.

"시방 그물그물하시지 않나? 그러면 하여간 의원을 좀 불러올까?"

의원은 아버지와 절친한 김 **주부**를 청해 오기로 하였다.

갓을 쓴 그 의원은 얼마 아니 되어 미륵(彌勒) 같은 몸뚱어리를 환자 방에 나타내었다. 매우 정신을 모으는 듯이 눈을 내리감고 한나절이나 진맥을 하더니 고개를 절레절레 흔들며 물러앉는다.

"매우 말씀하기 안되었소마는 아마 오늘 밤 아니면 내일은 못 넘길 것 같소."

북포(北布) 조선 시대에, 함경북도에서 생산하던 올이 가늘고 고운 삼베.
부의(賻儀) 상가(喪家)에 부조로 보내는 돈이나 물품. 또는 그런 일.
백형(伯兄) 맏형.
주부(主簿) 한약방을 차린 사람.

매우 말하기 어려운 듯이, 기실 조금도 말하기 어렵지 않은 듯이 그 의원은 최후의 판결을 언도하였다.

"글쎄 그래. 워낙 노쇠하셔서 오래 부지를 하실 수 없지……."

그러면 그렇지 하는 얼굴로 아버지는 맞방망이를 쳤다.

가려던 자손은 또 붙잡히었다. 그러나 할머니는 그날 저녁부터 한결 돌리었다. 가끔 잡수실 것을 찾기도 하였다. 잡숫는 건 쭉하여야 배즙, 국물에 만 한술도 안 되는 진지였다. 죽과 미음은 입에 대기도 싫어하였다. 그리고 전일에 발라 드린 양약(洋藥)이 효험이 나서 상처가 아물었던지 자부와 손부에게 부축되어 꽤 오래 일어나 앉게도 되었다.

그 이튿날이 무사히 지나가자 한의(漢醫)의 무지를 **비소하고**, 다른 것은 몰라도 환자의 수명이 어느 때까지 계속될 시간 아는 데 들어서는 양의(洋醫)가 나으리란 우리 젊은 패의 주장에 의하여 ××의원 원장으로 있는 천엽(千葉) 의학사(醫學士)를 불러오게 되었다.

그는 진찰한 결과에 다른 증세만 겹치지 않으면 2, 3주일은 **무려하리라** 하였다.

"그래, 그저 그럴 거야. 아직 괜찮으신데 **백주에** 서둘고 야단을 하였지."

하고 일이 바쁜 백형은 그날 밤으로 떠나갔다.

그 이튿날 아침이었다.

우리가 집에 돌아오니까 할머니 곁을 떠난 적 없던 중모가 마당에서 한가롭게 할머니의 뒤 흘린 바지를 빨고 있다가 웃는 낯으로 우리를 맞으며,

"할머님이 오늘 아침에는 혼자 일어나셨다. 시방 진지를 잡수시고 계시다. 어서 들어가 보아라."

비소하다(非笑--) 남을 비방하거나 비난하여 웃다.
무려하다(無慮--) 아무 염려할 것이 없다.
백주에(白晝-) 드러내 놓고 터무니없게 억지로.

나는 뛰어 들어갔다. 자부와 손부의 신기해 여기는 시선을 받으면서 할머니는 정말 진지를 잡숫고 있었다.

나는 빙글빙글 웃으며,

"할머니, 어떻게 일어나셨습니까?"

할머니는 합죽한 입을 오물오물하여 막 떠 넣은 밥 알맹이를 삼키고,

"내가 혼자 일어났지, 어떻게 일어나긴. 흉악한 놈들! 암만 일으켜 달라니 어데 일으켜 주어야지. 인제 나 혼자라도 일어난다."

하며 자랑스럽게 대답하였다.

"어제 의원이 왔지요. 인제 할머니가 곧 나으신대요."

"정말 낫겠다고 하던? 응?"

하고 검버섯 핀 주름을 밀며, **흔연한** 웃음의 그림자가 오래간만에 그의 볼을 스치었다.

나의 눈엔 어쩐지 눈물이 핑 돌았다.

그날 밤차로 모였던 자손들은 제각기 흩어졌다. 나도 그날 밤에 서울로 올라왔다.

어느 아름다운 봄날이었다. 말갛게 갠 하늘은 구름 한 점도 없고 아른아른한 아지랑이가 그 하늘거리는 **깁 오리**로 봄 비단을 짜 내는 어느 아름다운 봄날이었다. 나는 깨끗하게 춘복(春服)을 차리고 친구 몇몇과 우이동 **앵화** 구경을 막 나가려던 때였다. 이때에 뜻 아니한 전보 한 장이 닥치었다.

'오전 삼 시 조모주 **별세**.'

흔연하다(欣然--) 기쁘거나 반가워 기분이 좋다.
깁 오리 명주실로 바탕을 조금 거칠게 짠 비단 조각.
앵화(櫻花) 앵두나무의 꽃. 또는 벚꽃.
별세(別世) 윗사람이 세상을 떠남.

임종

유한(有限)한 존재인 인간은 누구나 이 세계를 떠나 저 세계로 가는 죽음을 피할 수 없습니다. 그래서 살아 있는 동안 좀 더 유의미하고 행복한 삶을 추구하고자 애쓰며, 떠나게 된 사람을 위해서는 경건한 마음으로 애도(哀悼)의 의식을 치릅니다.

1949년 8월 《문예》 창간호에 발표된 염상섭의 〈임종〉은 죽음에 임박해서도 삶에 대한 집착을 버리지 못하는 인간의 심리와 이를 둘러싼 사람들의 이기적이고도 속물적인 습성이 강한 대비를 이루는 작품입니다. 특히 인간으로서의 삶을 마감하는 시점에서 숭고하게 치러질 장례식이 산 사람의 편의에 따라 진행되는 결말을 통해 더 이상 전통적인 가치관이 받아들여지지 않을뿐더러 죽음이 갖는 엄숙성과 현실적 절차 사이에 커다란 간극(間隙)이 존재함을 확인할 수 있습니다.

양방 병원에 입원하고는 한약을 구하고 한약을 준비하면서는 양약 주사를 갈망하는 '병인'의 삶에 대한 집착과, 그의 사망 이후 집안 사람들이 '장비'와 '찻삯'을 걱정하며 죽은 자에 대한 애도보다 산 자의 현실적 타산을 우선시하는 태도에 주목하며 작품을 감상해 봅시다. 나아가 인간이 죽음을 대하는 바람직한 자세는 어떠해야 할지 함께 생각해 봅시다.

염상섭(廉想涉, 1897~1963)

서울 출생. 1920년 동인지 《폐허》를 창간하고, 1921년 한국 최초의 자연주의 단편 소설 〈표본실의 청개구리〉를 발표하며 소설가로 등단했다. 40여 년 동안 160여 편의 중·단편 소설과 17편의 장편 소설을 발표하면서 신소설의 뒤를 이어 오늘날 현대 소설의 문법을 개척하고 완성했다는 평가를 받고 있다. 주요 작품으로는 〈만세전(萬歲前)〉, 〈잊을 수 없는 사람들〉, 〈금반지〉, 〈고독〉, 〈일대의 유업(遺業)〉, 〈짖지 않는 개〉, 《삼대(三代)》, 《취우(驟雨)》 등이 있다.

임종 _염상섭

1

"의사가 없으면 약이라두 지어 올 일이지, 사람이 성의가 없어."

침대 위에 간신히 부축을 하여 일어나 앉은 병인은 **만경**에 빠진 사람 같지도 않게 의식이 분명하고, 숨결은 차지마는 말소리도 또랑또랑하다. 병인은 어제부터 새판으로, 입원하기 전에 대었다가 맞지 않는다고 물린 한의를 병원 속으로 불러오라는 것이었다. 그것도 다른 사람은 다 제쳐 놓고 자기의 병증세를 잘 이해하고, 의사와 **수작**이라도 할 만한 아우 명호더러 꼭 가라는 것이었다. 그러나 어제와 오늘 두 번을 갔다 오면서 의사가 시골에 출장을 가서 못 만났다고 약도 못 지어 가지고 오는 것을 보니, 툭 건드리기만 하여도 끊어질 듯한 신경만 날카로운 판이라 화를 내는 것도 무리가 아니었다.

"어서 퇴원부터 하시고, 의사는 있다가 저녁때 불러오기로 하죠."

오늘도 부쩍 더워진 날씨에 전차를 타기도 **어중된** 거리라 걸어서 왕복을 하느라고 땀을 뻘뻘 흘리며 병실에 들어선 명호는, 웃통을 벗어 놓고 땀을 들이며 천천히 병인을 달래었다. 오늘 해를 넘길지 모르는 병자에게 성의가 없다는 말을 들으니 몹시 섭섭하고 미안한 생각까지 들었으나, 어쨌든 한약 첩

임종(臨終) 죽음을 맞이함. 또는 부모가 돌아가실 때 그 곁에 지키고 있음.
만경(慢驚) 경풍의 하나. 큰 병을 앓은 후에 몸이 허약해져서 생기거나 급경풍에서 전환되기도 한다.
수작(酬酌) 서로 말을 주고받음. 또는 그 말.
어중되다(於中--) 이도 저도 아니어서 어느 것에도 알맞지 아니하다.

쯤이 급한 것이 아니라 예정대로 퇴원을 어서 시켜야 하겠는데 또 딴소리가 나올까 보아 어린아이 달래듯 달래려는 것이었다.

"퇴원은 무슨 퇴원, 약이라도 지어 가지구 나가야지 이대루 나갔다간 당장 숨이 막혀 죽어……."

남의 고통은 조금도 몰라주고 성한 사람들이 저의 **대중**만 치고 저의 형편 좋을 대로만 하겠다는 것이 화가 나서 역정을 와락 내어 보았으나, 숨결이 또 다시 되어지며 말은 입속에서 **어름어름하여져** 버렸다. 병자는 성한 사람들이 자기에게 대한 동정과 성의가 부족하다고 늘 불만으로 여기는 모양이었다. 그것은 동정이 한편에서는 아름다운 것이나 한편에 있어서는 비굴한 것이라는 것을 생각할 여지도 없이, 육체의 고통이 극도에 오를수록 모든 사람이 부족하게 구는 것만 같고, 자기를 **돌려내고** 민주를 대는 듯싶어 고까운 생각이 늘 떠나지를 않는 때문이었다.

퇴원은 놀라는 급한 고비를 넘겼으나 이제는 아마 길게 걸리리라는 의사의 말을 듣고 벌써부터 나온 문제인데 병자의 반대로 **미루미루하여** 오던 것을, 어제 한약을 먹겠다는 말 끝에 거기에 따라 명호가 부쩍 우겨 대서 당자도 찬성을 하게 된 것이었다. 정신이 멀쩡할 때에는 옆의 사람이 송구스러울 만치 입원료가 더껍더껍 많아지는 걱정도 하고, 죽은 뒤의 **장비** 마련까지 하던 사람이 병세가 차차 **침중하여지고** 육체적 고통이 시시각각으로 볶아쳐 대니까 이런 생각 저런 생각 다 잊어버리고 덮어놓고 병원에만 있겠다고 고집을 부리던 것이었다. 그것은 병원에 누웠댔자 별수가 없는 것은 자기도 모르는 것이

대중 어떠한 표준이나 기준.
어름어름하다 말이나 행동을 똑똑하게 분명히 하지 못하고 자꾸 우물쭈물하다.
돌려내다 한 패에 넣지 않고 따돌리다.
미루미루하다 미루적미루적하다. 해야 할 일이나 날짜 따위를 미루어 자꾸 시간을 끌다.
장비(葬費) 장례비. 장사를 지내는 데 드는 비용.
침중하다(沈重--) 병세가 심각하여 위중하다.

아니지마는 다만 하나 주사를 못 잊어서 그러는 것이었다. 하마터면 **뇌일혈**로 인사불성에 빠질 뻔했던 것을 백지장 한 겹 시각에 요행히 붙들어서 한약으로 머리의 피를 내려앉게 하여는 놓았으나, 한 달 전에 입원할 때 이백 얼마라는 혈압(血壓)을 오륙십 그램씩 두 번이나 쥐어짜듯이 하여 피를 빼고 무슨 주사인지 미국치를 비밀 가격으로 사들여다가 연거푸 놓고 한 덕분에 간신히 부지를 하여 온 머릿속이요 심장이다. 거기다가 신장염이 곁들여서 **부증**이 들쑥날쑥하다가 어쩐 둥 하여 부기가 내리고 **구미**가 붙기 시작을 하여 한동안 **수미**를 폈던 것이나, 지금 와서는 완전히 마취제와 **강심제**의 농락으로 꺼져 가는 등잔의 심지를 돋우어 불꽃이 살아가는 것밖에 아무것도 아닌 것이었다.

"전쟁이 끝나고도 약이 없어 죽다니! 하기야 돈이 없지 약이 없겠나!"

병인은 목에 걸리는 소리로 이런 한탄도 하는 것이었다. 하여간 주사를 맨날 놓아야 모르핀의 진통제나 강심제 따위로는 병균을 건드리지도 못하는 것쯤은 번연히 알면서도, 그 주사나마 못 맞으면 당장 숨이 질 것 같으니 병원을 못 떠나겠다는 것이었다. 네 시간만큼씩에 놓던 것이 세 시간 두 시간으로 단축이 되고 나중에는 가슴이 타오르고 빠개질 듯이 **조비비듯** 할 제는 오밤중이라도 조르고 보채고 아귀다툼을 하다시피 하여 한 대 맞고 나면 가슴이 후련히 툭 터지고 옥죄이던 사지가 느른히 풀리는 그 신통한 맛이란 감칠 듯하여 아편쟁이의 주사란 것도 이래서 못 떨어지나 보다고 생각하곤 하는 것이다. 그러나 급한 고비를 넘기고 본 정신이 들면 이래서는 안 되겠다, 인제는 다만

뇌일혈(腦溢血) 뇌내출혈(腦內出血). 의식이 회복되더라도 손발이나 얼굴의 마비 등의 후유증이 있다.
부증(浮症) 부종. 몸이 붓는 증상. 심장병이나 콩팥병 또는 몸의 어느 한 부분의 혈액 순환 장애로 생긴다.
구미(口味) 음식을 먹을 때 입에서 느끼는 맛에 대한 감각. 입맛.
수미(愁眉) 근심에 잠겨 찌푸린 눈썹. 또는 그런 얼굴이나 기색.
강심제(強心劑) 쇠약해진 심장의 기능을 회복시키는 약.
조비비다 조가 마음대로 비벼지지 아니하여 조급하고 초조해진다는 뜻으로, 마음을 몹시 졸이거나 조바심을 냄을 이르는 말.

하나 한약을 다시 먹어 보는 길밖에 없다는 생각이 불현듯 드는 것이었다. 기구가 있으면 주사약을 한 상자 간호부에게 들려 가지고 나가서 급할 때마다 주사로 숨을 돌려 가면서 한약을 써 보고 싶으나, 그럴 형세가 못 되고 보니 한약을 먹으러 나가기는 나가겠으되 그러면 주사 대신에 숨이 지려 할 때 붙들어 주는 즉효가 나는 한약을 지어 오라고 어린아이처럼 보채는 것이었다.

"염려 마세요. 주사는 아침저녁으로 K 선생이 댁에 가서 놓아 드리마 했으니까……."

이렇게 안위를 시키고 달래어도 보았다.

그러나 집안 사람들은 병인의 그러한 사정은 생각할 여지가 없었다. 병원에서 **객사**를 시킬 것이 싫어서 그런 것도 아니요, 다만 어서 집으로 나가서 운명을 시켜야 초상을 치르기가 편하다는 속셈만으로 서둘러 대는 것이었다. 병원에서 초상을 치르는 것이 도리어 비용이 덜 들겠다는 뒷공론도 있었으나, 그렇게 되면 집안 식구가 **거산**을 할 것이요, 더 고생일 것이라 하여 병인이 퇴원하여 준다는 것만 다행하다고들 하였다. 사실 저희들 성한 사람의 사정만 생각한다고 병인이 불평인 것도 그럴듯한 말인지 몰랐다. 그러나 병이 이미 기울어져서 산 사람과의 교섭이 차츰차츰 멀어져 가니 정성이나 애정이 한 꺼풀 두 꺼풀 벗겨져 가고 없어져 가는 것도 어쩔 수 없는 모양이었다. 집에서 한 달, 병원에서 한 달, 두 달을 두고 잠시 한때 옆에서 떠나지를 못하게 하는 아내까지 이제는 진력이 나서 어서 병원에서 나가고만 싶어 하였다. 또 요행히 고비를 넘긴다 하더라도 이러한 늙은이의 병이란 대개 중풍으로 누워 있게 되기가 십상팔구이니 그렇게 되면은 없는 살림에 서로 못할 노릇이요, 한 달에 이삼만 환 하는 입원료를 무엇으로 대어 나가느냐는 걱정부터 앞을

객사(客死) 객지에서 죽음.
거산(擧散) 집안 식구나 한곳에 살던 사람들이 모두 뿔뿔이 흩어짐.

서는 것이었다. 가장을 잃으면 어린 것들과 **노두**에 방황하겠다고 애를 **부덩부덩** 쓰고 지성껏 병구완을 하던 것도 아직 든든한 생활력이 남아 있고, 그래도 **회춘**할 일루의 희망이 있을 동안이었다. 산 사람이나 당장 내일부터라도 먹고 살아야지 하는 태산 같은 걱정이 앞을 가리니 다만 남는 것은 인연이라든지 의리나 체면뿐이었다. 그러나 앓는 사람은 그럴수록 동정과 애정과 성한 사람의 성의에 매달리려고 애원하는 것이요, 역정을 내는 것이었다.

2

성한 사람의 정성이 부족하여 가거나 저희들의 사정만을 생각하거나 말거나 정신이 말짱하고 원체 체력이 든든하던 병인은 지치고 살이 야위기야 하였지만, 좀처럼 자기가 그렇게 쉽사리 훌꺽 죽어 가리라고는 생각지 않았다.

"큰 산소의 아버지 옆에 내가 들어갈 자리는 하나 넉넉히 되지마는 장비는 터무니없고, 이런 세대에 무어 볼 거 있소. 간략히 화장(火葬)을 해서 뼈나 갖다 묻도록 하우."

자기가 세상을 떠난 뒤에 아이들의 교육과 취직이며 생활 방도를 의논한 끝에 이러한 유언도 하고, 어떤 때는 유골을 갈아서 정한 산에 올라가 날려 보내도 좋겠다는 지나는 말도 하여 가족들을 놀라게도 하였다. 그러나 그러한 유언은 언제나 한 번은 죽을 것이니 이 기회에 미리 자기의 의사 표시를 하여 두자는 것이지 다시는 일어나지 못하리라는 각오를 하고 하는 말은 아니었다. 주사의 힘으로 버티어 나가거니 하는 불안은 있었으나, 주사를 놓고 나면 그 저리고 쑤시던 가슴이 훤히 터지고 부축을 하여도 몸을 가누고

노두(路頭) 길거리. 사람이나 차가 많이 다니는 길.
부덩부덩 부득부득.
회춘(回春) 중한 병에서 회복되어 건강을 되찾음.

일어나 앉을 수 있는 것을 보면 자기의 원기에 대한 자신이 다시 생기고 능히 **소복**되리라는 새 희망도 비치는 것이었다. 사실 어제 퇴원을 하느니 마느니 하고 한참 부산한 통에 C라는 젊은 위문객이 왔을 때는, 이때까지 서둘던 가족들이 무색하리만큼 병인은 내일이라도 일어날 듯이 명랑한 낯빛으로 수작을 하는 것이었다.

"그동안 이렇게 편찮으신지는 몰랐습니다그려. 지금 ××재단을 설립 중인데 물론 돌아가는 것을 보니까 어쩌면 선생을 부사장으로 추대할 듯싶더군요. 그야 이사(理事) 자리야 하나 안 드리겠습니까마는, **공교히** 이렇게 누워 계셔서 안됐습니다. 어서 속히 일어나기만 하십쇼."

C 청년은 병인의 기를 돋구어 주려고 위로로 하는 말이 아니라 그러한 내통을 하여 주고, 또 그리하면 자기에게도 좋은 일이 없지 않겠다는 생각으로 찾아다니다가 병원까지 왔다는 **말눈치**였다.

"흥, 그런 이야기가 있어! 좀 있으면 일어나게야 되겠지만 하여간 그 축들 만나면 잘 부탁해 주우……. 어 오늘 C 군이 찾아 준 것도 의외지만 아마 나도 이제 운이 트려는군! 힘 좀 써 주슈. 꼭 부탁하우."

병인은 젊은 친구의 손을 붙들고 은근한 정을 표하는 것이었다. 그러나 젊은 객은 병 증세를 캐어묻고 병인의 가다가다 허청 나오는 목소리와 어떻게 보면 **사색**에 질린 낯빛을 이모저모 뜯어보는 눈치더니, 처음 달겨들 때 떠벌려 놓던 기세와는 딴판으로 차츰 기색이 달라지면서 꽁무니를 빼는 수작을 어름어름하고는 훌쩍 나가 버렸다. 병인은 그래도 **신기**가 매우 좋아서 아내더러 내일은 P에게 연락을 해서 그 ××재단의 내용을 알아보고 A에게 가서는

소복(蘇復) 원기가 회복됨. 또는 원기가 회복되게 함.
공교히(工巧―) 생각지 않았거나 뜻하지 않았던 사실이나 사건과 우연히 마주치는 것이 매우 기이하게.
말눈치 말하는 가운데에 은근히 드러나는 어떤 태도.
사색(死色) 죽은 사람처럼 창백한 얼굴빛.
신기(身氣) 몸의 기력.

이러저러한 전달을 하고 부탁을 하여 두라는 분별을 하고 누웠다. **옹위**를 하고 앉아 있는 가족들은 이 양반이 오늘 해를 못 넘기리라고 서둘던 양반인가 하는 생각에 물끄러미 병인의 얼굴을 바라보며 어쨌든 반갑고 기쁘기도 하며, 어떻게 보면 과히 병이 **고황**에 깊이 든 것이 아닌 것같이도 보여 다시 새로운 희망도 생기는 것이었다. 퇴원을 재촉하고 장사 지낼 걱정을 끼리끼리 수군거리던 것이 우습기도 하였다.

C 청년이 다녀간 뒤에 의사가 저녁때에야 들어왔다. 오늘도 가슴이 메어지고 숨이 막힐 때마다 K 선생을 불러오라 하고, 출근을 아니 하였거든 자택으로 전화를 걸라고 하던 K 의사가 들어왔다. 병자는 아까 놓은 주사 기운이 아직 남아 있어 그리 급한 지경은 아니나 의사의 얼굴만 보아도 안심이 된다는 눈치로 반가워하였다.

"오신 길에 주사를 또 한 번……."

환자는 조금 있으면 또 닥쳐올 고통이 무서워서 좀처럼 만나기 어려운 의사를 붙들은 김에 아주 미리 주사를 듬뿍 맞아 두고 싶은 생각이었다.

"아, 놓아 드리죠."

진찰을 대강 하여 본 뒤에, 의사가 주사약을 가지러 나가는 것을 보고 명호는 병자의 눈에 안 띄게 슬며시 뒤쫓아 나갔다.

"오늘 퇴원을 시킬까 하다가 선생두 안 오시구 해서 그만두고 있습니다마는, 어떤 모양인가요?"

"오늘낼 새로 어떻겠습니까마는 퇴원하시죠."

퇴원을 시킨다는 말에 의사는 도리어 반색을 하는 눈치였다. 급한 고비는 넘겼으나 이제는 길게 끌리라는 예고를 할 제부터 벌써 의사는 이 이상 더 할

옹위(擁圍) 주위를 둘러쌈.
고황(膏肓) 심장과 횡격막의 사이.

수는 없으니 데려 내가라는 말눈치였던 것이다. 어차피 내일 한약을 지어 온 뒤에야 병인이 순순히 퇴원하겠고, 또 오늘내일 새로 어떨 리는 없으리라는 의사의 말에 안심이 되어서 퇴원은 내일로 미루기로 하였다.

그러나 뒤미처 주사침을 손수 가지고 들어온 의사가 정맥 주사를 한참 고생을 하여 놓고 나더니 명호에게 눈짓을 하며 나간다. 명호는 불길한 예감에 마음이 설레이면서 눈치 빠른 병자의 눈을 피하느라고 머뭇거리다가 넌지시 따라 나갔다.

"될 수 있으면 오늘 해 전으로 나가시는 게 좋을 것 같은데요. 지금 보시다시피 약을 빨아들일 힘이 없는 것을 보니 이제는 심장이 완전히 주사의 힘으로만 **부지**를 하는 건데요……."

하고 의사가 도리어 서두른다. 아닌 게 아니라 지금 주사기에 피가 자꾸만 흘러 나와서 주사약은 분홍빛으로 물이 들고, 의사는 몇 차례를 쉬어 가며 간신히 억지로 넣고 나온 것이었다. 그러나 퇴원을 한다고 법석을 하다가 겨우 준비가 되고 병인도 ××재단이 되면 이사가 되리라는 뜬소문엘망정 기분이 좋은 터에 새판으로 퇴원하자고 소동을 할 수도 없었다.

병인은 두 번씩이나 의사를 따라 나가서 수군수군하고 들어오는 명호의 얼굴을 빤히 쳐다보며 무엇을 찾아내려고 몹시 초조해하는 기색이었다. 마음을 턱 놓았던 화색이 금시로 사라지고 불안과 공포의 빛이 휙 떠오르다가 꺼지면서 어색한 웃음을 띠고 무슨 말을 꺼내려는 눈치더니 자기도 입 밖에 내서 물어보기가 무서운 듯이 멈칫하고는 또다시 퀭한 눈으로 언제까지 명호의 기색만 노려본다. 위중하다는 기별을 듣고 이른 아침이나 날이 저문 뒤에 뛰어가면 어째 왔나 하고 도리어 놀라며 겁을 내고 싫어하거나 흥분이 되곤 하는 병인이었다. 이렇게 의혹과 공포에 질린 눈으로 쏘아보는 양은 마치 무서

부지(扶持/扶支) 상당히 어렵게 보존하거나 유지하여 나감.

운 **마굴**에 불법 감금이나 당하고 앉아서 감시하는 **옥졸**의 눈치만 숨을 죽이고 슬금슬금 노려보는 것 같아서 명호가 도리어 얼굴을 둘 데가 없고 말이 막혀 버렸다.

"의사 말이, 훨씬 **차도**가 있으니 오늘내일 주사를 좀 더 넉넉히 맞으시구 내일 오후에 퇴원하시라는군요."

명호는 잠자코만 있기가 더 괴로워서 안 나오는 웃음을 지어 보이기까지 하였다.

"응?……"

병인은 바르르 떨리던, 잔뜩 당겨진 신경이 일순간 확 풀리는 듯하며 귀를 번쩍해하다가,

"정말 그럴까?……"

하고 의아한 눈초리로 맥없이 한마디 하고서는,

"그런 말쯤이야 내게 직접 말 못할 것은 무언구?"

하며 코웃음을 친다. 그러나 그 코웃음과는 반대로 좀 더 자세한 의사의 말의 실증(實證)을 붙들어 보겠다는 듯이 일단 늦추어졌던 정신력과 주의력을 눈으로 힘껏 모아서 명호의 얼굴빛과 입술을 겨누어 보며,

"별안간 어떻게 차도가 있다는 거야?"

하고 마치 명호의 말 한마디가 자기의 운명을 마지막 결정이나 한다는 듯 커다란 희망을 가지고 애원하듯이 매달려 오는 기색을 보인다. 명호는 마음이 무거워지며 괴로웠다. 조금 전까지도 인제는 운이 트이나 보다고 좋아하던 이 안타까운 병인에게 꾸며선들 무어라고 대꾸를 해 주어야 이 어려운 처지를 모면할지 선뜻 말이 아니 나왔다.

마굴(魔窟) 마귀들이 모여 있는 곳.
옥졸(獄卒) 옥에 갇힌 사람을 맡아 지키던 사람.
차도(差度/瘥度) 병이 조금씩 나아 가는 정도.

"형님이 원체 기력이 좋으시니까 이제 한약을 제 **곬**을 찾아서 잘 쓰기만 하면 염려 없다는 말이죠."

"딴소리……."

아까 C 청년이 왔을 때부터 너무나 긴장이 계속된 끝이라 뒷말을 더 하려고 입을 쫑긋쫑긋하다가 기운이 빠져서 맥이 풀려 가는 눈만 멀거니 뜨고 천장을 바라보고 반듯이 누웠다. 그러나 '딴소리'라고 핀잔주듯이 힘 있게 부인한 것은 명호가 거기 달아서 딴소리가 아니라고 무슨 변명이라도 하고 덤비기를 바랐던 것인데, 다시는 아무 대꾸가 없이 명호가 담배를 붙이고 마는 것을 보자 병인의 눈에는 절망의 빛이 차차 짙어 갔다.

'그런 말이면야 내게 직접 말 못할 리가 없지…….'

탈진은 하여 가면서도 맑게 개인 병인의 머릿속에서는 이런 생각이 언제까지 스러지지 않았다.

'……이것은 사형수보다도 더 못 견딜 일이다. 사형수는 제 운명을 알구나 있지 않은가?…… 사형을 집행할 때라두 미리 일러는 줄 테지. 이놈들이 정작 내게는— 누구보다도 먼저 알아야 할 내게는 알리려 들지를 않구서 목숨의 임자가 저희들인 듯싶게 저희들만 뒷구멍으루 **숙설숙설하구** 우물쭈물하다니! 대관절 산다는 거냐? 살려 주겠다는 거냐?……'

눈을 감고 누웠던 병인은 머릿속이 점점 더 환하여지며 조리가 뻔하게 이런 생각이 떠오르자 눈을 별안간 번쩍 뜨고, 누구든지 눈에 띄는 대로 소리를 버럭 질러 보려고 이상한 광채가 솟으며 부리부리 휘둘러보았으나, 가위에 눌린 사람처럼 목이 탁 잠겨서 소리가 아니 나왔다. 눈의 **정채**가 훅 꺼지며 앞에 앉은 아내의 얼굴이 차차 멀어 간다. 다시 눈꺼풀이 스르르 내려 감기며

곬 한쪽으로 트여 나가는 방향이나 길.
숙설숙설하다 알아듣지 못하도록 낮은 목소리로 자꾸 자질구레하게 이야기하다.
정채(精彩) 정묘하고 아름다운 빛깔. 생기가 넘치는 활발한 기상.

잠이 혼곤히 들어 버렸다. 그러나 금시로 드르렁 하고 코 고는 소리가 나다가 그 소리에 소스라쳐 다시 눈을 번쩍 뜨고 두리번두리번 사방을 둘러본다.

'……응, 잠이 들었던 게로군!'

그는 죽은 것이 아니었고나 하는 생각에 마음이 놓였다. 잠이 들었다가 그대로 숨이 넘어가지나 않는가 하여 잠이 드는 것도 겁이 나고 싫었다.

3

"그럼 약을 지어 가지고 오죠."

젊은 아이가, 퇴원 수속을 마치고 올라오는 것을 보고 명호가 벗어 놓았던 양복저고리를 입고 나서려니까 침대에 구부리고 앉았는 병인의 뒤에서 어깨를 주무르고 있던 명호의 형수가 그만두라고 손을 두른다. 그러나 명호는 못 알아들은 척하고 나와 버렸다. 입원하던 맡에, 용한 한의가 있다고 하여 몰래 불러다가 보이니까 고개를 내두르고 가 버리는 바람에 왕복 자동차 삯만 없앤 일도 있었지마는 그러기에 병인이 아무리 졸라도 아내는 한의를 또 불러온다는 것은 반대요, 지금 입원료를 치르고 나면 병인을 태울 자동차 삯이 부족하지나 않을까 하여 애가 타는 판이라 그까짓 먹을지 말지도 모르는 한약 몇 첩 값이라도 절약을 하려는 것이었다. 물론 명호도 그만 짐작이 없는 것은 아니지마는 병인의 마지막 소원이라도 풀어 주고 싶고, 산 사람의 유감이 되지나 않게 하자는 생각이었다.

명호는 자기 집 근처의 안면 있는 한약국에서 세 첩을 지어 가지고 나오는 길에 약에도 소위 연때[緣分]가 맞는다는 말이 있으니 요행 들어서 또 지어 가게 되더라도 그 **화제**는 나를 주시오, 하여 약봉지 묶은 데 끼어 가지고 나왔

화제(和劑) 한약 처방을 이르는 말.

다. 지금 같아서는 기적을 바라는 것 같지만 그렇게까지도 죽지 않는다는 자신을 가지고 애를 부덩부덩 쓰는 그 정신력이라든지 체력으로라도 어쩌면 돌리지 말라는 법도 없으리라는 엷은 희망은 아직도 한편에 남아 있고, 또 사실 집안 형편이나 가족의 앞길을 생각하면 지금 이대로 세상을 떠나보내어서는 큰일이라는 걱정이 뉘게나 있는 것이었다. 그러나 그 역시 산 사람의 사정부터 가지고 따지는 말이었다. 죽는 사람도 정신이 말짱하고 죽는다는 공포에서 벗어나서 한숨 돌릴 때는 가족이나 자식 생각이 앞을 서기는 하겠지마는 그 무서운 육체적 고통에서 이를 깨물며 헤어나려는 모질고 줄기찬 본능과는 거리가 먼 수작 같았다.

'……실상 사신대도 **여년**이 얼마 남은 것은 아니지만.'

올 정초에 형제들이 모인 자리에서 동생들이 병인의 육십 잔치를 지낼 의논들을 하던 것이 머리에 떠올라서 이런 생각을 하다가 명호는 그 말이 어쩐지 않는 형을 비난하는 뜻같이도 생각이 들자 찔끔하였다. 그야 누구나 하는 말이지마는 여년이 얼마 남았거나 말거나 단 하루, 단 한 시간이 남았어도 마지막 순간까지 살려고 바드득바드득 애를 쓰는 그 형상을 비웃어서는 안 될 것이 아닌가 하는 생각이 드는 것이었다.

'……백 년을 산대도 가던 길을 반도 못 걷고 하던 일을 손에 붙든 채 쓰러지고 마는 것이 아닌가. **자기완성**을 하고 떠나지는 못하는 것인데— 미완성인 대로 뒷대에 물려주고 가는 것이 인생이라면야 죽은 뒤에 남는 처자식이 어떻게 되든지 뒤를 깡그리 드리지 못했다는 것이 문제가 아니다. 죽음의 마지막 순간까지 다만 그것을 두 손으로 **바당기고** 막아 내려는 것이 생물의 본능이나 좋게 말하자면은 생리적 조건이 허락하는 때까지의 자기

여년(餘年) 여생. 앞으로 남은 인생.
자기완성(自己完成) 자기 자신의 인격을 완전하도록 만듦.
바당기다 버티다. 맞서서 대항하다. 끝까지 차고 배기다.

주장(自己主張)이요, 자기의 존재를 잃지 않겠다는 무서운 단판 씨름이라 할 것이나, 그러나 자기완성을 허락지 않는 바에야 항복이 아니라 앞질러 선선히 길을 비켜서서 뒤에 물려주고 **시사약귀**로 조용히 물러가라는 말인데…… 그렇지만 시사약귀란 저마다 할 수 있는 노릇인가…….'

명호는 병원으로 터덜터덜 오면서 갈피 없는 이 생각 저 생각에 마음이 어두워지고 쓸쓸하였다.

'……이번에는 내 차례인데…….'

명호는 무심코 이런 생각이 떠오르자 이렇게도 살기 어렵고 보기 싫은 세상에 죽는 것쯤은 조금도 아깝거나 원통한 것은 없겠으나, **병고**에 시달리고 부대낄 것을 생각하면 이때까지 겪어 온 평생의 고생을 한 묶음 묶어다가 앞에 놓은 듯싶게 벅찬 생각이 들며 지금부터 걱정이 되는 것이었다. 마취제 주사에 맛을 들이고 **감질**이 나지나 않고 죽는다면 얼마나 편하고 팔자 좋게 죽을 것인가 하고 혼자 실소도 하였다. **불도**에 **골독하던** **재종형**이 요새 앓아누웠다는 말을 듣고도 병원에서 헤어날 새가 없어 아직까지 위문을 가지 못하고 있지마는, 위문도 위문이려니와 불도에 신앙을 가진 사람의 투병술(鬪病術)은 어떤지 견학도 하고 사생관(死生觀)도 한번 가서 들어 보고 싶은 생각이 들었다. 머리가 허애져 가는 명호는 차차 죽을 차비를 차려야 하겠다는 생각을 곰곰이 하는 것이었다.

시사약귀(視死若歸) 죽음을 두려워하지 않아, 죽음을 마치 집에 돌아가는 것 같이 대수롭지 않게 여김.
병고(病苦) 병으로 인한 괴로움.
감질(疳疾) 바라는 정도에 아주 못 미쳐 애타는 마음.
불도(佛道) 부처의 가르침.
골독하다(汨篤--) 골똘하다. 한 가지 일에 온 정신을 쏟아 딴생각이 없다.
재종형(再從兄) 육촌 형.

4

명호는 병실에 들어서며 손에 든 약을 병인에게 내보이고,

"여기 이 화제는 이 약이 듣는 경우에 내게로 보내시든지 댁 근처에서라도 더 지어다 잡숫게 하라고 가져온 것입니다."

하고 설명을 하니까 병인은 웃지는 않으나 만족하고 안심한 낯빛이었다. 약봉지는 거지반 다 꾸려 놓은 봇짐 속에 대수롭지 않은 듯이 꾹 찔러 넣었다.

자동차를 부르게 하고 이층에서 병인을 담아 내려갈 들것[擔架]을 올려오고 하는 동안에 위문을 온 전도(傳道) 부인 같은 서너 부인이 들어오더니 아낙네들끼리 수군수군한 뒤에 병상 앞에 둘러서서 기도를 시작하였다. 병인은 직접 아는 사이가 아닌 모양이지만 병인의 아내의 옛날 친구들이 위문을 왔다가 의외의 중태인 데에 놀라서 마지막 축원을 드리는 것이었다. 어제 명호가 한의를 부르러 갔다가 오니까 형수의 말이 그동안에 성당에서 와서들 **세**를 붙이고 갔다 하면서,

"저기 **성수**까지 받아 놓았답니다."

하고 탁자를 가리키기에, 명호는 잔소리가 하기 싫어서 그저 그런가 보다고 생각하면서도 좀 이상히 여겼던 것이다. 원체 병인은 불교를 좋아하였다. 부모의 장례 때도 일부러 승려를 청하였던 것이다. 이번에도 명호 형제들은 만일 형이 돌아가면 중을 부르겠느냐, 비용 관계가 있으니 **제례하겠느냐는** 것까지 벌써 의논하고 있던 터이다. 그러나 그동안 병원 안에서 천주교를 믿는 간호부가 늘 와서 권하기 때문에 처음에는 몇 번 사퇴를 하였으나 나중에는 병인도 그 설교에 마음을 돌리고 승낙을 하여서 세까지 붙이게 된 것이라는 것이었다. 병인이 승낙하였을 뿐만 아니라, 해로운 일이 아니니 그런가 보

세(洗) 가톨릭교의 입교 성사(聖事)로, 가장 먼저 받는 성사(聖事). 주로 물로 씻는 예식으로 이루어진다.
성수(聖水) 종교적인 의식 때에 쓰기 위하여 교회의 이름으로 축성(祝聖)한 물.
제례하다(除例--) 갖추어야 할 식례(式例)를 덜어 버리다.

다고 별 이의(異議)는 없었다. 그러나 지금 안손님이 와서 기도를 드리는 것을 보고는 좀 이상하고 우스운 생각도 들었다. 그러면서도 눈이 여린 명호는 부인네들 뒤에 가로놓인 마주잡이 들것 옆에서 그 기도 소리를 듣다가 눈물을 걷잡지 못하여 방문 밖으로 피하여 나가 버렸다.

물에 빠진 자가 새끼 토막이라도 붙든다는 격으로 이 신령(神靈), 저 부처에게 닥치는 대로 매달려 공덕을 애걸하며 빌자는 것이 아니라, 주위와 지기가 제각기의 신앙을 빌어서 병인의 쾌복이나 명복을 빌어 주는 것은 물리칠 수도 없거니와 고마운 일이요 아름다운 일이거니 하고 바라볼 뿐이었다. 그러나 병자는 기도 소리를 듣는지 마는지 무표정한 얼굴로 다만 눈을 감고 깊은 잠에 들어가는 듯이 까딱도 않고 누워 있다.

그래도 들것에 옮겨 놓은 때는 눈을 분명히 떠서 둘러보고 병원 문밖까지 나와서 자동차에 떠메어 올리려니까,

"운전수한테 길을 잘 일러 주어야지."

하고 분명한 소리를 하는 데에는 여러 사람이 서로 쳐다보며 신기해서 웃었다. 그러나 자동차 안의 시트에 들여 뉘자 병인의 눈자위는 틀려 갔다. 명호는 눈결에 힐끗 바라보고 다짜고짜 병원 안으로 다시 뛰어 들어가서 간호부를 끌고 나왔다. 강심제를 또 한 번 놓아 달라는 것이다. 자동차 속에 들어서서 주사를 놓고 있는 간호부의 하얀 뒷모양을 바라보며 시급히 조수석으로 뛰어 들어가 앉았다.

달리는 자동차 속에서 병인의 증세가 어떻게 되었는지는, 앞의 운전대에 앉은 명호에게는 몰랐다. 오인승인 차 안에서 젊은 애들이 여상 좋은 낯으로 수작을 하는 것을 보고 안심이 되었을 뿐이다.

병인이 더 살고 싶고 말고 간에, 집에 들어갈 때까지만 숨이 붙어 있기를 바랄 뿐이었다. 이 지경에 캄풀 주사가 효험이 있을까 없을까를 헤아려 볼 새도 없이 간호부를 끌어온 것은 다만 송장을 데리고 집에 들어가지 않겠다는

욕심이요, 밖에서 죽은 송장을 집에 끌어들였다는 말만 듣지 않게 하자는 발뺌이나 체면을 먼저 생각하였던 것이다.

5

신체를 모셔 들인 방에는 불을 때어 놓았으나 미리 세간을 말끔히 치우고 병풍만 한 채 남겨 있었다. 병원에서 떠나기 전에 벌써 **빈소** 방이 준비되었던 것이다. **발상** 전의 **과수댁**은 옆방에서 부리나케 보따리를 풀고 무엇을 찾았다. 명호가 오늘 반나절을 걸려서 땀을 뻘뻘 흘리며 지어 온 약봉지가 먼저 방바닥에 떨어졌다. 병자가 이틀을 두고 성화를 대며 졸라서 먹으려던 한약이다. 과수댁은 컵 속에 넣은 물 종지를 찾아내서 빈소로 가지고 가더니 신체의 주위에 말끔히 뿌렸다. 천주교에 세를 붙이고 받아 둔 성수였다.

발치께 서서 가만히 바라보던 명호가,

"그럼, 장례는 어떻게 지내시렵니까? 제사는 일체 폐하시나요?"

하고 물으니까 과수댁은,

"그렇게까지야 하겠습니까."

하고 다만 좋은 일이니, 성당 사람이 하라는 대로 한다는 것이었다.

초상집에서는 우선 삼일장이냐 오일장이냐 하는 의논이 벌어졌다.

"화장을 하라신 유언도 계셨으니 화장으로 모시면야 삼일장도 넉넉할 겁니다."

명호는 첫째 장비 걱정으로 화장을 앞세웠다.

빈소(殯所) 상여가 나갈 때까지 관을 놓아두는 방.

발상(發喪) 상례에서, 죽은 사람의 혼을 부르고 나서 상제가 머리를 풀고 슬피 울어 초상난 것을 알림. 또는 그런 절차.

과수댁 남편을 잃고 혼자 사는 여자. '과붓집'의 높임말.

"그야 우리 형세에 삼일장이죠마는 화장은 아닙니다. 처음에는 그런 말씀이 계셨지만 나중에는 아무래두 아버님 곁으루 들어가시겠댔는데요."

여기에 가서는 아무도 이렇다 저렇다 말할 나위가 없었다. 혹은 이 과수댁도 뒤미처 들어갈 테고 보니 자기부터 화장이 싫어서 그럴지도 모르나, 돌아간 이도 아직 먼 앞일이거니 하고 가상적으로 여유를 두고 말할 때는 화장은 입 밖에 냈을는지 몰라도 당장 닥쳐 온 실제 문제가 되고 보니 역시 선산에 묻히고 싶어 하였을 것도 넉넉히 짐작할 일이었다. 나 죽은 뒤에는 **수의**를 무슨 감으로 하여 달라느니, 관 속에는 이것저것을 넣어 달라느니 하는 유언도 하거던, 자기 묻힐 자리를 초점(初點)까지 해 놓고서 거기에 못 묻힐까 보아 애를 쓰며 세상을 떠나는 것도 무리가 아닐지도 몰랐다.

"말이 삼일이지 오늘 해는 다 가구 내일 하루인데 첫째 **산역**이 문제로군."

호상차지의 걱정이었다.

"영구차에 버스 한 대는 따라야 할 테니 자동차 삯만 해두 두 대에 사만 환은 예산을 잡아야 할걸."

홍제원 화장장이면 고작해야 오륙천 환에 너끈할 것인데, 없는 돈에 찻삯이 사만 환 예산이라니 엄청난다는 말눈치였다.

"화장이나 매장이나 돌아간 뒤에야……."

젊은 축들은 저희들끼리 이런 소리로 수군거리는 것이었다. 그러나 아무도 그 말이 옳다고 찬성하는 사람도 없고, 그르다고 나무라는 사람도 없었다. 하여간 하룻밤 하룻낮을 안팎에서 복작대고 들볶아 쳐서 제 시간에 **성복제**도 지냈다. 성복제를 지내고 나니까, 앓아누웠다던 명호의 재종형이 지팡이를

수의(壽衣) 염습할 때에 송장에 입히는 옷.
산역(山役) 시체를 묻고 뫼를 만들거나 이장하는 일.
호상차지(護喪次知) 초상 치르는 데에 관한 온갖 일을 책임지고 맡아 보살피는 사람.
성복제(成服祭) 초상이 나서 처음으로 상복을 입을 때에 차리는 제사.

짚고 지척지척 **조상**을 왔다.

"허! 내가 먼저 갈 줄 알았더니 이게 웬일이란 말인가!"

하고 관을 붙들고 **상제**들보다도 더 섧게 울고 나더니, 염주를 꺼내 들고 염불을 시작하였다. 한 식경이나, 옆 사람들이 지루하도록 염불을 끝마치고는 이 늙은이는 품에서 훔척훔척하면서 백지에 기름하게 싼 봉지를 꺼내서 **관상명정**을 쳐들고 관 위에 끼워 놓은 것은 손수 베낀 경문(經文)인지 한 모양이었다. 장지에 나가서도 **하관**할 때 폐백과 함께 이 종이 봉지도 **횡대** 밑에 넣는 것을 잊지는 않았다. 성수에 말끔히 씻긴 혼백이, 또다시 **불타**의 대자대비한 공덕에 안겨 안온히 잠들지 모르나, 그보다도 먼저 산 사람이 제 각자의 소임이나 **향의**를 기울인 데 만족을 느낄 것이었다.

조상(弔喪) 남의 죽음에 대하여 슬퍼하는 뜻을 드러내어 상주(喪主)를 위문함. 또는 그 위문.
상제(喪制) 부모나 조부모가 세상을 떠나서 거상 중에 있는 사람.
관상명정(棺上銘旌) 관 위에 씌우는 명정(죽은 사람의 관직과 성씨 따위를 적은 기).
하관(下棺) 시체를 묻을 때에 관을 광중(壙中)에 내림.
횡대(橫帶) 관을 묻은 뒤에 구덩이 위에 덮는 널조각.
불타(佛陀) '석가모니'의 다른 이름. 부처.
향의(向意) 마음을 기울임. 또는 그 마음.

죽음을 통해 삶의 의미를 밝히는 문학

죽음은 고대에서 현재에 이르기까지 세계 많은 철학자들과 예술가들이 사유(思惟)하는 주제 중 하나입니다. 특히 삶의 진실을 치열하게 파고드는 작가들은 인간의 삶과 연관된 죽음을 글로 형상화하여 인간 존재와 삶의 의미를 알아내고자 했습니다.

그 대표작으로 손꼽히는 톨스토이(Leo Tolstoy, 1828~1920)의 〈이반 일리치의 죽음〉(1886)은 남다른 처세술로 상류층의 삶을 누리게 된 45세의 판사 이반 일리치가 갑작스러운 죽음을 앞두고 깨달은 인생의 의미를 담은 중편 소설입니다. 작가는 이를 통해 죽음을 선고받은 인간의 심리 변화[부인(否認)-분개-타협-체념-수용]를 면밀하게 풀어냅니다. 주인공 이반 일리치는 병상에서 "인생을 이루고 있는 모든 것을 보았다. 그리고 그것은 순전히 가짜이며, 삶과 죽음을 덮어 버린 무섭고도 거대한 기만"임을 깨닫고 생(生)의 진정한 의미를 찾고자 합니다. 그때 자신의 죽음을 연민하는 하인과 아들의 눈물에 진실한 마음으로 살지 못했던 스스로를 돌아보며 모두에게 용서를 구하고 스스로 용서를 품습니다. 이로써 톨스토이는 인간이 죽음을 의식할 때 진정한 삶을 살아갈 수 있음을 전합니다.

죽음을 소재로 삶의 진실에 다가가고자 한 노력은 우리나라 작품에서도 많이 발견할 수 있습니다. 영화로도 제작된 이청준(1939~2008)의 《축제》(1996)는 팔순 노모(老母)의 장례를 치른 이야기를 토대로 쓰여진 장편 소설로, 작가는 이를 통해 장례식이 "산 자와 죽은 자가 마지막으로 만나 한스런 세월의 응어리를 씻어 낼 뿐 아니라 남은 사람들끼리도 서로 화해의 손길을 나누는 화합의 향연"이라고 말합니다. 그리하여 죽음은 남아 있는 사람들을 결합하여 새로운 시작을 도모하게 만드는 출발점으로 다시 태어납니다.

한편, 김애란(1980~)의 〈어디로 가고 싶으신가요〉(2017)는 제자를 구하려다 함께 숨진 남편을 원망하며 살아가는 아내를 통해 죽음 이후 남겨진 삶에 대해 이야기하는 단편 소설입니다. 작가는 "어쩌면 그날, 그 시간, 그곳에선 '삶'이 '죽음'에 뛰어든 게 아니라, '삶'이 '삶'에 뛰어든 게 아니었을까."라는 아내의 깨달음을 통해 죽음을 관통하는 참된 인간의 얼굴을 바라봅니다.

이들 작품은 다른 시대에 쓰여졌지만, 죽음을 통해 유한성을 갖는 삶의 참된 의미를 밝혀 가치 있는 삶을 성찰하게 한다는 점에서 공통된 감동을 안겨 줍니다.

할머니의 죽음

1_ 이 작품의 서술상 특징으로 가장 적절한 것을 골라 봅시다.

① 내면 의식의 흐름을 포착하여 심리를 드러낸다.
② 사건의 전모를 하나하나 밝히면서 독자의 궁금증을 해소한다.
③ 작중 인물의 관점을 취하여 사건을 사실적으로 서술하고 있다.
④ 특정 인물의 내적 고백을 통해 인물 간 갈등이 발생한 원인을 밝히고 있다.
⑤ 인물들 간의 회상을 교차시켜 현재 상황에 대한 독자의 이해를 높이고 있다.

2_ 다음 제시문에 드러나는 '중모'의 의도에 대해 밑줄 친 부분의 의미를 포함하여 써 봅시다.

> 더욱이 밤새 한 시에나 두 시에나 간신히 잠을 들어 꿀보다 더 단 잠이 온몸에 나른하게 퍼진 새벽녘에, 우리는 꺼들리어 일어나는 수밖에 없었다.
> "할머님 병환이 이렇듯 위중하신데 너희는 태평 치고 잠을 잔단 말이냐?"
> 우리가 건넌방에 들어서면 그는 다짜고짜로 야단을 쳤다. 그중에도 가장 나이 어리고 만만한 내가 이 꾸중받이가 되었다. 인정사정없는 그의 태도가 불쾌는 하였지만 도덕적 우월을 앗긴 우리는 대꾸 한마디 할 수 없었다.
> "다들 뭐란 말이냐. 나는 한 달이나 밤을 새웠다. 며칠들이나 된다고."
> 졸음 오는 눈을 비비는 우리를 보고 그는 자랑스럽게 또 이런 꾸중도 하였다.
> '놀라운 효성을 부리는 게 도무지 우리 야단칠 밑천을 장만하는 게로구나.'

3_ 다음 제시문의 밑줄 친 부분에 대한 구체적인 의미를 본문에서 찾아 5어절의 한 문장으로 써 봅시다.

> '할머니가 운명을 하시나 보다!'
>
> 우리는 번개같이 이런 생각을 하며 할머니 곁으로 다가들었다. 그는 담을 그르렁거리며 혼혼히 누워 있었다. 중모는 흐르는 눈물을 걷잡지 못하며, 그의 귀에 들이대고 울음소리로 아미타불과 지장보살을 구슬프게 부르짖고 있었다.
>
> 한동안 엄숙한 긴장이 여기 있었다. 모두 같은 일을 기대하면서.

4_ 다음 제시문에 등장하는 중모의 염불이 갖는 표면적 의미와 그 속에 담긴 의미를 구분하여 쓰고, 밑줄 친 부분에서 드러나는 할머니의 마음을 함께 써 봅시다.

> "저를 따라 염불을 외셔요. 나무아미타불, 나무아미타불." (중략)
>
> "인제 가셔요! 가만히 누워 가시지요. 왜 일어나시긴. 나무아미타불…… 왕생극락…… 나무아미타불……."
>
> 할머니는 귀찮아 못 견디겠다는 듯이 팔을 내어저으며,
>
> "듣기 싫다! 염불 소리 듣기 싫다! 인제 고만 해라."
>
> 하며 몸을 일으키려고 애를 쓴다.

(1) 중모의 염불

• 표면적 의미: ______

• 내포된 의미: ______

(2) 할머니의 마음

5_ 다음 제시문의 밑줄 친 ㉠과 ㉡이 각각 어떤 역할을 하는지 써 봅시다.

> **가** '조모주 병환 위독.'
> 3월 그믐날, 나는 이런 ㉠전보를 받았다.
>
> **나** 나는 깨끗하게 춘복(春服)을 차리고 친구 몇몇과 우이동 앵화 구경을 막 나가려던 때였다. 이때에 뜻 아니한 ㉡전보 한 장이 닥치었다.
> '오전 삼 시 조모주 별세.'

• ㉠:

• ㉡:

6_ 다음 제시문의 밑줄 친 부분에 유의하여, 이와 같은 결말에 담긴 작가의 의도를 써 봅시다.

> 어느 아름다운 봄날이었다. 말갛게 갠 하늘은 구름 한 점도 없고 아른아른한 아지랑이가 그 하늘거리는 깁 오리로 봄 비단을 짜 내는 어느 아름다운 봄날이었다. 나는 깨끗하게 춘복(春服)을 차리고 친구 몇몇과 우이동 앵화 구경을 막 나가려던 때였다. 이때에 뜻 아니한 전보 한 장이 닥치었다.
> '오전 삼 시 조모주 별세.'

임종

1_ 이 작품에 대한 서술상 특징으로 가장 알맞은 것을 골라 봅시다.

① 상황에 따른 인물의 심리 변화를 보여 주고 있다.
② 역순행적 구성을 통해 독자의 호기심을 유발하고 있다.
③ 서술자의 회상을 통해 과거의 일을 삽화처럼 제시하고 있다.
④ 과거와 현재의 시간을 넘나들며 사건을 입체적으로 조명하고 있다.
⑤ 특정 인물의 내적 고백을 통해 인물 간 갈등이 발생한 원인을 밝히고 있다.

2_ 다음 제시문의 밑줄 친 소재를 둘러싼 인물들의 심리를 정리해 봅시다.

퇴원은 놀라는 급한 고비를 넘겼으나 이제는 아마 길게 걸리리라는 의사의 말을 듣고 벌써부터 나온 문제인데 병자의 반대로 미루미루하여 오던 것을, 어제 한약을 먹겠다는 말 끝에 거기에 따라 명호가 부쩍 우겨 대서 당자도 찬성을 하게 된 것이었다.

퇴원	병인	퇴원을 하기 싫어하며 저희 형편 좋을 대로만 하겠다는 것에 화가 난다.
	집안 사람들	______
한약	병인	______
	병인의 아내	약 몇 첩 값이라도 절약하고 싶어 한다.
	명호	______

3_ 다음 제시문에서 C 청년의 태도가 밑줄 친 부분과 같이 달라진 이유를 써 봅시다.

> "그동안 이렇게 편찮으신지는 몰랐습니다그려. 지금 ××재단을 설립 중인데 물론 돌아가는 것을 보니까 어쩌면 선생을 부사장으로 추대할 듯싶더군요. 그야 이사(理事) 자리야 하나 안 드리겠습니까마는, 공교히 이렇게 누워 계셔서 안됐습니다. 어서 속히 일어나기만 하십쇼."
>
> C 청년은 병인의 기를 돋구어 주려고 위로로 하는 말이 아니라 그러한 내통을 하여 주고, 또 그리하면 자기에게도 좋은 일이 없지 않겠다는 생각으로 찾아다니다가 병원까지 왔다는 말눈치였다. (중략)
>
> 병인은 젊은 친구의 손을 붙들고 은근한 정을 표하는 것이었다. 그러나 젊은 객은 병 증세를 캐어묻고 병인의 가다가다 허청 나오는 목소리와 어떻게 보면 사색에 질린 낯빛을 이모저모 뜯어보는 눈치더니, 처음 달겨들 때 떠벌려 놓던 기세와는 딴판으로 차츰 기색이 달라지면서 꽁무니를 빼는 수작을 어름어름하고는 훌쩍 나가 버렸다.

4_ 다음 제시문에 보여지는 명호의 행동에 담긴 속마음을 본문에서 찾아 써 봅시다.

> 그러나 자동차 안의 시트에 들여 뉘자 병인의 눈자위는 틀려 갔다. 명호는 눈결에 힐끗 바라보고 다짜고짜 병원 안으로 다시 뛰어 들어가서 간호부를 끌고 나왔다. 강심제를 또 한 번 놓아 달라는 것이다. 자동차 속에 들어서서 주사를 놓고 있는 간호부의 하얀 뒷모양을 바라보며 시급히 조수석으로 뛰어 들어가 앉았다.

5_ 작품의 본문을 참고하여 장례식에 대한 각 인물의 주장을 이유와 함께 쓰고 작품의 결말이 주는 효과를 정리해 봅시다.

(1) 각 인물의 주장

명호	장비를 걱정하여 삼일장 후 화장하고 싶어 한다.
과수댁	
젊은 축들	

(2) 결말이 주는 효과

한걸음 더

일상에 의미를 새기는 작가, 염상섭

염상섭은 사회적 분위기나 시대적 이념에 휩쓸리기보다 자신의 체험기를 통해 인간 삶의 보편적 진실에 다가가고자 했습니다. 〈임종〉은 자신의 백부(伯父)의 죽음을 소재로 쓰여진 작품으로, 병자와 가족들 간의 세밀한 심리 묘사를 통해 일상의 세계에서 삶과 죽음이라는 거대한 형이상학적 주제를 꼼꼼하게 기록합니다.

"죽음이란 한 인간의 생애에 있어서 가장 극적인 전환의 순간이다. 존재의 상태에서 비존재의 상태로 넘어가는 경계 지점에 죽음의 순간이 놓여 있기 때문이다. 그러나 염상섭은 죽음의 순간을 극적으로 처리하는 대신 한 개인의 죽음이 다른 사람에게 미치는 영향을 서술하고자 한다. 이를 통해 죽음을 다른 사람들과의 인간관계의 단절이라는 측면에서 형상화하고 있을 뿐만 아니라 인간이 죽음을 통해 어떻게 자기완성에 도달할 수 있는가에 대해서도 생각하게 하는 작품이다."

– 김윤식, 《염상섭 연구》

Step_1 병자(病者)를 대하는 가족들의 태도

다음 제시문에서 인물들의 태도를 평가해 보고 오늘날 가족 갈등의 하나로 떠오르는 노인 부양(扶養) 문제에 대해 생각해 봅시다.

가 "안 된다, 일으켜 드릴 수가 없다. 하도 저러시길래 한번 일으켜 드렸더니 어떻게 아파하시는지 차마 뵈올 수가 없었다." / "어째 그래요?"

나는 이렇게 반문하였다. 이 반문에 대한 중모의 설명은 더욱 놀랄 것이었다.

할머니가 작년 봄부터 맑은 정신을 잃은 결과에 늙은이가 어린애 된다고 뒤를 가리지 않게 되었다. 게다가 이 두어 달 전부터 무엇을 자꾸 청해 잡수시고 옷에고 요 바닥에 함부로 뒤를 보았다. 그것을 얼른 빨아드리지 못한 때문에 제물에 뭉켜지고 말라붙은 데다가 뜨거운 불목에 데이어, 궁둥이 언저리가 모두 벗겨졌다. 그러므로 일어나려면 그곳이 땅기고 배기어 아파하는 것이라 한다. (중략)

왜 자주 옷을 갈아입혀 드리며 빨아 드리지 못하였는가? 나는 이 직접 책임자인 계모가 더할 수 없이 괘씸하였다.

그러나 가만히 생각해 보면 그를 그르다고도 할 수 없다. 위에도 말하였거니와 할머니가 이리 된 지는 하루 이틀이 아니다. 벌써 몇 달이 되었다. 이 긴 시일에 제아무리 효부라 한들 하루도 몇 번을 흘리는 뒤를 그때 족족 빨아 낼 수 없으리라. 더구나 밤에 그런 것이야 일일이 알 수도 없으리라. 하물며 계모는 시집오던 첫날밤부터 골머리를 앓으리만큼 큰 병객이다. (중략) 삼십이 될락 말락 하건만 육십이나 칠십이 다 된 노인 모양으로 주야장천 자리보전하고 누워 있는 터이다. 제 몸이 괴로우니 모든 것이 싫은 것이다. 그리고 나까지 아우르면 아버지 슬하에 아들만 넷이나 되건마는 지금 육십 노경에 받드는 어느 아들, 어느 며느리 하나가 없다. 집안이 넉넉지 못한 탓으로 사방에 흩어져서 제 입 풀칠하기에 눈코를 못 뜨는 까닭이다.

– 현진건, 〈할머니의 죽음〉

나 그러나 집안 사람들은 병인의 그러한 사정은 생각할 여지가 없었다. 병원에서 객사를 시킬 것이 싫어서 그런 것도 아니요, 다만 어서 집으로 나가서 운명을 시켜야 초상을 치르기가 편하다는 속셈만으로 서둘러 대는 것이었다. 병원에서 초상을 치르는 것이 도리어 비용이 덜 들겠다는 뒷공론도 있었으나, 그렇게 되면 집안 식구가 거산을 할 것이요, 더 고생일 것이라 하여 병인이 퇴원하여 준다는 것만 다행하다고들 하였다. 사실 저희들 성한 사람의 사정만 생각한다고 병인이 불평인 것도 그럴듯한 말인지 몰랐다. 그러나 병이 이미 기울어져서 산 사람과의 교섭이 차츰차츰 멀어져 가니 정성이나 애정이 한 꺼풀 두 꺼풀 벗겨져 가고 없어져 가는 것도 어쩔 수 없는 모양이었다. 집에서 한 달, 병원에서 한 달, 두 달을 두고 잠시 한때 옆에서 떠나지를 못하게 하는 아내까지 이제는 진력이 나서 어서 병원에서 나가고만 싶어 하였다. 또 요행히 고비를 넘긴다 하더라도 이러한 늙은이의 병이란 대개 중풍으로 누워 있게 되기가 십상팔구이니 그렇게 되면은 없는 살림에 서로 못할 노릇이요, 한 달에 이삼만 환 하는 입원료를 무엇으로 대어 나가느냐는 걱정부터 앞을 서는 것이었다.

– 염상섭, 〈임종〉

다–1 전통 농경 사회에서 노부모 부양은 경제적 지원은 물론 신체적 **수발**, 정서적 지원에 이르기까지 장남을 중심으로 한 자녀 세대가 전적으로 책임을 지고 수행해 왔다. 그리고 부모 부양을 책임지는 자녀는 부양의 대가로 재산을 물려받음으로써 자연스러운 가정 내 사회 보장이 이루어졌다. 하지만 현대 사회에서 여성의 사회 진출, 핵가족화의 진전, 자녀의 교육과 결혼에 대한 지출 증가 등 사회 변화로 가족 내 노인 부양은 현실적이지 않다.

우리나라는 급속한 노령화로 2025년 전체 인구 중 만 65세 이상 노인의 비율이 20.3%를 차지하는 초고령 사회(超高齡社會)에 진입한다. 저출산·고령화에 따른 인구 구조 변화와 함께 노인 1인 가구가 우리 사회의 보편적인 가구 형태로 자리를 잡아, 2010년 99만 1천 가구에 불과했던 노인 1인 가구 규모는 2040년에 362만 3천 가구로 급증할 전망이다(통계청, 2020). 이에 노인 부양에 대한 공적(公的) 책임을 제도화한 장기 요양 보험 제도, 기초 생활 보장 제도, 노인 일자리 사업 등 노인 복지 정책이 확대 시행되어 가족 부양의 한계를 완화함으로써 노인 개인의 삶의 질은 물론, 가족 구성원과 국민 개인의 삶의 질을 향상시키는 데 이바지해야 한다.

다–2 현대화가 **강등**시킨 것은 노인들의 지위가 아니라 가족이라는 개념 자체였다. (중략) 현대화는 사람들에게(젊은이와 노인 모두에게) 더 많은 자유와 통제력을 누리는 삶의 방식을 제공했다. 거기에는 다른 세대에게 덜 묶여 살 자유도 포함되어 있다. 노인들에 대한 존중은 없어졌을지 모르지만, 그것이 젊음에 대한 존중이 아니라 독립적인 자아에 대한 존중으로 대체되었다.

이러한 삶의 방식에는 한 가지 문제가 남아 있다. 사람들에게 독립적인 자아에 대한 숭배가 삶의 현실을 고려하지 않는다는 것이다. 독립이라는 것이 불가능해지는 때가 온다는 현실 말이다. 언젠가는 심각한 질병이나 **노환**이 덮쳐 오게 될 것이다. 해가 지는 것만큼이나 피할 수 없는 자연 현상이다. 여기서 질문 하나가 떠오른다. 우리가 지향하는 삶의 목표가 독립이라면, 그걸 더 이상 유지할 수 없게 됐을 때 어떻게 해야 할까?

앨리스 할머니는 여든네 살이 되었다. 할머니는 여전히 건강해 보였다. (중략) 크게 아프거나 병원 신세를 져야 할 일은 별로 없었다. 친구 폴리와 여전히 헬스 클럽에 다녔고, 장보기나 집안일을 모두 혼자 해결했다. (중략) 앨리스 할머니는 균형을 잘 잡지 못했고, 기억이 가끔씩 가물가물했다. 문제는 점점 더 심각해질 게 분명했다. (중략) 앨리스 할머니가 결국 선택한 곳은 고층 건물로 된 복합 노인 주거 단지였다. (중략)

질병과 노화의 공포는 단지 우리가 감내해야 하는 상실에 대한 두려움만은 아니다. 그것은 고립과 소외에 대한 공포이기도 하다. 우리가 지향하는 삶의 목표가 독립이라면, 그걸 더 이상 유지할 수 없게 됐을 때 어떻게 해야 할까? (중략) 앨리스 할머니는 사생활과 삶에 대한 주도권을 모두 잃었다. 병원 환자복을 입고 지낼 때가 대부분이었다. 직원들이 깨우면 일어나고, 목욕시켜 주면 목욕하고, 옷을 입혀 주면 입고, 먹으라고 하면 먹었다. 또한 직원들이 정해 주는 아무하고나 같은 방을 써야 했다. 할머니의 생각과 관계없이 선택된 룸메이트들이 여러 명 거쳐 갔다. (중략)

사람들은 자신의 삶이 유한하다는 사실을 깨닫게 되면서부터는 그다지 많은 것을 원하지 않는다. 돈을 더 바라지도, 권력을 더 바라지도 않는다. 그저 가능한 한 이 세상에서 자기만의 삶의 이야기를 쓸 수 있기를 바랄 뿐이다. 일상의 소소한 일들에 대해 직접 선택을 하고, 자신의 우선순위에 따라 다른 사람이나 세상과의 연결고리를 유지하고 싶어 하는 것이다.

– 아툴 가완디, 《어떻게 죽을 것인가》

- **수발** 신변 가까이에서 여러 가지 시중을 듦.
- **강등**(降等) 등급이나 계급 따위가 낮아짐. 또는 등급이나 계급 따위를 낮춤.
- **노환**(老患) 늙고 쇠약해지면서 생기는 병.

1_ 제시문 **가**와 **나**의 작품에 등장하는 다음 인물들의 입장을 정리해 봅시다.

중모와 계모	
집안 사람들	

2_ 문제 1번의 인물들에 대한 나의 견해를 써 봅시다.

• (비난받아 마땅하다 / 비난할 수 없다)

• 왜냐하면

3_ 제시문 **다**를 참고하여 내가 만약 중증 질환을 가진 노인을 부양해야 하는 상황이라면 어떻게 대응할지 써 봅시다.

Step_2 죽음을 대하는 태도

다음 제시문을 참고하여 죽음을 대하는 태도에 대해 생각해 봅시다.

가 그리고 가끔 몸부림을 치면서 일으켜 달라고 야단을 쳤다. 이럴 때에 중모는 거벽스럽게도 염불을 모시었다.

"어머니 어머니, 가만히 계셔요. 가만히 계셔요."

그는 몸부림하는 할머니를 제지하면서 이렇게 타일렀다.

"저를 따라 염불을 외셔요. 나무아미타불, 나무아미타불."

"나 일어날란다."

"에그, 왜 그리셔요? 가만히 계셔요, 제발 덕분에. 나무아미타불 나무아미타불……."

"나무아미타불, 나무아미타불."

할머니는 마지못하여 중모를 따라 두어 번 입술을 달싹달싹하더니, 또 얼굴을 찡그리며 애원하는 어조로,

"인제 고만 뫼시고 날 좀 일으켜다고. 내 인제 고만 가련다."

"인제 가셔요! 가만히 누워 가시지요. 왜 일어나시긴. 나무아미타불…… 왕생극락…… 나무아미타불……."

할머니는 귀찮아 못 견디겠다는 듯이 팔을 내어저으며,

"듣기 싫다! 염불 소리 듣기 싫다! 인제 고만 해라."

하며 몸을 일으키려고 애를 쓴다. (중략)

그러하던 할머니가 왜 지금 와서 염불을 듣기 싫다는가? 그다지 할머니는 일어나고 싶으신가? 죽어 가면서도 일어나려는 이 본능 앞에는 모든 것이 권위를 잃는 것인가?

"저렇게 일어나시려니 좀 일으켜 드리지요."

나는 보다 못해 이런 말을 하였다.

– 현진건, 〈할머니의 죽음〉

나 병인은 두 번씩이나 의사를 따라 나가서 수군수군하고 들어오는 명호의 얼굴을 빤히 쳐다보며 무엇을 찾아내려고 몹시 초조해하는 기색이었다. 마음을 턱 놓았던 화색이 금시로 사라지고 불안과 공포의 빛이 휙 떠오르다가 꺼지면서 어색한 웃음을 띠고 무슨 말을 꺼내려는 눈치더니 자기도 입 밖에 내서 물어보기가 무서운 듯이 멈칫하고는 또다시 퀭한 눈으로 언제까지 명호의 기색만 노려본다. 위중하다는 기별을 듣고 이른 아침이나

날이 저문 뒤에 뛰어가면 어째 왔나 하고 도리어 놀라며 겁을 내고 싫어하거나 흥분이 되곤 하는 병인이었다. 이렇게 의혹과 공포에 질린 눈으로 쏘아보는 양은 마치 무서운 마굴에 불법 감금이나 당하고 앉아서 감시하는 옥졸의 눈치만 숨을 죽이고 슬금슬금 노려보는 것 같아서 명호가 도리어 얼굴을 둘 데가 없고 말이 막혀 버렸다.

"의사 말이, 훨씬 차도가 있으니 오늘내일 주사를 좀 더 넉넉히 맞으시구 내일 오후에 퇴원하시라는군요."

명호는 잠자코만 있기가 더 괴로워서 안 나오는 웃음을 지어 보이기까지 하였다.

"응?……"

병인은 바르르 떨리던, 잔뜩 당겨긴 신경이 일순간 확 풀리는 듯하며 귀를 번쩍해하다가,

"정말 그럴까?……"

하고 의아한 눈초리로 맥없이 한마디 하고서는,

"그런 말쯤이야 내게 직접 말 못할 것은 무언구?"

하며 코웃음을 친다. 그러나 그 코웃음과는 반대로 좀 더 자세한 의사의 말의 실증(實證)을 붙들어 보겠다는 듯이 일단 늦추어졌던 정신력과 주의력을 눈으로 힘껏 모아서 명호의 얼굴빛과 입술을 겨누어 보며,

"별안간 어떻게 차도가 있다는 거야?"

하고 마치 명호의 말 한마디가 자기의 운명을 마지막 결정이나 한다는 듯 커다란 희망을 가지고 애원하듯이 매달려 오는 기색을 보인다.

– 염상섭, 〈임종〉

1_ 제시문 **가**의 '할머니'와 제시문 **나**의 '병인'이 보여 주는 공통된 태도를 써 봅시다.

2_ 문제 1번을 바탕으로 제시문 **가**와 **나**의 두 인물과 다음 〈보기〉의 화자가 죽음을 대하는 태도를 비교하여 써 봅시다.

보기

내 세상 뜨면 **풍장**시켜다오
섭섭하지 않게
옷은 입은 채로 전자시계는 가는 채로
손목에 달아 놓고
아주 춥지는 않게
가죽 가방에 넣어 전세 택시에 싣고
군산(群山)에 가서
검색이 심하면
곰소쯤에 가서
통통배에 옮겨 실어 다오

가방 속에서 다리 오그리고
그러나 편안히 누워 있다가
선유도(仙遊島) 지나 무인도 지나 통통 소리 지나
배가 육지에 허리 대는 기척에
잠시 정신을 잃고
가방 벗기우고 옷 벗기우고
무인도의 늦가을 차가운 햇빛 속에
구두와 양말도 벗기우고
손목시계 부서질 때
남몰래 시간을 떨어트리고
바람 속에 익은 붉은 열매에서 툭툭 튕기는 씨들을

무연히 안 보이듯 바라보며
살을 말리게 해 다오
어금니에 박혀 녹스는 백금(白金) 조각도
바람 속에 빛나게 해 다오

바람 이불처럼 덮고
화장(化粧)도 해탈(解脫)도 없이
이불 여미듯 바람을 여미고
마지막으로 몸의 피가 다 마를 때까지
바람과 놀게 해 다오.

– 황동규, 〈풍장 1〉

- **풍장**(風葬) 시체를 한데에 버려두어 비바람에 자연히 없어지게 하는 장사법.
- **통통배** 발동기를 장치하여 통통 소리가 나는 작은 배.
- **무연히**(憮然–) 특별하게 관심을 표현하지 않고 멍하게.

Step_3 죽음에 대한 다양한 관점

죽음에 대한 여러 사상가들의 생각을 비교해 보고 죽음을 대하는 바람직한 태도에 대해 생각해 봅시다.

가 우리 사회 사람들이 죽음의 문제를 외면하는 이유는 죽음에 대해 **초연**해서라기보다는, 4층을 F층이라고 부르는 데서도 짐작할 수 있듯이, 아마도 죽음을 **직시하지도** 않으려 할 정도로 두려움과 **전율**을 느껴서일 것이다. 그리고 건강과 젊음, 생명 연장에 대한 우리 사회 사람들의 강한 집착은 하이데거(Martin Heidegger, 1889~1976)가 지적했듯이, 바로 죽음에서 느끼는 허무감과 두려움에서 도망하려는 내적 동기의 표현이라고 볼 수도 있다.

물론 죽음에 대한 두려움은 당연하고 적절한 것일 수 있다. 죽음이 본래 큰 **해악**이고 이것이 바뀔 수 없는 진실이라면 죽음을 두려워하고, 가능하면 그로부터 멀어지려는 것은 당연한 것이다. 하지만 죽음이 과연 두려운 것이고 큰 해악이며, 이런 감정과 태도가 올바른 것인지는 따져 봐야 한다. 비트겐슈타인(Ludwig Wittgenstein, 1889~1951)과 톨스토이가 말한 것처럼 죽음을 두려워하는 것은 삶을 잘못 살고 있다는 신호일 수도 있다.

그러므로 죽음을 기피하고 아예 생각조차 안 하려고 하더라도 그것은 죽음에 대한 탐구를 거친 후 죽음이 두려운 것일 수밖에 없다는 결론이 나온 다음에 취해야 하는 태도이다. 그런데도 우리 사회 사람들은 죽음을 직시하고 진지하게 탐구하려 하지 않은 채 처음부터 무조건 두려워하거나 회피하려고만 한다. – 유종호, 《떠남 혹은 없어짐– 죽음의 철학적 의미》

나 "육체로부터 영혼이 분리되고 해방되는 것을 죽음이라고 하는 것이 아닌가?"

"그렇지요."

"참 철학자들만이 오로지 영혼을 이와 같이 해방시키려 하는 거야. 육체로부터의 영혼의 분리와 해방이야말로 철학자들이 특별히 마음을 쓰는 것이 아닌가?" (중략)

"오오 심미아스(Simmias), 참 **철인**은 늘 죽는 일에 마음을 쓰고, 따라서 모든 사람 가운데 죽음을 가장 덜 무서워하는 자일세. 이렇게 생각해 보세. 그들이 늘 육체와 싸우고, 영혼과 더불어 순수하게 되기를 원했다면 말일세. 그들의 소원이 성취되어 **하데스**에 도착하면 그들이 이 세상에서 바라던 지혜를 얻게 될 희망이 있고 동시에 그들의 원수와 함께 있지 않게 될 걸세. 그런 곳으로 떠나려 할 즈음에 기뻐하지 않고 도리어 떨고 싫어하는 것처럼 모순된 일이 또 어디 있겠는가? 많은 사람이 거기에 가면 지상에서 사랑하던 이나 아내나 자식을 만나 그들과 함께 지내게 되리라는 희망에서 죽기를 원했던 것이 사실이야. 그렇다면 참으로 지혜를 사랑하는 이로서, 그리고 저 하데스에서만 지혜를 보람 있게 누릴 수 있다고 확신하는 사람으로서 어떻게 죽음을 싫어하겠는가? 오히려 큰 환희 속에 저승으로 떠날 것이 아니겠는가? 오오, 나의 벗이여. 만일 그가 참 철학자라고 하면 그럴 것일세. 그는 저세상에서, 그리고 거기에서만 순수하게 지혜를 발견할 수 있다는 굳은 확신을 가지고 있으니 말일세. 사리(事理)가 이렇다고 하면, 내가 말한 것처럼, 그가 죽음을 두려워한다는 것은 당치 않은 소리일 거야." (중략)

"오오, 크리톤(Kriton). 자네가 말하는 그 사람들에게는 그렇게 하는 것이 당연한 일일걸세. 그들은 그렇게 해야 이득이 있다고 생각하니 말이야. 그러나 나에게는 그렇게 하지 않는 것이 당연한 일이야. 나는 독약을 좀 늦게 마신다고 해서 무슨 이득이 있다고는 생각하지 않네. 이미 죽을 목숨을 좀 늦추고 거기 매달린다는 것은 내 자신이 보기에도 웃음거리밖에 되지 않네. 그러니 내가 말하는 대로 해 주게." (중략)

그는 이리저리 걷더니 한참 만에 다리가 무겁다고 말하고는 반듯이 드러누웠습니다. 이건 그에게 약을 준 사람이 그렇게 하라고 한 겁니다. 소크라테스가 누우니까 그 사람은 소크라테스 다리와 발을 살펴봤습니다. 그리고 한참 있다가 발을 세게 누르면서 감각이 있느냐고 물었습니다. 소크라테스가 "없다."라고 하니까, 그 다음엔 다리를 눌러 보고는 우리에게 몸이 차가워지고 굳어진다고 했습니다. 그러고는 다시 우리에게 말하기를, "독이 심장에까지 미치면 마지막입니다."라고 했습니다. 하반신이 거의 다 차가워졌을 때에 소크라테스는 얼굴에 덮었던 것을 벗고—얼굴을 덮으라고 했으니까요.— 이렇게 말했습니다. 그리고 이것은 소크라테스가 한 최후의 말이었습니다.

"오오, 크리톤. **아스클레피오스**에게 내가 닭 한 마리를 빚지고 있네. 기억해 두었다가 갚아 주게."

– 플라톤, 〈파이돈〉

다 플라톤(Plato)은 영혼과 신체는 서로 다른 세계에 있다고 보았다. 그 유래가 다를 뿐만 아니라 영혼은 신체와 달리 불멸한다고 믿었다. 그에 따르면 영혼은 본래 모든 사물의 원형인 **이데아**의 세계에 살고 있다가 신체와 결합하여 그 속에 들게 되었다고 한다. 인간은 불완전한 현실에 살면서 고향을 그리워하듯 이데아의 세계를 동경하고 그곳으로 돌아가려고 한다. 이 귀향은 신체의 죽음으로 완성된다. 플라톤의 신체와 영혼의 이원론(二元論)에 바탕을 둔 영혼 불멸설(靈魂不滅說)은 이후 그리스도교의 환영을 받았다. 그리스도교 역시 신체 소멸 이후의 영혼의 **영생**을 믿어, 죽음을 영원한 삶의 시작으로 가르쳤다. 이에 따르면 산다는 것 자체는 영생의 시작인 죽음을 향해 가는 길에 불과하다. 육체와 달리 영혼은 영생하고, 그뿐만 아니라 죽은 후의 영적인 삶이 현세보다 완전한 것이라고 한다면 신체의 죽음을 두려워할 필요가 없게 된다. 이때 우리는 오히려 죽음과 친숙해짐으로써 생사의 **달관**에 이를 수 있다.

라 공자(孔子)의 제자 자로(子路)가 귀신 섬기는 일에 대하여 묻자, 공자는 "미처 사람도 제대로 섬기지 못하면서 어찌 귀신을 섬길 수 있는가."라고 말했다. 또한 그가 죽음에 대하여 묻자, "아직 삶도 제대로 모르는데 어찌 죽음을 알겠는가."라고 답하였다. 여기서 공자는 귀신과 죽음에 대하여 **유예**의 입장을 취하면서도, 귀신보다 현실 속에서 삶을 살아가는 사람에 대한 가치를 중시하고 죽음보다 삶을 중요하게 생각했음을 알 수 있다. 즉, 벼슬길에 나가서는 경세 치국(經世治國)의 도리에 입각하여 적극적으로 생활하고, 물러나게 되면 세속에 얽매이지 않고 유유자적 세월을 보내는 삶을 추구하는 것이 실질을 숭상하는 **유가**의 현실주의 전통이다.

유가가 생각하였던 시공(時空)의 한계를 넘어 영원한 생명을 가질 수 있고 죽어서도 영원히 살아 있는 방법은 세 가지이다. "가장 높은 것은 덕행을 수립하는 것이고, 다음으로는 업적을 쌓는 것이요, 마지막으로는 자신의 학설을 세우는 것"이다. 다시 말해 불후(不朽)의 업적을 창조하여 죽음을 초월하는 방식을 나타낸 것이다. 완벽한 도덕적 인간으로 거듭나 생전에 사람들로부터 애호를 받고 사후에도 계속된 숭배를 받는 것이 생명 연장의 최고의 수단이다. 덕을 가진 군자가 천하의 모범이 되어 후대에 길이 그 명성이 전해지는 것이 그 다음이다. 마지막으로 사회와 인류를 인도할 수 있는 유익한 학설이나 사상 그리고 저술을 남기는 것 역시 영원한 생명을 얻는 방법이다.

마 장자의 아내가 죽어 혜자(惠子)가 **문상**을 갔더니, 장자가 두 다리를 뻗고 앉아 질그릇을 두들기며 노래를 부르고 있었다. 혜자가 "아내와 같이 살고 자식을 키우며 함께 늙은 처지에, 이제 그 아내가 죽어 곡조차 하지 않는다면 그것도 무정(無情)하다 하겠거늘,

하물며 질그릇을 두들기고 노래를 하다니 이것은 심하지 않소!"라고 말했다. 그러자 장자가 대답했다.

"아니, 그렇지가 않소. 아내가 죽은 처음에는 나라고 어찌 슬퍼하는 마음이 없었겠소. 그러나 그 태어나기 이전의 근원을 살펴보면 본래 삶이란 없었던 거요. 그저 삶이란 없었을 뿐만 아니라 본래 형체도 없었소. 비단 형체가 없었을 뿐만 아니라 본시 기(氣)도 없었소. 그저 흐릿하고 어두운 속에 섞여 있다가 변해서 기가 생기고, 기가 변해서 형체가 생기며, 형체가 변해서 삶을 갖추게 된 거요. 이제 다시 변해서 죽어 가는 거요. 이는 춘하추동(春夏秋冬)이 되풀이하여 운행함과 같소. 아내는 지금 천지(天地)라는 커다란 방에 편안히 누워 있소. 그런데 내가 소리를 질러 울고불고하는 것은 하늘의 운명을 모르는 것이라 생각되어 곡을 그쳤단 말이오."

– 장자, 《장자》

- **초연**(超然) 어떤 현실 속에서 벗어나 그 현실에 아랑곳하지 않고 의젓함.
- **직시하다**(直視--) 사물의 진실을 바로 보다.
- **전율**(戰慄) 몹시 무섭거나 두려워 몸이 벌벌 떨림.
- **해악**(害惡) 해로움과 악함을 아울러 이르는 말. 해가 되는 나쁜 일.
- **철인**(哲人) 철학에 조예가 깊은 사람.
- **하데스**(Hades) 그리스 신화에 나오는 죽음의 세계.
- **아스클레피오스**(Asclepios) 그리스 신화에 나오는 의술의 신. 당시 아테네 사람들은 병이 나면 아스클레피오스에게 기도를 하고 병이 나으면 감사의 표시로 닭 한 마리를 신전에 바쳤다고 한다.
- **이데아**(Idea) 순수한 이성에 의하여 얻어지는 최고 개념. 플라톤에게서는 영원불변한 실재(實在)를 뜻한다.
- **영생**(永生) 영원한 생명. 또는 영원히 삶.
- **달관**(達觀) 사소한 사물이나 일에 얽매이지 않고 세속을 벗어난 활달한 식견이나 인생관에 이름. 또는 그 식견이나 인생관.
- **유예**(猶豫) 망설여 일을 결행하지 아니함.
- **유가**(儒家) 공자의 학설과 학풍 따위를 신봉하고 연구하는 학자나 학파.
- **문상**(問喪) 남의 죽음에 대하여 슬퍼하는 뜻을 드러내어 상주(喪主)를 위문함. 또는 그 위문.

1_ 제시문 **가**를 참고하여 우리 사회가 죽음을 대하는 태도에 대해 써 봅시다.

2_ 제시문 나~마를 참고하여 죽음에 대한 여러 사상가들의 생각을 정리해 보고, 누구의 생각에 가장 공감하는지 이유와 함께 써 봅시다.

• 죽음에 대한 사상가들의 생각

제시문 나의 소크라테스	
제시문 다의 플라톤	
제시문 라의 공자	
제시문 마의 장자	

• 가장 공감하는 생각과 그 이유:

함께해요

3_ 삶과 연관지어 인간이 죽음에 대해 가져야 할 바람직한 태도에 대해 친구들과 자유롭게 이야기를 나누어 봅시다.

1. 〈보기〉의 내용을 참고하여 자신이 죽음을 앞두고 있는 상황이라고 가정하고 남아 있을 사람들에게 작별의 편지를 써 봅시다.

보기

조만간 우리 모두에게
죽음이 찾아오리라는 사실은 누구나 알고 있다.
잠잘 준비, 겨울 날 준비는 하면서
죽을 준비를 하지 않는 까닭은 무엇인가. (중략)

죽음에 대해 너무 많이 생각할 필요는 없다.
살면서 죽음을 기억하면 된다.
그렇게 하면 삶은 진지하고 즐거우리라.

– 레프 톨스토이, 《살아갈 날들을 위한 공부》

2_ 다음 제시문을 참고하여 죽음에 대한 성찰이 우리의 삶에 끼치는 영향에 대해 써 봅시다.

가 내일 죽을지도 모른다고 생각을 하게 되면 우리는 좀 더 의미 있는 삶을 살려고 노력하게 될 것이다. **시한부** 인생을 사는 사람을 생각해 보라. 오늘 하루가 내 삶의 마지막이 될지도 모른다고 생각하면 시간이 그 어느 때보다 소중하게 느껴질 것이다. 세상의 풍경도 다시 보이게 된다. 내가 보는 꽃, 내가 보는 하늘, 내가 보는 나무가 마지막이 될지도 모른다면 그것들이 더없이 아름답고 소중하게 보일 것이다. 평소에 아옹다옹 지내던 동생도 누구보다 더 소중하고 아름다운 존재로 보일 것이고, 죽음을 인식하는 순간 삶이 그만큼 아름답고 소중하다는 것을 느낄 것이다. 죽음은 이렇게 삶에 긍정적인 활력을 불어넣는다.

하루하루 평범한 일상 속에서 우리는 죽음을 망각한다. 그러나 죽음을 망각한다는 것은 삶의 본질을 망각하는 것과 다름없다. 죽음을 인식하는 삶이란 죽음의 공포에 이끌려 가는 삶이 아니라, 삶을 보다 충만하고 건강하게 꾸려 나가는 삶이다.

– 김보일, 《생각의 스위치를 켜라, 14살 철학 소년》

나 1849년 12월 22일, 내란(內亂) 음모죄로 잡혀 온 28세의 소설가는 동료들과 함께 러시아의 한 **형장**으로 옮겨졌다. 그리고 사형수들을 향해 총을 겨눈 사격 부대가 방아쇠를 당기기 직전, 갑자기 형 집행 정지가 선포되었다. (중략)

이 사건이 갖는 가장 중요한 의미는 인간 도스토옙스키(Fyodor Dostoevsky, 1821~1881)가 진짜로 다시 태어났다는 사실이다. 사건 이후 형에게 쓴 편지를 읽어 보자.

"사랑하는 형, 지금 이 순간 과거에 만났던 모든 사람들을 기꺼이 사랑하고 포용할 수 있을 것 같아. 오늘 죽음과 직면하고 소중한 사람들에게 작별을 고할 때가 되어서야 그런 사실을 깨달았어. 돌이켜 보니 비방과 실수와 나태 속에서 소중한 것을 얼마나 많이 잃어버렸는지 몰라. 내 심장과 영혼에 얼마나 많은 죄를 지었는지 몰라……. 삶은 선물이고 행복이야. 형! 형 앞에서 맹세할게, 나는 희망을 잃지 않을 거야. 내 영혼과 심장을 순결하게 간직할 거야. 나는 더 나은 사람으로 다시 태어날 거야. 이것이 내 희망이자 위안의 전부야!"

이 글에 담긴 감사와 환희와 희망은 압도적이다. 종교적 회심(回心)에 버금가는 극적인 체험을 통해 그는 실제로 '더 나은 사람'으로 다시 태어났고 '훨씬 더 나은 소설'을 쓰기 시작했다. 그의 위대한 장편들은 모두 **유형** 이후 쓰여졌다.

– 석영중, 《매핑 도스토옙스키》

다 죽음으로 삶이 송두리째 바뀐 가장 유명한 인물 중 하나는 바로, 찰스 디킨스(Charles Dickens, 1812~1870)의 소설 《크리스마스 캐럴》의 주인공 스크루지일 것이다. (중략)

그날 밤, 스크루지는 과거, 현재, 미래의 세 유령을 만나게 된다. 미래의 유령은 스크루지 영감이 맞이하게 될 외로운 죽음을 보여 준다. 그의 죽음을 슬퍼하는 이가 없고, 물건을 훔쳐 가는 사람들이 보인다. 그리고 자신의 처량하기만 한 묘지를 보게 된다. 자신의 끔찍한 미래를 본 스크루지는 미래의 유령에게 다시 한번 기회를 달라고 매달린다. "다른 사람들에게 베풀며 살겠습니다." 그렇게 자신의 잘못을 뉘우치고 울부짖으며 꿈에서 깨어나 크리스마스를 맞이한 스크루지는 지나가던 사람들에게 먼저 인사를 건네고, 거액의 기부금을 낼 뿐만 아니라 조카의 집을 찾아가 함께 식사를 하기도 한다. 자신의 죽음을 보고 돌아온 스크루지의 삶은 이전과 180도 달라졌다.

– EBS 〈데스〉 제작팀, 《죽음》

라 시몬 드 보부아르(Simone de Beauvoir, 1908~1986)의 소설 《모든 인간은 죽는다》에는 레몽 포스카라는 이탈리아 귀족이 등장한다. 그는 14세기에 마신 약 덕분에 영원히 죽지 않는다. 처음에 그는 불멸을 크나큰 축복으로 여기고 좋은 곳에 쓰려고 노력한다. 자신이 돌보는 사람들의 삶을 개선하고 싶어 한다. 하지만 점차 그는 불멸을 저주로 여기게 된다. 그가 사랑한 모든 사람이 죽는다. 지루하다(심지어 꿈조차도 지루하다). 관용도 사라지는데, 불멸의 존재는 희생할 게 없기 때문이다. 그의 삶에는 긴급함과 활력이 빠져 있다. 우리는 죽음을 두려워하지만 사실은 불멸이 죽음보다 훨씬 더 나쁘다.

죽음의 존재를 인식하면 삶을 더 풍성하게 살 수 있다. 고대 이집트인은 이 사실을 알았다. 이들은 축제가 한창일 때 해골을 날라 와서 손님들에게 자기 운명을 상기시켰다. 고대 그리스인과 로마인도 이 사실을 알았다. 시인 호라티우스(Horatius)

는 이렇게 말한다.

"새로 시작되는 매일매일이 너의 마지막 날이라고 확신하라. 그 뜻밖의 시간들을 감사하는 마음으로 받아들이게 될 것이니." – 에릭 와이너, 《소크라테스 익스프레스》

마 사람들은 5년 후에 뭘 하고 있을까 늘 생각한다. 하지만 나는 5년 후에 내가 뭘 하고 있을지 알 수 없다. 죽을 수도 있고, 그렇지 않을 수도 있다. (중략)

모든 사람이 유한성에 굴복한다. 이런 과거 완료 상태에 도달한 건 나뿐만이 아니리라. 대부분의 야망은 성취되거나 버려졌다. 어느 쪽이든 그 야망은 과거의 것이다. (중략) 미래는 이제 인생의 목표를 향해 놓인 사다리가 아니라 끊임없이 지속되는 현재가 되어 버렸다. 돈, 지위, 〈전도서〉의 설교자가 설명한 그 모든 허영이 시시해 보인다. 바람을 좇는 것과 같으니 말이다. 하지만 절대 미래를 빼앗기지 않을 한 가지가 있다. 우리 딸 케이디. 나는 케이디가 내 얼굴을 기억할 정도까지는 살 수 있었으면 좋겠다. (중략) 네가 어떻게 살아 왔는지, 무슨 일을 했는지, 세상에 어떤 의미 있는 일을 했는지 설명해야 하는 순간이 온다면, 바라건대 네가 죽어 가는 아빠의 나날을 충만한 기쁨으로 채워 줬음을 빼놓지 말았으면 좋겠구나. 아빠가 평생 느껴 보지 못한 기쁨이었고, 그로 인해 아빠는 이제 더 많은 것을 바라지 않고 만족하며 편히 쉴 수 있게 되었단다. 지금 이 순간, 그건 내게 정말로 엄청난 일이란다.

– 폴 칼라니티, 《숨결이 바람 될 때》

- **시한부**(時限附) 어떤 일에 일정한 시간의 한계를 둠.
- **형장**(刑場) 사형을 집행하는 장소.
- **유형**(流刑) 죄인을 귀양 보내던 형벌.

※ 이 작품에서 '나'가 아들의 죽음을 받아들이는 과정을 정리해 봅시다.

한 말씀만 하소서 _박완서

이건 소설도 아니고 수필도 아니고 일기입니다. 훗날 활자가 될 것을 염두에 두거나 누가 읽게 될지도 모른다는 염려 같은 것을 할 만한 처지가 아닌 **극한** 상황에서 통곡 대신 쓴 것입니다.

88년 여름, 아들을 잃었습니다. 다섯 자식 중에 하나였지만 아들로서는 하나밖에 없는 자식이었습니다. 그 최초의 충격을 어떻게 넘기고 아직도 목숨을 부지하고 있는지 잘 모르겠습니다. 통곡하다 지치면 설마 이런 일이 나에게 정말 일어났을라구, 꿈이겠지 하는 희망으로 깜박깜박 잠이 들곤 했던 게 어렴풋이 생각납니다. 그런 경우에도 희망이 있다는 게 남 보기엔 우스웠을지 모르지만 본인으로서는 참담의 극한이었습니다. 안 먹겠다는 의지 없이도 몸에서 저절로 음식을 받지 않았으니 몸도 필시 쇠약해 있었겠지요. 부산에 사는 큰딸이 와 보고 강제로 자기 집으로 데려갔습니다. 아주 강제는 아니었을지도 모릅니다. 나도 억장이 무너지는 **비통** 외에는 매사가 몽롱한 중에도 서울을 떠나면 **조문**을 안 받아도 되겠구나 하는 생각을 구원처럼 떠올렸으니까요. 상을 당한 이에게 정중한 조문을 하는 건 인간만이 할 수 있는 아름다운 도덕입니다. 그러나 **참척**을 당한 에미에게 하는 **조의**는 그게 아무리 조심스럽고 진심에서 우러나온 위로일지라도 모진 고문이요, 견디기 어려운 수모였습니다. 자식이 내 상을 당해 조문을 받는 게 순리이거늘 그 복도 못 타 **역리**에 굴복해야 되는 비참한 처지에서 잠시나마 비켜나 있고 싶은 **저의**가 아주 없었다고는 못하겠습니다.

큰애는 맏이로서의 책임감과 극진한 애정으로 에미를 보살폈고, 에미의 숨은 마음까지 알아차리어 친구나 이웃의 방문까지 금해 놓고 있었지만, 그래도 집만 못한 점이 있었습니다. 그건 울고 싶을 때 울 수가 없다는 거였습니다. 딸네 집만 해도 사위와 손자들의 생활이 있는, 이미 예전에 나로부터 분리된 남의 가정입니다. 수시로 짐승처럼 치받치는 통곡을 마음대로 할 수는 없는 일이었습니다. 통곡을 고스란히 참기가 너무 힘들어 통곡 대신 미친 듯이 끄적거린 게 이 글입니다.

이 자리가 만일 《**생활성서**》 지면이 아니었다면 그런 사적인 비탄의 기록에다 일기라고 이름 붙여 감히 발표할 엄두를 내진 못했을 것입니다. 《생활성서》 지면을 만만하게 보아서가 아닙니다. 저도 세례받고 나서 비로소 《생활성서》를 관심 있게 보아 왔듯이 독자의 대부분이 교우이거나, 적어도 하느님이 계시다는 걸 막연하게나마 느끼고 있는 분이려니 하는 친밀감 때문입니다. 그렇다고 해서 이 글이 신앙 고백이란 소리는 아닙니다. 오히려 그 반대로 받아들여질 여지 또한 충분하다 하겠습니다.

저도 근래에 처음으로 그때 쓴 걸 다시 읽어 보면서 적지 아니 놀라고 민망했습니다만 순전히 하느님에 대한 부정과 회의와 **포악**과 저주로 일관돼 있습니다. 그러나 가장 강한 부정은 가장 강한 긍정을 전제로 하지 않고는 불가능합니다. 만일 그때 나에게 포악을 부리고 질문을 던질 수 있는 그분조차 안 계셨더라면 나는 어떻게 되었을까, 가끔 생각해 봅니다만 살긴 살았겠죠. 사람 목숨이란 참으로 모진 거니까요. 그러나 지금보다 훨씬 더 불쌍하게 살았으리라는 것만은 환히 보이는 듯합니다.

하느님은 제아무리 독한 저주에도 애타는 질문에도 대답이 없었고, 그리하여 저는 제 자신 속에서 해답을 구하지 않으면 안 되었고, 그러기 위해선 아무한테나 응석 부리고 싶은 감정을 억제하고 이성을 회복하지 않으면 안 되었으니까요. 제 경우 고통은 극복되지 않았습니다. 그 대신 고통과 더불어 살 수 있게는 되었습니다.

우리 집 안방 아랫목 제일 높은 자리엔 가톨릭 신자라면 누구나 가지고 있을 만한 작은 **십자고상**이 걸려 있습니다. 세례받을 때 선물받은 거여서 비슷한 게 이 방 저 방에 더 있습니다만 제가 가장 자주 대하고 따라서 가장 많은 원망을 받고 언젠가는 내팽개쳐지는 행패까지 당한 이 못 박힌 그리스도의 얼굴에서 표정을 읽은 건 최근의 일입니다.

'오냐 실컷 욕하고 원망하고 죽이고 또 죽이려무나, 네가 그럴 수 있으라고 나 여기 있지 않으냐.' 이렇게 말하고 있는 것처럼 그분의 표정은 생생하게 슬프고 너그러워 보였습니다. 이 일기는 똑같이 찍어 낸 **주물**에 지나지 않던 성물과 이렇게 아무하고도 똑같지 않은 특별한 관계를 맺기까지의 어리석고도 고통스러운 기록의 일부입니다.

정리하면서 활자화시키기엔 지나치다 싶을 만큼 무엄한 포악과, 비통의 지나친 반복만 빼고는 거의 고치지 않았습니다. 아들의 2주기까지 넘겼건만 아직도 제 회의와 비통은 달라지지 않았습니다. 하나 달라진 게 있다면 제 자아 속에 꼭꼭 숨겨 놓았던 채송화 씨보다도 작은 신앙심을 누구에게 떠다밀린 것처럼 마지못해이긴 해도 마침내 어디론가 던졌다는 사실입니다. 거기가 흙인지 **양회** 바닥인지조차 아직은 확실하지 않습니다. 싹이 틀 수 있는 좋은 땅이길 바라는 마음이 이 지면의 연재 요청에 응할 엄두를 내게 했는지도 모르겠습니다.

1988년 9월 12일

눈을 뜨니 낯선 방이었다. 옆에서 손자가 곤히 자고 있었다. 꿈이었으면 하는 몽롱한 착각을 즐길 새도 없이 아들이 이 세상에 존재하지 않는다는 사실이 무서운 괴물처럼 가차없이 육박해 왔다. 집에서 같으면 설마 꿈이겠지 하고 현실감을 피할 수 있는 시간이 꽤 길었으련만.

아쉬운 건 그뿐이 아니었다. 아들이 이 세상에 살아 있지 않다는 걸 인정하게 되면 그 다음은 가슴을 쥐어뜯으며 미친 듯이 몸을 솟구치면서 울부짖을 차례였다. 그 일이 나에게 얼마나 중요한 의식인지 아무도 모른다. 목청껏 아들의 이름을 부르면서 통곡하면 소리와 함께 고통이 발산되면서 곧 **환장**을 하거나 무당 같은 게 되어서 죽은 영혼과 교감할 수 있을 것 같은 예감에 사로잡히곤 했다. 그러나 한 번도 실제로 그런 경지까지 도달한 적은 없다. 번번이 그 직전까지 갔다가 되돌아오곤 했다. 환장은 아무나 하는 게 아니었다. 나는 미치는 것조차 여의치 않은 내 강철 같은 신경이 싫고 창피스럽다. 그러나 미치기 위한 노력도 안 하고 어떻게 맑은 정신으로 긴긴 하루를 보낼 수 있단 말인가. 그러나 여긴 평화롭고 화목한 딸네 집이었다. 아마 나를 의식해서겠지, 낮은 소리로 주고받는 딸과 사위의 음성이 거실 쪽에서 들려왔다. 통곡을 삼켜야 한다는 게 너무도 고통스러워 나는 가슴을 움켜쥐고 한동안 신음하다가 벌떡 일어나 거실로 해서 베란다로 나갔다. 둘이 마주앉아 커피를 마시고 있던 딸 내외가 어쩔 줄을 모르고 엉거주춤했다. 나는 그들의 눈치 볼 겨를 없이 베란다 난간에 매달려 더운 눈물을 쏟았다. 그러나 소리를 내진 않았다.

원태야, 원태야, 우리 원태야, 내 아들아. 이 세상에 네가 없다니 그게 정말이냐? 하느님도 너무하십니다. 그 아이는 이 세상에 태어난 지 25년 5개월밖에 안 됐습니다. 병 한 번 치른 적이 없고, **청동기**처럼 단단한 다리와 매달리고 싶은 든든한 어깨와 짙은 눈썹과 우뚝한 코와 익살 부리는 입을 가진 준수한 청년입니다. 걔는 또 앞으로 할 일이 많은 젊은 의사였습니다. 그 아이를 데려가시다니요. 하느님 당신도 실수를 하는군요. 그럼 하느님도 아니지요.

딸이 뒤에서 잘 주무셨느냐고 물었다. 그것이 과연 **안면**이었을까. 어젯밤 사위하고 맥주를 여러 병 마신 생각이 났다. 비틀거리며 방으로 들어와 수면제를 털어 넣고 자리에 들었었다. 오늘이 며칠이냐고 내가 물었다. 9월 12일이라고 딸이 대답했다. 아들이 이 세상 사람이 아닌 지가 2주일이나 됐구나. 어떻게 그동안을 견디었는지 악몽을 꾼 것 같고, 지금 이러고 있는 것 또한 꿈 깬 후의 또 꿈 같다.

어제 딸이 데리러 왔을 때, 싫다고 할 기력도 없었거니와 싫고 좋고 하는 마음도 우러나지 않아 물건처럼 순하게 따라왔다. 가을비가 제법 세차게 내려 공항으로 가려다 말고 서울역으로 가서 12시 새마을호를 아슬아슬하게 탄 생각도 나지만 화면을 통해 본 남의 일처럼 그때의 느낌은 공백 상태다. 그러나 불과 2, 3분을 남겨 놓고 지느러미처럼 휘청거리는 다리로 계단을 뛰어내릴 때의 느낌은 왜 그렇게 생생한 것일까. 딸의 도움으로 그렇게 급히 달릴 수 있었으련만 지금 남아 있는 느낌은 층층다리가 활처럼 휘면서 내 발밑으로 맹렬한 속도로 달려드는 것 같은 공포감밖에 없다. 아마 발을 헛디딜 것 같은 위기의식 때문에 그때의 느낌이 그렇게 생생하다면 내가 죽고 싶다는 건 얼마나 새빨간 거짓말인가. 나는 지금까지 내 몸에 남아 있는 어제의 위기의식에 치욕감을 느꼈다. 그래도 내가 죽고 싶은 건 정말이다. 지난 10여 일 동안 거의 먹은 게 없다. 아이들 성화로 먹는 척한 **유동식**도 토하거나 설사 아니면 변비로 먹은 것 몇 배의 기운을 빼 갔다. 몸이 음식을 받지 않는다는 건 죽을 징조가 아닌가. 나에게 지금 희망이 있다면 내가 죽어 가고 있다는 것뿐이다.

아이들이 베란다로 의자를 내주어 편안히 앉았다. 뒤로는 장산이란 수려한 산을 등지고 앞으로는 수영만을 바라보고 있으니 아파트라기보다는 콘도같이 터가 좋은 딸네 집이다. 날씨는 쾌청하고 수영만에 떠 있는 요트가 그림 같다. 거기서 88 올림픽 요트 경기가 열릴 거란다. 오나가나 그놈의 88 올림픽, 정말 미칠 것 같다. 서울 집도 잠실 경기장과 올림픽 공원 사이에 있어 그 들뜬 야단법석이 싫어도 들리고 보일 것 같더니만 여기까지 그 축제가 따라올 게 뭐람. 내 아들이 죽었는데도 기차가 달리고 계절이 바뀌고 아이들이 유치원 가려고 버스를 기다리고 있다는 것까지는 참아 줬지만 88 올림픽이 여전히 열리리라는 건 도저히 참을 수 없을 것 같다. 내 자식이 죽었는데도 고을마다 **성화**가 도착했다고 잔치를 벌이고 춤들을 추는 걸 어찌 견디랴. 아아, 만일 내가 독재자라면 88년 내내 아무도 웃지도 못하게 하련만. 미친년 같은 생각을 열정적으로 해 본다.

변덕이 죽 끓듯 한다. 저녁땐 부산에 오기 잘했다 싶었다. 아무도 찾아오는 사람이 없었고, 전화 소리에도 깜짝깜짝 놀랄 필요가 없었다. 이 지경이 되고도 무슨 볼 체면이 남아 있다고 내 꼴을 남에게 보이기가 그리 싫은지. 뭐라고 위로의 말을 해야 할지 몰라 쩔쩔매는 상대방을 볼 때는 그 자리에서 당장 꺼지고 싶은 마음밖에 없었다. 그러다가 겨우 생각해 낸 말이 잊으라는 소리다. 어쩌면 그렇게 한결같이 잊으라는지. 세월이 약이라는 소리를 들을 때처럼 격렬한 반감이 솟구칠 때도 없다.

그 애는 25년 5개월 동안이나 나를 행복하게 해 주었다. 내 기쁨이요, 보람이요, 희망이요, 기둥이었다. 우리는 자식을 가르칠 때 남의 은혜를 잊지 말라고 가르친다. 배은망덕은 가장 **타기할** 부도덕으로 친다. 곤궁했을 때 받은 얼마 안 되는 금전적인 도움이나 우울한 날 말동무해 준 친구의 우정도 잊지 않고 오래 기억하는 게 사람의 도리이거늘 어떻게 25년 5개월 동안이나 나를 그렇게 기쁘게 해 준 아들을 잊는 게 수라고 말할 수가 있을까. 나에게 하루하루 목숨을 부지해야 하는 까닭이 남아 있다면 그 애를 기억하며 그 애가 이 세상에 없다는 사실로 인하여 고통받는 일뿐이거늘.

자기 전에 또 맥주, 오늘은 어제보다 더 많이 마셨다. 밥도 죽도 잘 안 넘어가는데 맥주는 얼마든지 마시겠고, 문어나 소라 같은 안주도 꽤 집어먹는데도 아직은 별 이상이 없다. 그러나 수면에는 별로 도움이 안 돼 한밤중 수면제 복용.

9월 13일

텔레비전 소리에 눈을 떴다. 꿈자리가 뒤숭숭했지만 무슨 꿈인지 생각나지 않았다. 꿈에라도 아들을 보게 해 달라고 그렇게 간절하게 기도하고 잤건만 또 허탕이었다. 진실한 기도는 반드시 들어주신다는 소리도 말짱 헛소리다. 인간의 애절한 소망을 일일이 이루어 주진 못한다 해도 귀라도 기울여 줄 초월적인 존재가 과연 있기나 있는지. 있다면 예서 더 어떻게 해야 당신과 통하리까. 눌은밥을 끓여 놓고 조금 먹어 보란다. 못 먹을 것 같았지만 소라와 문어도 먹은 주제에 멀건 눌은밥도 못 먹겠다면 응석을 부리는 것처럼 보일 것 같아 구수하다고 칭찬까지 해 주면서 한 공기를 다 먹었다. 남은 자식들한테 내 슬픔을 빙자해 응석을 부리는 일 따위는 절대로 하지 말아야지 하는 게 내 마지막 자존심이다. 오 주여, 당신이 계시다면 저를 제발 이 마지막 자존심이나마 부지할 수 있을 때까지만 살게 하소서.

딸 몰래 눌은밥 한 공기를 다 토해 냈다. 어제 먹은 문어와 소라는 아무렇지도 않은데 참 이상한 일이다. 그러나 변비 생각을 하면 속이 편한 것만은 아니었다. 좌약을 준비해 왔지만 그 몸부림을 또 치르긴 정말 싫다. 사람이 단지 배설한다는 가장 원초적인 생리 작용을 위하여 그렇게 치열하게 몸부림쳐야 하다니.

행복했을 때는 아침이 좋았는데 요샌 정반대다. 내 앞에 펼쳐진 긴긴 하루를 살아 낼 생각이 지겹도록 아득하게 느껴진다. 시시때때로 탈진하도록 실컷 울면 그동안이라도 시간을 주름잡을 수가 있는데 그것도 용납 안 되는 하루 동안이란 얼마나 가혹한 형벌인가.

손자들이 틀어 논 텔레비전에서 오늘도 지치지도 않고 88 올림픽 타령이다. 성화를 실은 대한항공이 부다페스트를 떠나 헬싱키에서 **급유**를 받고 소련 상공을 열한 시간이나 날아 왔다는 흥분한 목소리와 함께 기체와 승무원까지 비춰 주고 난리다. 손자 형제도 저희들끼리 금메달의 수를 점치며 희희낙락 들떠 있다. 딸이 뒷산으로 산책을 나가자고 해서 조금 망설이다 따라나섰다. 그 애는 내가 즈이 집에 와서 많이 좋아졌다고 믿고 싶은 눈치였다. 아닌 게 아니라 나는 꼿꼿하게 걸을 수가 있었다. 서울을 떠날 때만 해도 허리를 펼 수가 없어서 보행이 어려웠었다. 그러나 서울에서도 기운이 없어서 그렇게 허리를 못 편 게 아니라 너무 울어 배창자가 당겼기 때문이다. 딸은 엄마가 한결 기운이 나 보인다고 좋아했지만, 나는 겨우 이틀 울지 않으니까 깨끗이 배의 통증이 가시는 내 건강이 혐오스러웠다. 절이 있는 데까지 올라갔다 내려왔다. 그닥 힘들지 않았다. 먹은 건 없는데 어디서 그런 기운이 나는 걸까. 정말 싫다. 예전 우리 시골에선 자식을 앞세운 에미한테 자식을 잡아먹었다고 말했었다. 어린 마음에도 그 소리가 끔찍해 소름이 끼쳤는데 지금 생각하니 나한테 해당하는 소리가 아닌가. 나야말로 자식을 잡아먹은 것이다. 그러지 않고서야 이렇게 줄창 먹지 않고도 배부를 수가 없고, 먹지 않았는데도 수족을 움직이는데 지장이 없을 수가 없지 않은가.

산을 내려오다가 길가 풀섶에서 신기한 꽃 한 송이를 발견했다. 연분홍의 장미꽃 봉오리같이 생긴 꽃 한 송이가 풀 끝에 애처롭게 매달려 있었다. 꽃의 품위가 결코 잡초 따위에서 필 꽃이 아니었다. 나는 걸음을 멈추고 그 꽃의 줄기를 더듬어 내려간다는 게 그만 그 가냘픈 식물을 뿌리째 뽑아내는 결과가 되었다. 줄기에 달린 잎을 보니 봉숭아였다. 봉숭아 중에도 분홍 봉숭아는 흔치 않은데 어쩌다 씨가 하나 풀섶에 떨어져 싹이 나고 잎이 돋고 간신히 꽃까지 핀 모양이다. 뿌리째 뽑았으니 할 수 없이 집까지 가져왔다. 피곤해서 한동안 누웠다 일어나 보니 무심히 뽑아 온 한 포기의 봉숭아는 **문갑** 위에서 이미 형체도 알아볼 수 없게 시들어 있었다.

내 아들은 지금 어떤 모습으로 땅속에 누워 있는 것일까? 내 아들이 어두운 땅속에 누워 있다는 걸 내가 믿어야 하다니. 발작적인 설움이 복받쳤다. 나는 내 정신이 미치기 직전까지 곧장 돌진해 들어갔다가 어떤 강인한 **저지선**에 부딪혀 몸부림치는 걸 여실하게 느낀다. 그 저지선을 느낄 수 없어야 미칠 수 있는 건데 그게 안 된다. 인간의 삶과 죽음을 관장하는 초월적인 존재가 정말 있다면 내 아들의 생명도 내가 봉숭아를 뽑았듯이 실수도 못 되는 순간적인 호기심으로 장난처럼 거두어 간 게 아니었을까? 하느님 당신의 장난이 인간에겐 얼마나 무서운 운명의 손길이 된다는 걸 왜 모르십니까. 당신의 거룩한 **모상**대로 창조된 인간을 이렇게 막 가지고 장난을 쳐도 되는 겁니까.

아이들이 불러서 베란다로 나가 보니 저녁때인데도 대마도가 뚜렷이 보인다. 어제 쾌청한 날에도 안 보이던 대마도가 거짓말처럼 선명하게 나타나 보인다. 우리 눈에 안 보일 때도 대마도는 거기 있었을 게 아닌가. 그렇다면 보인다고 다 있는 건 아닐지도 모른다. 내가 감각할 수 있는 모든 것이 실제로 존재하는 게 아니라 환상일 것도 같다. 어쩔거나, 이 인생의 덧없음을.

> 인생은 풀과 같은 것, 들에 핀 꽃처럼 한번 피었다가도 스치는 바람결에도 이내 사라져 그 있던 자리조차 알 수 없는 것.
>
> –〈시편 15.~16.〉

주여, 그렇게 하찮은 존재에다 왜 이렇게 진한 사랑을 불어넣으셨습니까.

9월 14일

어젯밤에도 상당량의 맥주를 마셨고 잠자리에 들기 전에 수면제도 복용했건만 한잠도 이루지 못했다. 이렇게 꼬박 못 자 보긴 처음이다. 집에서 실컷 울 수 있었을 때는 간간이 탈진 상태와 깊은 수면이 겹쳐 깨어나서도 한동안은 '흉측한 꿈이었을 거야, 설마 나에게 그런 일이 정말 일어났을라구.' 하는 몽롱하고도 아슬아슬한 평화를 즐길 수가 있었다. 희망이 없을 땐 평화도 없다는 것은 무서운 일이다.

어떻게 할 수가 없었다. 간간이 일어나서 펄쩍펄쩍 뛰었다. 내 뜻과는 상관이 없었다. 뜨거운 철판 위에서 들볶이는 참깨처럼 온몸이 바삭바삭 타들어 가는 느낌이었다. 탈진해서라도 잠들 수 있다는 건 고마운 일이었다. 매일 몇 병씩 마시는 맥주의 영양가 때문인가, 부산으로 오고 나서 왜 이렇게 기운이 나는지 모르겠다. 지치지도 않고 망상에 망상을 거듭한다.

나는 아들을 잃었다. 그 애는 이 세상에 존재하지 않는다. 그 사실을 알아듣는 걸 견딜 수가 없다. 그 애가 이 세상에 존재했었다는 증거는 이제 순전히 살아 있는 자들의 기억밖에 없다. 만약 내 수만 수억의 기억의 가닥 중 아들을 기억하는 가닥을 찾아내어 끊어 버리는 수술이 가능하다면 이 고통에서 벗어나련만. 그러나 곧 아들의 기억이 지워진 내 존재의 무의미성에 진저리를 친다. 자아(自我)란 곧 기억인 것을. 나는 아들을 잃고도 나는 잃고 싶지 않은 내 명료한 의식에 놀란다. 고통을 살아야 할 까닭으로 삼아서라도 질기게 살아가게 될 내 앞으로의 모습이 눈에 선하다. 그런 늙은인 싫지만 어쩔 수가 없다.

아들이 내 속을 썩이거나 실망시킨 일을 생각해 내려고 애쓴다. 물에 빠져 검부락지라도 잡으려는 노력처럼 처참하게 허위적댄다.

하다못해 남에게 흉을 잡힌 일이나 좋지 못한 버릇이라도 생각해 낼 수 있다면 다소 숨통이 트일 것 같다. 이 비참한 **자구** 노력도 허사가 되고 만다. 그 애는 완벽했다. 그 애가 한 짓 중 사랑스럽지 않은 것은 어쩌면 단 한 가지도 없단 말인가. 그 애가 완벽했다는 확신은 그 애를 잃은 상실감 또한 천벌처럼 완벽하게 한다. 바늘구멍만 한 구원의 여지도 없다. 그 애 없이 사는 걸 견디어 내야 하다니, 무시무시했다.

많이 마신 맥주와 **불면** 때문에 화장실에 자주 들락거렸다. 변기 위에서 문득 아들의 나쁜 버릇 하나가 생각났다. 그 애는 출근 시간이 촉박한 아침 시간에 화장실에 들렀다가 물을 안 내리고 그냥 뛰어나가는 버릇이 있었다. 건강한 청년이 변을 보고 그냥 나간 변기 속은 에미가 보기에도 질겁을 할 만했다. 그래서 "얘야, 너 그 버릇 못 고치고 장가들면 색시가 도망간다." 이렇게 무안하지 않도록 우스갯소리로 야단치던 생각도 났다. 나는 그 생각을 하면서 빙긋이 웃었다. 가슴속에서 훈훈한 것이 꼼지락대는 것 같았다. 일껏 생각해 낸 못된 버릇 하나가 가장 사랑스러운 버릇이 되어 잠시나마 내 상실감에 위안이 되다니. 못 말릴 노릇이었다.

나는 결코 남의 나쁜 버릇이나 약점에 관대한 편이 못 된다. 특히 백화점이나 고속버스 휴게소 등 공공장소의 화장실에 들어갔다가 고장도 아닌 멀쩡한 변기에 물을 안 내려 변이 차 있는 걸 보았을 때의 내 울분은 곧장 우리 민족성을 들먹이는 거창한 비분강개로까지 치닫기 일쑤였다. 만일 나에게 남의 결점을, 우리 아들의 결점도 귀여운 사랑의 십분의 일만 되는 아량으로 봐줄 수 있다면 내 생애가 훨씬 편안하고 행복할 수 있으련만.

새벽엔 어렴풋하나마 잠이 올 것도 같은데 달걀인가 뭔가 사라는 장사꾼의 마이크 소리가 사정없이 시끄럽게 귀청을 때린다. 이 동네는 인심도 좋지, 서울의 아파트촌 같으면 어림도 없는 짓이다. 밤새 못 잤건만 꼭 그 소리 때문에 잠을 놓친 것처럼 짜증이 난다. 어쩌면 그 소리 때문에 졸음 비슷한 거라도 유발이 됐는지도 모르는데. 요컨대 나는 무엇엔가 끊임없이 핑계를 대고 싶어 하고 있었다.

이른 아침부터 부엌에서 달그락대는 소리가 나더니 아침상이 푸짐했다. 딸 내외와 손자 형제가 큰절을 했다. 음력으로 내 생일이었다. 내 생애에서 가장 욕된 생일날이다. '내가 태어난 날이여, 차라리 사라져 버려라.'라고 자기 생일을 저주한 욥 생각이 났다. 서울에서의 2주일간의 기억이 몽롱한 가운데서도 여러 사람이 〈욥기〉를 들어 나를 위로하고자 했던 게 생각났다. 《구약》 중 〈욥기〉를 제일로 치는 사람도 있었지만 나는 나에게 이런 불행이 닥치기 전에도 〈욥기〉를 좋아하지 않았다. 의인을 속여 먹는 속임수 같았다. 〈욥기〉 속에 하느님은 욥에게서 빼앗은 걸 고스란히 또는 두 배로 돌려주셨지만 현실 속의 의인이 부당하게 빼앗긴 걸 돌려받는 걸 나는 본 적이 없다. 나는 물론 의인도 아니지만 의인이라 해도 내 아들이 살아올 리 없다. 그게 확실한데 〈욥기〉가 어떻게 위로가 될 수 있단 말인가.

아침부터 술을 마셨다. 서울서 딸 사위들로부터 각각 전화가 걸려 왔다. 에미 생일을 기억한다는 표시이겠지만 서로 축하라는 말은 삼간다. 예절, 체면으로부터 자유롭고 싶다.

늘 아침을 걸렀건만 생일이라 그런지 딸은 그게 신경이 써지는 모양이었다. 점심은 나가 먹자고 했다. 뭐든지 구미가 당길 만한 것을 생각해 보라기에 우동을 먹고 싶다고 했다. 우동 국물을 마시고 싶었다. 광안리 해변가에 우동을 맛있게 하는 집을 알고 있다고 했다. 맛있게 먹으려고 좀 늦게 갔는데도 조그만 식당 안은 꽉 차 있었다. 우동 국물을 달게 마셨다. 맛은 잘 모르겠는데 균열이 생긴 것처럼 메마른 위장에서 잘 받았다. 집에 가면 낮잠을 잘 수도 있을 것 같았다. 밤에 잘 욕심으로 산책을 하자고 했다. 해변가로 나갔다. 광안리 쪽은 해운대보다 유흥가는 더 발달한 것 같은데 해변은 그쪽만 못한 것 같았다.

모래사장에 앉아 요트를 타는 청년을 아슬아슬하게 지켜보았다. 해풍에 돛이 옆으로 기울면 청년의 몸도 파도에 휩싸여 보이지 않게 된다. 나는 청년의 몸이 다시 균형을 잡아 시야에 들어올 때까지 숨도 제대로 못 쉬게 긴장한다. 한참 동안이나 요트가 죽지 꺾인 큰 새처럼 옆으로 누워 흐르고 청년이 보이지 않자 큰 소리로 구원을 청해야 할 것처럼 느낀다. 그러나 산책 나와 나처럼 바다를 보고 앉았는 어느 누구도 큰일 났다는 얼굴을 하고 있지 않다. 그럼 아무 일도 아닌가. 그래도 가슴이 울렁거려 눈을 감고 묵주 기도를 한다. 나중에 뭍으로 오른 요트의 주인을 보니 청년이 아니라 육십이 훨씬 넘었음직한 노인이었다. 나는 그동안 혼자서 애를 태운 게 화가 났다. 공연한 헛수고를 했다 싶었다.

마치 늙은이는 빠져 죽어도 그만이라는 듯이. "늙은이가 주책이야." 내가 불쾌한 듯 중얼거리자 영문을 모르는 딸은 "어때요. 멋있잖아요." 하고 대답했다.

저만치서 노파가 앉아서 김을 매듯이 땅을 뒤지고 있다. 무엇을 하고 있나 궁금해서 가까이 가 보니 자루에다 돌을 골라 담고 있다. 그쪽은 모래사장이 아니고 작고 매끄러운 돌이 깔려 있다. 자세히 보니 조개껍질 같기도 하고 아기 이빨 같기도 한 연분홍의 예쁜 돌이 그 일대에 쫙 깔려 있다. 화분 같은 데 깔면 보기 좋을 것 같다. 그러나 노파는 그런 용도에 쓰기에는 너무 많은 돌을 마대 자루에 골라 담고도 한눈 한 번을 안 팔고 그 일에 골몰하고 있었다. 하도 이상해서 그걸 다 무엇에 쓸 거냐고 물어보았다. 기념품을 만드는 공장에 갖다 팔 거라고 했다. 그렇게 말하는 노파는 앞니가 두 개밖에 없었고, 나이를 헤아릴 수 없을 만큼 주름이 깊었다. 아무리 없이 살아도 헐벗지는 않는 세상이라 그런지 노파의 입은 옷은 좀 너무하다 싶을 만큼 남루했다. 머리카락도 센 건지 바랜 건지 말총빛깔로 헝클어져 있었다. 그런 노파의 노동을 보면서 기껏 자기 집 화분을 장식하려고 극성을 떤다고밖에 생각 못한 내 한심한 상상력에 나는 수치감을 느꼈다. 그러고 보니 해변에서 파는 싸구려 액자나 거울 틀에 그런 돌을 박은 걸 본 적이 있었다. 그런 걸 만드는 공장에서 노파의 수고비를 얼마나 박하게 쳐 줄지는 물어볼 것도 없이 뻔했다. 그렇지만 밑천은 안 드는 돈벌이였다. 9월 중순의 한낮 햇볕은 사정없이 이글거렸다. 노파는 여름내 그 밑천 안 드는 돈벌이에 종사해 온 듯 드러난 팔과 종아리는 새까맣고도 기름기라곤 없어 비듬이 희끗희끗했다. 나는 밑도 끝도 없이, 그러나 확신을 가지고 노파에게 몹쓸 병이 들거나 술주정뱅이 아들이 있을 거라고 생각했다. 같이 늙어 가는 영감을 위해서라면, 또는 의지할 데라곤 없는 처지여서 자기 한 몸 입에 풀칠하기 위해서라면 양로원에 가고 말지 그 보잘것없고 영세한 돈벌이에 그렇게 전력으로 종사할 수는 없을 것 같았다. 오로지 아들을 위해서만 그 보잘것없는 일이 타당하고도 거룩하게까지 보였다.

왜 그런 생각이 들었는지 모를 일이었다. 나는 미친년처럼 화끈한 열정으로 그 생각에 탐닉했다. 조금도 거짓 없이 나는 그 노파가 부러웠다. 아들의 약값을 위해서든 아들에게 뜯기기 위해서든 아들을 위한 일 외엔 눈에 보이는 게 없는 노파가 부러웠다. 나는 나도 모르게 노파의 일을 돕기 시작했다. 그 일은 보기보다 수월하지 않았다. 분홍빛 예쁜 돌만 쫙 깔려 있는 것 같아도 역시 모래와 **잡석** 속에서 추려 내지 않으면 안 되었다. 노파는 내 서툴고 미미한 도움을 의식하는 것 같지도 않았다. 마대 자루가 차자 질질 끌고 말없이 가 버렸다. 나는 노파의 뒷모습을 하염없이 배웅했다. 어쩌면 나는 내 내부의 교만이 무너진 자리를 응시하고 있는지도 몰랐다. 에미 눈에 자랑스럽지 않은 자식이 어디 있을까마는 자식들마다 건강하고 공부 잘해 한 번도 속 안 썩이고 일류 학교만 척척 들어가고 마음먹은 대로 풀릴 때, 그 에미의 자랑은 기고만장할 수밖에 없다. 나 역시 그랬었다. 기고만장 정도가 아니라 서슬 푸른 교만이었다. 그래서 남의 공부 못하는 자식, 방탕하거나 버르장머리 없는 자식을 속으로 은근히 깔보았었다. 그것도 학교라고 허리가 휘게 번 돈으로 등록금을 대야 하다니, 이런 마음으로 내 눈엔 도무지 차지 않는 대학에 보내고도 좋아하는 친구나 친척을 겉으론 축하해 주는 척하면서 속으론 불쌍해한 적도 한두 번이 아니었다. 뇌성마비로 태어난 남의 자식을 보고 차라리 죽는 게 나았을 걸 하는 모진 생각을 한 적도 있었다. 그런 내가 노파를 부러워하고 있었다. 가장 못난 최악의 아들을 가정해도 역시 노파가 부러웠다. 가슴이 아리게 부러웠다.

내가 받은 벌은 내 그런 교만의 대가였을까. 하느님이 가장 싫어하시는 게 교만이라니 나는 엄중하지만 마땅한 벌을 받은 것이었다. 조금 마음이 가라앉는 듯했다. 나는 내 아들이 이 세상에 없다는 무서운 사실을 견디기 위해서 왜 그런 벌을 받아야 하는지 영문을 알아야만 했다. 아들을 잃은 것과 동시에 내 교만도 무너졌다. 재기할 수 없을 만큼 확실하게. 그러나 교만이 꺾인 자리는 겸손이 아니라 **황폐**였다. 내 죄목이 뭔지 알아냈다고 생각하자 조금 가라앉은 듯하던 마음이 다시 끓어오르기 시작했다. 내가 교만의 대가로 이렇듯 비참해지고 고통받는 것은 당연하다고 치자. 그럼 내 아들은 뭔가. 창창한 나이에 죽임을 당하는 건 가장 잔인한 최악의 벌이거늘 그 애가 무슨 죄가 있다고 그런 벌을 받는단 말인가. 이 에미에게 죽음보다 무서운 벌을 주는 데 이용하려고 그 아이를 그토록 준수하고 사랑 깊은 아이로 점지하셨더란 말인가. 하느님이란 그럴 수도 있는 분인가. 사랑 그 자체란 하느님이 그것밖에 안되는 분이라니. 차라리 없는 게 낫다. 아니 없는 것과 마찬가지다. 다시금 맹렬한 포악이 치밀었다. 신은 죽여도 죽여도 가장 큰 문젯거리로 되살아난다. 사생결단 죽이고 또 죽여 골백번 고쳐 죽여도 아직 다 죽일 여지가 남아 있는 신, 증오의 최대의 극치인 **살의**, 나의 살의를 위해서도 당신은 있어야 돼. 암 있어야 하구말구.

9월 15일

아침에 눈을 뜨자 잘 잤다는 느낌이 왔다. 그러나 그 애를 잃은 게 꿈이기를 바라는 몽롱한 순간 없이 곧장 의식이 명료해지고 말았다. 또 하루를 살아 낼 일이 힘에 겨워 숨이

챘다. 이런 속도로 세월이 가서야 언제 내 아들에게 이르를 거나. 밖에서 아이들이 자꾸 방안을 엿보는 눈치길래 죽지도 않고 또 이렇게 깨어났다는 심술 같은 기분으로 벌떡 털고 일어났다. 마루에 나가 보니 어젯밤에 마신 맥주병이 굉장했다. 저녁이면 으레 사위가 대작해 주는 양으로는 모자라 더 마시겠다고 떼를 쓴 생각이 났다. 밤중에 배달시킨 한 상자의 맥주도 다 빈 병만 남아 있었다. 어제는 생일이 핑계였지만 무작정 양을 늘려 갈 수는 없으리라. 질을 높이는 수밖에. 독한 술, 편한 잠, 그리고 **노추**…… 나는 남의 운명을 점치듯이 담담하게 내 앞날의 모습을 내다보며 씁쓸하게 웃었다.

베란다에 나가 보니 수영만의 바닷빛이 꼭 잉크를 풀어 놓은 것 같다. 문인들하고 유럽을 여행하면서 탄성을 지른 지중해 빛깔도 저러했던가. 그때가 언제더라. 먼먼 옛날의 일 같았다. 내가 문인이었던 것도.

딸네 아파트는 13층이다. 베란다엔 새시도 없다. 순간적으로 생을 마감할 수 있는 기회는 당장 발 밑에도 있다. 그러나 나는 그럴 위인이 못 된다는 걸 안다. 또한 그것만이 아직도 못 버리고 있는 내 나름의 **경신**의 한 방법이다.

이해인 수녀의 방문을 받았다. 남편의 병중, 상중에도 기도와 위로를 아끼지 않아 큰 힘이 되었는데 여기서 또 이런 꼴을 보이다니, 부끄럽고 숨고 싶었다. 딸애가 있는 대로지만 정성껏 점심을 지어 대접했다. 식사 후 수녀님한테 눈물을 보이고부터는 걷잡을 수가 없었다. 나는 사진첩까지 꺼내 놓고 아들 자랑을 하기 시작했다. 그 애가 얼마나 특별한 아인지, 나에게 꼭 있어야 할 아들일 뿐 아니라 직업인으로서도 이 사회에 얼마나 필요한 인물인지, 그리고 동기간과 일가친척 사이에서 얼마나 사랑과 기대를 모았었는지, 눈에선 눈물을 쉴 새 없이 흘리며, 입에선 침이 마르게 늘어놓았다. 그동안 가족들 사이에선 상처를 피하듯이 조심스럽게 화제에 올리기를 삼가던 아들 얘기를 그 애를 전혀 알지 못하는 수녀님을 상대로 마치 걸신들린 것처럼 지칠 줄 모르고 해 댔다. 특히 우리가 얼마나 특별하고도 완전한 모자(母子) 사이였다는 걸 강조할 때 내 허망한 열정은 극에 달했다. 막연한 불안과 함께 예전에 본 미국 영화 속의 **사이코** 엄마 생각이 났다. 나도 이러다 사이코가 되는 게 아닐까.

수녀님도 내 정신의 불균형을 감지한 듯 얼마 동안 부산의 분도 수녀원에 들어가 있으면 어떻겠느냐고 했다. 번거로운 인간관계도 피할 수 있고, 공기 좋고 조용해 심신의 안정을 취할 수 있을 것 같다고 했다. 신앙이나 기도 생활에 도움이 될 것 같다는 소리가 안 들어간 권고여서 마음에 들었지만 그럴 엄두가 날 것 같지는 않았다. 부산 분도 수녀원은 수녀님이 쭈욱 몸담고 있는 데지만 **성체 대회** 준비 관계로 올해는 서울에서 일을 보고 있었다. 수녀님을 알게 된 것도 서울에서 내는 홍보용 책자에 원고 청탁을 받은 게 기회가 되었었다.

수녀원에 쉬러 들어가는 문제는 확답을 못하고, 수녀님을 떠나보냈다. 틈틈이 읽으면 위로가 될 거라며 얇은 책자 세 권을 놓고 가셨다.

9월 16일

엉망으로 취한 속에 수면제를 털어 넣었는데도 깊이 잠들지 못했다. 새벽엔 뒤척이기도 지겨워 베란다로 나가 앉아 날이 밝아 오는 걸 지켜보았다. 엷은 어둠이 지워져 가는 동안의 바다 빛깔의 변화가 말할 수 없이 미묘했다.

어느 순간 수영만의 빛깔이 정신이 아찔하도록 새파란 속살을 드러내면서 눈높이까지 차올랐다. 아아, 나는 무엇에 찔린 것처럼 신음했다. 먼먼 옛날, 어느 행복했던 날, 정다운 이와 분위기 있는 스카이라운지에 마주앉아 뭔가 작은 축복을 주고받으며 눈높이까지 쳐든 페퍼민트의 빛깔이 저러했던가? 햇빛이 빛나자 눈높이까지 부풀어 오르던 한 잔의 페퍼민트는 자취도 없이 사라지고, 바다는 거대한 물고기처럼 은빛 비늘을 번득이며 완만하게 출렁이기 시작했다.

저 바다는 정말 저기 있는 것일까. 내 아들은 이 세상에 정말 존재했던 것일까? 내 기억력 말고는 아들이 존재했었다는 아무런 흔적도 남아 있지 않은 이 세상이 도무지 낯설고 싫다. 그런 세상과는 생전 화해할 수 있을 것 같지가 않다.

부산 사람들이 죽어 가는 걸 걱정하면서 살려 내기 운동까지 벌였던 더러운 수영만이 진짜 수영만일까, 작은 술잔 속에 이상한 푸르름으로 농축됐던 수영만이 진짜 수영만일까. 보이는 것이라고 다 존재하는 것이 아니라면 기억하는 것이라고 다 존재했던 것이 아닐지도 모르지 않나. 연일의 불면 때문인가, 기억과 보임, 실재와 감수성이 걷잡을 수 없이 헝클어진다. 갈피를 잡을 수 없는 혼란은 다행히 몽롱하다.

아침엔 눌은밥을 폭 끓인 걸 한 공기나 먹었다. 균열이 생긴 것처럼 메마른 혀와 식도에 상쾌한 통증을 느꼈다. 구수한 냄새도 좋았다. 딸이 눈을 빛내면서 좋아했다.

이렇게 해서 차츰 먹고 살게 되려나 보다, 이런 생각이 들자마자 이내 그럴 수 없다는 강한 반발이 치밀었다. 자식을 앞세우고도 살겠다고 꾸역꾸역 음식을 처넣는 에미를 생각하니 징그러워서 토할 것 같았다. 격렬한 토악질이 치밀어 아침에 먹은 걸 깨끗이 토해 냈다. 그러면 그렇지 안심이 되면서 마음이 평온해졌다. 정신과 육체의 생각이 일치할 때의 안도감 때문인지 낮잠을 좀 잘 수가 있었다.

점심엔 커피만 마시고 책을 읽었다. 《잠깐 보고 온 사후(死後)의 세계》라는 책을 다 읽고 나서 《연옥실화(煉獄實話)》를 읽었다. 육체라는 물질 없이도 의식이 존재할 수 있다는 증거를 찾아내고 싶었다. 《연옥실화》를 읽으면서는 왠지 망자와 만나 회포도 풀고, 한풀이도 할 수 있는 기회가 되는 무속의 **지노귀굿** 생각을 했다.

남의 지노귀굿을 구경한 적도 몇 번 있고, 어릴 때 돌아가신 할아버지의 지노귀굿 땐 할아버지 혼이 든 무당이 나를 알아보고 얼싸안더니 엉엉 울면서 생전에 있었던 일을 영락없이 그려 낸 경험도 있다. 그런데도 나는 그게 할아버지의 진짜 혼령이라는 걸 믿지 않았었다. 아무리 영한 무당의 지노귀굿에서도 마찬가지였다.

무속의 많은 부분을 긍정하면서도 몰입은 할 수 없도록 가로막던 벽은 종교를 갖고 나서 신앙의 문제에 있어서도 마찬가지였다. 내 딴에 이성이나 지성이라고 생각했던 것에 절망적인 내 정신의 한계를 느낀다. 눈 딱 감고 부수든지 뛰어넘어야 하는데 그게 잘 안된다. 못 그러도록 나를 강하게 옭아매고 있는 또 하나의 나를 느낀다.

《잠깐 보고 온 사후의 세계》는 오래전에 읽은 적이 있는 낡은 책인데 부산 오면서 챙긴 몇 권 안 되는 책 중에 들어 있다. 직접적인 해답을 찾아낼 수 있을 것 같은 제목 때문이었으리라. 흥미 본위로 대강 읽은 걸 다시 꼼꼼히 꼭 뭔가 찾아내고 말 기세로 들이덤볐다. 번역한 사람이 믿을 만한 분이고, 의학 박사가 임상학적으로 사망이 확인된 후 다시 소생한 이들의 진술에 근거하여 썼다는 서문도 이 책을 썩 믿을 만하게 했다.

과연 그들의 진술의 공통점에 대해선 의심할 여지가 없었지만 그들이 정말 죽었었다는 증거는 아무 데서도 찾아볼 수 없었다. 다들 육신이 **부식하기** 전에 깨어났으니까. 의사가 아무리 사망 진단을 해도 신이 사망 진단을 내리지 않는 한 육신은 썩지를 않는다. 신의 사망 진단이 내리고 나서 살아난 사람은 아직 없고 따라서 사후 세계를 보고 온 이도 있을 수 없다. 아들이 가 있는 세계와의 무한한 거리, 완벽한 무지에 대해 그 책은 도움이 됐다기보다는 그것들을 더욱 확인시켜 준 데 불과했다. 그러나 그런 책들 때문에 하루를 훨씬 수월하게 보낼 수는 있었다.

나는 왜 이렇게 죽자꾸나 고통스러운 하루를 낱낱이 **반추하려** 드는가? 차라리 미쳐 버리고 싶다고 수시로 미친 상태를 동경하면서도 실상은 미치는 게 두려워서 하루하루의 정신 상태를 점검하려는 게 아닐까? 체면도 생의 의욕 중의 일부분이 아닐까? 나를 남처럼 바라보면서 끔찍한 여자라고 생각한다. 시시각각 추락해 가는 비행기 속에서 그 마지막 순간의 기록을 남긴 어느 일본 사람 생각도 났다.

9월 17일

어젯밤엔 맥주 대신 소주를 마셨더니 좀 잔 것 같다. 꿈을 꾸었으니까. 난리가 나서 허둥거리며 피난을 가고, 사람들이 죽고, 거리가 삼엄하고, 양식이 동이 나는 꿈이었다. 꿈속에서도 올림픽 첫날에 난리가 나서 다 중단됐다고 했다. 내란 같기도 하고 천재지변 같기도 한 묘한 공포 분위기였건만 깨어나니까 좋은 꿈을 놓치고 난 것처럼 허전했다.

내 아들이 없는데도 온 세상이 살판난 것처럼 들떠 있는 올림픽의 축제 분위기가 참을 수 없더니, 내 아들이 없는 세상 차라리 망해 버리길 바란 거나 아니었을까. 내 무의식을 엿본 것 같아 섬뜩했다. 아아, 천박한 정신의 천박한 꿈이여. 내 아들아, 어쩌면 에미를 이렇게까지 비참하게 만드니.

그러거나 말거나 오늘은 88 서울 올림픽의 개막식 날이다. 날씨는 쾌청하고 개막식도 잘돼 가는 모양이다. 딸, 사위, 손자들이 텔레비전으로 그 광경을 시청하면서 연방 탄성을 지르며 즐거워하고 있다. 그런 분위기를 훼방 놓지 않을 만큼 대범해야 된다는 건 인내가 아니라 **고투**다.

그저 만만한 건 신(神)이었다. 온종일 신을 죽였다. 죽이고 또 죽이고 일백 번 고쳐 죽여도 죽일 여지가 남아 있는 신, 증오의 마지막 극적인 살의(殺意), 내 살의를 위해서도 당신은 있어야 돼.

오후 3시경에 서울에서 둘째와 셋째와 손자가 내려왔다. 딸들을 다시 만난 게 조금도 반갑지 않았다. 그 애들의 지극한 염려도 그저 귀찮고 시들했다. 나는 그동안 그 애들을 생각하지 않았다. 오로지 아들 생각만 했다.

문득 내가 아들 대신 딸 중의 하나를 잃었더라면 이보다는 조금 덜 애통하고, 덜 억울했을지도 모른다는 생각이 들었다. 처음 해 보는 생각이었다. 그런 생각이 떠오른 것 자체가 두려워 나는 황급히 **성호**를 그었다. 행여 또 그런 생각이 떠오를까 봐 속으로 **주모경**을 외웠다. 그래도 두려워 화장실에 가서 울며 용서를 비는 기도를 했다. 오랜만에 해 보는 기도였다. 그래도 두려움과 가슴의 울렁거림은 가라앉지 않았다.

나는 신이 생사를 관장하는 방법에 도저히 동의할 수가 없고, 특히 그 종잡을 수 없음과 순서 없음에 대해선 아무리 분노하고 비웃어도 성이 차지 않지만 또한 그러고도 그분을 덧들이고 싶지 않았다. 나는 오직 그분만이 생사를 **관장하고** 있다고 신의 권위를 믿고 있었고, 불쌍하게도 깊이 **공구하고** 있었다.

저녁때는 여럿이 해운대로 나갔다. 수영만이 올림픽 요트 경기장이라 외국 사람들이 많이 눈에 띄었다. 우리가 느끼는 기온은 긴 소매도 썰렁한데 털이 노란 거구의 남녀가 비키니 비슷한 차림으로 거침없이 활보하는 게 괜히 꼴 보기 싫었다.

손자들이 환성을 지르며 바다를 향해 질주하다가 큰 파도가 몰려오면 더 크게 악을 쓰며 도망을 쳐서 모래사장으로 되돌아오는 놀이를 지치지도 않고 되풀이했다. 특히 서울서 온 네 살짜리는 목이 쉬고 옷이 다 젖는 것도 아랑곳하지 않고 그 놀이에 광분하고 있었다.

손자 중 제일 나이 어린 그 녀석은 자주 제 키의 몇 배나 되는 물벼락을 맞느라 모습이 보이지 않다가 나타나곤 했다. 그때마다 나는 바다가 그 녀석을 아주 삼켜 버릴 것만 같아 간이 오그라붙는 것 같았다. 나란히 앉은 걔들 에미들은 태연히 담소를 즐기는데 나 홀로 그 모양이었다.

아들의 죽음을 기정사실로 받아들이고 나서 한 생각 중 꽤 괜찮은 생각은 앞으로 나에겐 기쁨도 없겠지만 근심도 없으리라는 거였다. 그런데 이게 무슨 꼴이람. 남이 안 하는 걱정까지 도맡아 하고 있었다. 내 걱정을 요약하면 또다시 사랑하는 이가 죽는 것을 볼까 봐였다. 아직도 나에게 걱정거리가 많은 것은 아직도 사랑이 안 끝났음인가. 병적인 걱정 때문에 지칠 대로 지쳐 돌아왔다.

큰애가 내 과음에 대해 동생들에게 일러바쳐서 세 아이가 합세를 해서 걱정을 하고 법석을 떠는 바람에 목을 축이는 정도로만 마시고 일찍 혼자서 방으로 돌아왔다. 술 대신 책으로 잠을 청할 궁리를 한다.

법정 스님이 쉬운 말로 옮긴 《법구경(法句經)》을 읽었다. 짧은 운문을 집대성한 **사화집** 같은 거여서 쉽게 다 읽을 수가 있었다. 다 옳은 말씀이고 또 여러 사람들에 의해 자주 인용된 구절도 많아 친근감을 느꼈지만 내가 원하는 걸 찾아내진 못했다. 내가 원하는 건 육신이 죽은 후에도 영혼은 남아 있다는 확답이었다. 그 밖의 문제에 대한 관심은 다 건성이었다.

다 읽고 나서 옮긴이의 해설을 보니 이 시는 후딱후딱 건성으로 넘기지 말고 한 편 한 편 마음의 바다에 비추어 보면서 차분히 음미하듯이 읽는다면, 맑은 거울이 되어 그 속에서 자기 얼굴을 들여다볼 수 있을 것이라는 당부의 말이 실려 있었다. 내 속을 들여다보고 한 말 같았다. 이 세상에 진리의 말씀이 사람 수효보다 많다고 해도 내 마음의 껍질을 뚫고 들어와 속마음을 울리는 한마디 외에는 다 부질없는 빈말일 뿐인 것을. 세상이 아무리 많은 사람과 좋은 것으로 충만해 있어도 내 아들 없는 세상은 무의미한 것처럼.

남편이 별세한 후 《반야심경(般若心經)》을 해설한 카세트테이프를 마냥 반복해 들으며 위로받은 생각이 났다. 그때만 해도 내 마음이 열려 있었기 때문에 좋은 말에서 마음의 자세를 바로잡아 주는 힘을 얻을 수가 있었다. 그러나 지금은 아니었다. 너무도 큰 슬픔이 내 마음을 돌처럼 딱딱하게 만들어 버렸다.

이해인 수녀로부터 받은 세 권의 책 중 《샘》과 《종교 박람회》도 《법구경》처럼 단숨에 읽었다. 두 권 다 안소니 드 멜로라는 처음 들어 보는 신부님이 쓴 짧고 재미있는 이야기 모음이었다. 쉽고 단순한 글들이었지만 조급하게 읽어도 되는 글은 결코 아니었다.

그러나 나는 《법구경》 때와 마찬가지로 느릿느릿 음미할 마음이 되어 있지 않았다. 지금 내게 필요한 건 어떻게 사느냐가 아니라 사후의 생명을 믿을 수 있는 확실한 보증이었다. 내가 왜 이런 고통을 받아야 하는지 납득할 수 있는 신의 명확한 계산서였다. 이런 나에게 나 자신도 도무지 속수무책이었다.

나머지 한 권은 《죽음이 마지막 말은 아니다》(G. 로핑크 지음)라는 50쪽 정도의 얇은 소책자였지만 그 속에서 발견한 아름다운 한 편의 시 때문에 날이 샐 때까지 한잠도 이루지 못하고 말았다.

사람은 누구나 자기 고유의
비밀에 싸인 개인적인 세계를 지닌다
이 세계 안에는 가장 좋은 순간이 존재하고
이 세계 안에는 가장 처절한 시간이 존재하기도 한다
하지만 이 모든 것이 우리에게는 숨겨진 것

한 인간이 죽을 때에는
그와 함께 그의 첫눈[初雪]도 녹아 사라지고
그의 첫 입맞춤, 그의 첫 말다툼도……
이 모두를 그는 자신과 더불어 가지고 간다
벗들과 형제들에 대하여 우리는
무엇을 알고 있으며,

우리가 가장 사랑하는 이에 대하여
우리는 과연 무엇을 알고 있는가?
그리고 우리의 참 아버지에 대하여
우리가 알고 있는 그 모든 것은
우리가 아무것도 모른다는 것

사람들은 끊임없이 사라져 가고……
또다시 이 세계로 되돌아오는 법이 없다
그들의 숨은 세계는 다시 나타나지 않는다
아하 매번 나는 새롭게
그 유일회성(唯一回性)을 외치고 싶다.

베개가 젖도록 흐느껴 울었다. 죽음이 왜 무시무시한지, 아들의 죽음이 왜 이렇게 견디기 어려운지 정연한 논리로서가 아니라 폭풍 같은 느낌으로 엄습해 왔다. 하나의 죽음은 그에게 속한 모든 것, 사랑과 기쁨, 고통과 슬픔, 체험과 인식 등, 아무하고도 닮지 않은 따라서 아무하고도 뒤바뀔 수 없는 그만의 소중하고도 고유한 세계의 소멸을 뜻한다.

그러나 그 시 속에 묘사된 한 인간의 죽음과 더불어 소멸되는 세계 속엔 그의 고유하고 신비에 싸인 체험만 있지 미래는 포함되어 있지 않다. 젊은 죽음과 함께 사라지는 세계 속엔 그 자신과 그의 부모 형제가 걸던 얼마나 다채롭고 풍부한 미래가 포함돼 있는가. 특히 자식이 부모의 소망은 물론 허영심까지 충족시켜 줄 만큼 잘 자라 부모가 한참 우쭐해 있을 때, 부모는 어리석게도 자식이 성취한 것을 자신의 것으로 착각하게 된다.

나 역시 그랬었다. 아들의 세계와 나의 세계는 동일한 축(軸)을 가지고 마냥 팽배해 가고 있었다. 그 나름의 독립, 혹은 연애나 결혼 등으로 에미로부터 **분화해** 나가기 직전, 모든 가능성과 희망을 공유하던 에미로서는 가장 행복한 착각의 시절에 아들은 홀연 자취도 없이 사라져 버렸다. 그러니까 그의 죽음은 하나의 세계의 소멸이 아니라 두 개의 세계의 소멸을 뜻했다.

그러나 우리는 우리가 가장 사랑하는 이에 대해 과연 무엇을 알고 있다고 할 수 있는가? 아들이 인턴 과정을 끝마치고 전문의는 무슨 과를 택할까 의논해 왔을 때 생각이 났다. 그 애는 나만 반대하지 않는다면 마취과를 하고 싶다고 했다. 뜻밖이었다.

나는 아들로 인하여 자랑스럽고 우쭐해하는 데 익숙해져 있었다. 누가 시키거나 애써서가 아니라 그 애 스스로가 선택한 학교나 학과가 에미의 자긍심을 충분히 채워 주었기 때문에 이번에도 으레 그러려니 했다. 내 무지의 탓도 있었지만 마취과는 어째 내 허영심에 흡족지가 못했다. 나는 왜 하필 마취과냐고 물었다. 그 애는 그 과의 중요성을 자세히 설명했다.

"그런 식으로 말해서 중요하지 않은 과가 어디 있겠니? 이왕 임상을 할려면 남 보기에 좀 더 그럴듯한 과를 했으면 싶구나."

나는 내 허영심을 숨기지 않고 실토했다. 그때 아들의 대답은 이러했다.

"어머니, 마취과 의사는 주로 수술장에서 환자의 의식과 감각이 없는 동안 환자의 생명 줄을 쥐고 있다가 무사히 수술이 끝나고 의식이 돌아오면 별 볼일이 없어지기 때문에 환자나 환자 가족으로부터 고맙다든가 애썼다는 치하를 받는 일이 거의 없지요. 자기가 애를 태우며 생명 줄을 붙들어 준 환자가 살아나서 자기를 전혀 기억해 주지 않는다는 건 얼마나 쓸쓸한 일이겠어요. 전 그 쓸쓸함에 왠지 마음이 끌려요."

그 아들에 그 에미랄까, 나 또한 아들의 마음이 끌린 쓸쓸함에 무조건 마음이 끌려 그 애가 원하는 것을 쾌히 승낙했다. 늘 사랑과 칭찬만 받으면서 자라 명랑하고 거침이 없고 남을 웃기기 잘하고 농담 따먹기에 능하던 아들의 전혀 새로운 면이었다.

나는 그때 아들에 대해 새롭게 알았다. 품 안의 자식인 줄로만 알았던 아들이, 알아 버렸다가 아니라 알아야 할 무진장한 걸 가진 대상으로 우뚝 섰을 때 얼마나 대견했던지, 그리고 그때의 그 앎의 시작에 대한 설렘까지 꼬박이 밝힌 새벽빛 속에 생생하게 되살아났다.

9월 ××일

해가 벌써 이렇게 짧아졌는지 날이 흐렸는지 7시까지도 방안이 침침하다. 며칠째 시간 감각이 마비가 된 건지 착란을 일으킨 건지 시시각각이 여삼추(如三秋) 같다가도, 지내 놓고 보면 몇 시간이고 몇 날이고 건너뛴 것처럼 기억이 지워지곤 한다. 죽음이란 숨 쉬지 않음인가, 기억 없음인가.

요 며칠 동안 술을 줄이고 책만 읽었다. 밤낮을 가리지 않고 깨어 있는 동안은 읽다가 잠이 오면 또 밤이건 낮이건 따지지 않고 깜박깜박 졸곤 했다. 주로 신과 내세(來世)에 관한 책이었지만 지금 머리에 남아 있는 건 아무것도 없다. 다 부질없는 짓이다. 그런 독서로 시간을 죽이는 것 외에 조금이라도 얻은 것이 있다면 신과 내세의 문제야말로 죽어 보지 않고는 알 수 없다는 걸 깨달은 정도다.

그런 종류의 책말고 《여자란 무엇인가》를 비롯해서 김용옥의 책도 세 권이나 읽었는데 아무것도 생각나지 않기는 마찬가지이다. 그러나 딸의 서가에서 그의 저서를 골라낸 내 의식의 흐름은 역시 신의 문제와 무관하지 않았다.

무심히 책장을 펄럭이다가 신부 놈들이란 낱말이 눈에 띄길래 신부님의 오자인 줄 알고 그 앞뒤의 문맥을 더듬어 보니 그게 아니었다. 신에 대한 지칠 줄 모르는 앙분 때문이었을까, 신부를 욕하는 소리가 그렇게 상쾌하고 고소하게 들릴 수가 없어서 이끌린 책이었다.

베란다까지 걸어 나가는 것도 버거워 안방 창틀에 걸터앉아 버릇처럼 수영만 쪽을 바라본다. 요트 경기장의 성화가 아주 잘 보여 아직도 올림픽 기간이라는 것을 일깨워 준다. 하루 중 아마 이맘때가 제일 잘 보이는 시간이 아닌가 싶다. 밤엔 주위의 휘황한 불빛 때문에 낮엔 햇빛 때문에 거의 거기서 타오르는 성화를 보지 못했다.

오늘의 바다 빛깔은 오염이 심할 때의 한강의 해빙기 같다. 해변 가까이는 얼음판 같은 빛깔이고 먼 바다는 탁한 회색이다. 그리고 그 두 빛깔 사이의 경계 또한 강의 얼음장이 수심이 얕은 데만 남아 있을 때처럼 부드럽고 모호하다. 수평선도 다른 날보다 훨씬 다가와 보이건만 대마도는 지워진 듯 안 보인다. 나는 이런 풍경을 망막에 새기듯이 무턱대고 마냥 주시한다.

내 아들은 이 모든 것을 보지 못하게 되었다. 내가 열심히 보고 있는 것의 무의미성에 그만 진저리를 친다.

잡다하게 읽은 책 중 어떤 목사님이 죽었다 깨어나서 보고 왔다는 천당 생각이 났다. 그가 보고 온 천당은 바닥은 온통 황금이고 궁정 같은 집은 화려한 보석으로 되어 있더라고 했다. 내가 상상한 천당하고 너무 달라서 더 읽을 마음이 나지 않았다. 내가 그랬으면 하고 그려 보는 천당은 내 고향 마을과 별로 다르지 않다. 풀밭, 풀꽃, 논, 밭, 맑은 시냇물, 과히 험하지도 수려하지도 않지만 새들이 많이 사는 산, 부드러운 흙의 감촉이 좋아 맨발로 걷고 싶은 들길, 초가집 등이 정답게 어울린 곳이다. 내 고향 마을에서 천당으로 옮겨 놓고 싶지 않은 건 터무니없이 크고 과히 깨끗지 못한 뒷간뿐이다. 그러나 천당 바닥이 풀밭이 아니면 또 어떠랴. 황금이나 양탄자라 해도 사후에도 뭔가 보이는 것만 있다면 말이다.

오후엔 딸의 친구가 먹을 걸 해 가지고 나를 보러 왔다. 아들의 조문을 받아야 하는 고통과 수치를 피하고 싶은 것도 부산으로 내려온 까닭 중의 하나였다. 딸도 에미의 이런 심정을 빤히 아는지라 제 집에 아무도 찾아오지 못하게 세심하게 신경을 쓰는 눈치였는데 그 친구는 좀 무례하다 싶을 정도로 예고 없이 들이닥쳤다.

나는 딸 또래의 젊은이로부터 듣게 된 어색한 위로의 말이 지레 겁이 나 숨고 싶었지만 그것도 여의치 않았다. 그러나 그 젊은이는 내 아픈 곳은 한 번도 안 건드리고 자기가 해온 음식의 맛과 영양가에 대해서만 얘기했다. 그 태도가 티없이 맑으면서도 공손해서 은연중 제대로 된 가정 교육을 받은 좋은 품성을 풍겼다. 나는 세상 물정 모르는 철부지가 내 고통을 함부로 건드릴까 봐 잔뜩 도사려 먹은 마음을 풀고 편안해질 수가 있었다.

그리고 그이가 가자 나는 딸에게 참 좋은 사람이더라고 그이 칭찬을 했다. 딸도 제 친구가 엄마 마음에 든 게 기쁜지 묻지도 않은 그의 가정 환경까지 들려주었다.

그는 양친이 **구존해** 계시고 형제자매도 여럿인지 하나같이 좋은 학교 나와 출세하고 경제적으로도 유복하게 산다고 했다. 또 그 여러 형제자매들이 낳은 손자녀까지 합치면 그의 양친이 퍼뜨린 직계 가족이 50명 가까운데 여태껏 한 번도 참척을 겪은 일이 없다고 했다.

거기까지는 듣기가 좋았는데, 그 집안이 그렇게 잘되는 것은 그 어머니의 독실한 신앙과 끊임없는 기도 생활 덕분이라는 것을 자손들이 느끼고 늘 감사하며 산다는 대목에서 나는 그만 마음이 몹시 상하고 말았다. 상한 정도가 아니라 가슴에 못이 되어 박히는 기분이었다. 딸도 들은 대로 말했을 뿐 그 한마디가 에미를 그토록 아프게 한 줄은 미처 몰랐으리라.

나는 그럼 기도가 모자라서 아들을 잃었단 말인가. 꼭 그렇게 들려서 고깝고 야속했다. 세상에 자식을 위해서 기도하지 않은 에미가 어디 있단 말인가. 가톨릭에 입교한 지가 4년밖에 안 되니까 예수 그리스도를 통해 기도한 지는 그밖에 안 될지도 모른다. 그렇다고 그전에 기도가 없었을까. **영세**받고 성당이나 집에서 격식에 맞게 올리는 기도보다, 그전에 마음에서 우러날 때마다 자연 발생적으로 바친 기도, 기도하듯 삼가는 마음가짐이 훨씬 더 순수하고 간절했었다.

다섯 아이를 다 젖 먹여 기를 때, 어린것을 가슴에 안고 내 몸 안에 가장 좋은 것뿐 아니라, 내 심성 속에서 가장 좋은 것만이 자식에게 아낌없이 주어지길 비는 마음은 거의 **접신**의 경지였다. 그럴 때 나는 내 자식이 커서 무엇이 될지는 감히 예측할 수 없었지만 적어도 악(惡)하게 되지는 않을 것만은 확실하게 믿을 수 있었으니까.

그걸 믿고 의지하기 위해 자식을 놀러 내보낼 때나, 학교에 보낼 때나, 잠 재울 때나, 도시락을 쌀 때나 기도하듯 삼가는 게 보통 에미들의 공통적인 마음가짐이다. 영세를 받고 나서 틀에 박힌 기도의 격식과, 믿고 기도하면 못 이룰 것이 없다는 열렬한 신자의 간증 때문에 되레 기도하는 심성은 주눅이 들어 버린 느낌이 들 정도였다. 그게 죄였을까. 오직 예수 그리스도 당신의 이름만 부르며 매달리지 않아서? 그건 말도 안 돼.

남색 프레스토 생각이 났다. 아들이 의과 대학을 졸업하던 해 사 준 소형차가 남색 프레스토였다. 그때만 해도 고루한 내 상식으로는 인턴 주제에 제 차는 사치였다. 그러나 꼭두새벽에 나가 오밤중에 들어오는 고되고도 고된 인턴 생활에서 출퇴근에 소모하는 시간과 체력을 조금이라도 덜어 주고 싶어 그 차를 사도록 했다. 집에서 병원까지는 너무 멀고 교통편도 불편한지라 그 애의 자가용만은 사치품에서 제외시켜 주고 싶었다.

그러나 나로서는 크나큰 걱정거리를 떠맡은 셈이었다. 첫새벽에 단잠이 덜 깬 부수수한 얼굴로 커피를 마시는 둥 마는 둥 그 차를 끌고 출근을 하고 나면 꼭 졸면서 운전하다 큰 사고를 낼 것만 같은 방정맞은 생각을 떨칠 수가 없었다. 퇴근 때는 그런 방정맞은 생각이 아침보다 더했다. 들어올 시간이 지나고부터 온갖 망상에 시달려야 했다. 지칠 대로 지친 몸으로 차를 몰고 오다가 깜빡 졸면서 교각이나 가드레일을 들이받는 끔찍한 망상을 물리치는 길은 그래도 기도밖에 없었다.

그때만 해도 영세를 받은 후였으니까 주로 묵주 기도를 바쳤다. 아파트 진입로가 보이는 뒤 베란다로 나가 남색 프레스토를 목 빠지게 기다리며 나는 얼마나 수도 없이 손가락의 묵주 반지를 돌렸던가. 그놈의 프레스토가 웬수다 싶다가도 막상 아들의 상체가 보이는 프레스토가 나타나면 모든 근심은 사라지고 아들과 함께 남색 차까지도 그렇게 예뻐 보일 수가 없었다.

당직이라 안 들어올 때는 내가 직접 먹을 것과 잠자리를 챙겨 주지 못하는 허전함을 기도로써 대신하려 했고, 그 애를 위해 기도할 때처럼 내 정성이 하늘에 닿는 것처럼 느낀 적도 없었다. 그러나 내 정성은 결코 하늘에 닿지 않았다. 그러니까 하느님 같은 건 있지도 않다. 나는 억지를 부리듯 이렇게 결론을 내린다. 그래도 신의 문제는 나를 쉽사리 해방시켜 주지 않는다.

신앙 깊은 어머니 덕에 자손이 다 잘된 얘기가 나에게 그렇게 뼈아프게 와닿았음에도 내가 당한 고통의 의미를 내가 저지른 죄를 통해 찾아내려는 종교적 심성이 내 안에 있기 때문이 아니었을까. 지금 현재 신의 문제는 나에게 늪과 같다. 집요하고 수렁 깊은 늪, 벗어나려고 몸부림칠수록 점점 더 끌려들어가는 느낌이다. 아무리 깊이 빨려 들어가 그 밑바닥까지 도달한다 해도 신을 만나지는 못하리라. 적어도 이 늪에서 해방되지 않는 한 신의 얼굴은 요원할 뿐이다. 끔찍스러운 모순이다.

서울서 심 신부님이 전화하셨길래 반갑기도 하고 설움도 복받쳐 서울 가서 혼자 있고 싶다고 하소연했다. 다들 앞으로 내가 내 아파트에 다시 들어가 혼자 사는 것은 말도 안 된다고 생각하는데 신부님은 참 좋은 생각이라고 동의해 주셨다. 조금 희망이 생기는 것 같았다. 그러나 딸한테는 입 밖에 내서 말하지 않았다. 아직은 가망 없는 일이었다. 그 애는 나를 중환자 취급하고 있었다.

9월 ××일

어젯밤에 다시 많은 술을 마셨더니 아침까지 골치는 좀 욱신거렸지만 늦잠을 잘 수가 있었다. 습관처럼 제일 먼저 베란다로 나갔다. 올림픽이 개막되기 전엔 되레 요트가 떼 지어 먼 바다로 나가는 게 종이배처럼 보이더니만 막상 요트 경기가 시작된 수영만엔 햇빛의 농도에 따라 성화가 보였다 안 보였다 할 뿐 요트는 보이지 않았다. 벌써 나갔나. 나갔으면 돌아올 때가 있겠지. 나는 요트가 눈에 뜨일 때까지 지켜보기로 했다. 그것도 시간을 주름잡는 한 방법이었다.

"엄마가 시방 소리개 고개까지 왔으면 내 엄지손가락이 가운뎃손가락에 척척 붙어라."

이러면서 읍내 장에 가신 엄마를 기다리는 지루한 시간을 주름잡던 어린 시절부터 나는 지금 얼마나 멀리 와 있는 것일까. 삶의 **노독**인 양 가슴과 뼈마디가 둔하고 깊게 욱신거렸다.

도대체 이 무의미한 항해는 언제 끝날 것인가. 남편이 꼭 남자의 평균 수명을 살고 갔으니 나도 여자의 평균 수명만 산다고 가정해도 아직 13, 14년은 더 살아야 한다. 아직도 13, 14년을 더 살아 내야 하다니. 태어난 게 잘못이다. 또 서울 가서 혼자 사는 문제를 생각해 본다. 생활의 변화에 대한 꿈이 있어서는 아니다.

나는 나를 남처럼 저만치 떼어 놓고 그 속을 빤히 들여다본다. 나는 여기 딸네 집 베란다에서 수영만을 목적 없이 바라다보는 것보다 우리 집 베란다에서 남색 프레스토를 하염없이 기다리고 싶은 거였다. 마냥 기다리고 있으면 반드시 우리 아파트 진입로로 운전대를 꺾는 아들의 준수한 얼굴을 볼 수 있을 것 같다. 미쳐서라도 좋으니 그렇게 되고 싶다.

부연 안개가 걷히면서 수영만에 푸른 기가 돌기 시작했다. 그러나 아직은 분청사기처럼 불투명하고 고르지 못하다. 커피도 베란다에서 마시면서 기다린 보람으로 마침내 요트들이 나가는 것을 볼 수가 있었다. 10시경이었다. 너무 느리고 한유로워 보여 조금도 경쟁이나 승리를 위한 출범 같지가 않았다. 텔레비전을 볼 때마다 손자들이 환호하며 외치는 금메달이나 신기록이니 하는 올림픽 열기와는 동떨어진 별세계의 풍경화처럼 보인다.

돛단배들이 아물아물 먼 바다로 작아져 가는 걸 지켜보는 사이에 몽롱한 졸음이 왔다. 어렴풋한 희망이 졸음을 더욱 감미롭게 했다. 아아, 꿈이었으면, 그 모든 일들이 한바탕의 꿈이었으면. 그리하여 퍼뜩 일어나 보니 내 악몽을 근심스럽게 흔들어 깨워 준 게 내 아들이었으면. 그러나 그런 희망으로 가슴이 울렁거려 곧 눈이 말똥말똥해지고 말았다.

한낮의 수영만은 좀 더 밝아져서 평평한 사막 같다. 그러나 구름 낀 하늘과의 사이의 수평선이 자를 대고 푸른 물감으로 그은 것처럼 선명한 게 좀 기이해 보인다. 이렇게 불투명한 날에 대마도가 보이는 것도 이상하고, 마치 아지랑이가 가물댈 때의 봄동산처럼 몽롱하고 푸르게, 그러나 꽤 가까이 보인다.

마침 배달을 온 청년이 "이 집 참 전망 좋다."라며 베란다를 기웃대다가 대마도를 보더니 "내일 비 오겠군." 하면서 일기 예보를 한다. 대마도가 보이면 다음날 영락없이 비가 온다는 것이었다. 내가 안 믿는 눈치를 보이자 청년은 나더러 내기를 하잔다. 여간 자신만만하지가 않다. 순전히 경험에 의한 지혜도 젊은이에게 못 미치는 내 나이가 더욱 초라하게 느껴져 나는 열없이 그냥 웃기만 했다.

저녁 무렵에 노순자 씨로부터 전화를 받았다. 아들 잃고 나서 처음 듣는 그의 목소리에 나는 울음부터 치밀었다. 내 아들 자라는 걸 어려서부터 지켜보았고 그 또한 외아들을 기르고 있으니 내 비통을 헤아리는 마음도 남다르리라는 걸 알기 때문에 더욱 복받치는 통곡을 참을 수가 없었다. 몇 마디 하다가 그냥 끊었다. 울음과 함께 온종일 살얼음판을 밟듯이 참아 내던 포악과 물음이 복받쳤다.

내 아들의 죽음의 의미는 뭘까? 죽음 후에도 만남이 있을까? 그 애의 죽음은 과연 피할 수 없는 운명이었을까? 신이 있기나 있는 것일까? 인간의 기도나 선행과는 상관없이 인간으로 하여금 한 치 앞도 못 내다보게 눈을 가려 놓고 그 운명을 마음대로 희롱하는 신이라면 있으나 마나가 아닐까?

여지껏 지녀 온 신의 개념 중에서 자비로움, 공정성 같은 걸 빼 버리면 신 또한 시체만 남게 된다. 성경에는 예수께서 십자가에 못 박혀 운명하시기 직전에 큰 소리로 남기신 말은 "엘리 엘리 레마 사박타니?"라고 기록하고 있고 그 뜻은 "나의 하느님, 나의 하느님, 어찌하여 나를 버리시나이까?"라고 밝히고 있다. 그러나 정작 숨은 뜻은 "하느님, 하느님, 결국 당신은 안 계셨군요?"가 아닐까.

지치도록 울다가 옷을 갈아입으려고 서울서 가져온 가방을 뒤지는데 묵주가 만져졌다. 남편의 투병 중 문병을 와 준 친구가 특별한 의미를 부여하면서 주고 간 묵주였다. 친구가 몇 년 전 성지 순례하면서 성모님이 몇 번씩이나 기적을 보이셨다는 유럽의 어떤 성당에서 산 건데 어려운 일이 있을 때마다 그 묵주로 기도를 바치면 영락없이 잘 들어주시더라는 것이었다. 그런 연유로 자기에겐 마음의 든든한 지주 같은 특별한 묵주니 아주 줄 수는 없고 빌려주는 거니 나도 열심히 기도를 바쳐 그런 은총을 받도록 하라고 했다.

나는 그 묵주로 9일 기도도 바쳐 보고 단식 기도도 바쳐 봤지만 남편의 생명을 붙들지는 못했다. 그 묵주가 어떻게 짐 속에 들어 있었을까? 아마 둘째가 짐을 싸면서 에미가 너무 힘들 때 혹시 위로가 될까 해서 챙겨 넣은 모양이다.

나는 그 묵주가 특별히 **영검하다는** 걸 믿지 않는다. 처음부터 믿지 않았었다. 내가 그걸 굳게 믿을 수 있었다면 아마 그 묵주로 남편의 병을 고칠 수 있었을지도 모른다. 그럼에도 불구하고 나는 묵주를 보자 덜컥 가슴이 내려앉아 얼른 주모경을 바치고 나서 작은 주머니 속에다 넣어 두었다. 그리고 나서 "주님, 당신을 사랑해서가 아닙니다. 믿어서도 아닙니다. 만에 하나라도 당신이 계실까 봐, 계셔서 남은 내 식구 중 누군가를 또 탐내실까 봐 무서워서 바치는 기도입니다."라고 내 기도에다 **주석**을 달았다.

주를 믿어서도 사랑해서도 아닌, 단지 공포 때문에 올리는 기도란 얼마나 참담한가. 참담 그 자체, 그건 바로 나 자신이었다. 예수는 당신이나 십자가에 매달리고 말지, 왜 수많은 예수쟁이들까지 줄줄이 그의 못 박히고 피맺힌 팔다리에 매달리게 하는가. 그래서 그의 몸을 갈기갈기 찢어 손톱 발톱까지 나눠 갖게 하는가.

올림픽에서 우리나라가 메달을 많이 따나 보다. 밤늦도록 손자들이 텔레비전 앞에서 환호하는 소리가 들린다. 내 아들이 없는데도 축제가 있고 환호와 열광이 있는 세상과 내가 어찌 화해할 수 있을 것인가. 혼자가 될 수 있는 방법에 대해 골똘히 생각해 본다.

9월 ××일

추석날이다. 딸애가 추석상을 잘 차렸다. 사위, 손자들까지 둘러앉아 서울식으로 차린 추석상을 받았다. 원은 어제부터 시골 큰댁으로 갔어야 할 아이들이 나한테 마음을 쓰느라고 안 가고 있는 것이다. 딸의 시댁 어른들이 그 애들은 못 오도록 극구 말렸다니 그 인품의 너그러움과 자상함이 고마우나, 사돈댁의 동정까지 받고 있단 생각은 심히 처량하고 민망하다.

또 추석 명절날 하루만이라도 혼자 있을 수 있으려니 기대했던 게 어긋난 것도 속이 상한다. 혼자서 뭘 어째 보겠다는 요량이 있는 것도 아니면서 때때로 혼자 있고 싶어 미칠 것 같을 때가 있다. 좋은 딸들을 둔 것도 복에 겨워 저런다고 흉잡힐 만한 청승인지라 될 수 있는 대로 겉으로 드러내진 않는다. 이런저런 부자유가 사람을 지치게 한다.

오후에 사위하고 손자들은 친가 쪽 시골로 성묘 떠나고 딸하고 단둘이 남는다. 슬픔과 외로움에 처했을 때, 명절이 얼마나 힘들다는 걸 딸도 모르지는 않는지라 조심스럽게 서울서도 오늘 모두 성묘를 가기로 돼 있다고 알려 준다. 둘째, 셋째네 그리고 장조카네 식구 모두에다 그 애의 친구들까지 간다고 했으니 버스 한 대쯤 대절해야 했을지도 모른다고 불필요한 혼잣말까지 덧붙인다. 그런 소리까지도 동기간들이 **번족한데** 명절날 그 애가 홀로 쓸쓸하게 누워 있도록 내버려둘까 봐 그렇게 청승맞은 얼굴을 하고 있느냐고 나무라는 말로 들린다.

온몸의 살갗이 다 까진 것처럼 그저 닿는 데마다 쓰리고 아프다. 이런 내가 스스로도 부담스러우니 자식들은 또 얼마나 짐스러울까. 이곳 해운대 성당에 **연미사**를 신청했으니 미사 참예하러 가자고 했다. 그 애가 죽고 나서 처음 가 보는 성당이다. 생전 처음 많은 사람들 사이에 섞여 보는 것처럼 쭈뼛쭈뼛 몸둘 바를 모르겠다. 아무도 나를 알아보는 사람이 없건만도 모두 나를 알아보고 손가락질을 하는 것 같다. "저 여편네가 아들 잡아먹은 여편네래." 하고.

어렸을 때, 우리 시골에선 일찍 과부가 되거나 참척을 본 팔자 사나운 여자를 가리켜 남편 잡아먹은 ×, 혹은 새끼 잡아먹은 ×라는 심한 말로 손가락질했었다. 어린 마음에도 참 끔찍한 말버릇이라고 생각했건만 그 애를 잃고 나서 자주 그 말이 떠오르곤 한다. 그건 결코 심한 말이 아니라 생생한 실감이었다. 가슴에 꽉 가로막힌 이 무겁고도 생전 삭아 없어질 리 없는 응어리와 수치감에 그 이상 들어맞는 비유가 어디 있을까.

미사 보는 동안도 내내 자식 잡아먹은 내 모성의 독함에 대해서 생각하고 또 생각했다.

나는 아직도 그 애가 누워 있는 산에도 못 가 봤다. 즈이 아버지 발치에 누워 있다니 내 발길이 여러 번 미친 산이건만, 그 애가 묻힐 때도, 묻힌 후에도 못 가 봤으니 그 산은 나에게 미지의 산일 수밖에 없다. 에미가 눈 뜨고 살아 있으면서 그 애가 어떻게 묻히고 어떤 모양으로 누워 있는지 확인도 안 해 봤으니 세상에 그런 못된 에미가 어디 있을까.

나는 주위의 만류와 부끄러움을 무릅쓰고 아들의 장례에 달려갔었다. 못할 노릇인 줄은 남이 말해 주기 전에 이미 온몸으로 느끼고 있었다. 자식 잡아먹은 죄로 어떡하든 그 벌을 받아 내지 못하면 따라 죽게 되든지 하다못해 까무러치기라도 할 줄 알았다. 정신의 고통이 어느 한계까지 차올랐을 때, 기절할 수 있는 장치가 돼 있는 몸을 가진 사람은 축복받은 사람이다. 내 몸과 마음에는 불행히도 그런 장치가 빠져 있었다. 내가 자신을 독종이라고 저주하는 까닭도 바로 거기에 있다.

나는 그때 분명히 기절하지 않았는데도 누군가 주사로 일부러 기절을 시켜 장례에서 빼돌려 버렸다. 당해야 할 고통은 아무리 못할 노릇이라도 그 자리를 피하지 않는 게 옳다. 일생 피할 수가 없게 되고 만다. 추석날이라 그런지 그 애의 산소도 떠올릴 수 없는 게 몹시 고통스러웠다.

연미사도 위로가 되지 못했다. 미사 후 딸이 나를 신부님에게 인사시키려고 했다. 나는 그분이 뭔가 위로의 말을 찾으려고 머뭇대는 걸 보자 얼른 인사도 하는 둥 마는 둥 그 자리를 피했다. 내가 나 자신에게도 남에게도 애물덩어리란 생각을 지울 수가 없다. 막연한 듯하면서도 확실한 돌파구로 다시 한번 혼자가 되는 방법을 궁리해 본다. 그렇게 수시로 눈물을 짰건만 생전 울어 보지 못한 것처럼 정말로 순수하게 혼자가 됐을 때 제일 먼저 하고 싶은 것은 실컷 울어 보는 거다.

미사 보고 나서 딸은 어디 좋은 데 가서 점심을 먹자고 했다. 추석날이니까 딸은 아마 살아 있는 조상을 기쁘게 해 주기로 작정을 한 모양이다. 그러나 어떻게 기쁜 척해야 하나는 이 몸의 고달픈 업이다. 파라다이스 호텔 3층 화식부로 따라갔다. 경치가 좋았다. 창밖에선 파도가 부서지고 산책 나온 젊은이나 어린이들 중엔 고운 한복을 입은 이도 많이 눈에 띄었다. 오른쪽으로 바라보이는 게 동백섬이라는데 조선 비치 호텔이 그 경관을 가로막고 있는 게 옥의 티였다. 그러나 그건 어디까지나 내가 앉은 자리를 본위로 한 관점이리라. 너무 좋은 식당에서 미안하지만 나는 우동 국물만 홀짝였다.

집에 오는 동안 비가 오기 시작했다. 처음엔 자욱한 안개비더니 조금씩 빗발이 굵어지면서 밤까지 그치지 않았다. 딸은 아이들을 태우고 시골길로 차를 몰고 간 제 남편 걱정을 하는 눈치고 나는 아들의 무덤이 비에 젖을 생각을 한다.

학교 갔다 비 맞고 돌아왔을 때의 그 애 생각이 났다. 국민학교 때도 과보호가 될까 봐 웬만한 비에는 우산을 가지고 학교까지 마중 가지 않았었다. 그 애도 으레 그러려니 기다리지 않고 비 맞는 걸 오히려 즐긴 듯 흠빡 젖어서 씩씩하게 돌아오곤 했다. 비에 젖을수록 체온이 뜨거운 건강한 사내아이한테서는 흙과 식물과 동물을 합친 것 같은 강렬하고도 싱그러운 생명의 냄새가 풍겼었다. 그 애에게서 생명이 없어지다니. 들꽃으로라도 풀로라도 다시 한번 피어나렴.

나는 그 애에 대한 갈증을 참을 수가 없어 집에서 가져온 그 애의 사진첩을 꺼냈다. 너무 힘들어 스스로 자제해 온 일이건만 오늘은 정말 어쩔 수가 없다. 생전에 무심히 그저 잘 나왔다, 못 나왔다 정도의 평을 하며 보던 사진들이 한 장 한 장 생전의 모습 그대로 생생하게 살아나 에미의 살갗을 으스러뜨리며 에미 안으로 스민다. 친구들과 개나리꽃이 흐드러지게 핀 교정에서 찍은 사진은 그 애의 설레는 행복감은 물론, 대기 중에 충만한 봄내음, 친구들과의 악의 없는 농지거리, 벌들의 잉잉거림까지 현장에 있는 것과 다름없이 느끼게 해 준다. 그 애의 졸업식 날은 왜 그렇게 추웠던지, 졸업식 때 찍은 사진에선 얼굴에 살짝 돋은 소름, 분주하게 돌아다니느라 가빠진 숨결, 빨리 맛있는 거나 먹으러 가고 싶은 왕성한 식욕, 추위와 가족들의 만족감이 자아내는 묘한 축제 분위기를 눈앞에 또렷이 보고 느낀다.

사진 중엔 며칠 전 딸애가 찾아온 것도 있다. 딸은 제 카메라의 필름을 빼다 맡긴 걸 찾아오더니 "어머." 하면서 탄성을 삼켰다. 거의가 다 요새 즈이 아이들을 찍은 거였는데 그 중엔 여름 방학 때 서울 와서 찍은 것도 몇 장 있었다. 그중 한 장이 아들의 독사진이었다. 날짜를 보니 그 애가 죽기 바로 며칠 전에 밤의 한강 유람선에서 찍은 거였다.

그날 그 애의 귀가가 다른 날보다 조금 일렀던지, 아무튼 나는 그 애에게 부산서 올라온 손자들한테 한강 유람선을 태워 주라고 부탁을 했다. "촌스럽게 유람선은요." 하면서도 그 애는 마다하지 않았다. 차 가진 죄였다. 결국 우리는 촌스럽게도 어른들까지 따라 나서서 유람선을 타고 밤바람에 더위를 식히며 오징어 다리를 씹었던가? 강변의 야경이 환상적이었다. 그때 배의 난간에 기대 선 그 애의 모습은 여간 피곤해 보이지 않는다. 손자들을 즐겁게 해 준답시고 주책을 떠느라 그땐 미처 보지 못한 그 애의 피곤을 카메라는 여실히 드러내 보여 주고 있었다. 그게 그 애의 마지막 사진이 되었다.

그러나 내가 놀란 건, 그 애의 피곤보다도 그 크림통보다도 작은 필름통 속에 **유명**이 함께 들어 있었다는 사실이었다. 그 유람선 사진 몇 장만 빼고는 다 그 애가 죽은 후의 날짜로 돼 있었다. 인간이 만들어 낸 거리의 단위나 감각으로는 도저히 헤아릴 길 없이 멀고 먼 이승과 저승이 어쩌면 그 작은 필름통 안에 그리도 친근하게 밀착돼 있었더란 말인가. 나에겐 그 필름통이 마치 한 치 앞도 못 내다보는 가련한 인간의 운명처럼 느껴졌다.

밤이 깊어 가는데도 성묘 간 사위와 손자는 안 돌아온다. 나에게 걱정이 남아 있다는 게 싫지만 걱정이 된다. 베란다로 나가 본다. 13층이다. 뛰어내릴 용기가 없다는 걸 번연히 알면서도 뛰어내리기를 꿈꾼다. 베란다에 새시가 없어 더욱 발 밑이 가깝게 느껴진다.

필름통 속에서나 다름없이 삶과 죽음은 도처에 분명한 **잇잠**도 없이 그냥 이어져 있구나. 그러나 보이지 않는 손길이 떠다밀지 않는 한 아무도 임의로 그걸 뛰어넘지 못하고, 일단 뛰어만 넘으면 그 거리는 무한대로 멀어지고 만다.

발 밑이 짜릿짜릿해져서 조금 뒤로 물러선다. 아무리 물에 빠져 죽고 싶어도 물귀신이 잡아당기지 않으면 못 빠져 죽는다는, 들은풍월이 생각난다. 자유의사로 삶과 죽음의 경계를 뛰어넘을 수 있는 이가 있다면 사람도 아니다. 초인이다. 수영만의 성화가 빗속에서 아주 잘 보인다. 촛불만한 크기와 흔들림으로.

성묘 간 아이들이 한밤중에 돌아왔다. 할아버지 댁에서 텔레비전으로 유도가 금메달 따는 것까지 보느라고 그렇게 늦었다고 했다. 금메달이 그렇게 좋은지 아이의 표정이 함박꽃 같다. 꽤나 악을 쓰고 응원을 했나 보다. 산에서 신나게 논 얘기를 하는 아이의 목소리가 쉬어 있다. 아이는 할머니한테 선물이라며 주머니에서 산에서 주웠다는 알밤을 주섬주섬 꺼내 놓는다. 고맙다, 고마워. 나는 선물도 고맙고 아이들이 무사히 돌아온 건 더 고마웠다.

9월 ××일

공휴일이다. 어제부터 오늘 경주로 놀러 간다고 벼르더니 아이들이 일찍 깨서 와아, 날 좋다고 떠드는 소리가 들린다. 아닌 게 아니라 수영만의 빛깔이 내가 부산 와서 관찰한 바다 빛깔 중에서 가장 투명하다. 에메랄드가 빛을 반사할 때 같다. 아이들의 올림픽 열기가 왜 바로 눈앞에서 펼쳐지는 요트 경기에 있어서는 그렇게 시들한지 모르겠다.

서울 아이들로부터 전화로 산에 갔다 온 얘기를 들었다. **떼**도 잘 자랐거니와 산에 가는 길이 그리 좋더라고 했다. 서울을 벗어나서 산까지 줄창 코스모스가 어찌나 청초하고 화사하게 피었던지 꿈길 같기도 하고 천국 가는 길 같기도 하더라나. 너무 좋아서 너는 참 좋겠다고 먼저 간 동생을 부러워했단 얘기도 했다. 밝고 약간 들뜬 것 같은 목소리로 그런 소리를 하는 걸 들으니 짐짓 나를 위로하려고 저런다 싶으면서도 역시 자식하고 동기간은 다르다고 어른스럽지 못하게 고까운 생각이 들었다.

경주 가는 데 안 따라갈 수는 없을 것 같았다. 딸애가 그 일을 꾸민 건 에미에게 기분전환을 시켜 주는 게 목적인 듯했다. 벌써 며칠 전부터 아이들이 말썽을 부릴 때면 너 그따위로 말 안 들으면 이번 **공일** 날 할머니하고 경주로 드라이브 갈 때 너만 떼 놓고 갈 거라고 위협을 하곤 했었다. 나를 위주로 한 드라이브같이 말하면서도 내 의견은 한 번도 묻지 않았기 때문에 나 역시 가기 싫다고 말할 기회를 얻지 못하고 말았다. '혼자 있고 싶어, 제발 날 좀 내버려 둬 줘.' 소리가 목구멍까지 치미는 걸 자제하고 우쭐우쭐 좋아하는 아이들과 어울려 차에 올랐다.

청명한 가을날의 드라이브는 쾌적했고, 아이들은 또 어찌나 좋아하는지. 이곳 역시 길가의 코스모스는 색색가지 무수한 **호접**이 춤추듯 미묘하게 하늘대고 **만산홍엽**은 꽃보다 **요요했다.** 딸네 식구들은 마냥 행복해 보였다. 나 역시 내 새끼, 내 손자들의 행복이 보기 싫을 까닭이 없다. 내가 복받치는 분심으로 신을 원망하고 저주하다가도 문득 두려워지면서 기도하는 마음이 될 수 있는 것도 남은 딸자식들 내외와 손자들 때문이다. 그럼에도 불구하고 좋은 경치와 좋은 구경과 딸과 사위의 극진한 보살핌과 손자들의 즐거운 환성이 견디기 힘들었다면 딸은 섭섭하겠지.

그러나 딸아, 그건 네 잘못도 내 잘못도 아니란다. 아무리 좋은 일도 그걸 못이 박힌 가슴으로 느껴야 할 때 어떠하다는 걸 네가 알 리가 없지, 또 알아서도 안 되고, 그러나 너도 손가락에 가시 같은 게 박혀 본 적은 아마 있을 것이다. 가시 박힌 손가락은 건드리지 않는 게 수잖니? 이물질이 닿기만 하면 통증이 더해지니까. 에미에게 너무 잘해 주려고 애쓰지 말아라. 만약 손가락 끝에 가시라도 박힌 경험이 있다면 그 손가락으로는 아무리 좋은 거라도, 설사 아기의 보드라운 뺨이라도 아픔을 통하지 않고는 결코 만져 볼 수 없다는 걸 알 테지. 그런 손가락은 안 다치려고 할수록 더욱 걸치적거린다는 것도. 못 박힌 가슴도 마찬가지란다. 오오, 제발 무관심해 다오. 스스로 견딜 수 있을 때까지.

오래간만에 와 보는 경주는 많이 변해 있다. 도처에서 아련한 비애와 감동을 자아내던 천년의 고도는 전형적인 관광지가 돼 있다. 천마총 관광 중 소나기가 왔다. 소나기치고는 꽤 오래 와서 아이들은 비를 긋다 말고 뛰어다녀 흠빡 젖고 말았다.

경주 시내에서 식사를 하려 했으나 추석 끝이라 문 연 집이 거의 없어 한참 돌아다녔다.

사대부집이라는 한식집이 영업을 하는 걸 사위가 간신히 찾아냈다. 그러나 불고기밖에 안 된다고 해서 모두 그걸 시켰다. 그 애를 잃고 나서 아직 고기를 입에 넣은 적이 없다. 소화가 안 된다는 핑계였지만, 그 애가 죽던 날 밤, 집에서 아무것도 모르고 유난히 맛있게 등심구이를 **아귀아귀** 먹은 생각을 하면 진저리가 쳐져서 생전 고기를 먹을 것 같지가 않다. 집에서처럼 따로 눌은밥을 좀 끓여 달래서 먹었지만 누린내를 견디기가 힘들었다.

9월 ××일

작은손자가 학교 갔다 오자마자 해운대 나가자고 졸라 다들 같이 나갔다. 바다가 목적이 아니라 일전에 호텔에서 먹어 본 샤베트가 목적인 걸 나중에야 알게 됐다. 즈이 에미가 그런 비싼 건 이번이 마지막이라고 몇 번씩 다짐을 하고 나서 사 주었다. 나는 마지막이란 소리가 듣기 싫어 얼굴을 찡그렸다.

날씨가 좋아 사람들이 많다. 그러나 수영복을 입은 건 외국 사람들뿐이다. **북구라파** 쪽 사람에겐 이 좋은 날 옷을 잔뜩 껴입고 바다를 구경만 하는 우리나라 사람이 이상해 보일 법도 하다. 파도와 장난을 치다가 신발을 적신 김에 입은 채로 물에 뛰어들어 즐기는 건 역시 아이들뿐이다. 그런 모습을 열심히 카메라에 담는 외국인을 보면서 혹시 수영복도 없는 한국 아이라고 즈이 나라에다 왜곡 보도나 하지 않을까, 60년대식의 궁상맞은 근심을 해 본다.

하늘을 지나는 구름과 햇빛의 농도에 따라 바다 빛깔은 시시각각 **요변**을 한다. 어느 땐가는 수평선 쪽이 초록색 띠를 두른 것처럼 선명하게 바다의 남색과 경계를 이루면서 그 쪽에 떠 있는 양식장의 흰 스티로폼이 초원에 노니는 양 떼처럼 보였다. 이 환상의 초원은 순식간에 사라졌지만 그쪽에 초원이 있고 없음이 뭐 그리 중요한가. 이 세상의 수많은 사물 중 다만 보였다는 것 이상의 관계를 맺은 게 몇이나 된다고.

백사장의 사람들은 모두 즐거워 보인다. 특히 아이들을 데리고 나와 연방 귀여운 모습을 찍어 대는 젊은 부부가 보기 좋다. 지나간 시간을 가정 않기 위해서라도 딴생각을 해야겠다. 아주 초라하고 더러운 소년이 내 곁에 누워 있다.

처음엔 눈을 감고 생각에 잠겨 있으려니 했는데 자는 것 같았다. 백사장을 거니는 사람들 발길에 채여도 꼼짝을 안 했다. 나는 그 소년을 열심히 관찰했다. 슬리퍼만 꿴 맨발에도 얼굴에도 땟국이 얼룩져 있다. 소년에게 몰입하기 위해 땟국을 벗긴다. 코가 우뚝하고 준수한 얼굴이 된다. 저 모습에다가 내 아들의 영혼을 불어넣을 수는 없는 것일까, 내 망령된 생각에 스스로 놀라 일어섰다. 밑도 끝도 없이, 미치는 것도 한 방법이라고 생각한다. 그러나 임의로 되는 것은 아무것도 없다.

저녁 무렵 분도 수녀원의 수녀님으로부터 전화를 받았다. 이해인 수녀님으로부터 내 얘기 들었다고 하면서 찾아오고 싶다고 했다. 마침 집에 나 혼자 있을 때였다. 나는 마침 내 어떤 기회가 온 것처럼 느꼈고, 그 기회를 놓쳐선 안 된다고 생각했다.

그 기회란 혼자될 수 있는 기회인 동시에 홀로 설 수 있는 기회이기도 했다. 나는 오실 것 없다고 내가 가겠다고 했다. 일방적으로 갈 날짜까지 예약을 하면서 있을 만한 방을 하나 비워 달라고 부탁을 했다. 분도 수녀원은 같은 부산일 뿐 아니라 수영만 쪽하곤 지척인 광안리에 있었다. 딸도 마다고는 못하리라.

10월 ×일

수녀님과 약속한 날이 되었다. 딸한테는 아직 말하지 않았다. 그러나 짐까지 다 싸 놓았다. 변비약을 끊어 보려고 애쓰고 있는 중이라 속이 가슴까지 차오른 느낌이지만 아침엔 처음으로 된밥을 달라고 해서 딸 보는 앞에서 여봐란듯이 반 공기 가량 거뜬히 먹어치웠다. 그 애가 에미를 자기만 돌볼 수 있다고 생각하는 중요한 까닭은 바로 식사 문제였기 때문이다. 이제 무엇이든지 먹을 수 있다는 것을 보여 주고 나서 오늘 수녀원에 들어가겠노라고 단호하게 말했다.

그리고 나서 몰래 화장실에서 아침에 먹은 걸 다 토해 내고 말았다. 생생하게 살아 있는 밥풀이 섬뜩했다. 자식의 보호를 벗어나려는 게 객쩍은 오기가 아닐까 하는 생각이 들었다. 아주 벗어나겠다는 게 아니라 벗어나면 내가 어떻게 되나 자신을 시험해 보고 싶은 생각 또한 걷잡을 수가 없다. 뭔가 내 정신이 아니다.

딸애는 그동안 그렇게 지성껏 봉양을 했건만 뭐가 부족해서 저러나 싶은 얼굴로 쳐다봤지만 나는 그 애에게 딴소리할 틈을 주지 않았다. 어디서 뭔가 강력한 힘이 끌어당기는 것처럼 도무지 **지접**을 못하는 에미를 딸은 딱한 듯, 슬픈 듯 바라보더니 말없이 짐을 들고 따라나섰다. "모셔다나 드릴게요." 딸의 지친 듯한 목소리를 듣고 나는 문득 나를 그 애의 에미가 아니라 자식처럼 느꼈다. 자식 중에서도 에미 속이나 썩이는 못된 자식처럼. 어리광이라도 부리고 싶은 마음과 '아직은 안 돼.'라는 오기가 속에서 싸움질하듯 **보깼다**. 늙은이의 어리광이야 망령밖에 더 되나. 딸네서 분도 수녀원까지는 차로 10분가량밖에 안 걸렸다.

초면의 마리로사 수녀님은 야생의 과실 같은 인상이었다. 수녀복 속에서도 사람이 저렇게 싱싱하고 활기찰 수 있다니, 나는 신기하다 못해 조금은 질려서 바쁘고 거침없이 행동하는 수녀님을 물끄러미 바라보았다. 마침 수녀원에 행사가 있는 날이었다. 몸이 자유롭지 못한 노인들을 모셔다가 대접한 후 막 떠나보내려는 시간인 듯했다. 마당에 대기하고 있는 버스까지 모셔다가 부축해서 태워 드리기도 하고 작별을 아쉬워하기도 하는 여러 수녀님들 중에도 그 수녀님은 유난히 민첩하고 발랄해 보였다. 나이도 짐작할 수가 없었다.

모든 것이 내가 기대하고 상상하던 것과 판이했다. 나는 긴긴 회랑(廻廊)이나 **연도**의 끝처럼 어둑시근하고 적막한, 속세와 절연된 고장에서 오로지 나만을 기다리고 있을, 손이 **마더 테레사**를 닮은 수녀님을 상상했었다. 얼굴은 그닥 중요하지 않았다. 나에겐 잡아 줄 손이 필요했다. 죽는 날까지 이 고통에서 벗어날 수 없으리라는 건 각오하고 있었다. 그러나 이 원통(寃痛)함에서만은 놓여나고 싶었다.

손님들을 배웅하고 난 수녀님이 우리를 언덕방으로 안내해 주었다. 수녀원을 방문하는 수녀님들의 가족이나 일반 내방객들을 접대도 하고 묵어 가게도 하는 곳인 듯했다. 2인용 침실이 두 개, 여럿이 잘 수 있는 방이 한 개, 독립된 두 개의 응접실, 차를 끓여 마시거나 물을 데워 쓸 수 있는 주방, 화장실, 응접실을 겸한 넓은 복도, 수부(受付) 등으로 되어 있었다.

속된 말로 방방 뜬다는 표현이 그대로 들어맞는 걸음걸이로 우리를 안내해 준 마리로사 수녀님과 언덕방에서 정식으로 인사를 했다. 수녀님은 나하고보다 딸하고 더 많이 얘기를 했다. 나를 위로하는 말도 별로 안 했고, 안됐다는 표정을 지어 보이지도 않았다. 수녀님의 음성은 명랑하고 리드미컬했다. 음악을 듣는 것 같았다.

이상도 해라. 수녀님이 그렇게 말할 수 있다는 것도 이상했고, 내가 여기 무작정 이끌린 것도 이상했다. 여기 오기 위해 나는 며칠 동안 거의 음모를 꾸미듯이 몰래 계획을 짜고 가슴을 조이고 했었다. 내가 앞으로 있을 방에 짐을 풀었다. 딸하고 단둘이 되자 딸이 말했다. "마리로사 수녀님을 뵈니까 엄마를 여기 떼어 놓고 가도 될 것 같아. 계시고 싶은 만큼 계시다 오세요. 매일 한 번씩 뵈러 올게요." 나는 그럴 거 없다고 극구 말리면서 어서 가라고 재촉했다.

이곳의 분위기는 내가 상상한 것하고는 너무도 달랐지만 딸이 마리로사 수녀님을 대번에 믿음직스러워한 것은 뜻밖의 성과였다. 언덕방 침실은 전망이 좋고 청결하고 검소했다. 불편한 것도 불필요한 군더더기도 없었다. 딸은 책상 서랍까지 열어 보고 봉투, 우표, 편지지 등을 일일이 확인했다. 딸은 특히 달력 종이를 오려서 만든 메모지를 보고 감탄을 했다.

그러나 떠나갈 땐 주제넘게도 어린 자식을 험한 고장에 떼어 놓고 가는 에미 같은 얼굴을 하더니, 기어코 눈물을 보였다.

그 애가 떠나고 나서 잠깐 혼자가 되었다. 나는 비로소 내가 어떤 고비를 맞고 있다는 걸 실감했다. 내가 스스로 선택한 고비였지만 두려웠다. 창밖으로 수녀님들이 왔다 갔다 하는 모습이 보였다. 다들 바빠 보였다. 멀리 밭에서 일하는 수녀님도 바라보였다. 복장과 머릿수건이 조금씩 달랐다. 하는 일에 따라 옷을 다르게 입는 건지 이 안에도 계급이 있는지 알 수 없었다.

마리로사 수녀님만 특별히 명랑하고 발랄한 게 아니었다. 다들 그늘이라곤 없이 빛나는 얼굴을 하고 있었다. 눈부시게 아름다운 수녀님도 있었다. 이상도 하지, 저 젊음과 저 미모로 무얼 못해서 하필 수녀가 되었을까. 나는 누가 부른 것처럼 이곳에 이끌렸고, 지금 여기 당도해 있건만 왜 이런 곳이 있어야 하는지, 어떻게 세속의 한가운데 이런 곳이 있을 수가 있는지 그저 이상하기만 했다.

곧 마리로사 수녀님이 와 주었다. 바쁜 틈을 내서 와 준 것 같았다. 늘 바쁘고 자기 일로 인하여 충분히 충만된 사람 특유의 가쁜 숨을 쉬고 있었다. 뒷산으로 산책을 가자고 했다. 고마웠지만 이 수녀님이 나에게 계속해서 이렇게 관심을 가져 주면 어쩌나 걱정이 되기도 했다. 이 안에서만은 완벽하게 혼자이고 싶었다. 누구에게 짐이 되기는 더군다나 싫었다. 그래도 안 가겠다고는 못하고 따라나섰다.

수녀원에 속한 뒷산은 가꾼 티 안 나게 잘 가꿔져 있었다. 명상의 길이라는 산책로는 **십사처**를 소박하게 조각한 돌이 적당한 거리를 두고 **안배**되어 있었으나 예수의 열네 자리의 고난은 행인을 압도하지 않고 적당히 숨어 있어서 편한 마음으로 산책을 할 수가 있었다. 명상의 길에서 조금만 빗나가면 바다가 보이는 근사한 자리가 있다는 것도 수녀님은 가르쳐 주었다. 낡은 벤치까지 놓여 있는 그 자리에서 바라다본 바다는 정말 기가 막혔다. 딸네 집 베란다에 매일매일 색칠할 물감을 고르듯이 감각적인 시선으로 바라다본 바다하곤 영 딴 바다였다.

내가 발을 딛고 선 입지적 조건 때문이었을까, 뭔가 영적이었다. 유난히 잔잔하여 꼭 호수 같으면서도 한없이 너그러워 보였다. 나는 한 번도 본 적이 없는 갈릴레아 바다를 연상했다. 괜히 한숨이 나왔다.

다시 오솔길로 앞장선 수녀님은 느릿느릿 걸으면서 이야기를 시작했다. 나는 이제부터 수녀님이 정식으로 나에게 조의를 표하고, 하느님이 내 아들을 데려간 까닭을 설명하여 하늘나라에서 만날 수 있다고 보증을 서 줄 줄 알았다. 천주교도건 개신교도건 예수를 믿는 사람이 즐겨 쓰는 이런 판에 박은 위로의 말을 또 들을 생각을 하니 여기 들어온 게 슬그머니 후회가 되었다.

특히 하느님께서는 의인을 먼저 데려가신다는, 예수쟁이들의 상투적인 위로는 딱 질색이었다. 내 아들은 물론 의인도 아니었지만, 만약 그런 소리를 조금이라도 믿어야 한다면 세상의 어느 에미가 자식에게 정의나 도덕을 가르칠 수가 있단 말인가. 하기야 그런 말 잘하는 사람일수록 돌아서선 저 여편네는 무슨 죄를 얼마나 많이 지었길래 외아들을 앞세웠을까 하고 에미의 죄를 묻기에 급급하리라.

참척의 쓰라림으로 마음은 비뚤어질 대로 비뚤어져 있었다. 그러나 수녀님은 딴소리만 했다. 어떻게 해서 화제가 거기 이르렀는지는 모르지만 수녀님은 아주 열렬하게 감동적인 어조로 교황 요한 23세 얘기를 했다. 명색이 가톨릭 신자지만 가톨릭의 역사에 무지한 나로서는 처음 들어 보는 교황님이었다.

하긴 내가 안다고 감히 말할 수 있는 교황은 현 교황님밖에 없었다. 한국 성인 성녀 **시성식** 때 내한하신 교황님은 특히 손이 인상적이었다. 천상의 손처럼 아름답고 손놀림의 유연함과 거룩함은 환상적이었다. 고작 그 정도가 현재의 교황님에 대해 안다고 할 수 있는 것의 전부였지만, 또한 은연중 내 속에서 관념화된 교황님의 최소한의 자격 요건이기도 했다.

그러나 수녀님은 전혀 파격적인 교황님 얘기를 하고 있었다. 요한 23세는 키가 작고 얼굴이 잘생기지 않았고, 소박하고 털털하기가 평범한 농사꾼과 다르지 않았다. 재위 기간도 5년도 채 안 되는 짧은 동안이었지만 그동안에 교황은 역대 어떤 교황보다도 위대한 일을 했다. 그건 제2차 바티칸 공의회를 열어 가톨릭 교계뿐 아니라 전세계에 위대한 새 바람을 일으킬 만한 대회칙을 선포한 일이라는 요지의 얘기를 수녀님은 일화 중심으로 어찌나 재미있게 하는지 나도 모르게 빨려 들고 말았다.

수녀님이 요한 23세를 얼마나 경애하고 있는지는 수녀님의 표정만 봐도 알 수가 있었다. 가뜩이나 혈색 좋은 얼굴이 소녀처럼 상기하고 눈이 빛났다. 좋아하는 사람 얘기를 할 적에 말이 유창하고 재미있어진다는 것은 수녀님도 속인과 다르지 않았다. 수녀님은 굉장한 이야기꾼이었다.

그냥 재미있으라고 요한 23세 얘기를 꺼낸 게 아니라 제2차 바티칸 공의회가 한국의 가톨릭 교회에 끼친 영향에 대해 얘기하고 싶은 거였다. 수도원 하면 우선 속세와 단절된 신성한 분위기와 엄한 규칙만 생각하고 있을 나의 속된 고정관념을 깨고 싶은 거였다. 그리하여 수도의 목적이 인간적인 고뇌나 불행으로부터의 초월이 아니라 얼싸안음이라는 것을, 자기 혼자만의 평화가 아니라 지상의 평화라는 것을 말해 줌으로써 나를 안심시키려는 것이었다.

수녀님은 어린애한테 위인전 얘기를 해 주듯이 재미있고 신바람 나게 요한 23세 얘기를 다 해 주고 나서 비로소 나더러 이곳에 잘 왔다고, 마음 편히 지내길 바란다는 뜻의 인사말을 했다. 연민이 섞이지 않은 담담한 말투여서 고마운 한편 조금은 서러웠다. 그동안 나는 싫어하는 것처럼 굴면서도 실은 얼마나 남이 나를 불쌍히 여기면서 비위 맞추고 위해 주는 데 길들여졌던가.

오솔길이 인도하는 대로만 따라가면 수녀님들의 묘지가 나왔다. 북한 연변 등지에서 돌아가신 수녀님들을 위한 위령비도 있었지만 무덤이 여남은 기(基)밖에 안 되는 묘지는 여염집 정원처럼 아담하고 아늑했다.

나는 비명 중에서 낳고 죽은 날만 하나하나 읽으면서 재빠르게 수명을 계산했다. 거의 천수를 다했다 싶은데 딱 한 분 30대에 돌아간 분이 있었다. 수녀님이 오지항아리에 준비된 성수를 묘지에다 뿌리면서 잠깐 기도를 했다. 나도 덩달아 성수를 뿌렸지만 젊은 죽음 위에만 뿌렸다. 그의 유족이 된 듯 애절한 슬픔이 복받쳤다. 속으로 이곳에 머무는 동안은 이 젊은 무덤만을 사랑하고 마음을 붙이리라 다짐했다. 잔뜩 꼬인 마음 때문인지 무슨 앙심처럼 걷잡을 수 없이 **편애**의 욕구가 치밀었다.

이래저래 심신이 고단했지만 당분간 여기 식구가 돼 보기로 마음먹은 게 누가 시켜서가 아니라 순전한 자유의사인 바에야 여기 법도를 따르는 게 마땅할 듯싶었다. 저녁 식사 전에 올리는 저녁 기도에 참석하고 나서 이곳에서의 처음 저녁상을 받았다. 마리로사 수녀님이 겸상을 해 주어 혼자 먹진 않았지만 손님은 수녀님들과 따로 식사를 하도록 되어 있었다.

시중드는 수녀님은 친정어머니처럼 인자한 눈길을 하고 있었다. 반찬도 검약한 중류 가정 정도는 되었고 **기명**이 깔끔하여 수녀님들도 먹는 즐거움을 아주 외면하고 살고 있는 건 아니구나 싶어 마음이 놓였다. 그러나 유동식만 억지로 먹던 끝이라 밥이 잘 넘어가지 않았다. 수녀님들한테 걱정만 끼쳤다.

언덕방으로 돌아왔더니 수부에서 일 보는 수녀님이 차랑 과자랑 방까지 갖다 주면서 권했다. 쉬어도 된다고 했지만 밤 기도까지 참석하고 돌아왔더니 마리로사 수녀님이 따라와 읽을거리도 갖다 주고 얘기도 좀 하다가 문단속하는 법을 가르쳐 주고 돌아갔다. 손님이 나 혼자라 그 넓은 언덕방 건물에 나 홀로 남게 되었다. 현관 옆에 있는 화장실까지의 거리가 아득한 큰 건물이었다. 외부로 난 현관 열쇠는 내 손안에 있었지만 수녀님들의 숙소로 통하는 보도 쪽 문은 저쪽으로부터 잠겨 있었다.

이제야말로 혼자가 된 것이다. 나는 그동안 왜 그렇게 혼자 있고 싶어 했는지 생각도 안 나고 이해도 안 되어 우두망찰을 했다. 그리고 누가 떠다민 것처럼 비실비실 방구석으로 가서 찰싹 붙어 섰다. 인기척 없는 언덕방의 공기가 사방에서 화살처럼 내 몸에 꽂혀 오는 것 같았다. 누가 시킨 일이 아니잖아. 자업자득이야. 이렇게 자신을 윽박질러 보았지만 완벽한 고립감은 고약했다.

워낙 정신적이지 못한 나는 고립감도 감각적이었다. 무서움증만 해도 상상의 소산이니 정신적이라 하겠다. 나는 하나도 무섭지 않았고 다만 등에 누가 자꾸자꾸 눈덩이를 한 움큼씩 집어넣는 것처럼 차가운 전율이 간단없이 지나갔다.

마침 침대머리 높은 곳에 걸린 십자가가 눈에 들어왔다. 성당이나 가톨릭 신자 집에서 흔히 볼 수 있는 십자고상이 아니라 그냥 십자가였다. 수난 당하는 예수님의 모습은 물론 대패질도 니스칠도 생략한 채 목공소에서 주운 것 같은 나무막대기 두 조각으로 만들어 놓은 십자 모양엔 나무껍질도 남아 있고 옹이 자국도 남아 있었다. 그 간결 소박한 십자가가 벼락 치듯 나에게 거기 온 까닭을 일깨워 주었다.

그래, 나는 주님과 한번 맞붙어 보려고 이곳에 이끌렸고, 혼자 돼 보기를 갈망했던 것이다. 주님, 당신은 과연 계신지, 계시다면 내 아들은 왜 죽어야 했는지, 내가 이렇게까지 고통받아야 하는 건 도대체 무슨 영문인지, 더도 말고 덜도 말고 한 말씀만 해 보라고 애걸하리라.

애걸해서 안 되면 따지고 덤비고 쥐어뜯고 사생결단을 하리라. 나는 방바닥으로 무너져 내렸고 몸부림을 쳤다. 방 안을 헤매며 데굴데굴 굴렀다. 나는 마침내 하나의 작은 돌멩이가 되었다. 돌멩이처럼 보잘것없었고, 돌멩이처럼 무감각해졌다.

그리고 돌멩이가 말랑말랑해지려고 기를 쓰듯이 한 말씀을 얻어 내려고 기를 썼다. 돌멩이가 말랑말랑해질 리 없듯이 한 말씀은 새벽 미사를 알리는 종소리가 울릴 때까지도 들려오지 않았다. 처절한 밤이었다.

10월 ×일

내리 사흘 밤을 그렇게 보냈다. 그러나 신의 한 말씀은 들려오지 않았다. 나는 비록 이 세상 소리를 듣는 데는 귀밝으나, 영적인 소리를 듣는 데는 절벽이나 다름없는 귀머거리였다. 그래도 날이 새면 수녀님들의 일과를 따라 새벽 미사부터 낮 저녁 밤 기도 시간을 지키고 나머지 시간은 산책도 하고, 방에서 울거나, 깜빡깜빡 낮잠도 자면서 아무의 간섭도 안 받고 자유롭게 지낼 수가 있어서 좋았다.

특히 명상의 길을 따라 걷는 아침 산책은 뜬눈으로 몸부림치고 난 후의 지치고 암울한 정신에 찬물을 끼얹듯이 상쾌한 자극이 되었다. 산책길의 나무와 풀과 공기가 하루하루 조금씩 가을빛을 더해 가는 것도 바다 빛깔의 변덕보다는 위안이 되었다. 녹슨 빛깔로 물들어 가는 갈잎나무들 사이에서 옻나무는 어떤 꽃도 흉내 못 낼 선연한 붉은빛을 자랑하는가 하면, 서울 같으면 겨울엔 실내에서나 자랄 팔손이나무가 야성인 채로 크게 자라 양산만 한 이파리를 청청하게 너울대는 그늘에서 마타리꽃이 샛노랗게 고개를 내밀고 있었다.

공기는 또 어찌나 청량한지 체내에 침체했던 피돌기가 화들짝 깨어나는 걸 느낄 정도였다. 그리고 밝아 오는 아침 햇살. 이 모든 것들은 너무도 생생하여 절망과 비통에 몰입했던 나에게는 오히려 비현실적이었다. 그렇다고 어젯밤의 내 꼴에 실감이 나는 것도 아니었다. 막다른 골목에 이르른 정신이 육체와 경험을 벗어나 붕 뜨는 느낌이었다.

산책길엔 다리도 있었다. 그러나 다리 밑 계곡엔 물이 흐르고 있지 않았다. 깊지 않은 계곡이지만 여름엔 필시 물이 흘렀으려니 싶은 질펀한 곳에 지금은 보랏빛 잗다란 꽃이 쫙 깔려 있었다. 종같이 생긴 잔 꽃이 모여 원추형의 꽃 한 송이를 이루고 있는 그 꽃의 이름을 알 수는 없었지만 서울의 꽃집에선 돈 받고 파는 매우 우아하고 세련된 꽃이었다. 무리 지어 지천으로 깔려 있는 걸 보면 혼자 보기 아까워 저절로 탄성이 나왔다.

계곡으로 내려가긴 어렵지 않았다. 나는 그 꽃을 따서 두 개의 꽃다발을 만들었다. 다리를 지나 조금만 더 가면 수녀님 묘지가 나왔다. 꽃다발 하나는 젊어서 죽은 수녀님 묘 앞에 바치고 나머지 한 개는 언덕방 책상 위 내 아들의 사진틀 앞에 바칠 거였다. 성수도 젊은 죽음한테만 뿌리고 기도도 거기다만 바쳤다. 젊은 죽음에 대한 이런 편애야말로 내 산책길의 하이라이트였다.

나는 그 산책길을 '시인의 길'이라고 이름 붙였다. '명상의 길'이라는 원이름이 있었지만 나는 그리스도의 고난 같은 건 명상하고 싶지 않았다. 내 고난도 벅찼다. 행복에 겨운 자들이나 실컷 명상을 하든지 감동을 할 일이라고 생각했다. 시인의 길이라고 생각한 건 이해인 수녀 때문이었다. 지금 그 수녀님은 여기 없지만 여기가 본원이니 이 길을 무수히 산책했으리라. 신과 자연을 그지없이 원만하고 행복스럽게 일치시킨 수녀님의 시 세계와 이곳의 자연과의 불가분의 관계를 생각하며 나는 그 길에 깊은 친화감을 느꼈다.

산책길을 돌아 내려오다 보면 수녀님들의 빨래터가 보였다. 수녀원 건물에 가려진 뒷마당이어서 방문객들에겐 잘 안 보이는 곳이지만 꽤 넓었다. 검소하나 정결한 옷차림을 유지하려면 빨래도 보통 일이 아니다 싶었다. 평행선으로 맨 빨래걸이엔 늘 많은 빨래가 널려 있었고 앳된 수녀님들이 빨래를 하고 너는 것을 볼 수가 있었다.

빨래터뿐 아니라 밭에서 일하는 수녀님, 이른 아침에 병원이나 유치원, 학교 등으로 출근하는 수녀님, 수녀원 내에 있는 유치원, 무의탁 노인들을 돌보는 '어버이의 집'에서 일하는 수녀님 등 모든 수녀님들이 하루 벌어 하루 먹는 일용 노동자처럼 **한시반시** 쉬지 않고 바쁘게 움직이고 있었다.

일용 노동자와 다른 점이 있다면 그 이상하리만치 꾸밈없는 명랑함이었다. 세상에, 참 이상도 하지. 나는 여기 들어온 후 하루에도 몇 번씩 그 소리를 속으로 뇌까렸는지 모른다. 한창 예쁜 옷과 재미난 일을 탐하고 이성에 이끌리고 행복한 가정을 꿈꿀 나이였다. 좀 특별한 능력이나 야망이 있다고 해도 이 세상이 정해 놓은 성공의 기준 안에서 노력을 하든지 팔짝팔짝 뛰는 걸 정상으로 보는 게 내 상식의 한계였다.

어제는 어린이들이 귀가한 후 텅 빈 교실을 유리창 너머로 들여다보다가 발길 닿는 대로 걷는다는 게 '어버이의 집' 안을 엿보게 되었다. 깨끗하고 정정해 보이는 노인들이 서너 명 모여 앉아 부침질로 간식을 들고 있는 방도 있었고, 미닫이문이 닫힌 방도 있었고, 반쯤 열린 문으로 자리보전하고 누워 있는 노인이 보이는 방도 있었다.

부엌에선 수녀님 둘이서 부침질을 하고 있는데 닫힌 방이 열리면서 복스럽게 생긴 젊은 수녀님이 변기를 들고 나왔다. 방금 받아 낸 것 같은 질펀한 다량의 똥오줌이었다. 세상에, 이상도 하지. 저 나이에 어떻게 저런 얼굴로 남의 똥을 칠 수 있을까. 꼭 꽃병이라도 들고 나오는 얼굴을 하고 있었다. 한 버림받은 노인으로 하여금 이 집에서 한 송이 꽃을 피우듯이 똥을 쌀 수 있는 황홀한 말년을 누리도록 저 수녀님은 여기 있는가?

나는 괜히 무안해서 얼른 그 자리를 피했었다. 나는 왜 여기 있는가? 불과 두 달 전까지만 해도 내가 이런 곳에 있을 줄을 어찌 상상이나 했겠는가. 세상에 이런 곳이 있다는 것조차 알려 하지 않았다.

그러나 분명히 나는 지금 여기 있다. 왜? 누가 부른 것처럼 여기 이끌렸기 때문이고 나에게 여기가 필요했기 때문이다. 나는 처음으로 부르심의 힘에 대해서 생각했다. 여기 수녀님들도 부르심에 순종하여 여기 모여 사는 게 아닐까 하고. 왜 부르셨을까. 세상 만물 중 하나도 필요하지 않은 건 만드시지 않은 분이 아닌가. 이런 곳이 필요한 사람들이 있으니까 이런 곳을 만드실 수밖에 없지 않았을까. 이런 곳이 필요한 데 있어서, 나와 지금 방 안에서 똥을 싸지르는 노인과 무엇이 다른가.

여기 이렇게 의탁해 있으면서도 여기가 전혀 딴 세상처럼 보이는 것은 여기에는 내가 여태껏 생각해 본 적이 없는 전혀 새로운 사랑의 방법이 있기 때문이다. 나는 핏줄로 연결된 부모 형제나 친족 간의 사랑, 본능적이면서도 신비한 이성 간의 사랑, 오랜 상호 이해와 노력 끝에 도달한 우정 외의, 인간끼리는 마땅히 서로 사랑하고 도와야 한다는 박애 정신을 믿지 않았다. 그건 인류의 이상일 뿐 실행은 불가능한 일이라고 생각했다. 그걸 실행하고 있다고 말하는 사람처럼 아니꼬운 위선자도 없었다.

그러나 이 세상엔 가족애로부터 버림받고 친구로부터 소외된 사람도 수없이 많은 걸 어찌하랴. 박애에 의탁할 수밖에 없는 사람이 있으므로 가족을 떠나 보다 넓은 사랑을 실천하려는 사람을 따로 부르실 수밖에 없지 않았을까. 나는 느릿느릿 그리고 골고루 수녀원의 이곳저곳을 싸질러 다니면서 보이지 않는 분의 부르심이랄까 안배의 신비에 대해 곰곰이 생각하고 또 생각했다.

산책의 마지막 쉼터는 유치원 마당이 된다. 마당에는 아이들 놀이 기구들이 많다. 내 엉덩이에는 빠듯한 그네도 타고 말도 타면서 마당에서 노는 아이들을 바라본다. 아이들은 마당에서 놀기도 하고 교실에서 노래를 부르기도 한다. 아이들을 보고 있으면 손자 생각이 난다. 이미 태어난 손자는 물론 태어나지 않은 손자까지. 놀이 기구 중 미끄럼틀이 제일 재미있게 생겼다. 코끼리처럼 생겼는데 꼬리 부분으로 올라가서 코로 내려오게 돼 있다. 코를 땅에 대고 있는 코끼리는 실물 크기에 가깝다. 다 타 봤지만 그것만은 안 타 봤다. 그 앞에서 손자들하고 사진을 찍으면 재미있는 사진이 될 거라고 생각했다. 그리고 나서 작은 일이지만 미래를 설계한 자신에게 깜짝 놀라고 말았다.

나는 살고 싶은가? 불안했다. 방으로 돌아와 산에서 만든 꽃다발을 물컵에 꽂아 아들의 사진 앞에 바쳤다. 접을 수 있는 사진틀이어서 사진이 두 장 꽂혀 있는데 둘 다 강가에서 찍은 사진이다. 하나는 강을 배경으로 하고 있고, 하나는 강을 굽어보고 있어서 뒷모습에 가깝다. 아들의 사진 중 그닥 잘된 사진은 아니나 나는 그 사진들이 좋다. 흐르는 강을 보고 무엇을 생각했을까. 아들의 생각과 내 생각과 닿는 느낌 때문이다. 사진을 보고 또 보면서 그 애가 없는 세상에 살고 싶지 않다는 것을 확인했다. 비로소 안심이 되었다.

10월 ×일

어젯밤엔 여기 온 후 처음으로 깜박 잠을 잘 수가 있었다. 깜박 잤다고 하지만 새벽 미사를 알리는 종소리에 깨어났으니 몇 시간은 잔 셈이었다. 그동안 아들을 꿈에 보았다. 생각하는 대로 꿈을 꿀 수 있는 거라면 매일 아들 꿈을 꾸련만 그 애를 꿈에라도 본 것은 처음이었다. 그 애를 왜 데려갔는지 한 말씀만 하시라고 처절하게 기도하고 몸부림친 끝에 꾼 꿈이었다. 뭔가 내 인식의 한계를 초월한 신의 계시 같은 게 있어 마땅했다.

꿈에 나는 둘째 딸과 함께 서울역으로 친정 숙모를 배웅 나갔다. 2년 전에 돌아가신 숙모였다. 숙모는 아주 무겁고 큰 네모난 짐과 올망졸망한 작은 보따리들을 가지고 있었다. 거기까지 그것들을 어떻게 가져왔는지 분명치 않았지만 숙모는 그중 큰 짐을 머리에 여달라고 했다. 그러나 내 힘으로는 들 수가 없었다. 뭐가 들었는지 요지부동이었다. 나는 딸에게 입장권을 사 오라고 시켰다. 여럿이 같이 들어다 드려야 할 것 같았다. 역 구내는 아무도 없이 괴괴했다.

입장권을 사러 어디론지 사라진 딸이 돌아오기도 전에 숙모는 기차 시간이 다 됐다고 조바심을 치더니 별안간 그 무거운 짐을 혼자 힘으로 거뜬히 이고 개찰구를 횡하니 빠져나가는 것이었다. 나는 조금만 더 기다리시라고 뒤에서 부르면서 숙모 뒤를 따라 달음질을 쳤다. 그때였다. 어디서 나타났는지 아들이 내 치마꼬리를 선뜻한 느낌으로 스치면서 앞지르는 게 아닌가. 여남은 살 적의 아들이었다. 볼이 붉은 동안에 그때 내가 떠 준 곤색 스웨터를 입고 있었다.

아들은 쏜살같이 앞의 숙모까지 앞질러 층층다리를 내려가고 있었다. 나는 이미 숙모가 문제가 아니었다. 아니, 쟤가, 저 녀석이 무슨 짓이야. 나는 애타게 아들의 이름을 부르면서 허위적거렸다. 아들은 명랑하고 장난스러운 얼굴로 흘금흘금 뒤를 돌아다볼 뿐 달음질을 멈추지 않았다. 층층다리 밑에는 기차가 기다리고 있었다. 아들이 냉큼 기차를 타는 게 보였다. 아니 저 녀석이, 나는 아들의 장난기에 화도 나고, 뭐라고 말할 수 없이 불안해서 목메어 아들의 이름을 부르면서 허둥지둥 뛰었다. 그러나 숙모도 앞지르지 못하고 숙모가 먼저 기차 꽁무니에 올라타는 게 보였다.

드디어 나도 기차 옆까지 갔으나 올라타지는 않고 밖에서 아들을 불러 내리려고만 했다. 기차는 칸마다 안에 환하게 불을 켜고 있어서 타고 있는 사람들이 밝게 비쳐 보였다. 아들은 나를 놀리는 것처럼 기차 칸에서도 가만히 머물러 있지 않고 연방 나에게 장난스러운 미소를 보내면서 앞 칸으로 앞 칸으로 달려가고 있었다. 나는 밖에서 어서 내리라고 손짓하면서 그 애를 따라 그 애와 평행선으로 앞으로 앞으로 달렸다. 만약 그 애가 내리기 전에 기차가 움직이면 그때 얼른 올라타도 늦지 않다는 속셈이었다.

아무튼 그 애를 거기서 놓쳐서는 안 된다는 생각은 꿈속에서도 매우 절박했다. 그러나 웬걸, 기차는 서서히 움직이기 시작한 게 아니라, 어느 순간 로켓처럼 사라져 버렸다. 허망하고 기가 막혔다. 기차가 빠져나가고 난 후의 플랫폼은 원통형의 기나긴 동굴처럼 어둑시근하고 나 홀로였다.

그 애가 걱정이 되고, 진작 기차에 올라타지 못한 게 미칠 듯 후회스러웠다. 무엇보다도 적막과 고독감이 뼈에 스몄다. 자아, 이제부터 어떡한다지? 그 애를 붙잡기 위해서 다음 기차를 기다렸다 타는 수밖에 없다고 생각했다. 그렇지만 다음 기차를 타고 가면 그 애를 만날 수 있을까? 회의와 불안이 엇갈렸지만, 그 수밖에 없는데 다음 기차를 안 기다리고 어쩔 거나. 그러다가 다음 기차가 오기도 전에 깨어나고 만 것이다.

그러나 꿈속의 플랫폼에 회의와 불안에 떨며 서 있는 내 모습은 현실의 나 자신 그대로일 뿐 거기엔 아무런 신의 계시도 들어 있지 않았다. 며칠 밤 한잠도 안 자고 신에게 사생결단 대들기도 하고 애걸복걸 사정도 해서 얻어 낸 꿈이 고작 내 이성의 인식의 한계를 못 벗어난 데 대해 나는 심한 배신감을 느꼈다. 역시 당신은 안 계셨군요. 그를 부정하는 것만이 내가 할 수 있는 앙갚음의 한 방법이었다.

낮엔 마리로사 수녀님이 방까지 찾아와서 바닷가로 산책을 나가자고 했다. 가까운 광안리 바닷가는 가을 해수욕장답게 한산하고 쓸쓸했다. 수녀님하고 나란히 앉자 눈물이 걷잡을 수 없이 복받쳤다. 위로받고 싶었다. 요한 23세 얘기를 들려줄 때처럼 명랑하고 자신 있는 목소리로 그가 체험한 하느님 얘기를 해 주길 바랐다. 수녀님을 통한 간접 체험이라도 좋으니 신으로부터 계시받은 영적 체험이 목말랐다.

내 집요한 물음에 수녀님은 조심스럽게 그가 살아오면서 부딪친 개인적 혹은 가족적 어려움의 고비를 어떻게 받아들이고 어떻게 넘겼는가를 얘기해 주었지만 흡족한 것은 아니었다. 그런 건 신의 개입 없이 인간의 능력만으로도 능히 해결할 수 있는 사소한 일로밖에 안 보였다. 수녀님도 힘든 고비마다 하느님을 찾고 매달렸다고만 했지 어떤 계시나 신령한 도움을 얻어 냈다고는 말하지 않았다. 하긴 수녀님이 겪었다는 어려움이 죽음의 문제가 아니었으니까. 죽음의 문제야말로 신이 개입하지 않으면 풀 수 없는 문제건만 나는 그 문제에 얼마나 아둔한가. 신을 느끼고 깨닫는 능력에도 지능 지수라는 게 있다면 나는 저능도 못 되는 백치 수준이었다. 그런 주제에 어떻게 그걸 답답해할 줄은 아는지.

나는 울며불며 내 미칠 듯한 고통을 하소연하기 시작했다. 내 방에서 혼자 뒹굴며 신에게 퍼붓던 포악과 별로 다르지 않은 푸념이었다. 나는 열심히 단란한 가정을 이루며 살아왔다. 아이들을 건강하고 바르게 잘 길렀고 깊이 사랑했다. 남에게 해를 끼친 일도 없고 마음의 상처가 될 짓도 안 하려고 노력하며 살아왔다. 나는 아무리 생각해도 이런 벌을 받을 까닭이 없다. 고약하고 못된 사람도 자식을 앞세우는 벌은 좀처럼 안 받던데 이게 무슨 처사냐? 억울하고 원통하다. 요약하면 그런 얘기였다.

나는 마치 귀중품을 훔쳐 간 소매치기를 고발하듯이 열렬하게 악다구니를 치며 수녀님에게 하느님을 고발하고 있었다. 부당하게 빼앗긴 건 감쪽같이 돌려받는 것 외에 달리 위로의 여지가 있을 수 없었다. 얼마나 어처구니가 없었을까마는 수녀님은 참을성 있게 내가 제풀에 지쳐서 그 집요한 행복의 반추를 그만둘 때까지 다 들어주고 나서 말했다. 세상만물 중 단 한 가지라도 불완전하게 만든 것이 없는 창조주가 어떻게 당신을 닮게 존엄하게 만든 인간의 문제를 불완전하게 내버려 두겠는가. 불공평하다고 생각하는 것은 복잡한 삶의 방정식이 아직 풀리지 않았기 때문이다. 풀리지 않은 방정식은 불완전한 거고 반드시 해답이 있을 것이다. 방정식을 풀기 위해서라도 내세는 있지 않겠느냐는 것이 수녀님의 대답의 요지였다.

내가 극도로 감정적일 때 될 수 있는 대로 이성적인 방법으로 신을 제시해 보려는 게 역시 수녀님다웠다. 그러나 보이지 않는 분을 믿기 위해서 한번 크게 건너뛰는 일은 내 소관이지 누가 도와줘서 될 수 있는 일이 아니었다.

저녁 식사는 뜻밖에도 여러 젊은이들과 함께 들 수가 있었다. 수녀님을 만나러 온 여성들인데 언덕방에서 묵어 갈 작정이라고 했다. 혼자 자던 그 휑한 건물 안에 왁자지껄 인기척이 날 생각을 하니 기뻤고 식탁에 웃음꽃이 만발하니 또한 즐거웠다. 어른에게 예의바를 뿐 아니라 저희들끼리 하는 대화엔 유머가 넘치면서도 경박하지 않고 깊은 심지를 느끼게 하는 것도 마음에 들었다. 그중 서울서 온 한 여학생은 알고 보니 나하고 같은 신천동 본당 교우였다. 반갑고도 세상은 참 좁단 생각이 들었다.

10월 ×일

가을이 깊다. 어찌나 길어졌는지 새벽 미사를 드리러 성당으로 올라가는 언덕길도 사람을 식별할 수 없을 정도로 어둡다. 신체의 장애가 있는 이들이 모여 사는 고리의 집 식구들은 이제 어둠 속에서도 알아볼 수 있을 만큼 낯이 익다. 아니, 낯은 정확하지 않다. 정상인과 조금씩 다른 신체적 특징 때문이다.

허리가 직각으로 휜 노인 한 분은 지팡이에 의지해 참으로 어렵게 언덕길을 오른다. 앞질러 가기도 미안하고, 보조를 맞추자니 답답하고, 부축을 하자니 그의 몸과 지팡이와의 균형 사이엔 도무지 남의 도움이 파고들 만한 허점이 느껴지지 않아 그것도 단념한다. 인사만 하고 앞지르면서 저렇게 힘들게 꼭 미사 참예를 해야 되는 것일까? 딱한 생각이 든다. 그러나 성당에서 그 노인을 유심히 관찰하면서 내 생각을 고쳐먹는다. 순하고 고운 표정 때문이다. 매일 아침 주님을 만나는 일이, 매일 아침 거울을 보는 것처럼 자신을 저렇게 곱게 가꿀 수 있는 거라면 나쁠 것도 없다고 생각했다.

잡념에 빠져 있다가 포근하고 따사로운 느낌 때문에 퍼뜩 정신이 들었다. 딸들 사위들이 **주른히** 내 옆에 앉아 미사를 드리고 있었다. 둘째 내외가 어젯밤에 내려와 맏이네서 자고 새벽에 미사 참예도 하고 에미도 만나러 온 것이었다. **피정**의 집에 단체로 피정 온 이들이 묵고 있어 외부 사람이 뒷좌석을 가득 메운 미사여서 미처 알아보지 못한 것이었다. 내 식구란 왜 이렇게 가슴이 뭉클하면서도 아리는 것일까.

그레고리안 성가를 부르는 수녀님들의 목소리는 귓전이나 감정에 남은 찌꺼기가 전혀 없이 다만 투명하다. 영혼을 울리는 영혼의 소리라고나 할까. 그레고리안 성가를 듣고 있으면 내 안에 감정과 이성을 포함한 마음이라는 것과는 따로 영혼이라는 것이 있다는 것을, 그것이 미묘하게 떨고 있음을 느낀다. 성가가 **현**이고 영혼이 악기인 양.

미사 후엔 수녀님들이 우리 식구들이 다 먹을 수 있게 식탁을 차려 주어 같이 아침을 먹었다. 그리고 나서 내가 있는 방도 보여 주고 산책로도 안내했다. 이곳이 나에게 얼마나 좋은 곳이고 부족함이 없다는 것을 그 애들에게 보여 주고 싶었다. 점심은 맏이네서 먹자고 해서 나도 그 애들과 함께 외출을 했다. 큰딸네를 떠난 지 며칠이나 됐다고, 견딜 수 없을 때마다 나가 앉아 수영만의 바다 빛깔을 헤아리던 베란다 쪽을 왠지 바라보기가 싫었다. 견딜 수 없는 느낌이 도질 것 같았다. 그럼 지금은 견딜 만한가? 적어도 내 몸이 곧 죽어져 이 고통을 벗어날 수 있으리라고 믿지는 않게 되었다. 따라 죽을 수 있으리라는 것도 교만이요, 환상이라는 걸 받아들일 채비를 하고 있었다. 결국은 살 궁리인가? 역겹고 비참하지만 자신 속에서 조금씩 조금씩 그런 변화가 일어나고 있는 걸 어쩌랴.

점심을 먹고 나서 손자들까지 온 식구가 해운대로 나갔다. 파라다이스 호텔에서 손자들한테는 샤베트를 먹이고 우리는 커피를 마셨다. 요상하게 생기고 비싼 케이크도 먹고 싶다고 해서 막 사 주었다. 서울서 온 아이들한테 사우나를 하겠느냐고 물었더니 예매한 기차 시간이 얼마 안 남았다고 했다. 오래간만에, 실로 오래간만에 내 지갑을 열고 그런 짓을 하면서도 나는 내 생활 습관이 정상으로 돌아갈 조짐 같은 걸 느꼈다. 나는 어려서부터 검약이 몸이 뱄기 때문에 오히려 가끔 가다가는 주책스러운 낭비를 해야만 직성이 풀리는 버릇이 있었다.

둘째 내외하고는 해운대에서 바로 작별을 하고, 큰딸네 식구들은 수녀원까지 다시 따라왔다. 나를 배웅한다는 게 그렇게 됐는데 손자들이 놀이터에 재미를 붙여 가려고 하지를 않았다. 코끼리 미끄럼틀을 배경으로 손자들하고 사진도 찍었다. 거기서 아이들하고 사진을 찍으면 재미있을 거라고 문득 생각한 게 바로 엊그저께였다. 아아, 작은 꿈의 이루어지기 쉬움이여.

오늘 저녁 식탁도 푸짐하고 왁자지껄했다. 언덕방에 **유하고** 있는 아가씨들 때문이었다. 내일이면 떠난다고 했다. 그들의 왕성한 식욕은 내 위장까지 자극하는 듯했다. 아무것도 모르는 그 아가씨들은 날더러 식사를 그렇게 조금 하고 어떻게 사느냐고 했지만 나는 내심 요 2, 3일 사이에 늘어난 내 먹는 양에 놀라고 있었다. 매끼 된밥을 먹고도 토하거나 부대끼지 않았다. 그 무서운 변비의 고통을 안 겪은 지도 한참 된다.

아가씨들 중 서울서 온 루시아는 한 성당 교우라 그런지 특히 하는 짓마다 곱게 보인다. 아직 고등학생이니 나이도 제일 어리고 얼굴도 제일 수수하게 생겼는데도, 나뿐 아니라 모두에게 인기가 있다. 오늘 저녁도 루시아 때문에 밥이 어디로 들어가는지도 모르게 웃고 떠들었다. 내가 억지로 꾸미지 않고 저절로 웃을 수 있다는 게 계면쩍고도 신기했다. 남이 옮기면 별로 우습지도 않은 소리를 그 애는 시침 딱 떼고 그렇게 우습게 한다. 그렇지만 개그맨적인 소질하고는 다른 훨씬 세련되고 품위 있는 유머 감각이다. 말끝에 자연스럽게 내비치는 부모님에 대한 깊은 경애와 올림픽 등 시국과 현실을 보는 예리하고 신중한 시각이 그녀가 점잖은 가정 교육을 받았음을 은연중 느끼게 해 준다.

저녁 후에도 혼자 내 방에 틀어박히지 않고 그 아가씨들과 어울렸다. 아가씨들은 내일 떠난다고 했다. 아가씨들과 친구인 예비 수녀님들 몇 명이서 잠시 짬을 내어 주전부리거리를 마련해 가지고 언덕방으로 와서 큰방에 모여 텔레비전을 보며 회포를 풀었다. 나는 여기 와서 텔레비전을 처음 본다. 그동안에도 바깥세상은 올림픽의 열광으로 날이 새고 지는 듯 들뜬 소리가 처음부터 끝까지 그 소리뿐이어서 보는 둥 마는 둥했다.

그중 어린 수녀님이 속세의 친구에게 하는 소리가 문득 내 관심을 끌었다. 수녀원에 들어오기 전 얘기였다. 남동생이 어찌나 고약하게 구는지 집안이 편할 날이 없었다고 한다. 왜 하필 내 동생이 저래야 되나? 비관도 되고 원망스럽기도 하다가 어느 날 문득 '세상엔 속 썩이는 젊은이가 얼마든지 있다, 내 동생이라고 해서 그래서는 안 되란 법이 어디 있나?', '내가 뭐관대…….'라고 생각을 고쳐먹고 그 사실을 받아들이니 한결 마음이 가벼워지고 동생과의 관계도 호전이 되더라고 했다.

'왜 내 동생이 저래야 되나?'와 '왜 내 동생이라고 저러면 안 되나?'는 간발의 차이 같지만 실은 사고(思考)의 대전환이 아닌가. 나는 신선한 놀라움으로 그 예비 수녀님을 다시 바라보았다. 내 막내딸보다도 앳돼 보이는 수녀님이었다. 저 나이에 어쩌면 그런 유연한 사고를 할 수가 있었을까? 내가 만약 '왜 하필 내 아들을 데려갔을까?'라는 집요한 질문과 원한을 '내 아들이라고 해서 데려가지 말란 법이 어디 있나.'로 고쳐먹을 수만 있다면, 아아 그럴 수만 있다면. 구원의 실마리가 바로 거기 있을 것 같았다.

어려서 무서운 꿈을 꾸다가 흐느끼며 깨어난 적이 있었다. 꿈이었다는 걸 알고 안심하고 다시 잠들려면 옆에서 어머니가 부드러운 소리로 말씀하셨다.

"애야 돌아눕거라, 그래야 다시 못된 꿈을 안 꾼단다." 돌아누움, 뒤집어 생각하기, 사고의 전환, 바로 그거였어. 앞으로 노력하고 힘써야 할 지표가 생긴 기분이었다. 나는 내 속에 생긴 희미한 희망 같은 것을 보듬어 안고 그들이 헤어지기 전에 먼저 내 방으로 돌아왔다.

그러나 막상 혼자가 되고 나니 그게 아니었다. 바로 거기서 거기 같던 사고의 차이가 나로서는 절벽 끝에서 다른 절벽 끝을 향해 심연을 건너뛰는 거나 마찬가지였다.

10월 ×일

루시아가 오늘 떠난다면서 나에게 예쁜 그림엽서를 주었다. 따뜻한 사연과 함께, 나에게뿐 아니라 그동안 여기서 사귄 모두와 친해지고 신세 진 수녀님들에게 드릴 그런 잔다란 걸 미리 준비한 루시아에게 새삼 자신이 부끄럽다. 명색이 어른이 그에게 줄 아무것도 없을 뿐 아니라, 이곳을 떠나는 날 역시 나눌 거라곤 통곡 보따리밖에 없을 테니 말이다.

루시아와 또 한 아가씨가 먼저 떠나자 수녀원이 텅 빈 것 같다. 그동안 젊고 건강한 아가씨들의 왕성한 식욕과 발랄한 재기 때문에 밥도 많이 먹고, 한 번도 식탁에서 눈물로 목이 메인 적도 없었는데. 인간을 피해 수녀원까지 들어왔건만 이 안에서조차 나는 보이지 않는 분으로부터는 위로받지 못한다. 그저 인간으로부터의 위로가 제일이다.

남은 아가씨들 중 대전서 왔다는 이는 오후에 떠난다면서 그동안 나더러 같이 다락방에 가 보지 않겠느냐고 했다. 여기선 그 아가씨보다 내가 고참이건만 나는 거기가 뭐 하는 덴지 또 어디 가 붙었는지 알지 못했다. 그러나 다락방이라니까 열두 제자들이 모여 있는데 성령이 혀의 모양으로 내려왔다는 다락방 생각이 나서 어쩌면 신비한 방법으로 영적인 위로를 받을지도 모른다는 생각이 들었다. 거기 가자고 말한 아가씨의 표정 또한 나에 대해 다 알고 있으며 바로 그런 도움을 주고 싶어 하는 것처럼 어른스러운 연민에 차 있었다.

나는 순순히 그의 뒤를 따랐다. 성체(聖體)를 모신 방이었다. 간소한 방에 두 분의 수녀님이 지키고 있었고, 기도인지 명상인지 마치고 나가는 수녀님도 있었다. 같이 간 이의 눈치를 봐 가며 그가 하는 대로 하려고 했다. 그러나 곧 통곡이 치받쳤다. 며칠 동안 주리 참듯 참던 울음이었다. 도무지 어떻게 할 수가 없었다.

짐승 같은 울음소리를 참으려니 온몸이 격렬하게 요동을 쳤다. 엄숙하고 고즈넉한 분위기 때문에 차마 소리 내어 울 수가 없었고 그게 그렇게 고통스러울 수가 없었다. 나중엔 명치의 근육이 땡기면서 찢어질 것 같았다. 뭔가 안에서 엄청난 힘으로 **파열할** 것 같아서 먼저 다락방을 뛰쳐나왔다. 내 방도 대낮에 엉엉 울 만한 곳은 아니어서 허둥지둥 산으로 올라갔다. 평소의 산책길을 벗어나 숲속으로 들어가 나무둥치에 몸을 내던지면서 소리 내어 울기 시작했다. 추하고 외롭고 서러운 짐승이 된 느낌이었다.

내가 이 나이까지 겪어 본 울음에는, 그 울음이 설사 일생의 반려를 잃은 울음이라 할지라도, 지내 놓고 보면 약간이나마 감미로움이 섞여 있게 마련이었다. 응석이라 해도 좋았다. 아무리 **미량**이라 해도 그 감미로움에는 고통을 견딜 만하게 해 주는 진통제 같은 게 들어 있었다. 오직 참척의 고통에만 전혀 감미로움이 섞여 있지 않았다. 구원의 가망이 없는 **극형**이었다. 끔찍한 일이었다.

이럴 수는 없는 일이었다. 누구라도 이런 끔찍한 극형에 당해서는 그 영문을 물을 권리가 있다. 신의 권위가 장난질 칠 권리가 아닌 바에야 의당 그 극형이 무슨 잘못에서 연유했는지 밝혀 줘야 한다. 신, 당신의 존재의 가장 참을 수 없음은 그 대답 없음이다. 한 번도 목소리나 모습을 드러내지 않고도 인간으로 하여금 당신을 있는 것처럼 느끼고, 부르고, 매달리게 하는 그 이상하고 음흉한 힘이다. 영원히 **순화**될 것 같지 않은 원색적인 포악이 거침없이 치밀었다. 언제나 그렇듯이 신의 문제는 나는 무엇일까 하는 나의 내면 응시로 **귀착**되고 만다. 실컷 울고 나서 한결 개운해진 정신으로《법구경》의 한 구절을 떠올렸다.

> 어리석은 이는 한평생을 두고
> 어진 이를 가까이 섬길지라도 참다운 진리를 깨닫지 못한다,
> 마치 숟가락이 국 맛을 모르듯이.
> 지혜로운 사람은 잠깐이라도
> 어진 이를 가까이 섬기면 곧 진리를 깨닫는다,
> 혀가 국 맛을 알 듯이.

신을 느끼는 감수성에 있어서 나는 철두철미 숟가락일 뿐이다.

대전서 온 아가씨까지 떠나보내고 나서도 나는 방으로 돌아오지 않고 산책길을 몇 바퀴 더 돌았다. 미사보를 쓰고 기도서를 들고 경건한 기도를 바치며 명상의 길을 도는 40대 초반의 점잖은 부인과 그의 딸인 듯싶은 여고생과도 몇 번씩 엇갈렸다. 저 부인은 참척의 고통이 뭔지 모르리라. 그러니까 저렇게 평화롭고 거룩한 얼굴로 성호를 그으면서 기도를 할 수가 있지 나 같으면 어림도 없다고 생각했다.

내가 왜 서른다섯도 안 된 청청한 나이에 십자가에 못 박혀 죽음으로써 어머니 가슴에 못을 박은 예수를 명상한단 말인가. 나는 아들의 죽음이 뭔지를 모를 것 같은 평범한 부인에게 공연한 심술이 나면서 마음이 한없이 꼬였다.

모두 떠나 버려 오늘밤엔 그 넓은 언덕방 건물 안에 다시 혼자 있게 될 줄 알았는데 저녁 식탁엔 또 새로운 손님이 와 있었다. 나보다 몇 살 아래로 보이는 부인은 여간 침울해 보이지 않았다. 수녀가 되기 위해 여기 들어와 있는 따님을 면회 왔다는 것밖에는 더는 물어보거나 알아내지 못했다. 근심이 가득 찬 말투와 표정에 짓눌리는 것 같았다. 저녁 식사는 자연히 젊은 아가씨들이 있을 때와는 딴판의 가라앉은 분위기가 되었다.

만약 내 딸 중에 하나라도 수녀가 되겠다고 했다면 내 마음이 어떠했을까. 한 번도 상상을 해 본 적이 없는 일이고, 또 상상도 할 수 없는 일이었다. 굉장한 충격이 되었으리라. 사생결단 말렸을 게 뻔하다. 여기 와서 비로소 인정하게 된 안배의 신비함과 부르심의 힘에 맞서 미련하게 싸웠을 자신을 상상하기는 어렵지 않았다.

수녀님들의 생활과 하는 일을 아름답고 긍정적으로 보게 되었다고 해서 내 딸에게 시키고 싶은 건 아니었다. 그동안 딸들에 대해서는 너무 생각을 안 했다. 딸을 아들만 못하게 여겨서가 아니라 근심을 안 시켰기 때문에 생각할 필요가 없었던 게 아닐까. 자식 낳은 기쁨 뒤에 치러야 하는 어머니들의 몸고생, 마음고생의 다양함과 끝 간 데 없음을 새삼스럽게 엿본 느낌이었다.

그 부인은 바로 내 옆방에 묵었다. 남편까지 왔는지 남자 소리도 나고 밤새도록 두런거리는 소리가 그치지 않았다. 기도 소리 같기도 하고 흐느낌 같기도 한 소리도 들렸다. 옆방에서 잠들지 못하는 모정 때문에 나도 덩달아 잠을 설치며 그럭저럭 날이 샌 듯했다. 그러나 아직도 새벽 미사까지는 먼 시간에 내 방문을 가만가만 노크하는 소리가 났다. 열어 보니 옆방 부인이었다.

깨었었기에 망정이지 남을 깨우기에는 무례한 시간이었다. 나는 들어오라고 하지 않고 복도의 불을 켜고 거기 설치된 소파로 나갔다. 부인은 3남 2녀의 자녀를 두었다고 했다. 수녀원에 들어온 딸은 막내인데 혼기를 앞두고 **신병**을 얻어 애간장을 태우더니 극진한 치료의 보람으로 건강을 회복하자마자 수녀가 되겠다고 해서 또 한 번 부모 마음을 아프게 했지만 한번 잃을 뻔했던 자식이라 기쁘게 하느님께 바칠 생각을 했노라고 했다.

그러나 1년도 안 돼 다시 신병이 도졌다는 소식을 받고 와 보니 암만 해도 집으로 데려가야 할 것 같은데 보낼 때 서운하던 것과는 댈 것도 아니게 속이 상해 밤새 지접을 못하다가 견딜 수가 없어 이렇게 말동무라도 하려고 나를 깨웠노라고 했다.

쪼들쪼들 마른 입술과 충혈된 눈으로 그 부인은 나로부터 위안을 얻어 내려고 갈망하고 있었다. 나는 그 정도의 자식 걱정으로 그렇게 초췌하고 약하게 구는 부인에게 화가 났다. 나는 **거두절미하고** 말했다. "나는 외아들을 잃었답니다. 그래도 이렇게 밥 잘 먹고, 잠 잘 자고 살아 있습니다." 내가 듣기에는 감정이 섞이지 않은 드라이한 목소리였다. 내 입으로 그 말을 하다니, 차마 어떻게 그 말을 입에 담을 수가 있었을까.

나는 처음으로 타인에게 내 입으로 그 말을 하고 그 말을 내 귀로 들었음에 경악했다. 무엇보다도 내가 그 사실에 승복하고 만 것이 소름끼쳤다. 앞으로 세상을 살아가려면 "몇 남매나 두셨습니까?"라는 예사로운 대화 끝에, 그 말을 해야 할 경우에 수도 없이 부딪히리라.

부인이 어쩔 줄을 몰라 하면서 황망히 자기 방으로 가 버렸다. 몇 마디 사과의 말도 한 것 같았다. 그러나 나는 부인의 얼굴에 생기가 돈 것을 분명히 보았다. 부인도 아마 순식간에 자기의 근심이 가벼워진 것에 놀라고 있겠지. 세상엔 남의 불행이 위안이 되는 고통이 얼마든지 있다. 세상 사람들이 예서 제서 자기들의 근심이나 걱정을 위로받으려고 내 불행을 예로 들어 가며 쑥덕대는 소리가 들리는 듯했다. 남의 고통에 쓸 약으로서의 내 고통, 생각만 해도 끔찍한 치욕이었다.

주여, 어찌하여 나를 이다지도 미천하게 만드시나이까. 나는 마음으로 무릎을 꿇으며 이렇게 탄식했다.

10월 ×일

옆방 부인이 돌아가자 비로소 창밖에서 새벽이 밝아 오기 시작했다. 그러나 내 마음은 말할 수 없이 어둡고 혼란스러워졌다. 아들을 잃은 후 몸부림쳐 애통해하기도 수없이 했고, 애도와 위로의 말도 수없이 들었지만 피차 **묵계**에 의한 인정일 뿐, 아무도 그 애가 죽었다는 직접적인 표현을 입에 올린 적이 없었다. 스물여섯 살이란 나이는 죽음과 함께 입에 올리기에는 너무도 싱그럽고 빛나는 나이가 아닌가. 아아, 스물여섯 살…… 어찌 에미가 그 말을 그렇게 태연히 입에 담을 수가 있었을까.

온몸이 으스러지는 것 같았다. 그러나 이상하게도 눈물이 나진 않았다. 내가 그 말을 했을 때, 순간적으로 밝게 빛나던 부인의 얼굴이 집요하게 내 마음에 늘어붙어 지워지지 않았다. 나는 마치 사수(死守)해야 할 비밀을 누설한 것처럼 허탈하고 처량했다. 새벽 미사를 올리는 동안도 스스로에 대한 이런 참담한 느낌은 가셔지지 않았다. 아침은 커피로 입만 축이고 뒷동산에 올랐다. 묘지까지 오를 기운도 없어서 바다가 보이는 벤치에 앉아서 오랜 시간을 보냈다.

그 애를 잃고도 죽지 못하고 살아가야 할 앞날이 얼마나 치욕스러우리라는 게 눈에 보이는 듯했다. 나는 **거러지**만도 못하게 헐벗은 마음으로 오래도록 바다가 보이는 벤치에 앉아 있었다. 그 애가 세상에서 없어진 후 이렇게까지 수치스럽고 피폐한 심정이 되어 보긴 처음인 것 같았다. 이곳을 떠나기로 속으로 정해 놓고 있는 날도 얼마 남지 않았다. 수녀가 될 수 없는 바에야 세속으로 돌아갈 준비를 할 수밖에 없는 것은 내 최소한의 염치였다.

그러나 지금 같아서는 도무지 그럴 엄두가 날 것 같지 않았다. 세상 사람들이 다 내 고통을 **입초사**에 올림으로써 자신의 고통을 위로받고, 내 불행을 양념 삼아 자신의 행복을 더욱 맛있게 음미하고자 대기하고 있을 것 같은 망상에 망상이 꼬리를 물었다. 나 또한 더할 나위 없이 행복했을 적에도 남의 불행에 접했을 때, 마음 아파하기에 앞서 내 행복을 재확인하며 대견해하기에 급급하지 않았던가. 어쩌다 내가 이렇게 되었을까. 세상으로 돌아갈 일은 두려웠고, 나에겐 죽음보다 무서운 고통이 타인에겐 단지 흥미나 위안거리밖에 안 되는 인간관계가 무서워서 떨고 있었다.

하느님이 인간을 당신 모상대로 지어 내셨다는 말씀이 믿기지 않았다. 그런 인간이 어떻게 그다지도 잔인하고 천박할 수가 있단 말인가. 낮 기도 시간까지 그 자리에서 움직이지 않았다. 마지못해 낮 기도에 참여했다. 점심은 카레라이스였다. 그리고 옆방 부인과 겸상이었다. 내가 그 부인에게 결정적인 위안거리가 되었다고 여긴 건 착각이었나? 그 부인은 여전히 수심에 싸인 어두운 얼굴을 하고 있었다. 단둘이의 식사는 괴로웠다. 부인은 거의 식사를 하지 않았다. 나 같은 사람도 사는데 그 정도의 자식 걱정으로 저다지도 상심을 하다니.

나는 슬그머니 아니꼬운 생각이 들었다. 그래서 여봐란듯이 카레라이스를 아귀아귀 먹었다. 수녀원에 온 후 그렇게 많이 먹기는 처음이었다. 나는 왜 이럴까? 그 부인의 하소연을 처음 들었을 때만 해도 위로해 주고 싶은 마음에 거짓이 없었다. 그래서 그런 말도 할 수가 있었는데 지금은 아니었다. 심통이 났고, 내 고통에다 대면 당신 고통은 아무것도 아니라고 깔보는 마음까지 생겼다. 나는 정말 왜 이 모양일까? 어쩌자고 고통에 있어서조차 교만하고 싶어 하는가? 내가 왜 주님을 느낄 수가 없는지 알 것 같았다. 주는 나를 사랑하지 않으신다. 나는 주의 눈 밖에 날 밉상만 고루 갖추고 있으니까.

점심에 과식한 게 속에서 보깨기 시작하더니 점점 더 심해졌다. 속이 뒤틀리면서 식은땀이 나고 목구멍에서 카레 냄새가 치밀었다. 소화제를 먹었지만 가라앉지 않았고, 주방에서 더운물을 갖다가 녹차를 만들어 마셔 봐도 카레 냄새를 가라앉힐 수가 없었다. 진땀에서도 카레 냄새가 나는 것 같았다. 몸을 어떻게 할 수가 없었다. 화장실에 가서 목구멍에 손가락을 넣고 토해 보려고 했지만 그것도 여의치 않았다. 물만 먹고도 잘만 토하던 버릇이 불과 10여 일 만에 이렇게 달라져 있었다. 가슴에 완강한 빗장이 잠긴 것처럼 배에서 왈칵 치밀다가도 가슴에서 막히곤 했다. 가슴까지 빠개지는 것 같았다. 지난 일이라 그런지 모르지만 진통도 이렇게 괴롭지는 않았던 것 같다.

언덕방에서 화장실에 가려면 수부를 통과해야 한다. 수부에서 일 보시는 인자한 수녀님이 눈치챌까 봐 전전긍긍했다. 내가 통 식사를 못한다고 수녀님마다 걱정을 해 주시는데 과식하고 체해서 쩔쩔매는 꼴을 보여 줄 순 없었다. 그중에도 그런 체면을 차리려 들었다.

마침내 가슴에 걸린 빗장이 부러지는 것처럼 격렬한 통증이 오면서 점심 먹은 걸 고스란히 토해 냈다. 복통이 없어지자 내 존재도 소멸한 것 같았다. 완벽한 평화였다. 고통도 남아 있지 않았지만 기운도 남아 있지 않았다. 나는 변기의 가장자리를 양손으로 짚고 무릎 꿇은 자세로 꼼짝도 할 수 없었고 아무 생각도 할 수가 없었다. 얼마 만이었을까, 한 생각이 떠올랐다. 텅 빈 머리에 갑자기 떠오른 생각이어서인지 그건 내 머리에서 나온 생각이라기보다는 계시 같은 느낌이 들 정도였다. 미사 시간에도 기도 시간에도 산책하면서도 긴긴 밤 잠 못 이루면서도 신에 대한 내 물음은 딱 한 가지였다. 도대체 내가 무엇을 그렇게 크게 잘못했기에 이런 무서운 벌을 받아야 하느냐는, 질문이라기보다는 포악이요 항의였다. 그러니까 내 자신의 부당함을 항의하고 내가 억울하다고 주장할 수 있는 유일한 근거는 나는 그닥 죄가 없다는 것이었다. 내가 죄가 있다면 어디 말해 보시지 하는 신에 대한 일종의 시험이었다. 십자가 밑에서 밤새도록 몸부림치며 구해도 얻어 낼 수 없었던 응답이 하필 변기 앞에 무릎 꿇고 앉았을 때 들려올 게 뭐였을까? 그때 계시처럼 떠오른 나의 죄는 이러했다.

나는 남에게 뭘 준 적이 없었다. 물질도 사랑도. 내가 아낌없이 물질과 사랑을 나눈 범위는 가족과 친척 중의 극히 일부와 소수의 친구에 국한돼 있었다. 그 밖에 이웃이라 부를 수 있는 타인에게 나는 철저하게 무관심했다. 위선으로 사랑한 척한 적조차 없었다. 물론 남을 해친 적도 없다고 여기고 있었다. 모르고 잘못한 적은 있을지도 모르지만 의식하고 남에게 악을 행한 적이 없다는 자신감이 내가 신에게도 겁먹지 않고 당당하게 대들 수 있는 유일한 도덕적 근거였다. 주지도 않고 받지도 않은, 타인에 대한 철저한 무관심이야말로 크나큰 죄라는 것을, 그리하여 그 벌로 나누어도 나누어도 다함이 없는 태산 같은 고통을 받았음을, 나는 명료하게 깨달았다. 하필 변기 앞에 무릎 꿇은 자세로, 나는 그 정답에 머리 숙여 승복했다. 나중에 나의 **간지**가 또다시 빠져나갈 구멍을 찾게 될지도 모르지만 적어도 그 순간만은 그건 꼼짝달싹도 할 수 없는 정답이었다. 그리고 구원이었다. 고통도 나눌 가치가 있는 거면 나누리라.

주여, 나를 받으소서. 나의 모든 자유와 나의 기억력과 지력과 모든 의지와 내게 있는 것과 내가 소유한 모든 것을 받아들이소서. 나의 고통까지도. 당신이 내게 이 모든 것을 주셨나이다. 주여, 이 모든 것을 당신께 도로 드리나이다. 모든 것이 당신의 것이오니, 온전히 당신 의향대로 그것들을 처리하소서. 내게는 당신의 사랑과 은총을 주소서. 이것이 내게 족하나이다.

이윽고 기운을 차리고 화장실을 나왔다. 침대에 누우니 극심한 고통에서 벗어난 육신이 그렇게 편안할 수가 없었다. 몸이 아무 데도 불편하거나 아프지 않다는 사실 하나만으로도 감사해야 마땅할 것 같았다. 세상 모든 즐거움에 뜻이 없다고 여겼는데 몸에 아픈 데가 없다는 사실에 거의 행복감에 가까운 기쁨을 느끼고 있었다. 감미로운 잠이 **엄습했다.**

얼마 만인지 바람 소리에 놀라 깨어났다. 창밖에서 나무들의 검은 그림자가 극렬하게 나부끼고 있었다. 내가 묵고 있던 언덕방과 수녀님들의 숙소는 네모반듯한 정원을 끼고 디귿자 모양을 하고 있는데, 그 한쪽이 열린 네모꼴 속을 회오리치는 바람 소리가 꼭 사람의 애곡 소리 같으면서도 육성보다 훨씬 만감이 서려 있었다. 나는 어린애처럼 경망스럽게 두근대는 가슴을 베개로 누르며 엎드렸다. 무서움증 때문에 정신이 말똥말똥해졌다. 마리로사 수녀님이 갖다 준 《사목(司牧)》 지에서 특집으로 다룬 현대 신비 사상 체험을 통독했다. 잡념이 하나도 안 생기고 머리에 쏙쏙 들어왔다. 재미가 없어서 읽다 만 《십자가의 성 요한》에 대해서도 새로운 지식이랄까, 관점을 얻은 것처럼 느껴졌다.

10월 ×일

좋은 날이다. 며칠 날이 궂은 뒤라 그런지 공기가 닦아 놓은 유리처럼 다만 투명하게 반짝거린다. 그러나 투명한 것, 보이지 않는 것의 며칠 사이의 역사는 얼마나 엄청난가. 산의 빛깔이 어제의 빛깔이 아니다. 나무에 따라서는 그 노랑 빨강 주황이 꽃보다 곱건만 그 찬란한 빛깔 사이를 지나는 바람은 **소슬하여** 마음까지 시리게 한다. 우리 방에서 내다보이는 디귿자 모양의 마당 한가운데 구심점처럼 서 있는 이름 모를 나무도 어제까지도 청청한 줄 알았는데 어찌나 곱게 물들었는지 "어머나!" 소리가 저절로 나왔다. 이파리 하나하나에 광활하고 처절한 노을빛을 구현하고 있었다. 그날 밤 저 빛깔을 짜내느라 그리도 슬피 애곡한 것일까? 가슴이 찡하여 역설적으로 '최후의 발악'이란 별명을 붙여 주고 혼자서 쓸쓸하게 웃었다.

새벽 미사 후 버릇처럼 산에 오르려고 했지만 기운이 빠져 다리가 후들댔다. 하루 빼먹기로 하고 유치원 마당 그네에서 흔들대며 아이들이 오기를 기다렸다. 버스에서 내리는 아이, 저만치서 장난치며 걸어오는 아이, 늦지도 않았는데 뛰어오는 아이, 강아지처럼 엉겨 붙은 아이, 외톨이인 아이, 귀여운 것들. 조회 시간에 선생님은 우리나라가 올림픽에서 금메달을 열네 개나 따고 종합 4위를 했단 얘기를 또 했다. 아이들 또한 아무리 들어도 싫증이 안 나는 모양이었다. 아이들 마음의 우쭐댐이 나한테까지 기분 좋게 밀려온다. 올림픽의 축제 분위기가 그렇게도 싫더니만 그 축제가 아이들에게 남기고 간 긍지를 생각하니 잘한 일이다 싶기도 했다. 앞으로는 그 애들 세상이다. 긍지를 물려받지 못한 세대와 긍지를 물려받은 세대와의 세대 차이는 결코 쓸쓸하지만은 않으리라. 아이들이 교실로 들어간 후 무밭이 있는 쪽으로 슬슬 걸어가 봤더니 수녀님 몇 분이서 앞치마를 두르고 일을 하고 있었다. 그중엔 원장 수녀님도 계셔서 나는 얼른 되돌아섰다. 나는 앞치마 두르고 일하는 수녀님은 급이 낮고, 정장을 한 수녀님은 급이 높으려니 했었다. 어디서건 눈치껏 사람에게 계급을 매기고 싶어 하는 내 천박한 버릇에 부끄러움을 느꼈다. 그러나 무밭의 청청함만큼이나 내 부끄러움도 오랜만의 상투적이 아닌 싱그러운 것이었다.

방에서 **소화 데레사**의 자서전을 읽었다. 읽다 만 《십자가의 성 요한》 때문에 성인에 대한 이야기라면 읽기도 전에 뜨악하여 경원(敬遠)하는 마음이 앞섰는데 이 성녀의 자서전엔 깊이 빠져들었다. 놀라운 기적을 보여 주거나 초인적인 고행으로 자신을 단련하지 않고도 성녀가 된 소화 데레사의 천진난만은 얼마나 유쾌한가. 고행은 흉내라도 낼 수 있지만, 성녀가 죽는 날까지 잃지 않은 어린애 같은 투명한 직관력과, 무지하지 않은 천진난만은 아무도 함부로 꾸며서 할 수 없는 성녀만의 것이었다. 하느님이 아무리 그를 특별하게 어여삐 여기신다 해도 하느님다움에 흠이 되지는 않으리라고 여겨질 만큼 그 성녀의 품성엔 만인을 끄는 매력이 있었다. 어린애다움과 거룩함의 행복한 조화라고나 할까. 세상의 불공평에 대해 고민하던 소녀 적 데레사가 얻어 낸 대답은 또 얼마나 귀여운지.

> 예수께서는 그 신비를 제게 이렇게 가르쳐 주셨습니다. 그는 제 눈앞에 자연이란 책을 펴 주셨고, 저는 그가 조성하신 모든 꽃이 아름답다는 것과 장미의 화려함이며 백합화의 결백함으로 인해서 작은 오랑캐꽃의 향기나 들국화의 순박한 매력이 없어지지 않는다는 것을 알게 되었습니다. 또한 만일 작은 꽃들이 모두 장미가 되려 한다면, 자연은 그 봄단장을 잃어버리고, 들은 이미 가지가지의 작은 꽃으로 꾸며지지 못하리라는 것을 깨달았습니다.

이 얼마나 단순 소박하고 귀여운 발상인가. 그러나 가장 심오하고도 난해하다는 노자(老子)의 세계관과 신기하도록 닮아 있지 않은가. 이 자서전에 빨려 든 나는 낮 기도 시간도 아까워서 가지 말까 했다. 그러나 기도 시간을 거르면 점심도 굶어야 할 것 같았다. 그런 규칙이 있는 건 아니지만 성당에서 기도 시간을 마치고 나서, 들어간 문과 반대편 문으로 나가면 바로 손님들을 위한 식당이고 식당엔 그 시간에 맞춰서 따뜻한 점심이 차려져 있게 마련이었다. 기도는 빼먹고 무슨 염치로 밥을 먹으러 어정어정 식당으로 들어간단 말인가. 아무리 기도 시간이 싫어도 그럴 용기는 없었다. 나는 순전히 점심을 얻어먹으려고 성당으로 올라갔다. 기도 시간 내내 **성무일도** 소리는 듣는 둥 마는 둥 부엌 쪽에서 풍겨 오는 구수한 밥 냄새와 된장국 냄새에만 정신이 팔려 있었다. 그건 어쩌면 환각일 수도 있었다. 점심에 된장국은 나오지 않았으니 말이다. 그러나 된장국보다 더 맛깔스러워 보이는 비빔밥이었다. 나는 짐승 같은 식욕을 느꼈다. 뱃속에서 나는 꼬르륵 소리를 옆에서 시중드는 수녀님에게 숨기려고 나는 괜히 밭은기침을 하면서 몸을 흔들었다. 색색가지 나물에다가 참기름과 고추장을 넣고 듬뿍 비비고 싶었지만 수녀님 눈치가 보였다. 내가 식사를 너무 조금 한다고 늘 근심스러운 얼굴로 지켜봐 주던 수녀님 앞에서 그렇게 잘 먹으면 수녀님은 더는 내 걱정을 안 할 게 아닌가. 나는 더 오래 수녀님의 근심에 응석 부리고 싶었다. 또 엊그저께의 악몽과 같은 복통도 나의 식욕을 자제토록 했다. 좀 모자라는 듯싶게 밥을 덜어다 비볐다. 기막힌 맛이었다.

집에서는 자식들이 성화를 해 대서, 수녀원에서는 수녀님들이 조심스럽게 걱정을 해 줘서 할 수 없이 먹는 척해 왔다고 여기고 있었다. 먹고 싶어서 먹은 게 아니라 그들을 위해서 먹어 준 거였다. 아니꼽게도 선심을 쓰듯이 먹어 준 거였다. 먹어 준다는 의무감만 없다면 죽 한 모금 입에 넣고 싶지 않을 만큼 식욕이 없던 것도 사실이었다. 참척을 겪은 에미는 그래 마땅했다. 살고 싶지 않은 게 거짓이 아닌 바에야 육체가 정신의 소망을 따라 주는 건 당연했다. 나는 이렇게 내 식욕 없음에 체면과 자존심을 걸고 있었다. 아니 희망까지 걸었다 해도 과언이 아니었다. 이렇게 아무것도 먹기 싫으니 차츰 쇠약해지면서 죽어 가겠지 하는. 그리하여 나의 식욕 없음은, **미구**에 아들 뒤를 고통 없이 따라갈 수 있으리란 희망이었다.

지금은 남을 위해 먹어 주는 게 아니라, 내가 먹고 싶어서 먹고 있다는 자의식이 나를 한없이 부끄럽고 참담하게 했다. 싫은 사람과 마주 앉아 커피만 마셔도 속이 거북하던 내 육신이 아니던가. 이렇게 정신과 밀접하고도 예민하게 맞물려 있던 육신의 이 뜻하지 않은 반란을 어떻게 받아들여야 한단 말인가. 비빔밥을 꿀같이 달게 먹고 내 방으로 도망치듯 돌아온 나는 나에게 따지듯이 물었다. '너는 이제 살고 싶으냐'고. '아니야, 절대로 아니야.'라고 나는 강하게 부인했다. 그러나 저녁 기도 시간이 가까워지자 나는 다시 배가 고팠고, 주님을 만나기 위해서도 하루를 반성하기 위해서도 아닌, 단지 식욕을 채우기 위해 허위허위 성당으로 가는 언덕길을 올라갔다. 양을 자제했기 때문에 더욱 맛있는 저녁을 먹고 내려오면서 나는 내 육신과 정신의 분열이 한없이 창피하고 슬퍼서 몸둘 바를 몰랐다. 할 수 있는 말은 다만 '주여, 나를 불쌍히 여기소서.'

그 후의 나날들

그날 이후 내 배는 영락없이 끼니때만 되면 고파 왔다. 그 이상 얘기한다는 것은 너무도 부끄럽고 괴로운 일이다. 참척을 겪은 기막힌 애통과 절망은 당연히 에미의 목숨을 단축시킬 줄 알았다. 살고 싶지 않은 게 조금도 거짓이 아닌 이상 육신은 의당 거기 따라 주려니 했다. 그러나 내 육신은 내 마음과는 별개의 남처럼 끼니때마다 먹고 살고 싶어 하는 게 아닌가. 나는 내 육신에 대해 하염없는 슬픔과 배신감을 느꼈다. 사람이 짐승과 다를 게 없다는 생각이 들었다.

내가 자식들의 만류를 뿌리치고 수녀원으로 거처를 옮긴 것도 실은 짐승 같은 본능이 아니었을까 싶은 생각도 들었다. 병들거나 다친 짐승은 누가 가르쳐 준 바 없이도 그에게 맞는 약초를 가까운 데서 찾아낸다고 한다. 나 또한 내 속에 잠재된 짐승처럼 질기고 파렴치한 생명력이, 죽고만 싶은 지극히 인간적인 염치를 거역하고 살 길을 냄새 맡고 수녀원 쪽으로 강력하게 이끌린 게 아니었을까. 그러나 짐승과 인간이 가장 닮은 본능이야말로 신이 준 능력이거늘 내가 무슨 수로 거역하랴.

나는 떠날 준비를 했다. 일기를 정리하고 책들을 분류했다. 가져온 책과 마리로사 수녀님으로부터 빌린 책, 받은 책이 꽤 되었다. 그리고 나서 그동안 정든 산책길을 천천히 걸었다. 여름 동안은 초록 일색이었을 나무들이 1년 중 가장 아름답게, 가장 개성 있는 모습으로 단장하고 화려하고도 쓸쓸한 가을 숲을 이루고 있었다. 물 마른 계곡에 무리지어 핀 초롱같이 생긴 꽃의 보랏빛도 여전히 우아했다. 머지않아 찬 서리에 시들고 눈에 덮일 꽃이기에 오히려 자수정보다 고와 보였다. 나는 그 꽃을 꺾지 않았다.

빈손으로 묘지까지 올라가 아늑하고 겸손하게 누운 수녀님들에게 골고루 작별의 성수를 뿌렸다. 오늘만은 유치한 편애를 삼가리라. 그럼에도 불구하고 젊어서 죽은 수녀님의 묘하고는 기어코 눈물의 작별을 하고 말았다. 산책길을 벗어나 철조망이 쳐진 데까지 산으로 올라가 보았다. 출입할 수 있는 문이 달려 있어 조금 더 올라가니 수녀원과 수영만이 한 폭의 그림처럼 시야에 안겨 오는 지점이 있었다. 내가 매일매일 산책하며 서럽고 헐벗은 마음으로 날날이 본 풀포기, 들꽃, 나무들 그리고 지금 한꺼번에 보고 있는 풍경들을 나는 꼼꼼히 내 기억 속에 챙겨 넣었다. 비록 육신의 소멸과 함께 사라질 덧없는 기억이지만 나는 충만감을 느꼈다. 내 육신이 밥을 먹지 않고는 목숨을 부지할 수 없는 것처럼 내 마음 또한 좋은 추억의 도움 없이는 최소한의 아름다움도 지킬 자신이 없었기에. 가장 어려울 때 신세 진 이곳에서 얻어 가진 좋은 추억의 힘을 믿을 수 있어서 한결 마음이 가라앉았다.

떠나기 전날 밤에는 수련 중인 예비 수녀님들이 나를 위해 과분한 송별 모임을 베풀어 주었다. 아마 마리로사 수녀님이 그런 모임을 꾸몄을 것이다. 젊고 예쁜 예비 수녀님들은 노래도 잘하고 춤도 잘 추고 말도 잘하고 웃기도 잘했다. 세속적인 욕망이 쑥 빠져 버리고 청빈과 극기와 봉사에의 열망만이 한창 고조된 젊은 수녀님들의 명랑함은 자연의 명랑함만큼이나 순수하고 감동적이었다.

나는 실로 오래간만에 소리내어 웃기도 하고, 간간이 질금질금 울기도 했다. 앞으로 내 아들이 없는 세상에 나가서 시도해야 할 홀로서기가 한결 덜 두렵게 여겨졌다. 그래, 나에겐 딸들이 넷이나 되지 않나. 그 애들이 내 홀로서기를 힘껏 도와주리라. 나는 그동안 딸들 생각을 너무 안 했다. 어쩌면 피해 왔는지도 모르겠다. 외아들을 잃었다는 무서운 사실을 차마 받아들이기 어려웠을 때, 만일 딸들 중의 하나를 잃었다면 이렇게까지 비참하지는 않았을지도 모른다는 생각이 문득문득 치밀려고 했었다. 사람의 수효가 모래알처럼 흔하다고 해도 각자에겐 일회적이고 고유한 목숨을 바꿔치기한다는 것은 아무리 가상일지라도 절대로 해서는 안 될 생각이었다. 설사 제왕을 위해서라도 노예가 그의 생명을 바꿔치기 당하지 않을 권리가 있거늘, 하물며 같은 자식을 놓고 그런 생각을 한다는 것은 얼마나 하늘 무서운 짓인가. 또한 아들과 딸을 조금도 차별하지 않고 주시는 대로 받아 소중하게 키워 왔다는 나의 에미로서의 자부심에도 크게 어긋나는 짓이었다.

나는 무서워서 피하던 생각과 이제 두려움 없이 직면할 수 있을 것 같았다. 내가 잃은 게 아들이 아니라 딸이었다고 해도 애통이 조금이라도 덜하진 않았겠지만 남들이 나를 덜 불쌍하게 여기리라는 것만은 확실했다. 그래, 그건 인정하자. 그러나 내가 나를 아들딸에 의해 더 불쌍해하거나 덜 불쌍해하지는 말자. 어디선지 모르게 그런 자신이랄까, 용기 같은 게 생겼다. 수녀님들 덕이었다.

솔직히 말해서 나는 수녀 생활을 세상일이 잘 안 풀린 여자들의 마지막 도피처쯤으로 여겨 왔었다. 그러나 그게 아니었다. 여기서 수녀님들과 생활을 같이하면서 수도 생활은 세상으로부터의 도피가 아니라 이 세상 밑바닥에 깔린 가장 보잘것없는 이들, 못 가진 이들, 버림받아 외로운 이들과 함께 있으려는 크나큰 용기라는 걸 확연히 알 수가 있었다. 이곳 수녀님들은 내가 보기엔 더할 나위 없는 청빈과 근면과 봉사의 생활을 하면서도 여기 생활이 안일한 게 아닌가 늘 반성하는 것 같았다.

"우리 이 안에서 너무 호강이에요, 이래도 되는 건지 모르겠어요." 하면서 온갖 밑바닥 인생에 직접 뛰어들어 가난과 병고와 소외의 고통을 함께하는 수녀님들 얘기를 들려주는 수녀님도 여러 분 만났다. 그런 얘기를 들으면 수도 생활을 택한다는 것은 용기 이상의 그 무엇, 하느님의 부르심이나 안배에 의한 것이 아닐까 싶은 생각도 들었다. 그렇지 않고서야 진실한 수도자라면 용기 있어 보일 뿐 아니라 거룩해 보이기까지 할 까닭이 없었다.

나는 인간의 다양한 고통에 대해 신부님보다 훨씬 민감한 수녀님들에게 마음으로부터 친화감을 느꼈다. 사람에게 층수를 매기고 싶어 하는 속된 눈으로 볼 때, 수녀님보다는 신부님이 더 높고 그럴듯해 보이는 게 사실이다. 그러나 내가 함부로 대들고 포악을 부리긴 했지만 실은 깊이 좋아하는 나의 하느님은 좀 다를 것 같다. 그분은 분명히, 황홀한 제의(祭衣)에 싸여 우아한 손으로 만인 위에서 만인을 축복하는 교황님보다는 기운 옷을 입고 험한 손으로 병든 이가 혼자 죽어 가지 않도록 잡아 주는 마더 테레사를 더 어여삐 여기시어 높은 자리로 영접할 것 같다.

송별연에 나와 준 수녀님들 중에는 조 테레사 수녀도 끼여 있었다. 그는 착해 보인다는 것 말고는 드러나지 않는 평범한 수녀였다. 그러나 나에게는 특별한 수녀였다. '하필 왜 내가 이런 일을 당해야 하나.' 하는 원망으로 똘똘 뭉친 내 마음에 '왜 당신이라고 그런 일을 당하면 안 되는가?'라는 당돌한 반문을 불러일으킨 수녀였다. 그는 알까. 그가 무심히 던진 한마디가 내 딱딱한 마음에 일으킨 최초의 균열에 대해.

아마 모를 것이다. 나는 거기 모인 젊고 씩씩하고 명랑한 예비 수녀들이 모두 훌륭한 수녀가 되고자 하는 뜻을 이루고, 또한 본인은 의식하지 않고 한 언동도 타인에게 이르러 반드시 선(善)을 이루기를 기도하는 마음으로 그들의 춤과 노래를 밤늦도록 즐겼다.

수녀원을 나와 딸네 집에서 며칠 더 유하고 나서 서울로 돌아왔다. 서울역에서 집으로 돌아오는 사이에 나는 다시 홀로서기에 자신이 없어졌다. 하루 세끼 밥을 찾아 먹고 그 밥을 소화시킬 수 있을 만큼 몸이 회복됐다고 해서 살아갈 능력이나 의욕까지 회복된 것은 아니었다. 우리 동네가 가까워질수록 나는 내 아들이 없어진 동네에서 아무것도 달라진 게 없는 풍경과 길과 상가와 동네 사람들을 대하며 살아갈 일이 무서워서 가슴이 떨렸다. 내가 도처에서 한시도 잊지 못할 내 아들 없는 빈자리를 동네 사람들은 아무도 느끼지 않고 태연하게 히히덕대며 살아갈 게 아닌가. 그걸 참을 수 있을 것 같지가 않았다. 순 어거지 같은 생각이었다.

서울에 있는 둘째 셋째도 내가 집으로 들어가는 걸 반대했고 나는 다시 울보가 되어 둘째네 집에 아예 자리보전하고 누워 울 구실만 찾았다. 눈물이 마르면 아들의 사진을 벽에다 주른히 기대 놓고 보면서 새로운 눈물을 짜냈다. 그러다가 이 세상에 그 애가 없다는 게 도무지 믿기지가 않으면 벌떡 일어나 창가로 갔다.

둘째네는 우리 동네하고는 두 블록쯤 떨어진 거리여서 창으로 우리 아파트와 거기까지 뻗은 곧은길이 빤히 바라보였다. 우리 아들이 무수히 다니던 길이었다. 그 애는 둘째 매형을 특히 좋아해서 저녁 시간이 조금만 나도 매형네 집에 가서 맥주 한잔하고 오겠다며 나가곤 했었다. 그럼 나는 "네 나이가 몇인데 연애 하나 못하고 매형 꽁무니나 따라다니냐?" 하고 핀잔을 주었었다. 그 애가 툭하면 파란 프레스토를 몰고 달려오던 길엔 그때나 이때나 차들의 왕래가 빈번했다. 나는 유리창을 열고 두억시니 같은 머리칼을 찬바람에 내맡기고 파란 프레스토를 기다렸다. 내 아들은 죽지 않았어. 나는 악몽을 꾼 것뿐이야. 뼛속까지 시린 찬바람이 나에게 미친년 같은 확신을 주었다. 드디어 파란 프레스토가 나타나면 가슴이 터질 듯이 부풀고, 그 차가 얼토당토않은 옆얼굴을 잠깐 보이고 쏜살같이 사라져 버려도 실망하지 않고 더욱 고조된 기대로 다음 차를 기다리곤 했다. 기다리고 또 기다리면 환각으로라도 아들의 얼굴을 볼 수 있을 것 같았다. 그러다 어느 순간 다리의 기운과 줄기찬 희망이 썰물처럼 빠져나가면서 이러다가 내가 미치고 말지 싶은 참담한 현실감이 돌아오곤 했다. 식구들이나 나나 피차 못할 노릇이었다. 서울 와 있다는 소리를 듣고 찾아와 주는 친구나 친척을 대하는 일은 더욱 못할 노릇이었다. 사람 만나는 게 극도로 싫었다. 아는 사람뿐 아니라 길에 지나다니는 모르는 사람까지 꼴도 보기 싫으니까 자연 외출도 두려워하게 되었다. 딸이나 사위가 자기네 친구가 찾아오는 것까지 내 눈치를 보며 쉬쉬하기에 이르러도 나는 개의치 않았다. 남의 처지나 고통을 헤아리는 마음이 마비돼 있었다.

그 무렵 여행사에서 미국 비자를 찾아가라는 연락이 왔다. 미국 가 있는 막내를 보러 가려고 아들을 잃기 전에 신청해 놓고 면접도 끝낸 비자였다. 그동안 나하고 연락이 끊겨서 여행사에서 보관하고 있다가 어찌어찌 연줄이 닿아 연락이 온 거였다. 나 역시 까맣게 잊고 있던 거였지만 문득 새로운 희망 같은 게 생겼다. 궁하면 통한다더니, 더는 참을 수 없을 것 같은 고통의 나날로부터 빠져나갈 구멍이 홀연히 트인 것처럼 느껴졌다. 그래, 아는 얼굴 만나는 게 그렇게도 싫으면 아는 얼굴이 없는 고장으로 가 버리면 그만 아닌가. 내 설움, 내 고통 외의 일들은 다 이렇게 쉽고 간단하게 여겨졌다.

떠날 날을 정해 놓자 딸이 본당 신부님한테 인사나 여쭙고 떠나라고 귀띔을 해 주었다. 아들의 장례 때 그 어른의 도움을 많이 받았노라고 했다. 사제관 응접실에서 신부님을 뵙고 긴 위로의 말씀을 들었으나 자식도 낳아 보지 않은 분이 내 마음을 어찌 알까 싶어 그저 괴로운 마음으로 경청했다. 그러다가 탁자 위에 놓인 백자 필통이 눈에 띄었다. 거기 쓰인 '밥이 되어라.'라는 글귀 때문이었다. 신부님이 손수 쓰신 건지, 아니면 어떤 주교님이나 추기경님이 쓰신 건지 그건 분명치 않았다.

누가 썼건 실상 그건 그닥 중요하지 않았다. "밥이 되어라, 밥이 되어라."를 입속으로 되뇌면서 나는 분도 수녀원에서 맡은 이 세상에서 가장 맛있는 밥 냄새를 떠올렸고, 어쩌면 주님이 그때 나에게 밥이 되어 오시었던 게 아닐까 싶은 생각이 났다. 그때 나는 몇 날 며칠을 밤이나 낮이나 주님을 찾아 대들고 몸부림쳤었다. "내가 왜 이런 고통을 받아야 하나? 한 말씀만 하시라."고 애걸복걸도 해 보았다. 그러나 주님은 끝내 아무 말씀이 없으셨다. 어쩌면 나직하고 그윽하게 뭐라고 하셨을지도 모른다는 생각이 늦게 난 철처럼 슬며시 왔다.

그래, 분명히 뭐라고 그러셨을 거야. 다만 내 귀가 독선과 아집으로 꽉 막혀 못 알아들었을 뿐인 것을. 하도 답답해서 몸소 밥이 되어 찾아오셨던 거야. 우선 먹고 살아라 하는 응답으로. 그렇지 않고서 그 지경에서 밥 냄새와 밥맛이 그렇게 감미로울 수는 없는 일이었다.

미국으로 떠나면서 아이들에게 겨울이나 나고 오겠다고 말했지만 내 속셈은 내 감정이 독립할 수 있을 때까지였다. 나에게 가장 시급한 건 감정의 독립이었지만 그 시기는 기약이 없었다.

로스앤젤레스 남쪽 오렌지 카운티는 풍치가 아름답고 기후가 온화했다. 여기서는 초겨울로 접어들 무렵에 떠났는데 그곳 날씨는 봄의 한가운데 같았고 수목의 푸르름은 한여름 같았다. 침실이 있는 2층 창을 가리게 무성한 나무에는 능소화 비슷한 새빨간 꽃이 한창이어서 꿀을 빨아먹으려는 벌새가 시끄럽게 지저귀는 소리에 눈을 뜨곤 했다. 벌새는 새 중에서 가장 작은 새라던가, 곤충의 대롱처럼 긴 주둥이로 꽃의 꿀을 빨아먹고 산다고 했다. 세상에 별난 새도 다 있지. 한동안은 보는 것마다 다 신기했다. 나무마다 꽃나무 아닌 게 없었다. 꽃 지고 잎 피는 게 아니라 꽃과 잎이 동시에 무성한 것도 신기했고 새파란 잔디 위로 노오란 은행잎이 지는 것도 신기했다.

차로 30분도 안 되는 거리에 바다가 있었다. 태평양이었다. 아아, 태평양. 그곳 바닷가에 서면 바다가 크다는 느낌이 가슴이 뿌듯하게 차올랐다. 나는 그때 처음으로 수평선이 직선이 아니라 거대한 **호**라는 걸 알았다. 앞이나 좌우로 시야를 가로막는 섬도 **곶**도 없는, 다만 **광대무변한** 해안선에서 바라본 수평선은 앞이 부풀고 좌우가 아스라이 휘어 보였다. 과연 지구가 둥글긴 둥근가 보다. 나는 그 사실을 내가 처음 발견한 것처럼 신기했고 한편 자신의 존재를 바닷가 모래알보다도 미소(微小)하게 느꼈다. 자연으로부터 받는 위안처럼 편안한 것도 없었다.

그러나 그 밖에 미국적인 구경은 조금도 재미있지 않았다. 집안에 큰 불행이 닥친 걸 이국 땅에서 소식만 듣고 가족과 함께하지 못한 막내의 고통도 컸으련만, 그 애는 다만 동참하지 못한 것만 죄스럽게 여겨 너무 잘해 주려고 애쓰는 것 같았다. 어디든지 끌고 다니려고만 했다. 온종일 달려 밤중에 산중 오두막에 도착해서 하룻밤을 자고 새벽에 일어나 거대한 자연에 접하고 다시 온종일 달려 집으로 돌아온 적도 있었다. 그래봤댔자 캘리포니아도 못 벗어났단 소리를 듣고 이놈의 땅덩어리가 과연 크긴 크구나 싶을 뿐 아무런 감흥도 일지 않았다.

놀러 나갔을 때마다 찍은 사진이 한 보따리나 되었다. 어느 날 막내가 그것들을 날짜별로 정리하는 걸 옆에서 보다가 문득 이상한 생각이 들었다. 분명히 나를 넣고 찍은 사진이건만 나는 거기 가 본 기억이 하나도 나지 않았다. 사진마다 그러했다. 풍경과 나는 억지로 갖다 붙여 놓은 것처럼 부조화스러울 뿐이었다. 그 애들이 성심성의껏 한 효도를 헛수고로 만들어 버린 것 같아 내심 미안했지만 아무 말도 하지는 않았다.

'여기는 우리 아들을 기억하는 사람은 아무도 없는 고장이다.'라는 생각이 처음에는 홀가분하고 편하더니만 점점 그것도 별 게 아닌 게 되었다. 내 아들의 추억과 전혀 연관 지을 수 없는 이국의 풍경과 사람들은, 내 아들이 죽었는데도 히히덕대며 일상을 영위하는 내 나라 사람들이 꼴 보기 싫은 것과는 다른 괴로움을 불러일으키는 것이었다. 외로움이라고 해도 좋았다. 별안간 악이라도 써서 구원을 청해야 할 것처럼 그 외로움은 절박했고, 집에서보다 밖에 나가 많은 사람들 사이에 섞여 있을 때 한결 더했다.

디즈니랜드를 구경 간 날이었다. 주말이어서 각양각색의 인종이 모여들어 대혼잡을 이루고 있었지만 워낙 면적이 넓고 구경거리가 다양해서 인기 있는 몇몇 관을 빼고는 오래

기다리지 않고 **지딱지딱** 돌아볼 수가 있었다. 딸 내외도 손녀도 그렇게 즐거워할 수가 없었다. 그러나 나는 오후가 되자 다리의 피로보다 사람에 치인 신경의 피로가 견딜 수 없어졌다. 노천 식당에 가까스로 자리를 하나 차지하고 나서 딸과 사위는 먹을 것과 음료를 파는 데 줄 서러 가고 나는 손녀를 데리고 앉았는데 또 그 절박한 외로움이 목구멍까지 차올랐다. 그리고 내가 참을 수 없어 하는 게 무엇이라는 걸 어렴풋이 깨달았다.

그건 말 못 알아들음이었다. 내 나라에서건 남의 나라에서건 사람 모이는 데 가면 들리는 건 사람들의 말소리라는 것은 두말할 것도 없다. 구태여 남의 말을 엿들으려고 노력을 안 해도 내 나라에서 들리는 건 당연히 내 나라 말이고, 어려서부터 들어 온 내 나라 말의 리듬엔 공기처럼 의식할 필요 없이 나를 편안하게 해 주는 정다움이 있었다.

그러나 거긴 남의 나라였다. 신경을 곤두세워도 한두 마디 알아들을까 말까 한 것도 괴로웠지만 무엇보다도 견딜 수 없는 것은 그 이질적인 리듬이었다. 그 이질감은 여기는 네가 놀 물이 아니라는 소외감을 끊임없이 일깨워 주고 있었다. 그때 나는 생각했다. 만약 어떤 피치 못할 운명이 나를 이 땅에 죽을 때까지 묶어 두는 일이 생긴다면, 생전 호강을 보장해 준다고 해도 아들을 잃은 고통 다음 가는 고통이 되리라고.

그런 건 깨달은 게 잘못이었다. 귀국하고 싶은 마음을 걷잡을 수가 없었다. 아무것도 더는 구경하기 싫었다. 다만 바닷가에 나가는 것만은 싫증이 안 났지만 그 또한 그 바다가 태평양이기 때문이 아니었을까. 내 나라까지 닿아 있을 태평양의 화려 장엄한 낙조를 바라보면서, 내 나라에선 지금쯤 저 태양이 중천에 떠 있겠지 싶을 때의 감상은 찝찔하고도 절절했다. 겨울을 나기는커녕 그 해도 넘기기 전에 귀국을 서둘렀다. 무엇을 잘못했기에 엄마가 저러나 딸이 영문을 몰라 섭섭해하는 것에도 별로 신경을 쓰지 않았다. "내 마음대로 하게 내버려 둬 다오. 엄만 다만 자유롭고 싶단다." 이렇게 큰소리쳤다.

그리고 드디어 사방에서 들리느니 내 나라 말만 들리는 고장으로 돌아왔다. 내 나라 말은 바로 내가 놀던 익숙한 물이었다. 공항의 아우성, 엄마, 할머니 하는 아이들의 외침, 그런 소리들이 어우러진 우리말만의 독특한 가락에 나는 깊은 안도감을 느꼈다. 땅에 입맞추는 대신 나는 그 가락을 깊이깊이 심호흡했다.

그리고 몇 달 후 나는 조금씩 다시 글쓰기를 시작할 수 있었다. 새로운 소설도 썼고, 중단했던 장편 연재도 다시 시작해 마무리를 지었다. 이국에서 경험한 우리말에 대한 그리움은 곧 글을 쓰고 싶은 욕구의 다른 표현이었을 뿐임도 이제는 알게 되었다. 다시 글을 쓰게 됐다는 것은 내가 내 아들이 없는 세상이지만 다시 사랑하게 되었다는 증거와 다르지 않다는 것도 안다. 내 아들이 없는 세상도 사랑할 수가 있다니, 부끄럽지만 구태여 숨기지는 않겠다. 그 후 지금까지의 내 홀로서기는 대체로 성공적이었다고 생각한다. 지켜보던 딸들도 엄마가 마침내 해냈다고 일단은 마음을 놓았으리라.

역설적인 얘기가 될지도 모르지만 나의 홀로서기는 내가 혼자가 아니었기 때문에 가능했다고 생각한다. 가까이서 멀리서 나를 염려해 준 여러 고마운 분들을 비롯해서 착한 딸과 사위들, 사랑스러운 손자들 덕분이다. 나만이 알고 느끼는 크나큰 도움이 또 있다. 먼저 간 남편과 아들과 서로 깊이 사랑하고 믿었던 그 좋은 추억의 도움이 없었다면 내가 설사 홀로 섰다고 해도 그건 허세에 불과했을 것이다. 나는 요즈음 들어 어렴풋하고도 분명하게, 눈에 보이지 않는 사람의 이런 도움이야말로 신의 자비하신 숨결이라는 것도 느끼게 되었다.

"주여, 저에게 다시 이 세상을 사랑할 수 있는 능력을 주셔서 감사합니다. 그러나 주여 너무 집착하게는 마옵소서."

어휘 풀이

극한(極限) 궁극의 한계. 사물이 진행하여 도달할 수 있는 최후의 단계나 지점을 이른다.
비통(悲痛) 몹시 슬퍼서 마음이 아픔.
조문(弔問) 남의 죽음에 대하여 슬퍼하는 뜻을 드러내어 상주(喪主)를 위문함. 또는 그 위문.
참척(慘慽) 자손이 부모나 조부모보다 먼저 죽는 일.
조의(弔意) 남의 죽음을 슬퍼하는 뜻.
역리(逆理) 순리에 어긋남.
저의(底意) 겉으로 드러나지 아니한, 속에 품은 생각.
《생활성서》 가톨릭 잡지. 작가는 이 작품을 《생활성서》에 1990년 9월부터 1년간 연재하였다.
포악(暴惡) 사납고 악함.
십자고상(十字苦像) 십자가에 못 박힌 예수의 수난을 그린 그림이나 새긴 형상.
주물(鑄物) 쇠붙이를 녹여 거푸집에 부은 다음, 굳혀서 만든 물건.
양회(洋灰) 토목이나 건축의 재료로 쓰는 접합제. 물에 이긴 것을 말리면 돌처럼 단단해지는 잿빛의 가루.
환장(換腸) 마음이나 행동 따위가 비정상적인 상태로 달라짐.
청동기(靑銅器) 청동으로 만든 그릇이나 기구.
안면(安眠) 편안히 잠을 잠.

유동식(流動食) 소화되기 쉽도록 묽게 만든 음식. 미음·죽·수프 따위가 있으며, 중환자나 위장병 환자 등이 먹는다.

성화(聖火) 올림픽 따위의 규모가 큰 체육 경기에서, 경기장에 켜 놓는 횃불.

타기하다(唾棄--) 업신여기거나 아주 더럽게 생각하여 돌아보지 않고 버리다.

급유(給油) 비행기, 배, 자동차 따위에 연료를 보급함.

문갑(文匣) 문서나 문구 따위를 넣어 두는 방세간. 서랍이 여러 개 달려 있거나 문짝이 달려 있고, 흔히 두 짝을 포개어 놓게 되어 있다.

저지선(沮止線) 그 이상으로 넘지 못하도록 막는 경계선.

모상(模像) 모방하여 만든 상.

자구(自求) 스스로 구함.

불면(不眠) 잠을 자지 못함.

잡석(雜石) 토목, 건축 따위에 막 쓰는 허드레 돌덩이.

황폐(荒廢) 정신이나 생활 따위가 거칠어지고 메말라 감.

살의(殺意) 사람을 죽이려는 생각.

노추(老醜) 늙고 추함.

경신(敬神) 신을 공경함.

사이코(psycho) 비상식적인 행동을 하는 사람을 욕하여 이르는 말.

성체 대회(聖體大會) 성체에 대한 신심(信心)을 드높이기 위하여 열리는 가톨릭 신자들의 국제적인 집회.

지노귀굿(--鬼-) 죽은 사람의 넋을 위로하고 극락으로 인도하는 굿.

부식하다(腐蝕--) 썩어서 문드러지다.

반추하다(反芻--) 어떤 일을 되풀이하여 음미하거나 생각하다.

고투(苦鬪) 몹시 어렵고 힘들게 싸우거나 일함.

성호(聖號) 거룩한 표라는 뜻으로, 신자가 손으로 가슴에 긋는 십자가를 이르는 말.

주모경(主母經) 주의 기도와 성모송을 아울러 이르는 말.

관장하다(管掌--) 일을 맡아서 주관하다.

공구하다(恐懼--) 몹시 두렵다.

사화집(詞華集) 민족·시대·장르별로 수집한 짧은 명시(名詩) 또는 명문의 선집.

분화하다(分化--) 단순하거나 등질인 것에서 복잡하거나 이질인 것으로 변하다.

구존하다(俱存--) 부모가 모두 살아 계시다.

영세(領洗) 세례를 받는 일.

접신(接神) 사람에게 신이 내려서 서로 영혼(靈魂)이 통함. 또는 그렇게 하는 행위.

노독(路毒) 먼 길에 지치고 시달려서 생긴 피로나 병.

한유(閑裕) 한가롭고 여유가 있다.

영검하다(靈---) 사람의 기원대로 되는 신기한 징험이 있다.

주석(註釋) 낱말이나 문장의 뜻을 쉽게 풀이함. 또는 그런 글.

번족하다(蕃族--/繁族--) 자손이 많아 집안이 번성하다.

연미사(煉missa) '위령 미사(慰靈missa. 연옥에 있는 이를 위하여 하는 미사)'의 전 용어.

유명(幽明) 어둠과 밝음을 아울러 이르는 말. 또는 저승과 이승을 아울러 이르는 말.

잇잠 잇잠(이에짬). 두 물건을 맞붙여 이은 짬.

떼 흙이 붙어 있는 상태로 뿌리째 떠낸 잔디.

공일(空日) 일을 하지 않고 쉬는 날.

호접(胡蝶/蝴蝶) 호랑나빗과의 호랑나비, 제비나비 따위를 통틀어 이르는 말.

만산홍엽(滿山紅葉) 단풍이 들어 온 산의 나뭇잎이 붉게 물들어 있음. 또는 온 산에 붉게 물든 나뭇잎.

요요하다(姚姚--) 아주 어여쁘고 아리땁다.
아귀아귀 음식을 욕심껏 입 안에 넣고 마구 씹어 먹는 모양.
북구라파(北歐羅巴) '북유럽'의 음역어.
요변(妖變) 요망하고 변덕스럽게 행동함.
지접(止接) 잠시 몸을 의탁하여 거주함. 또는 몸을 붙이어 의지함.
보깨다 일이 뜻대로 되지 않아 마음이 번거롭거나 불편하게 되다.
연도(羨道) 고분의 입구에서 시체를 안치한 방까지 이르는 길.
마더 테레사(Mother Teresa Bojaxhiu, 1910~1997) 인도 콜카타의 '사랑의 선교회'를 통해 빈민과 병자, 고아들을 위해 헌신한 로마 가톨릭 교회의 수녀.
십사처(十四處) 예수 십자 행로의 열네 자리.
안배(按排/按配) 알맞게 잘 배치하거나 처리함.
시성식(諡聖式) 가톨릭에서, 성인품(聖人品)에 오를 때에 드리는 예식.
편애(偏愛) 어느 한 사람이나 한쪽만을 치우치게 사랑함.
기명(器皿) 살림살이에 쓰는 그릇을 통틀어 이르는 말.
한시반시(一時半時) 아주 짧은 시간.
주른히 '나란히'의 방언.
피정(避靜) 일상생활에서 벗어나 성당이나 수도원 같은 곳에서 묵상이나 기도를 통하여 자신을 살피는 일.
현(絃) 현악기에서 소리를 내는 가늘고 긴 물건.
유하다(留--) 어떤 곳에 머물러 묵다.
파열하다(破裂--) 깨어지거나 갈라져 터지다.
미량(微量) 아주 적은 분량.
극형(極刑) 가장 무거운 형벌이라는 뜻으로, '사형'을 이르는 말.
순화(純化) 불순한 것을 제거하여 순수하게 함.
귀착(歸着) 의논이나 의견 따위가 여러 경로(經路)를 거쳐 어떤 결론에 다다름.
신병(神病) 장차 무당이나 박수가 될 사람이 걸리는 병.
거두절미하다(去頭截尾--) 머리와 꼬리를 잘라 버리다. 어떤 일의 요점만 간단히 말하다.
묵계((默契) 말 없는 가운데 뜻이 서로 맞음. 또는 그렇게 하여 성립된 약속.
거러지 '거지'의 방언.
입초사 '이러쿵저러쿵 남의 흉을 보는 입의 놀림'의 잘못.
간지(奸智) 간사한 지혜.
엄습하다(掩襲--) 감정, 생각, 감각 따위가 갑작스럽게 들이닥치거나 덮치다.
소슬하다(蕭瑟--) 으스스하고 쓸쓸하다.
소화 데레사(小花 Therese, 1873~1897) 프랑스 맨발의 카르멜회 수녀로, 오늘날 널리 존경받는 사람들 가운데 하나이다.
성무일도(聖務日禱) 매일 정해진 시간에 하느님을 찬미하는, 교회의 공적(公的)이고 공통적인 기도.
미구(未久) 얼마 오래지 아니함.
호(弧) 원둘레 또는 기타 곡선 위의 두 점에 의하여 한정된 부분.
곶(串) 바다 쪽으로, 부리 모양으로 뾰족하게 뻗은 육지.
광대무변하다(廣大無邊--) 넓고 커서 끝이 없다.
지딱지딱 서둘러서 일 따위를 하는 모양

Memo

04 권력과 개인의 자유

작품 읽기 – 이청준 〈건방진 신문팔이〉, 전상국 〈우상의 눈물〉
토론하기 – 다수를 위한 소수의 희생
더 읽어 보기 – 윤흥길 〈날개 또는 수갑〉

학습 목표

〈건방진 신문팔이〉와 〈우상의 눈물〉을 통해 당시의 시대 상황에 대해 살펴보고, 인물의 유형을 분석해 봅니다. 이를 통해 권력의 한 속성으로서 언론 지배에 대해 살피고 민주 사회에서 언론의 역할과 언론의 자유가 보장되어야 하는 이유에 대해 확인해 봅니다. 또한 우리 안에 깊이 내면화되어 있는 이데올로기에 대해 비판적으로 접근해 보고, 주체적인 시민으로서의 자세에 대해 생각해 봅니다.

오늘날 '언론의 자유'는 한 사회의 민주화 정도를 가늠하는 척도로 여겨지고 있습니다. 이는 사회 구성원이 권력으로부터 독립된 의사를 형성하는 데 필요한 모든 정보에 접근할 수 있도록 기능한다는 언론의 특징 때문이죠. 따라서 자유롭고 개방적인 의사 형성 과정으로서 언론, 나아가 표현의 자유는 민주주의의 토대이자 민주적 국가 질서의 기본 전제라고 말할 수 있습니다.

우리나라의 경우 근현대화 과정에서 여러 정치 형태가 나타났다 사라지면서 다양한 언론 정책이 실행되었습니다. 그중 1970년대 유신 정권에 의한 검열 제도는 표현의 자유 및 창의성 말살이라는 점에서 역사적으로 매우 악명 높은 언론 정책이었죠. 음반, 출판, 공연, 영화 등 대중문화뿐만 아니라 일반 시민의 의복 문화나 두발마저도 검열과 규제의 대상이 되었으니 지금으로선 상상하기 어려울 지경입니다.

이 작품은 한 신문팔이 소년에 얽힌 이야기를 통해 언론에 대한 무자비한 탄압이 자행되던 당시 현실을 비판하고 있습니다. 작품의 주인공인 신문팔이 소년이 신문을 팔지 않는 것과 《민국일보》가 사라진 것이 어떤 의미를 갖는지, 이를 통해 작가가 말하고자 하는 바가 무엇인지를 곰곰이 생각하며 작품을 감상해 봅시다.

이청준(李淸俊, 1939~2008)

전남 장흥 출생. 1965년 《사상계》에 단편 소설 〈퇴원(退院)〉이 당선되어 등단했다. 현실 이면의 진실을 탐색했던 작가는 세상을 억압으로 이해하고 예술이나 종교를 통해 이러한 억압에 대응하는 인간의 모습을 주로 다루었다. 주요 작품으로 장편 소설 《당신들의 천국》, 《춤추는 사제》, 《흰옷》, 《축제》 등과 연작 소설 《서편제》 및 단편 소설 〈병신과 머저리〉, 〈눈길〉, 〈잔인한 도시〉, 〈벌레 이야기〉, 〈줄〉 등이 있다.

건방진 신문팔이 _이청준

우리는 누구나 녀석을 알고 있었다.

녀석은 정말 이상한 신문팔이였다.

—동아일보요, 서울신문이요, 중앙일보요, 민국일보요, 내일 아침 한국이요, 내일 아침 조선이요, 경향신문 있습니다, 신아일보 있습니다……

저녁 9시가 지나서 좌석 버스로 서대문을 지나는 사람들은 누구나 녀석을 만날 수 있었다. 버스가 정류소로 들어서면서 제일 먼저 출입구를 비집고 올라서는 친구가 그 점퍼 소년이었다.

하지만 녀석은 일단 버스를 올라오면 서두르는 법이 없었다. 옆구리가 휠 만큼 커다란 신문 뭉치를 소중하게 앞으로 돌려 안고는 손님들을 천천히 한 차례 둘러본다. 신문팔이로 잔뼈가 굵은 듯한 인상이면서도, 이제는 버스 안에서 신문 따위를 팔고 다니기엔 다소 **몰골**이 어색할 만큼 나이를 먹어 버린 녀석은, 그러나 그때마다 얼굴에 웃음기를 가득 담고 있었다. 이제 막 여드름이 돋기 시작한 녀석의 **가분수**형 **면상**(그래서 딱 바라진 상체와 함께 조금은 난쟁이 같은 느낌이 들기도 했는데) 가운데서도 터무니없이 좁아진 그의 실눈가를 맴돌고 있는 웃음기는 녀석으로서도 거의 속수무책인 듯하였다.

몰골 볼품없는 모양새.
가분수(假分數) 수학에서 분자가 분모와 같거나 분모보다 큰 분수. 여기서는 몸집에 비하여 머리가 큰 사람을 놀림조로 이르는 말.
면상(面相/面像) 얼굴의 생김새. 용모.

어쨌거나 녀석은 그렇게 웃음 띤 얼굴로 점검하듯 천천히 차 속을 한차례 훑어보고는 비로소 그 독특한 목소리로 제 상품 목록을 외워 대기 시작했다.

—동아일보요, 서울신문이요, 중앙일보요, 민국일보요……

억양이나 **단속**이 똑같이 유별났다.

억양은— 그건 사실 억양이나 말의 단속이라고도 할 수 없는 것이었다. 그는 마치 나어린 변론반 학생이 긴장 때문에 잘못 시작한 웅변 원고의 서두처럼, 동아일보요, 서울신문이요를 높낮이가 거의 없이 느릿느릿 그리고 일정하게 발성해 나가곤 했다. 억눌린 **가성기**가 섞인 그의 목소리는 자세히 들어보면 강약 약강약의 순서로 여덟 가지 신문 이름이 차례로 조음되어 나가고 있었지만 그건 거의 있으나 마나 한 변화였다. 일테면 그는 자신의 목소리에서 억양의 변화나 발음의 장단 따위를 적당히 조화시켜 나가는 것이 아니라, 거꾸로 그것을 최대한으로 아끼고 억제해 버리는 식이었다.

하지만 우리는 그 극단의 억제 속에서 오히려 어떤 기묘한 변화나 단속을 예감하곤 했다. 신문 하나하나의 이름을 말할 때마다 목소리를 끊어 내는 그의 단호한 **스타카토**가 듣는 사람에게 은밀한 가락을 암시적으로 재생시켜 주고 있었다. 일정하게 끊어지고 일정하게 이어져 나가는 그 느릿느릿하면서도 단호한 목소리의 단속 가운데에 보이지 않는 녀석의 가락이 간직되어 있었다. 그것은 그런 식으로 빈틈없이 완성되고 한 숨결 안에 굳게 묶인 길고 정연한 녀석의 **대사**였다.

동아, 중앙, 서울, 경향이요, 하는 식으로 여느 아이들처럼 **약칭**을 쓰는 건

단속(斷續) 끊겼다 이어졌다 함. 또는 끊었다 이었다 함.

가성기(假聲氣) 일부러 꾸며 내는 목소리. 남성이 소리 낼 수 있는 범위에서 가장 높은 목소리.

스타카토(staccato) 악보에서, 한 음 한 음씩 또렷하게 끊는 듯이 연주하라는 말. 여기서는 신문 목록을 외우는 소년의 단속을 의미한다.

대사(臺詞/臺辭) 연극이나 영화 따위에서 배우가 하는 말. 대화, 독백, 방백이 있다.

약칭(略稱) 정식 명칭을 간략히 줄여 이름. 또는 그렇게 줄인 명칭.

말할 것도 없었다. 신문의 순서가 바뀌거나 생략되는 일도 절대 없었다. 녀석은 여덟 가지 신문을 빠짐없이 마련해 가지고 와선 **토씨**나 어미 하나 뒤바뀌는 일이 없이, 그의 그 속수무책인 듯한 눈웃음을 던지면서, 느릿느릿 그 판에 박힌 대사를 정확하게 외워 나가곤 하였다.

—동아일보요, 서울신문이요, 중앙일보요, 민국일보요……

그래서 우리는 누구나 맘속으로 은근히 녀석을 아꼈다.

하지만 그는 좀 건방진 신문팔이 녀석이었다.

밤 버스가 서대문 정류소만 들어서면 신문 뭉치를 옆구리에 낀 그 점퍼 소년의 가분수형 머리통이 영락없이 먼저 출입구를 비집고 올라왔다. 시간이 바쁠 때는 가끔 그를 못 보고 서대문을 지날 적도 있었지만, 우리는 이제 그 서대문께를 지날 때면 자신도 모르게 녀석의 모습을 찾게 되곤 했다. 녀석을 못 보고 서대문을 지나게 되는 날은 제물에 괜히 마음이 서운해지곤 하였다.

녀석은 우리들에게 가로등 같은 소년이었다. 녀석은 우리들에게 서대문의 가로등이었다. 녀석이 보이지 않는 날은 그의 등불이 꺼져 있는 날이었다. 우리들의 가로등 하나가 불이 오지 않은 날이었다. 녀석을 보지 못하는 날은 불이 오지 않은 가로등 사이를 건너 갈 때처럼 마음의 균형이 어긋나 있곤 했다.

하지만 그런 날은 좀처럼 드물었다. 녀석은 언제나 서대문에서 우리를 기다렸고, 우리는 그 소년의 가로등을 지나갔다.

하지만 녀석에겐 그보다도 더욱 인상 깊은 일이 있었다.

녀석은 늘 신문을 팔기 위해 차를 비집고 올라와서도 정작 신문을 파는 데는 마음을 쓰지 않았다. 녀석은 언제나 느릿느릿 여유가 만만했고, 은밀스런 비밀을 숨기고 있는 소년처럼 가는 실눈 속에 괴상한 웃음기를 참고 있었다.

토씨 조사. 체언이나 부사, 어미 따위에 붙어 그 말과 다른 말과의 문법적 관계를 표시하거나 그 말의 뜻을 도와주는 품사.

그리곤 자신의 목소리를 즐기고 있는 듯한 그 가성기 목소리로 예의 대사를 외워 나갔다.

하지만 딱 한 번이었다. 언제나 그 한 번뿐이었다. 느릿느릿 여덟 개의 신문 이름을 외고 나면, 차가 벌써 움직이기 시작했다. 두 번 되풀이할 시간이 없었다. 신문을 팔 시간도 없었다. 대사만 외고 나면 번번이 차를 쫓겨 내려가야 했다. 하지만 그는 목소리를 서두르거나 중간에서 대사를 중단한 일이 없었다. 대사를 외우면서 신문을 파는 일도 없었다. 대사를 외워 주는 것만이 유일한 목적이듯이, 그것만 끝내고 나면 미련 없이 차를 내려가 버릴 때가 많았다. 손님 중에서 신문을 사 주려 해도 미처 기회를 못 잡고 마는 수가 많았다. 신문을 사지도 못하고 차를 내린 소년이 정류소로 들어서는 뒤차를 향해 가는 모습을 내다보고는 눈길이 멍해질 때가 많았다.

한번은 이런 일이 있었다.

여자 **차장** 애는 이제 녀석의 승차를 방해하지 않았다. 차가 멎기도 전에 기를 쓰고 뛰어 올라오는 소년에겐 차장도 이제 습관이 되어 있었다. 하지만 차장은 언제나 손님이 다 오르내리고 나면 녀석을 더 기다려 주지 않았다. 차가 떠날 때는 그저 인정머리 없이 소년을 밀어 냈다. 대사가 아직 끝나지 않은 때라도 팔을 당기고 등을 밀쳐 대며 녀석을 마구 차에서 몰아냈다.

그러던 어느 날— 이날 밤도 녀석은 미처 대사가 끝나지 않은 참이었는데, 차가 불쑥 움직이기 시작했다. 여차장은 마구 녀석을 밀어제쳤다. 녀석은 차장에게 등을 밀리면서 대사를 계속했다. 마지막엔 승강구까지 밀린 소년이 차장의 발길에 차이듯 하면서도 기를 쓰고 매달리며 마지막 대사를 외워 댔다.

—내일 아침 조선이요, 경향신문 있습니다. 신아일보 있습니다!

닫히다 만 출입문 사이로 간신히 얼굴을 디밀어 놓은 채였다. 마지막 대사

차장(車掌) 기차, 버스, 전차 따위에서 찻삯을 받거나 차의 원활한 운행과 승객의 편의를 도모하는 사람.

를 차 속으로 외워 들여보내고 나서야 소년은 매달려 가던 차를 훌쩍 뛰어 내려갔는데, 그때도 물론 녀석의 얼굴엔 언제나와 같이 그 속수무책인 듯한 웃음이 유난스레 짙게 번지고 있었다. 그는 그렇게 차를 뛰어 내리고 나서도 어둠 속에서 잠깐 멀어져 가는 버스를 향해 멍한 웃음기를 흘리고 서 있다간 터벅터벅 그 서대문 정류소 쪽으로 되돌아가고 있었다.

그는 **필경** 신문팔이보다도 그 자신의 대사를 즐기면서 그 때문에 늘상 웃음을 참지 못하는 것 같은 건방진 신문팔이 녀석이었다.

하지만 우리는 어쨌거나 녀석을 아끼고 그를 사랑했다. 이상하고 건방져도 그는 사랑하지 않을 수 없는 녀석이었다. 밤차로 서대문을 지날 때마다 우리는 적어도 차가 섰다 떠나가는 시간만큼씩 녀석을 사랑했다. 낯선 거리에서도 우리들이 불 켜진 가로등을 사랑하듯 우리는 녀석을 잠깐씩 사랑했다. 그것은 녀석이 늘 **불가사의한** 웃음기를 눈가에 잃지 않고 있었기 때문만은 아니었다. 녀석의 웃음은 차라리 우리들을 까닭 없이 부끄럽고 당황하게 할 때가 많았다. 녀석이 신문을 사 달라 귀찮게 애원을 해 오지 않은 때문도 아니었다. 우리는 대개 누구나 녀석의 신문을 사 주고 싶었지만, 오히려 기회를 놓칠 때가 많은 형편이었다.

그렇다면 무엇 때문인가.

무엇 때문에 우리가 그 가분수형 머리통의 점퍼 소년을 사랑하게 되고 말았는가. 조급하지 않고 서두르지 않는 그의 여유 만만한 대사 때문이었는가. 그 대사의 이상스레 억제되고 일정해진 억양과 단속 때문이었는가.

녀석의 대사라면 그건 오히려 우리하곤 더욱 인연이 안 닿는 소리일 것이다.

필경(畢竟) 끝장에 가서는.
불가사의하다(不可思議--) 사람의 생각으로는 미루어 헤아릴 수 없이 이상하고 야릇하다.

소년은 정말로 자신의 대사를 자기 혼자 즐기고 있음에 틀림없는 녀석이었다. 그걸 우연히 본 사람이 있었다.

지난가을 추석날 저녁이었다.

날마다 밤 버스로 서대문을 지나다니던 사내 하나가(이 이야기 중에 그 사내가 굳이 누구라는 특정 인물로 한정 짓는 일이 무슨 의미가 있을 것인가) 그날 저녁엔 여느 때와 달리 광화문에서부터 서대문 간을 도보로 지나가고 있었다. 그리고 그가 그 서대문 정류소를 지나면서 자신이 지금 무슨 일로 차를 타지 않고 그곳을 걸어 지나가고 있는가를 생각하기 시작했을 때 그 소년이 문득 그의 앞에 서 있었다. 그때는 마침 앞차들이 떠나가고 뒤차들은 아직 정류소로 들어서지 않고 있어 거리가 잠깐 비어 있는 참이었는데, 그래서 사내는 그 짧은 시간 동안 용케도 그 소년의 괴상한 비밀을 훔쳐볼 수 있었다.

소년은 사람들이 몰려 서 있는 정류소에서 광화문 쪽으로 조금 비켜 나와 녀석 혼자서 다음 차가 들어오기를 기다리고 서 있었다. 언제나와 같이 회갈색 점퍼 옆구리엔 신문 뭉치가 휠 듯이 무겁게 들려 있었고, 그 헐렁한 점퍼와 신문 뭉치 때문에 커다랗게 부풀어 보인 녀석의 상체는 어딘지 좀 난쟁이처럼 보이는 평소의 느낌을 더 **역연하게** 해 주고 있었다. 점퍼 깃에 묻혀 버린 짧은 목덜미 위론 녀석의 커다란 가분수형 머리통이 단단하게 얹혀 있었는데, 이상스럽게도 그 큰 머리통이 녀석을 더욱 처량해 보이게 하였다.

아닌 게 아니라 녀석은 그런 모양을 하고 서서 전에 없이 청승맞게 밝은 추석 달을 쳐다보고 있었다. 녀석의 볼 위에서 눈물 줄기라도 찾아볼 양이듯 그가 조심조심 녀석에게로 다가갔다.

그런데 뜻밖이었다. 가까이 다가서 보니 녀석에게선 중얼중얼 이상한 소리가 들려왔다. 자세히 들어 보니 예의 그 대사였다.

역연하다(歷然--) 분명히 알 수 있도록 또렷하다.

—동아일보요, 서울신문이요, 중앙일보요……

추석 달을 쳐다보고 서서, 차를 기다리면서, 녀석은 주문처럼 그의 대사를 외워 대고 있었다. 나지막하기는 했지만 차에 올라왔을 때와 똑같이 단호하고 억양을 극도로 아끼는 녀석의 목소리 그대로였다. 게다가 눈물이라도 흘리고 있을 줄 알았던 녀석의 얼굴에는 언젠가 그가 여차장에게 떠밀려 내리면서도 기를 쓰고 차 속을 향해 웃어 보이던 그런 **필사적**인 웃음기가 달빛 아래 가득 떠돌고 있었다.

그는 좀 어이가 없어지고 말았다.

소년은 분명 자신의 대사를 혼자 은밀히 즐기는 녀석이었다. 그렇다고 오로지 녀석의 그런 대사 때문에 우리가 그를 사랑한 것은 물론 아니었다.

이유 같은 건 있어도 좋고 없어도 상관없는 일이리라. 어느 것도 이유가 되지 않는 건 아니었지만, 어느 것도 결정적으로 **합당한** 이유는 못 되었다. 분명한 이유를 생각하지 않으면서도 우리는 이미 녀석을 사랑하고 있었다. 우리는 그가 거기 그렇게 가로등처럼 자리해 있었기 때문에 가로등을 사랑하듯 그를 사랑했으며, 비록 그가 추석날 밤 혼잣소리로 그 대사를 외워 대며 달을 보고 웃고 서 있는 모습을 보지 않은 사람이라 할지라도 누구나 그를 비슷하게 느끼며 서대문을 지나갔을 것이다.

하지만 우리가 녀석을 사랑하고 있다는 것을 안 것은 사실인즉 때가 너무 늦은 다음이었는지 모른다.

그 가을 추석 달을 바라보며 웃고 서 있던 며칠 뒤부터 웬일인지 서대문을 지나는 밤차에 소년의 모습이 나타나지 않기 시작한 것이다.

처음에는 녀석이 그저 차를 놓친 것이거니 짐작했고, 하루 이틀 같은 일이

필사적(必死的) 죽을힘을 다하는 것.
합당하다(合當--) 어떤 기준, 조건, 용도, 도리 따위에 꼭 알맞다.

계속되면서 감기라도 앓고 있나 편한 상상들을 하였다. 하지만 소년은 닷새가 지나고 열흘이 지나도 모습을 나타내지 않았다. 그러자 우리는 새삼 소년의 소식을 궁금해하기 시작했고, 자신도 모르게 문득 녀석을 사랑하고 있었다는 사실을 깨닫기 시작한 것이다.

보름이 지나고 한 달이 지나도 그 독특한 목소리의 점퍼 소년은 내내 얼굴을 볼 수 없었다. 소리도 들을 수 없었고, 속수무책인 듯하면서도 때로는 필사적인 느낌을 주던 녀석의 눈웃음도 다시는 만날 수 없었다. 서대문엔 어디에도 녀석이 없었다.

소년의 가로등엔 불이 켜지지 않았다. 그리고 우리는 그 불이 켜지지 않은 가로등 사이를 건너가듯 어딘지 아쉬움이 남는 기분으로 서대문을 건너다녔다.

무심한 사람들도 이따금은 녀석을 생각했다.

그러던 어느 늦가을 저녁이었다. 잊혀져 가던 점퍼 소년이 문득 다시 서대문 정류소에 나타났다.

—저 녀석 저기 있군.

누군가 유리창을 내다보며 혼잣말처럼 낮게 중얼거린 사람이 있었는데, 그 소리에 오른쪽 창가에 앉아 있던 사람들은 무심결에 일제히 그 창문 밖을 쳐다보게 되었다. 그리고 거기 녀석이 다시 나타난 것을 발견했다.

녀석은 점퍼 주머니에 두 손을 찔러 넣은 채 누군가를 기다리듯 한가하게 이쪽 창문을 올려다보고 서 있었다. 눈가엔 여전히 그 웃음기를 잃지 않고 있었지만, 그러나 어디엔가 아쉬움이 깃들인 눈초리였다.

녀석의 옆구리에 신문 뭉치도 들려 있지 않았다. 신문 뭉치가 없으니 녀석은 차를 비집고 올라올 일도 없었다. 억양을 한껏 아껴 가며 그것을 즐기는 듯한 목소리로 대사를 외워 대던 옛날의 녀석은 볼 수가 없었다. 우리는 얼마간 시들해지기 시작한 궁금증이 다시 살아났다.

—녀석에게 이젠 다른 밥벌이가 생긴 건가.

—신문도 팔지 않으면서 웬일로 여긴 다시 나와 서성대고 있는 건가.

하지만 녀석에게선 물론 아무것도 사정을 들을 수가 없었다. 그날 저녁 이후로도 녀석은 가끔 그 서대문께에 나타나 두 손을 점퍼 주머니에 찔러 넣고 서서 우두커니 지나가는 버스들을 쳐다보고 있을 적이 있었고, 때로는 담벼락 밑 군밤 장수의 연탄불 곁에 쭈그리고 앉아 점퍼 깃을 세운 채 언 손을 싹싹 비벼 대고 있는 모습을 보게 될 때도 있었다.

하지만 녀석은 한 번도 신문 뭉치를 지닌 일이 없었고, 따라서 차에도 올라오는 일이 없었다. 주머니에 손을 찔러 넣고 서 있거나 군밤 장수 연탄불에 손을 녹이며 쭈그리고 앉아 있거나, 지나가는 차창에서 항상 그 아쉬운 듯한 눈길이 떠나지 않고 있는 녀석을 볼 수 있을 뿐, 무엇 때문에 그가 가끔 신문도 팔지 않는 그 서대문 근처를 하릴없이 서성대고 있는지는 아무도 이유를 들을 수가 없었다. 우리는 갈수록 궁금증만 더해 갔다.

그런데 어느 날 저녁 마침내 다시 한 사내가(다시 말하지만 그 사내가 굳이 누구였다고 말하지 않는 것은 이 이야기 중의 모든 일을 이번에도 누구 혼자의 것으로 말하지 않고 그저 '우리'라고 말하고 싶은 것과 같은 이유에서다.) 광화문에서부터 서대문까지 차를 타지 않고 걸어서 갔다. 그리고 거기서 다시 한번 소년을 만났다. 이번에는 사내 쪽 혼자 소년을 몰래 만난 것이 아니라 녀석과 사내가 함께 상대방을 만난 것이다.

소년은 물론 사내가 좀 이상스러운 눈치였다. 요즘은 왜 신문을 팔지 않느냐, 신문을 팔지 않고 무엇을 하고 지내느냐는 따위 이쪽의 **허물없는** 물음에, 녀석은 처음 별걸 다 묻는다는 식이었다.

—그런 건 왜 물어요. 요즘 난 아무것도 하지 않는단 말예요.

허물없다 서로 매우 친하여, 체면을 돌보거나 조심할 필요가 없다.

하지만 이번에도 그는 여전히 그 눈가의 웃음기만은 잃지 않고 있었다.

—다시 신문을 팔아야지요. 하지만……

조금은 어른스런 말투가 차 속에서 신문 이름들을 외워 댈 때하곤 판이하게 풀이 죽어 있었다. 그러나 그보다도 더 뜻밖인 것은 녀석의 예기치 않은 불평이었다.

—민국일보가 없어져 버렸기 때문이에요. 민국일보가 빠지니까 소리가 맞지 않아요. 동아일보요, 서울신문이요, 중앙일보요…… 민국일보가 없으니까 자꾸만 짝이 어긋나 버리거든요.

하고 보니 녀석이 보이지 않기 시작한 것은 몇십 년간 발간 실적을 가진 그 민국일보가 뚜렷한 명분도 없이 어물어물 자진 **폐간** 형식으로 신문 발간을 중단해 버린 다음부터인 것 같았다. 이상스런 얘기지만, 녀석은 그 민국일보가 나오지 않으니 신문을 팔 수가 없었다는 것이었다. 일테면 녀석에겐 민국일보가 빠진 것이 그의 대사 전체 **골격**이나 질서를 무너뜨린 격이 된 셈이었다. 그리고 그 때문에 녀석은 아예 신문을 팔 수가 없게 된 것이었다.

그는 다시 연습을 시작하고 있노라 했다. 남은 신문들의 순서를 꿰맞춰서 대사의 억양과 호흡을 다시 연습하고 있는 중이랬다. 그러면서 소리가 좀처럼 짝이 맞질 않는다 불평이었다. 하지만 그는 연습이 끝나면 반드시 다시 신문을 팔겠노라 다짐했다.

—말하나 마나지요. 신문을 팔아야지요. 그렇지만 아직 소리가 그전처럼 신이 나질 않아요. 민국일보가 다시 나와 준다면 좋겠지만…….

폐간(廢刊) 신문, 잡지 따위의 간행을 폐지함.
골격(骨格/骨骼) 어떤 사물이나 일에서 계획의 기본이 되는 틀이나 줄거리.

녀석은 정말로 알 수 없는 신문팔이였다.

그래서 우리는 아직도 누구나 녀석을 기억하고 있었다.

하지만 그는 좀체 다시 신문을 팔러 나타나지 않았다. 소리 연습이 여태 다 끝나질 않은 탓이었을까. 아니면 아주 연습을 포기하고 만 것이었을까.

가을이 다 지나가도록 그는 여전히 신문을 팔지 않았다. 녀석의 희망처럼 민국일보가 다시 **복간호**를 내 주지도 않았다. 자진해서 폐간호를 내고 사라진 신문이 다시 살아나 줄 희망은 없었다.

하지만 우리는 기다리고 있었다. 언젠가는 녀석이 다시 새로운 대사를 익혀 가지고 나타나리라, 그때를 기다렸다. 녀석의 그 서두르지 않는 **유유한** 태도와 새로 익힌 대사와 독특한 눈웃음을 기대를 가지고 기다렸다.

하지만 녀석은 첫눈이 내린 다음에도 여전히 신문을 팔러 나오지 않았다. 어쩌다 그 서대문께 길가에 두 손을 찔러 넣고 서서 아쉬운 듯 우두커니 지나가는 버스들만 바라보고 있는 녀석의 모습을 볼 수 있었을 뿐, 그나마도 나중엔 아예 그런 모습조차도 찾아볼 수 없게 되고 말았다.

하지만 우리는 아직도 기다리고 있었다. 녀석이 그의 연습을 끝내고 새로 완성된 대사를 외며 나타나기를 참을성 있게 기다렸다. 불이 켜지지 않은 가로등 사이를 건너가듯, 녀석이 보이지 않는 서대문을 지나다니면서 끈질기게 그를 기다렸다. 낯익은 거리일수록 우리가 우리의 가로등을 사랑하듯, 소년의 등불이 어느 날 그의 자리에서 다시 살아나 빛나지는 않으나마 우리들의 조그만 사랑을 그에게 전할 수 있기를 오래도록 기다렸다.

하지만 한번 죽어 버린 민국일보가 다시 살아나지 못하는 것처럼, 녀석은 끝끝내 모습을 나타내지 않았고, 시간이 흐를수록 우리들에겐 녀석이 없는

복간호(復刊號) 간행을 중지하거나 폐지하고 있던 출판물을 다시 간행한 호.
유유하다(悠悠--) 침착하니 움직임이 한가하고 여유가 있고 느리다.

서대문이 그런대로 조금씩 친숙해지는 날이 생기기 시작했다. 언제까지나 불이 켜지지 않는 가로등의 존재가 마침낸 우리들에게서 스스로 사라져 가듯이, 또는 이 빠진 자리가 언젠가는 저절로 그 간격이 흐지부지 골라져 버리듯이, 녀석이 없는 서대문 거리 역시 우리에게 어느덧 그 허전하던 의식의 간격이 골라져 가고 있었다.

몇몇 사람들만이 아직도 그를 기억하고 있었다. 그리고 녀석을 기다리고 있었다. 녀석이 다시 나타날지 모른다고, 이따금이나마 녀석의 그 속수무책인 듯하면서도 때로는 필사적인 느낌이 들곤 하던 눈웃음을 생각하면서, 한껏 억양을 아낌으로써 오히려 유유하게 자신의 대사를 즐기고 있는 듯한 녀석의 목소리를 생각하면서, 어렴풋이 아직도 그를 기다리는 몇몇 사람들이 있었다. 하지만 이젠 그런 사람들마저도 녀석이 다시 옆구리가 휘도록 신문을 끼고 나타나 자신의 목적은 오직 그 상품 목록을 외워 주는 것뿐이라는 듯 신문 한 장 팔지 않고도 미련 없이 다시 차를 내려가 버리곤 하던 녀석의 모습은 거의 기대하지 않았다.

녀석이 다시 나타날 것인지 어떨지는 누구에게도 그처럼 확실하지 않았다.

확실한 것은 다만 하나, 녀석이 다시 나타나든 안 나타나든 그의 기억을 지닌 채 밤 버스로 서대문을 지나다니는 사람들은 마지막 녀석의 기억이 사라질 때까지도 아직 머리를 깊이 갸웃거리리라는 점이었다.

—녀석 참 이상하게 건방진 신문팔이였어. 그 뭔가 아무래도 알 수 없는 녀석이었단 말야.

그리고 아마도 그 때문에 녀석은 더욱더 우리들에게 오래도록 잊혀지지 않고 기억 속에 깊이 남아 있게 될지도 모른다는 점이었다.

녀석은 정말 이상스럽게 건방진 신문팔이였다.

작품 속 문화와 시대 읽기

〈건방진 신문팔이〉(1974)와 〈우상의 눈물〉(1980)은 각각 1970년대, 1980년대 군사 정권 시절에 발표된 작품으로, 합법처럼 행해지던 국가 권력의 폭력성을 거리 신문팔이 소년의 행태 및 학교 현장에서 벌어지는 갈등에 빗대어 고발하고 있습니다. 이들 작품에 등장하는 당대 문화를 통해 작가가 드러내고자 한 시대상을 살펴봅시다.

① 《민국일보(民國日報)》: 《중앙일보》를 모체(母體)로 1960년에 창간된 일간 신문으로, 4·19 혁명 이후 민주주의에 대한 열망이 커지면서 우후죽순 생겨나던 언론지 중 하나였습니다. 다음 해 5·16 군사 쿠데타 이후 집권한 군사 정권이 권력 유지를 위해 실시한 1차 언론 통폐합 때 《민국일보》의 사회 부장이 구속되는데, 이는 군사 정권 시절의 첫 번째 **필화 사건**이었습니다. 이후 《민국일보》는 두 차례의 필화 사건을 겪게 되고, 1962년 7월호를 마지막으로 역사에서 사라집니다. 〈건방진 신문팔이〉에서 《민국일보》는 국가 권력에 의해 폐간된 언론지로서 시민의 자유가 침해되던 시대상을 상징합니다.

② 〈우리를 슬프게 하는 것들〉: 나치 시대 히틀러에게 충성을 서약한 88인의 작가 중 한 사람이었던 안톤 슈나크(Anton Schnack, 1892～1973)의 작품으로, 오랫동안 우리나라 교과서에 수록되어 있었습니다. 젊은 날의 사랑과 방황, 자연에 대한 애정 등을 섬세하게 그려 냈으나, 현실에 능동적으로 맞서기보다 자기 감성에 치우침으로써 체제에 순응하는 개인을 길러 내기 적합한 산문이라는 평가도 따랐습니다. 〈우상의 눈물〉에서 전체 질서에 순순히 따르며 몰락해 가는 '기표'라는 인물을 예고하는 장치이자, 합법적 폭력에 저항하지 못하는 시대의 슬픔을 대변(代辨)하고 있습니다.

③ 〈제3교실〉: 1975년 여름부터 1980년 겨울까지 문화방송(현 MBC방송)에서 방영된 청소년 대상 프로그램으로, "당신의 자녀들의 진정한 고민과 불안을 아십니까"라는 헤드카피에서 알 수 있듯이 방황하는 학생들을 등장시켜 이들의 고민과 함께 해결책을 제시하는 카운슬링(counseling) 드라마였습니다. 〈우상의 눈물〉에서 다양성을 존중하기보다 질서와 획일화를 강요했던 시대 인물로 역할하는 담임 선생님의 의도에 꼭 들어맞는 프로그램으로 등장합니다.

필화 사건(筆禍事件) 발표한 글이 법률적으로나 사회적으로 문제를 일으켜 제재를 받는 사건.

가슴속에 선망(羨望)하는 사람을 품어 본 적이 있나요? 작품을 통해 알게 된 예술가, 대중매체 속 연예인, 그도 아니라면 가까운 누구라도 맹목적으로 따르고 존경한 적이 있다면 그 사람이 그때 여러분의 우상(偶像)인 겁니다. 우상은 때로 이상(理想)처럼 성장의 동력이 되기도 하지만, 그에 대한 비판을 허용하지 않을 만큼 절대적인 자리를 차지하는 순간 진실의 눈을 멀게 만드는 엄청난 권력으로 변질되고 맙니다.

작품 속 '나'에게 기표는 그 포악성(暴惡性)에도 불구하고 무언가 헤아릴 수 없는 힘이 있는 존재로, 위압적인 권력을 행사하는 우상으로 비추어집니다. 그런데 '자율'을 강조하는 담임 선생님이 등장하면서 기표의 신화적 존재감은 점차 빛을 잃어 가죠. 그런데 표면적으로 강제성이 없어 보이지만 학생들 스스로가 아닌 담임 선생님이 결정한 방향대로 따라야 하는 '자율'은 알고 보면 허울 좋은 전체주의적 질서일 뿐입니다. 담임 선생님과 반장이 일사불란한 전체를 만들기 위해 어떻게 행동하는지, 이에 따라 기표는 어떻게 변화해 가는지 살피며 작품을 감상해 봅시다.

전상국(全商國, 1940~)

강원도 홍천 출생. 1963년 《조선일보》 신춘문예에 소설 〈동행〉이 당선되어 등단했다. 유년기에 경험한 6·25 전쟁을 바탕으로 분단 현실의 모순과 이산 가족 문제를 다루었고, 오랜 교직 생활 동안의 경험을 제재로 교육의 순수성을 훼손시키는 위선과 권력의 폭력성을 사실적으로 드러냈다. 주요 작품으로는 〈동행〉을 비롯하여 〈고려장〉, 〈돼지 새끼들의 울음〉, 〈할아버지 묻힌 날〉 등의 단편 소설과 《늪에서는 바람이》, 《불타는 산》, 《길》, 《유정의 사랑》 등의 장편 소설이 있다.

우상의 눈물 _전상국

학교 강당 뒤편 으슥한 곳에 끌려가 머리에 털 나고 처음인 그런 무서운 **린치**를 당했다. 끽소리 한 번 못 한 채 고스란히 당해야만 했다. 설사 소리를 내질렀다고 하더라도 누구 한 사람 쫓아와 그 공포로부터 나를 건져 올리지 못했을 것이다. 토요일 늦은 오후였고 도서실에서 강당까지 끌려가는 동안 나는 교정에 단 한 사람도 얼씬거리는 걸 보지 못했다. 더욱이 강당은 본관에서 운동장을 가로질러 아주 까마아득 멀리 떨어져 있었다. 재수파들은 모두 일곱 명이었다. 그들은 **무언극**을 하듯 말을 아꼈다. 그러나 민첩하고 분명하게 움직였다. 기표가 웃옷을 벗어던진 다음 바른손에 거머쥐고 있던 사이다 병을 담벼락에 깼다. 깨어져 나간 사이다 병의 날카로운 유리 조각을 그의 걷어 올린 팔뚝에 사악사악 그어 갔다. 금 간 살갗에서 검붉은 피가 꽃망울처럼 터져 올랐다. 기표가 그 팔뚝을 내 눈앞에 들이댔다. 핥아! 기표 아닌 다른 애가 말했다. 내가 고개를 옆으로 비키자 곁에 둘러선 서너 명의 구두 끝이 정강이에 조인트를 먹였다. 진득한 액체가 혀끝에 닿자 구역질이 났다. 오장이 뒤집히듯 **역한** 것이 치밀었다. 나는 비로소 온몸을 와들와들 떨기 시작했다. 나 자신도 헤아릴 길 없는 거센 공포로 해서 나는 그 자리에 무릎을 꿇고 앉

린치(lynch) 정당한 법적 수속에 의하지 아니하고 잔인한 폭력을 가하는 일.
무언극(無言劇) 대사 없이 표정과 몸짓만으로 내용을 전달하는 연극.
역하다(逆--) 구역날 듯 속이 메슥메슥하다.

아 두 손을 비벼 댔다. 그들이 나를 일으켜 세웠다. 내 바지에서 혁대가 풀려 나간 다음 벗겨져 맨살이 드러난 허벅지에 칼끝이 박히는 것 같은 아픔이 왔다. 나는 그들에게 양쪽 겨드랑이를 잡힌 채 몸부림쳤다. 도저히 견딜 수 없는 고통이었다. 칼끝은 상당히 오랜 시간 허벅지에 박혀 있는 것 같았다. 나는 내 살 타는 냄새를 맡았다. 칼침이 아니라 그들은 담뱃불로 내 허벅지 다섯 군데나 **지짐질**을 했던 것이다. 소리 질러 봐, 죽여 버릴 거니, 한 놈이 귓가에 속삭였다. 나는 드디어 허물어져 내리듯 의식을 잃어 갔다. 그런 몽롱한 의식 속에서 기표가 씨불여 댄 한마디 말소릴 놓치지 않았다.

—메시껍게 놀지 마!

어처구니없게도 그들이 내게 린치를 가한 이유란 단지 그것이었다. 이학년 재수파들이 나를 첫 표적으로 삼은 것은 내가 그들 눈에 메스껍게 보였기 때문이다.

"유대야, 너 그대로 참을 거냐?"

분식집에서 만난 형우가 슬쩍 내 심중을 떠보고 있었다. 내가 입 한 번 벙긋하지 않았는데도 그 소문은 파다했다. 소문이 쉬쉬 떠도는 며칠 동안 나는 심한 공포에 휩싸였다. 그 소문이 학교 선생들에게 알려져 문제가 생길 경우 십중팔구 나는 결딴이 나고 말 것이다. 기표는 그런 일을 충분히 해낼 수 있는 아이였다.

"그 새낀 악마다."

형우가 동정 어린 눈으로 나를 충동질했다. 그러나 나는 대답 없이 빙그레 웃어 보였을 뿐이다. 누구에게나 그렇게 해 보였다. 그것은 이미 겪은 우월감 같은 오만감이었다. 나는 나를 충동질하는 형우의 눈에서 자기도 미지에 당해야 하는 두려움과 아울러 나에 대한 선망이 깔려 있음을 놓치지 않았다. 형

지짐질 불에 달군 물건 따위를 다른 물체에 대어 약간 태우거나 눋게 하는 일.

우가 기표에게 당할 것은 너무나 당연했다. 그것은 기표와 같은 배에 오른 우리들의 공동 운명이었던 것이다.

그날 편반이 끝나고 키 크기에 따른 각자의 번호와 교실 좌석까지 다 정해졌을 때 새 담임이 된 김 선생이 입을 열었다.

"이제부터 육십육 명이 운명을 함께하는 역사적 출항을 선언한다. 목적지에 이를 때까지 단 한 사람의 낙오자나 이탈자가 없기를 진심으로 기원한다. 아울러 이 시간 분명히 밝혀 둘 것은 우리들의 항해를 방해하는 자, 배의 순탄한 진로를 헛갈리게 하는 놈은 용서하지 않을 것이다. 우리가 나무를 **전정할** 때 역행 가지를 잘라 버려야 하듯 여러분의 항해에 역행하는 놈은 여러분 스스로가 **엄단할** 수 있어야 한다. 더 중요한 것은 일 년간의 일사불란한 항해를 위해서는 서로 사랑과 신뢰로써 반을 하나로 결속하는 슬기를 보이는 일이다."

새 담임 선생은 과학 교사답지 않게 적절한 비유로써 자기가 맡은 반 아이들에게 뭔가 불어넣으려 애쓰고 있는 것 같았다. 그에게 중요한 것은 무사안일 속의 일 년이었던 것이다.

"고삐는 여러분 손에 쥐어져 있다. 필요하다고 생각할 때 그 고삐를 당겨 여러분 스스로를 제어해 주기 바란다. 내가 가장 우려하는 바는 여러분 스스로가 내 손에 그 고삐를 쥐여 주는 일이다. 나는 자율이라는 낱말을 좋아한다."

담임 선생님은 자율이라는 낱말로 요술을 부려 우리들을 묶고 있었다. 어느 연극 잡지에서 **완숙한** 연출가는 배우 스스로가 연출하도록 유도하는 비결

전정하다(剪定--) 가지치기하다.
엄단하다(嚴斷--) 엄중히 처단하다.
완숙하다(完熟--) 재주나 기술 따위가 아주 능숙하다.

을 가지고 있다는 것을 읽은 것이 생각났다. 대단한 담임을 만났다는 기대로 아이들은 가슴을 부풀리며 앉아 있었다. 열네 개 반에서 네댓 명씩 떨어져 나와 새로이 편성된 새 반의 분위기는 사뭇 숙연했다. 나는 문득 이런 숙연한 분위기가 우습게 생각되었다. 단 며칠 못 가 형편없이 허물어질 아이들이 목에 잔뜩 힘을 주고 앉아 담임 선생의 말을 경청하고 있는 게 우습게 보였던 것이다. 이들의 긴장을 풀어 주고 싶은 충동을 받았다.

"선생님, 우리가 탄 배의 선장은 누굽니까?"

내가 불쑥 일어나서 말했다. 선장은 도대체 누구란 말인가. 자율이라는 낱말로 우리를 묶으면서도 실상 우리들 머리 위에 군왕(君王)처럼 **군림하고** 싶은 그의 **저의**를 찔러주고 싶었던 것이다. 아이들이 내 느닷없는 질문에 부스럭부스럭 굳은 몸을 풀고 있었다.

"이 배의 선장이 누구냐, 그렇게 묻고 있는 사람의 번호와 이름은?"

담임이 얼굴 가득 미소를 잡으며 여유 있게 나를 훑었다. 반격을 당한 나는 얼굴을 붉히며 엉거주춤 다시 일어나야 했다.

"삼십오 번 이유댑니다."

"예수를 판 유단가, 이스라엘 유댄가."

아이들이 와하하 웃음을 터뜨렸다.

"오얏 리, 옥 유, 큰 대 자, 이유대입니다."

"좋았어. 이유대 군이 오늘 이 시간부터 일주일간 이학년 십삼반의 임시 선장이다. 물론 일주일 뒤에는 새 선장을 뽑겠다. 다시 한번 강조해 두겠다. 이 배의 주인은 여러분 자신이다. 이유대 선장, 내 말의 뜻을 알겠나?"

아이들이 와하하 웃으며 박수를 쳤다. 반장 하고 싶어 몸살 난 애라구요.

군림하다(君臨--) 어떤 분야에서 절대적인 세력을 가지고 남을 압도하다.
저의(底意) 겉으로 드러나지 아니한, 속에 품은 생각.

그렇게 소리 지르는 놈도 있었다. 실로 난처한 입장이 돼 버렸다. 한낱 **농**으로 시작한 일이 담임의 임기응변에 의해 꼼짝없이 임시 반장 감투를 쓰게 되었다. 꽁무닐 빼고 어쩌고 할 기회를 주지 않은 채 담임은 첫 만남을 끝냈다. 이렇게 해서 된 임시 반장이 기표의 비위를 사납게 하는 결정적인 이유가 됐을 것이다.

"어떤가, 약 일주일간 반장을 하면서 느낀 우리 반에 대한 소감은?"

담임 선생이 가정 방문을 나왔다. 학교에서 만나는 선생과 집에서 만나는 선생의 이미지는 전연 다르게 마련이다. 학교에서보다 훨씬 부드럽게 대해주는데도 공연히 거북스럽고 몸이 짜부라진다. 그래서 우리들이 경험한 바에 의하면 담임 선생에게 가정 방문을 당한 뒤로는 독 빠진 뱀처럼 맥을 쓸 수 없게 된다. 가정 방문을 나온 담임 선생은 대개 여러 가지 정보를 얻어 내려 **부심하게** 된다.

"얘네 반 아이들이 좋은 담임 선생님을 만났다고 좋아들 한답니다."

곁에서 엄마가 **의례적**인 아부의 말을 했고 담임은 내 얼굴에서 눈을 떼지 않은 채 못 들은 척했다. 사실 아이들은 좋은 선생이 어떤 사람인가를 알았다. 좋은 선생이란 조건 없이 아이들의 입장을 이해한 다음 그것을 가볍게 입 밖으로 내지 않는 사람이었던 것이다.

"어때, 유대가 그대로 반장을 맡는 게?"

이번에는 담임이 엄마의 귀를 겨냥한 말을 했다.

"아닙니다. 전 그런 일이 적성에 맞지 않습니다."

내가 단호한 어조로 말했고 엄마가 거들었다.

농(弄) 실없이 놀리거나 장난으로 하는 말.
부심하다(腐心--) 어떤 문제를 해결하기 위한 방안을 생각해 내느라고 몹시 애쓰다.
의례적(儀禮的) 형식이나 격식만을 갖춘 것.

"그래요 선생님, 앤 반장 하는 게 죽어두 싫다는군요."

뭔가 아쉬워하면서도 엄마는 내 뜻을 따라 주었다. 반장을 하면 성적이 떨어지게 마련이란 내 생각을 잊지 않고 있었던 것이다. 남 앞에 나서는 일, 남들보다 한 발짝 높은 데 선다는 일이 얼마나 외롭고 번거로운 일인가를 나는 엄마의 극성에 의해 중학교 삼 년간 반장을 하면서 절실히 **체득했던** 것이다. 그것은 내게 무서운 구속이었다. 남을 다스리는 그런 자유보다 남에게 다스림받는 데서 얻는 마음의 **안일**이 내게는 더 좋았다. 나는 고독하기를 바라지 않는다. 기표 같은 애들이 누리는 지배욕 그 안쪽에 몸을 뒤틀고 있는 고독의 그림자를 나는 어렴풋하게나마 본 것 같았다.

"맞습니다. 사실 유대는 반장을 하는 것보다 공부에 달라붙는 게 더 좋을 겁니다. 아깝지만 유대를 위해서 제가 양보할 수밖에요."

우리의 담임 선생은 일을 요령 있게 풀어 나가 재치 있게 마무리하는 **명수**였다. 아무튼 나는 굴레에서 벗어났고 담임 선생의 논리대로라면 누군가 나 대신 희생이 되어야 한다.

"임형우, 걔가 반장으론 괜찮지?"

일주일 동안 그는 우리들을 상당히 깊게 파악한 것처럼 보였다. 그의 안목은 대단했다. 반장이 되고 싶어 하는 아이를 알고 있는 담임이었다.

"형우라면 틀림없습니다."

내 말의 꼬리를 잡아 엄마가 껴들었다.

"형우라니? 오매, 형우하고 또 한 반이 됐냐? 선생님, 애하고 형우는 중학교 때부터 친구랍니다. 걔하고 늘 전교에서 일이 등을 다퉜는걸요. 그룹 과외도 같은 데서 죽 함께해 왔고…… 우리 유대가 늘 앞선 편이긴 했지만……

체득하다(體得--) 몸소 체험하여 알게 되다.
안일(安逸) 편안하고 한가로움. 또는 편안함만을 누리려는 태도.
명수(名手) 기능이나 기술 따위에서 소질과 솜씨가 뛰어난 사람.

그래요, 걘 반장 같은 건 잘할 거예요. 애가 통솔력이 보통이 아녜요."

중학교 삼 년 동안 아들에게서 위대한 통솔력이 나타나 주기를 고대했던 엄마의 푸념이 깃든 말대로 형우는 반장이 될 만한 여건을 많이 갖추고 있었다. 무게가 있고 때로는 교만하고 생각한 것을 무슨 일이 있어도 해내는 결단력도 대단했다. 학교 당국의 지시에는 일단 긍정적인 생각을 가지고 임하다가도 어떤 결점이 보일 때는 무섭게 반격을 가하는 용기도 갖추고 있었다. 한마디로 그는 아이들에게 인기가 있었다.

"어떤가, 우리 반에 크게 문제가 될 만한 애는 없겠지?"

첫 만남에서 담임이 말한 우리들의 항해에 방해가 될 만한 그런 역행 가지를 귀띔해 달라는 것일 게다. 나는 불현듯 담뱃불에 지짐질당해 아직도 진물이 줄줄 흐르는 내 허벅지를 내보이고 싶은 충동을 받았다. 어쩌면 담임도 내 입에서 기표에 대한 얘기가 나오길 기대하고 있을는지 모른다. 일학년 때의 기표 담임이 기표가 일학년 때 한 번 **유급한** 경력을 가지고 있다는 얘길 전하지 않았을 리가 없기 때문이다. 그러나 나는 입을 열 수가 없었다. 엄마 앞에서 **반우**를 **매도하는** 일 같은 건 할 수 없다고 생각한 것이다.

"최기표, 그놈 괜찮을까?"

담임 선생이 조심스럽게 내 반응을 살폈다. 나는 내 허벅지의 상처를 내보인 것처럼 불유쾌한 기분이 되어 얼굴을 돌렸다.

"최기표라면 그 일학년 때 낙제(落第)해서 한 해 묵었다는 애 말이구나?"

엄마는 교육에 관심이 많았다. 학교에서 일어나는 모든 걸 알고 싶어 안달했다. 일주일에 두 번씩 담임 선생한테 전화를 걸곤 했다. 그러나 엄마는 가장 가까운 데 있는 내 허벅지의 담뱃불 자국을 알지 못하고 있다. 최기표의

유급하다(留級--) 학교나 직장에서 상위 학년이나 직책으로 진급하지 못하고 그대로 남다.
반우(伴友) 함께 짝하여 지내는 친구.
매도하다(罵倒--) 심하게 욕하며 나무라다.

이름을 알고 있으면서도 최기표가 어떤 아이인지를 진정 모르는 어른들에 대해서 내 상처를 내보이는 것은 무의미한 일이었다.

"맞습니다, 걘 유급한 것도 문제지만 보통 말썽꾸러기가 아니지요. 왜, 한눈에 이건 범죄형이다, 그렇게 보이는 얼굴이 있지 않습니까. 걔가 바로 그런 전형적인 범죄형이지요. 음침하고 포악스럽고……. 일학년 때 걔 담임을 한 선생이 그러더군요. 십년감수를 했다구요. 그러면서 나를 동정한다는 얘기였어요. 그 정도면 **알쪼**가 아닙니까."

"그런 애가 어떻게 여태 퇴학을 안 당했나요. 교칙이 엄하기로 이름난 학교인데……."

엄마가 의아하다는 듯 얼굴에 그늘을 깔았다.

"바로 그겁니다. 이놈이 원래 교활하고 지능적이어서 도대체 **제적**을 당할 만한 큰일에는 직접 앞에 나타나지 않고 뒤로 쑥 빠진다 그겁니다. 엉뚱한 놈이 당하곤 하지요. 정학을 몇 번 당하긴 했지만 어떤 결정적 꼬투릴 잡을 수 없으니까 제적을 못 시키는 거지요."

기표가 무서워서, 그의 **안하무인**한 앙갚음이 두려워서 제적을 못 시켰다는 그런 얘기는 할 수 없을 것이다. 어떻든 나는 놀라지 않을 수 없었다. 며칠 사이에 기표에 대해서 이처럼 깊이 파악하고 있다니— 과연 기표는 이름난 애라는 생각이 들었다. 더구나 기표 얘기를 입에 올리는 담임은 얼굴까지 벌겋게 상기돼 있었다.

나는 문득 이제부터 일 년간 담임 선생과 최기표 사이에 치열하게 벌어질 싸움을 상상해 보았다. 이제까지의 결과로 미루어 보아 최기표에게 승산이 크다는 생각이 들면서도 우리의 담임 선생 또한 그렇게 만만치 않으리란 예

알쪼 알조. 알 만한 일.
제적(除籍) 학적, 당적 따위에서 이름을 지워 버림.
안하무인(眼下無人) 눈 아래에 사람이 없다는 뜻으로, 방자하고 교만하여 다른 사람을 업신여김을 이르는 말.

감이 들었다. 어쩌면 그 싸움에 임형우도 한몫 끼어들지 모른다. 그가 어떤 편에 서느냐 하는 문제도 퍽 흥미 있는 문제일 것이다. 아무튼 이처럼 멀찍이 떨어져서 그네들 싸움을 구경한다는 것은 진정 즐거운 일임에 틀림이 없다.

"이놈들이 옛날과 달라서 선생을 우습게 알기 때문에……."

담임 선생은 엄마와 함께 교육론을 펴고 있었다.

그랬다. 슬픈 일이지만 우리들은 언제부터인가 교사들을 한낱 껄끄러운 존재로 여길 뿐 오히려 그룹 과외 선생의 완벽함에 더 매료되곤 했다. 그것은 상대적이었다. 우리들이 교사들을 존경하지 않는 것처럼 교사들도 우리를 사랑으로 가르치지 않았다. 그렇다고 그룹 과외 선생처럼 철저하게 얼굴에 철판도 깔지 못하고, 어정쩡한 태도를 취했다. 문제는 지배(支配)에 대한 견해의 다름이었다. 그네들은 옛날 훈장이 누렸던 권위가 고스란히 쥐어지길 바랐고 실상 그러한 권위만이 변화된 가치 속에서 그들이 누릴 수 있는 유일한 보상이었다. 그러나 우리들은 그러한 **인습적** 권위에 대해서 콧방귀를 날릴 수 있을 만큼 그보다 더 완벽하고 조직적인 분명한 권위의 다스림 속에 몸을 맡기길 좋아하고 있었다. 그 한 가지 예로 우리 엄마는 촌지 봉투로 담임 선생을 움직일 수 있다는 확신을 가지고 있었던 것이다.

"선생님, 그 기표라는 애네 집에 가 보셨어요?"

무슨 얘기 끝인가 엄마가 물었다.

"아직 못 갔습니다. 일학년 때 담임들도 걔 부모를 못 만났다더군요. 놈이 중간에서 훼방을 놓은 거지요. 한양천 뚝방 동네에 살고 있는 건 틀림이 없는데 번지를 제대로 알아도 집 찾아내기가 어렵다더군요. 어떤 애 얘기론 기표 아버지가 중풍으로 드러누운 **폐인**이래요."

인습적(因襲的) 예전의 풍습, 습관, 예절 따위를 그대로 따르는. 또는 그런 것.
폐인(廢人) 병 따위로 몸을 망친 사람.

담임 선생은 우리 집 방문을 끝내고 다른 집으로 가는 도중에 내게 말했다.

"유대, 네 도움이 필요하다."

"뭘 말입니까?"

"우리 반을 위해서 네 협조를 받고 싶다는 얘기다. 물론 나는 네가 반에서 일어나는 일들을 일일이 고자질하는 그런 사람이라곤 생각하지 않는다. 다만 내가 원하는 것은 반 전체를 위한 너의 조언이다. 어때 협조해 줄 수 있겠지?"

나는 얼굴에 열기가 끼쳤다. 이것은 **치욕**이었다. 담임은 나를 자신의 **첩자**로 삼으려는 것이다. 일학년 때도 그랬다. 나는 담임 선생이 원하는 대로 반에서 일어나는 일들을 하나도 빼놓지 않고 담임에게 알렸다. 그것은 즐거운 일이었다. 역사를 만든다고 생각하는 사람들이 바로 그런 즐거움을 느낄 것이다. 내 입에서 전해진 말이 요술을 부려 아이들이 일사불란하게 움직이고 있는 것을 시치미 떼고 바라볼 수 있다는 것은 통쾌한 일이었다. 아이들 자신을 위해서 내가 이바지했다고 하는 자부였다. '우리'를 위해서 내 힘이 쓰이고 있다는 기꺼움 때문에 나는 그러한 고자질을 해낼 수 있었던 것이다. 그러나 나는 내가 어수룩하다고 생각했던 많은 아이들에게 따돌림받았다. 나는 한낱 '우리'의 힘을 해치는 담임의 첩자였을 뿐이다. 나를 이용해 먹은 담임이 그 사실을 새 담임에게 **인계하는** 배신을 했다는 것을 안다는 것은 울화통이 터질 일이었다.

"불쾌하게 생각하지 않기를 바란다. 다만 나는……."

내 표정이 꽤 굳어 보였던 모양이다. 담임 선생은 내 눈치를 살피며 말했다.

치욕(恥辱) 수치와 모욕을 아울러 이르는 말.

첩자(諜者) 한 국가나 단체의 비밀이나 상황을 몰래 알아내어 경쟁 또는 대립 관계에 있는 국가나 단체에 제공하는 사람.

인계하다(引繼--) 하던 일이나 물품을 넘겨주거나 넘겨받다.

"다만 나는 인간적인 면에서 네 도움이 받고 싶었을 뿐이다."

"선생님, 그런 일이라면 임형우가 잘해 줄 겁니다. 선생님이 염려하는 최기표도 형우가 잘 다스려 나갈 겁니다. 내일 당장 형우를 반장에 임명하세요."

"그럴까? 네 말대로 임형우가 최기표를 잘 다스려 준다면 고맙겠지만…… 내 생각엔 최기표를 부반장에 임명하면……."

"선생님, 기표 한 개인을 위해서입니까, 아니면 기표의 힘을 빼어 반 아이들을 보호하기 위해서입니까?"

담임은 무슨 소리냐는 듯 내 얼굴을 뻔히 치어다보다가 음모의 한 귀퉁이를 드러내 보인 무안감을 감추기라도 하듯,

"여러 사람에게 해가 되는 그런 힘은 아예 빼 버리는 게 좋은 거다."

기표가 이 세상을 살아갈 수 있는 힘은 바로 그런 것에 있는지도 모르는데요— 이렇게 말하려다 나는 그만두었다. 그 대신,

"선생님, 기표는 유급생인 데다 여러 번 정학을 당했잖아요. 그런 아이를 간부로 임명하면 아이들이 좋지 않게 생각할 겁니다."

기표가 학교의 지시 사항을 전달하기 위해 교단 위에 서서 아이들한테 애원하는 광경은 생각만 해도 불쾌했다. 누가 사자를 우리 속에 넣어 길들이는 발상을 처음 했는가. 나는 내 허벅지의 상처를 결코 **격하**시키고 싶지 않았다.

춘계 교내 체육 대회를 위해서 우리는 정해진 체육복 외에도 매스 게임용 추리닝 한 벌을 사야 했다. 협동심과 조화 속의 미를 창조하는 데 그것은 없어서는 안 되는 일이었다. 툴툴거리는 아이도 몇 없지는 않았지만 결국 그들도 그것을 모두 준비했다. 그러나 우리 반에 단 둘뿐인 재수파들은 끝내 그것을 사 입지 않았다. 담임이 말했다.

격하(格下) 자격이나 등급, 지위 따위의 격이 낮아짐. 또는 그것을 낮춤.

"두 사람 때문에 반의 일사불란한 결속이 깨질 수 없다. 두 사람 모두 집이 어려운 걸로 알고 있다. 그래서 담임이 두 사람 것을 준비했다. 받아 주면 고맙겠다."

한 아이가 기표의 눈치를 살피며 머뭇거렸다. 그러나 기표는 무표정한 얼굴로 창 쪽을 바라보고 있었다. 담임 선생이 그 추리닝을 기표와 또 한 아이의 책상 위에 놓은 다음 교실을 나갔다.

담임 선생이 교실을 나가기가 무섭게 기표가 주머니에서 칼을 꺼내 그 추리닝을 찢기 시작했다. 너덜너덜 조각난 추리닝을 쓰레기통 쪽으로 던졌다. 다른 한 아이가 기표처럼 그렇게 추리닝을 찢었다. 기표가 반의 총무를 맡고 있는 정수라는 애한테 다가갔다.

"야, 네 추리닝 나 줄 수 없냐?"

정수가 고개를 끄덕거렸다. 정수 뒤의 애한테도 같은 말을 했다.

"재도 나처럼 돈이 없어 못 사 입었다. 네 꺼 좀 얻자. 줄래?"

정수 뒤에 앉은 애도 고개를 끄덕거렸다. 이렇게 해서 우리 반 육십육 명은 매스 게임용 추리닝을 다 사 입었다.

우리가 볼 때 기표는 **구제 불능**이었다. 그의 환경이 그를 그렇게 만들었다고 보기보다 선천적인 어떤 포악성을 가지고 있는 것처럼 보였다. 냉혈 동물처럼 피가 찬지도 모르는 일이었다. 그는 뱀처럼 작고 징그러운 눈을 가지고 있었다. 그는 교활한 자들이 가끔 보이는 그런 거짓 착함마저도 나타내 보일 줄 몰랐다. 철저하게 악할 뿐이었다. 평생을 두고 사랑이라는 낱말로 미화될 수 있는 행동거지를 해 보일 인간과는 거리가 멀어 보였다. 물론 그는 자신의 그런 포악성 때문에 누구에게도 사랑받지 못할 것이다. 그의 표정은 항상 독기를 음울하게 깔고 있어 맞서는 사람으로 하여금 섬뜩함을 느끼게 했다.

구제 불능(救濟不能) 어떤 사람의 언행이나 됨됨이가 도저히 구제할 수 없을 만큼 형편없는 상태. 또는 그런 사람.

그런데 이해하기 어려운 것은 중학교 때부터 기표를 알고 지내 온 아이들(대부분 삼학년이거나 졸업했다.)은 기표가 그처럼 철저하게 나쁜 애임에도 불구하고 그에 대해서 좋지 않게 말하는 것을 들어 본 적이 없다는 것이다. 물론 좋은 애라고 말하는 일도 없었지만 아무도 기표를 욕하지 않았다. 피해를 직접 받은 애들마저도 기표에 대해 나쁘게 말하지 않았다.

—말하길 꺼리는 거야. 악에 대한 공포 때문이지.

나는 이렇게 생각해 보았다. 그러나 나는 내 생각이 옳지 않음을 나 자신의 경험 속에서 너무나 잘 알고 있었다. 기표에 대한 공포는 그에게 린치를 당할 때뿐이었다. 내가 린치를 당한 사실을 아무에게도 털어놓지 않은 것은 앙갚음에 대한 두려움 때문이 아니었다. 나는 또한 그처럼 무자비한 린치를 당했으면서도 그를 미워할 수가 없었다. 무언가 헤아릴 수 없는 힘이 그에게 있는 것 같았다.

"형!"

동급생이면서도 우리들은 이학년에 재학하는 유급생 이십여 명을 꼭 **공대**했다. 재수파들이 그렇게 대해 주길 바랐기 때문이기도 했지만 그렇게 공대하면서도 입이 껄끄럽지 않은 것은 재수파를 이끌고 있는 기표의 **위력** 때문인지도 모른다.

"야, 체육복 좀 빌려줘라."

재수 없는 아이가 유급생인지 모르고 말을 함부로 놓을 때가 더러 있었다. 그럴 때 그 아이는 영락없이 얻어터졌다. 일의 특징을 따지지 않는 게 기표가 행하는 악의 특징이었다.

—명칭, 조직의 목적, 모임의 횟수를 모두 대라구!

공대(恭待) 공손하게 잘 대접함. 상대에게 높임말을 함.
위력(威力) 상대를 압도할 만큼 강력함. 또는 그런 힘.

교실에서의 집단 구타 사건으로 그들이 걸려들었을 때 학생 주임은 **전말서** 쓸 용지를 내밀며 소리쳤다. 기표들은 일학년 때부터 음성 서클로 지목되어 수차례 조사를 받아 왔기 때문이다. 그러나 학생 주임은 번번이 아무것도 알아내지 못했다. 하나도 그것에 대해 알고 있는 게 없었기 때문이다. 재수파는 우리들이 편의상 붙인 이름이었을 뿐이다. 조직이 아니기 때문에 어떤 목적이나 정기적인 모임 같은 게 없었다. 동물 영화를 보면 밀림을 달리는 맹수떼들은 한 리더를 중심해서 같은 방향으로 달려간다. 그들도 그랬다. 그냥 기표를 중심해서 그들은 모였고 계획된 것이 아니라 지극히 **우발적**인 악이 그들에 의해서 저질러졌을 뿐이다.

기표는 교실에서 담배를 피웠다. 그의 담배 은닉처는 고흐의 〈자화상〉이 있는 액자 뒤쪽이었다. 쉬는 시간이면 그는 액자 뒤쪽을 더듬어 담배를 꺼냈다. 미션 계통의 학교라 일주일에 몇 번씩 있는 **채플** 시간을 통해 **교목**이 인간 양심의 타락을 **개탄했다.** 바로 그러한 시간에 기표는 주번을 대신해서 교실에 남아 담배를 피거나 아이들 도시락을 먹어 버리는 일을 했다. 그는 적어도 하루 두 개의 도시락을 축냈다. 아무도 그것을 항의하지 않았지만 기표 또한 미안해하는 표정이나 사과의 말을 남기는 법이 없었다.

기표들에게 린치를 당하고 학교 골목을 절뚝거리며 나오던 그 고통스럽고 긴 시간 내가 생각한 것은 기표야말로 우리들이 흔히 말하는 악마의 자식이 아닐까 하는 생각이었다.

내가 이런 생각을 얘기가 통할 만한 집안의 어떤 형에게 말했더니 그가 대답했다.

전말서(顚末書) 잘못을 저지른 사람이 사건의 경위를 자세히 적은 문서.
우발적(偶發的) 어떤 일이 예기치 아니하게 우연히 일어나는 것.
채플(chapel) 기독교 계통의 학교 따위에서 행하는 예배 모임.
교목(校牧) 학교에서 예배와 종교 교육을 맡아보는 목사.
개탄하다(慨歎--/慨嘆--) 분하거나 못마땅하게 여겨 한탄하다.

—맞아. 신이 매우 거북하게 생각하는 악마란 바로 네가 말한 놈처럼 착함을 가질 수 있는 가능성이 전혀 없는 그런 순수한 악마지. 그러한 순수한 악마만이 신을 돋보이게 하기 때문에 신은 마음속으로 괴로운 거야. 그렇기 때문에 신은 결코 악마를 영원히 추방하지 않아. 항상 곁에 두고 자신을 돋보이게 하는 일에 그것을 이용할 뿐이야.

오월 중간고사가 끝나는 날 오후 반장인 임형우가 드디어 재수파한테 당했다. 아무도 상상하지 못한 일이었다. 그처럼 근본이 포악한 기표마저도 형우의 얘기라면 귀를 기울이곤 했었다. 그처럼 형우는 모든 아이들의 인심을 살 줄 알았다. 형우의 성실성이, 남을 위해 자기를 던질 줄 아는 **의협심**이, 그의 천성적으로 착하게 보이는 외모가 아이들을 사로잡았다. 다른 반 선생들의 호감을 샀다. 형우는 특히 기표에게 잘해 주었다. 아우가 형을 대하듯 스스럼없이 사랑해 주었다. 그렇다고 기표에게 특혜를 얻어 주려고 노력하는 것 같지도 않았다. 유독 그의 **환심**을 사려고 노력하는 것 같지도 않았다. 물론 다른 아이들이 기표에 대해 갖는 그런 공포 같은 것도 없어 보였다.

그런데 오월 고사에 이르러 형우가 결정적 실수를 했다. 시험을 며칠 앞둔 어느 날 형우가 반에서 성적이 괜찮은 몇몇 아이를 모았다.

"두 사람을 조금씩 도와주자."

그가 제의했다.

"이번 시험을 잘 못 보면 또 낙제할 가능성이 있다고 담임 선생님이 말했다."

"나쁜 낙제 제도 때문에 그들이 구제 불능의 상태에 놓이도록 **방관하는** 것은 옳지 못한 것 같다. 물론 공부를 잘 못하는 것은 그들의 책임이다. 그러나 책임으로 그들을 추궁하기에는 그들이 너무 한심한 상태의 아이

의협심(義俠心) 남의 어려움을 돕거나 억울함을 풀어 주기 위하여 자신을 희생하려는 의로운 마음.
환심(歡心) 기뻐하고 즐거워하는 마음.
방관하다(傍觀--) 어떤 일에 직접 나서서 관여하지 않고 곁에서 보기만 하다.

들이다.”

“결국 동정하자는 거군.”

어떤 아이가 말했다.

“인간을 구제한다는 것은 값싼 동정과는 근본적으로 다르다.”

“다투고 싶지 않다. 결국 우리가 어떻게 돕자는 거냐?”

먼저 아이가 물었다.

“조금씩만 돕자.”

“결국 부정행위(不正行爲)를 하란 말이냐?”

“그렇다. **커닝**이 교칙에 위반된다고 해서 하기 싫으면 안 해도 좋다. 나는 다만 너희에게 부탁했을 뿐이다.”

“걸렸을 때는?”

“모든 책임은 내가 진다. 내가 시켜서 했다고 해라.”

“걔들이 우리들의 도움을 거부하면?”

어떤 애가 그런 우려를 내놓았다. 충분히 있을 수 있는 일이었다.

“거부하지 않을 것이다. 사월 고사에서 내가 약간 시도해 보았기 때문에 자신할 수 있다.”

나는 형우의 눈꼬리에 매달린 교활해 뵈는 웃음을 보았다. 나는 참지 못하고 말했다.

“누구를 위해서 그렇게 하자는 거냐? 기표냐, 아니면 우리들 자신이냐?”

“유대, 네 말은 대답할 가치가 없다고 생각해서 대답을 않겠다.”

“대답해라. 대답 못할 것도 없을 텐데?”

내가 빈정거리는 투로 다그쳤다.

“그렇게 해 주는 것이 옳다고 판단했기 때문이다. 왜 옳은가는 네 자신이

커닝(cunning) 시험을 칠 때 감독자 몰래 미리 준비한 답을 보고 쓰거나 남의 것을 베끼는 일.

생각해도 된다."

"네 의협심을 존중한다."

내가 간단히 손을 들어 버리자 형우가 당연하다는 듯이 씨익 웃었다.

"이왕 얘기가 났으니 말이지만 이 일은 우리 모두를 위해서 하는 것이라고 생각해도 좋다. 최소한 반장인 내가 기표의 환심을 사려는 개인적인 일이 아니라는 것만 알아줘라. 마지막으로 부탁할 것은 이 일이 내 제안에 의해 이루어졌다는 걸 기표가 모르도록 해 달라는 것이다."

우리들은 형우의 말을 믿었다. 자기가 모든 것을 책임지겠다고 하는 얘기도 그의 진심으로 받아들였다. 사월 중순께 기표가 삼학년 형을 구타한 일로 벌을 받게 됐을 때 학급 전원이 서명해서 기표를 구하기 위해 일사불란하게 움직였던 것처럼 우리는 형우의 지시에 따라 세심한 계획을 짜고 시험 날을 기다렸던 것이다. 무슨 과목은 누가 어떤 방법으로 도와준다는 등 그들이 또다시 유급하지 않을 정도의 점수를 올리기 위해 우리들은 빈틈없이 준비했다. 남을 위해서 일한다는 것이 마음에 이다지 큰 기꺼움을 준다는 것도 비로소 알게 되었다.

삼 일간 계속되는 중간고사 첫날이었다. 기표와 대각으로 앉게 된 정수가 자리의 이점을 이용해서 답안지를 바른쪽 허리께로 내리밀어 기표가 보기 좋게 해 주었다. 첫시간에 기표가 정수의 그러한 **호의**를 어떻게 받아들였는지는 알 수 없었다. 다만 그는 퇴장할 수 있는 삼십 분이 되자 제일 먼저 답안지를 놓고 나갔을 뿐이다. 시간이 끝나고 답안지를 거둔 아이의 말에 의하면 기표의 답안지는 거의 백지에 가까웠다는 것만 알았을 뿐이다. 둘째 시간은 영어였다. 총무를 맡은 애가 시간 중간쯤에 문제 번호와 답을 쓴 커닝 페이퍼를 몇 사람 손을 거쳐 기표에게 전달했다. 그러나 그것이 문제였다. 기표가 벌떡

호의(好意) 친절한 마음씨. 또는 좋게 생각하여 주는 마음.

일어나 감독 선생 앞으로 걸어 나갔다.

“어떤 새끼가 이걸 나한테 전해 왔습니다.”

그는 감독으로 들어온 선생한테 쪽지 한 장을 내밀었다. 그리고 제자리에 돌아와 앉으며 사방을 휘이 적의 깊게 노려봤다. 악한 자의 **간특한** 미소가 입가에 고물고물 기어다녔다.

감독으로 들어온 선생은 마음 너그럽기로 이름난 영어 선생이었다. 그는 기표가 내놓은 종이쪽지를 한참 들여다본 후에 말했다.

“누가 이런 메모지를 지금 저 학생한테 전달했나?”

문제 풀기에 여념이 없던 아이들이 한 번씩 고개를 들었다간 다시 문제로 돌아갔다.

“누군가?”

그래도 대답이 없었다.

“어떤 개새끼야?”

이번에는 기표가 자리에 앉은 채 으르렁거렸다.

“선생님, 제가 그랬습니다.”

반장인 임형우가 벌떡 일어섰다. 감독 선생이 어이없다는 듯 허허 웃었다.

“아닙니다. 그건 제가 썼습니다.”

불쑥 딴 자리에서 또 한 애가 일어섰다. 총무를 맡아보는 애였다.

“아닙니다. 제가 그랬습니다.”

다른 아이 하나가 또 일어섰다. 함께 모의를 했던 아이 중의 하나였다.

“접니다.”

또 다른 놈이 일어섰다. 접니다. 접니다. 사방에서 우르르 아이들이 일어섰다.

간특하다(奸慝--) 간사하고 악독하다.

허, 허허, 허허허……. 감독 선생은 이 어처구니없는 사태에 어리둥절한 모양이었다. 기표의 얼굴이 노오랗게 질렸다.

"자, 모두 앉아요."

감독 선생이 뭔가 사태를 파악한 듯 이삼십 명의 아이들을 자리에 앉도록 지시했다. 아이들이 다 자리에 앉은 다음, 그 나이 많은 감독 선생이 말했다.

"오늘 이 일은 전연 없었던 것으로 해 두기로 한다. 아주 훌륭한 사람들이 모인 반이라는 생각이 든다. 종이쪽지를 가지고 나왔던 사람의 곧은 정신이나 우정이 무엇인가를 여실히 보여 준 여러분 모두의 결의는 대단히 훌륭했다."

일은 이런 방향으로 매듭지어졌다. 그 시간이 끝나자 아이들은 숨을 죽이고 기표를 살폈지만 그는 자리에 보이지 않았다. 끝 시간인 셋째 시간도 별일 없이 끝났다. 종례가 끝나고 청소 시간까지 아무런 일이 없었다.

"유대야, 담임이 아까 오라고 한 사람 빨리 교무실로 오래."

한 애가 내게 말을 전해 왔다. 종례가 끝나고 교무실로 돌아가던 담임이 복도에서 나를 불러내어 청소가 다 끝난 뒤 나와 반장 그리고 정수를 교무실로 오라고 했던 것이다.

함께 교무실로 가려고 찾으니 반장도 정수도 보이지 않았다. 나는 운동장으로 내려서는 계단 휴게실까지 가 보았다. 거기도 그들은 없었다. 교무실에 먼저 가 있겠거니 하고 계단을 올라서는데 정수가 학교 후문 있는 데서 뛰어오면서 손짓하고 있는 게 보였다.

"반장은 어디 갔나?"

담임 선생은 그날 끝낸 화학 시험지의 답안지를 정리하면서 건성으로 물었다.

"아무리 찾아도 보이지 않아 저희들만 왔습니다."

나는 정수의 얼굴을 쳐다보지 않은 채 대답했다. 곁에 선 정수의 숨소리는 아직도 고르지 않았다.

"응, 됐어, 너희들 둘이 해도 되겠지."

짐작했던 대로였다. 우리는 담임 선생의 채점 기계로 호출된 것이다. 답안지를 든 담임 선생을 따라 우리는 화학실로 올라갔다.

"나 화학실에 있다고 사환 애한테 알려 둬라. 밖에서 전화 올 게 있다."

복도에서 담임이 말했다. 내가 아래층 교무실로 뛰어 내려갔다. 우리들 사이에 넙쩍이라고 불리는 사환 계집애가 만화책을 보고 있었다.

"우리 담임 선생님 화학실에 계셔. 무슨 일 있으면 그리 연락하라고!"

넙쩍이가 고개를 들지 않은 채, 알았어— 했다.

우리는 담임 선생과 함께 아이들의 답안지에 ○×를 해 나갔다. 맞은 것 틀린 것, 좋은 답 나쁜 답, 착한 놈 나쁜 놈…… 우리들이 동그라미 하나 더 치면 그 아이는 오 점이 올라갈 수 있었다.

"야, 느덜 오늘은 속도가 느리구나."

담임의 말이 사실이었다. 우리는 다른 때와 달리 몇 장 넘기지 못하고 있었다. 정수나 나나 매한가지였다. 정수는 눈에 띄게 허둥거리고 있었다. 나 역시 답안지의 내용이 자꾸 헛갈렸다. 적어도 일곱 명쯤의 재수파들 속에 형우가 무릎을 꿇고 와들와들 떨고 있을 것이다. 명치를 찌르는 주먹, 정강이뼈를 겨냥한 구둣발 세례, 피가 꽃망울처럼 솟아오르는 기표의 팔뚝, 허벅지를 태우는 살 냄새…… 하나, 두우울, 세에—엣, 네에—엣, 다아…… 아악. 소리 질러 봐, 죽여 버릴 거니! 석공이 돌을 다듬듯 완벽한 솜씨로 그들은 형우의 육체와 영혼을 **주장질**시키는 일에 **탐닉하고** 있을 것이다. 형우는 지금 어떤 표정으로 무슨 생각을 하고 있을까. 정수가 담임에게 일러바쳐 지금쯤 자

주장질(朱杖-) 몹시 나무라거나 때리는 일.
탐닉하다(耽溺--) 어떤 일을 몹시 즐겨서 거기에 빠지다.

기를 구원해 주러 오는 사람들을 기다리고 있을 것인가, 아니면 죽기를 각오하고 그들에게 도도한 자세를 보일 것인가, 나는 짐짓 정수의 눈을 찾았다. 나를 바라보는, 정수의 눈이 애원하듯 타고 있었다. 그렇게 무서우면 네가 말해! 그런 뜻의 눈짓을 내가 보냈지만 목덜미를 더욱 벌겋게 달구며 고개를 꺾었다.

"너희들이 잘해 주어서 올해는 퍽 수월하게 넘어갈 것 같구나."

담임 선생은 채점을 쉬며 담배를 피워 물었다.

"반장이 생각했던 것보다 잘해 주는 것 같단 말이야. 느이들이 알다시피 우리 반이 이학년 전체에서 제일이거든. 지난 춘계 체육 대회 때 종합 우승이며 이번 이사분기 납부금 실적도 단연 으뜸이고……."

나는 **실소하며** 정수의 눈을 찾았다. 그러나 정수는 고개를 들지 않았다. 아직 한 권에서 반도 넘기지 못한 채였다. 나는 다시 한번 실소했다. 담임 선생이 지금 형우가 처하고 있을 상황을 안다면 어떤 표정으로 바뀔 것인가.

"참 알 수 없는 일은 최기표가 듣던 것과는 달리 양처럼 순하다 그거야. 몇 번 말썽이 있긴 했지만 그까짓 거야 별거 아니지. 어떻든 그놈도 본성은 착한 놈인데 가정 형편이 좋지 않은가 보더라."

담임 선생은 자기가 부리는 채점 기계의 묵묵한 작업에 눈을 보낸 채 자못 흐뭇한 표정이다.

"다 담임 선생님께서 잘 지도해 주신 덕분이죠 뭐."

내가 시치미를 떼면서 말하자,

"아닌 게 아니라 나로서도 그동안 너희들이 이해 못할 애로 사항이 많았다. 인간을 교육한다는 것이 새삼 어렵다는 걸 깨닫게 됐고, 또한 그런 어려움 속에서 교육하는 보람도 얻을 수 있었던 거지."

실소하다(失笑--) 어처구니가 없어 저도 모르게 웃음이 툭 터져 나오다.

정수가 비로소 고개를 들어 나를 쳐다보았다. 그의 이마에 번지르르 땀이 배어나고 있었다. 그의 눈알이 불안하게 움직였다. 그는 몹시 괴로워하고 있음이 분명했다. 형우가 재수파들한테 학교 뒷산 으슥한 곳으로 끌려갔다는 사실을 내게 전해 준 것만으로도 그는 마음이 가벼워질 줄 알았을 것이다. 그러나 그는 지금 그 사실을 나한테 얘기한 것을 몹시 후회하고 있는지도 모른다. 나라면 담임 선생한테 그 사실을 쉽게 알릴 수 있으리라고 생각한 자신의 판단이 빗나간 데 대한 당혹감으로 그는 떨고 있는 것이다.

—임마, 느덜이 생각한 것처럼 난 담임 선생의 첩자가 아냐.

나는 다시 정수의 눈에 맞춰 눈싸움을 벌였다. 정수는 금방 울음을 터뜨릴 것 같은 표정이었다. 자칫하다가는 이 녀석이 발광을 할는지도 모른다는 생각이 들었다.

일학년 때 나는 해중이란 아이가 기표 때문에 학교를 그만둔 일을 알고 있었다. 그 애 역시 재수파였다. 다섯 놈이 캠핑을 나가 여학생 하나를 **결딴냈다**. 피해자 측에서 사생결단하고 덤벼 일이 크게 번졌다. 당한 애가 인상을 말했기 때문에 범위는 대번 좁혀져 재수파들이 학생부실에 불려 갔다. 그러나 그들은 한사코 잡아뗐다. 하루 내내 족쳐도 헛일이었다. 여학생과 대면을 시키겠다고 해도 만나게 해 달라고 날뛰었다. 그때 그들 재수파 중의 한 아이 어머니가 학교에 나타난 것이다. 그네는 학생부실에 들어가기가 무섭게 기표를 손가락질했다. 저놈, 저놈이 우리 해중일 맨날 불러냈지! 우리 해중일 망치는 놈이 바로 저놈이라우! 모두 기표를 바라보았다. 기표는 눈썹 하나 까닥하지 않은 채 해중이를 돌아다보았다. 이 새끼야, 내가 느네 엄마 말대로 널 맨날 불러냈냐? 소름이 끼치도록 낮고 매서운 **추궁**이었다. 말해라, 이 녀석

결딴내다 어떤 일이나 물건 따위를 아주 망가져서 도무지 손을 쓸 수 없는 상태가 되게 하다.
추궁(追窮) 잘못한 일에 대하여 엄하게 따져서 밝힘.

아, 왜 사실대로 말 못하는 게야? 해중이 엄마가 퍼댔다. 말해! 기표가 씹어 뱉듯 말했다. 해중이가 느닷없이 몸을 와들와들 떨기 시작했다. 그리고 미친 사람처럼 부르짖기 시작했다. 엄마, 기표는 우리 집에 한 번도 안 왔어. 우리 집도 모른단 말이야. 선생님, 접때 그 일은 제가 했어요. 딴 학교 애들하고 그랬단 말예요. 그는 말을 마치기가 무섭게 학생부실 시멘트 벽에 머리를 두어 번 부딪쳤다. 해중이가 병원으로 들려 간 뒤 학생부 선생이 함께 조사를 받던 놈들한테 물었다. 해중이 말이 사실이냐? 기표가 고개를 끄덕거린 다음, 그 썅새끼— 하고 중얼거렸다. 다른 애들도 모두 기표처럼 고개를 끄덕거렸다. 해중이가 스스로 학교를 물러난 것으로 일은 끝나 버렸던 것이다.

"아직 멀었냐?"

담배를 피운 다음 책상에 앉아 잠시 졸고 난 선생님이 다시 물었다.

"느 정말 오늘 왜 이렇게 늦냐?"

우리들은 대답할 수가 없었다.

"어때, 구십 점 이상 많이 나오냐?"

"하나도 없는데요."

"참 느덜 공부 안 해 큰일 났다."

그때 화학실 문이 열렸다. 넙쩍이 아가씨가 거기 서 있었다.

"왜, 나한테 전화 왔냐? 여자지?"

그러나 넙쩍이 아가씨가 헐떡이는 목소리로 말했다.

"전화가 아녜요. 선생님 빨리 내려가 보세요. 야단났어요."

담임 선생님이 허둥지둥 달려 나갔다. 정수의 얼굴이 하얗게 질리고 있었다.

"유대야, 말하는 건데 그랬다."

"난 네가 말할 줄 알았지."

"아까 네가 말렸잖아? 난 네가……."

정수는 금방 울음을 터뜨리기라도 할 듯 얼굴을 우그러뜨렸다.

"기표가 안 좋아할걸, 고자질하는 거 말이야."

"그렇지만 형우가……."

"아마 형우도 원하지 않았을 거다."

"왜, 왜 그렇게 생각하니?"

"응, 형우는 자신이 스스로 그렇게 당하길 원했거든."

정수가 무슨 얘기냐는 듯 나를 보았지만 나는 짐짓 딴전을 부렸다.

"죽진 않았을 거다."

우리들이 답안지를 정리해 들고 교무실로 내려왔을 때는 교무실엔 넙쩍이 아가씨 혼자 있었다.

"김 선생님이 빨리 한강 병원으로 오라고 하던데요."

"무슨 일이래요?"

"어떤 아줌마가 아까 막 달려와서 학생들이 뒷산에서 사람을 죽인다고 해 학생 주임 선생님이 가 봤더니요, 이학년 십삼반 반장이 혼자 뒹굴고 있더래요."

우리들은 학교에서 가까운 한강 병원까지 단 한 마디 말도 않은 채 달려갔다. 죽지 않았을 거다. 나는 뛰면서 생각했다. 기표가 사람을 죽일 리가 없지. 기표는…….

형우는 응급실 의자에 엉거주춤 누워 있었다. 형우가 외관상 멀쩡해 보이는 데 대한 한 가닥 실망이 스쳤다. 그러나 자세히 보니 형우의 얼굴은 퉁퉁 부어 있었고 임시로 잡아맨 넓적다리의 붕대 위엔 꽃송이처럼 선명한 핏자국이 피어올랐다.

우리를 발견한 형우가 재빠른 동작으로 손가락 하나를 퉁퉁 부은 제 입술에 댔다가 떼었다. 나는 고개를 끄덕거려 주었다.

"유대야, 너 형우네 집 전화번호 알지?"

학생 주임과 함께 서 있던 담임이 물었다.

"모르겠는데요."

나는 시치미를 떼며 형우의 표정을 살폈다. 형우는 얼굴을 찡그리며 말했다.

"선생님, 제발 저를 그냥 돌아가게 해 주세요. 전 아무렇지도 않단 말씀이에요."

"임마, 여길 나가기 전에 사실대로 대란 말이다."

학생 주임이 다그쳤다.

"말씀드릴 수 없습니다. 제가 잘못한 일로 싸웠는데 왜 친구들을 괴롭혀야 합니까."

"임마, 넌 싸우지 않았어. 본 사람이 그랬어, 네가 **몰매**를 맞더라고."

"아닙니다 선생님, 제가 먼저 그 아이한테 시비를 걸었던 것입니다. 그리고 싸웠던 겁니다."

"그게 누구냔 말이다."

"말할 수 없습니다."

"너 정말……."

학생 주임이 혀를 내둘렀다.

"너 정말 학교를 허수아비로 아는 거냐? 학교 다니기 싫어?"

"저는 처벌을 달게 받겠습니다. 그러나 그 아이들을 말할 수는 없습니다."

담임 선생은 얼굴에 그늘을 깐 채 팔짱을 끼고 한편에 묵묵히 서 있었다. 우리 반의 일사불란한 항해를 거스른 자가 누굴 것인가, 그것을 생각하고 있는지도 몰랐다. 이제야말로 우리들 손에서 고삐를 낚아채어 거머쥐고 목을 옥죄고 싶은 심정일 것이다.

"유대, 넌 알 거다, 형우를 때린 놈들이 기표네 패라는 걸 말이다."

몰매 여러 사람이 한꺼번에 덤비어 때리는 매.

"형우가 그렇게 말했나요?"

"그런 건 아니지만 그건 틀림이 없다. 기표 놈이 아니곤 그런 짓을 할 놈이 없다."

담임은 헐떡거렸다. 양같이 순하게 길들여졌다고 확신했던 자신의 어리석음을 **질타하고** 있을 것이다.

"선생님, 형우가 뭘 잘못했다는 걸까요?"

내가 짐짓 떠보았다.

"형우가 거짓말을 하고 있는 거다. 잘못하기는커녕 형우가 그놈들을 위해서 얼마나 많은 일들을 했는지 넌 모를 게다."

담임 선생님은 몹시 흥분하고 있었다. 기표에 대한 혐오감으로 해서 얼굴이 벌겋게 달아올랐다. 기표를 미워하다니. 나 역시 담임 선생에 대한 적대감으로 몸을 떨었다.

"뭡니까, 선생님. 형우가 기표를 위해서 무얼 했단 말입니까?"

내 **반감** 짙은 어투에 놀랐는지 담임 선생은 좀 멈칫했다. 그러나 곧 비웃음을 섞어 말했다.

"임마, 나는 다 알고 있어. 기표가 저질러 온 짓 말이다. 유대, 너도 기표한테 당했잖아! 그리고 너희들이 그놈들 부정행위를 거들어 준 것도 알고 있다."

그랬겠지. 나는 속으로 신음처럼 중얼거렸다. 무서웠다. 어른들의 음흉스러움, 알면서도 모른 체 시치미를 뗀 그 저의는 무엇인가.

형우는 우리들 사이에서 일약 영웅이 돼 버렸다. 예상 안 한 건 아니지만

질타하다(叱咤--) 큰 소리로 꾸짖다.
반감(反感) 반대하거나 반항하는 감정.

그 **여세**는 보통이 아니었다. 삼학년에서도, 일학년 하급생들도 이학년 십삼 반 반장 임형우가 입에 올랐다. **전치** 이 주의 상해를 입고도 끝내 그 상대를 입에 올리지 않음으로 해서 형우의 존재는 풍선처럼 부풀었다.

기표가 그 사건 다음 날부터 내리 사흘이나 학교에 나오지 않았어도 재수파들은 학생부에 불려 가지 않았다. 아무도 그것을 문제 삼지 않았다.

담임이 학교에 나오지 않는 기표를 찾기 위해 뚝방 동네를 연 이틀이나 헤맨 사실도 학교에 널리 알려졌다. 기표가 학교에 나온 날 담임은 조회 시간에 간단히 말했다.

"최기표 군은 그동안 피치 못할 가정 사정으로 결석했다. 앞으로 다시는 결석이 없을 것으로 안다."

항상 빳빳하게 쳐들고 앉았던 기표의 고개가 잠깐 숙여지는가 싶게 느껴졌다. 그것은 이상한 조짐이었다.

형우가 병원에서 퇴원을 해 이 주일 만에 학교에 나왔다. 악수 세례가 쏟아지고, 등을 두드리고, 체육 시간에는 헹가래까지 시키려고 했지만 형우가 도망을 쳤다. 그렇게 하면서 우리들은 숨죽여 기표의 동정을 살폈다. 그러나 그의 차가운 시선에 부딪친 아이들은 섬뜩한 느낌으로 고개를 돌리곤 했다. 나는 후우— 가슴을 쓸어내렸다.

"형, 우리 미술 시간에 라면 먹으러 갈까?"

내가 말을 건넸다. 우리들은 가끔 후동 교사 뒷담을 넘어 구멍가게에서 라면을 사 먹은 다음 감쪽같이 들어오곤 했다. 재수파들이 그 전문이었던 것이다.

"필요 없어."

여세(餘勢) 어떤 일을 겪은 다음의 나머지 세력이나 기세.
전치(全治) 병을 완전히 고침.

기표가 쳐다보지도 않은 채 퉁명스럽게 뱉었다. 그는 국어책을 읽고 있었다. 안톤 슈나크의 〈우리를 슬프게 하는 것들〉— 울음 우는 아이는 우리를 슬프게 한다.

다른 반 애들이 말했다. 선생들이 교실에 들어올 때마다 임형우의 일화가 예로 들어지면서, 학우를 아끼고 의리로써 지켜 준 참다운 우정과 반의 결속을 위해 담임 선생과 함께 남모르게 애써 온 그 숨은 이야기가 술술 펼쳐지더란 것이다. 교정에 모여 선 아이들도 입에 입에 형우의 얘기로 만발했다.

"우리들이 커닝을 도와준 것이 기표의 비위를 상하게 한 모양이지?"

병원에 있을 때는 남의 눈을 생각해 못 물어본 걸 하굣길 둘만의 자리가 됐을 때 내가 넌지시 물어보았다.

"글쎄 그런 것 같았다."

형우가 짐짓 좌우를 둘러보면서 대답했다.

"그때 그 일, 담임 선생님이 시켜서 한 거지?"

내가 넘겨짚자 형우가 한순간 당황하는 것 같았다. 언제고 밝히고 싶었던 것이라 나는 다시 다그쳤다.

"그렇지?"

"꼭 그런 건 아니지만 그 문제를 담임 선생님과 의논한 건 사실이다."

"합법적으로 만들기 위해서냐?"

"아니다. 담임 선생님이 기표를 나한테 **일임하겠다고** 말했기 때문이다. 선생님은 기표를 구원해 주고 싶었던 것이다."

"그랬겠지. 형우야, 넌 지금 네가 기표를 구원했다고 보니?"

"아직 완전히는……. 그러나 멀지 않았다."

나는 웃어 주었다.

일임하다(一任--) 모두 다 맡기다.

"기표는 그렇게 생각하지 않을걸. 형우, 네가 구원해 주고 있다고 말이야."

"그것은 기표가 생각할 일이 아니다."

"무슨 뜻이냐?"

"우리가 무서워했던 건 기표가 아니라 기표를 둘러싸고 있는 재수파들이었다."

"그런데?"

"이제 그 조직은 없어졌다."

"무슨 근거로 그렇게 말하는 거냐?"

"내가 병원에 있을 때 그 애들이 모두 나한테 사과하러 왔었다. 하나하나 서로가 모르게 다녀갔다."

"기표두 왔었니?"

내가 헐떡이면서 물었다.

"오지 않았다. 그러나 난 그런 놈한테 사과도 받고 싶지 않다."

그럴 테지. 나는 후우 가슴을 쓸어내렸다.

"그래, 다른 애들이 너한테 사과를 했다고 해서 재수파가 없어졌다고 생각하는 건 잘못일 거야."

"물론 겉으로야 그대로 남아 있겠지. 그러나 그들은 이미 이빨 뺀 뱀이나 다름없어. 걔들이 모두 나한테 말했다. 기표는 악마라고. 자기들 피를 빨아 먹고 사는 흡혈귀라고."

형우와 갈라서야 하는 길목에 와 있었다. 나는 형우네 집 쪽으로 따라가며 물었다.

"너 지금 무슨 얘길 하는 거냐?"

형우가 나를 향해 싱긋 웃었다.

"기표는 다 아는 것처럼 가난한 집 애다. 거기다가 그 부모가 다 병들어 누워 있다. 시집간 기표 누나가 대 주는 돈으로 겨우겨우 먹고산댄다. 기표

동생이 셋이나 있다. 기표 바로 밑의 동생이 버스 안내원을 해서 생활비를 보탰는데 요즘 무슨 일로 해서 그것도 그만두었다. 아무튼 생활이 말두 아니란 거야. 재수파들이 매달 얼마씩 모아 생활비를 보태 줬다는 거야. 집에서 돈을 뜯어낼 수 없는 애들은 혈액은행에 가 피를 뽑아 그 돈을 내놓았다는 거다."

"그렇게 해 달라고 기표가 강요한 건 아닐 텐데."

"마찬가지다. 재수파들도 기표가 무서웠다는 거야."

"지금도 무서워하고 있는걸."

"그렇지 않아."

병원에서 지내는 동안 혈색이 더 좋아진 형우가 자신 있게 말했다.

"이제 아무도 기표를 무서워하지 않게 될 거다."

형우가 손을 흔들고 자기 집 골목으로 사라져 버렸다. 그는 유능한 반장이 틀림없다고 나는 생각했다. 씁쓸한 느낌이 가슴을 스쳤다.

담임의 예언대로 기표는 결석을 하지 않았다. 형우와 기표 사이에도 이렇다 할 마찰이 없이 여름 방학이 지났다. 교실에서 도시락이 없어지는 일도 드물었다. 물론 재수파들이 기표를 찾아 교실에 들락거리는 횟수는 잦았지만 아이들은 그다지 신경을 곤두세우지 않아도 되었다. 기표는 여전히 침묵하고 있었다. 담임 선생이 가끔 기표에게 학급 사무를 맡기는 게 눈에 띄었다. 기표가 별 표정 없이 그런 일을 맡아 했다.

그날도 기표는 담임 선생의 지시에 의해 체육부실에 내려가 우리 반 아이들의 체력 검사 통계를 내고 있었다. 그럴 시각 담임 선생이 말했다.

"육십육 명이 탄 우리 배는 **순풍**을 맞아 참으로 순탄한 항해를 하고 있다.

순풍(順風) 배가 가는 쪽으로 부는 바람. 또는 바람이 부는 쪽으로 배가 감.

다 여러분의 노력에 의한 것이라고 생각한다. 그런데 한 가지 알려 줄 게 있다. 여러분의 한 친구가 매우 어려운 처지에 놓여 있다. 그 자세한 얘기는 반장이 해 줄 것이다. 다만 담임으로서 당부하고 싶은 것은 그것이 남의 일 아닌 내 일이라고 생각해서 그 사람을 돕는 일에 앞장서 주기 바란다."

담임 선생이 교단에서 내려서고 그 대신 반장 임형우가 사뭇 엄숙한 표정으로 단 위에 섰다.

"담임 선생님의 말씀처럼 지금 우리 친구 하나가 매우 어려운 처지에 놓여 있다. 좀 늦은 감이 있지만 지금이라도 힘을 합쳐 그 친구를 구원해 주어야 한다고 생각한다."

이렇게 서두를 잡은 형우는 언젠가 하굣길에서 내게 들려준 기표네 가정 형편을 반 아이들한테 이야기하기 시작했다. 그런데 놀라운 일은 형우의 혀였다. 나한테 얘기를 들려줄 때의 그런 적대감은 씻은 듯 감추고 오직 우의와 신뢰 가득한 말로써 우리의 친구 기표를 미화하는 일에 열을 올렸던 것이다.

기표 아버지가 중풍에 걸려 식물인간처럼 누워 있는 정경이며 기표 어머니의 심장병, 그러한 부모들을 위해서 버스 안내원을 하던 기표 여동생의 눈물겨운 얘기, 라면으로 끼니를 때우는 기표네 식구들의 배고픔이 눈에 보이듯 열거되었다. 그런 가난 속에서도 가난을 결코 겉에 나타내지 않고 묵묵히 학교에 나온 기표의 의지가 또한 높게 치하되었다. 더구나 그런 가난 속에서 유급을 했기 때문에 일 년간의 학비를 더 마련해야 했던 그 고통스러운 얘기도 우리 가슴에 뭉클 뭔가 던져 주었다.

"나는 얼마 전 기표가 버스 안내원을 하던 여동생을 몹시 때린 일을 알고 있습니다. 그 여동생 몸이 약해 버스 안내원을 그만두었던 것인데 생활이 더 어렵게 되자 돈을 벌기 위해 술집에 나가기로 했었다는 것입니다. 우리는 그 여동생이 앞으로 어떤 무서운 수렁에 떨어져 내릴는지 아무도 알 수가 없습니다."

반 아이들은 사뭇 **숙연한** 자세로 형우의 말에 귀를 기울였다.

형우는 기표네 가정 사정을 낱낱이 얘기함으로써 이제까지 우리들에게 신화적 존재로 군림해 온 기표의 **허상**을 빈곤이라는 그 역겨운 것의 한 자락에 붙들어 맨 다음 벌거벗기려 하는 것 같았다. 기표는 판잣집 그 냄새나는 어둑한 방에서 라면 가락을 허겁지겁 건져 먹는 한 마리 동정받아 마땅한 벌레로 변신되어 나타났다.

"한 가지 또 알려 줄 게 있습니다. 그것은 어려운 처지의 친구를 위해서 이제까지 남이 모르게 도와 온 우정이 있다는 것입니다. 그것은 기표의 가까운 친구들입니다. 이제까지 우리들이 재수파라고 불러 온 아이들입니다. 우리들이 무시해 온 그들이야말로 진정 아름다운 우정이 어떤 것인가를 보여 주었던 것입니다. 그들은 매달 용돈을 저축하고 또는 방학 때 공사장에 나가 일을 해서 받는 돈으로 기표를 도와 온 것입니다. 그들 중에는 매달 자신의 귀한 피를 뽑아 그 돈을 내놓기도 했습니다. 한 달에 피를 세 번이나 뽑았기 때문에 빈혈을 일으켜 병원에 입원했던 사람도 있습니다. 사회에서 구원받지 못한 가난을 우정으로써 구원하려 한 그들이야말로 훌륭한 정신의 소유자입니다. 협동과 봉사— 기여 정신의 산증인들입니다. 우리들은 가끔 학교에 싸 가지고 온 도시락이 텅텅 비어 있는 것을 발견하고 기분 나쁘게 생각한 적이 있습니다. 그것은 진정으로 배고파 보지 못한 우리들의 **우매함**이었습니다. 남의 찬 도시락을 훔쳐 먹어야 했던 우리의 가난한 이웃을 우리는 너무나 모르고 지냈습니다. 나는 반장으로서 그 사실을 몹시 부끄럽게 생각합니다. 그것을 사과하는 뜻에서 나는 오늘이라도 우리의 친구 기표를 돕는 일에 앞장서기로 결심한 것입니다."

숙연하다(肅然--) 고요하고 엄숙하다.
허상(虛像) 실제 없는 것이 있는 것처럼 나타나 보이거나 실제와는 다른 것으로 드러나 보이는 모습.
우매하다(愚昧--) 어리석고 사리에 어둡다.

아이들이 술렁거리기 시작했다. 깊은 감동의 강물이 모두의 가슴 한가운데를 출렁이며 흘러가고 있었던 것이다.

담임 선생이 교단으로 다가갔다. 그는 주머니에서 만 원짜리 한 장을 꺼내어 교탁 위에 놓았다. 반장도 안주머니에 손을 넣었다. 아이들이 조용한 술렁거림 속에서 모두 돈을 찾아 들었다.

"오늘 돈이 없는 사람은 내일 가져오는 게 어떻습니까?"

한 아이가 일어나서 큰 소리로 제안하자 모두, 그럽시다— 소리쳤다. 박수가 쏟아져 나왔다.

모 일간지 편집부 국장을 지내는 학부형이 우리 반에 있었다. 담임 선생님과 반장이 그 학부형을 만나러 갔다. 그 신문사 기자가 학교에도 여러 번 다녀갔다.

며칠 뒤에 신문 **미담**란에 우리 반 얘기가 크게 다뤄졌다. 박스 기사였다. 기표의 갸륵한 효성에서부터 재수파들의 우정 어린 피 뽑기와 급우들로부터 시작된 친구 돕기 운동이 전교적으로 파급되어 이룩한 성과가 자세하게 났다. 기표의 여동생 얘기도 끼어 있어 그 기사를 읽은 우리들의 콧등이 새삼 찡했다. 기사 맨 위에 담임 선생과 반장, 그리고 기표의 사진이 박혀 있었다. 교장 선생님 지시에 의해 그 기사는 각 교실 후편 게시판에 붙이게 돼 있었다.

그 신문 기사가 나가고부터 월요 조회 때마다 교장 선생님은 사회 각계에서 보내오는 성금과 위문편지를 최기표에게 전달했다. 담임 선생님도 종례 때면 기표에게 편지 여러 장을 건네며,

"거기 여학생 편지도 많이 있으니까 혼자 몰래 보라구."

아이들이 와하하 웃었다. 기표가 얼굴을 벌겋게 달구며 편지 다발을 책상

미담(美談) 사람을 감동시킬 만큼 아름다운 내용을 가진 이야기.

속에 넣곤 했다. 그럴 때마다 아이들이 박수를 쳤다. 실로 화기애애한 반이 되었던 것이다.

"기표 얘기가 영화로 된다며?"

"그렇대. 재수파들을 중심으로 한 얘긴데 TV에 나오는 〈제3교실〉 같은 거겠지."

어디서 나온 얘긴지 기표의 얘기가 영화로 만들어진다는 소문이 파다했다.

이제 아이들은 아무도 기표를 무서워하지 않았다. 형이라고 호칭하는 아이도 드물었다. 아무나 곁에 가서 말을 걸 수가 있었고 때로는 어깨도 쳤다.

그것은 기표가 아주 부끄러움을 잘 타는 아이로 변해 버렸기 때문이다. 누구를 만나도 수줍어하는 그 아이는 그렇게 당당하던 체구마저도 왜소하게 짜부라진 채 우리가 보통 사진을 찍을 적에 '치이즈' 하고 웃듯 그런 미소를 얼굴에 담고 있었다.

우리는 그렇게 미소 짓는 기표의 얼굴을 보면서 일사불란한 항해를 계속했다. 담임은 더욱 깊은 이해로써 우리 반을 돌봐 주었다. 반장 형우는 그 나름의 성실과 지혜로 '우리'를 위해 헌신했다. 우리 교실에 들어오는 선생님마다 칭찬의 말을 아끼지 않았다. 기표의 얘기가 영화로 만들어진다는 얘기가 더욱 구체적으로 드러나기 시작했고 우리들은 덩달아 들떠서 술렁거렸다.

그러던 어느 날 우리는 기표의 자리가 빈 것을 알았다. 다음 날도 그는 결석했다. 무단결석이었다. 담임 선생이 한 아이를 기표네 집에 보냈다.

"집에도 없어. 이틀 전에 집을 나갔대."

우리들은 서로 얼굴을 마주 보며 술렁거리기 시작했다. 뭔가 심상찮은 생각들이 머리를 스치고 지나갔다.

기표가 내리 사흘이나 결석을 한 아침나절이었다. 수업 중인데 담임이 형우와 나를 찾는 쪽지가 왔다.

우리가 교무실에 내려갔을 때 담임 선생은 **병색**이 **완연해** 뵈는 어떤 여자와 얘기를 나누고 있었다. 그네는 초가을인데도 낡고 두터운 오버를 걸치고 있었다.

"아이구, 우리 기표 친구들이구만, 시상에 이렇게 고마운 친구들이 어디 있겠누. 그런데 이눔에 자슥이……."

그네는 몸을 일으켜 우리에게 굽실거리며 때 낀 손수건으로 눈물을 찍어냈다. 그네는 우리의 손을 더듬어 쥐고 싶어 했다.

"자, 이제 고만 돌아가십시오. 얘들하고 의논해서 찾아보겠습니다."

담임 선생은 기표 어머니를 내쫓듯 교무실에서 밀고 나갔다. 그네는 교무실을 나가며 자꾸 아쉬운 듯 우리들 얼굴을 돌아다보았다.

그네를 배웅하고 돌아온 담임이 의자에 소리 나게 주저앉으며 부들부들 떨리는 손으로 담배를 피워 물었다.

"이 망할 새끼가 끝까지 말썽이란 말이야."

그는 담배 연기를 깊이 빨아들였다가 내뿜으며 투덜거렸다.

"내일 천일 영화사 사람들하고 만나기로 약속한 날이잖냐? 그런데 이 망할 새끼가……."

그는 서랍에서 편지 하나를 꺼내 우리들 앞에 내던졌다. 기표가 바로 밑의 여동생한테 보낸 편지였다. 편지 맨 앞줄에 이렇게 씌어 있었다.

—무섭다. 나는 무서워서 살 수가 없다.

병색(病色) 병든 사람의 기색이나 얼굴빛.
완연하다(宛然--) 눈에 보이는 것처럼 아주 뚜렷하다.

건방진 신문팔이

1_ 이 작품의 서술상 특징으로 적절하지 않은 것을 골라 봅시다.

① 서술자가 작품 안에 있다.
② 서술자가 독자의 심리적 동화를 유도하고 있다.
③ 서술자가 대상에 대해 따뜻한 시선으로 바라보고 있다.
④ 한 인물에 대한 관찰과 묘사를 중심으로 서술되고 있다.
⑤ 작품에 직접 개입하여 논평함으로써 독자의 이해를 돕고 있다.

2_ 작품의 발단 부분을 참고하여 중심인물인 '신문팔이 소년'의 특징에 대해 다음 표로 정리해 보고, 이러한 서술을 통해 얻는 효과가 무엇인지 써 봅시다.

• 특징

외모	
표정	
어투	

• 효과:

3_ 작품 전문의 내용을 참고하여 서술자가 소년을 다음 제시문의 밑줄 친 부분과 같이 표현한 이유는 무엇인지 〈조건〉에 맞게 써 봅시다.

> 하지만 우리는 어쨌거나 녀석을 아끼고 그를 사랑했다. ㉠이상하고 건방져도 그는 사랑하지 않을 수 없는 녀석이었다. 밤차로 서대문을 지날 때마다 우리는 적어도 차가 섰다 떠나가는 시간만큼씩 녀석을 사랑했다. 낯선 거리에서도 ㉡우리들이 불 켜진 가로등을 사랑하듯 우리는 녀석을 잠깐씩 사랑했다. 그것은 녀석이 늘 불가사의한 웃음기를 눈가에 잃지 않고 있었기 때문만은 아니었다. 녀석의 웃음은 차라리 우리들을 까닭 없이 부끄럽고 당황하게 할 때가 많았다.

조건

1. ㉠, ㉡과 같이 표현한 이유를 각각 한 문장으로 서술할 것.
2. ㉠ → 인물의 직업적 특성과 연결하여 설명할 것.
3. ㉡ → 인물과 가로등 간의 공통점을 포함하여 설명할 것.

• ㉠: ______________________________

• ㉡: ______________________________

4_ 다음 제시문을 참고하여 '우리'라는 1인칭 복수의 관찰자를 서술자로 설정한 이유는 무엇인지 써 봅시다.

> 그런데 어느 날 저녁 마침내 다시 한 사내가(다시 말하지만 그 사내가 굳이 누구였다고 말하지 않는 것은 이 이야기 중의 모든 일을 이번에도 누구 혼자의 것으로 말하지 않고 그저 '우리'라고 말하고 싶은 것과 같은 이유에서다.) 광화문에서부터 서대문까지 차를 타지 않고 걸어서 갔다. 그리고 거기서 다시 한번 소년을 만났다.

____

____

5_ 다음 제시문을 참고하여 '녀석'이 신문팔이를 중단한 행동이 상징하는 바가 무엇인지 써 봅시다.

> 하고 보니 녀석이 보이지 않기 시작한 것은 몇십 년간 발간 실적을 가진 그 민국일보가 뚜렷한 명분도 없이 어물어물 자진 폐간 형식으로 신문 발간을 중단해 버린 다음부터인 것 같았다. 이상스런 얘기지만, 녀석은 그 민국일보가 나오지 않으니 신문을 팔 수가 없었다는 것이었다. 일테면 녀석에겐 민국일보가 빠진 것이 그의 대사 전체 골격이나 질서를 무너뜨린 격이 된 셈이었다. 그리고 그 때문에 녀석은 아예 신문을 팔 수가 없게 된 것이었다.

6_ 소년에 대한 '우리'의 기다림이 다음과 같이 변화한 이유를 소년의 행동이 상징하는 바를 고려하여 써 봅시다.

> 하지만 우리는 아직도 기다리고 있었다. 녀석이 그의 연습을 끝내고 새로 완성된 대사를 외며 나타나기를 참을성 있게 기다렸다.

> 녀석은 끝끝내 모습을 나타내지 않았고, 시간이 흐를수록 우리들에겐 녀석이 없는 서대문이 그런대로 조금씩 친숙해지는 날이 생기기 시작했다.

> 신문 한 장 팔지 않고도 미련 없이 다시 차를 내려가 버리곤 하던 녀석의 모습은 거의 기대하지 않았다.

7_ 작품 전문의 내용을 참고하여 '우리'가 '소년'에 대해 애정을 가지고 있음에도 '소년'을 '건방지다'고 표현한 이유는 무엇일지 써 봅시다.

우상의 눈물

1_ 이 작품의 서술상 특징으로 가장 적절한 것을 골라 봅시다.

① 소설의 서술자와 소설의 중심인물이 동일하다.

② 극적 제시와 분석적 제시를 함께 사용하고 있다.

③ 과거와 현재의 사건을 계속 교차하여 서술하고 있다.

④ 서술의 초점을 한 인물에 맞추어 사건의 원인을 파헤치고 있다.

⑤ 인물의 성격이 인물 간의 대화보다는 심리 묘사를 통해 드러난다.

2_ 제시문 **가**에서 담임이 기표를 부반장으로 임명하려고 하자 '나'가 불쾌했던 이유가 무엇인지 제시문 **나**와 **다**를 참고하여 〈조건〉에 맞게 써 봅시다.

가 기표가 학교의 지시 사항을 전달하기 위해 교단 위에 서서 아이들한테 애원하는 광경은 생각만 해도 불쾌했다. 누가 사자를 우리 속에 넣어 길들이는 발상을 처음 했는가. 나는 내 허벅지의 상처를 결코 격하시키고 싶지 않았다.

나 우리들이 교사들을 존경하지 않는 것처럼 교사들도 우리를 사랑으로 가르치지 않았다. 그렇다고 그룹 과외 선생처럼 철저하게 얼굴에 철판도 깔지 못하고, 어정쩡한 태도를 취했다. 문제는 지배(支配)에 대한 견해의 다름이었다. 그네들은 옛날 훈장이 누렸던 권위가 고스란히 쥐어지길 바랐고 실상 그러한 권위만이 변화된 가치 속에서 그들이 누릴 수 있는 유일한 보상이었다. 그러나 우리들은 그러한 인습적 권위에 대해서 콧방귀를 날릴 수 있을 만큼 그보다 더 완벽하고 조직적인 분명한 권위의 다스림 속에 몸을 맡기길 좋아하고 있었다. 그 한 가지 예로 우리 엄마는 촌지 봉투로 담임 선생을 움직일 수 있다는 확신을 가지고 있었던 것이다.

다 뭔가 아쉬워하면서도 엄마는 내 뜻을 따라 주었다. 반장을 하면 성적이 떨어지게 마련이란 내 생각을 잊지 않고 있었던 것이다. 남 앞에 나서는 일, 남들보다 한 발짝 높은 데 선다는 일이 얼마나 외롭고 번거로운 일인가를 나는 엄마의 극성에 의해 중학교 삼 년간 반장을 하면서 절실히 체득했던 것이다. 그것은 내게 무서운 구속이었다. 남을 다스리는 그런 자유보다 남에게 다스림받는 데서 얻는 마음의 안일이 내게는 더 좋았다.

조건

- 제시문 **나**를 통해 '나'가 가지고 있는 학교와 교사에 대한 생각과 관련하여 서술할 것.
- 제시문 **다**를 통해 이유대의 성격을 분석한 후 이와 관련하여 서술할 것.

3_ 형우가 기표와 재수파에게 폭력을 당하고도 학생 주임에게 가해자를 말하지 않은 행위는 어떤 결과를 가져왔는지 써 봅시다.

4_ 작품의 내용을 참고하여 다음 제시문에서 '나'가 씁쓸함을 느낀 이유가 무엇일지 써 봅시다.

> 병원에서 지내는 동안 혈색이 더 좋아진 형우가 자신 있게 말했다.
> "이제 아무도 기표를 무서워하지 않게 될 거다."
> 형우가 손을 흔들고 자기 집 골목으로 사라져 버렸다. 그는 유능한 반장이 틀림없다고 나는 생각했다. 씁쓸한 느낌이 가슴을 스쳤다.

5_ 다음 주요 사건을 겪으며 기표가 어떻게 변화했는지 정리해 봅시다.

	주요 사건	기표의 변화
발단	임시 반장이 된 '나'는 재수파에게 심한 폭행을 당한다.	공포와 두려움의 대상, 사회적 권위에 순종하지 않는 존재, 범접할 수 없는 존재
전개	기표는 담임 선생님이 준 매스게임용 추리닝을 찢어 버린다.	
위기	반장 형우를 중심으로 반의 몇몇 아이들이 기표에게 답을 적은 쪽지를 건네고 기표는 도움을 거부한다.	
	기표는 재수파들을 불러 형우를 심하게 폭행하지만 형우는 끝까지 가해자를 밝히지 않는다.	
절정	담임 선생님과 형우의 계획하에 기표는 가난한 집의 효자로, 재수파는 우정 어린 친구들로 미화된다.	
	학급 학생들의 선행이 언론에까지 공개되고 기표의 이야기가 영화화될 계획도 잡힌다.	
결말	기표의 이야기가 영화화되려는 시점에 기표는 '무섭다'는 편지를 여동생에게 남긴 채 사라진다.	

6_ 작품 전문의 내용을 참고하여 제목인 '우상의 눈물'의 의미를 조건에 맞게 서술해 봅시다.

조건

- '우상'이 누구의 입장에서 누구를 의미하는지 인물의 이름을 넣어 서술할 것.
- '눈물'의 의미를 구체적으로 서술할 것.

한걸음 더

〈우상의 눈물〉, '나쁜 힘'에 대한 생각

〈우상의 눈물〉은 국가 권력이 질서와 안정이라는 이름으로 많은 사람들을 획일적으로 길들이려 했던 시절에 쓰여진 작품입니다.

당시 약 20년 동안 독재했던 박정희 군사 정권이 갑작스레 무너진 후 또 한 번의 군사 쿠데타가 일어났습니다. 신군부(新軍部) 세력은 5·18 광주 민주화 운동을 무자비하게 진압하고, 폭력배 조직의 제거와 그 조직원들에 대한 순화 교육을 명분으로 삼청 교육대(三淸敎育隊)를 만들어 학생뿐만 아니라 죄 없는 시민들을 잡아가곤 했습니다. 이외 언론 장악을 위해 3차 언론 통폐합을 실시하여 많은 신문과 방송국들을 폐지 또는 통합했지요. 결국 이들이 출범시킨 제5공화국의 슬로건이 '정의 사회 구현'이었습니다만, 이후 역사는 더 많은 부정부패를 기록했고 보도 지침을 통한 언론 통제 등에서 보듯이 정의롭지 못한 일들이 이어졌어요.

"당시 정치꾼들이 벌이는 갖가지 위선적인 행태에 막연한 불만을 지니고 있었습니다. 그러던 어느 날 위선이야말로 가장 질 나쁜 악이라는 생각을 하게 되었지요. 이러한 발상에서 출발해 '잘못 쓰이는 힘' 또는 '나쁜 힘'에 대한 생각을 구체적인 이야기로 형상화한 작품이 〈우상의 눈물〉입니다."

– 작가 전상국의 인터뷰 중에서

Step_1 권력과 언론

다음 제시문을 읽고 작품을 통해 반영된 당시의 시대 상황에 대해 생각해 봅시다.

가 녀석은 정말로 알 수 없는 신문팔이였다.

그래서 우리는 아직도 누구나 녀석을 기억하고 있었다.

하지만 그는 좀체 다시 신문을 팔러 나타나지 않았다. 소리 연습이 여태 다 끝나질 않은 탓이었을까. 아니면 아주 연습을 포기하고 만 것이었을까.

가을이 다 지나가도록 그는 여전히 신문을 팔지 않았다. 녀석의 희망처럼 민국일보가 다시 복간호를 내 주지도 않았다. 자진해서 폐간호를 내고 사라진 신문이 다시 살아나 줄 희망은 없었다.

– 이청준, 〈건방진 신문팔이〉

나 모 일간지 편집부 국장을 지내는 학부형이 우리 반에 있었다. 담임 선생님과 반장이 그 학부형을 만나러 갔다. 그 신문사 기자가 학교에도 여러 번 다녀갔다.

며칠 뒤에 신문 미담란에 우리 반 얘기가 크게 다뤄졌다. 박스 기사였다. 기표의 갸륵한 효성에서부터 재수파들의 우정 어린 피 뽑기와 급우들로부터 시작된 친구 돕기 운동이 전교적으로 파급되어 이룩한 성과가 자세하게 났다. 기표의 여동생 얘기도 끼어 있어 그 기사를 읽은 우리들의 콧등이 새삼 찡했다. 기사 맨 위에 담임 선생과 반장, 그리고 기표의 사진이 박혀 있었다. 교장 선생님 지시에 의해 그 기사는 각 교실 후편 게시판에 붙이게 돼 있었다.

그 신문 기사가 나가고부터 월요 조회 때마다 교장 선생님은 사회 각계에서 보내오는 성금과 위문편지를 최기표에게 전달했다.

– 전상국, 〈우상의 눈물〉

다 '언론 통폐합'은 일반적으로 1980년 전두환 군사 정권이 권력을 장악하는 과정에서 언론 기관에 대해 자행한 통폐합 정책을 의미한다. 하지만 실제로는 그보다 훨씬 이전인 1961년 5·16 군사 쿠데타 직후 모두 세 차례의 언론 통폐합이 있었다. 1961년 5월의 '언론 기관 일제 정비'가 1차 언론 통폐합이었고, 1970년대 초반 '지방지(地方紙) 1도 1사(一道一社)'에 의해 행해진 2차 언론 통폐합, 그리고 1980년 3차 언론 통폐합이 그것이다. (중략)

1961년 정부는 언론사의 일제 정비를 단행하고 언론의 구조를 개편하는 언론 정책을 강력히 추진해 나갔다. 당시 군사 정부는 언론의 자유보다는 책임을 더 강조했다. (중략) 대통령이 필요하다고 인정되는 경우에는 헌법에 규정되어 있는 국민의 자유와 권리를 잠정적으로 정지하는 긴급 조치를 할 수 있도록 규정(제53조)하여 언론의 자유는 크게 제한되었다. 신문 협회 등 각 언론 **경영주** 단체를 통한 언론 자율화에 관한 결정을 채택하여 지방 **주재** 기자를 줄이고 **프레스 카드** 발급 등의 조치가 취해졌다.

1960년대부터 70년대 초반에 이르기까지 이 같은 언론의 위축과 언론에 대한 **관권**의 개입에 반발한 기자들은 언론 자유 수호 운동으로 대응했다. (중략) 《동아일보》 기자들이 채택한 '언론 자유 선언문'을 시발로 이 운동은 전국 각 언론 기관에 확산되었다. 이들 선언문은 언론이 진실의 발견과 공정한 보도라는 본연의 기능을 상실했다고 지적하고, 신문 방송의 제작과 판매의 모든 과정이 언론인들의 양식에 따라 자유롭게 이루어져야 한다고 선언했다.

– 정진석, 《한국 신문 역사》

라 현대 사회에서 언론은 여론 형성에 커다란 영향력을 행사하고 있다. 언론은 사회 구성원들에게 중요한 사회적 사실을 신속하고 정확하게 전달해 줌으로써 사회적인 **쟁점**을 규정해 줄 뿐만 아니라, 그 쟁점에 관하여 해설과 비판을 제공함으로써 여론 형성에 매우 큰 영향을 미치기 때문이다. 그러므로 언론이 특정 세력의 간섭과 영향을 받게 될 경우 여론 **조작**이 나타날 수 있고, 이것은 참다운 민주 정치라고 할 수 없다.

또한 언론의 자유는 정치 권력에 대한 비판 기능을 포함하는 개념이다. 즉 언론은 정부가 잘못하고 있는 점을 **여과** 없이 비판적으로 전달하여, 정부가 정상적인 기능을 할 수 있도록 감시하는 역할을 해야 한다. 이런 이유로 어떤 나라의 민주주의가 보장되고 있느냐 아니냐에 있어 언론의 자유 보장 여부가 중요한 기준이 되는 것이다.

– 서경원, 《Basic 고교생을 위한 정치·경제 용어 사전》

마 칼 포퍼의 《열린사회와 그 적(敵)들》은 히틀러의 오스트리아 **침공** 소식을 듣고 쓰여진 책이다. 이 책에서 포퍼는 전체주의 사회와 대립되는 개념으로 '열린사회(The Open Society)'를 소개하고 있다. '열린사회'는 **유토피아적** 목표를 이행하기 위해 개인을 희생시키는 '닫힌사회(The Closed Society)'와 달리, 인류의 본질적 가치를 실현하기 위해 **점진적**

으로 사회를 개선시켜 나아가는 사회이다. '열린사회'에서는 어떤 이유로도 폭력을 동반하는 혁명이 정당화될 수 없으며, 자유로운 토론과 비판을 통한 '점진적 사회 공학'만이 인간다운 사회를 만들 수 있는 유일한 길이라고 보았다.

포퍼는 '열린사회'의 특징으로, 한 사회에서 자유로운 토론이 가능하고 그 토론이 정치에 영향을 미치며 제도는 자유와 약자(弱者)를 보호하기 위해서 존재한다는 사실을 들었다. 포퍼가 제시한 '열린사회'의 첫 번째 특징에 따르면, 모든 사람들이 자유롭게 정치적인 문제를 포함한 모든 문제에 대한 대안을 제시할 수 있어야 하며, 정책 담당자들이 제시한 대안도 비판의 대상이 될 수 있어야 한다. 그렇게 되기 위해서는 언론의 자유와 반대파의 **존립**은 '열린사회'의 전제 조건이 된다. "칼이 아닌 언어로 싸울 수 있는 가능성은 바로 문명의 기초이고, 특히 모든 법 제도와 의회 제도의 기초"라고 포퍼는 주장하였다. 따라서 신문이나 라디오, 텔레비전 등이 날카롭게 모든 정책을 비판할 수 있도록 하는 제도적인 보장이 필요하다는 얘기이다.

– 박정호 외, 《현대 철학의 흐름》

- **경영주**(經營主) 기업을 경영하는 주인.
- **주재**(駐在) 직무상으로 파견되어 한곳에 머물러 있음.
- **프레스 카드**(press card) 정부가 발행하는 일종의 기자 자격증. 기자의 동태를 조사하려는 장치로 악용되었다.
- **관권**(官權) 국가 또는 관리의 권력.
- **쟁점**(爭點) 서로 다투는 중심이 되는 점.
- **조작**(造作) 어떤 일을 사실인 듯이 꾸며 만듦.
- **여과**(濾過) 주로 부정적인 요소를 걸러 내는 과정을 비유적으로 이르는 말.
- **침공**(侵攻) 다른 나라를 침범하여 공격함.
- **유토피아적**(Utopia的) 인간이 생각할 수 있는 최선의 상태를 갖춘 완전한 사회와 같은. 또는 그런 것.
- **점진적**(漸進的) 조금씩 앞으로 나아가는.
- **존립**(存立) 국가, 제도, 단체, 학설 따위가 그 위치를 지키며 존재함.

1_ 제시문 **가**의 작품을 통해 작가가 비판하고자 한 당시의 사회 모습에 대해 제시문 **다**를 참고하여 써 봅시다.

2_ 제시문 **나**의 작품에서 기사가 난 이후 일어난 기표의 변화를 제시문 **라**에 나타난 언론의 특성과 관련지어 써 봅시다.

3_ 1번과 2번의 답을 바탕으로 독재 정권이나 전체주의 국가에서 가장 먼저 언론을 장악하는 이유가 무엇일지 자신의 생각을 써 봅시다.

4_ 언론의 자유가 개인과 사회에 어떤 영향을 미치는지 생각해 보고, 제시문 **마**를 참고하여 오늘날 우리 사회가 '열린사회'에 가깝다고 생각하는지 근거를 들어 써 봅시다.

Step_2 전체 안에 길들이기

다음 제시문을 읽고 사회 규범 및 법적 제도에 대해 비판적으로 평가해 봅시다.

가 "이제부터 육십육 명이 운명을 함께하는 역사적 출항을 선언한다. 목적지에 이를 때까지 단 한 사람의 낙오자나 이탈자가 없기를 진심으로 기원한다. 아울러 이 시간 분명히 밝혀 둘 것은 우리들의 항해를 방해하는 자, 배의 순탄한 진로를 헛갈리게 하는 놈은 용서하지 않을 것이다. 우리가 나무를 전정할 때 역행 가지를 잘라 버려야 하듯 여러분의 항해에 역행하는 놈은 여러분 스스로가 엄단할 수 있어야 한다. 더 중요한 것은 일 년간의 일사불란한 항해를 위해서는 서로 사랑과 신뢰로써 반을 하나로 결속하는 슬기를 보이는 일이다."

새 담임 선생은 과학 교사답지 않게 적절한 비유로써 자기가 맡은 반 아이들에게 뭔가 불어넣으려 애쓰고 있는 것 같았다. 그에게 중요한 것은 무사안일 속의 일 년이었던 것이다.

"고삐는 여러분 손에 쥐어져 있다. 필요하다고 생각할 때 그 고삐를 당겨 여러분 스스로를 제어해 주기 바란다. 내가 가장 우려하는 바는 여러분 스스로가 내 손에 그 고삐를 쥐어 주는 일이다. 나는 자율이라는 낱말을 좋아한다." – 전상국, 〈우상의 눈물〉

나 흔히 '교육의 아버지'라고 일컬어지는 근대 교육의 선구자 페스탈로치(Johann Heinrich Pestalozzi, 1746~1827)는 교육이 단순히 지식을 전달하는 수단이 아니라 사람들의 의식을 개조하여 궁극적으로는 사회를 바꾸고 인류를 구제하는 중요한 방편이라 여겼습니다. 그는 당시 유럽 사회를 분석하여 계층 간에 존재하는 불평등을 지적하고, 이를 고쳐 나가는 데 있어 정당한 교육만이 가능하다고 주장했습니다. 또한 학교가 바른 지성의 힘을 기르게 함으로써 스스로의 힘으로 자신들의 지위를 상승시킬 수 있기를 기대했습니다.

이러한 입장은 학교 교육이 가질 수 있는 부정적 기능에는 주목하지 않았다는 점에서 비판을 받았습니다. 페스탈로치의 주장에 비판적인 이들은 "학교 교육이 가르치는 가치가 반드시 옳은가?"라는 의문을 제기했죠. 이들 중 학교 교육 과정에 '숨겨진 커리큘럼(hidden curriculum)'이 존재한다고 주장하는 이들이 있었습니다. 이때 '숨겨진 커리큘럼'이란 표면적으로 드러난 학교 교육의 이면에 감추어진 또 다른 수업 내용을 의미합니다. 예를 들어, 아침부터 오후까지 한 시간 단위로 운영되는 학교의 수업 시간표에는 학생들이 이후 취직을 하여 자본주의 노동 시장에 들어왔을 때 직장의 규율에 좀 더 쉽게 적응할 수 있도록 만드는 목표도 있다는 얘기죠.

이들은 학교 교육에서 중요한 것은 공식적인 교육 내용보다 그 이면에 담긴 메시지라고 주장합니다. 학교 교육이 공식적으로는 '직업에 귀천(貴賤)이 없다.'고 가르치지만, 학교 제도 자체는 기술 교육을 성적이 좋지 않은 아이들에게 집중함으로써 기술직이나 육체노동이 사무직이나 정신노동에 비해 열등한 것이라는 관점을 은연중에 심고 있다는 것이죠. 이로써 학생들이 학교 교육에서 배우는 것은 표면적 지식이 아니라 이처럼 숨어 있는 가치관이고, 이는 기존 사회의 불평등을 대물림하는 데 이용된다고 주장합니다.

다 〈나, 다니엘 블레이크〉는 영국에서 힘겹게 살아가는 사회적 약자들의 모습을 통해, 법적 보호를 기대하지만 그렇지 못할 때 이들이 느끼는 '법의 폭력성'에 대해 담담하게 전하고 있는 영화이다. 이 영화는 혼자 사는 노인인 다니엘과 한부모 엄마인 케이티가 법적 구제를 받고자 하지만 복잡한 절차와 융통성 없는 공무원 등에 가로막혀 어쩔 수 없이 슈퍼마켓에서 생필품을 훔치는 등 법적 보호를 받지 못하는 행위로 나아가는 모습을 보여준다. 이후 다니엘은 자신에게 부당하다고 여겼던 법에 대항하려다, 재판 직전 심장 마비로 세상을 떠나고 만다. 영화는 케이티가 그의 **항소장**을 읽으며 사회적 약자를 존중하지 않는 법의 집행이 얼마나 큰 폭력인지를 드러내는 것으로 끝이 난다.

이 지점에서 파스칼이 〈정의, 힘〉에서 밝힌 "사람들은 정당한 것을 강한 것으로 만들 수 없었기 때문에 강한 것을 정당하게 만들었다."는 말이 떠오른다. 모든 법이 정의롭기 때문에 권위를 가지는 것이 아니라, 법이 권위를 가지기 때문에 정의롭게 만들어졌다는 얘기 말이다.

라 푸코는 길들여진 몸을 만드는 여러 가지 기법들을 통틀어 '규율'이라 말하고, 자신의 대표적인 저서인 《감시와 처벌》을 통해 규율적인 권력의 주요한 세 가지 기법인 '관찰, 규범적 판단, 검사'의 실제적인 예들을 보여 주었다. 그리고 이 기법들이 모세 혈관처럼 전 사회 영역을 관통하면서 사회 구성원들의 모든 것을 감시하고 규율하는 사회, 나아가 인간의 정체성과 자화상을 만들어 내는 곳이 바로 '규율 사회'인 현대 사회라고 주장하였다. (중략)

가정에서의 "일찍 자고 일찍 일어나라.", "손발을 깨끗이 씻어라.", "부모님께 효도해라.", 학교에서의 "공부를 열심히 해라.", "주위를 정돈해라.", "떠들지 마라.", "용모와 복장을 단정히 해라.", 회사에서의 "열심히 일해라.", 인간관계를 잘 유지해라", 군대에서의 군기 잡기, 교회나 절에서의 영혼과 신앙을 위한 훈화(訓話) 등도 푸코적 관점에서는 우리 몸을 **주류적** 가치관과 생활 형태에 맞게 길들이기 위한 규범적 판단의 연속이다.

사회에서 그 누구도 이러한 규범적 판단의 융단 폭격으로부터 자유로울 수 없다. 왜냐하면 규범적 판단을 거부하는 순간 **결격자**이거나 비정상적인 인간으로 **낙인찍혀** 사람 대접을 받지 못하게 되기 때문이다. 즉 규범적 판단의 궁극적인 목표가 대상을 '정상화'하는 데 있으므로, 정상인이라면 누구나 이 규범적 판단에 따라야 하는 것이다.

– 강순전 외, 《서양의 고전을 읽는다 1》

- **항소장**(抗訴狀) 항소를 제기하기 위하여 원심 법원인 제일심 법원에 내는 서류. 항소를 제기하는 의사를 명백히 표시한다.
- **주류적**(主流的) 사상이나 학술 따위의 중심에 있는. 또는 그런 것.
- **결격자**(缺格者) 필요한 자격을 갖추고 있지 못한 사람.
- **낙인찍히다**(烙印---) 벗어나기 어려운 부정적 평가가 내려지다.

1_ '자율'의 사전적 의미를 찾아 쓰고, 제시문 **가**의 작품에서 담임 선생님이 말하는 '자율'과 비교해 봅시다. 이를 바탕으로 제시문 **가**의 담임 선생님을 평가해 봅시다.

• 자율의 의미

사전적	
작품 내	

• 평가:

2_ 제시문 **나**에 나타난 교육의 기능에 대한 두 가지 견해를 정리해 봅시다.

3_ 제시문 **나**를 참고하여 제시문 **가** 작품의 배경이 되는 1970년대 학교 교육의 역할에 대해 쓰고, 그 역할이 바람직한지 자신의 생각을 함께 써 봅시다.

4_ 제시문 **다**와 **라**를 참고하여 규율적 권력에 '길들여지는' 것의 문제점과 이에 대처하는 우리의 올바른 자세에 대해 써 봅시다.

• 문제점:

• 올바른 자세:

Step_3 다수를 위한 소수의 희생

다수의 발전과 이익을 위해 소수의 희생이 정당화될 수 있는지 토론해 봅시다.

가 자유주의는 공동체의 이익보다 개인의 자유를 우선시한다. 개인들을 타인이나 특정한 역사적·문화적 맥락으로부터 독립된 존재로 보기 때문에 개인들에게는 선택과 권리가 가장 중요한 가치이며, 공동체의 가장 중요한 목적은 구성원들의 생명, 자유, 재산을 보호하는 것이라 본다. 반면 공화주의는 국가를 공동선을 구현하기 위한 '공공의 것'이자 '인민의 것'으로 규정한다. 따라서 공동체가 함께 추구해야 할 좋은 삶을 권장하면서 개인의 이익보다 공동체의 공동선(共同善)을 중시한다. (중략)

자유주의는 개인의 자유와 권리, 자율적 삶을 존중하는 것이 중요하다고 본다. 따라서 자율성을 기르고 스스로 자신의 삶을 결정할 수 있는 능력을 갖춘 사람, 그리고 다른 사람들이 선택한 삶을 존중하고 그들의 삶에 함부로 간섭하지 않는 사람을 훌륭한 시민으로 본다. 반면 공화주의는 지배나 예속(隷屬)을 반대하고 서로를 평등한 시민으로 존중하는 것, 공동체의 구성원으로서 사회적 책무와 공동선에 관심을 가지는 것을 중요하다고 본다. 이에 따라 시민들은 공동체와 공공선을 위해 봉사하고 기여하려는 시민적 덕성을 길러야 한다.

– 《고등학교 윤리와 사상》

나 갈등의 상황에서 모두를 만족시키는 선택지란 거의 존재하지 않는다. 여러 사람이 공동체를 이루고 사는 민주주의 사회에서 갈등을 조정하는 다수결의 원칙 또한 소수의 희생을 전제로 한다. 이는 다수의 생각이 반드시 옳다고 할 수는 없지만, 다수의 의사를 따르는 것이 합리적이라는 경험적 판단 및 독단 또는 전체주의를 배척하는 상대주의적 견해에 근거한다. 특히 전쟁과 같은 극단적인 상황에서 다수를 위한 소수의 희생은 불가피하며, 소수의 희생을 없애기보다 최소화하도록 노력하는 데 의의를 두어야 한다.

다 나치는 두 가지 문제에 직면해 있었다. 첫째는 버킹엄궁 바로 근처까지 타격하여 근위대 교회에서 끔찍한 사상자가 발생하기는 했지만, V1 미사일 대부분은 실제로 런던 중심부에서 남쪽으로 몇 킬로미터 아래쪽에 떨어졌다. 둘째는, 바로 그런 사실을 나치가 전혀 모르고 있었다는 것이다.

교묘한 계획이 런던 정부에 제출되었다. 만일 V1 미사일이 목표물을 제대로 맞히고 있다고 믿도록 독일군을 속일 수만 있다면, 독일군이 지금 현재 미사일이 너무 북쪽에 떨어져서 목표물을 놓치고 있다고 생각하게 만든다면, 그들은 굳이 미사일의 탄도를 수정하지 않거나 설령 조정한다 하더라도 오히려 지금보다 더 남쪽에 떨어지게 만들 것이다. 그러면 더 많은 목숨을 살릴 수 있다. (중략)

영국군은 곧 이 계략의 효력을 인정하고 작전을 후원했다. 그러나 정치가들은 결정을 내리기가 무척 어려워 내무장관인 허버트 모리슨과 윈스턴 처칠 수상 사이에 격렬한 토론이 벌어졌다. 왜냐하면 그 작전이 런던 중심부에서 남쪽으로 펼쳐진 노동자 밀집 지역을 이용하는 것이라 생각할 수 있기 때문이었다. 누가 살고 누가 죽을 것인지 결정하는 정치인들의 '하느님 놀이'에 모리슨은 마음이 불편했다. 물론 평소대로 처칠이 이겼다. (중략)

결국 나치는 조준 방향을 수정하지 않았다. 당시 자기 부모와 모교가 런던 남부에 있었는데도 그 작전을 지지했던 영국의 한 과학계 조언자는 그 작전으로 아마도 만 명 정도의 목숨은 족히 구하게 되지 않을까 추정(推定)했다고 밝혔다.

– 데이비드 에드먼즈, 《저 뚱뚱한 남자를 죽이겠습니까?》

라 역사적으로 다양한 사례들이 있지만 논리는 같습니다. 바로 "다수를 위한 소수의 희생"이지요. 이러한 폭력에 맞서 설득도 하고 싸움도 하지만, 상황은 갈수록 불리해집니다. 다수결의 논리에 익숙한 사람들은 저항을 이기주의로 매도하죠. 이를 탄압하는 국가 권력을 옹호하고, 이것을 공정한 절차를 거쳐 선정했다는 논리로 정당화합니다. (중략)

학교나 가정에서도 마찬가지입니다. 학생은 학교를 위해 희생해야 하고 아이들은 가족을 위해 희생해야 합니다. 설령 그것이 자발적이라고 해도 그로 인해 이익을 얻는 것이 과연 정당한가 하는 문제가 남습니다. 우리가 정당성의 근거라 믿고 있는 '다수의 이익'을 한번쯤 의심해 봐야 한다는 것입니다. 다른 길은 없는가? 꼭 희생이 있어야만 할까? 다수가 조금 불편하게, 조금 천천히 가는 방식은 어떤가? (중략)

무리 지어 집단생활을 하던 부족이 있습니다. 이들은 무리 생활이 생존에 유리하다는 사실을 아주 잘 알고 있습니다. 그런 상황에서 누군가 몸을 다쳐요. (중략) 그들은 다친 사람을 치료하고 돌봅니다. 그가 상처를 치유하고 회복되는 것이 부족의 생존에 유리하기 때문입니다. 이것은 인간만이 가지는 특성이에요. 인간은 사회적 동물이기 때문에 약자를 보호하고 함께 가는 것이라 생각해요.

– 표창원 외, 《다수를 위한 소수의 희생은 정당한가?》

주장 1 다수를 위한 소수의 희생은 정당화될 수 있다.

주장 2 다수를 위한 소수의 희생은 정당화될 수 없다.

전체주의와 비판적 개인

〈건방진 신문팔이〉와 〈우상의 눈물〉은 전체주의적 질서가 개인의 자유를 속박하던 시대를 배경으로 삼고 있습니다. 이때 전체주의란 '개인의 모든 활동이 민족·국가와 같은 전체의 존립과 발전을 위하여서만 존재한다는 이념 아래 개인의 자유를 억압하는 사상'을 의미합니다.

여성 정치가 한나 아렌트(Hannah Arendt, 1906~1975)는 특히 제2차 세계 대전 당시 나치 독일에서 나타났던 전체주의를 들어, 개성을 표현하고자 하는 존재로서의 인간을 부정하고 억압했던 '폭력적인 체제'라고 비판했습니다. 나치 독일 시대의 한두 가지 정책만 살펴보아도 전체주의의 개인에 대한 이러한 폭력성을 쉽게 발견할 수 있습니다. 1933년 일요일마다 **'아인토프'**라고 불리던 한솥 음식 먹기 운동은 나치당 집권 초기의 식량 부족 및 국민 부양(扶養) 문제를 국민 개개인의 희생으로 해결하려 한 대표적인 정책이었죠. 이후 나치 독일은 비(非)독일적인 서적을 불태우고 반대하는 사람들을 탄압했으며, 홀로코스트(Holocaust)라는 상상 초월의 인종 학살을 저지르며 전체주의적 폭력성을 만천하에 드러냅니다.

그렇다면 나치 독일 시대를 살았던 개인은 피해자이기만 할까요? 유대인 최대 학살자였던 아돌프 아이히만(Otto Adolf Eichmann, 1906~1962)이 **전범 재판**에서 "상급자의 지시에 따라 성실히 임무를 수행했을 뿐"이라고 항변한 데서, 무조건적이고 무비판적인 개인으로 길들여지는 것이 얼마나 위험한지를 알 수 있습니다.

우리나라에도 이와 유사한 역사가 존재합니다. 〈건방진 신문팔이〉의 배경인 박정희 군사 정권 시절에는 반공 이데올로기를 앞세운 전체주의와 성장 위주의 무한 경쟁을 바탕한 자본주의가 시대 이념으로 자리하면서 이를 비판하던 개인들이 억압받았습니다. 또 〈우상의 눈물〉의 배경인 제5공화국 시절에는 정의 구현을 앞세워 '전체'라는 가면을 쓴 권력의 편에서 이로운 정책이 펼쳐져 그와 다른 개인들이 억압당했습니다.

결국 두 작품은 전체주의 시대 은밀하게 행해지던 폭력을 꼬집음으로써 이를 견제할 책임 있고 비판적인 개인의 등장을 희망하고 있습니다.

아인토프(eintopf) 토마토 등으로 만든 국물에 소시지와 갖은 야채를 넣어 삶은 독일의 수프 요리.
전범 재판(戰犯裁判) 전쟁 범죄자를 처벌하기 위하여 여는 재판.

1_ 다음 〈유의 사항〉을 참고하여 〈건방진 신문팔이〉의 결말을 바꾸어 써 봅시다.

유의 사항

- 결말을 바꾸어 쓰기 위해 변화될 부분들을 정리할 것.
- 자신이 쓴 결말이 갖는 주제적 의미를 정리하고 이를 포함하여 바꾸어 쓸 것.

2_ 제시문을 참고하여 유대, 기표, 형우, 담임 선생님의 인물 유형을 분석하고, 이들 중 한 사람이 우리 반에 있다고 가정할 때 가장 큰 피해를 주는 존재는 누구라고 생각하는지 근거를 제시하여 논술해 봅시다.

가 기표가 무서워서, 그의 안하무인한 앙갚음이 두려워서 제적을 못 시켰다는 그런 얘기는 할 수 없을 것이다. 어떻든 나는 놀라지 않을 수 없었다. 며칠 사이에 기표에 대해서 이처럼 깊이 파악하고 있다니— 과연 기표는 이름난 애라는 생각이 들었다. 더구나 기표 얘기를 입에 올리는 담임은 얼굴까지 벌겋게 상기돼 있었다.

나는 문득 이제부터 일 년간 담임 선생과 최기표 사이에 치열하게 벌어질 싸움을 상상해 보았다. 이제까지의 결과로 미루어 보아 최기표에게 승산이 크다는 생각이 들면서도 우리의 담임 선생 또한 그렇게 만만치 않으리란 예감이 들었다. 어쩌면 그 싸움에 임형우도 한몫 끼어들지 모른다. 그가 어떤 편에 서느냐 하는 문제도 퍽 흥미 있는 문제일 것이다. 아무튼 이처럼 멀찍이 떨어져서 그네들 싸움을 구경한다는 것은 진정 즐거운 일임에 틀림이 없다.

나 다섯 놈이 캠핑을 나가 여학생 하나를 결딴냈다. 피해자 측에서 사생결단하고 덤벼 일이 크게 번졌다. 당한 애가 인상을 말했기 때문에 범위는 대번 좁혀져 재수파들이 학생부실에 불려 갔다. 그러나 그들은 한사코 잡아뗐다. 하루 내내 족쳐도 헛일이었다. 여학생과 대면을 시키겠다고 해도 만나게 해 달라고 날뛰었다. (중략) 해중이가 느닷없이 몸을 와들와들 떨기 시작했다. 그리고 미친 사람처럼 부르짖기 시작했다. 엄마, 기표는 우리 집에 한 번도 안 왔어. 우리 집도 모른단 말이야. 선생님, 접때 그 일은 제가 했어요. 딴 학교 애들하고 그랬단 말예요. 그는 말을 마치기가 무섭게 학생부실 시멘트 벽에 머리를 두어 번 부딪쳤다. 해중이가 병원으로 들려 간 뒤 학생부 선생이 함께 조사를 받던 놈들한테 물었다. 해중이 말이 사실이냐? 기표가 고개를 끄덕거린 다음, 그 쌍새끼— 하고 중얼거렸다. 다른 애들도 모두 기표처럼 고개를 끄덕거렸다. 해중이가 스스로 학교를 물러난 것으로 일은 끝나 버렸던 것이다.

다 형우는 기표네 가정 사정을 낱낱이 얘기함으로써 이제까지 우리들에게 신화적 존재로 군림해 온 기표의 허상을 빈곤이라는 그 역겨운 것의 한 자락에 붙들어 맨 다음 벌거벗기려 하는 것 같았다. 기표는 판잣집 그 냄새나는 어둑한 방에서 라면 가락을 허겁지겁 건져 먹는 한 마리 동정받아 마땅한 벌레로 변신되어 나타났다. (중략)

이제 아이들은 아무도 기표를 무서워하지 않았다. 형이라고 호칭하는 아이도 드물었다. 아무나 곁에 가서 말을 걸 수가 있었고 때로는 어깨도 쳤다. (중략)

우리는 그렇게 미소 짓는 기표의 얼굴을 보면서 일사불란한 항해를 계속했다. 담임은 더욱 깊은 이해로써 우리 반을 돌봐 주었다. 반장 형우는 그 나름의 성실과 지혜로 '우리'를 위해 헌신했다. 우리 교실에 들어오는 선생님마다 칭찬의 말을 아끼지 않았다. 기표의 얘기가 영화로 만들어진다는 얘기가 더욱 구체적으로 드러나기 시작했고 우리들은 덩달아 들떠서 술렁거렸다.

라 "이제부터 육십육 명이 운명을 함께하는 역사적 출항을 선언한다. 목적지에 이를 때까지 단 한 사람의 낙오자나 이탈자가 없기를 진심으로 기원한다. 아울러 이 시간 분명히 밝혀 둘 것은 우리들의 항해를 방해하는 자, 배의 순탄한 진로를 헛갈리게 하는 놈은 용서하지 않을 것이다. 우리가 나무를 전정할 때 역행 가지를 잘라 버려야 하듯 여러분의 항해에 역행하는 놈은 여러분 스스로가 엄단할 수 있어야 한다. 더 중요한 것은 일 년간의 일사불란한 항해를 위해서는 서로 사랑과 신뢰로써 반을 하나로 결속하는 슬기를 보이는 일이다."

새 담임 선생은 과학 교사답지 않게 적절한 비유로써 자기가 맡은 반 아이들에게 뭔가 불어넣으려 애쓰고 있는 것 같았다. (중략)

"자, 이제 고만 돌아가십시오. 애들하고 의논해서 찾아보겠습니다."

담임 선생은 기표 어머니를 내쫓듯 교무실에서 밀고 나갔다. 그네는 교무실을 나가며 자꾸 아쉬운 듯 우리들 얼굴을 돌아다보았다.

그네를 배웅하고 돌아온 담임이 의자에 소리 나게 주저앉으며 부들부들 떨리는 손으로 담배를 피워 물었다.

"이 망할 새끼가 끝까지 말썽이란 말이야."

그는 담배 연기를 깊이 빨아들였다가 내뿜으며 투덜거렸다.

"내일 천일 영화사 사람들하고 만나기로 약속한 날이잖냐? 그런데 이 망할 새끼가……."

※ '제복'의 상징적 의미가 무엇인지 생각하며 작품을 감상해 봅시다.

날개 또는 수갑 _윤흥길

회람. 조국의 번영과 사(社)의 발전을 위하여 오늘도 불철주야 산업 일선에서 분투 노력하시는 사우 **각위.** 일취월장하는 우리 동림 산업의 기개를 대외에 과시함은 물론 사우 간에 일체감을 조성하여 단결력을 더욱 공고히 하는 데는 무엇보다 마땅히 **제복**이 필요하다는 여론이 **비등하여** 왔던 바, 회사를 내 몸같이 아끼고 사랑하시는 동림 가족 여러분의 충정 어린 권고와 건의를 그간 예의 검토하신 사장님께서는 금번 이를 십분 인정하시어 가칭 사복(社服)제정 준비 위원회를 발족시키기에 이르렀습니다. 사우 여러분께서도 주지하다시피 사복이 그간 전혀 없었던 것은 아닙니다. 생산부에서는 이미 오래전서부터 직위의 고하를 불문하고 똑같은 제복을 착용하고 실무에 임함으로써 타 부서에 비해 **현격한** 단결력을 발휘하여 생산성 향상에 기여한 바 그 공로가 컸으며 여사원들은 부서에 관계없이 일찍이 제복으로 통일함으로써 단아한 용모, 밝고 명랑한 분위기로 웃으면서 일하는 직장을 건설해 왔거니와, 이제 제복에서 소외되었던 남직원들까지 사복을 착용하게 되니 이는 누구나 다 함께 경하해 마지않을 일로서 각과 과장을 통해서 사우 여러분의 적극적인 참여와 **기탄** 없는 조언 있으시기 바라는 바입니다. 사장님 명에 의하여, 기획실장 백.

죽여주는군, 아주 죽여줘.

자네 제복 입혀 달라고 애걸복걸한 적 있나?

이 사람이 갑자기 돌았나, 내가 미쳤다고 그런 여론을 비등시켜. 그럼 자네는?

나 역시 아직은 **노망들** 정도로 늙진 않았어.

그렇다면 이상하잖아. 내가 알기로 적어도 우리들 중에선 제복 타령을 한 사람이 아무도 없는 것 같은데 어디서 그런 여론이 나왔다는 거지?

도대체 어느 놈 대가리에서 그 따위 **묘안**이 나왔을까?

보나마나 뻔하지. 사장 아니면 누구겠어.

아냐, 실장일지도 몰라.

사장이나 실장이나 그 애비에 그 아들인데 구분할 거 뭐 있어.

여론이란 건 말야, 원래 대다수 사람들 의견이 똑같은 경우를 가리키는 말 아닐까? 그런데 한두 사람, 그것도 부자지간 머리에서 나온 의견을 여론이라고 떳떳하게 얘기할 수 있을까? 그렇게 거짓말해도 법에 안 걸리고 무사할까?

무사하고말고. 얼마든지 무사할 수 있을 거야. 무사하지 않을 건 거짓말한 쪽이 아니라 거짓말을 거짓말이라고 보는 쪽이겠지. 왜냐하면 힘을 쥔 사람의 말은 소리가 외가닥으로 나와도 여론이 될 수 있고 무력한 대중의 말은 천 가닥 만 가닥이 합쳐져도 여전히 독창으로 취급받기 때문이야. 다수를 **빙자한** 소수의 여론은 언제나 대중의 솔로를 **유린해** 온 게 사실이거든. 이를테면 혼인을 빙자한 간음 같은…….

그나저나 이거 야단인걸. 제복을 입게 되면, 소인은 보시다시피 삼류 회사 말단 사원이로소이다 하고 시내에 광고 돌리는 꼴 아닌가. 그 수모를 어떻게 다 견디지?

한마디로 그나마 있던 우리의 알량한 사생활은 깡그리 없어지는 거야. 다들 이제부터 죽었다고 **복창해** 두는 게 좋을걸.

간판만 안 매었다 뿐이지 샌드위치맨하고 다를 게 하나도 없어.

기왕 시작할 바엔 차라리 우리가 자청해서 '빨아도 줄지 않고 다림질이 필요 없는 동림 산업 목화표 섬유 제품'이라고 등에다 커다랗게 써 붙이고 다니는 게 낫지 않을까?

느닷없이 회람이 몰고 온 파문은 의외로 심각한 것이어서 관리과 사무실의 오후 나절을 완전히 결딴내 놓았다. 관리과 직원들이 끼리끼리 모여 중구난방(衆口難防)으로 쏟아 놓은 말들을 도로 주워 담아 보면 대충 위와 같은 내용이 되겠는데, 물론 그 가운데는 민도식이 씨부려 댄 불평도 상당 부분을 차지하고 있었다. 민도식은 주로 옷이 날개라는 전래의 속담을 들어 그런 종류의 날개를 달고는 세상을 훨훨 날아다닐 수 없음을 누누이 강조하는 편이었다. 그의 말은 사생활이 없어지는 셈이라는 총각 사원 우기환의 주장과 맞바로 통했다.

"하루 중에서 우리가 시시껍적한 동림 산업—아 실례했습니다. 시시껍적이란 말은 취소하겠습니다— 좌우단간 일류나 이류는 못 되는 회사의 사원으로 근무하는 시간은 일과 중에 한했습니다. 일단 퇴근만 하고 나면 회사 밖에서까지 동림 가족—이 말은 제가 퍽 좋아하지 않는 말 가운데 하나이긴 합니다만—의 일원으로 행세할 이유가 없었던 겁니다. 바로 이런 점이야말로 동림이 저한테서 구원받을 수 있는 유일한 요소였습니다. 제가 동림한테서 구원받는 게 아니라 동림이 저한테서 구원받는 겁니다. 그런데 앞으로는 동림을 상징하는 제복을 그대로 걸친 채 퇴근해서 다방에도 가고 술집에도 가고 버스도 타고 택시도 타고 친구도 만나고 애인도 만나야 합니다. 그러면서 일거수일투족에 회사를 의식해야 합니다. 이건 분명히 비극이 아닐 수 없습니다."

"자네한테는 차라리 잘된 일인지도 모르겠군. 회사 제복을 입은 채로 대로상에서 오줌두 내깔기구 차 속에서 애인 껴안구 키스두 하구 그런다고 시비 거는 사람 있으면 헤딩으루 꽈당 들이받구 하면서 까짓것 어차피 맘에 안 드는 이놈의 회사 만판 욕을 뵐 수 있을 것 아닌가. 그게 싫으면 또 하숙집에 일찌감치 들어가서 발 씻고 드러누워서 돈 굳히는 재미두 맛볼 수 있고……."

"장 선생님은 단순히 저를 비꼬실 작정으로 문제를 저 개인의 경우에 국한시켜서 말씀하시는 것 같은데, 작은 것에 눈이 가려서 큰 것을 못 보는 일이 있어선 안 됩니다. 이건 우기환이 한 사람의 문제가 아니고 동림 가족—이 말은 제가 퍽 싫어하는 말입니다만— 전체의 인격에 직결되는 중대한 일입니다. 양키 아이들은 군복을 입고 있다가도 일과만 끝났다 하면 영내에서나 영외에서나 사복(私服) 차림을 하고서 장교나 사병이 계급을 의식함이 없이 아주 자연스럽게 어울립니다. 그런 반면에 군대 같은 철저한 계급 사회도 아닌 일반인들 세계에까지 사복이라는 이름의 수갑을 채우고 족쇄를 채워서 인간을 움쭉 못하게 획일화하고 규격화하려는 **음험한** 계략이 있습니다. 어느 쪽이 더 개인 생활을 보장하고 개인의 자유를 존중하는 사회인지 우리 모두 한 번쯤……."

저러다 책상이라도 꽝 내리치지 않을까 우려될 만큼 우기환은 기세가 등등했다. 그의 말인즉슨 옳았다. 옳은 만큼 그가 동료들로부터 대접을 못 받는 가장 근본적인 요인은 무척 건방진 자식으로 평판이 자자했기 때문이었다. 입사한 지 일 년도 못 된 주제에 십 년 가까이나 **근속한** 선배 사원들보다 더 많은 불평불만을 어느새 입에다 달고 다녔다. 그 불평불만이란 게 고참들 듣기에 아주 맹랑했다. 일류 대학을 나온 자기 같은 엘리트가 일류 회사로 가지 않고 삼류 회사에 들어올 때는 다 그럴 이유가 있고 **복안**이 있어서였다는 것이다. 체제와 규모가 이미 갖춰진 일류 회사에 들어가서 용 꼬리가 되기보다는 초창기의 어수룩한 면을 벗지 못하고 아직도 질서가 물렁물렁한 삼류 회사에 들어와서 단숨에 뱀 대가리가 되는 것이 출세의 지름길이라고 생각했다는 것이다. 그런데 막상 들어와서 보니 웬걸, 쓸 만한 자리는 사장의 일가친척들이 낱낱이 다 꿰차고 앉아서 **유고** 시 외엔 도

무지 비켜 줄 기미가 안 보이는 데다가 약속부터가 틀리다는 것이다. 특별히 스카웃되어 들어온 자기 같은 엘리트한테는 애당초 수습사원이란 당치도 않은 딱지라는 것이다. 그래서 한마디로 싹수가 노랗다고 인정해 버린 우기환 군은 기회를 봐서 다른 회사로 뛸 작정으로 지금도 열심히 영어 단어를 외고 있는 것으로 소문이 나 있었다. 반드시 그럴 의도는 아니었다 해도 결과적으로 그는 불평불만을 딛고 일어설 채비가 갖춰진 자기만을 오로지 인간다운 인간, 사나이다운 사나이, 엘리트다운 엘리트로 못 박음으로써 동림 산업 아니면 밥을 굶는 줄 알고 움직일 엄두도 못 내는 다른 고참들을 은근히 **능멸해** 왔다. 아무데서나 물찌똥처럼 흘리는 거드름 때문에 고참들은 벌써부터 범 무서운 줄 모르는 하룻강아지 사원 녀석한테 잔뜩 심사가 뒤틀려 있던 터였다. 왕년에 엘리트 한두 번 아녀 본 놈 누가 있나, 제 놈도 이제 처자식 거느리면서 세상 쓴맛 골고루 겪어 보라지, 그때도 여전히 뚫린 주둥이로 그놈의 엘리트 소리가 술술 나오나 두고 보라지. 그래서 지금은 비록 같은 배에 타고 있긴 하지만 만약 누군가를 덜어 내지 않으면 안 될 경우 사람들은 맨 먼저 우기환이부터 바닷물 속에 처넣게 될 거라고 민도식은 생각했다.

비등점에 도달한 물주전자와 같이 사람들이 한창 푸푸거리는 판에 과장이 들어왔다. 관리과 사람들은 서로 눈짓을 나누는 걸 끝으로 일제히 입을 봉하면서 각자 맡은 일에 돌아갔다. 과장은 사장하고 먼 친척이 되는 사람이었다.

"에에또, 다들 회람은 봤겠지?"

과장의 물음에 아무도 대꾸하지 않았다. 다만 하던 일을 멈추고 묻는 사람 얼굴만 멀뚱히 쳐다볼 따름이었다. 과장이 자리를 비운 사이에 과내에서 어떤 형태의 얘기들이 오갔는지 빤히 짐작이 갈 만한 분위기였다.

"돌려 가며 읽어 보라는 것이 회람이니까 다들 읽어 봤을 테고, 준비 위원회를 결성해서 바로 사복을 제정하는 작업에 들어가기로 했네. 에에또, 우리 과에선 장상태 씨를 사원 대표 준비 위원으로 추천했지. 워낙 해박한 지식에다 **심미안**까지 갖춘 사람이니까 다른 과 대표에 손색이 없게 잘 해낼 줄 믿네. 준비 위원의 임무는 회의에 참석해서 무슨 천에 무슨 빛깔, 어떤 형태의 제복을 정할 것인지 과를 대표해서 의견을 제출하는 데 있어. 그러니까 다른 사람들도 준비 위원이 아니래서 강 건너 불구경하듯 할 일이 아니라 바로 내 일이요 우리 일이라는 사실을 명심하고 장상태 씨나 나를 통해서 수시로 건설적인 의견을 제출해 주기 바라네."

"단순히 의견만 제출하는 겁니까, 아니면 결정권도 있습니까?"

과장에 의해 낙하산식 준비 위원으로 추천된 장상태가 벼락감투의 무게에 짓눌려 우거지상이 되면서 매우 심각한 소리로 물었다.

"준비 위원회 결정 사항이 그대로 무수정 통과되는 건 아니지만 그렇다고 결정권이 전혀 없는 것도 아니야."

"그렇다면 말입니다, 만약 준비 위원회에서 사복을 만들지 말자는 주장이 지배적일 경우는 어떻게 됩니까?"

그러자 과장이 회전의자에서 벌떡 일어섰다. **부대한** 몸집의 과장은 뒤뚱거리는 걸음으로 장상태에게 다가갔다. 그러고는 왜소한 장을 위에서 덮칠 듯한 기세로 노려보다가 슬그머니 안경을 벗어 들었다. 노려보기를 포기한다는 뜻이 아니라 더욱더 본격적으로 노려보기 위해서 안경알을 닦으려는 동작이었다.

"사복을 만들지 말자는 주장? 감히 그런 주장을 할 사람이 누가 있어? 자네가 그럴 생각인가? 사복을 만들지 말자고 다른 과 대표들을 선동이라도 하겠다는 건가?"

정신없이 퍼붓는 질문으로 장의 숨통을 바싹 죄어 붙인 다음 과장은 몸을 빙그르르 돌려 실내를 주욱 둘러보았다.

"물론 창업 이래 처음 있는 일인데 반대가 전혀 없을 수 없다는 것쯤 나도 잘 알아. 하지만 한두 사람이 반대한다고 해서 대세를 그르칠 수 없다는 것쯤은 자네들 역시 잘 알아 둬야 돼. 창업 십 주년 기념일까지는 어쨌든 어떤 형태로든 사복이 완성되어서 자네들 몸뚱이 위에 입혀질 테니까 그리들 알고, 나하고 두 번 다시 **상종** 안 할 각오 아니면 내 앞에서 괜히 허튼소리 말라구. 장 군, 자네 아직도 뭐 나한테 할 말 있나?"

"할 말이 있다기보다…… 실은 저어 제가 그런 일에 적임자가 아니라는 생각이 들어서요, 그래서 한번 말씀드려 본 것뿐입니다. 지식으로 보나 심미안으로 보나 저보다는 아무래도 우 군이 낫지 않을까 싶은데……."

모두의 시선이 우기환 쪽으로 쏠렸다. 아까 과장이 자리를 비운 동안에 쏟아 놓은 불평불만의 양이나 질로 보자면 이런 기회에 쌍지팡이를 짚고 나서고도 남을 우 군이었다.

"전 감투 쓸 자격이 없습니다. 아직도 수습 딱지를 못 벗었으니까요."

그러나 정작 우 군은 사무실 안에 있는 다른 어느 누구보다도 표정이 냉담했다.

"이게 다 뭣들 하는 수작이야! 감투 쓰고 안 쓰고 엿장수 맘대론가? 동림 산업 과장이 뭐 나이롱뽕해서 딴 자린 줄 아나?"

과장의 호통으로 회람이 몰고 온 제복 소동은 비로소 **막설**이 되었다. 퇴근 시간이 되기까지 그 문제로 다시 입을 여는 사람은 아무도 없었다.

퇴근 후에 민도식은 거의 매일이다시피 어울리는 술친구들과 함께 회사 근처 다방에를 갔다. 회사 밖에서는 통 어울린 적이 없는 우기환이가 눈치 없이 끼어드는 바람에 좌석이 여느 때처럼 살갑지가 못했다.

"아까 하다 만 얘기 계속인데요……."

다방 구석에 자리를 잡자마자 우기환이 맨 먼저 입을 열었다.

"그렇게 근질거리는 입을 과장 앞에선 어떻게 참았지?"

입이 무겁기로 정평이 난 유명종이가 평소의 그답지 않게 핀잔을 주었다.

"과에서야 어디 제 말발이 먹히기나 합니까? 사석에서 선배님들 앞에서나 제 생각이 어떻다는 걸 보여 드리고……."

"거 수습 딱지 한번 편리하게 써먹는군. 과에서 안 먹혀드는 말발 사석이라고 다 먹혀들란 법 있나?"

장상태의 잇단 핀잔은 우기환의 따귀를 갈기는 거나 진배없는 효과를 좌중에 선사했다.

"그만들 해 둬. 똑같은 처지들끼리 서로 상처를 내서 이로울 사람 아무도 없잖아."

이렇게 점잖게 타이름으로써 자칫 이상한 방향으로 흐르려는 분위기를 민도식은 가까스로 바로잡았다. 이때 레지가 차를 주문받으러 왔다. 흰 블라우스에 검정 스커트의 유니폼을 걸친 아가씨였다. 아 참, 그렇지. 그제야 도식은 이 다방 아가씨들이 오래전서부터 제복을 착용해 왔음을 상기했다.

"어이 미스 윤, 유니폼을 입고 일할 때하고 그냥 사복 차림으로 일할 때하고 다른 점이 뭘까?"

"어머, 새삼스럽게 왜 그런 걸 물으세요? 제가 유니폼 입은 거 민 선생님은 첨 보셨나요?"

생각을 엉뚱한 데다 둔 사내들이 대체로 여자 종업원을 상대하는 방식은 먼저 옷으로 시작해서 슬금슬금 화제를 옷 안쪽으로 침투시켜 들어가는 게 정석이다. 미스 윤도 아마 그런 의미로 해석해 버린 모양이었다. 양팔로 차 쟁반 테두리를 둥글게 감싸 허리띠 부근에 댄 모습으로 다리를 꽈배기처럼 꼬면서 미스 윤은 단골손님의 **음담**을 받아들일 만반의 태세를 갖추었다.

"시아버지 같은 사람이 물으면 고분고분 대답이나 해."

"별루 다른 점 없어요. 유니폼이나 사복이나 속에다 입을 것 다 입구 찰 것 다 차구 나서긴 마찬가지니까요."

옷 얘기가 나오기 무섭게 노브라를 비롯해서 노자 돌림만을 생각하는 아가씨한테 도식은 더 이상 물을 필요를 느끼지 않았다. 여자는 제복과 사복의 차이가 얼마나 엄청난 것인가를 전혀 모를 뿐만이 아니라 거기에 아주 무감각한 것이 분명했다. 그런 여자를 데리고 노골적인 음담 말고 다른 얘기를 나눈다는 것은 한 마디 하면 한 마디만큼 낭비이고 두 마디 하면 두 마디만큼 낭비일 것이었다.

"같은 점이 겨우 그런 정도라면 설령 다른 점이 있다 해도 거기서 거기겠지."

장상태가 말했다.

"미스 윤이 말하는 건 피아노를 전문으로 치는 사람을 염두에 둔 얘기겠고, 우리같이 점잖은 사람이 보기엔 점잖게 다른 점이 분명히 있을 것 같은데 말야, 그걸 여지껏 느낀 적이 없다면 말이 안 되지."

우기환이가 우격다짐하다시피 해서 무리하게 짜낸 대답은 점잖다고 스스로 자부하는 단골들을 더욱 실망시켰다. 옷벌이 시원찮은 아가씨일수록 옷에다 신경 쓰고 돈 들일 필요 없어서 좋고 손님들도 별로 싫어하는 기색이 아니기 때문에 사복보다는 유니폼 쪽이 마음에 든다는 얘기였다.

"참으로 한심한 족속이죠. 더욱 한심한 것은 이 세상엔 한심한 족속들이 의외로 득시글하다는 사실입니다. 우선 미스 윤의 경우만 해도 그렇습니다."

미스 윤이 가져다준 실망감이 우기환의 **장광설**을 촉발시켰다.

"저 아가씨가 여학교 나왔다면 말입니다, 중학교 고등학교를 다니는 동안 제복에 염증을 느낀 적이 아마 한두 번이 아닐 겁니다. 그래서 때때로 언니나 엄마 옷을 훔쳐 입고는 학칙으로 금지된 시간에 금지된 장소에 도둑괭이같이 슬쩍슬쩍 출입하는 것으로 발각될 경우 정학 처분을 당할지도 모르는 모험을 즐기던 경험이 더러 있을 겁니다. 제복 차림의 여고생들이 품는 가장 큰 소망은 어서 학교를 마치고 사회에 나가서 자기 맘에 드는 옷감으로 맘에 드는 디자인의 외출복을 지어서 맘대로 입고 다니는 거라더군요. 그런데 사회에 나온 지 불과 얼마 되지도 않는 저 미스 윤의 현실은 어떻습니까? 걸맞지도 않는 전천후성 제복이 꽃다운 청춘을 마치 소금에 절인 간고등어같이 생기를 잃게 만들고 있잖습니까? 미스 윤은 이미 이 다방의 일개 종업원일 뿐이지 미스 윤은 아닙니다. 미스 윤이면서 동시에 종업원일 수 있는 방법이 있을 텐데도 미스 윤은 이미 윤이기를 포기해 버린 상태입니다."

꼭 누구더러 들으라고 하는 소리 같아서 민도식은 가슴 한구석이 찔끔했다.

"색깔 다르고 디자인 다른 사복 차림이 각각 그 사람의 개성을 나타내듯이 유니폼은 어떤 조직 집단의 성격을 단적으로 드러내는 상징물입니다. 어떤 개인한테 어떤 유니폼을 입혀 놓으면 그 사람이 자연인으로서 이제까지 누려 온 자유와 권리는 제약당하고 속박당하고 그 대신 조직 집단이 부과하는 책임과 의무가 그를 영치기 영차 끌고 가게 됩니다. 평생을 제복만 걸친 채 세상을 살아가는 사람도 많습니다. 자기 자신의 삶을 사는 시간보다 조직의 일원으로서 그 조직을 대표하고 그 조직을 위해서 봉사하는 시간이 압도적으로 많은 생활입니다."

어린 녀석이 정말 누구 들으라고 하는 수작이 분명하지 싶게 우기환이는 도식의 아픈 데를 가려서 잘도 찔러 대고 있었다. 우중충한 회색의 제복을 입은 아버지를 보면서 어린 도식이는 다른 애들 아버지처럼 신사복을 입은 모습이 보고 싶어서 지레 늙었다. 형무소가 교도소로 명칭이 바뀐 뒤로도 그놈의 제복만큼은 여전했다. 제복을 걸치고 있을 때의 아버지는 진짜 아버지가 아니었다. 아버지의 직업이 교도관임을 떳떳하게 밝힌 기억이 거의 없다. 철이 들 만큼 들고 나서 교도관과 죄수들 사이에 별다른 차이점이 없으며 실은 다 같이 갇혀 지내는 자들임을 깨달은 뒤로는 더욱 그랬다. 나이가 들어 은퇴해서 제발 제복을 벗으십사는 아들의 소원이 마침내 이루어지긴 했지만 이미 때는 늦었다. 신사복을 걸쳤는데도 아버지 몸에서는 여전히 회색 제복의 냄새가 났다. 우기환의 말마따나 아버지는 아버지 자신이기를 일찌감치 포기해 버리고는 오직 제복에만 매달리면서 평생을 살아온 셈이었다.

"이중생활이 전혀 불가능하다는 얘긴 물론 아니죠. 유니폼과 사복을 동시에 지참하고 다니면서 필요에 따라 수시로 갈아입을 수도 있습니다. 조직의 일원으로서 봉사할 때는 유니폼, 조직에서 벗어나 개인이고자 할 때는 사복, 이런 식으로 말입니다. 하지만 그것도 한두 번이면 몰라도 사시사철 여일하게 이중생활이 지탱될 수는 없습니다. 필요에 따라 수시로 갈아입는다는 그 자체가 벌써 너무도 번거로운 절차이기 때문입니다. 번거롭다는 느낌은 곧 **타성**을 부르게 됩니다. 타성에 젖은 인간은 곧 어느 한쪽 방향으로 쉽사리 기울고 맙니다. 이때 한쪽으로 기운다는 말은 임의의 선택이 아니고 두 극점 사이에서 자력이 센 쪽으로 저도 모르게 끌어당겨진다는 뜻입니다. 유니폼을 입고는 조직 생활과 개인 생활 둘 다가 가능합니다. 하지만 사복일 경우는 개인 생활은 가능해도 조직 생활은 불가능합니다. 그래서 사람들은 대개 유니폼 쪽으로 쉽게 기울게 마련인데, 그러다 보면 자연히 조직에 치여서 개인은 쪽을 못 쓰게 되는 법입니다. 조직 사회가 무서운 것은 바로 이와 같은 타성, 인간이 가진 치명적인 약점을 적절히 이용할 줄 안다는 데 있습니다."

"저기 앉은 저 친구 말야, 아까부터 좀 수상쩍은걸."

갑자기 유명종이 건너편 좌석을 턱으로 가리키면서 낮게 중얼거렸다.

"우리 회사 생산부 사람 아냐?"

장상태가 깜짝 반갑다는 투로, 그러나 역시 소리는 잔뜩 낮추어서 말했다. 가슴에 동림산업 마크가 새겨진 블루진 작업복 상의를 걸친 사내가 혼자서 차를 마시고 있었다. 생산부 사람이 분명한데, 나이가 상당히 들어 보이고 제법 점잖은 티를 부리는 점이 어딘지 모르게 배운 사람 같아서 간부 사원일지도 모른다는 생각이 확 들었다. 이쪽에서 일제히 자기를 의식하고 있는 줄 번연히 눈치챘을 텐데도 사내는 차를 홀짝거리는 틈틈이 엿듣는 자세를 취하고 있었다.

"장담해도 좋아. 우리 얘길 아까부터 주의 깊게 듣고 있었어."

제 말에 인감도장이라도 찍겠다는 투로 유명종이 보증을 하고 나섰다. 그렇다면 반가울 까닭이 조금도 없는 인물이었다.

"엿들을 테면 얼마든지 엿들으라지."

일단 기세가 오른 우기환이 계속해서 큰소리를 뻥뻥 쳐 댔지만 엿듣도록 내버려 두는 것이 어떤 의미에서는 자살 행위와 마찬가지인 줄 잘 아는 고참 사원들로서는 그럴 수가 없었다. 생산부 사내를 의식하기 시작한 후로는 분위기가 자연 시멘트 바닥이 되었다. 그래서 그들은 서둘러 유니폼 제정에 끝까지 반대할 것을 만장일치로 결의한 다음 준비 위원회에 가서 장상태가 벌일 활약에 크게 기대를 걸면서 그의 **무운**을 비는 것을 끝 순서로 자리를 파해 버렸다. 어찌 보면 그들은 꼭 취해 있는 사람들 같았다. 그렇다, 그들은 비록 생산부 사내를 충분히 의식할 만큼 정신이 **맨숭맨숭한** 상태이긴 했으나 자신들의 결의를 끝까지 밀고 나갈 경우 어떤 결과가 오리란 걸 전혀 고려에 넣지 않을 정도로 그들 자신이 쏟아 놓은 허다한 말과 말들에 잔뜩 도취되어 있었다.

동료들과 헤어져 버스 정류장을 향해 걷는 동안 민도식은 바삐 인도를 오가는 행인들 가운데 의외로 유니폼이 많이 섞여 있음을 발견하고 놀라지 않을 수 없었다. 어제까지만 해도 전혀 그런 내색을 안 보이던 거리가 갑자기 안면을 바꾸어 오늘부터는 유니폼으로 범람하기 시작하는 듯한 착각에 빠질 지경이었다. 처음부터 제복으로 출발했으니까 거리 곳곳에서 눈에 띄는 군인과 경찰은 그만두고라도, 각급 학교의 학생들은 그만두고라도, 자율 교통 지도원과 모범 운전기사들은 그만두고라도, 빌딩이나 호텔 입구의 수위 아저씨들은 그만두고라도, 새마을복에 새마을모의 공무원들과 오물 수거원들은 그만두고라도, 어서 옵쇼 하면서 허리를 **경오지게** 꺾어 **난짝** 길을 막는 각종 접객업소의 보이 녀석들이나 남녀 종업원들은 그만두고라도, 갖가지 음료와 화장품 외판원들이나 떼뭉쳐 재재거리고 군것질을 하면서 길을 가는 요지가지 제복 차림의 여행원이나 여사무원들은 다 그만두고라도…… 유명한 재벌 기업체나 한다 하는 대기업체의 사원임을 과시하는 회사 고유의 제복을 차려입고 거리를 활보하는 남자들도 상당수 눈에 띄었다. 동림 산업의 오만한(吳萬漢) 사장이 궁극의 라이벌로 지목하고 있는 유명한 섬유류 생산 및 수출업체인 K 직물의 밤색 상의를 입은 젊은이도 한 사람 우연히 만날 수 있었다. 민도식이 특히 놀랍게 느낀 점은 대학생이나 재수생쯤으로 보이는 젊은이들 세계에도 벌써 깊숙이 침투해 들어간 흔적이 **역연한** 제복의 위력이었다. 학도 호국단 얘기가 아니라, 일상의 외출복 가운데도 똑같은 천과 무늬에 똑같은 마름질로 제복이나 다름없이 지어진 옷들을 입고 보무도 당당히 거리를 행진하는 젊은 남녀들의 모습을 가리킴이었다. 개중에는 해괴하게도 미군 작업복 흉내가 확실한데 그것만으로는 부족했던지 'U. S. ARMY'라는 자수 **흉찰**을 달고 등과 어깨엔 위장 그물과 계급장서껀까지 완벽하게 구색을 갖춘 아가씨도 서넛 보였다. 바야흐로 제복 지향의 빳빳한 시대가 열리고 있음을 알리는 나팔 신호를 민도식은 귀가 멍멍하도록 듣는 듯한 기분에 사로잡힌 채 역시 제복 차림의 안내양으로부터 빨리 오르라고 등을 떼밀리고 빨리 내리라고 등을 떼밀린 끝에 가까스로 집에까지 당도할 수 있었다.

"밖에서 무슨 언짢은 일이라두 있었수?"

남편의 옷을 벗겨 붙박이장 안에 걸면서 아내가 조심스럽게 물었다.

"좋은 일도 없는 판에 언짢은 일이 있을 턱이 있나."

아무렇게나 대꾸하면서 도식은 마구 엉겨붙는 두 아이의 재롱과 응석을 양쪽 무릎에 각각 나누어 수용했다. 새끼들 얼굴을 들여다보는 동안에 삼대(三代)라는 말이 구체적인 형상을 갖추고 육박해 오는 순간을 몸으로 느꼈다. 제복으로 평생을 보낸 아버지가 있다. 아들도 제복을 입게 될지 모른다. 그렇다면 그의 손자들 대에까지 제복이 영향을 미칠 확률은 점점 높아진다는 얘기가 될까. 과연 저것들 세대는 제복이 없는 세상을 살 수 있을까.

"정말 무슨 일이 있었구려."

그 속에서 뭘 기어코 찾아내려는 듯이 애들의 눈동자를 후벼 보는 남편의 예사롭지 않은 태도에 놀라 아내는 금방 세 번째 아이가 되었다. 선참의 두 아이를 밀어내면서 세 번째 아이가 무릎 앞으로 바싹 다가들었다.

"말해 봐요, 어떤 일인지."

"어떤 일이긴……."

하고 귀찮다는 내색을 보이려다가 그는 갑자기 생각을 바꾸었다.

"만약에 말이지, 내가 회사 제복을 입고 매일 출퇴근하게 된다면 당신 기분은 어떨까?"

"겨우 제복 얘기예요? 난 또……."

얘기를 듣고 나자 아내는 재빨리 도로 어른이 되었다. 그러고는 아직도 정색한 채로인 남편이 무색해질 만큼 깔깔대는 것이었다.

"오만하시고 인색하신 사장님께서 드디어 단안을 내리셨군요. 그것 참 잘된 일이에요. 우선 의복비 덜 나가서 좋고 출근 때마다 당신 옷에 신경 안 써서 좋고……."

그렇게 되고야 말리라고 미리 예측하고 있었다는 뜻을 은연중에 풍기면서 아내는 다시 깔깔거렸다. 사실 그럴 만도 했다. 들음들음으로 아내는 사장이란 사람을 잘 알고 있었다. 아내가 그렇게 웃는 것도 무리는 아니었다. 애를 둘씩이나 가진 멀쩡한 가정주부가 남편 덕분에 급조 여사원이 되어 텔레비전 화면 속에서 처녀 행세를 톡톡히 한 적이 있었는데, 그때 이미 아내는 장시간 인연이 끊겼던 제복과 새삼스레 다시 만나는 기회를 갖게 되었던 것이다.

창업 십 주년 기념일을 앞두고 거사적으로 법석을 떨어 대고 있지만 동림 산업의 전신인 구멍가게 시절까지 합산한다면 오만한 사장의 기업 경영은 사실상 십 년도 훨씬 더 되는 셈이었다. 구식 직조기와 봉제 시설 약간이 가내 수공업 단계를 못 벗던 시절 오 사장의 자산의 전부였다는 얘기가 오늘날 전설처럼 돌고 있다. 소규모로 면제품을 생산해서 가족들에게 등짐을 나눠 지워 어수룩한 시골을 돌며 **보세 가공품** 빼돌린 거라고 속여 팔았다 한다. 보세 가공이란 말이 퍽 낯설게 느껴지던 시절에 벌써 그 방면에 남보다 일찍 눈을 떠 **암수** 기반을 잡았던 모양이었다. 그 후 정식으로 동림 산업이 **발족**되어 이번엔 암수가 아니라 진짜로 보세 가공에 손을 대기 시작했는데, 가족 중심의 경영 방침은 구멍가게 시절이나 조금도 다를 바 없었다. 오히려 그때보다 더 심하다는 **중평**이었다. 사장은 막대한 광고비를 들여 신문이나 방송에 자사 제품을 소개하고 선전하는 행위를 무척 싫어했으며 경멸까지 했다. 상품명 선전은 효과가 **단명한** 데 비해 회사 자체의 이미지 부각은 그 수명이 영원하다는 주장과 함께 이를 위해 돈 대신 머리를 썼다. 신문이나 방송의 손이 닿을 만한 곳에 항상 자그만 미담이나 **가화** 따위를 쥐덫처럼 은밀히 감춰 두곤 했다. 글줄깨나 쓸 만한 남녀 사원들을 시켜 신문의 독자 투고란이나 아마추어 수필을 통해 간접 화법으로 회사 이름이 사회에 알려지도록 했으며 라디오나 텔레비전의 각종 캠페인, 국민 개창 운동 등에 전 사원을 적극 참여시키는 한편 주로 주부들을 대상으로 한 퀴즈 프로, 부부 게임 등에 사원은 물론 사원 가족까지 동원시켜 남편의 직장을 소개하는 동안 아내로 하여금 내내 행복에 겨운 미소를 잃지 않도록 당부했다.

민도식의 아내가 출연했던 프로는 전국 직장 대항 아마추어 음악 경연 대회였다. 학교 시절에 성악을 전공한 실력을 아는 극성맞은 남편 친구들의 추천으로 하루아침에 총무과 타이피스트가 된 도식의 아내는 비싼 값에 임시로 전세 내어 온 전문가 수준의 다른 한 여자와 함께 여러 차례 텔레비전에 주전 멤버로 출연해서 발군의 실력을 과시함으로써 동림 산업을 연말 결선에까지 끌어올리는 데 **수훈**을 세웠고, 비록 준우승에 그치긴 했지만 남편의 직장을 전국의 시청자들에게 깊이 인식시킴과 아울러 남편을 위해서도 내조의 공을 아끼지 않았다.

"아내들이란 남편 회사 사장보다는 아무래도 자기 남편을 더 속속들이 알도록 구조가 돼 있어요. 꼭 무보수 사원으로 제복을 입고 뛰어 본 경력이 있대서 하는 얘긴 아니지만 전 당신네 사장이란 사람이 어떤 인물인가를 잘 알아요. 하지만 그 이상으로 당신을 훨씬 더 잘 알아요. 지금의 당신 심중 충분히 이해하고도 남아요. 하지만, 하지만 말예요. 대세는 어쩔 수 없는 거 아니겠어요? 모난 돌이 정 맞는대요. 둥글둥글 맞춰 살기 바래요. 제복을 상전으로 받들어 모시느냐, 아니면 그저 몸을 가리는 여러 가지 의복 가운데서 사람이 입을 수 있는 한 가지로 보느냐에 따라 정신 상태가 중요한 것이지 제복 자체는 별다른 의미가 없다고 봐요."

알쏭달쏭한 말을 진지하게 하는 품이 딴엔 한참 위로하려는 속셈 같았다. 무심코 깔깔거리던 경망스러움은 그래서 많이 **탕감**이 되었다. 제복을 두고 느끼는 남편의 콤플렉스를 아내는 어느 누구보다도 잘 알고 있었다. 도식은 회사에서 묻혀 가지고 들어온 제복 냄새를 집안에까지 풍긴 자신의 실수를 어느덧 후회하고 있었다.

준비 위원회가 열렸다.

그리고 준비 위원회가 끝났다. 회의에 참석했다 돌아온 장상태의 표현을 빌리자면, 열리면서 끝났다는 것이다. 준비 위원회에서 통과된 내용은 대략 다음과 같았다.

사복은 춘하와 추동 2종으로 구분하되 공히 상의에 한한다. 춘하복은 추후 결정키로 하고 우선 추동복만을 제정한다. 추동복은 본사 제조의 검정곤색 순모 복지를 기지로 하여 사파리를 신사복에 가깝게 변형 개조한 특이한 복식을 취하되 회사 심벌마크와 회사명을 좌측 포켓 위에 황색 자수로 부착한다. 착용 대상은 직위의 고하를 막론한 전 사원이며 일제 맞춤에 한하여 경비의 반액을 회사가 부담하고 이후부터는 각자가 전담한다. 추동복은 빠른 시일 내에 회사가 지정하는 양복점에서 지정된 일자에 출장 나와 재도록 하여 창업 기념일의 일제 착용에 차질이 없도록 피차간에 긴밀히 협조한다…….

"사원들을 대표해서 준비 위원들이 한 역할은 뭐지?"

"그렇게 추궁 조로 나올 일만은 아냐. 아마 명종이 자네가 참석했어도 결과는 마찬가지였을 거야."

"내가 참석하는 걸 가정하는 경우하고 자네가 실제로 참석한 경우를 같은 차원에다 두고 결과를 논한다는 건 **어불성설**이야. 준비 위원들을 통해서 사원들 의견을 알아본 다음 그걸 **취합해서** 원칙을 정한다는 약속이었어. 그런데 건의할 틈도 안 주고 비상을 걸 듯이 위원회를 소집해서 일방적으로 전격 통과시키다니, 말이 다르잖아!"

"맞습니다, 저두 애초에 그렇게 들었던 것으로 기억합니다."

"니미럴. 내가 기획실장이야? 내가 사장이야? 낸들 어떡허란 말야. 왜들 나보고만 지랄들이지?"

"지랄은 자네가 하고 있어. 자네더러 동림 산업 사원 전체의 의사를 대변해 달라고는 안 했어. 최소한 우리 과의 의사만이라도 전달했어야만 될 게 아닌가. 통과가 되고 안 되고는 문제가 아냐. 책임을 맡았으면 적어도 그 책임을 이행하려는 자세만이라도 보여주는 게 도리라고 생각해."

"회의가 시작되자마자, 똑똑히 잘 들어 달라면서 기획실장이 자기네가 작성한 초안을 낭독했어. 낭독을 끝내더니 잘들 들었냐고 물어. 잘 들었다고 끄덕거릴 수밖에. 그랬더니 질문 있으면 하라는 거야. 모두들 어안이 벙벙해서 앉아 있는 판인데 실장이 씨익 웃어. 그러면서 하는 말이, 질문이 없다는 건 원안에 전적으로 찬성하는 것으로 믿고 수정 없이 실행에 옮기겠다고, 회사 발전을 위한 중요 사업에 이처럼 만장일치로 협조해 줘서 고맙다고 이러는 거야. **용가리 통뼈**라도 손가락 하나 까딱 못할 상황이었다니까."

"장 선배님 말에 좀 **어폐**가 있는 것 같습니다. 회의는 **랑데부**가 아닙니다. 특히 노사 간의 회의는 회의라는 형식을 빌린 전쟁입니다. 사용자 측에서 수단 방법을 다해서 계획을 밀고 나가려 하는 건 당연합니다. 필요하다면 피용자 측에서 용가리 통뼈 아니라 통뼈 할아버지라도 돼서 따질 건 따지고 반대할 건…….”

“그러게 내 첨부터 뭐랬어. 난 그런 일에 적임이 아니니까 우 군이 맡으라고 했잖아!”

“이미 끝난 일이야. 지금 와서 아무리 떠들어 대 봤자 제복은 벌써 우리 몸에 절반쯤이나 입혀져 있어.”

민도식이 나서서 험악해진 분위기를 간신히 가라앉혔다.

“준비 위원회를 구성하고 회의를 소집한 건 처음부터 **요식** 행위에 지나지 않았던 거야. 경영자 독단으로 처리하지 않고 사원들의 의사를 물어서 전폭적인 지지를 얻어 가지고 결정했다는 인상을 대내외에 풍길 필요가 있었던 거야. 이제 길은 두 가지뿐야. 나머지 절반을 찾아서 마저 몸에 꿰든가, 아니면 기왕 우리 몸에 입혀진 절반을 아예 벗어 버리든가 각자가 알아서 결정할 일이야. 저기 좀 보라고. 저 사람이 아까부터 우릴 비웃고 있어. 제복 얘기 앞으로는 그만 하기로 하지.”

생산부 공원 복장을 한 사내가 엇비뚜름한 자세로 이쪽을 돌아다보며 야릇한 웃음을 입가에 물고 있었다. 그를 보더니 장상태가 화를 벌컥 내면서 큰 소리로 미스 윤을 불렀다.

“이봐, 저기 앉은 저 사람 내가 좀 보잔다구 전해!”

눈이 휘둥그레진 미스 윤이 종종걸음으로 그에게 다가가기 전에 그쪽에서 자진해서 먼저 일어섰다. 그가 충분히 알아들을 수 있을 정도로 장의 목소리가 컸던 것이다.

“저를 부르셨습니까?”

여전히 웃음기를 입에 문 얼굴이 장을 정면으로 상대했다.

“당신 뭐야? 뭔데 어제부터 남의 얘길 엿듣고 비웃지, 비웃길?”

“비웃음으로 보셨다면 용서하십쇼. 엿듣고 싶은 생각은 없었습니다. 가만히 앉아 있어도 들릴 정도로 선생님들 말소리가 컸습니다. 말씀 내용이 동림 산업에 계신 분들 같아서 저도 모르게 관심이 컸나 봅니다.”

“오오라, 그러고 보니 당신도 동림 가족의 일원이 분명하군. 부서가 어디야?”

“생산부 제1 공장입니다. 거기서 **잡역부**로 근무하고 있습니다.”

“이름은?”

“권입니다.”

“이름이 권이다? 그럼 성까지 아주 짝을 채워 보게.”

"성이 권입니다."

만만한 상대를 만난 장은 권 씨를 노리갯감으로 삼아 화풀이할 작정임을 분명히 하면서 동료들에게 은밀히 눈짓을 보냈다. 함께 놀이에 끼어들라는 뜻일 것이다. 그러나 도식이 보기엔 첫눈에 결코 만만한 상대가 아니었다. 그는 참을성 좋게 여전히 웃고 있었다. 그것은 생산부 공원들이 본사의 사무직을 대할 때 일반적으로 갖는 비굴한 표정이 아니었다. 그렇다고 적대감도 아닌 그것은 일종의 자신감의 표현임이 분명했다. 두툼한 입술과 커다란 눈이 얼핏 눈에 띄는 특징이었다. 장상태하고 비교해서 둘이 서로 **어금버금할** 정도로 작은 체구였다. 실제 나이는 장보다 두세 살쯤 위일 것 같은데 적어도 이삼십 년은 더 세상을 살아 냈을 법한 **관록** 같은 게 엿보이는 얼굴이었고, 그것이 교양이라는 것하고도 연결되어 잡역부라던 자기소개가 아무래도 믿어지지 않는 그런 사람이었다.

"짝을 채우기 싫다 이거지? 좋았어. 그런데 자네가 하는 잡역 일하고 무슨 상관이 있어서 우리 얘기에 이틀 동안이나 관심을 갖지?"

"물론 상관은 없습니다. 그렇지만 한쪽에선 작업 중에 팔이 뭉텅 잘려져 나간 사람이 있고 그 팔값을 찾아 주려고 투쟁하는 사람들이 있는 반면에 다른 한쪽에선 몸에 걸치는 옷 때문에 거기에 자기 인생을 걸려는 분들도 계시구나 하는 생각이 들어서 그냥 지나칠 수가 없었습니다."

그 순간 장상태의 얼굴색이 하얗게 질리는 것 같았다. 장이 어물거리는 사이에 우기환이 나섰다. 우 역시 장처럼 권 씨의 나이를 전혀 셈해 주지 않는 말투였다.

"팔도 중요하지만 그에 못지않게 옷도 중요해. 옷을 지키려는 건 다시 말해서 팔을 찾으려는 거나 마찬가지 일이야. 팔이 옷에 우선한다 생각하고 우릴 비웃었다면 당신은 분명히 덜떨어진 사람이야."

"그래서 다방에 앉아서 투쟁을 하신다 이런 말씀이지?"

우의 응원에 힘입어 전열을 가다듬고 난 장이 입꼬리를 비틀면서 이렇게 말했다.

"제가 드리고 싶은 말씀이 바로 그겁니다. 옷도 중요하고 팔도 중요하다는 말씀에 전적으로 동감입니다. 그렇기 때문에 팔을 찾으려는 사람이라고 함부로 대하는 자세만큼은 삼가 주셨으면 합니다. 선생님들한테 팔이 있듯이 옷은 우리들도 필요하니까요. 이제 또 들어가 봐야죠. 사장님이 면담을 받아 주시질 않아서 이렇게 매일같이 허탕을 치고 있는 중입니다."

팔과 옷을 한참 주고받던 권 씨가 장과 우를 향해 차례로 **목례**를 보낸 다음 핑하니 다방을 나가 버렸다.

"잡역부 주제에 건방 떨긴!"

뱉듯이 말하면서 장이 우를 쳐다보았다. 그 말에 대꾸하지 않은 채 우가 도식을 상대로 자문을 구했다.

"밀어붙일 모양인데 앞으로 어떻게 하죠?"

"이미 끝난 일이라고 했잖아. 각자가 알아서 행동할 뿐이야."

아닌 게 아니라 회사에서는 창업 기념일을 며칠 앞두고 예정된 모든 프로그램을 한몫에 밀어붙일 기세였다.

그 이튿날, 부(部) 대항 체육 대회다 뭐다 해서 창업 이래 최대 규모의 기념 행사 준비로 가뜩이나 어수선한 판인데 줄자를 든 양복점 재단사들이 떼로 들이닥쳐 각 사무실을 도는 바람에 업무는 사실상 중단 상태였다. 이인 일조가 된 재단사들이 하나가 재면서 치수를 부르면 그걸 다른 하나가 받아서 적고, 그들 앞에서 겉옷을 벗은 채 셔츠 바람이 된 동료들이 바보처럼 발을 벌리고 가슴을 맡기고 뒤로 돌아를 하면서 등을 대 주는 모양을 멀거니 바라보다가 민도식은 제 차례가 오기 전에 슬그머니 사무실을 빠져나와 버렸다.

"민 선배님, 같이 가십시다."

어느새 뒤따라 나왔는지 현관 수위실 옆을 지나는 도식을 우기환이가 불러 세웠다. 그들은 함께 다방으로 들어갔다.

"어제 여기서 생산부 사람한테 한 얘기…… 실제로 그럴까?"

"무슨 얘긴데요?"

"팔 못지않게 옷도 중요하다는 얘기."

"원 민 선배님두, 아니 그만한 신념도 없으면서 사무실을 뛰쳐나왔습니까?"

"권 씨란 사람을 만나기 전까진 나도 그렇게 생각해 왔어. 그런데 그 사람 얘길 듣고 난 후로는 어딘지 모르게 흔들리는 기분이 든단 말야. 결국 이렇게 흔들리는 상태에서는 아무 일이고 할 수 없다는 생각이 들어서 사이즈를 안 재고 나와 버린 거야."

"우리하고 생산부하고 하는 일이 다르기 때문에 방식만 다를 뿐이지 실은 팔과 옷은 똑같다고 믿어요. 우리한테 옷인 것이 그들한테는 팔이고 우리한테 팔인 것이 그들한테 옷이 되잖을까요?"

"반드시 그렇지만은 않을 거야. 다분히 허세가 섞인 것이 우리들 옷이고 허세 없이 그저 절실하기만 한 것이 권 씨의 팔인지도 몰라."

"자유와 생존은 다 같이 중요하다는 제 신념에는 변함이 없습니다."

"그야 물론 그렇지. 내 얘긴 우리가 제복을 입음으로써 제약당하는 개인의 사생활을 저들이 팔을 잃음으로써 위협받는 생계만큼 그렇게 절박하게 느끼고 있느냐는, 일테면 치열도의 차이라는 거야."

그들이 이런 얘기를 나누고 있을 때 동림 산업 민 선생을 찾는 전화가 걸려 왔다.

"거기 있을 줄 알았지. 나야, 장이야. 우기환이도 같이 있나?"

전화를 받자마자 장상태가 낮고 빠른 말씨로 지껄여 왔다.

"즉각 들어와 줘야겠어. 과장이 잔뜩 뿔따구가 나갖구 방금 사장실로 들어갔어."

"재단사들은 다 철수했나?"

"아직 다른 사무실을 돌고 있어. 그 친구들이 철수하기 전에 자네가 들어와야 일이 무사해질 것 같애."

"지금은 들어가고 싶잖아. 친구가 찾아와서 잠깐 외출을 했다고 그래."

"재는 거야 상관없잖아. 입고 안 입는 건 그 후의 일인데 뭘 그래."

민도식은 일방적으로 전화를 끊어 버렸다. 한참 만에 민 선생을 찾는 전화가 다시 왔다.

"과장일세. 자네들이 지금 취하고 있는 행동이 어떤 결과를 부르는지 알고나 그러나?"

수화기에서 대뜸 불호령이 떨어졌다.

"자네들이 이번 일에 비협조적이란 걸 알고 있어. 뒷전으로 돌면서 불평이나 터뜨리고 다니는 걸 내가 모를 줄 아나?"

과장은 계속해서 닦아세웠다.

"이 전화 끝나자마자 사장실로 가 봐! 나하곤 이미 용무가 끝났어!"

사장은 전혀 화가 난 얼굴이 아니었다. 조심스럽게 들어와서 맞은편 소파에 앉는 두 사원을 응접세트 너머로 지그시 바라보고 있었다.

"자네들이 의복에 관해서 **일가견**을 가졌다는 소문인데, 어디 그 견해 좀 듣세나."

참으로 난감한 청이었다. 듣자는 말은 듣지 않겠다는 강인한 의지의 반어적 표현임을 잘 알기 때문에 그들 두 사람은 아무 말도 하지 않았다. 하지 못했다.

"나대로 충분히 생각해서 내린 결정이고 사원 대표의 지지를 얻어서 시행하는 일이야. 그런데 그런 일을 반대할 때는 나름대로 충분한 이유가 있었겠지. 민 군부터 이유를 설명해 보게."

그러면서 사장은 담배를 권했다. 청자였다. 민도식은 그것이 청자임을 확인하는 순간

하마터면 제 주머니 속에 든 거북선을 꺼낼 뻔했다가 문득 깨닫는 바가 있어서 사장이 주는 대로 다소곳이 받아 들었다.

"서두를 거 없어, 천천히 얘기해도 괜찮으니까."

민도식은 결코 서두르지 않았다. 그렇다고 이미 이렇게 된 마당에 망설거릴 것도 없었다.

"옷에는 보호 기능과 표현 기능이 있다고 들었습니다. 우리가 옷에서 바랄 수 있는 건 그 두 가지 기능만으로 충분하다고 믿고 있습니다. 제복으로 사원들 간에 일체감을 조성해서 회사를 더욱더 발전시키겠다고 그러시지만 제 생각엔 그렇게 해서 얻어지는 단결력보다는 제복에 눌려서 개성이 위축되고 단결력에 밀려서 자유로운 창의력이 퇴보되는 데서 오는 손실이 더 클 것 같습니다."

"아주 좋은 말을 했어. 하지만 그건 일이 실천에 옮겨지기 전에 했어야 할 얘기야. 대다수 사원들 지지를 얻어서 실천 단계에 들어선 지금은 사정이 달라. 그리고 기업 발전에 단결력이 중요하냐 창의력이 중요하냐 하는 문제는 자네가 아니라 내가 결정할 문제야. 또 제복을 입었다고 어제는 있던 창의력이 오늘 싹 죽는다는 논리도 설득력이 없어. 민 군, 자네는 일찍이 제복 제도를 도입한 K 직물이 창의력 없이 그저 눈감땡감으로 오늘날의 위치에 올라섰다고 생각하나?"

"K 직물은 사정이 다릅니다."

잠자코 있던 우기환이가 불쑥 말했다.

"호오, 그래? 어떻게 다르지?"

"자기 개성에 맞는 옷을 입을 권리를 포기할 때는 뭔가 그 이상의 보상이 뒤따라야 합니다. 그런 면에서 K 직물의 기업 정신은 아주 훌륭하다고 봅니다."

이때 옆방이 다소 소란해졌다. 사장실 도어 저쪽에서 여비서가 누군가하고 들어가겠다느니 안 된다느니 하면서 실랑이하는 눈치였다. 그 소리를 듣더니 사장의 낯빛이 싹 달라졌다.

"자네들이 이러지 않아도 난 지금 복잡한 일이 많은 사람이야. 우 군이 K 직물을 동경하는 그 심정은 나도 알아. 허지만 앞으로 가까운 장래에 다른 사람들이 자네들을 동경하도록 만들기 위해서는 나도 노력하고 자네들도 적극 협조해야 되잖나. 그동안을 못 참아서 협조할 수 없다면 별수 없지. 이런 일엔 누군가 한 사람쯤 희생이 따른다는 사실을 각오해야 돼."

“무슨 뜻인지 알겠습니다. 제가 희생이 되죠. 피고용자한테도 권리는 있습니다. 들어올 때는 제 맘대로 못 들어오지만 나갈 때는 제 맘대로 나갈 수 있으니까요.”

우기환이가 분연히 소파에서 일어나 빠른 걸음으로 도어를 향해 갔다. 순식간의 일이었다. 사장실을 나서는 우기환이와 엇갈려 웬 사내가 잽싸게 뛰어들었다. 다방에서 두 번 본 적이 있는 생산부의 잡역부 권 씨였다. 사장실로 들어서기 무섭게 권 씨는 민도식을 향해 눈자위를 하얗게 부릅떠 보였다. 우기환의 돌연한 행동에 초벌 놀랐던 도식은 권 씨의 험악한 표정에 재벌 놀라면서 엉거주춤 궁둥이를 들었다. 빨리 자리를 비켜 달라는 권 씨의 무언의 협박이 빗발치고 있었다.

“죄송해요, 사장님. 한사코 안 된다는데두 부득부득 우기면서 이 사람이…….”

뒤쫓아 들어온 여비서를 손짓으로 내보낸 다음 사장이 말했다.

“어서 오게, 권 군.”

자기보다 더 사정이 절박한 사람을 위해서 민도식은 사장실에서 물러나지 않을 수 없었다.

“잘 생각해서 스스로 결정을 내리도록 하게.”

도어가 채 닫히기 전에 사장의 껄껄한 목소리가 도식의 등 뒤에 따라붙는다.

“장 선생 집에 전화 걸었더니 부인이 받데요. 새로 맞춘 유니폼 입구 아침 일찍 출근했다구요.”

아내의 바가지 긁는 소리로 창업 기념일의 아침은 시작되었다. 체육 대회가 열리는 제1공장까지 가자면 다른 날보다 더 일찍 나서야 되는데도 여전히 밍기적거리고만 있는 남편 곁에서 아내는 시종 근심스런 눈초리를 거두지 않았다. 제복 때문에 총각 사원 하나가 사표를 던졌다는 소문을 아내는 믿지 않았다. 사표를 제출한 게 아니라 강제로 모가지가 잘린 거라고 굳게 믿고 있었다.

“까짓것 난 필요 없어. 거기 아니면 밥 빌어먹을 데 없는 줄 알아? 세상엔 아직도 유니폼 안 입는 회사가 수두룩하단 말야!”

거듭되는 재촉에 이렇게 큰소리로 **대거리**는 했지만 결국 민도식은 뒤늦게나마 집을 나서고 말았다.

시내를 멀리 벗어나서 교외에 널찍하게 자리 잡은 제1 공장 앞에 당도했을 때는 벌써 개회식이 시작된 뒤였다. 공장 정문 철책 너머로 검정곤색 일색의 운동장을 넘어다보는 순간 민도식은 갑자기 숨이 턱 막혀 옴을 느꼈다. 새로 맞춘 제복으로 단장한 남녀 전 사원이 각 부서별로 군대처럼 질서 정연하게 도열해 서서 연단에 선 지휘자의 손끝을 우러러보며 사가(社歌)를 제창하기 직전의 예비 운동으로 목청을 가다듬는 헛기침들을 하고 있었다. 이윽고 공장 일대를 한바탕 들었다 놓는 우렁찬 노래가 터지기 시작했다. 노래 부르는 사원들 모두가 **작당해서** 지각한 사람을 야유하는 듯한 기분이 들었다. 검정곤색의 제복들이 일치단결해 가지고 사복 차림으로 꽁무니에 따라붙으려는 유일한 사람을 완강히 거부하는 듯한 기분에 사로잡혔다. 세상 전체가 온통 제복투성이인 가운데 저 혼자만 외돌토리로 떨어져 있는 셈이었다. 자기 한 사람쯤 불참한다 해도 아무렇지도 않게 체육 대회 개회식은 진행될 수 있다는 사실이 민도식을 무척 화나면서도 그지없이 외롭게 만들었다. 정문으로 들어서지도 못하고 그렇다고 뒤돌아서서 나오지도 못한 채 그는 일단 멈춘 자리에 붙박혀 버린 듯 언제까지고 움직일 줄을 몰랐다.

어휘 풀이

회람(回覽) 글 따위를 여러 사람이 차례로 돌려 봄. 또는 그 글.
각위(各位) 앞앞의 여러 사람을 높여 이르는 말.
제복(制服) 학교나 관청, 회사 따위에서 정하여진 규정에 따라 입도록 한 옷.
비등하다(沸騰--) 물이 끓듯 떠들썩하게 일어남.
현격하다(懸隔--) 사이가 많이 벌어져 있는 상태이다. 또는 차이가 매우 심하다.
기탄(忌憚) 어렵게 여겨 꺼림.
노망들다(老妄--) 늙어서 정신이 흐려지고 말이나 행동이 정상이 아닌 말이나 행동을 하는 증세가 생기다.
묘안(妙案) 뛰어나게 좋은 생각.
빙자하다(憑藉--) 남의 힘을 빌려서 의지하다.
유린하다(蹂躪--/蹂躝--/蹂躙--) 남의 권리나 인격을 짓밟다.
복창하다(復唱--) 남의 말을 그대로 받아서 다시 외다.
음험하다(陰險--) 겉으로는 부드럽고 솔직한 체하나, 속은 내숭스럽고 음흉하다.
근속하다(勤續--) 한 일자리에서 계속 근무하다.
복안(腹案) 겉으로 드러내지 아니하고 마음속으로만 생각함. 또는 그런 생각.
유고(有故) 특별한 사정이나 사고가 있음.
능멸하다(凌蔑--/陵蔑--) 업신여기어 깔보다.
비등점(沸騰點) 액체 물질의 증기압이 외부 압력과 같아져 끓기 시작하는 온도.
심미안(審美眼) 아름다움을 살펴 찾는 안목.

부대하다(富大--) 몸뚱이가 뚱뚱하고 크다.
상종(相從) 서로 따르며 친하게 지냄.
막설(莫說) 말을 그만둠. 하던 일을 그만둠.
음담(淫談) 음란하고 방탕한 이야기.
장광설(長廣舌) 쓸데없이 장황하게 늘어놓는 말.
타성(惰性) 오랫동안 변화나 새로움을 꾀하지 않아 나태하게 굳어진 습성.
무운(武運) 전쟁 따위에서 이기고 지는 운수. 무인으로서의 운수.
맨숭맨숭하다 술을 마시고도 취하지 아니하여 정신이 말짱하다.
경오지다 생각이나 태도가 분명하고 바르다.
난짝 답삭. 왈칵 달려들어 냉큼 물거나 움켜잡는 모양.
역연하다(歷然--) 분명히 알 수 있도록 또렷하다.
흉찰 흉장(胸章). 군인이나 관리 들의 가슴에 다는 표장(標章).
보세 가공품(保稅加工品) 수출 때까지 관세 부가를 보류한 상태에서, 수입한 원료를 가공하여 만든 완제품.
암수(暗數) 남을 속이는 짓. 또는 그런 술수.
발족(發足) 어떤 조직체가 새로 만들어져서 일이 시작됨. 또는 그렇게 일을 시작함.
중평(衆評) 여러 사람의 비평.
단명하다(短命--) 목숨이 짧다.
가화(佳話) 아름답고 좋은 내용의 이야기.
수훈(殊勳) 뛰어난 공로.
탕감(蕩減) 빚이나 요금, 세금 따위의 물어야 할 것을 삭쳐 줌.
어불성설(語不成說) 말이 조금도 사리에 맞지 아니함.
취합하다(聚合--) 모아서 합치다.
용가리 통뼈 덩치가 커서 겁이 없는 사람.
어폐(語弊) 적절하지 아니하게 사용하여 일어나는 말의 폐단이나 결점.
랑데부(rendez-vous) 특정한 시각과 장소를 정해 하는 밀회. 특히 남녀 간의 만남을 이른다.
요식(要式) 일정한 규정이나 방식에 따라야 할 양식.
잡역부(雜役夫) 여러 가지 자질구레한 일에 종사하는 남자.
어금버금하다 서로 엇비슷하여 정도나 수준에 큰 차이가 없다.
관록(貫祿) 어떤 일에 대한 상당한 경력으로 생긴 위엄이나 권위.
목례(目禮) 눈짓으로 가볍게 하는 인사.
일가견(一家見) 어떤 문제에 대하여 독자적인 경지나 체계를 이룬 견해.
대거리(對--) 상대편에게 맞서서 대듦. 또는 그런 말이나 행동.
작당하다(作黨--) 떼를 짓다. 또는 무리를 이루다.

구분	작가 및 작품명	수록 교과서 (연계 기출 포함)	참고 도서
1	조정래, 〈마술의 손〉	동아 3-1	《마술의 손》(휴이넘, 2013)
	양귀자, 〈길모퉁이에서 만난 사람들〉	비상 1-1/ 천재(박) 3-1	《길모퉁이에서 만난 사람》 (쓰다, 2015)
	문순태, 〈징소리〉	고등 미래엔 문학(前)/ 2021 EBS 수능 완성/ 2015 EBS 인터넷 수능	《징소리》(새움, 2018)
2	전광용, 〈꺼삐딴 리〉	창비 3-2/ 천재(박) 3-2/ 고등 창비 국어	《꺼삐딴 리》 (문학과지성사, 2009)
	채만식, 〈치숙〉	고등 창비 문학(前)/ 2022 EBS 수능 특강/ 2015 EBS 인터넷 수능	《치숙 레디메이드 인생 외》 (푸른생각, 2013)
	유진오, 〈김 강사와 T 교수〉	2021 EBS 수능 특강/ 2011 EBS 인터넷 수능	《김 강사와 T 교수》 (현대문학, 2011)
3	현진건, 〈할머니의 죽음〉	고등 중앙 문학(前)/ 2016 한양대 인문계열 수시 논술/ 2005 6월 고2 학력 평가	《운수 좋은 날》 (문학과지성사, 2008)
	염상섭, 〈임종〉	고등 신사고 문학(前)/ 2021 EBS 수능 특강/ 2020년 고3 7월 학력 평가/ 2015 EBS N제	《한국단편문학선 1》 (민음사, 2020)
	박완서, 〈한 말씀만 하소서〉	2016 수능 모의 고사·2012 6월 고3 모의 평가 등 빈출 작가의 작품	《한 말씀만 하소서》 (문이당, 2004)

(계속)

4	이청준, 〈건방진 신문팔이〉	2012 EBS 수능 특강	《이어도》 (문학과지성사, 2015)
	전상국, 〈우상의 눈물〉	고등 창비 문학(前)/ 2018 EBS 수능 특강	《우상의 눈물》 (민음사, 2005)
	윤흥길, 〈날개 또는 수갑〉	2020 6월 고2 모의평가/ 2019 EBS 수능 특강/ 2016 EBS 인터넷 수능	《장마》(민음사, 2005)

Memo